观人学与中国传统诗学批评体系的构建

The Construction of Character-judging Science and Chinese Traditional Poetics Criticism System

万伟成 著

图书在版编目(CIP)数据

观人学与中国传统诗学批评体系的构建/万伟成著.—北京：北京大学出版社，2019.5
国家社科基金后期资助项目
ISBN 978-7-301-30438-9

Ⅰ.①观… Ⅱ.①万… Ⅲ.①古典诗歌—诗歌研究—中国 Ⅳ.①I207.22

中国版本图书馆CIP数据核字（2019）第074455号

书　　名	观人学与中国传统诗学批评体系的构建
	GUANRENXUE YU ZHONGGUO CHUANTONGSHIXUE PIPINGTIXI DE GOUJIAN
著作责任者	万伟成　著
责任编辑	周　粟
标准书号	ISBN 978-7-301-30438-9
出版发行	北京大学出版社
地　　址	北京市海淀区成府路205号　100871
网　　址	http://www.pup.cn　新浪微博:@北京大学出版社
电子信箱	dianjiwenhua@126.com
电　　话	邮购部010-62752015　发行部010-62750672　编辑部010-62756449
印刷者	北京鑫海金澳胶印有限公司
经销者	新华书店
	650毫米×980毫米　16开本　27.5印张　470千字
	2019年5月第1版　2019年5月第1次印刷
定　　价	90.00元

未经许可，不得以任何方式复制或抄袭本书之部分或全部内容。
版权所有，侵权必究
举报电话：010-62752024　电子信箱：fd@pup.pku.edu.cn
图书如有印装质量问题，请与出版部联系，电话：010-62756370

国家社科基金后期资助项目
出版说明

后期资助项目是国家社科基金设立的一类重要项目，旨在鼓励广大社科研究者潜心治学，支持基础研究多出优秀成果。它是经过严格评审，从接近完成的科研成果中遴选立项的。为扩大后期资助项目的影响，更好地推动学术发展，促进成果转化，全国哲学社会科学工作办公室按照"统一设计、统一标识、统一版式、形成系列"的总体要求，组织出版国家社科基金后期资助项目成果。

全国哲学社会科学工作办公室

目　　录

绪论 ………………………………………………………… 1
　第一节　观人学的概念及其属性 ………………………… 1
　　一　观人学名称 ………………………………………… 1
　　二　观人学的属性 ……………………………………… 6
　第二节　观人诗学批评的概念与属性、研究对象与
　　　　　内涵 …………………………………………… 9
　　一　观人诗学批评的概念 ……………………………… 9
　　二　观人诗学批评的属性 ……………………………… 13
　　三　观人诗学批评的研究对象与内涵 ………………… 17
　第三节　从观人学批评到诗歌批评转移的诱因 ………… 20
　　一　观人诗学批评形成的外因条件 …………………… 20
　　二　观人诗学批评形成的内因条件 …………………… 27
　第四节　研究观人学与诗学批评关系的价值与意义 …… 33
　　一　对中国诗学和中国诗学精神的价值与意义 ……… 33
　　二　对中国古代诗学批评的价值与意义 ……………… 34
　　三　对诗学理论建设的价值与意义 …………………… 35
　　四　对学术理论、文化建设的价值与意义 …………… 36
第一章　观人学与诗学范畴或术语
　　　　——以形神、气韵、英雄、风骨、贫富为例 …… 40
　第一节　形神 ……………………………………………… 43
　　一　"形"范畴 ………………………………………… 43
　　二　"精""神"范畴 …………………………………… 44
　　三　"形神"范畴的观人学启发 ……………………… 51
　第二节　气韵 ……………………………………………… 61
　　一　"气"范畴 ………………………………………… 61
　　二　"韵"范畴 ………………………………………… 70

三　"气韵"范畴的观人学启发 …………………………… 76

第三节　英雄 …………………………………………………… 80
　　　一　"英雄"概念 ……………………………………… 82
　　　二　"英雄"概念的元素构件 ………………………… 83
　　　三　"英雄"范畴的文学批评价值 …………………… 90

第四节　风骨 …………………………………………………… 96
　　　一　"风"范畴 ………………………………………… 96
　　　二　"骨"范畴 ………………………………………… 99
　　　三　"风骨"范畴的观人学启发 ……………………… 108

第五节　贫富 …………………………………………………… 113
　　　一　"贫富"概念 ……………………………………… 114
　　　二　"贫寒气"与"富贵气" ………………………… 117

第二章　观人学与诗学道德批评、审美批评 ………………… 124
　第一节　道德批评：从观人学到诗学 ……………………… 124
　　　一　观人学中的道德批评 ……………………………… 124
　　　二　比德观：从观人学到诗学道德批评的内在逻辑 … 127
　　　三　考志说：从观人学到诗学道德批评的实践路径 … 130
　　　四　观人学视阈下的诗学道德批评标准 ……………… 135

　第二节　审美批评：从观人学到诗学 ……………………… 152
　　　一　重审美性取向：从观人学到诗学批评 …………… 152
　　　二　重性情取向：从观人学到诗学批评 ……………… 165
　　　三　观人学视阈下的诗学审美批评标准 ……………… 172

第三章　观人学与诗学才性批评、风格批评、人格批评 …… 184
　第一节　才性批评：从观人学到诗学 ……………………… 185
　　　一　先秦两汉观人学的性先才后说与诗学道德批评 … 185
　　　二　魏晋观人学的才居性先说、气论与诗学审美批评 … 188
　　　三　观人学的才性论对诗学批评的启示 ……………… 192

　第二节　风格批评：从观人学到诗学 ……………………… 200
　　　一　风格概念 …………………………………………… 201
　　　二　风格批评 …………………………………………… 209
　　　三　从观人学角度考察风格成因 ……………………… 211

　第三节　人格批评：从观人学到诗学 ……………………… 218
　　　一　君子人格、自然人格、圣人人格 ………………… 219

二　诗品即人品：人格批评模式辩证 …………………… 224
第四章　观人学与诗谶批评 ……………………………………… 231
　第一节　诗谶：诗歌的人化与神学化诠释 …………………… 232
　　一　诗谶的观人学属性 ………………………………………… 233
　　二　诗谶的文学属性 …………………………………………… 235
　　三　诗谶的神秘特性 …………………………………………… 236
　　四　诗谶的诗论属性 …………………………………………… 241
　第二节　诗谶批评对诗学理论体系建构的作用 ……………… 242
　　一　对诗歌本体论"诗言志说"的神秘阐释 ……………… 243
　　二　对诗歌本体论"真情说"的神秘阐释 ………………… 245
　　三　对风格批评理论"气象说"的神秘阐释 ……………… 247
　　四　对创作结构理论"起承转合说"的神秘阐释 ………… 252
　　五　对作家批评"知人论世说"的神秘阐释 ……………… 254
　第三节　诗谶批评的文化渊源及其评价 ……………………… 256
　　一　诗谶批评产生的文化渊源 ………………………………… 256
　　二　诗谶批评对传统诗学体系建构的负面作用 …………… 263
第五章　观人学与诗学意象批评、认知隐喻 …………………… 276
　第一节　立象尽意：观人学与诗学的思维方式 ……………… 277
　第二节　以人喻诗：观人学与诗学意象批评的初级
　　　　　形态 …………………………………………………… 282
　　一　以人为喻的修辞学观测 …………………………………… 282
　　二　观人品题与观物品题喻体的广阔性与审美内涵的
　　　　丰富性 ………………………………………………………… 289
　第三节　认知隐喻：观人学与诗学意象批评的高级
　　　　　形态 …………………………………………………… 297
　　一　隐喻对譬喻的超越 ………………………………………… 297
　　二　认知语言学视阈下的观人诗学 …………………………… 299
　　三　观人学与诗学体系中的全面"隐喻" ………………… 303
　　四　观人意象批评的特征 ……………………………………… 308
第六章　观人学与诗学批评方法论 ……………………………… 312
　第一节　观：观人学与诗学批评方法论之一 ………………… 312
　　一　观人批评之"观"的方法论意义 ………………………… 312
　　二　整体直觉思维：观人学与诗学批评方法的共通性 …… 318

三　观人批评之"观"的作用和审美层次 …………………… 319
第二节　相：观人学与诗学批评方法论之二 ……………………… 322
　　　一　观人批评之"相"的方法论意义 …………………… 322
　　　二　观人批评之"相"的作用和审美层次 …………………… 325
第三节　品：观人学与诗学批评方法论之三 ……………………… 335
　　　一　观人批评之"品"的方法论意义 …………………… 335
　　　二　品第批评（比较观人法）：从观人学到诗学批评 …… 338
　　　三　品题批评：从观人学到诗学批评 …………………… 344
　　　四　简洁直观的品评方式与描述方法 …………………… 347

第七章　观人学与诗学的批评方式、特殊文体 ……………………… 351
第一节　名号、并称、事数：观人学与诗学的表达
　　　　方式 ……………………………………………………… 351
　　　一　名号称谓 …………………………………………… 351
　　　二　并称品题 …………………………………………… 354
　　　三　事数品题 …………………………………………… 356
　　　四　并称、名号、事数品题的批评意义 ………………… 358
第二节　流别体、祖宗录与主客录：从观人学到诗学的
　　　　批评文体 ………………………………………………… 361
　　　一　品第批评体与谱牒批评体：从观人学到诗学批评 …… 361
　　　二　钟嵘《诗品》：开创了诗品乃至艺品的批评文体
　　　　　模式 ……………………………………………… 365
　　　三　祖宗录、主客录：流别批评体与谱系批评体的
　　　　　进一步发展 ……………………………………… 371
第三节　点将体：从观人学到诗学的批评文体 ………………… 379
　　　一　《水浒传》：创建了"点将录"观人批评方式 ……… 380
　　　二　《东林点将录》：奠定了"点将录"观人批评文体
　　　　　形态 ……………………………………………… 381
　　　三　《乾嘉诗坛点将录》：奠定了"点将录"诗学批评
　　　　　文体形态 ………………………………………… 382
　　　四　点将体诗学批评的观人学渊源及其评价 ………… 384

第八章　中西人喻诗学比较与现代转换 ……………………………… 388
第一节　西方文论中的人喻现象 ………………………………… 388
第二节　中国观人诗学批评与西方文论比较 …………………… 392

一　隐喻系统、范畴体系的差异 …………………………… 393
　　二　性质的差异 …………………………………………… 393
　　三　结构形态的差异 ……………………………………… 396
　　四　思维方式的差异 ……………………………………… 397
　第三节　中国观人诗学批评的现代传承与转换 ………… 401
附录：**参考文献** …………………………………………… 405
后记 …………………………………………………………… 428

绪　　论

中国古典文学理论发展过程中的许多迹象，使我们不能不对大量以人喻诗、以人衡诗、以人观诗、以诗观人，运用观人学术语、概念或范畴、逻辑原理建构起来的的诗歌理论与诗歌批评发生浓厚的兴趣。这一传统源于先秦，成于汉魏，拓于唐宋，盛于明清，成为中国古代诗学批评重要组成部分与连绵不断的传统特色，与西方文学批评和当代文学批评有明显的不同，也与其他批评形式也有明显的差异。

第一节　观人学的概念及其属性

本书的研究对象是观人学与观人诗学批评体系的建构。观人学只是研究手段与途径，根本的还在于观人学对中国传统诗学构建的作用，最后形成了观人诗学批评，所以必先对几个概念进行分析与界定。

狭义的"观人学"专指人物品藻，包括对人物的德行、才能、智慧、风神、体貌、品性等进行由表及里、由外及内、从现象到本质、从具象到抽象的多方面的鉴赏、观察和判断，从而品评其高下、优劣、善恶、美丑的一门学问。广义的"观人学"还包括相学，即对人的禀性和命运的预测。由于人物品藻、相学都以人为观察对象，且都对诗学影响广泛而深远，所以本书采用广义的观人学概念。

一　观人学名称

观人学，顾名思义是观人之学。传统的"观人"概念，有诸多名称：

（一）知人（识人）

《老子》三十三章"知人者智，自知者明"，《论语·尧曰》"不知言，无以知人也"，《学而》"不患人之不己知，患不知人也"，后世因称观人为"知人"，如"汝南许劭名知人"（《三国志·魏书十四·刘晔传》），"（胡毋）辅之少擅高名，有知人之鉴"（《晋书·胡毋辅之传》），"（郭林宗）性明知人"（《后汉书·郭符许列传》）；甚至包括了相术，如《庄子·

应帝王》"郑有神巫曰季咸,知人之死生、存亡、祸福、寿夭",这里的知人指的是季咸善相人之术。又称"知人鉴",如"(裴)楷有知人之鉴"(《晋书·裴楷传》),"(傅巽)瑰伟博达,有知人鉴"(《三国志·魏书六·刘表传》),"颍川司马徽清雅有知人鉴"(《三国志·蜀书七·庞统传》)等。观人学著作《人物志·原序》则径直称之为"知人":"夫圣贤之所美,莫美乎聪明,聪明之所贵,莫贵乎知人。知人诚智,则众材得其序,而庶绩之业兴矣。"①《孟子·万章下》:"颂其诗,读其书,不知其人,可乎?是以论其世也。"可见孟子就已经将观人纳入诗学批评,后人概括为"知人论世"。

(二) 识鉴

本指审察事理,鉴别是非,但用于观人学,则专指知人论世、赏识人才,故称"人物识鉴",如"羊衜有人物之鉴"②。《世说新语》有《识鉴》专篇,而"识鉴"又分"理鉴"与"神鉴"。"理鉴"指深明鉴识之理,将识鉴的具体实践上升到理性的高度来观人,如"潘京素有理鉴,名知人"(《晋书·戴若思传》);"神鉴"谓明鉴如神,指在辨名析理、识鉴人物精神上进入化境,如"(王)珣……虽赖明公神鉴,亦识会居之故也"(《晋书·王导传》)。

(三) 人伦

本指人与人之间的关系,长幼尊卑的秩序,用于观人学,则指品评或选拔人才。人伦转换为观人学,主要来自孔子:"孔子奋布衣,值其世礼乐崩沦,天下大乱,孔子亦以所闻所见,因鲁史作《春秋》一经,将以理人伦、序人类,而居常抑扬古人,进退弟子之言,复散见于《论语》各书,盖皆拟人于伦之辞也。"③ 人伦思想是孔子观人学思想的内核,后来观人又称"人伦",如"(郭)林宗善人伦","(许劭)好人伦"(《后汉书·郭符许列传》),"(杨)俊自少及长,以人伦自任"(《三国志·魏书二十三·杨俊传》)。观人又称"人伦鉴识",如"(刘讷)有人伦鉴识"(《晋书·刘隗传》),"(郭泰)有人伦鉴识"④,"本朝(宋)巨公吕

---

① [三国魏]刘邵撰,[五凉]刘昞注:《人物志》,影印文渊阁《四库全书》子部第848册,台北:台湾"商务印书馆"1986年版,第761页。
② [西晋]陈寿:《三国志·吴书三·孙休传》裴松之注引《襄阳记》,香港:中华书局1971年版,第1156页。
③ 邵祖平:《观人学》上《原理》第三章,北京:中国档案出版社1998年版,第41页。
④ [南朝宋]刘义庆撰,刘孝标注:《世说新语·政事第三》注引《泰别传》,影印文渊阁《四库全书》子部第1035册,第66页。

文靖、夏文庄、杨大年、马尚书皆有人伦之鉴。"① 发展到后来，相学亦别称"人伦"，如金人张行简有相学著作《人伦大统赋》传世。

（四）清议

知识分子主体对时政的议论，最早出现在东汉桓、灵之世士庶之争，其中"激扬名声，互相题拂，品核公卿，裁量执政"（《后汉书·党锢列传》），就是以儒家伦理道德为依据进行臧否人物，属于观人学范畴。如"（暨）艳性狷厉，好为清议，见时郎署混浊淆杂，多非其人，欲臧否区别，贤愚异贯。弹射百僚，核选三署，率皆贬高就下，降损数等"②。为官者一旦触犯清议，往往丢官免职，被禁锢乡里，不再入仕。清议在当时起到了激浊扬清的作用，帝王公卿无不为保持自己的形象而谨言慎行。但是两次"党锢之祸"后，"清议"之风受到了打压，渐渐淡出了政治活动。

（五）月旦评

清议淡出之后，东汉末年由汝南人许劭兄弟主持对时人或诗文字画等品评、褒贬，常在每月初一发表，故称"月旦评"，相对"知人善任"的官法，又称"私法"。《后汉书》卷六十八《郭符许列传》："初，劭与靖俱有高名，好共核论乡党人物，每月辄更其品题，故汝南俗有'月旦评'焉。"无论是谁，一经品题，身价百倍，世人往往传为美谈。因而闻名遐迩，盛极一时。后来，"月旦人物"便成为观人的一个成语。

（六）品藻

又称"品第"。"品"有品类、等级差别之意。魏晋"九品中正制"，根据家世、道德、才能、风貌将人划为九等，作为选官依据，促使观人学制度化；"藻"有华彩、华饰之义，古代服饰器皿的装饰与人物等级相对应，于是"品"与"藻"组合成"品藻"一词。可见品藻指品评、品第，用于观人学，称"人物品藻"。"品藻"一词，出自扬雄《法言·重黎》："或问《周官》，曰：立事。《左氏》，曰：品藻。太史迁，曰：实录。"③ 本是一种"春秋笔法"，它迥异于立事与实录之处，就在于它具有强烈的优劣、褒贬等主观色彩。所以《汉书·扬雄传下》"尊卑之条，称述品藻"，颜（师古）注曰："品藻者，定其差品及文质。"④ 刘义庆《世说新语》、刘知几《史通》均有《品藻》专篇，皆有观人学辨

---

① ［北宋］吴处厚：《青箱杂记》卷四，影印文渊阁《四库全书》子部第 1036 册，第 626 页。
② ［西晋］陈寿：《三国志·吴书十二·张温传》，第 1330 页。
③ ［西汉］扬雄：《法言》卷十，北京：中华书局 1985 年版，第 32 页。
④ ［东汉］班固：《汉书》，北京：中华书局 1962 年版，第 3582 页。

别高下之意。班固《古今人表》、刘邵《人物志》、刘义庆《世说新语》可谓这方面的代表之作。后世还有专门品藻女性的《香莲品藻》（北宋方绚撰）、《江花品藻》（明杨慎撰）等，堪称观人学中的一枝奇葩。品藻又有鉴定、品题之义，即对人物的知识、德行、风神、体貌、品性等各方面的总体评价。中国的传统"诗文评"，在比较之中更体现出"品第"观念，是观人品第之学在诗学批评中的运用。

（七）藻鉴

品藻和鉴别人物。刘禹锡《上门下武相公启》："藻鉴之下，难逃陋容。"吴融《过丹阳》诗："桂枝自折思前代，藻鉴难逢耻后生。"由于观人与官人相关，所以"藻鉴"又引申指担任品评鉴别人才的职务。杜牧《崔璪除刑部尚书制》："擢任藻鉴，旋职牢笼，材皆适宜，官无遘事。"藻鉴不但从观人学引向选拔人才，而且延伸到了对文学艺术作品的品鉴。比如近代名家书画藻鉴、北京颐和园藻鉴堂，马宗霍所撰《书林藻鉴》十二卷，皆有此义。同样，藻鉴也运用到了诗学批评，如夏竦点评宋庠、宋祁的《落花》诗，"独以通篇不露出'落'字，事业远过其弟，子京果终于侍从，人因服夏藻鉴之精。"① 这里的"藻鉴"兼观人与评诗之意。

（八）题目

又称"品题""品鉴""品目""题目人物"，都是品评人物的意思。题目，此指品评、品藻人物，如："（许邵）善与人论臧否之谈，所题目，皆如其言，世称'郭、许之鉴'焉。"（《后汉纪·孝献皇帝纪》）"山司徒（涛）前后选，殆周遍百官，举无失才。凡所题目，皆如其言。"（《世说新语·政事三》）又如苏轼《进何去非备论状》"一经题目，决无虚士"，陆龟蒙《和过张祜处士丹阳故居诗序》言张祜"善题目佳境"。品题，侧重指品评的话题、内容，如汝南月旦评，"每月辄更其品题"，（《后汉书·许劭传》）也有品藻、品第的意思，如李白《与韩荆州书》："今天下以君侯为文章之司命，人物之权衡，一经品题，便作佳士。"至于"品鉴""品目""题目人物"，指的都是观人，辨识人才，如《新唐书·姦臣列传·李义府传》说"既主选，无品鉴才"，唐代赵蕤《反经》还有《品目》专章。汤用彤评东汉观人学时说："黄（子艾）、晋（文经）二人本轻薄子，而得致高名，并一时操品题人物之权，则知东汉士人，名

---

① ［清］贺裳《载酒园诗话·宋·二宋》，郭绍虞：《清诗话续编》一，上海：上海古籍出版社1983年版，第408页。

实未必相符也。"①

（九）相人

最常见的一种观人称呼。《左传·文公元年》："王使内史叔服来会葬，公孙敖闻其能相人也，见其二子焉。"② 这种观人法经过几千年形成了一系列观人的方法与学问，故又有"相术""相学"等称呼。相术是指观察人的相貌，以预测吉凶祸福的一种方术；相学又称"人相学""体相学"，通过观察分析人的形体外貌、精神气质、举止情态等方面的特征来测定、评判人的禀性和命运的学问，成为观人学中的特别一类。无神论者认为相学、相术都属于迷信、伪科学范畴。

（十）风鉴

原指人的风度和见识，《晋书》卷五十四《陆机传》："观夫陆机、陆云，实荆衡之杞梓。……风鉴澄爽，神情俊迈，文藻宏丽，独步当时。"在相学中则指以风貌品评人物，即相术之别称。吴处厚《青箱杂记》说："余尝谓风鉴一事，乃昔贤甄识人物，拔擢贤才之所急，非市井卜相之流，用以贾鬻取赀者。故《春秋》单襄公、成肃公之徒，每遇会同，则先观威仪，以省福祸。……大凡相之所先，全在神气与心术，更或丰厚，其福十全。"③ 风鉴与相术之间存在着差异。

（十一）观人学

尽管中国古代观人学发达，但以"观人学"命名的专著，首见于1931 年出版的邵祖平专著《观人学》，又称《中国观人学》《中国观人论》。国外观人学研究比较发达，古希腊的哲学家毕达哥拉斯、柏拉图、亚里士多德都曾研究并实践过观人学，古罗马的西塞罗也是一位观人学家，他把观人术定义为："通过观察人的脸部、眼睛及额头等的身体特点而发现习惯与气质的艺术。"④ 1778 年莱瓦特《促进人类知识与情爱的观人学片段》一书问世，观人学引起了普遍关注。至今，哈佛大学专门设有《观人学》课程，"哈佛把它定为优秀学生的必修课程，就在于通过对对方的各种动作、姿态、表情、谈吐、修饰等去洞察其内心秘密，做到知己知彼，百战不殆"⑤。美国著名的颅相学家塞缪尔. R. 韦尔斯

---

① 汤用彤：《魏晋玄学论稿》，上海：上海古籍出版社 2005 年版，第 7~8 页。
② ［西晋］杜预注，［唐］孔颖达疏：《春秋左传注疏》卷十七，影印文渊阁《四库全书》经部第 143 册，第 378 页。
③ ［北宋］吴处厚：《青箱杂记》卷四，第 627 页。
④ ［美］塞缪尔. R. 韦尔斯：《观人学：通过人的外部特征和内在气质解读人的性格》，北京：中国商业出版社 2005 年版，第 2 页。
⑤ 龙子民：《中国鉴人秘诀》，北京：中国华侨出版社 2001 年版，第 5 页。

(1820～1875）在其名著《观人学》中，给观人学下的定义是：

> 观人学作为一门科学或系统并作为一门艺术，主要应用于人：从范围较窄的应用上，我们可以把观人学定义为关于人外在和内在——身体系统与激发和控制身体系统的精神原理——表现结果与内在原因之间联系的一门知识，并且是关于脸部和身体其它部分迹象的一门知识；作为一门艺术，它在于通过整个身体特别是面部发展的迹象读取人的特征。
>
> 观人学，就像我们解释的那样，适应于整个人体；性格、身体形状、头的大小和形状、皮肤的质地、头发的数量、功能件活动的程度及其它的观人学条件和面部的特征都是我们考虑的因素。从观人学的实际应用来说，它适应于生理学、颅相学和相关学科的广泛领域。①

以上概念的内涵与外延，有同有异，都属于观人学的范畴。相比较而言，传统的概念较多，而且杂，但没有科学的解释。近现代人用"观人学"比较精准，又有较科学的定义与阐释，且形成一门现代学科或课程，这是本书采用"观人学"这个概念的一个重要原因。

二 观人学的属性

广义的观人学是关于品评鉴定人物、预测人物命相的原理、依据和方法的学问。它有五种不同的属性，每一种属性对诗学的影响也不一样。

（一）人才学的范畴

观人是人才学三大重要环节（观人、用人、育人）的第一个环节。据《尚书·皋陶谟》及《大戴礼记·文王官人篇》②等篇，早期观人学来源于政府选人用人，知人授官，"择人以仕"，为了选择任用官吏而观人，所以观人学称得上是"官人学"，即选才任官的学问，可见观人学与仕进关系密切，是历代选官制度的一部分。《尚书·皋陶谟》："知人则哲，能官人。"可见，选才委官是建立在观人学基础上的。两汉的征辟察举，魏晋的九品中正制，都属于这类，具有强烈的政治功利性，观人

---

① ［美］塞缪尔.R.韦尔斯：《观人学：通过人的外部特征和内在气质解读人的性格》，第55～56页。
② ［西汉］戴德：《大戴礼记》卷十《文王官人》，影印文渊阁《四库全书》经部第128册，第498页。

是为政治举人、"官人"服务的。这种观人学的官方色彩非常浓厚。作为官人属性的观人学与诗歌关系密切,比如唐代开诗赋取仕之风,"以诗赋取者谓之进士"①,促进了唐诗繁荣;历代"以诗擢科第者","以诗转官职者","以诗蒙宠赉者","古人藉诗荣显"② 也屡见不鲜,都体现出观人学的影响。

（二）人物美学的范畴

从发轫于孔子的"四科",观人术由"官法"转为"私法",发展到东汉末年的"月旦评"、六朝的品藻人物,都属于这一类。人们在具体的观人活动中,形成了一套评价体系、标准、概念、范畴及其所反映的审美思想观念,这就是"人物美学"③。它的一个重要特点是从政治功利性中逐渐解脱出来,演变成纯粹的审美性,有的称"身体美学",甚至演变成美学学科重要的一支④。这类观人学的文人色彩、审美色彩非常浓厚,对传统诗学批评的体系、标准、概念、范畴与审美观念影响深远。

（三）谶纬学的范畴

邵祖平《观人学·凡例》第三条说:"观人说虽有奇辟,必衷事理,谶纬之说,概不采入。"作为科学性、严谨性来说,这样做无可厚非,但传统的观人学具有丰富的谶纬学内容。"谶"是一种宗教性的神秘预言（称"谶语"）,可以预测吉凶;因通常配有图,故又称"图谶"。"纬"相对于经而言,指用图谶等神秘含意解释儒家经典,又称"纬书"。谶纬学是古代具有宗教神学色彩的政治宣传,用于为统治者大造舆论,证明其权力来源的合理性。谶纬学大兴于西汉末年,经王莽与刘秀的推波助澜,到东汉更成为占统治地位的思想。当这种谶纬学用于预测人的前途命运时,便获得了观人学的功能。观人学忽视这一块内容,便不完整。何况在诗学批评史上,诗学被纳入谶纬学阐释,形成了专门的一类:"诗谶"。当诗学家们用诗歌来预测相关人物的前途命运时,它就成了"诗谶批评"。所以从诗学批评角度来说,忽视这一块内容,观人诗学批评也不完整。

---

① ［清］顾炎武撰,张京华校释:《日知录校释》上《明经》,长沙:岳麓书社 2011 年版,第 670 页。
② ［南宋］胡次焱:《梅岩文集》卷三《赠从弟东宇东行序》,影印文渊阁《四库全书》集部第 1188 册,第 549~550 页。
③ 吴兴明:《谋智、圣智、知智——谋略与中国观念文化形态》,北京:生活·读书·新知三联书店 1993 年版,第 298 页。
④ 刘茂平、李珊:《美学导论》第十五章《身体美学》,武汉:湖北美术出版社 2014 年版,第 152 页。

（四）相学（风鉴学）的范畴

从《左传》《国语》中记载的相术学源头开始，经过《论衡·骨相》《潜夫论·相列》，到唐以后大量专著的出现，中国相学已经蔚为大观。它主要通过人的相貌、骨肉、神气、声色、言语等外在显现来推测人物的吉凶祸福、功名穷达、寿夭贵贱等隐性未来，具有强烈的神秘性，但在某种程度上又吸收传统中医的理论，具有一定的科学性，不能完全视为迷信。邵祖平《观人学》凡例将相术学排除在观人学之外，值得商榷。其实，从观人学传统来说，相学、相术属于广义的观人学，是品鉴人物的学问。由于相学与观人学有着共同的观察对象和观察方式，许多相学专著也阑入了观人学的内容，如相书就有"古观人法辨邪正四则"①，"刘邵相法《九征》《体别》《流业》"②，"朱文公辨贤愚二种"③等内容。又《世说新语·识鉴》"褚期生少时，谢公甚知之，恒云：褚期生若不佳者，仆不复相士"，刘孝标注引《续晋阳秋》则说"若期生不佳，我不复论士"④，可见观人"论士"与相学"相士"之间其实相通。相术许多概念甚至直接为观人学移植使用，丰富并深化了观人学概念。所以，要完全将相学排除在观人学之外，是不完全或者不完整的观人学。何况相学、谶纬对观人诗学的影响也是非常巨大的，所以本书将相学也纳入观人学范围，就是基于这些因素的考量。

（五）文学艺术批评的范畴

当观人学用于观察文学艺术艺创作家这一特殊群体时，比如以诗观人、以文观人、以书法观人、以画观人等，它就获得了文学艺术创作主体批评的意义。从诗学批评来说，这种属性最早追溯到《左传》"赋诗言志"，这是观人学、观诗志活动，即根据人物所赋诗章揣摩其志，预知其心态、性格及命运，其实也是"诗占"活动，诗被赋予了神秘化的理解与阐释。发展到儒家诗学，以诗观人，成为一种趋势；孟子提出的"知人论世""以意逆志"，通过了解"诗"的作者的言行及其时代状况来探知"诗"所传达的意义，堪称中国诗学阐释学的里程碑，知人也成了诗学批评的重要方法。由于"知人"就是"观人"的意思，古代二者可以通用，所以观人术也成为诗学批评的一种重要方法。

---

① ［清］右髻道人：《水镜神相》，北京：世界知识出版社2010年版，第236页。
② 同上书，第238页。
③ 同上书，第246页。
④ ［南朝宋］刘义庆：《世说新语·识鉴第七》，影印文渊阁《四库全书》子部第1035册，第112页。

无论是人才学、风鉴学、品藻人物，还是功利性、审美性、神秘性，在本体论、创作论（作家、作品、风格）、方法论、诗学发展史观等层面上，对中国古代诗学理论建设产生了深远的影响。

第二节 观人诗学批评的概念与属性、研究对象与内涵

观人学指对人物的德行、才能、智慧、风神、体貌、品性等的鉴赏、评价。以人喻诗，以人衡诗，以人观诗，并进一步用观人学的原理与方法去观察、品评诗歌，从而使诗歌获得了和人一样的生命形体、生命姿态、生命结构、生命特质，甚至生命病症、生命精神与生命品格等，构成了"生命诗学"。用观人学的原理与方法去构建诗学体系，形成观人诗学。观人诗学包括两个层面的内涵：一是观人学影响到传统诗学本体论、创作论、作家论、文体论等的建构，形成了观人诗学理论。限于篇幅，本书不能展开研究观人诗学理论。二是观人学对人物鉴赏、评价的原理方法逐渐运用于对作家、作品的诗学批评，形成了"观人式"的文学接受方式，即观人诗学批评。这是本书研究的主要对象与内容。

一 观人诗学批评的概念

"观人诗学批评"是新的诗学概念，学术界与此相近的概念有：

（一）"人化文评""人化批评"

最早提出这一概念的是钱锺书，他说中国传统文学批评有一个特点，"就是：把文章通盘的人化或生命化。"也就是以"气骨神脉"等人体的"机能和构造"来评论诗文①。"人化文评"现象不仅限于散文批评，而且也延伸到诗评、词评、曲评、书评、画评等文学艺术批评领域，所以后来学者进而提出"人化批评"②的概念：

> 人化批评以人体结构、人的体态、举止、地位、遭际等人的生活经验为批评之本，批评家的立场是把艺术视作有生命的人，批评方式上是直观体验，批评的视野集中于艺术的生命构成，从而在批评方式上超越了暗喻和象征，人与审美对象发生了"生命潜移"或"生命化入"，演进为由艺术直观生命的体悟，并因文以观人，认为

---

① 钱锺书：《中国固有的文学批评的一个特点》，《文学杂志》1937 年第 4 期。
② 蒲震元：《"人化"批评与"泛宇宙生命化"批评》，《文学评论》2006 年第 5 期。

文学是人才性的反映。①

这段文字阐述了人化批评的性质、批评方式及其特点，但由于人化批评包括了文评、书评、画评等文学艺术批评，不限于诗评，而学术界对诗歌的人化批评的专门论述较少。

（二）"以人论诗"

李世英认为："中国古代诗学的一个鲜明特色就是'以人论诗'，这不仅体现在中国古代诗学主张'诗即是人'、以人品来决定诗品，而且从表现形态而言，也是把诗歌作为具有生命的人体的外化存在形态来认识的。""在中国诗学中，'人'论诗并不仅仅是一种譬喻，而是对文学作品由内而外、由本体到形式的全面要求。人懂得如何在所有人的生命活动中运用'内在的固有尺度'，按照美的规律来进行创造。人的文学艺术活动正是这样一种人的自我构成手段，是人类从其'内在的固有尺度'出发，根据自己的需要和目的所从事的以人为中心的自觉自由的创造。"②

（三）"生命之喻"或"生命化批评"

吴承学说：用人体及其生命运动比喻文艺作品，这种"以人、文同构的比喻，称之为'生命之喻'"③。后来吴又进一步总结说：

> 这是把文学艺术人化的比喻，以人的生命形式作为文学艺术结构形式的象征。这种比喻的意蕴是强调文学艺术作品应该具有内在的统一性，成为独立自足并蕴含着情感与生命运动节奏的整体。我曾称之为"生命之喻"。④

吴的"生命之喻"概念得到学术界普遍肯定，如蔡镇楚认为，古代文学批评中的"生命之喻"，就是以蓬勃旺盛的生命而喻诗文之作的意思⑤。而韩湖初从艺术人类学的角度，进一步探溯了"生命之喻"的源

---

① 朱忠元等：《魏晋才性观与人化批评》，《甘肃社会科学》2002年第5期，第96页。
② 李世英：《中国古代诗学中的以人论诗》，《北方工业大学学报》2000年第2期，第33页。
③ 吴承学：《生命之喻——论中国古代关于文学艺术人化的批评》，《文学评论》1994年第1期，第53页。
④ 中山大学古文字研究所：《古代兵法与文学批评》，《康乐集》，广州：中山大学出版社2006年版，第382页。
⑤ 蔡镇楚：《中国文学批评史》，北京：中华书局2005年版，第17页。

头:"生命之喻"最早源于人类对自身人体和生命运动的观照,源于更为久远的原始文化①。有的学者干脆称之为"身体隐喻"②。

学者们把这种人、文同构同态的批评理念和范式,又称之为"生命化"批评。如欧海龙指出:"论题从生命哲学的角度探讨诗话的批评方式,认为诗话作家对于生存的体悟与生命价值的执着追求,使诗话批评方式本身也发生了深刻的变化,形成种种生命化的诗话批评。"③ 还有人专门研究唐代的生命化批评④。

(四)"象喻批评"或"象喻式批评"

张永昊、贾岸认为,"象喻式批评"就是"采用以形象作比喻的方式,把抽象的精神特征和幽微的情感体验物化为可以直观感官形象"⑤,吴果中认为:"象喻批评是通过以形象作比喻的方式实现自我鉴赏的文学批评样式,与'比兴''比喻'有着共同的发生机制和质的相似性。"⑥"简而言之,象喻批评就是比兴、比喻、修辞手法在文学批评领域中的运用。"⑦ 作者还从"人的生命之喻""自然物象之喻""禅喻"三个层次加以理性分析⑧。显然"象喻批评"不仅包括人化批评,也包括"泛宇宙生命化"批评。通过比喻的形式来评论作家作品的方法,它的名称颇多。罗根泽先生的《中国文学批评史》称为"比喻的品题",郭绍虞先生的《中国文学批评史》称之为"象征的批评",张伯伟先生的《禅与诗学》《中国古代文学批评方法研究》则称之为"意象批评"。

这些概念,与"观人诗学批评"的内涵与外延,既相联系又有不同。其中"人化批评"(或称"拟人化批评")、"以人论诗",揭示出"观人诗学"人、诗同构的批评本质;而"生命之喻""象喻批评""意象批评"则提供了"观人诗学"重要的批评方法。但是它们与观人诗学批评的内涵与外延同中有异:

1. 喻象范围不同。"生命之喻""象喻批评""生命化批评"中的意

---

① 韩湖初:《"生命之喻"探源——对一个中、西共同的美学命题的认识与思考》,《文学评论》1995年第3期,第124页。
② 王柏华:《中国诗学中的身体隐喻》,《东方丛刊》2009年第1期,第36页。
③ 欧海龙:《论中国诗话之生命化批评》,《海南大学学报》2007年第6期,第655页。
④ 肖占鹏等:《唐代文论中生命化批评的人文意蕴》,《文学遗产》2009年第6期,第26~33页。
⑤ 张永昊等:《中国古代象喻式批评的演变轨迹及其功能》,《文史哲》1995年第4期,第81页。
⑥ 吴果中:《论象喻批评》,《云梦学刊》2001年第6期,第65页。
⑦ 吴果中:《象喻批评的渊源探辨》,《湖南商学院学报》2004年第3期,第102页。
⑧ 吴果中:《象喻批评的理性分析》,《中国文学研究》2002年第1期,第16页。

象批评所涉及的喻象非常广泛，既包括拟人化比喻，也包括更加广泛的动物、植物等宇宙生命万物，即"泛宇宙化生命之喻"，而观人诗学与"人化文评"一样，仅限于拟人化比喻，而以人为喻只是"生命体形象"的一部分。

2. 应用领域不同。"人化批评""生命之喻""象喻批评""生命化批评"等主要体现在散文批评、诗歌批评、词学批评、戏曲批评、小说批评的渐次运用上，甚至延伸到书法批评、绘画批评等艺术批评领域，而观人诗学批评只限于诗学批评领域。

钱锺书《中国固有的文学批评的一个特点》，探讨了人化文评的特点。"考察钱先生文中所列中国文评的实例，包括《文心雕龙》《颜氏家训》《文原》《言志集序》《典论》《诗品》等，大多为魏晋南北朝时期的文论。那么为什么魏晋之前的文论未见呢？这恰恰是因为中国的人化文评并非自古到今各宗各派各时代的批评家都利用过的，而是直到魏晋南北朝时期才出现并被广泛地应用"①。作为人化文评来说，这个观点是基本成立的；但作为观人诗学批评来说，早在春秋时代赋诗言志、以诗观人就有了，儒家总结出道德观诗、观人，其实就是成熟的观人诗学批评了。只是到了魏晋时代，观人诗学才真正摆脱了道德束缚，走向审美的自觉。这也足见观人诗学虽然以人化诗评为基础，但它们的概念内涵与外延是不完全相同的：观人诗学包含了人化诗评，而内涵与外延远远超过了人化诗评。

3. 内涵不同。"生命之喻"仅仅说明"以人的生命形式作为文学艺术结构形式的象征"（见前引），换句话说，它强调的是身体隐喻，甚至有人说"人化文评就是身体隐喻"②，就道出了人化批评的核心内容，而且所涉及的只是作品的形式与结构理论。而观人诗学不仅包括了由于人喻手段而构建起来的诗歌形式与结构理论，更涵盖了道德批评、审美批评、风格批评、作家批评等诗歌批评领域，甚至涉及诗人的命运预测问题，即诗谶批评，所涉及的面远远超越了人的物质层面的"身体隐喻"。因此，"生命之喻""象喻批评""身体隐喻"更多的是一种批评方法，是文论家们普遍采用的一种思维和修辞策略，即比兴法在文学批评中的运用；而观人诗学除了是一种方法外，更是一种本体论、范畴论、作家论，一种诗歌批评。它从以人喻诗、以人衡诗出发，经过以人观诗、以

---

① 张晓青：《对〈中国固有的文学批评的一个特点〉的一点小补充》，《南阳师范学院学报》2011 年第 7 期，第 68 页。
② 王柏华：《中国诗学中的身体隐喻》，《东方丛刊》2009 年第 1 期，第 38 页。

诗观人，运用了观人学的术语、范畴、原理阐释诗学，从而比起纯粹的以人喻诗来说有了质的跃进，已经形成了一种诗学理论体系，这些都是人化批评、"象喻"批评、"身体隐喻"所无法包容的。

由于观人诗学批评与人化批评、象喻批评、生命之喻概念在喻象范围、应用领域、内涵外延等领域诸多不同，因此也决定了上述概念的历史起点也不同。人化批评、象喻批评、生命之喻等，多自认为是虽起源于先秦，但形成于魏晋；而观人诗学批评作为一种诗学批评现象，在先秦就已形成并发达，先秦两汉儒家建构的道德批评就是成熟的观人诗学批评，魏晋则从道德批评走向审美批评，标志着观人诗学批评的自觉与独立。所以，本书采用"观人诗学批评"一词，既受到前面诸多"喻评"学说的启发，但与它们之间也存在着内涵、外延上的诸多差异。观人诗学概念不仅反映了观人学在身体结构方面对诗学的影响，而且反映了观人学对传统诗学建构的全面影响，已经上升为一种认知隐喻。

二 观人诗学批评的属性

"观人诗学"是近几年学术界提出的新的诗学概念①，它指运用观人学原理及其审美经验，实现对传统诗人、诗作的本质和规律的经验性认知和表述的一种经验形态的批评，它涉及作家、作品、风格、诗法等一系列创作、鉴赏及诗歌层次递进等诸多问题。在这个理论框架下，观人诗学批评深受观人学（含相学）的影响，多借用其术语品第、品题诗歌作品，或者说，观人诗学的批评观念是建立在对人的自觉认识之上，是一种文学人化批评，是一种诗歌的批评，具有独特的属性和特征。中国古代文艺批评的显著特征是"观人"，即观察文艺家这一个特殊群体的人。因此观人诗学批评具有观人学与诗学批评的双重属性，是这双重属性的高度统一：

（一）观人诗学批评的本质是诗学批评

作为诗学批评，它不仅以诗歌作品、诗人作为批评的对象，而且体现出文学的诗性、文学性、审美性、艺术性。中国古代和西方古代都曾经盛行过政治批评、道德批评、历史批评、哲学批评，就是将批评附着在政治、道德、历史和哲学上，依据政治观、道德观、历史观、哲学观来进行批评，从而将诗学视为政治、道德、历史、哲学的附庸。观人诗

---

① 李克和、陈恩维：《中国传统文论的现代重构—评万伟成〈观人诗学〉》，《中国韵文学刊》2007年第3期，第115~116页。

学批评也从儒家道德、哲学附庸出发，在魏晋南北朝随着玄学兴起与观人学的内涵性变化，也发生从政治批评、道德批评转向艺术批评、审美批评的变化。它既继承了传统儒家的政治批评、道德批评，又发展出艺术批评、审美批评，使诗学批评获得了批评的本体位置和独立性。

观人诗学批评尽管有文学化倾向，大量的诗话、论诗诗、词话、序跋小品可以作为文学作品来读，亦可作为文学批评来读，但它毕竟不是文学，观人诗学批评的本质是诗学批评。但它不是一般的文学批评，一般的批评是一种理性活动，一种抽象思维活动，一种科学认证活动。而观人诗学批评虽具有较强的理性，但它带有文学创作化倾向，是一种形象理性、文学理性、审美理性，与一般理性有明显不同。它虽然遵循批评标准和规范，但也根据批评主体需要和个体经验来进行"观""相""品""辨"，同中有异，异中有同，从而体现出一定的个性、个体性和个别性。讨论观人学对古典诗学理论的影响，应该在本体论、价值论、方法论与诗学的关系层面上来进行，这才有可能将研究导向深入。

（二）观人诗学批评的观人学属性

观人诗学运用观人学原理阐释诗学，是最富中国特色的传统诗学的一部分；反过来，观人诗学从另一角度也促进了观人学的发展，其中最明显的就是运用诗歌来观察作家这一个特殊群体。魏庆之编《诗人玉屑》卷十二就有专门的《品藻古今人物》，将诗学置于观人学范畴之内。所以从诗学的功用来说，观人诗学批评具有观人学属性。关于这点，许多文论家都肯定了诗文的观人作用：

（诗）可以观民风，可以观世道，可以知人。①

兹更即其（文学）彰明较著者分而论之，盖大端有六：……五曰观人。②

诗有八征，可与论人：一曰神，二曰君子，三曰作者，四曰才人，五曰小人，六曰鄙夫，七曰獠，八曰鼠。……审声诗之士，以是八征，参验无失，则可以观人矣。③

---

① ［元］赵孟頫：《松雪斋集》卷六《薛昂夫诗集叙》，影印文渊阁《四库全书》集部第1196册，第674页。
② 姚永朴：《文学研究法》，《姚永朴文史讲义》，南京：凤凰出版社2008年版，第31~36页。
③ ［清］毛先舒《诗辩坻》卷第一《总论》，郭绍虞：《清诗话续编》一，第10页。

以往诗学解释孔子"诗可以观"时，往往强调观民风世道，而忽视了观人的作用。其实，在孔子之前，《左传》中的赋诗观志，其实就是观人；何况孔子观人学思想早已贯穿到《诗》学中！在诗学里，强调诗歌可以观作家的性情、人品的比较多，甚至可以发现人才，如：

> 余知诗人：脱略拘挛，吞吐一世，诗人之襟度也；消融芥蒂，物我皆春，诗人之性情也；色态庞杂，触目是道，诗人之识趣也；愁苦侵寻，别有乐处，诗人之雅抱也；情景相遭，天机自流，诗人之真味也；幽岑独契，授受不能，诗人之妙解也。是谓六得。①

> 故文可以得士也：鸿巨之士其文典，骚雅之士其文藻，沉毅之士其文庄，清通之士其文畅，澄澹之士其文婉，俊迈之士其文劲，中庸之士其文近，倏旷之士其文玄。泛而览之，十不失三；定而烛之，十不失七；衡而量之，十不失九。故物无遁照也。②

> 相文之法，《云汉》忽热，《北风》忽凉。傥然而接见其须眉冠服焉，十行之外，见其寝处，知其嗜好焉。是故能刺我瞳者，其人魁杰；能移我情者，其人俊远；能约我视听者，其人贤圣。……余尝以此相邦国之士，迟速不同，十射而九中焉。夫天下之大，天下之士之众，法亦应无逾此者矣。③

今天人们也常说：文学就是人学、心学。古代批评家往往把品诗当作一种读心术，以观察作家。徐曾《而菴诗话》："诗乃人之行略，人高则诗高；人俗则诗亦俗。一字不可掩饰，见其诗如见其人。"④ 杜浚《与范仲闇》径直说："人即是诗，诗即是人。"⑤ 但也有例外，如傅休奕刚正嫉恶，而诗善言儿女之情；潘岳趋炎附势，而好为冰雪之文；谢灵运、宋之问、严嵩等人品有亏，而诗品却高；杨亿、文彦博、李时勉人品忠清鲠亮，而诗却华媚。所以陈廷焯说："诗词原可观人品，而亦不尽

---

① ［明］吕坤《陈少丘诗集序》，吴文治：《明诗话全编》五，南京：江苏古籍出版社1997年版，第4838页。
② ［明］屠隆：《屠隆集》三《徐检吾司理制义稿序》，杭州：浙江古籍出版社2012年版，第217页。
③ ［唐］李群玉《与孙武迁》，［清］周亮工：《赖古堂名贤尺牍新钞》三选《结邻集》卷二，《四库禁毁书丛刊》集部第36册，第543页。
④ ［清］徐增：《而菴说唐诗》卷之首，《四库全书存目丛书》集部第396册，第541页。
⑤ ［清］杜浚：《变雅堂遗集》文集卷八，清光绪二十年（1894）黄冈沈氏刻本。

然。"① 尽管这样,许多人仍坚持"诗能观人"说:

> 李子读莆林公之诗,喟然叹曰:"嗟乎,予于是知诗之观人也。"陈子曰:"夫邪也不端言乎?弱不健言乎?躁不冲言乎?怨不平言乎?显不隐言乎?人乌乎观也?"李子曰:"是之谓言也,非所谓诗也。夫诗者,人之鉴者也。……谛情探调,研思察气,以是观心,无庾人矣。"②

作诗以诚不以伪,观诗也以诚不以伪,真情真性是诗歌生命力的基本条件,是诗能观人的先决前提和合理内核,观古人诗要识得真古人处。观人学是诗学重要命题"诗如其人"的一个重要理论来源。但这种理论走向偏激,势必将相学运用于诗学,甚至是以诗相人:

> 方芷斋与媳唱和:仁和方芷夫人芳佩……工诗文,有知人鉴。乃翁相修时,携文二首,一为吴颉云修撰鸿,一则中丞也。展转不能决,以示夫人。时吴为诸生,汪犹布衣也。夫人阅吴作,曰:"是当早发,然英华太露,诚恐不寿。"阅汪作,曰:"此大器也,然须晚成。"翁遂舍吴而议汪。后吴果大魁,位不显,且未享遐龄。汪则扬历中外,阶至一品。夫人生一子二女,富贵寿考。③

古代诗学著作中,通过诗文来"择婿"或选官,觇验诗人的命运,对人物的贵贱、贫富、祸福、寿夭等进行评论、预测或议说,形成诗谶批评。

观人诗学的多重属性,以诗歌批评属性为主,观人学属性为辅。当然,我说诗歌可以观人,并不是所有的诗歌都可以观人;观人诗学具有观人学属性,并不是所有诗学都具体这个属性。所以观人诗学具有一定的范围性,分别是观人学、诗学的一部分,而不是全部。

(三)诗、人合一,艺进于道

上述观人诗学批评的两种属性不是对立的,而是统一的。这是因为诗歌活泼的生命力是由创作主体所赋予的。刘熙载《古桐书屋续刻三

---

① [清]陈廷焯:《白雨斋词话》卷五,北京:人民文学出版社2001年版,第132页。
② [明]李梦阳:《空同先生集》卷五十《林公诗序》,台北:伟文图书出版社1976年版,第1442页。
③ [清]徐珂:《清稗类钞》八《文学类》,北京:中华书局1986年版,第3937页。

种·游艺约言》:"诗文书画皆生物也,然生不生,亦视乎为之之人,故人以养生气为要。"① 这段话说明二点:一是创作主体所具有的修养功夫,是诗歌作品"灌注生气"的决定性因素;二是诗歌作品作为有机生命体,其生气的有无多少,取决于创作主体心性的素养的高低。长期的"养气"水到渠成,然后将"生气"注入于诗歌"体"里,使人融于诗,诗进于道,道合于天,真正实现"天人合一",从物质的人,经过技艺的发酵,最后上升到一种诗歌哲学的境界。由于诗写心声,反映个性,诗歌气象又是诗人生命力的体现,甚至连诗法也对应诗人的身心状态,所以观诗可以推知诗作者的学行高下、修养深浅、胸襟阔窄、技艺工拙、生命强弱,诸如雅人深致、俗人冶容、狂人野态、狷人持重、高人逸趣、卑者庸碌等各种性相,甚至祸福夭寿、命运前途,无不一寓于诗,毕呈毕现,但若要使诗歌臻于妙境,则须凭道技并进、心手并追,"吾手写吾口,吾口述吾心",而不是模拟复古,纵使面目体貌已逼肖古人,比如拥有尧眉舜瞳,文王乳,皋陶项,子产肩,但内涵不足,没有自己面目。所以"诗、人合一,艺进于道",充分展现先人的诗性智慧,强调诗歌与诗人身心互动的关系,既是个体生命的呈现,亦是时代风气的展露,更是心性实践的功夫。观诗知人,以人观诗,成为观人诗学批评的独特风景线。

三 观人诗学批评的研究对象与内涵

观人诗学批评是观人诗学的一个重要组成部分,是本书研究的主要对象。根据以上对观人诗学批评的概念与属性的分析,观人诗学批评的研究对象与内涵可从三个方面来归纳:

(一) 从批评对象来看,主要是诗人批评、诗作批评、诗学现象批评

观人诗学批评是传统诗学批评的一个组成部分,是传统文艺学中最活跃、最普遍的一种研究形态。它是以诗歌鉴赏为基础,以观人诗学理论为指导,对诗人、诗作和诗学现象(包括时代、地域流派、诗史等)进行分析、研究、认识和评价的观人式阐释活动。当然,观人诗学在诗人批评、作品批评方面运用较多,而且取得相当的成就;相反,它在时代批评、地域批评、诗史批评方面运用较少,而且基本上处在以人喻诗的初级阶段。

总之,从对象与目的来说,观人诗学批评与一般的诗学批评没有区

---

① [清] 刘熙载:《刘熙载文集》,南京:江苏古籍出版社2001年版,第755页。

别；区别的只是在于方法，即：它运用了人化式比喻批评，运用了观人学范畴与原理对诗人、诗作与诗学现象进行批评。在观人诗学批评中，人与诗无分彼此、混同一气，诗歌与生命之间相互契合、相互依存，主体的生命与诗歌的生命相映默契。观人诗学批评的视野集中于诗歌生命本身，主体把生命的属性赋予了它的研究对象，其实就是主体情感及生命在研究对象中的确证与表达。

（二）从批评内容与标准来看，包括道德批评、审美批评、才性批评、风格批评、人格批评、诗谶批评等

中国传统的道德批评，是春秋时代孔子及其后学将观人学由官方引入民间，建立了道德话语权下的儒家观人学，并用之于观《诗》，至汉时建立起儒家话语权视阈下的成熟的观人诗学批评，其核心是道德批评，即观人学"观志"说对"诗言志"说的影响，由志观德是它的重要考察内容与标准，而在情感、风格上的要求就是温柔敦厚诗教，后来形成主导话语权的诗学批评，这种道德批评强调"发乎情，止乎礼义"的情感内容，"作诗中正之法"的艺术诉求，中和之美的美善指向，以人品定诗品的作家批评等。道德批评成为中国传统观人诗学批评的主体部分。

中国传统的审美批评，主要来自汉魏晋南北朝观人标准之迁变：由性为主转变才为主，由道德为主转变纯审美为主；观人学的自觉也影响到诗歌理论、诗歌批评的自觉。其中"尚情批评"就是在魏晋观人学影响下的产物。与温柔敦厚诗教不同，这种纯情审美式批评强调发乎情、超越礼义的尚情宗旨，反对格套、超乎法度的艺术诉求，崇尚狂狷、超越中和的美学旨趣，成为中国传统观人诗学批评的重要辅助与补充部分。

观人诗学中的才性批评、风格批评、人格批评，不是独立的批评，而是与前两种批评密切相关。当儒家以"性居才先"的观人才性理论，确立了先秦儒家人性说以"德"为内核的君子诗学观时，它就属于道德批评的范畴；当魏晋观人学的"才居性先"说、"气"说促进了观人诗学的独立，将观人学中的新才性论引入诗学理论，大大促进了作家论、作家批评的深化研究时，它就从属于审美批评的范畴。才性批评、风格批评归根于人格批评，君子人格、自然人格、圣人人格三种人格批评，就体现了儒家、道家、玄学为主导的观人批评对诗学人格批评的不同影响，产生了陶渊明、李白、杜甫三种不同人格的"诗圣"典范。当然"诗品即人品"的人格批评模式必须辩证分析，不能完全地、机械地一

一对应。

诗谶批评，主要是通过诗歌来预测作者及其相关人物的穷通（科举与仕途）、贫富、寿亡、祸福等命运，是观人诗学批评的一个组成部分。诗谶批评远可以追溯到春秋时代的赋诗观志，后来在命相学与谶纬学影响下的诗谶，就是中国诗谶批评的主要形式。它在言志言情、知人论世、诗可以观、气象观诗、生命学角度、诗歌结构等方面对于古代诗论的深化作用，为人们提供了一种诗性意味浓郁、神秘感十足的诗性哲学体系；但它的局限性也不可避免：强化了天命内容或者宿命成分，淡化了对诗歌文本的把握；否定了"哀怨起骚人"的诗学传统，往往脱离了诗学批评的实际；给诗歌创作也带来了负能量。学界以往的诗学研究，基本不涉及这类，这从学理上说是有缺陷的，只有将这部分一并纳入，观人诗学的研究才具有相对的完整性。

（三）从批评方法论与文本来看，主要有观、相、品等方法论，意象批评方式，产生了诗品体、主客体、点将体等特殊批评文体

从批评方法论来看，"观""相""品"等不但是观人学批评的基础和前提，也是诗学批评的基础和前提。"观"，或者说"观物取象"，有"仰观俯察""远取近取"二途，其中"近取诸身"就是以人喻诗、以人衡诗，是观人诗学批评形成的思维特征与哲学基础。从相形骨到相神明，体现了从相人到相诗的范畴与审美层次；读心求心，体现了从相诗之形、相诗之神到相诗之心的层次；品第批评、品题批评从观人学到诗学批评，对于观人诗学批评来说，都有重要的方法论意义。

一定的批评方式总是通过一定的批评文体来表现的。观人学既然对诗学的批评方法有重要的影响，势必对诗学的批评文体也产生相应的影响。本书无意于对批评文体进行系统的全面的论述，而侧重分析几种受观人学影响的特殊文体，比如《诗品》体、祖宗录、主客录、点将录。这些文体的特征主要表现在：一是偏重于对诗人流别、品第、风格的划分，体现了观人学品题批评、品第批评、谱系批评的影响；二是品评诗人诗作时多用形象性的语言，特别是以人喻诗的语言，体现了观人学比兴之体、意象批评的影响。

上述三个方面的内容，都体现出观人学对诗学批评建构从对象、内容到表达方式、特殊文体的影响，也反映了观人诗学批评的内涵与外延。以下各章将作详细论述。

第三节　从观人学批评到诗歌批评转移的诱因

学界中，敏泽认为"人化审美评价的形成，最根本的还是来源于魏晋时期的人物品评，由人物评品变为审美品评，始终保持着对审美对象评价人化的特点"①，但没有进一步解释转移的原因。王瑶先生从"文气说"展开论证，指出"东汉以来对宇宙的观念应用于文学理论"，"文以气为主，而气即是人之所以为人者"，"中国文论中常常用形容人格或人体的字样形容诗文，正是有着这样的理论根源"②。李泽厚说"中国古人喜欢用人的自然生命及其因素来阐释文艺"，"把本来是人的形体生理的概念当作美学和文艺尺度，相当清晰地表现了重视感性生命的儒道互补"，更将这一转移与儒道的互补联系在一起③。这些都给我们以启发。我认为，观人学批评到诗歌批评转移，不是源于魏晋，先秦已有之。那么，是什么因素最终促成了观人术向文学评论领域转移的呢？它们之间有着什么转移的学理基础？探溯观人学和观人诗学批评发生和发展的原因，对于正确把握中国传统诗歌批评的性质和特征、建设当代文论和批评有着重要的意义。

一　观人诗学批评形成的外因条件

观人诗学批评的起因是复杂的、多因的。它是社会文化的产物，并依社会文化的发展而发展。归结起来，其外因条件有三：

（一）历史悠久，一脉相承的中国观人文化

观人学与"人"关系极大，是对人的内在精神、外在形貌乃至命运前途的观察、判断。根据《尚书》之《尧典》《舜典》《大禹谟》《皋陶谟》等篇可知，由于知人任官与处理人伦关系的需要，产生了观人术。当时主要观察人的德才，所以说："综观二《典》二《谟》所采，凡为中国之观人术者，莫不胚基于此矣！"④ 周文王以六征之法观人，"无异视观人术为官人术也；观人术之在政府自此始。"⑤ 到了《诗经》时代，发展到观察威仪、举止及言语（如《猗嗟》《都人士》）、酒食观人（如

---

① 敏泽：《中国美学思想史》，济南：齐鲁书社1987年版，第513页。
② 王瑶：《中古文学思想》，上海：棠棣出版社1951年版，第96页。
③ 李泽厚：《美学三书》，天津：天津社会科学院出版社2003年版，第299页。
④ 邵祖平：《观人学》，第8页。
⑤ 同上书，第40页。

《小宛》《伐木》《湛露》)、智愚圣狂观人（如《抑》《桑柔》《巧言》)，观人实例（如《崧高》之观申伯、《烝民》之观仲山甫)，观人术得到丰富发展。《左传》《国语》中的相术故事，一般被当作中国最早的相术源头①，说明观人学的另一极也已发生、发展了。春秋后期，孔子将观人术从官府带到了民间，以后诸子百家，纷纷以人为研究对象，呈现百花齐放的局面。其中最著名的莫过于孔孟为代表的儒家观人学，以老庄为代表的道家观人学。这是中国观人学发展的第一个高峰。

进入两汉，受到"察举"和"征辟"、名教与民俗的影响，观人学依然从儒家道德观人学、民间相术两极发展，但"官人学"主导下的官员选拔决定着观人的内容与标准。无论公府直接征辟，还是地方察举孝廉，均以对人物的德行考察、评议为依据，而才智则远置于仁义道德之后，服从政治上选贤任能的需要。唯德是尚、唯贤是论，从根本上抑制了才智的充分发挥。汉末魏晋时期，随着礼崩乐坏，"清议"兴起，以及曹魏"唯才是举"、九品中正制等人事制度的改革，观人学也发生了由重伦理道德到重审美、由重德性到重才智的转变，赋予了才智和审美以独立的意义和价值，因此出现了一大批观人学家与专著，如刘邵《人物志》、王粲《英雄记》、曹丕《士操》，专篇如曹丕《论文》《与吴质书》等。这是我国观人学发展的第二个高峰时期，标志着观人学的独立与成熟。特别是《人物志》对人物内在智慧情感的重视，对人物个性差异的尊重，在促进观人学由政治性转变为审美性的历程中具有里程碑意义，对促进人的独立觉醒、人的自我认识具有思想解放的意义。延康元年（220年)，魏文帝接受魏司空陈群的建议，推行了九品中正制，设中正一职，"择州郡之贤有识鉴者为之。区别人物，第其高下"②，进一步践行了"唯才是举"的思想。

到了两晋时期，《世说新语》集魏晋观人之大成，反映了观人术的广泛流行与运用。这是我国观人学发展的第三个高峰时期。《世说新语》是一部清谈之书、反映魏晋风度的专著，把观人批评作为主要内容，从重才情、尚思理、标放达、赏容止等方面，对人物做全面的审美评价。虽然它仍然有伦理、道德、学问等方面的内涵，重才仍包含政治之材，但更多的是指绘画、书法、音乐、语言、玄学思辨等种种才智，"完成了

---

① 舒大清：《〈左传〉〈国语〉相术预言略论》，《海南师范学院学报》2004年第3期，第117页。
② ［唐］杜佑：《通典》卷十四《选举二·历代制中》，影印文渊阁《四库全书》史部第603册，第150页。

向艺术欣赏性的转换"①,从而使观人学更具艺术魅力与审美趣味,更有利于文艺创作与评论的发展。

在这三个高峰阶段,观人学在对人的选择和分辨、观人学理论与方法上不断改造、不断提升,带动了观人理论、能力和方法的完善和优化,因此,观人学带有浓厚的文化意味,含有人情、人性的因素,融入中国文明之中。而这些理论与方法,为诗学提供了丰富的文化土壤和启迪借鉴。人与诗有着不可分割的关系,人的自觉必然带来诗的自觉。魏晋南北朝观人学的独立与自觉,不但推动了魏晋南北朝的诗歌创作走向繁荣局面,而且推动了中国诗学批评走向独立与自觉。魏晋南北朝文学创作中主体意识的增强、情感特征的认识、创作精神的追求以及简洁凝练的批评方法,都可从观人学中找到印迹;而且魏晋南北朝文论、诗论领域许多新的概念,直接或间接由观人学中移植过来。所以随着社会政治变迁,观人与品诗二者的关系在魏晋南北朝时期尤显密切。观人学启发了文论与诗学,观人学的发达,是观人诗学批评产生与发展的重要外因条件。

(二) 博大精深的中国传统文化

中国文化实质上是一种伦理型文化,国家治理也靠伦理道德,讲究"仁治""礼制"。虽然出现过春秋战国的礼崩乐坏,但经过儒家的"复礼",汉武帝的"独尊儒术",中国文化的伦理性非但没有削弱,反而得到强化,统治阶级将儒家伦理道德学说与阴阳五行说相结合,使人规范于、局囿于仁义礼教之下,伦理文化性质得到确立和稳定,从而形成中国文化的特征和稳态结构。儒家思想对观人学、诗教的建构影响很大。及至魏晋时期,名教名存实亡,虚礼矫情,束缚了人的发展。伴随着玄学的兴起,士人的争鸣,及观人学价值观念的转变,作为个体生命的人的觉醒便由此拉开了序幕。学者多认为魏晋南北朝是一个"人的觉醒时代"②,历史上开始了第二次反叛。特别是国势倾颓、皇权衰弱,而门阀士族势力膨胀,家族门第观念亦因而强化,清谈成为名士之间进行品评的一种手段。清谈的内容以玄学为主,也涉及人物的风仪、容貌、智慧、才性文采甚至道德等方面,正如余英时《汉晋之际士之新自觉与新思潮》所说:"清谈一名之成立实早于魏世,汉晋之际所谓清谈又与清议为同义语,亦即人物评论是也。"③ 就指出了清谈与清议、观人学本质上

---

① 徐复观:《中国艺术精神》,上海:华东师范大学出版社2001年版,第91页。
② 李泽厚:《美的历程》,北京:中国社会科学出版社1986年版,第105页。
③ 余英时:《余英时文集》第四卷,桂林:广西师范大学出版社2004年版,第244页。

的一致性。与之相应，观人学中的"才"由政治才干向口辩之才转变，促进了一时对才性的重视。在思想领域里，基于选官任能的需要，东汉末年观人之"清议"与名法之术相结合，逐渐发展成观人学一般原则的抽象讨论，形成"名理之学"。傅嘏、王粲、钟会、裴頠等以善谈名理而著称。名理之学试图通过探讨考核人才的名实、德行与才能的关系，为当时选贤授能提供理论与方法。但它并没有停留在观人与"官人"、品鉴与选拔的现实问题上，而是升华到魏晋玄学的范畴、论题和学术旨趣上。这一段时期儒学衰微、老庄方滋、人性觉醒，人们越来越重视生命的存在和自身的价值，而魏晋玄学构成了这个时期观人学的理论基石：一方面观人学家往往需要玄学修养，许多观人学命题也是玄学命题，如才性离合之辩、形神先后之争；另一方面观人学许多概念范畴，都蒙上了玄学色彩①，并延伸到了诗学批评。观人学因此实现了从"名实"到"名理"的转变，从骨相形貌到气韵神明的转变，从政治人才到玄学人格的转变，从儒法刑名到老庄佛学的转变，从功利性的实用精神到宅心玄远的审美精神的转变，这些在文学批评中均有体现。这既是观人学向诗学转变的一个学术文化背景，同时也是一个时代因素。

 虽然不能说诗学中的拟人化批评方法、模式及术语概念都受到观人学的影响，例如形神论、血气论、气色论等在古代哲学、医学理论中也有；由形入神的观诗方法同哲学中认识方法也关系十分密切；肌肤、筋骨、体格等术语在古代医学中亦比比皆是。但中国古代观人学（含相学）的包容性非常强，它以中国古代哲学、中医学、养生学等为基础，从某种意义上说，哲学是人学，医学是人学，文学又何尝不是人学？因此观人学对于诗学的影响，其实在很多层面上也体现了古代哲学、中医学、养生学的影响。中国第一部医药书籍，是战国秦汉时期逐步增补汇集起来的《黄帝内经》，包括了《素问》和《灵枢》。它融和《易经》，运用五行，以及阴阳诸种元素来解释宇宙，并将这一哲学观解释人体，从而将人体器官运作的规律与天地日月运行的规律对应起来，在天地则是大宇宙，在人体则为小宇宙。最早的道教经典《太平经》中佚文记

---

① 关于观人学与玄学的关系，张海明《玄妙之境》说："这种相关主要表现在两个方面：一、汉末魏初人物品评的理论探讨是玄学的先导。……一旦对才性问题的研究由政治学、人才学进入哲学层面，将人格本体论与宇宙本体论结合起来，便孕育了玄学的雏形。二、玄学在完成自己的体系建构，成为一种时代的哲学思潮之后，又对现实中的人物品评产生影响。魏晋以后的人物品评在方法和价值取向等方面都与玄学相通，玄学修养成为跻身名士之流的重要条件。"长春：东北师范大学出版社1997年版，第321页。

载:"(人体)本于阴阳之气,气转为精,精转为神,神转为明。"① 这又讲究人体之内美,即人之精、气、神之育养与转化。中医养生学上的人体论深远地影响了中国的诗歌艺术,诗歌艺术又丰富、融合了人体生态的种种情境。古代诗学中提倡养气、行神,讲究神采、精魄,亦是精彩纷呈、意旨深奥,与中医学精神相通。哲学思潮、中医养生学等作为观人学、诗学理论的一个思想文化背景,是十分重要的。

此外,观人学包括了渊源于古老的巫史文化的相学,相学的发达为观人学与诗学的发展提供了文化背景,强化了观人诗学批评的民族性与神秘性。巫史文化在殷商时期属于上层文化,到春秋、战国以降,便沦落为民间文化,并成为后来相学的一个知识来源,甚至成为诗歌有灵论的一个信仰基础,并形成了中国诗学一枝奇葩的"诗谶批评"。

(三)中国传统文化的思维方式

中国特定的社会结构和文化传统决定了中国人的思维方式、思维特征和思维定式,而这些也决定了观人学与诗学的相通性与转换性。

1. 天人合一思维。早在上古前,远祖们就开始仰观天文、俯察地理,形成了"天人合一"的宇宙观。"天人合一"强调人与自然在生命本体上的合一,"夫大人者,与天地合其德"(《周易·乾卦》),"人法地,地法天,天法道,道法自然"(《老子》二十五章),"天地与我并生,而万物与我为一"(《庄子·齐物论》)。董仲舒《人副天数》② 认为,人的身体结构、心思计谋、喜怒哀乐、伦理道德,都与天感应,即"天人感应"。于是中国文化合乎逻辑地建构了人与自然的同构、同态关系,在这种文化背景下,产生了哲学、宗教、中医、观人学等。这种思维方式用《周易·系辞下》概括,就是:

> 古者包牺氏之王天下也,仰则观象于天,俯则观法于地,观鸟兽之文,与地之宜,近取诸身,远取诸物,于是始作八卦,以通神明之德,以类万物之情。

孔颖达解释:"近取诸身者,若耳目鼻口之属是也;远取诸物者,若雷风山泽之类是也。举远近,则万事在其中矣。"③ "近取诸身""远取诸

---

① [东汉]于吉:《太平经合校》附录,北京:中华书局1960年版,第739页。
② [西汉]董仲舒:《春秋繁露》卷十三,北京:中华书局1991年版,第204~206页。
③ [三国魏]王弼注,[唐]孔颖达疏:《周易注疏》卷十二,影印文渊阁《四库全书》经部第7册,第552页。

物",不仅是客观的观察,也是主观的体悟,在观察中有生命体悟,在体悟中有客观的观察。古人全面观察宇宙万象,在"近取诸身,远取诸物"的原则下,确立类象同构、物我合一的浑化思维,从对自然生命的崇仰,回归到对自身价值的重视,以人的身心为中心,看待一切人事,诸如观人术、政治选拔、哲学思索乃至文艺评论,莫不如此。在心象内外互通之下,探讨"言与德、性与命、才与性、诗与人"的关系,并知晓气质、情志、明智、道德、习养,逐渐形成多元而丰富的整体思维。人的身心状态亦随之延伸到言语、骨相、文章、诗道上,于是产生了"人如其诗""诗如其人"的认识。这样一种"观"的哲学显然不同于西方纯客观的"自然哲学",而是一种颇富民族特色、涵盖乾坤的天人合一的生命哲学,对观人学以及受观人学影响的诗学具有深刻的渗透与影响:以人为喻,以诗比德,在诗学批评中得到广泛的应用,观人诗学就是在这种思维下产生的。因为先圣取象有远、近二途,受其影响,中国诗学取象也有二途:"近取诸身"其实就是"近取诸人",是人的生命之喻,以人拟诗,以人衡诗,以人观诗,以诗观人,形成观人诗学;"远取诸物"所取的是宇宙万物,形成"泛宇宙生命批评",都反映了中国人的"天人合一"思维方式。当人们发觉赏诗之风神与观人之风神有相通、相似之处,诗歌美与人格美有异质同构的关系,于是,观人术被移植到了诗歌批评领域,导致观人诗学批评方法的应运发生与普遍应用。所以陶明浚提出了"近取诸身,远譬诸物,而诗道成焉"[①]的观点,袁枚也明确表述过类似观点:"诗者,人之性情也,近取诸身而足矣。"[②]诗学起源于人对自身生命形体和精神的认识,审美也是从观人开始的,观人诗学是"近取诸身"思维模式的必然结果。《易》以"象"喻天地万物之事理以明吉凶,开观人学与诗学象喻批评方法之先声,而贯穿于《易》全书的"天人合一"的思维方式以及将这种深层的思维方式在《易》中具体实现的类比思维,更是为"身体隐喻"批评方法提供了思维上的起点。

2. 直觉领悟式思维。中国文化的感悟思维强调对对象的沟通与契合,善于作随意的联想或想象,而不善于作更深的推理、思辨。这种思维在表达特征上表现为"只可意会、不能言传""立象尽意,得意忘言":一方面这种语言难以准确、完全表达意思,言不尽意、诗无达诂,

---

① [南宋]严羽撰,郭绍虞校释:《沧浪诗话校释·诗辨》校释语引陶明浚《诗说杂记》卷七,北京:人民文学出版社1961年版,第7页。
② [清]袁枚:《随园诗话补遗》卷一,北京:人民文学出版社1982年版,第565页。

与老庄的"得意忘言"与禅宗的"行不言之教"不谋而合；另一方面传统中国人不长于运用逻辑语言，而长于运用形象语言，而形象思维的语言具有形象性、直观性、生动性、丰富而复杂性，含蓄而蕴藉，具有很大的张力和弹性。直觉领悟的思维方式决定了中国传统思维方式以一种体知、领悟的思维方式，引导诗论家在审美品鉴中更多地注重对主体玩味、涵泳、神会的心理体验，用直觉领悟而不是科学分析的方法品味、鉴赏诗歌作品的言外之意和内在生气，所以多以比兴之体、身体隐喻的形式出现。

3. 浑融式模糊思维。传统中国人不善于将对象解构为部分进行具体细致地思维，而长于将对象作整体浑融式模糊地把握。诗学亦然，他们不善于将诗学解构成一个个部件进行理性逻辑、科学而细致的分析，而长于用"人"的自身来把握和认识诗学规律，诸如形、神、气、韵、骨、肉、声、色、才、性、品、格等来把握和认识对象，通过对人的外观形态、内在精神而力图抓住对象的形态与精神实质，所以观人之形貌与精神同样重要，但更偏重精神。

由于《周易》"近取诸身"的直观外推、互渗交感的思维方式和"阴阳五行"学说的创立，视宇宙自然为人体，借人喻诗，以人观诗，它立足于人的生命小宇宙与诗歌存在着某种对应的精神哲学，以人的生命体验作为感悟诗歌生命的基本，人与诗歌发生了"生命潜移"或"生命化入"。观人学虽然以人为观察对象，诗学以作家、作品为观察对象，但是人身与诗歌之间在结构元素、形貌神态、精神气质品格、生命状态等方面具有同构性与相融性，所以观人学自然而然地被运用于诗学批评。从此中国古代诗学批评不再是一个呆板的、机械的物质系统，而是一个充满人的生命意识和生命精神、人的生机和活力的动态建构的生命系统，这在相当程度上反映了中国人深刻的重"生"的文化思想和生态观念。研究"近取诸身，远譬诸物"天人合一思维，不但可以把握到诗学形成的文化根性，也可以把握到中国文艺批评的文化根性。

当然，形成观人学和观人批评的外因条件是多方面的。除以上原因，还有社会、时代、地域、民族、习俗以及经济、政治、历史、文化、伦理等具体原因，它们共同构成了观人学和观人批评的土壤和条件，如政权更替、儒学兴衰、佛学西来、老庄方滋、玄学繁荣、名理之学发达，都不同程度地影响着观人学的发展走向，构成了一定的环境和氛围，使观人学转向诗文批评的发生和发展成为必然。

二 观人诗学批评形成的内因条件

观人诗学的形成除外部条件外还有内部根据,主要归结到三点:

(一) 中国诗歌发展的必然结果

文学是人学,人是文学的主题。一首诗歌作品,是一个诗人的主观与客观、外在生命结构与内在生命精神的综合反映。一部诗学发展史,也可以看作探索时代、体悟作品、理解诗人的历程。

中国诗歌自产生之日起就是一种言志性、抒情性艺术。远古的口头民歌、民谣往往是与音乐、舞蹈形成三位一体的"乐"的形态。春秋赋诗言志,季札观乐,与观诗、观人、观国运分不开。后来演变成为书面文学,经过修饰和表达后,诗才逐渐从"乐"中独立出来,成为中国文学的主体、主干和主流形式,具有浓厚的诗性、抒情性、表现性,无论言志也好,缘情也好,与西方诗歌有着本质和特征的不同,决定了诗歌的内容更多地倾向于诗人的内心世界和个人性情的表现,倾向于使社会生活、对象世界主观化、主体化、拟人化,以此寄托诗人的情感和志向,表现诗人的个性和自我,传达诗人的生命和精神,因而成为观人学观察诗人这一特殊群体的主要观测点。所以,观人学、诗学界普遍认为"诗可以观人"。另一方面,由于汉字的神秘魅力与特殊作用,中国诗歌一开始就具有诗歌形式惟美化、固定化倾向,特别是沈约的"四声""八病"说在诗的形式改造和形式美的创造上起了重大作用,诗歌创作走向形式化、格律化了,更加重视字法、句法、章法,讲究起承转合的结构美,这些都促发诗论家们从"近取诸身"出发,从人的外形美、声音美、结构美、人格美上发现诗歌的形式美、音节美、结构美与风格美。所以,诗歌无论从感情内容、还是结构形式,与人的自身具有天然的对应关系。

(二) 诗学理论发展的必然结果

先秦两汉诗学的发展与哲学、经学发展交织在一起,同时又融观人学、诗学为一体,没有专门的观人学、诗学著作和系统的观人学、诗学理论。春秋时期,《左传》中的赋诗言志,就将观人之志、神秘预言与《诗》学批评就结合在一起;战国时期有一些单篇诗论,诸如《孔子诗论》[①] 之论《诗经》,《荀子》之《乐论篇》,《礼记》之《乐记》,专篇探讨了"乐"的艺术问题,有了较为系统的诗学观和诗歌理论,但也往

---

① 马承源:《释文考释·孔子诗论》,《上海博物馆藏战国楚竹书》一,上海:上海古籍出版社2001年版。

往将诗歌观察与人的伦理道德观察、人格批评铰合在一起，形成一种观人道德批评，还未能形成对诗的独立性、诗的本体特征和功用、诗的艺术性和审美性的认识。不过，先秦儒家将诗歌等同于对人的要求的观念早已产生，这种泛文学观注定了传统诗学从一开始便走上观人批评之路。

到了魏晋南北朝"文化的自觉时代"，观人学自觉之后，随之而来的有文学自觉、诗学自觉。先是有一大批观人学家、观人学专著或专篇，诸如王充《论衡·骨相》、王粲《英雄记》、曹丕《士操》、刘邵《人物志》与《都官考课》、曹植《相论》、王朗《相论》、刘义庆《世说新语》等，以及清议、月旦评、清谈等浓厚的观人风气，才有第一批文学理论专篇诸如曹丕的《典论·论文》、陆机的《文赋》，以及第一批诗文理论专著诸如刘勰的《文心雕龙》、钟嵘的《诗品》，这些专篇、专著普遍受到观人学影响，运用观人学原理，结合诗文创作实际来观察作家这一特殊群体，甚至许多文论家如曹丕、曹植兄弟本身就是观人学家。由于文化自觉，导致以《诗》为经的时代过渡到了以诗为诗的时代，"诗言志"过渡到"诗缘情而绮靡"的时代，"用诗"转换为"诗用"的时代，"诗教"衍化为"诗品"的时代，标志着诗学观的根本转变，一种纯粹审美批评由此诞生。但道德、审美两种截然不同的诗学路子均与观人学的发展节拍相符合，即随观人学由道德批评向审美批评、由重德性到重才智的转移而转换：观人诗学是从观人学转换来的，而不是独立生成的。这说明中国诗歌作品一直在阐述人的性情，演绎人生，而中国诗学也一直围绕着人学在诠释或演绎。正如杨义《重绘中国文学地图》所说："六朝重人物品鉴，在那个时期获得长足发展的文学批评，带有浓郁的把文学当作人进行品鉴的色彩。清风峻骨、神清气朗，既可品鉴人物，也可品鉴诗文。时代思维范式的相互渗透和借鉴，使六朝时期就形成了中国文学思维的生命体验的结构、脉络和范畴。"① 这些都决定着以后的诗歌或诗学发展道路，离不开"人"，与观人学发生密切关系。因此，观人诗学的形成是诗学自身发展的必然结果，是诗学发展到"自觉的时代"的必然产物。从以德观诗到以才观诗的形成，就是诗学自觉的标志之一，是诗学批评走向成熟和独立的开始。

（三）观人诗学批评形成的内在依据

观人诗学批评的形成与其自身的孕育、萌芽、积累、积淀等因素分

---

① 白烨：《2003 中国年度文论选》，桂林：漓江出版社 2004 年版，第 66~67 页。

不开，也有一个酝酿、储备的过程。早在先秦时期，观人学就不单纯是一个观人范畴，而具有浓厚的文化意味，用来比附政治、道德、文化、哲学等观念，还与美学联系，并获得了统一。这一观人风尚也影响到诗学理论，出现了以人拟诗、以人衡诗、以人论诗、以诗观人的现象。那么，观人学向观人诗学批评发展的内在依据在哪里？

1. "人"是观人学与诗学的共同起点，从而为实现从观人学到诗学的转移，提供了可能性或可行性。中国古代把"人"作为文学创作与文学批评的出发点，这是源于人为万物之灵的观念。《尚书·泰誓上》说："惟天地，万物父母；惟人，万物之灵。"刘勰《文心雕龙·原道》说："文之为德也大矣，与天地并生者，何哉？……惟人参之，性灵所锺，是为三才，为五行之秀，实天地之心。心生而言立，言立而文明，自然之道也。"① 人是天地创造的灵物，又是天地的"心"，也是审美的中心，心灵体认天地之心而产生出语言文学（文心）。这方面论述，谈艺家常见，如"声由人心生，协于音而最精者为诗"②，"言者心声，而诗又言之至精者也"③，"诗者，人之心声也"④，强调诗歌出自内心的真实情感，而表现真情真性也就是突出诗人的个性，只有鲜明的个性才是诗歌的价值所在与生命所在，所以历来进步诗学反对拟古、淹没个性。人是有生命的，诗也是有生命的。将"诗"生命化，充分展现了人与诗之紧密联系。按照中国传统思维，人是天地之精气或秀气所化生，吸融天地之精气，所谓"是故精神，天之有也；而骨骸者，地之有也"⑤。"人"自然成了传统"象"思维的中心，并由此推及到诗学。从先秦儒家开始，将诗歌等同于对人的要求的观念便已存在，到了魏晋南北朝时期，观人术归结为两大类：形貌批评与精神观照。形貌批评包括人物风度、容貌、言语等，精神观照含有情感、品格、修养等，两者互为表里。形貌美与精神美的观人方式和六朝诗文批评的关系非常密切，从某种角度说，观诗是观人的延伸。龚自珍《书汤海秋诗集后》"诗与人为一，人

---

① [南朝梁]刘勰撰，[清]黄叔琳辑注：《文心雕龙辑注》卷一《原道》，影印文渊阁《四库全书》集部第1478册，第73页。
② [明]张以宁《草堂诗集序》，钱伯城等：《全明文》二，上海：上海古籍出版社1992年版，第117页。
③ [清]毛先舒《诗辩坻》卷第四《学诗径录》，郭绍虞：《清诗话续编》一，第78页。
④ [清]金圣叹：《金圣叹选批唐诗》，杭州：浙江古籍出版社1985年版，第523页。
⑤ [西汉]刘安撰，[东汉]高诱注：《淮南鸿烈解》卷七《精神训》，影印文渊阁《四库全书》子部第848册，第574页。

外无诗,诗外无人,其面目也完"①,本指诗与行的一致,作家个性与创作风格的一致,却也道出了人、诗之间微妙的"一种而异形"②的关系。生命异质同构的关联,以及作为人生命存在之观照的本质,使诗学理论与观人学之间建立起稳定的隐喻关联。

从大量的材料来看,人与诗歌相通,主要有两方面含义:一是二者均有美的具体感性形式,表现出内在整体的统一性、和谐性;二是在其形体之内均蕴含生命力。纵观我国观人诗学,往往离不开三方面含义:外在的形貌(皮肉肌肤)、内在的身体结构(骨骼体格)、内在的精神及其灌注(神气血脉)。只有三者结合为一个整体才能构成生命的有机体。诗歌的许多方面与人体有惊人的相似之处,如律诗四联八句,联与联、句与句是一个有机的整体,如首联、颔联、颈联、尾联,取象的根据是它们在律诗中的作用和位置,与人的头部、颈部、下颌、足等部位具有对应相似性。讲究起承转合的章法,亦如人体的血脉、精神的灌注,并由此使各部分构成一个统一而和谐的整体,呈现出动态的美。除此之外,诗品与人品也具有相通性,如"郊寒岛瘦"之称,其"寒"与"瘦"是孟郊、贾岛的文学作品表现的审美作用,与人体的"寒"与"瘦"的审美感受在本质上有相似性。这些都是观人学可以通之于诗学批评的前提。

2. 观人是诗学批评的一个先决前提,而观诗亦可以成为观人的一个内容与延伸。以人论诗的诗歌批评观念源远流长,最早可以追溯到孟子的"知人论世"说:"颂其诗,读其书,不知其人,可乎?是以论其世也,是尚友也。"(《孟子·万章下》)在先秦,"知人"是"观人"的同义语,孟子的本意是论述择友的范围问题,而择友是观人学的一个重要课题,邵祖平《观人学》论观人术的功用时,就有"取友"一目③。要与古人交朋友,就要诵他们的诗,读他们的书;而要正确理解他们的诗书,就要了解写诗著书的人,以及他们所处的社会时代:这就是"知人论世"的功夫了。这种诗歌批评方法,影响深远。后人论诗,尤其重视作者之内在品格,最终导向了以人格论诗格的批评范式。

另一方面,读诗也可以观人。儒家关于诗歌功能的表述,最早是孔子说的:"小子何莫学夫诗?诗可以兴,可以观,可以群,可以怨。"(《论语·阳货》)其中"诗可以观"除了"观风俗之盛衰"外,还有浓厚

---

① [清]龚自珍:《龚自珍全集》第三辑,上海:上海人民出版社 1975 年版,第 241 页。
② [明]袁宏道撰,钱伯城笺校:《袁宏道集笺校》卷十七《文漪堂记》,上海:上海古籍出版社 1981 年版,第 686 页。
③ 邵祖平:《观人学》上篇《原理》第四章,第 63 页。

的"观志"意味在内,即使赋诗引诗,也体现着个人的风雅教养,兼具"别贤不肖而观盛衰"① 两方面的内容。其中"观志"是观人学的重要方法,而"别贤不肖"就是观人学的重要宗旨:这两者都对诗学体系的构成产生重要影响。清人劳孝舆也说:"春秋之赋诗者具在,可以观志,可以观诗矣。"② 这就隐含了以诗观人的意思,观人赋诗,已经成为当时观人察言的一种观人术。事实上《左传》记载的 30 余处列国赋诗场面中,反复提到观诗者从礼出发,对引诗、赋诗者的志向乃至命运进行评价和预测,这就是最早的以诗观人的形式。魏晋南北朝以后把诗歌创作看作诗人的人格表现,文品、艺品是人品的体现。因此,观人风气自然延及观文、观诗、观书、观画,形成了观人文学、观人诗学、观人书学、观人画学等。后世观人诗学也沿着两条线索发展:一条是从观志到观情,从外到内,如朱熹提出了"诗见得人"的命题:"诗见得人,如曹操虽作酒令,亦说从周公上去,可见是贼。若曹丕诗,但说饮酒。"③ 把诗学批评纳入观人"辨奸"的内容。一条是受到命相学、谶纬学影响发展出诗谶批评,以观诗人的祸福夭寿,这说明观人学与诗学已经融为一体。鉴诗知人,以诗文观人,成为诗学的一个功用。所以赵孟頫《薛昂夫诗集叙》称诗"可以观民风,可以观世道,可以知人"。胡应麟说:"(李梦阳)品藻人伦,则尚有不惬人意者。如序《徐昌谷集》云:'大而未化,故蹊径存焉。'何元朗谓献吉诗比之昌谷,蹊径尤甚。王长公谓昌谷所未至者,大也,非化也。"④ 这里明显把李梦阳评论徐诗说成"品藻人伦",观诗就是观人术("人伦"),很显然,对作家诗歌、才性的比较研究,是观人学的一个内容,准确地说是观察诗人这一特定群体对象的观人学的内容。

　　诗学批评不但以人喻诗、以人衡诗、以诗观人的方法来观诗;反过来,观人学家也以诗喻人,如《九征》:"具体而微,谓之德行;德行也者,大雅之称也。一至,谓之偏材;偏材,小雅之质也。"⑤ 以《诗经》中的《大雅》《小雅》区别人的才性的全、偏之分。虽然其中的比拟不

---

① [东汉] 班固:《汉书·艺文志》,第 1755 ~ 1756 页。
② [清] 劳孝舆:《春秋诗话》卷一《赋诗》,北京:中华书局 1985 年版,第 1 页。
③ [南宋] 朱熹:《朱子语类》卷一百四十,影印文渊阁《四库全书》子部第 702 册,第 806 页。
④ [明] 胡应麟:《诗薮》续编卷一《国朝上》,上海:上海古籍出版社 1979 年版,第 346 页。
⑤ [三国魏] 刘邵撰,[五凉] 刘昞注:《人物志》卷上,影印文渊阁《四库全书》子部第 848 册,第 764 页。

无可议之处,但许多观人学著作也以诗观人,反映了观人学、诗学在某种意义上的原理通融、实践通用之处。

3. 许多诗人、诗论家同时又兼观人学家或相学家,从而为实现从观人学到诗学的转移,提供了现实性。先秦治《诗》学的最著名的孔子、孟子、荀子三位大儒,同时也都是著名的观人学家。东汉、魏晋之际,文化自觉时代前后对文艺理论建立起关键作用的王充、王符、刘劭、曹丕、曹植等,都是观人学家,有的还兼文学理论家身份,对文学理论的建立起着开创作用。随着观人学另一极即相学的产生、发展,许多文人染指相学,写了相学专文,如荀子《非相》,王充《骨相篇》,王符《相列》,王朗《相论》,曹植《相论》,皮日休《相解》等。像杜牧虽然写了怀疑相术的文章《论相》,但却在《自撰墓志》①里坦承自己通晓相术,并根据自己山根陷断,自断年寿不过五十。有的文学家与相士交往过密,如韩愈说相士李虚中推人禄命,百不失一,还郑重其事地为他撰写《墓志铭》。千百年来文人名士对相学趋之若鹜。由于古代文人博学多闻,往往兼文学家、观人学家乃至相学家,他们在自己的论诗著作里自然会运用到观人看相的知识,如北宋吴处厚精通相学与诗学,他的《青箱杂记》就有大量的相学与诗话的记载与分析,有的甚至运用观人学原理特别是相学原理来读诗、观诗人,特别是气色相学、骨相学、神相学、命相学与诗学最为接近。如明末清初诗坛领袖钱谦益,绛云楼中的相学藏书甚富,他在《黄庭表忍菴诗序》中说:"吾少从异人学望气之术,老无所用,窃用之以观诗。以为诗之有篇章声律,奇正浓淡,皆其体态也。"② 望气术是观察吉凶的方法,通过观人气色,预言祸福凶吉,在古代风水学、相学上的运用广泛,又是中医学"四诊"法的重要内容。这里借以指读者探求诗歌精义。钱谦益《再与严子论诗语》认为,观诗如果只知"评量格律,讲求声病",仅得皮相之见③;倘若运用"望气"之法观诗,才能由表及里地把握住作品的内质。所谓"气",借山川之气、人的生命之气,移植到诗学中,则指诗歌内在的活力生趣、神理韵致、玄珠精魂。它们作为诗歌更深层次的内容构成,藏含在"篇章声律,奇正浓淡"这些流露在外的"体态"之内,读者很难一目了然,需要透过作品外在色貌,细入去感受与观察,才能发现诗歌作品的神理韵味。这里明确指出自己的诗学来自观人学(含相学),还有大量

---

① [唐]杜牧:《樊川文集》第十,上海:上海古籍出版社2009年版,第160页。
② [清]钱谦益:《牧斋有学集》中,上海:上海古籍出版社1996年版,第846页。
③ [清]钱谦益:《牧斋有学集》下,第1574页。

的没有明确指出却又暗含观人学的例子更是不胜枚举，我们将在以后各章节举例分析。诗人、诗论家同时又兼观人学家、相学家，不仅是身份问题，更是知识结构问题，从而使得他们在构建诗学理论、开展诗学批评过程中，运用观人学原理更加得心应手，没有隔阂。

以上我们从观人学转移到诗学批评的外因和内因两方面追溯了其成因，证明观人诗学批评形成之必然，也说明了中国观人诗学不同于西方诗论和批评的文化渊源、发展路径、民族特征及其思维模式的原因。这对于立足民族文化传统，建设当代诗论和诗歌批评，不无启益。

第四节 研究观人学与诗学批评关系的价值与意义

十九世纪末以来的西学东渐，激活了中国社会各种知识体系，诗学研究活动同其他文艺学研究一样，也参照西学标准，力图走进系统化、逻辑化、国际化、现代化的学术价值评判之门。在修齐治平价值主导下的传统社会中，诗学批评同观人学（含相学）一样，常被视为谈艺小道，地位不高；西学东渐后，在中西比较热潮背景与西欧中心论强话语下处境尴尬。今天研究这个课题，至少有以下几个方面的价值和意义：

一 对中国诗学和中国诗学精神的价值与意义

诗歌和批评是在双向同构中生成、互动和发展的。中国观人诗学批评的性质和特征，在很大程度上得益于诗学探求德性、形神、气韵、风骨、声色、品格等问题的影响，反过来观人批评又极大地影响到中国诗学的生成和发展、特质、特性以及诗学精神：1. 中国诗学的发展很大程度上受制于观人学提出的一系列的概念或范畴的影响，自觉或不自觉地遵循这些概念或范畴来强化诗学的特征、特性以及审美色彩。诸如德性、形神、气韵、风骨、声色、品格等概念或范畴，显出观人学对诗学批评的渗透与影响。2. 魏晋之前，在观人学领域已经形成了儒家话语主导下的道德审美批评与人格批评，诗学领域也形成了与之相应的温柔敦厚诗教，诗人对诗歌纯美的追求还处于不自觉阶段；随着魏晋观人学从道德走向纯审美道路，由"性"为主转向了"才"为主，诗人与诗歌创作活动对诗歌德性、形神、气韵、风骨、声色、品格等的追求成为自觉，成为时尚，成为导向。显而易见，观人诗学在"自觉"之后，中国诗学在唐宋之后就越来越表现出强调神韵、风骨、气色、声响、品格等的倾向，提出一大批与观人学相应的各种概念或范畴，从而形成观人批评思潮。

3. 中国观人学创导的生命精神、人格精神与审美精神等精神内涵，也如盐入水、如风入林地渗透到诗学体系，成为中国诗学精神的重要组成部分。所以研究观人学对于研究中国诗学精神，也具有较大的学术价值与意义。

二 对中国古代诗学批评的价值与意义

观人诗学批评的生成、发展、完善与观人学的发展与转型有很大联系。观人活动应是对人物的德性、神韵、风骨、气色、声响、品格等等的鉴赏、评价，是一种感性与理性活动结合的产物。先秦的儒家、两汉的名教提供了一种使人转化为道德、品性的环境和条件，而魏晋南北朝的观人学发展又提供了使人从道德品性转化为审美品位的环境和条件，这两者对诗学的影响很大，促使在欣赏诗歌作品中观人的萌芽因素发生，从而逐渐形成一种批评范型或模式。

观人学对中国古代诗学批评的价值和意义体现在四个方面：1. 批评对象建立的价值和意义。批评以诗歌作为对象带有一定广义性和宽泛性。诗歌作为人类精神生活的产物，具有政治、文化、哲学、历史、宗教等多重意蕴和内容。而批评就不能仅仅对诗歌所"表现"和"再现"的肌肤、血脉、骨肉、形貌、体格等表层内容做出判断和评价，而且必须对它的神韵、诗性、品格及其深层意蕴进行深度把握。因此，观人批评将批评对象确定为"诗歌人"，对"诗歌人"的批评也就是对诗歌的本体性、文学性、诗性、审美性、艺术性批评。这种以"诗歌人"作为批评对象的观人批评适合中国诗歌的性质和特征，也适合中国诗歌批评的性质和特征。2. 批评方式的价值和意义。观人诗学之"观（照）""相""品（藻）"提供了一种把握对象、评价对象、鉴赏对象的批评方式。所谓"观""相""品"，虽带有仔细的辨别之意，更有"体悟"之意。这种以直观的观察和具象的思维来把握对象的方式，同欣赏、审美、观照的诗歌批评方式相吻合，从而决定了观人诗学批评的性质和特征。3. 观人诗学批评的形式构成上的价值和意义。观人诗学批评对批评文体形式的选择和规定有重要作用和影响，除了传统的论诗词、诗话、词话、序跋小品、评点等批评文体外，特别值得一提的是《诗品》体、祖宗录体、主客录体、点将体等特殊的批评文体，大都采取了文学形式特别是观人形式进行批评，更能符合"观""相""品"的需要和意图。这种观人式文体决定了它在语言上多为说话、杂话、品第、品题、人喻，轻松活泼，自由灵活，言简意赅，含蓄传神，具有较大的语言张力和弹性；结构上松散灵活，跳跃性、片段性较强，往往有论点、论据而无论证，让读者驰骋想象；表达方式上采用并称、名号、事数等法，表现方式上采用比兴法、比较法、品题法、摘句法等，多来源于观人之学，且与文学批评或创作方法有相同、相通处，从而使批评具有明显的形象性、具体性、生动性和民族性。4. 观人学对批评主体性形成有重要作用和意义。诗歌批评从附于诗歌创作，容易成为文学的附庸，从而丧失批评主体性。观人批评把直观理性主义的思维方式概括为"观""相""品"，"观""相""品"无疑是批评主体的审美观照及其审美体验，是主客体关系的表现，是批评主体的选择、评价、体悟的结果，必须联系批评主体的美感、观感的需要和选择才能确定其价值和意义。因此，"观""相""品"充分表现了批评的主体性，发挥了批评家的积极作用。诗歌作为批评对象的审美意蕴，只有通过批评主体的"观""相""品"的审美活动，才能转化为批评主体自己的审美情感，从而形成对"诗歌人"这个批评对象的审美把握。这无疑就是"观""相""品"的实质和特征，揭示了观人批评的强化诗歌批评主体意识、批评主体性、诗评家的主观能动性的倾向。

三 对诗学理论建设的价值与意义

中国古代诗学理论的一个重要特色就是与诗学批评结合在一起，从而形成诗学理论与诗学批评一体化倾向。这决定中国古代诗论就不像西方文论那样聚焦于理念和理论的形而上的、抽象的、理性的推论和分析，聚焦于理论大厦和理论的系统性、完整性的建构和建设，聚焦于科学的、客观的论证和说理，而是零散启发式的、直观体悟性的清谈警句。中国古代诗论不善于逻辑思维，而是从诗人与作品出发，依据作品进行观人式批评，从中实现理论升华和建构。因此，观人诗学理论沉淀于观人诗学批评之中，通过批评实践表现出来；观人诗学批评又借助与诗歌作品的紧密联系，充当了诗学理论与诗歌创作实践之间沟通的桥梁。观人诗学批评不仅有利于诗学理论与诗歌创作的结合和联系，而且也有利于批评和理论的结合和联系。中国古代诗学理论的核心和主干是德本（志本）、情本理论，强调写意、表现、抒情、入神、"风韵"。观人诗学批评就是围绕着形貌、精神、品格来建构理论和批评的，这不仅体现出中国古代诗学、批评和理论的特征，而且也充分体现了文学的诗性、文学性、审美性、艺术性，体现出诗性精神。因此，观人批评对中国古代文论有重要作用和深远意义。

四 对学术理论、文化建设的价值与意义

观人学（含相学），以及受其影响建构起来的观人诗学批评，都具有广泛的学术文化背景，中国古代哲学、医学、养生学（气功学）、伦理学、宗教、民俗等都为观人学、观人诗学的发展奠定了基础。因此研究观人学、观人诗学，具有广泛的学术意义与文化建设意义。

（一）观人学、观人诗学与中国古代哲学

观人诗学批评呈现出鲜明的中华文化的特点，这就是依据相关的身体观、人格观、哲学观与美学观，对于诗歌创作与活动所做的阐释和批评。

观人学、观人诗学从某种意义上来说，是一种人的哲学，因此蕴藏着比较丰富朴素的唯物主义思想和唯心主义认识，甚至心相、面相、内符外应等许多观念，形神、气韵、英雄、风骨等许多范畴，颇具辩证法色彩。观人学、观人诗学虽非专门的哲学典籍，但它却与中国传统的儒家、道家、名理之学关系密切，它的许多范畴或概念、术语，如阴阳、五行、形神、气韵等，都同时是中国古代哲学命题。

观人诗学中的才性论、"诗品"论、风格论、方法论等及其范畴、术语的思想基础与思维方式，是儒家思想、道家思想、《易》学思想等传统哲学思想（详见以后各章分析）。

儒道都强调阴阳和合化生功能，阴阳家将阴阳与五行说结合，进一步发展了阴阳学说。细观后世文学发展，由观人学对人的气质、才性区分定类发展而来的文学风格界定划分，无一不是对阴阳观念的活用和发挥。比如刚、柔的情性形之于诗，呈现出相应的阳刚美、阴柔美，以及相应的豪放派、婉约派。但在诗学即人学的视阈下，受儒家、道家影响，崇尚轻清阳刚的风格，抑制重浊柔弱的风格，追求精神、气韵、风骨、品格、蕴藉、厚重等生命魅力，批判柔弱浮靡、无骨少力等不健康因素，都浸透着中国哲学的智慧。中国哲学本质上是人生哲学——一种感性生命的哲学，以人为研究对象，它本身就与观人学不能截然分开。

儒墨道等诸家气功修养身心、颐养导引神气之法，畅通气脉、诱导入静等功能，启导了作家心身修养、用神、运思等活动，激发了诗学主体论、创作论等的产生和发展。这里涉及中国传统医学及其影响的问题了。

（二）观人学、观人诗学与中国传统美学

本书虽论述的是观人学与传统诗学批评体系的建构，其实也是试图

从观人学、诗学解答中国传统美学的一些重大问题。一方面，美学的学科性质与归属一直存在争议，虽然长期被西方学者归属哲学与神学，但它在西方也与诗学分不开，如亚里士多德《诗学》，而在富于诗性精神、诗性智慧的中国文化氛围中更是如此。另一方面，观人学以及受此影响的观人诗学，本身也是美学范畴，学者们也有诸种名称，如"人物审美学"①"身体美学"（或"人体美学"）"诗歌美学""生命美学"等，康德在《判断力批判》里将人的身体视为"美的理想"，即：the idea of beauty。中国美学史上许多审美范畴，同许多诗学范畴一样，最初也来自观人学，后来在诗学发展中不断得到丰富和拓展。再者，观人学以及受其影响的观人诗学，从先秦发展到魏晋，经历了从道德审美、政教审美到非功利纯粹审美的变化，本身也就是一部美学发展历史。所以，本课题的研究，也有助于中国传统美学研究的深入和延伸。

（三）观人学、观人诗学与中国传统医学

传统中医讲究望、闻、问、切，其中望诊中的观神望气，就广泛应用于观人、观诗，如钱谦益《黄庭表忍庵诗序》提到用望气术观诗②，对诗学批评方法产生深远影响。

中医之精、气、神、脉等着重探讨生命活动和疾病变化机理，文学的神、血脉、筋骨、风韵、肌理等亦皆具备，诗学的人化甚至医理化逐渐获得确立。精气神脉等思想不仅开启出诗学是人的精气神脉的投射、结晶，且推理出好诗应具充足的精气神，诗人也要注意积精、养气、凝神才能创作出好诗等理论。中医养生学，在某种意义上来说也催化出诗学"养气说"。这些都是诗学人化和人化诗学追求生命健康境界的必然产物。

生命医学理论进入观人诗学、观人文学，以医理、病理入诗心、文心，屡见不鲜③，可称一种"病痛隐喻"。如刘勰举出"义脉不流，则偏枯文体"④的病症，吴可将诗病分为有形病、无形病："画山水者，有无形病，有有形病；有形病者易医，无形病则不能医。诗家亦然。凡可以

---

① 吴兴明：《谋智、圣智、知智——谋略与中国观念文化形态》，北京：生活·读书·新知三联书店1993年版，第298页。
② ［清］钱谦益：《牧斋有学集》中，第846页。
③ 万伟成：《观人诗学》杂编《疾病第十五》《针砭第十六》，北京：作家出版社2005年版。
④ ［南朝梁］刘勰撰，［清］黄叔琳辑注：《文心雕龙辑注》卷九《附会》，影印文渊阁《四库全书》集部1478册，第168页。

指瑕镌改者，有形病也。混然不可指摘，不受镌改者，无形病，不可医也。"① 有形病，指字句、篇章等上的毛病，可以修改；无形病，指构思、立意等大的方面毛病，如立意浅俗，构思平庸，是无法修改的。许学夷自称："予之论诗，实足为今人药石。试观今人病源，必有宜予之药石者。苟药与病投，读之必洇然汗下，便是邪气始散耳。若能于此时时防患，使邪气不入，则终身无疾；或邪气始散，正气未萌，仍复纵心所欲，以药石为患，则邪气复入，不能更治矣。"② 王夫之《姜斋诗话》卷下通过对唐宋诗"生气顿绝"的病理分析诊断出诗歌所患疾病为"医家名为关格，死不治"③。关格是《内经》等医学文献普遍强调的一种病症，此病多为死症。以医理谈诗文之道，援医理入诗论，更加强了文学理论批评的人化、医理化色彩。

观人学、观人诗学的许多范畴或概念、术语，如精、神、气（气象）、骨、色、象、脉、病、阴阳等，以及养精、养神、养气等，还有神行（行神）、气行（行气）、神藏气敛、神固气完、神露气厉等，以及精神气的强弱所体现出来的生命特征，都受到中医学中的诊断学、病理学、养生学的影响。所以，观人诗学和中医有许多共通之处，它们都是广义上的人学：中医关注的是人的身体健康，诗学关注的是人的精神诉求，更何况观人诗学将诗歌人格化和生命化；两个领域有许多共通的概念和术语，共通的把握世界、领悟对象的思维方式，都重整体观照、富有生生意识，体现了中华民族的聪明智慧和诗性精神。

（四）观人学、观人诗学与中国古代宗教

观人学、观人诗学一般未入佛、道经藏，但相士、诗人与和尚、道士以至儒生有密切关系，传统的佛、道中的许多人物都谙熟观人学、诗学，佛、道经藏也不难找到相关内容。《高僧传》本身就有许多观人内容与诗学内容，禅眼对于诗眼，禅宗关于"得皮得骨得髓"的说法，朱光潜论述人化批评时，也说："汉以后道家思想盛行，'气''神'等观念遂成为文艺理论中的重要台柱。魏晋人论诗文，很少没有受道家思想影响的。"④ 佛教、道教中的许多范畴、观念都给观人诗学以启发。观人学特别是相学典籍中融入大量的宗教说教，以及"劝善""宿

---

① ［北宋］吴可《藏海诗话》，丁福保：《历代诗话续编》上，北京：中华书局1983年版，第329页。
② ［明］许学夷：《诗源辩体》卷三十四，北京：人民文学出版社1987年版，第328页。
③ 丁福保：《清诗话》上，第13页。
④ 朱光潜：《朱光潜全集》第八卷，合肥：安徽教育出版社1993年版，第563页。

命论"色彩,在中国诗学中的诗谶批评中,这些影响就非常突出和明显。

(五)观人学、观人诗学与中国古代民俗学

观人学特别是相学,本身是一幅丰富多彩的民俗风情画卷,观人看相本身也是一种风俗,因此相学典籍也保存了大量而生动的民俗文化资料,如龙凤、黄色等崇拜,以及多子多福、男尊女卑等观念,甚至诗歌、诗人批评的内容,如相学典籍就提到了裴行俭相初唐四杰,说:"士之致远,先器识而后文艺也,勃等虽有才名,而浮躁浅露,岂享爵禄?杨稍似沉静,应至令长,并鲜克令终。"① 从求神问卜的内容来看,无非是问寿限、问婚姻、问财运、问官运、问科第甚至问国运等,这些内容从相学到诗学中的诗谶批评,都透视出中国传统的民俗文化心态。

对文化史的研究,学术界存在一种误区,把传统文化分雅、俗,把中国古代哲学、医学、宗教、文学、民俗学放到雅文化堂奥进行研究,而把观人学特别是其中的相学部分归入俗文化,简单粗暴地斥为迷信,而不屑于研究。与之相应的是,对诗学的研究也存在着一种误区,对饮食特别是"味"对诗学影响的研究特别热门,化俗为雅;而对观人学特别是相学、谶学对诗学影响的研究,却藏之冰山。这不仅不利于全面、立体地认识中国传统文化与传统诗学,影响到学术研究的深度、广度和力度,而且也不利于对中国传统文化与传统诗学的批判继承。

总而言之,为达成本书之研究目的,笔者致力改变已往单向的、静态的研究模式,注重多重关系中的动态立体研究,注重诗学批评问题研究的本土化、现代性。通过对中国观人诗学批评的文化语境、话语生成等综合考察,将这种诗学批评研究与当今批评界的学术转换作为一个有机整体,系统阐发其学术范式、精神基质,以观人学对诗学批评的影响为切入点,以中国诗论的现代化为旨归,探求这种诗学理论的建构及其意义。

---

① [唐]刘肃:《大唐新语》卷之七《知微》,北京:中华书局1984年版,第114页。又入相书,见[清]佚名:《水镜集相外别传》卷三,清中期竹纸刻本。

第一章　观人学与诗学范畴或术语
——以形神、气韵、英雄、风骨、贫富为例

　　术语、概念或范畴,是一门学科成熟的重要标志之一。术语、概念或范畴在诗学体系中的基本骨架中,居于核心地位。以人喻诗,以人品拟诗品,这只是观人学对诗学建构的直观印象与初级影响。而观人学促进观人诗学的建立、独立与发展,最重要的标志就是一系列相关术语、范畴或概念的移植、运用和成熟。随着魏晋时期观人之风兴盛,品鉴的层面不断扩大,人的觉醒带来了文化的自觉,观人学不仅影响了后来诗学批评的思维模式、批评方法、风格特征等,而且植入了许多术语、概念或范畴,体现出观人学对传统诗学批评的形成和建构的重要作用与影响。其概念和内涵就都直接与"人"或者"人的生命现象"紧密相关,反映了观人学、诗学两个概念域之间的结构投射:

　　1. 古代诗学中的许多概念直接来自"观人学",其中单字术语有形、体、血、精、神、气、色、性、情、灵、心、志、朗、风、致、筋、骨、肉、肌、肤、趣、品、格、体、脉、眉、目、皮、毛、肥、瘦、壮、弱、病等等;其中复合概念有面目、眉目、体格、体貌、皮毛、肌肤、肌理、血气、血脉、血肉、筋骨、精神、神气、神明、形神、主脑、灵气、风神、风格、格力、诗眼、诗喉、诗肠、气骨、风骨、情性、趣味、韵味、兴趣、品格、品性、典型、老成等等。

　　2. 古代诗学中从观人学转换而来的概念或范畴中,骨、体、格、首、颈、颔、眼、眉、目、脚、血、肉、脉、筋、肌、理、髓等是人体生理的术语,被移植到诗学之后,用以揭示诗歌艺术的生命结构,或者说是生命的外在形式;神、趣、气、韵、志、情、魂、魄、脑、脉、野等是人的精神生命,或者说生命的内在质素,被移植到诗学之后,用以揭示诗歌的生命深层内涵;此外作品评论中的肥、瘦、健、病、壮、弱、伤、厚、妙、致等亦来自人的身体生理状态术语。从这些范畴角度来说,观人诗学是一种生命论诗学,一点也不过分。这一切表现了观人诗学在重视艺术生命有机整体性的同时,所具有的形上追求和返本思维倾向。

　　这种现象已经越来越受到学界的重视,李泽厚《美学三书》认为,

"中国古人喜欢用人的自然生命及其因素来阐释文艺","把本来是人的形体生理的概念当作美学和文艺尺度"①。宗白华《论〈世说新语〉和晋人的美》说:"中国美学竟是出发于'人物品藻'之美学。美的概念、范畴、形容词,发源于人格美的评赏。"② 吴承学指出:"可以毫不夸张地说,关于人体的基本术语,大致都可以在文学艺术批评术语中找到。"③ 这些术语、范畴、概念呈网状结构,具有双关性,组成了一种沟通诗歌本体与生命本体的有机范畴群。如果我们稍加排列的话,其体系便依稀可见:

1. 本体论意义上的术语、概念或范畴。魏晋时期,伴随"人的自觉"而兴起的观人学经过长期实践,业已形成一套潜在而相对完整的评价体系,如形、神、德、志、情、意、气、韵、度、才、性、理、器、格、识、量等概念,被移植到诗学之后,交织成一张观人诗学中的本体论之网。

2. 作家主体才性论意义上的术语、概念或范畴。气、才、(德)性、志、情、气骨、心、趣、格、胆、学、力、识、量等,来自汉魏观人学中的风神才貌、神理性情等概念。观人学对人物才气、性情、韵度、器量(即人的"风神")的观赏,悉被移植到诗学。以圣贤、中庸、狂狷、乡愿、阴阳、刚柔、英雄、雅俗、狂狷、巧拙、胆力、习气等术语论述诗人或诗作,以天才、地才、人才、大才、小才、英才、雄才、仙才、鬼才、全才、偏才(偏诣)等论述诗人的才性,构成了观人诗学中的创作才能的分类学内容。

3. 作品论意义上的术语、概念或范畴。如律诗结构的首联、颔联、颈联、尾联等名称,章法意义上的颈转、腰转、股转、接项格、交股格、充股格、纤腰格、续腰格、藏头格、膝理、气脉、筋脉等,创作意义上的文心、句眼、诗眼、词眼、风骨、气韵等,作品批评意义上的品第划分,如神品、仙品、圣品、妖品等,作品生命力强弱的名称如肥、瘦、健、壮、弱、气魄、病等,此外如形不足、神不足、气不足、骈拇、枝指、疣赘、伤骨、伤体、露骨、臃肿、肤博(无来脉、筋节、骨干)、痿痹、枯槁、寒瘦、头重脚轻、诗瘵、质羸等形体上的"病",以及轻薄、鄙俗、陈腐、躁戾、浅露、卑弱、狂野、富贵病、贫寒气、生硬、

---

① 李泽厚:《美学三书》,天津:天津社会科学院出版社 2003 年版,第 299 页。
② 宗白华:《美学散步》,上海:上海人民出版社 1981 年版,第 178 页。
③ 吴承学:《生命之喻——论中国古代关于文学艺术人化的批评》,《文学评论》1994 年第 1 期,第 53 页。

烂熟等性格、气质或精神上的"病",都是生命力病症。

4. 风格论意义上的术语、概念或范畴。有体、格、风格、格调、风骨、体段、体格、气体、体气、面目等。这类风格概念特多,如奇、正（贞、雅）、逸、悲、怨、静、远、轻、俗、不俗、老、嫩、寒、瘦、清、浊、艳、妍、丑、致等,而每一类中又分若干种,如逸有飘逸、俊逸、逸气等,皆与人的特性、气质甚至外貌相类,所谓诗品如人品是也。许多诗歌流派的学说主张,如清代"神韵"说、"格调"说、"性灵"说、"肌理"说,都来自观人学。

5. 方法论意义上的术语、概念或范畴。有观、望、相、诊、品等观察方法,品第、品藻的优劣比较方法。诗格包括品格、格式、品题等,品格如人之有智愚贤不肖,格式如人之有贫富贵贱,都是观人学上的批评方法,被移植而成了诗学批评的方法。

每一个具体的范畴或概念,往往不是单一意义层面上的,而是兼有几个层面意义。如"气、韵""风、骨",均兼本体、作家、作品、体裁、风格而有之。它们既特指"才性",又具有象征意味、模糊性与多义性,但都是通过以人拟诗的方式,将原本是属于人的,描绘、评判人的生理、精神、气质的一系列范畴,运用于对诗歌对象的美学评判,形成彼此相关的诗学范畴序列,从而体现出鲜明的"观人学"特征。

发轫于先秦,兴盛于汉末魏晋的观人学,蕴涵了一个内容丰富、格局完足的理论体系与范畴体系。观人学的一系列概念和范畴,分别构成了观人学的本体论和认识论的评价体系,这不仅在中国文化史上有着十分重要的理论意义,而且影响到中国诗学体系建构,使中国的诗论与批评呈现出重风骨、重气韵、重精神、重意象批评、重诗家主体情志的理论批评特征。观人学与诗学的文化渊源相同、理论形态相似,观人诗学批评奠基于"天人合一"的哲学,搭起了观人学、诗学互通的桥梁,发展出同理共构、有机相融、互文互释的人化范畴体系。中国古代诗学批评如果剔除这些观人学术语汇,就会缺乏风采、神韵,就会陷入"失语"的尴尬境地。可见观人学之于诗学批评之重要。如果说中国诗学主导精神在于它的生命性的话,那么观人学的这些范畴或概念,只能使中国诗学生命精神得到强化,而不是削弱。

观人诗学的术语、概念、范畴非常之多,涵盖面极广,无法做全面分析。下面仅仅在诗学批评领域里,以形神、气韵、风骨、英雄、贫富等范畴为例,重点说明它如何由一种道德楷模、生命体征的批评标准变为体现纯粹个人人格气质、生命状态的批评标准,又如何转化成为诗学审美的价值取向，并进而说明观人学的这一转变对于建构传统诗学批评的重大贡献。前三者是目前学界热议范畴，突出观人学的影响是十分必要的；而"英雄""贫富"是目前诗学界少有涉及的概念，本文将重点分析。

第一节 形 神

形神是中国哲学、观人学、中医学、文艺学、美学史上也是中国诗学史上一个既有区别又相联系的概念，属于艺术辩证法范畴。最早源于对人的观察，即观人之学，用于探讨人的形体与精神、肉体与灵魂的关系。先秦时期已经获得哲学的提升，魏晋时期观人学、玄学，又让它获得了审美意义，并逐渐用于绘画、文学与书法之学，成为中国诗论、诗评的一个重要范畴。

一 "形"范畴

"形"指人的身体和体质，是人的体、肤、筋、骨、眉、目、音、容、仪、血、肉、色、貌、姿、态、肥、瘦等外在表征的总称。诗学在移植观人学的概念时，衍生出一系列"子概念"，如体格、体段、面目、声响、诗眼、诗肠、诗喉、诗胆、主脑等。根据诗歌规律，进行了内涵的转换，如筋骨血肉，就对应了诗歌的形式美，如"事义为骨髓，辞采为肌肤，宫商为声气"①，"其段落者，骨格也；其意与气者，筋脉也；而词藻，则血肉也"②，"篇者，诗之体质……句者，诗之肢骸……"③等等。有的概念是性质上的转换，如主脑、魂魄、诗胆、诗肠等，就不再具有形式美的物质内涵，主脑指诗歌的主旨，诗魂指诗人的精神或亡魂，诗胆指诗人的胆识，诗肠指诗人的情思、感兴，这些都已经脱离了形质的本义，但它们的基本义项和原理都来自观人学比喻。

刘邵《人物志·九征》认为"气"是天地万物和人类生成的胚胎和始基，人生禀气不同，不仅决定了人的生理状况（如"血气"），而且决定了人的性格气质与才能，从而将人的生理特征与心理特征联系了起来。

---

① ［南朝梁］刘勰撰，［清］黄叔琳辑注：《文心雕龙辑注》卷九《附会》，影印文渊阁《四库全书》集部第1478册，第168页。
② ［明］徐枋：《居易堂集》卷一《与杨明远书》，上海：华东师范大学出版社2009年版，第14页。
③ ［明］王廷相：《王廷相集》二《王氏家藏集》卷二十八《与郭价夫学士论诗书》，北京：中华书局1989年版，第503页。

从"形质"入手以观人，包括两个层次：一是自然生理层面，即根据骨、筋、气、肌、血来判断人的个性特征。二是精神气质层面，即根据仪、容、声、色、神五个外在特征来识别人的才华气质。尽管人的性情千差万别，但都可以由形质入手来鉴别，如"强弱之植在于骨，躁静之决在于气"，这里的"骨"，不仅是与筋、气、肌、血联系在一起共同构成"形质"的物质基础，而且还具有内在的精神内涵，因为它在五行中代表"木"之象，于五常中代表"仁"，具有"温直而弘毅"的特征，正所谓"是故骨植而柔者，谓之弘毅。弘毅也者，仁之质也"①。可以说人的神、精、筋、骨、气、色、仪、容、言，是考察人的内在才性气质的九个外在特征，是为"九征"。其实刘邵的"五德""五常""九征"都是通过对人的外在特征的详细考察，达到识别人才的实用目的。

二 "精""神"范畴

在观人学中，"神"是对人的内在精神气质（即"神明"）的概括，常与精、气、色、理、意、情、风等连用构成一个意义序列。这里重点阐述"精、神"概念。

中医认为精、气、神是构成人体生命学说的基本要素，称为"人之三宝"。中国相学也主张"察阴阳精气神"②。《水镜集问难篇》有《辨气色精神》等节，许多观人学著作也有《气论》《精神论》《神论》等专门论述。精、气、神三者都是富于原始感觉和诗性特征的概念，很容易通过观人学、中医学对中国文艺批评发生影响。书法批评如苏轼《论书》云"书必有神、气、骨、肉、血"③，文论领域则始于《文心雕龙·体性》"才力居中，肇自血气，气以实志，志以定言"④，《养气》篇所谓"率志委和，则理融而情畅；钻砺过分，则神疲而气衰：此性情之数也"，"于是精气内销，有似尾闾之波；神志外伤，同乎牛山之木"⑤。直接引保精、养气、养神之说入文论，形成源远流长的中国特色的文学批

---

① ［三国魏］刘邵撰，［五凉］刘昞注：《人物志》卷上，影印文渊阁《四库全书》子部第848册，台北：台湾"商务印书馆"1986年版，第762~764页。
② ［北宋］陈抟《神相全编》一，田海林等：《相学秘籍全编》上，贵阳：贵州人民出版社1994年版，第166页。
③ ［北宋］苏轼：《东坡题跋》卷四，杭州：浙江人民美术出版社2016年版．第140页。
④ ［南朝梁］刘勰撰，［清］黄叔琳辑注：《文心雕龙辑注》，第144页。
⑤ 同上书，第166~167页。

评传统，如刘熙载《文概》评"太史公文，精神血气，无所不具"①，黄子云《野鸿诗的》更是直接用"精、气、神"理论来论诗："导引之术，曰精气神，诗之理亦然。"具体来说："从摇飏而得者，其诗也神；从锤炼而得者，其诗也精；从鼓荡而得者，其诗也有气。"② 根据观人学与导引术，人的生命力无非表现为精、气、神，诗之生机亦无非表现为精、气、神。下面分别从"精""神"两个概念研究观人学对诗学的渗透与影响。

"精"是构成人体和维持生命的精微物质，广义而言，精、血、津液皆谓之精，分布于人体各个部分；狭义而言，精专指藏于肾中之精。精原于先天而充养于后天，所以传统养生理论十分重视并探索出"养精""保精""固精""炼精"之术。受其影响，相学关于"精血"方面的理论也很丰富，有时合"精神"而言，如《神相全编》《相理衡真》都有"精神"一目；袁柳庄《相理衡真》卷六下《精神论》说"至皮血骨肉，亦由精气神所化而成"，"夫形以养血，血以养气，气以养神。故形全则血全，血全则气全，气全则神全，神全则精旺。精实气固则神安，血枯气散则神亡"③，把"精"当作气、神的根本。观人学典籍中大量存在中医学方面的内容，说明观人学是以中医学为学理基础的，观人学家往往精通中医学。精、气、神三者既区别，又相互联系，相互化生，精可化气、气可生精、精气化神，"流行为气，凝聚为精，妙用为神"④；三者同源、同化、同步，一荣俱荣，一枯俱枯，所以都是生命的本体物质，皮血骨肉皆赖以生成。相学的这个原理对诗学影响很大，甚至明清诗学在阐释"精"时，全搬用相学字面，内涵却体现了诗学特点。

神，本指"天神、神灵"，即原始宗教所崇拜的神灵。它是人类所不能、所不知的。到了战国，"神"和"形"对举，指人的精神，所谓"圣而不可知之谓神"（《孟子·尽心下》），指的是与人的形体相对的精神，归属于哲学范畴。用于中医学以及以此为基础的观人学，则与精、气并称。"精"是生命的基本物质，"气"是生命的内在动力，"神"在体外则成为生命的象征，在体内则成为生命的主宰，所谓"神者，生之制也"⑤。人体的皮、肉、脉、筋、骨，人形的强、弱、肥、瘦、长，人姿

---

① ［清］刘熙载：《艺概》卷一，上海：上海古籍出版社1978年版，第12页。
② 丁福保：《清诗话》下，北京：中华书局1963年版，第847、855页。
③ 田海林等：《相学秘籍全编》下，第1215页。
④ ［明］王阳明撰，陈荣捷详注集评：《传习录详注集评》卷上，台北：台湾学生书局1983年版，第92页。
⑤ ［西汉］刘安撰，［东汉］高诱注：《淮南鸿烈解》卷一《原道训》，影印文渊阁《四库全书》子部第848册，第518页。

的立、走、趋、坐、卧，人神的静、动、躁、狂、癫，人情的苦、忧、悲、思、惊，人色的青、黄、赤、白、黑等等，从头发足趾、动举静态、神变色化，以及人舌的灵活与强硬、荣泽与干枯、晦暗与红润等，都是神的具体体现。神也有先天、后天之别，先天元性者称为"元神"，后天之神称"识神"：两者对立统一、相互为用，共同维持人的生命活动。以中医理论为基础，以魏晋玄学为指导，观人学提出"色见于貌，所谓征神。征神见貌，则情发于目"①，人的神态、表情等反映其内心世界，神用之于观人；至晋更有"神鉴"一目，即对人遗貌取神的直觉把握，如"温峤尝谓鲲子尚曰：尊大君岂惟识量淹远？至于神鉴沉深，虽诸葛瑾之喻孙权不过也"②。"神鉴"既可以理解为明鉴如神，指在辨名析理、识鉴人物方面达到的一种出神入化的境界；也可以理解为鉴神，有"神鉴"的人，能够鉴识人物的精神，从而达到对观人学最深刻最精微的知解。《世说新语》常用"神"及其相关合成词，表示对精神洒脱、气质高雅的赞美，如"神姿"表示美好高雅的风度姿态，如"太尉神姿高彻，如瑶林琼树，自然是风尘外物"（《赏誉》），"诸客望其神姿，一时退匿"（《容止》）；"神俊"表示神采和俊迈，如支遁"器朗神俊"（《赏誉》）；"神情"指神采风度，如"潘岳妙有姿容，好神情"（《容止》），"王夫人神情散朗，故有林下风气"（《贤媛》）；"神意"指神情意态，如"谢便起舞，神意甚暇"（《任诞》），"齐庄在外，尚幼，而有神意"（《排调》），"神明"指精神英明，如曹操"神明英发"（《容止》注引《魏氏春秋》）。此外还有神锋、神韵、神识、神理、神俊、神王、神怀、神悟、神意、神色、神气、风神等，观人常见。许多相书都有专门论"神"的内容，如《太清神鉴》有"论神"一节，《照胆经》有"神论"一节，并对"神"的各种表征如神藏、神静、神和、神锐、神驰、神露、神耽、神惊、神脱等做了进一步阐述。这些思想和观念对诗学产生很大影响。

　　诗学重"神"，当来自以中医为基础的观人学。贺贻孙《诗筏》："诗文有神，方可行远。神者，吾身之生气也。"③ 从主体角度论及诗文的创作本质。陆时雍《诗镜总论》力主"精神聚而色泽生"，他评"陈后主妆裹丰余，精神悴尽，一时作者俱披靡颓败，不能自立"④。可见观

---

① ［三国魏］刘劭撰，［五凉］刘昞注：《人物志》卷上《九征》，第763页。
② ［唐］房玄龄等：《晋书》卷四十九《谢鲲传》，北京：中华书局1974年版，第1377页。
③ 郭绍虞：《清诗话续编》一，上海：上海古籍出版社1983年版，第136页。
④ ［明］陆时雍：《古诗镜·诗镜总论》，影印文渊阁《四库全书》集部第1411册，第9页。

诗之“神”比观“妆裹丰余”（形）更重要，这种思想与相书论述“人之所禀在精神……有形不如有骨，有骨不如有神”① 同一机杼。观人以神为先，相神以清为贵，这种观念也影响到了诗学，如：

论人之著作，如相家观人，得其神而后形色气骨可得而知也。②

诗品贵清，运众妙而行于虚者也。譬如观人，天日之表，龙凤之姿，虽被服衮玉，其丰神英爽，必不溷于市儿；若乃拜马足，乞残鲭，即荷衣蕙带，宁得谓之仙人耶？由斯以谈，清在神不在相，清在骨不在肤，非流俗所知也。③

这二则说的都是一个道理：神骨之相，远在形色之上，直接揭示出诗学中的“相神”之说与相人相通。“神”在从观人学到诗学的范畴转换中，衍化出两层意义：一层是“神”具有的自然属性，即人所具有的基本生理特征。诗学中的“神气”“神化”“神合”“神用”“神纵”“神功”“神会”“神悟”“神明”“通神”都含有这样属性。另一层是“神”具有的主体自我完善和人格完美，如诗学中的“神骨”“风神”“神俊”“神彩”“神高”“神逸”“神韵”“神趣”等皆有这层含义。

诗学中的“精”与“神”，有时分开，有时合用，如谭浚《说诗·精神》：

程子华曰：生之所自谓之精，精之相薄谓之神。精危则滞神，神惛则伏精。立则气不孤神，化则机不息欲。倾群言之沥液，以漱六艺之芳润。必神思精诣，玄览修观，迹在山林，心驰廓庙，思入风云，道通天地，机来切今，气往轹古。故曰“一生精力尽于诗”，又曰“语不惊人死不休”。④

这里，借用了观人学（相学）、中医理论，从“生化”角度衍绎诗学规律。精、神既相区别又相联系。“精”是诗歌生命中最基本的元素，直接影响到“神”的表征。司空图《诗品·精神》将两者合起来阐述，

① ［后周］王朴：《太清神鉴》卷一《神秘论》，影印文渊阁《四库全书》子部第810册，第765页。

② ［明］焦竑：《澹园集》上《题词林人物考》，北京：中华书局1999年版，第284页。

③ ［清］张谦宜《絸斋诗谈》卷一《统论上》，郭绍虞：《清诗话续编》二，第791页。

④ 吴文治主编：《明诗话全编》四，南京：江苏古籍出版社1997年版，第4015～4016页。

但仍然存在着内在的区别与联系：

> 欲返不尽，相期与来。明漪绝底，奇花初胎。青春鹦鹉，杨柳楼台。碧山人来，清酒深杯。生气远出，不著死灰。妙造自然，伊谁与裁？①

言返于内则精聚神藏，自有不尽之蕴；而相期于心，则精酣神足，意到笔随，正是作品生命力强旺的表现，所以杨廷芝《诗品浅解》说"精含于内，神见于外"，更是将两者关系揭示出来了。

其他如孙联奎《诗品臆说》"人无精神，便如槁木；文无精神，便如死灰"②，钟惺《诗归序》所谓"真诗者，精神所为也"③，方东树《昭昧詹言》"凡诗文书画，以精神为主。精神者，气之华也"④，陆时雍《诗镜总论》："精神聚而色泽生，此非雕琢之所能为也；精神道宝，闪闪著地，文之至也。"⑤ 数人合"精神"而言，都把"精神"提高到诗歌生命的主宰地位。

"神气"亦观人术语，如《庄子·田子方》："夫至人者，上窥青天，下潜黄泉，挥斥八极，神气不变。"江淹《恨赋》："及夫中散下狱，神气激扬。"观人学特别是相学著作，论述"神气"随处可见。用之于诗学，则是观察诗歌生命力的重要指标，亦谈艺家常见。董其昌《评文》说"文要得神气，且试看死人活人、生花剪花、活鸡木鸡，若何形状，若何神气，识得真，勘得破，可与论文"⑥，刘大櫆《论文偶记》开篇就说："神气者，文之最精处也；音节者，文之稍粗处也。"⑦ 袁黄说："相文之法，大类相人，惟以神气为主，非必五官六体，事事称量，乃为无失。"⑧ 可见无论是创作也好，评鉴也好，"神气"比音节、五官六体重要，观察文章的神气，成为重要的"相文术"。同样的话也可移用于诗

---

① [清] 何文焕辑：《历代诗话》上，北京：中华书局1981年版，第41页。
② [清] 孙联奎，杨廷芝：《司空图〈诗品〉解说二种》，济南：山东人民出版社1962年版，第29页。
③ [明] 钟惺：《隐秀轩集·文戠集》序一，明天启二年（1622）沈春泽刻本。
④ [清] 方东树：《昭昧詹言》卷一，北京：人民文学出版社1961年版，第30页。
⑤ [明] 陆时雍：《古诗镜·诗镜总论》，影印文渊阁《四库全书》集部第1411册，第6页。
⑥ [明] 董其昌：《画禅室随笔》卷三，影印文渊阁《四库全书》子部第867册，第472页。
⑦ [清] 刘大櫆：《论文偶记》，北京：人民文学出版社1959年版，第6页。
⑧ [明] 袁黄：《游艺塾文规》正续编，武汉：武汉大学出版社2009年版，第245页。

论，如苏轼《题渊明饮酒诗后》评"采菊东篱下，悠然见南山"二句云"境与情会，此句最有妙处。近岁俗本皆作'望南山'，则此一篇神气都索然矣"①，所以谢榛说"诗无神气，犹绘日月而无光彩"②，翟翚《声调谱拾遗》自序说："以声调为诗，譬之土偶之为人，有形骸而无神气，神气不充，不可以为人。"③ 非唯如此，诗学论述"神气"的宜忌，用于作家批评、作品批评，其原理亦多来源于相学、中医，如厉志《白华山人诗说》卷一论作诗"要总在精神内敛，光响和发，斯为上乘"④，黄子云《野鸿诗的》论"理明句顺，气敛神藏，是谓平淡"⑤，高棅《唐诗正声》引吴逸一评王之涣《凉州词》"神气内敛，骨力全融"⑥，正得自相学贵"神藏"之说；施补华《岘佣说诗》论"七言古诗必有一段气足神王之处，方足耸目"⑦，宗元《网师园唐诗笺》评刘禹锡《西塞山怀古》"通体亦复神完气足"⑧，赵翼《白香山诗》评白居易五言排律"气劲而神完"⑨，施补华《岘佣说诗》评李商隐"《重有感》《筹笔驿》等篇，气足神完"⑩，洪咨夔《豫章外集诗注序》评黄庭坚"气全而神王"⑪，张谦宜《絸斋诗谈》卷七评宋荦"古诗神清气肃"⑫，皆来自相学贵"神有余"之说；徐献忠《唐诗品》评"（元和以后诗）文藻疏薄而神气委靡"⑬，吴乔评晚唐诗只知造句炼字，"不能照顾通篇，以致神气萧飒"⑭，皆来自相学忌"神不足"之说。当然，正如其他观人术语转化为诗学术语一样，"神气"既有来自观人术话语体系的一套，同时也有符合文学自身发展的另一套话语，从观人批评中推衍出寻求文学作品"神气"的具体方法，如刘大櫆《论文偶记》说"神气不可见，于音节见之，音节无可准，以字句准之"，"积字成句，积句成章，积章成篇，

---

① [北宋]苏轼：《东坡题跋》卷二，第49页。
② [明]谢榛：《四溟诗话》卷二，北京：人民文学出版社1961年版，第46页。
③ 丁福保：《清诗话》上，第351页。
④ 郭绍虞：《清诗话续编》四，第2275页。
⑤ 丁福保：《清诗话》下，第850页。
⑥ 陈伯海：《唐诗汇评》中，杭州：浙江教育出版社1995年版，第1355页。
⑦ 丁福保：《清诗话》下，第986页。
⑧ 陈伯海：《唐诗汇评》中，第1827页。
⑨ [清]赵翼：《瓯北诗话》卷四，北京：人民文学出版社1963年版，第38页。
⑩ 陈伯海：《唐诗汇评》下，第2460页。
⑪ [北宋]黄庭坚：《黄庭坚全集》四，成都：四川大学出版社2001年版，第2415页。
⑫ 郭绍虞：《清诗话续编》二，第885页。
⑬ 吴文治：《明诗话全编》三，第3025页。
⑭ [清]吴乔：《围炉诗话》卷一，北京：中华书局1985年版，第31页。

合而读之，音节见矣；歌而咏之，神气出矣"①。如果脱离诗文的音节、字句等构成要素论"神气"，还不能说"神气"完成了概念转换。只有放在"字句—音节—神气"体系中，由表及里，由粗及精，从具象至抽象，这样以"神气"论诗文，就落到了实处，也就实现了从观人学到诗学的转换。

以上对观人学、诗学中的精、气、神等概念及其相互影响进行了生命意义上的阐述。人的生命起源于精，生命的维持有赖于气，生命的现象乃是神。精充、气足、神全是健康的保证；精亏、气虚、神耗是衰病的原因。对人的生命而言，"精气神"所要揭示的是人的内在"精气"与外在"神形"二者的相互关系，即：精气充足则神强形壮，精气不足则神衰形弱，精气枯竭则神去形亡，故有"精脱者死""气脱者死""失神者亦死"的说法。精气神三位一体，是生命的基础也是生命的现象，生命一旦结束，精气神随之消亡。诗学之重精、重神、重气，其实归根结底就是重人之精神、重人之生命。精、气、神是祖国医学的重要学说，是传统观人学的重要内容，也是诗歌作品的生命表征，对观人诗学批评的启发也是多方面的：

对人体生命状态而言，内在"精气"的盛衰决定"形神"的强弱，一个人精盛气壮，内则五脏敷华，脏腑协调，气血营卫输布有常；外则目光炯炯，脸面红润，满面春风，步履轻盈，思维敏捷，言语洪亮。到处充沛的是神色相融，神情并茂，神形一体，神态自如而生动活泼；呈现出来的是神之色彩，神之姿态，神之容貌，神之情感。同样，对诗歌作品而言，只有"筋骨立于中，肌肉荣于外，色泽神韵充溢其间，而后诗之美善备"②，"气之精者为神，必至能神，方能不朽"③。这才是生命力旺盛的作品。相反，对于一个"精气"内虚而形神衰弱的人来说，精气神不能同生共荣，内则精气不足，气血懈惰，脏器失养，五脏皆虚，外则神衰形疲，筋骨解堕，面容枯槁，情志苦悲，诸病逢生。同理，对一篇诗文作品而言，如果没有精气神韵，"譬之壮夫，其躯干杌然，骨强气盛，而神气昏瞀，言动凡浊，则庸俗鄙人而已"④，精神气的重要性有时高过气骨；孙联奎《诗品臆说》云"人无精神，便如槁木；文无精

---

① ［清］刘大櫆：《论文偶记》，北京：人民文学出版社1959年版，第6页。
② ［明］胡应麟：《诗薮》外编五《宋》，上海：上海古籍出版社1979年版，第206页。
③ ［清］方东树：《昭昧詹言》卷一，第25页。
④ ［北宋］李廌《答赵士舞德茂宣义宏词书》，［北宋］张耒等：《苏门六君子文粹》卷四七，影印文渊阁《四库全书》集部第1361册，第306页。

神，便如死灰"①，"今人之诗例无精彩，其气夺也"。② 这些在中医学、观人学、诗学看来，都是死亡的征兆，可见精气神不但对人的自然生命，而且对于诗歌生命力都非常重要。张以宁甚至认为："声由人心生，协于音而最精者为诗。缙绅于台阁而诗者，其神腴，其气缛；布韦于草泽而诗者，其神槁，其气凉。故昔之善觇人之荣顇丰约者，类于是乎见：盖得于天者则然，岂人之所能强者哉？"③ 从诗歌的"神气"表现中可以相人，虽其理不一定成立，但反映了观诗与相人的相通之处，代表了传统观人诗学的普遍看法。

人们要延年益寿、却病健身、防止早衰，调适"精气神"，所以要养精、养神、养气；同理，诗歌创作活动中的伤精、伤神、伤气现象经常出现，以中医养生为基础的观人学与论诗的话语，融为一体，让人不知何者为观人，何者为论诗！为了防止诗歌"精气神"的亏损，诗学也讲养精、养神、养气，如冯复京《说诗补遗》卷一"澄神""炼气"说④，就受到中医养生学的深刻影响，防止耗精伤神、伤气，"精为体，神为用"。王寿昌《小清华园诗谈》告诫说："诗有四勿伤：炼勿伤气，曲勿伤意，淡勿伤味，瘦勿伤神。"⑤ "保精"能"积精全神"，全神自然养生。这些理论对中国诗文理论中关于养精、养神、养气的学说影响很大。阅读传统诗学关于精气神的论述，不仅可得诗道，也可得观人之道、养生之道。

诗学在建构其精气理论体系时，受到古代观人学、中医学的精气学说的渗透、启示和影响，但绝不能把二者混为一谈。诗学的"精气神"有其自身固有的研究对象与范围，即：诗人及其诗歌作品，与观人学、中医学的"精气"既有共通之处又有不同的内涵。但它既是观人学精气学说在诗学中的具体运用，又是对观人学精气理论的丰富和发展。

三 "形神"范畴的观人学启发

（一）形神关系

形与神，形体与精神，及其相互关系，是哲学也是观人学的重要话题。

---

① ［清］孙联奎，杨廷芝：《司空图〈诗品〉解说二种》，第29页。
② ［北宋］惠洪：《冷斋夜话》卷四《诗忌》，北京：中华书局1988年版，第37页。
③ ［明］张以宁：《翠屏集》卷三《草堂诗集序》，影印文渊阁《四库全书》集部第1226册，第610页。
④ 吴文治：《明诗话全编》七，第7175～7176页。
⑤ 郭绍虞：《清诗话续编》三，第1856页。

早在先秦，就有了关于精神与肉体关系的讨论。观人学从先秦产生之日起，就与中国传统哲学结下不解之缘。如《庄子》云"无劳女（汝）形，无摇女（汝）精"（《在宥》）；"夫昭昭生于冥冥，有伦生于无形，精神生于道，形本生于精，而万物以形相生（《知北游》）"，揭示了"形""神"这一既不同而又相联系的范畴。《庄子》塑造了支离疏（《人间世》）、兀者王骀、申屠嘉、哀骀它、叔山无趾、闉跂支离无脤等形象（《德充符》），他们虽然肢体残缺、外貌丑陋，但精神健全，即《达生》《德充符》等篇所谓"神全"，一种绝对精神自由的境界。这种观点为后来的重神轻形理论奠定了基础，如《淮南子》就主张"神贵于形也"（《诠言训》），"以神为主者，形从而利"（《原道训》），正自《庄子》来。东汉由于相学发达，观人学多以形观人，如王充《论衡·骨相篇》说："相或在内，或在外，或在形体，或在声气。"王符《潜夫论·相列》也说："或在面部，或在手足，或在行步，或在声响。"而后来的刘劭《人物志·九征》则将阴阳五行学说与相术之法糅为一体，通过九个方面的"形质"（即"九征"）以观察人物内在的德行、精神、智慧、才能、情感和个性，这些统称为"性"，通过"形鉴"并进一步达到"神鉴"，如："勇怯之势在于筋，强弱之植在于骨，躁静之决在于气，惨怿之情在于色。"将骨、筋、气、色等概念和智能、情感、个性联系起来，揭示人物的精神内质和个性情感，从而使得"形神"概念具有了明显的美学意味，既继承了汉代以形观人，又开启魏晋人重神风气；既丰富了观人学理论，也为魏晋艺术家拓展了新的理论视野。

魏晋南北朝的观人学在"形神"关系上至少有以下四点值得注意：

1. 把观人对象明确区分为"属乎形骸"和"关于神明"两部分。前者具象而后者抽象，前者物质而后者精神。观人的"形神"，已经摆脱了道德功利性因素，完全升华为一种纯审美的行为。人物外在的仪态风貌（形骸）往往体现了内在的精神气度（神明），所以魏晋观人学多将二者结合起来。李泽厚认为，"人物品藻之所以对于魏晋美学概念的形成具有直接的基础作用，在于人物品藻最为明确地把人物的观察区分为内在的不可见的精神方面和外在的可见的感性方面，并提出了由外以知内，由形以征神。"① 不仅形象地观察了人物可见的外在仪容之美（形骸），同时还直观到人物不可见的内在精神之美（神明）。

2. 对形神关系、形似与神似关系进行了理论的探讨与实践的认证。

---

① 李泽厚、刘纲纪：《中国美学史》，北京：中国社会科学出版社1987年版，第99页。

从观人哲学理论上说，大致有三种观点：一是王弼的得"神"忘"形"说，对形神进行了玄学阐释，所谓"王弼首唱得意忘言"，"按玄者玄远，宅心玄远，则重神理而遗形骸"①，用于观人学，遂成得意忘形、得神忘形的观人术；二是嵇康的"形""神"相亲说，所谓"形恃神以立，神须形以存"②，强调神是形之根本，形则是传神之形，对形神进行了养生学阐释；三是支遁的《神无形论》和慧远的《形尽神不灭》等倡导的"形""神"分离说，哲学观点不同，观人术亦异。当时士人中，"服药派"往往重形，而"饮酒派"往往重神。像刘伶、阮籍、庾子嵩之流虽然"土木形骸"，但都体现了竹林七贤"得意忘形"人生哲学的观念，这种冰雪性情受到观人学重视，践行了《庄子》"神全"观。从观人实践来说，士人对容止的观察与评论，采取了"略其玄黄、取其俊逸"的观人术，略形取神。如谢万说："唇齿相须，不可以偏亡，须发何关于神明！"（《世说新语·排调》）具体观人例子，如桓伊评曰："（杜）弘治肤清，卫虎奕奕神令。"（《品藻》）支道林相马，"重其神骏"（《言语》）。支遁貌丑，王羲之重其"器朗神俊"（《赏誉》）。其他如曹操貌寝，但"神明英发"（《世说新语·容止》注引《魏氏春秋》）；庾子嵩矮胖，但"颓然自放"（《世说新语·容止》），即松散自然，精神渊放；江禄"形貌短小，神明俊发"（《南史·江夷传》），魏咏之"庸神而宅伟干，不成令器"（《晋书·魏咏之传》），戴渊"虽处鄙事，神气犹异"（《世说新语·自新》），这些都说明"神明"成为"容止"观人中最重要的命题，神居形先已经成为魏晋南北朝观人术的共识。

当然，魏晋南北朝观人，并非不要"形"，而是"征神见貌"或"瞻形得神"，即形神两方面兼顾，但形、神孰重孰轻的问题上，更加偏重"神"。所以汤用彤《言意之辨》评价说："概括论之，汉人朴茂，晋人超脱。朴茂者尚实际，故汉代观人之方，根本为相法，由外貌差别推知其体内五行之不同。汉末魏初犹有此风（如刘劭《人物志》），其后识鉴乃渐重神气，而入于虚无难言之域。"从而得出了"汉代相人以筋骨，魏晋识鉴在神明"的结论③。这种观人风气，既受到老庄"得意忘形（象）""得形忘神"观念的启发，也注入了玄学"瞻形得神"（《抱朴子外篇·清鉴》）的时代因素，让"神"赋予了个体的精神自由内涵，获得了

---

① 汤用彤：《魏晋玄学论稿》增订版，上海：上海古籍出版社2005年版，第20、30页。
② ［三国魏］嵇康：《嵇中散集》卷三《养生论》，影印文渊阁《四库全书》集部第1063册，第347页。
③ 汤用彤：《魏晋玄学论稿》，第31页。

高于"形"的意义,从而使观人术发生了由重形向重神的转变。刘劭《人物志·九征》说:"物生有形,形有神精。能知精神,则穷理尽性。"① 汤用彤总结说:"魏晋名家之用,本为品评人物,然辨名实之理,则引起言不尽意之说,而归宗于无名无形。夫综核名实,本属名家,而其推及无名,则通于道家。而且言意之别,名家者流因识鉴人伦而加以援用,玄学中人则因精研本末体用而更有所悟。"② 可见,言形取人,多有乖于名实,而名家与道家的融会,言意之辨的玄学,将观人学关于"形神"的探讨提升到了"穷理尽性"的哲学高度,催发了观人学与文艺学的"传神尚意"之旨。

3. 魏晋时期观人学由重形到形神并重,南朝士人更加重神。神情、神意、神韵、雅韵、风神、神采、神仪、神明、神姿、神隽、神俊等等,都是南朝士人最赏爱、最心仪的美,成了观人学的高级用语。"有风神""有远韵"是容止之美的最高境界。这些纯粹审美的形神观,并对后世诗学产生了深远的影响。

4. 观人学"形神"说移植到文艺学,是从画论开始的。顾恺之"传神写照"的命题(《世说新语·巧艺》),说明观人学中的"形神"关系首先是从与观人关系密切的画论领域(特别是人物画)切入文艺学领域的。顾认为"四体妍媸本无关于妙处",重要的是"传神写照",这体现出观人学对人物画创作与评价的影响,以至于谢赫《古画品》提出"六法论"云:"一气韵,生动是也;二骨法,用笔是也;三应物,象形是也;四随类,赋彩是也;五经营,位置是也;六传移,模写是也。"③ 主张"气韵"与"应物"不可偏废,"形"求"应物","神"求"气韵",唯有"形似"才能显现"气韵",透过"气韵"而使画物"生动"。书法领域,如王僧虔《笔意赞》也有"书之妙道,神采为上,形质次之"的论断,说明先神后形,不但是魏晋观人的重要价值取向,同时也是艺术审美的普适价值取向。

非常吊诡的是,魏晋画论、书论重视传神,而文论、诗论风气,多重"形似"。如刘勰《文心雕龙·物色篇》中说"自近代以来,文贵形似",钟嵘《诗品》所谓"巧构形似","贵尚形似",谢灵运"尚巧似";颜之推《文章篇》称"何逊诗实为清巧,多形似之言"④。这些

---

① [三国魏]刘劭撰,[五凉]刘昞注:《人物志》卷上,第763页。
② 汤用彤:《魏晋玄学论稿》,第21页。
③ [南朝齐]谢赫:《古画品》,影印文渊阁《四库全书》子部第812册,第3页。
④ [北齐]颜之推:《颜氏家训》卷上,影印文渊阁《四库全书》子部第848册,第963页。

"形似",是对风景、草木等事物的描摹,即"写物图貌,蔚似雕画"(《文心雕龙·铨赋》),属于"体物"。《文镜秘府论》论诗文"十体",其中就有"形似体",释曰:"形似体者,谓貌其形而得其似,可以妙求,难以粗测者是。"① 正是魏晋南北朝文论追求形似理论的反映。但在诗学批评中,晚唐司空图较早明确标举反对"文贵形似",主张"离形得似",追求"象外之象""韵外之致",即《二十四诗品》"雄浑"所谓"超以象外,得其环中",实际上就是于象外求神,而不拘泥于事物自身的形似。至此,形神之说在唐代完成了从观人学到诗学概念上的完全转变。画学要求"传神",诗学要求"入神",如严羽《诗辨》说:"诗之极致有一:曰入神。"又说:"诗而入神,至矣,尽矣,蔑以加矣!惟李、杜得之。"② 将"入神"视为诗歌创作的最高境界,开创了以神品诗之风。唐宋以后,诗学中关于"形神"关系的概念多来源于观人学。

(二)观人学"形神"观念对诗学的启发

魏晋观人学的许多观念,如"神似"高于"形似",抽象高于具象,精神高于物质。因为观人学以"人"为观察对象,而艺术创作(尤其是人物画)主要是写人、人的生活、人心(含情感及其体验),表现人的内在性情和外在形质的关系,瞻形得神,以形写神,因此,魏晋"形神"范畴由观人学发展到观人物画、观山水画,而后渐进到书法、诗学等艺术领域,成为一种必然趋势。"形神"范畴在魏晋时期完成了从观人学向文学艺术美学的转换。观人学"形神"观念对诗学的启发是多方面的,举例说明如下:

1. 形神关系的观念。"形神"本是观人术语,哲学是人学,当然要讨论形神关系;文学是人学,也要进行诗学上的概念转换:一是形,即形象、形体、形状、形貌,转换到诗学,则指诗歌作品的生命外在体相,即诗歌内在意蕴的外在形式,是可见的客观实体或作为诗歌而言的艺术形象。一是神,即精神、神采,指诗歌的生命内在精神与生命内容,是充满着生气的内在意蕴,可以指诗人的主观精神或意志,或者诗人主观的神与作品的客观的神相整合的神,也可以指观赏者从诗歌作品当中主观感受、体验到的一种内在的审美意象。形是外相,神是内涵。无形则不能通神,无神则形无生气,二者构成了对立统一关系。

受到观人学影响,后世诗学推崇形神相兼、形神相合,如徐寅《雅

---

① [日]遍照金刚:《文镜秘府论》地卷,北京:人民文学出版社1975年版,第50页。
② [南宋]严羽撰,郭绍虞校释:《沧浪诗话校释》,北京:人民文学出版社1983年版,第8页。

道机要·明体裁变通》:"体者,诗之象,如人之体象,须使形神丰备,不露风骨,斯为妙手矣。"① 宋大樽《茗香诗论》:"陶贞白有言:凡质象所结,不过形神。形神合时,则是人是物,形神若离,则是灵是鬼。"② 直接引用陶弘景《陶隐居集·答朝士访仙佛两法体相书》论诗,就说明诗学的这种观念来自道教观人之学。又如归庄《玉山诗集序》说:"余尝论诗,气、格、声、华,四者缺一不可。譬之于人,气犹人之气,人所赖以生者也;一肢不贯,则成死肌,全体不贯,形神离矣。"③ 形神共同构成诗歌的统一生命体。在形、神何者第一的问题上,受观人学贵神说影响,诗学认为"神"居支配地位,在诗学中有时表现为神思、性情、神貌,它是内(性情、义理等)与外(雅丽、文理等)的统一,如"作文不在词句之工,而在性情之正。杜先悟之曰:'文章有神',神,主意正也"④,"大率有形无神,所谓丽而无骨者也"⑤,这些观念与相书"人之所禀在精神……有形不如有骨,有骨不如有神"⑥ 是一致的。所以诗学认为,枯不可怕,但须"枯者有神","亦自有至者"⑦;瘦不可怕,但须如贾岛"瘦而有神"⑧,如江西本色"瘦硬通神"⑨,亦自可观。这些都体现了"神"的第一义。诗学认为,透过诗歌的外在形式,可以探知它的内存精神,正如焦竑《题词林人物考》所谓:"如相家观人,得其神而后形色,气骨可得而知也。"⑩ 这种观念仍然来自观人学,如相书云"其神内守,而其明外鉴"⑪。

2. "诗眼"、"词眼"的观念。先秦时期人们已经认识到眼睛的美学意义,《诗经·卫风·硕人》就描写道"巧笑倩兮,美目盼兮",以点睛之笔写出美人的妩媚。"神须形以存",最突出地反映在眼睛上,所以《孟子·离娄上》说:"存乎人者,莫良于眸子。眸子不能掩其恶。胸中正,则眸子瞭焉;胸中不正,则眸子眊焉。听其言也,观其眸子,人焉

---

① [北宋] 陈应行:《吟窗杂录》卷十七,北京:中华书局1997年版,第522页。
② 丁福保:《清诗话》上,第104页。
③ [清] 归庄:《归庄集》卷三,北京:中华书局1962年版,第206页。
④ [明] 王文禄《诗的》,周维德:《全明诗话》二,济南:齐鲁社2005年版,第1535页。
⑤ [清] 翁方纲:《石洲诗话》卷五,北京:人民文学出版社1981年版,第174页。
⑥ [后周] 王朴:《太清神鉴》卷一《神秘论》,第5页。
⑦ [清] 贺贻孙《诗筏》,郭绍虞:《清诗话续编》一,第140页。
⑧ [明] 陆时雍:《唐诗镜》卷四十八《中唐》,影印文渊阁《四库全书》集部第1411册,第814页。
⑨ [清] 刘熙载:《艺概》卷一《文概》,上海:上海古籍出版社1978年版,第33页。
⑩ [明] 焦竑:《澹园集》上,北京:中华书局1999年版,第284页。
⑪ 《月波洞中记》卷上《心隐》,影印文渊阁《四库全书》子部第810册,第697页。

庾哉。"① 生动地说明了"眸子"这一局部与"人"这一整体的关系，是早期以目观人的典型。魏时，蒋济有"观其眸子，足以知人"之说（《三国志·魏书二十八·钟会传》），《人物志·九征》总结说"夫色见于貌，所谓征神。征神见貌，则情发于目"，将以"目"观人提高到"神"的层面，大大丰富并升华了观人学思想。

魏晋观人学把人的身体分作"形骸"和"神明"两部分：

> 王尚书惠尝看王右军夫人，问："眼耳未觉恶不？"答曰："发白齿落，属乎形骸；至于眼耳，关于神明，那可便与人隔？"（《世说新语·贤媛》）

前者如发齿，后者如眼耳，特别是眼被认为是传神的主要部位，顾长康所谓"传神写照，正在阿堵中"（《世说新语·巧艺》），故魏晋神鉴多在眼目，如"裴令公目王安丰眼烂烂如岩下电"，王夷甫目裴令公"双眸闪闪若岩下电，精神挺动"，王右军评杜弘治"面如凝脂，眼如点漆，此神仙中人"，谢安评支遁双眼"黯黯明黑"（《世说新语·容止》），这些以目观人的例子，对于绘画创作、人物画论"点睛传神"说的提出，无疑是一个有力促进。

观目知人之说，也导致文学批评"文眼""诗眼""曲眼"等概念的产生。唐僧保暹《处囊诀》首创"诗眼"之说，但影响最大的还是苏轼《僧清顺新作垂云亭》"天功争向背，诗眼巧增损"，黄庭坚《赠高子勉四首之四》："拾遗句中有眼，彭泽意在无弦。"以至于范温以"诗眼"命名，撰《潜溪诗眼》一卷，就深深打上了江西诗派的印记。"诗眼"之说虽遭人反对，但自宋至清，不断获得认可。徐文长《论中五》："何谓眼？如人身然，百体相率似肤毛，臣妾辈相似也。至眸子则豁然，朗而异，突以警，……文贵眼，此也。故诗有诗眼，而禅句中有禅眼。"② 可见"诗眼"一词直接来源于观人之学，又受佛学影响③。

但是，"眼"自观人学到诗学，绝不是简单移植，而是根据观人学

---

① ［东汉］赵岐注，［北宋］孙奭疏：《孟子注疏》，影印文渊阁《四库全书》经部第195册，第170页。
② ［明］徐渭：《徐文长全集》，上海：广益书局1936年版，第217页。
③ 钱锺书认为："眼为神候心枢……《维摩诘所说经·佛国品》第一宝积以偈颂佛，僧肇注至曰：'五情百骸，目最为长。'……释典遂以眼目喻要旨妙道，如释智昭汇集宗门语句、古德唱说成编，命名《人天眼目》。"见《谈艺录》（补订本），北京：中华书局1984年版，第329~330页。

的观察对象、诗学的研究对象的具体不同而进行转换的。人眼只有一双,而诗眼则"有全集之眼,有一篇之眼。有数句之眼,有一句之眼,有以数句为眼者,有以一句为眼者,有以一二字为眼者"①,比人体生理上的"眼睛"要复杂得多。当然,一篇的诗眼不能过多,多了则"尽作大悲相"②。所以,曾国藩论文章的谋篇布局时说:"精神注于眉宇目光,不可周身皆眉,到处皆目也。"③ 又,人眼有固定的部位和形态,但诗眼则无固定,若魏庆之谓"五言以第三字为眼,七言以第五字为眼"④。其实不然,正如杨载《诗法家数》所说"句中要有字眼,或腰或膝或足,无一定之处"⑤,但他把诗眼仅仅理解为炼句、炼字,未免狭隘;其实诗眼具有更深含义:

> "词眼"二字,见陆辅之《词旨》。其实辅之所谓眼者,仍不过某字工,某句警耳。余谓眼乃神光所聚,故有通体之眼,有数句之眼,前前后后无不待眼光照映。若舍章法而专求字句,纵争奇竞巧,岂能开阖变化,一动万随耶?⑥

虽评词眼,也可移论诗眼。诗眼精神上与"观目知人"是一致的:一是刘熙载说除了重复前人关于词眼(诗眼)的"工""警"二义外,更突出"神"义。事实上,刘并不否定诗眼在诗法上的意义,他说:"炼篇、炼章、炼句,总之所贵乎炼者,是往活处炼,非往死处炼也。夫活,亦在乎认取诗眼而已。"⑦ 但他强调它的"神",表现为生命力,故又用"活"字。"诗眼"应该是关乎作品全局的神光所聚之处,它固然有待于锤炼字句的精警,但其出神入化,全在精神气韵,而这才是"诗眼"说精髓之所在。二是诗眼并非孤立存在,它与整篇是局部和全局的关系。对于自然浑成者,更不可斤斤于字眼求之。三是诗眼之说与人物画论一致。夏敬观《刘融斋诗概诠说》:"诗眼,即提醒处,犹之画龙之点睛,

---

① [清] 刘熙载:《艺概》卷二《诗概》,第 78 页。
② [清] 贺裳《载酒园诗话》卷一,郭绍虞《清诗话续编》一,第 257 页。
③ [清] 曾国藩:《曾国藩日记》上,北京:中国三峡出版社 2004 年版,第 150 页。
④ [南宋] 魏庆之:《诗人玉屑》卷三《眼用活字》,上海:上海古籍出版社 1978 年版,第 75 页。
⑤ [清] 何文焕:《历代诗话》下,第 737 页。
⑥ [清] 刘熙载:《艺概》卷四《词曲概》,第 116 页。
⑦ [清] 刘熙载:《艺概》卷二《诗概》,第 78 页。

往活处炼,则若龙睛之有一定处所也。故提醒处,在认取其扼要处。"①诗歌一经"点睛",全诗矢矫腾纵,神采飞动,追魂摄魄。我国的诗学强调观其诗眼,视其神光,探其全诗精神,便可深入诗人脏腑,是观诗的一种精到方法。眼睛是人心灵的窗户,诗眼是展现诗人心灵的窗户,透过"诗眼",可以洞察诗人心灵深处与诗歌深层结构中的艺术底蕴。这与观人学一致。这种精辟论述比宋人局限于炼句炼字来说,识见更高一筹,是对"诗眼"说较为系统的理论总结。

3. "形似、神似"的观念。观人学在探讨形神关系时,还以"形似"和"神似"观人:

> 桓豹奴是王丹阳外生,形似其舅,桓甚讳之。宣武云:"不恒相似,时似耳。恒似是形,时似是神。"桓逾不说。(《世说新语·排调》)
> 王朗每以识度推华歆。歆蜡日尝集子侄燕饮,王亦学之。有人向张华说此事,张曰:"王之学华,皆是形骸之外,去之所以更远。"(《世说新语·德行》)

上一则故事中,桓豹奴听到经常"形似"其舅不高兴,而听到偶然"神似"其舅更加不高兴,可知当时的"神似"高于"形似"。下一则故事讲的是王朗学人不究内在之神,却只在形式皮相上下功夫,因此遭到张华的嘲笑和指责,也说明神似优于形似。观人学的这种观念不仅对画学,而且对诗学也产生深远影响。

转换到诗学中,"形似"指诗歌艺术形象逼真地反映出客观事物的外部形貌,"神似"指艺术形象生动地传达出事物的内在精神。文论中对形似、神似的探讨,当始于刘勰《文心雕龙·夸饰》:"夫形而上者谓之道,形而下者谓之器。神道难摹,精言不能追其极;形器易写,壮辞可得喻其真。"② 一句神道、形器,轩轾已分;形似易,而神似难,从而肯定了神、神似在形、形似之上。司空图《诗品·形容》提出"离形得似"的命题,苏轼在《书鄢陵王主簿所画折枝二首》说"论画以形似,见与儿童邻;赋诗必此诗,定非知诗人"③,认为画和诗,都贵神似、不

---

① [清]刘熙载撰,王气中笺注:《艺概笺注》附录五,贵阳:贵州人民出版社1980年版,第503页。
② [南朝梁]刘勰撰,[清]黄叔琳辑注:《文心雕龙辑注》,第158页。
③ [北宋]苏轼:《东坡全集》卷十六,影印文渊阁《四库全书》集部第1107册,第255页。

贵形似。这种思想不但决定了诗学对咏物诗的评价取向，而且决定了古人作诗、学诗、观诗的途径方法。

形神之说，在唐宋之后广泛被运用于诗学批评。胡应麟《题柳河东集后》说"盛唐之工在神情，故愈工愈合；晚唐之工在面目，故愈工愈离"①，就是以形似（面目）、神似（神情）评价盛、晚的不同成就的例子。尽管明人标榜盛唐，极贬宋诗，但在学习唐人的成就上，后人不得不扬宋抑明，其理由仍然来源于形神之辨：

> 宋人之诗，变化于唐，而出其所自得，皮毛落尽，精神独存。②
> 前后七子，高语盛唐，但摹空调，有貌无神，宜招"优孟衣冠"之诮。③

换句话说，宋人学唐，是"伐毛洗髓，务得其神，而不袭其貌"④，属于"神似"；而明人学唐，学得皮相，得形遗神，是谓"形似"，正如吴乔《答万季埜诗问》所批评的，"空同唯以高声大气为少陵，于鳞唯以皮毛鲜润为盛唐"，虽然"字面焕然"，但只是"形似"盛唐，"无意无法，直是木偶蒙金被绣耳。"⑤ 而空谈格调，不究神趣，正是明人对盛唐理解的亏欠处。盖"形似"得"物趣"，而"神似"得"天趣"（风趣），两者境界高下立判。

作为观人学之一极的相学，对"形神关系"阐述得尤其细腻。如《太乙照神经》《绘图麻衣神相》有"论神""论神有余""论神不足""论形""论形有余""论形不足"等。在《太乙照神经》一书中，所谓"形有余"者，如卷三《论形有余》"头顶圆厚，额角峥嵘，五岳朝拱，四水深秀……形容俊雅，威仪端庄"等等，是"长寿无灾，富贵荣华"之相；《论形不足》则表现为"面大顶尖，肩耸项缩，五岳不朝，四水不秀……气浊形俗……有声无音"等等，是"多灾短命，贫贱凶夭"之相；《论神有余》则表现为"神气舒而山川秀，日月出而天地清……或神旺神凝，神清神秀，神扬神威，神足神稳，神敛神藏，神动神化，神

---

① ［明］胡应麟：《少室山房集》卷一百五，影印文渊阁《四库全书》集部第1290册，第761页。
② ［清］吴之振：《宋诗钞初集》弁首《宋诗钞序》，1914年上海涵芬楼影印康熙十年（1671）吴氏鉴古堂本。
③ ［清］朱庭珍《筱园诗话》卷一，郭绍虞：《清诗话续编》四，第2330页。
④ ［清］何世璂《然灯记闻》引王士禛语，丁福保：《清诗话》上，第122页。
⑤ 丁福保：《清诗话》上，第34页。

静神和,神完神固,神正神大,神善神舒,神安神爽,神显神隐",《论神不足》则表现为"神衰神移,神暴神怒,神怯神惊,神离神惨,神弱神滞,神邪神媚,神危神失,神暴神凶,神顽神奸,神变神逆,神倦神散"①。撇开其中的凶吉、贫富、夭寿、祸福不谈,仅仅观人学关于形神、"有余"与"不足"的观察与观念,对诗学的启发是多方面的,其中许多字面直接移植到诗学,形成了注重内在神韵的美学思想,并逐渐成为观人诗学批评的核心范畴;甚至关于形神"有余"则福寿贵吉、"不足"则致祸夭贫凶等神秘主义观念,也启发了诗谶批评。

形神的哲学基础是元气论和魏晋的人格本体论,形神之"神"就是观人学中作为人格本体的"气","形"只是人物的自然外在形态,需要通过"神"的外在呈现才能形成观人学中的"韵"。因此形神关系在某种意义上来说,演变成"气韵"关系,转换入诗学,形成了另一个观人诗学的重要范畴:气韵。

第二节 气 韵

"气韵"的概念始于魏晋南北朝观人学,主要指对象所蕴含的意义深远、超越流俗的美;用于诗学,指诗歌作品中呈现出来的气势风韵。在古代文艺学领域里,"气韵"几乎和"意境"一样,深受重视,使用频率最高。叶朗说:"在中国古代美学体系中'气韵生动'的命题占有一个十分重要的地位。我们可以说,不把握'气韵生动',就不可能把握中国古典美学体系"②,刘衍文、刘永翔认为"有没有气韵是衡量我国文学创作的总的标准"③。气韵,也体现了观人学对于传统诗学建构的重要影响。

一 "气"范畴

《说文·气部》"气,云气也,象形",段玉裁注:"气本云气,引申为凡气之称,像云起之貌。"④ 先秦哲学家们从云气的形无定形、聚散莫测、变化无迹的本义中得到启发,认为气是构成万物的最小的物质颗粒,

---

① 田海林、宋会群:《相学秘籍全编》上,贵阳:贵州人民出版社1994年版,第129~131页。
② 叶朗:《中国美学史大纲》,上海:上海人民出版社1985年版,第531页。
③ 刘衍文、刘永翔:《古典文学鉴赏论》,上海:上海教育出版社1991年版,第652页。
④ [东汉] 许慎撰,[清] 段玉裁注:《说文解字注》气部,郑州:中州古籍出版社2006年版,第20页上。

并推衍出"气"的亚义——气为万物之本,如《鹖冠子·泰录》"天地成于元气",《论衡·言毒篇》:"万物之生,皆禀元气。"而人为万物之灵,自然也有了"气",这样气说自然成为观人学的一个重要内容,如《难经》"故气者,人之根本也"①,《庄子·知北遊》"人之生,气之聚也。聚则为生,散则为死",《人物志·九征》:"凡有血气者,莫不含元一以为质,禀阴阳以立性,体五行而著形。"气不仅仅是构成人体的生命力量与物质基础,也是人体生命活动的动力和源泉。气源于先天而养于后天:先天之气称为"元气",存于丹田;后天之气则指呼吸之气与水谷之气,称为"宗气"。此外,根据气在人体内分布的部位、作用、性质不同,衍生出管气、卫气、脏腑之气、经络之气等。相书论气的文章很多,如《太乙照神经》卷三《论气》篇强调"夫气者,人之生死系焉。气聚则生,气散则死",探讨气与神、色、骨、肉的关系,而且《论正气》篇还将忠义气、善祥气、秀气、清气、旺气、和气、豪气、胆气、聚气、生气等归纳为正气,是吉祥和富寿之征;而《论偏气》又将"凶恶气、奸邪气、杀气、戾气、怒气、浊气、暴气、忿气、晦气、衰气、死气"等归纳为偏气,是凶恶和贫夭之征②。气于是从充满人身体之内的生命力量,进而上升为主体的人格精神,并进一步赋予了神秘意义。它是外在生理与内在精神的综合体。观人学(包括相学)专著中,大量存在着《论气》或《气论》专篇,"气"已成为观人学中的一个重要范畴。

以"气"观人,先秦开其端,两汉已然盛行,而且带有一定的审美色彩,如史书记载:

(项羽)才气过人。(《史记·项羽本纪》)

(江都易王)非年十五,有材气。(《汉书·景十三王传》)

(王)陵少文、任气。(《史记·陈丞相世家》)

(袁术)少以侠气闻。(《后汉书·刘焉袁术吕布列传》)

(汲黯)然好学,游侠,任气节。(《史记·汲郑列传》)

李广才气,天下无双。……而广意气自如,益治军。(《史记·李将军列传》)

(陈)龟少有志气。(《后汉书·李陈庞陈桥列传》)

(廉颇)以勇气闻于诸侯。(《史记·廉颇蔺相如列传》)

---

① [战国]秦越人:《难经》第八难,北京:科学技术文献出版社1996年版,第4页。
② 田海林、宋会群:《相学秘籍全编》上,第127~128页。

从察"元气"而生中的人与"气"的复杂而又紧密的联系,发展到以"气"观人的品质和精神,观察人的才气、侠气、气节、意气、志气、勇气等,清楚表明"气"在观人学中的内涵变化。以上提到观人学中"气"的物质概念与精神概念,都被移植到诗学批评,从本体意义、主体意义上都对传统诗学理论的建构产生影响,形成了观人诗学批评,即以观人术来看待、要求、衡量、品评诗歌,观察作家,这方面以曹丕《典论·论文》为标志。诗学中的"气"一旦与其他概念相组合,便产生一连串的蘖生概念,其中加前缀的有志气、意气、元气、神气、生气、血气、正气、邪气、清气、浊气、阳气、阴气、浩气、体气、才气、声气、风气、豪气、逸气、奇气、侠气、刚气、劲气、霸气、儒气、仙气、魂气、鬼气、尸气、灵气、村气、俗气、老气、暮气、昏气、伧气、书本气、脂粉气、台阁气、山林气、阳刚之气、阴柔之气、雄浑之气等,加后缀的有气韵、气势、气象、气格、气质、气骨、气节、气魄、气体、气味、气脉、气调、气概等,都无不从元范畴"气"中裂变衍生,莫不与观人学有关。以"气"观"诗"形成了中国诗学批评的一个传统、一条主脉。

观人学中的"气"范畴转换到诗学中,涵盖了诗学的本源与本体、诗歌创作主体的生理与心理特征及气质才性、精神意志对创作客体的投射贯注,有四个方面意义:

(一)本体论意义上的"气"概念

观人诗学认为诗歌来自"气",诗以"气"为本,强调"气"特别是"元气"对于人、对诗歌作品的意义。中医理论认为,"天地合气,命之曰人"①,"断气"表示生命的结束。用来解释文学现象,则曹丕《典论·论文》有"文以气为主"的观点,南朝以之喻诗,如袁嘏说:"我诗有生气,须人捉着。不尔,便飞去。"② 形象地表达了将诗歌作品视为有机的生命形式的观念。归庄《玉山诗集序》有"诗以气为主"的观点,"余尝论诗……譬之于人,气犹人之气,人所以赖以生者也,一肢不贯,则成死肌,全体不贯,形神离矣"③,方东树更进一步说,"观于人身及万物动植,皆全是气所鼓荡。气才绝,即腐败臭恶不可近。诗文亦然","诗文者,生气也。若满纸如剪彩雕刻无生气,乃应试馆阁体

---

① [唐]王冰:《黄帝内经素问》卷八《宝命全形论》,影印文渊阁《四库全书》子部第733册,第90页。
② [南朝梁]钟嵘:《诗品》卷三,影印文渊阁《四库全书》集部第1478册,第201页。
③ [清]归庄:《归庄集》卷三,北京:中华书局1962年版,第206页。

耳，于作家无分"，① "有章法无气，则成死形木偶。有气无章法，则成粗俗莽夫。大约诗文以气脉为上，气所以行也，脉缩章法而隐者也。章法形骸也，脉所以细束形骸者也。章法在外可见，脉不可见。气脉之精妙，是为至神矣"②。可见"气"对于诗歌章法、脉法乃至整个诗歌生命的真实意义，"无气，则积字焉而已"③。中国诗学最大的特点，就是认为诗歌像"活人"一样具有生命，如果没有"气"鼓荡运行于其中，这类诗歌充其量也不过是一篇有意、有辞、有体、有章法等各个要素俱全堆垛组构的"僵尸"，缺乏生气，不能感人。

历代以"气"论诗者不计其数，大致都指作家、作品的生命体征。如钱咏《谭诗·总论》认为"诗文……必以气为主，有气即生，无气则死"④，反面典型如"班固《明堂》诸篇，则质而鬼矣。鬼者，无生气之谓也"⑤。诗之气源于天地之气，源于人之气，决定诗歌的生命。"气"作为中国诗学的元范畴，体现着诗学生命本体论的价值意趣，一切以生命的诗化为依归，从整体上表现为充满激情与生气色彩的审美境界。这就是诗的本体论意义所在。

（二）主体论意义上的"气"概念

作为创作主体意义上的"气"范畴，至少包含了几个含义：一是物质、生理层面上的创作主体生命精神，即作者及其作品的精气与血气，如"王充气竭于思虑"（《文心雕龙·神思》），"声含宫商，肇自血气"（《文心雕龙·声律》），这种生命有机体的根本体征，随着年龄增长而变化，"凡童少鉴浅而志盛，长艾识坚而气衰；志盛者思锐以胜劳，气衰者虑密以伤神"（《文心雕龙·养气》），不同年龄的诗人将不同的物质生命精神灌注到作品中，往往表现为诗人少年诗、壮年诗及老年诗"气"的不同，呈现出来的年龄风格亦不同⑥。二是精神层面上的创作主体生命精神，一种充满生命动感的人格基质，也由创作主体灌注于作品之中，有的表现为诗人及其作品的性情与气质，如"才有庸俊，气有刚柔"（《文心雕龙·体性》）；有的表现为创作主体的道德人伦内涵、精神境界和人格力

---

① ［清］方东树：《昭昧詹言》卷一，第25页。
② 同上书，第30页。
③ ［清］姚鼐：《惜抱轩诗文集》卷六《答翁学士书》，上海：上海古籍出版社1992年版，第84页。
④ ［清］钱咏：《履园丛话》卷八，北京：中华书局1979年版，第204页。
⑤ ［明］陆时雍：《古诗镜·诗镜总论》，影印文渊阁《四库全书》集部第1411册，第4页。
⑥ 万伟成：《观人诗学》内编《老少第五》，北京：作家出版社2005年版，第62～74页。

量，如诗学中的正气、志气、刚气、侠气、气骨等等概念，皆有此义；有的表现为才气或气势，如"慷慨以任气，磊落以使才"（《文心雕龙·明诗》），"故宜条畅以任气"（《文心雕龙·书记》）；有的表现为诗人及其作品的情意与思想，如"气变金石"（《文心雕龙·乐府》），钟嵘评刘桢诗说"真骨凌霜，高风跨俗，但气过其文，雕润恨少"①，有的表现为诗人及其作品的气息、声气，"宫商为声气"（《文心雕龙·附会》）等等。"气"不仅是诗人生命的组成部分，同时决定了不同诗人在性情、气质、才气、情思、勇气、气息与声气上的差异，并由主体的生命状态进而转化为诗歌的生命状态。

曹丕《论文》说"文以气为主，气之轻浊有体，不可力强而致"，这种对创作主体的分析是以气论为基础，以天才论为依归的。张戒据此提出杜甫"专以气胜"说，不可传授、不可习得②。而杜甫的"气"就是主体精神，指儒家式的道德人格、个性气质等完全融入诗歌作品中所表现出来的主体精神状态和风貌。这里的"气"更接近于西方文论意义上的主体精神。后来诗家认为诗气不仅来源于先天禀赋，也离不开后天积养，于是引出了关于主体修养的养气说。

中国最早的养气说是针对养生而发的，所养之气主要是指人的血气。如《左传》昭公十一年有"守气"，昭公元年有"节宣其气"，孔子说"及其老也，血气既衰，戒之在得"（《论语·季氏》），孟子说过"持其志，无暴其气"（《孟子·公孙丑上》），荀子说"治气养心之术"（《荀子·修身篇》），王充说"养气自守"（《论衡·自纪篇》），刘勰讲"卫气之一方也"（《文心雕龙·养气》）。中国文论、诗论中的"养气"说有两个代表：刘勰的"养气"说是在古代哲学"精气"说的基础上产生的，而以韩愈为代表的古文家的"养气"说则是建立在孟子"知言养气"说的基础上的③。前者开拓的系统吸收了更多的中医、观人与养生理论，如刘勰批评"钻砺过分，则神疲而气衰"，"气衰者虑密以伤神"，"精气内销"，"神志外伤"，主张写作时要保养体气，要"清和其心，调畅其气"，避免用思过度，所谓"虽非胎息之万术，斯亦卫气之一方也"④，就是将养气与养生联系在一起的例证。后来诗学又发展到性情上养元气、真气，去戾气、

---

① ［南朝梁］钟嵘：《诗品》卷一，影印文渊阁《四库全书》集部第 1478 册，第 192 页。
② ［南宋］张戒：《岁寒堂诗话》卷上，影印文渊阁《四库全书》集部第 1479 册，第 33 页。
③ 王钟陵：《中国古代文论中两种不同的"养气"说》，《文学评论丛刊》第十八辑，北京：中国社会科学出版社 1983 年版，第 243～257 页。
④ ［南朝梁］刘勰撰，［清］黄叔琳辑注：《文心雕龙辑注·养气》，第 166～167 页。

邪气，艺术上主张"浑然不露者，元气也；而有句可摘者，则元气渐泄矣"①，"雕刻伤气，敷演露骨"②，提出更多的行神、行气之法，这些可以专篇论述。后者开拓的养气系统则更多地强调张扬正能量之气，如正气、骨气、义气、豪气、英雄气等，反对负能量之气，如昏气、邪气、淫气、虚气、矜气、伧气、村气、市气、霸气、滞气、匠气、屠气、俳气、腐气、俗气、江湖气、客气、酒肉气等。后者开拓的系统其实也为观人学与养生理论所吸收，如观人学著作《人伦大统赋》就专有"孟轲内养而轻万斛"一节，阐述"养吾浩然之气"对于观人学的意义③。应用到诗学，归根结底有两种方法：一是集义、集理，一是积学、游览以炼识，诗歌创作主体的道德修养、情感培养和文学修养都离不开"养气"。"养气"不仅使诗人、诗作具有旺盛的生命力，而且为创作冲动的产生准备必要的心理条件。"养气说"反映了以中医学、养生学为基础的观人学的影响：主体的生理生命是精神生命的基础，也是诗歌生命的基础，而伦理道德规范则是主体理性生命、精神生命的内核。

（三）才性论与风格论意义上的"气"概念

从作家才性、气质入手来探寻作品艺术风貌，是曹丕"文气说"的重要内容。其主要观点是作品的艺术风貌取决于作家的才性、气质。这种审美方式显然是受了汉魏时期以"气"观人风气的影响（第四章有详细论述）。"气"指诗歌创作者内在的气质，或清或浊，或刚或柔，气质不同，个性不同，诗歌文本也具有不同的风格特征，所以"气"也可以指诗人情志和品格表现于诗歌作品的气势和气概。传统诗学一般都把"以气为主"说运用于创作者气质个性与诗歌文本风格之关系上，诗作者的德性、才性、心声不同，生命精神、个性气质也不同，一句话就是，"气"的不同，影响到诗歌审美文本的风貌亦呈现出不同特色，由"气"形成的诗人精神最终会决定着作品的不同风格。当然"气"与"格"是两个不同概念，"气有清浊厚薄，格有高低雅俗。诗家泛言气格，未是"④，但两者又是联系的，"言诗格者必及气"⑤，"气"对"格"的影响起决定性作用，于此益见古代诗论中"诗如其人""诗品即人品""诗品出于人品"的思想根深蒂固。

---

① ［清］田同之《西圃诗说》，郭绍虞：《清诗话续编》二，第750页。
② ［元］杨载《诗法家数》，［清］何文焕：《历代诗话》下，第736页。
③ ［金］张行简：《人伦大统赋》，北京：中华书局1985年版，第38页。
④ ［清］刘熙载：《艺概·诗概》，第82页。
⑤ 同上书，第60页。

（四）创作论与鉴赏论意义上的"气"概念

如何观察、鉴赏诗歌作品中的"气"，观人诗学提出了"望气说"①。相人、诊病，皆有"望"法，相家、医生运用视觉观人全身和局部的神、色、形、态的变化，还必须结合"望气"，才能大大地提高诊断和预测的准确率。于是从中医到相学、诗学，皆有"望气"一说。

钱谦益《黄庭表忍菴诗序》说："吾少从异人学望气之术，老无所用，窃用之以观诗。以为诗之有篇章声律，奇正浓淡，皆其体魄也。有气焉，含藏于心识，涌见于行墨，如玉之有尹，如珠之有光，熠耀浮动，一举而可得。非是气也，于山为童山，于水为死水，于物为焦牙败种，虽有词章繁苉，匠者弗顾焉。"② 气是诗歌重要的生命体征，可"望"而得。吴乔也说："汉魏也，晋宋也，梁陈也，三唐也，宋元也，明也，不须看读，遥望气色，迥然有别，此何以哉？辞为之也。犹夫衣冠举止，可以观人也。"③ 这二则说明明清人明确将相人神、气、色作为观人诗学批评的方法。黄霖说："作品生命来自作品之'气'，作品之'气'来自作家生命之'气'。""它表明文学活动是真正的生命活动，文学是人类生命的观照和体现，文学作品之所以能打动人心，根源在于它是一种生命形式。"④ 这就是望气说从观人学通之于诗学的内在依据。甚至诗谶批评运用"望气说"来观察诗人的穷通、贫富、寿亡、祸福等，其中重要的考虑因素就是诗歌作品表现出来的精、神、气、色等生命特征。

"气"常与"色"组合成"气色"一词，成为"望气"学的一个重要内容。相书《水镜神相·问难篇》说："少年神气取英，中年神气取旺，暮年神气取素。"⑤《冰鉴·气色》："人以气为主，于内为精神，于外为气色。有终身之气色：少淡、长明、壮艳、老素是也。"⑥ 相学的这些思想也被转换成诗学话语，即：诗学强调"诗以气为主，此定论也"⑦，同时也强调内外之别，如明代谢榛说："自古诗人养气，各有主焉，蕴乎内，著乎外。"⑧ 清人厉志说："作诗……其要总在精神内敛，

---

① 万伟成：《观人诗学》外编《望气第九》，第 126–140 页。
② ［清］钱谦益：《牧斋有学集》中，上海：上海古籍出版社 1996 年版，第 846 页。
③ ［清］吴乔：《围炉诗话》卷一，第 29～30 页。
④ 黄霖等：《原人论》，上海：复旦大学出版社 2000 年版，第 229 页。
⑤ ［清］右髻道人：《水镜神相》卷二，北京：世界知识出版社 2010 年版，第 167 页。
⑥ ［清］曾国藩：《曾国藩全书》第四卷，北京：光明日报出版社 2002 年版，第 119 页。
⑦ ［清］陈仪《竹林答问》，郭绍虞：《清诗话续编》四，第 223 页。
⑧ ［明］谢榛：《四溟诗话》卷三，第 69 页。

光响和发，斯为上乘。"① 观人诗学批评来自观人之学，此又一证。但诗学话语并不是简单的转换，而是内涵的转变。气色观诗，诗学常见，如：

  （杜审言）《守岁》篇云："宫阙星河低拂树，殿庭灯烛上熏天。"气色高华。②
  气色青翠可爱。③
  气色较华美。④
  高达夫莽而率，岑嘉州浅而嫩，然高多老气，岑多芬色。⑤
  孟郊之诗，憔悴枯槁，其气局促不伸。⑥
  柳诗气色鲜新，此首尤可见。⑦
  薛涛诗气色清老。⑧

  人的气色主要体现在肌肤上，而诗文的气色则主要体现在辞采、声调、体貌上，《文心雕龙·附会》所谓"辞采为肌肤，宫商为声气"是也。观人学关于"气"以年异的观点，也影响了诗文理论关于年龄风格的观点：

  凡童少鉴浅而志盛，长艾识坚而气衰。志盛者思锐以胜劳，气衰者虑密以伤神，斯实中人之常资，岁时之大较也。⑨
  东坡尝有书与其姪曰：大凡为文，当使气象峥嵘，五色绚烂，渐老渐熟，乃造平淡。余以不但为文，作诗者尤当取法于此。⑩
  少年爱绮丽，壮年爱豪放，中年爱简炼，老年爱淡远，学随年进，要不可以无真趣，则诗自可观。⑪

---

① ［清］厉志《白华山人诗说》卷一，郭绍虞：《清诗话续编》四，第 2275 页。
② ［明］徐献忠《唐诗品》，吴文治：《明诗话全编》三，第 3016 页。
③ ［明］陆时雍：《唐诗镜》卷六崔湜《幸梨园亭观打毬应制》注文，第 348 页。
④ ［清］张文荪《唐贤清雅集》评孟浩然《夏日南亭怀辛大》语，陈伯海：《唐诗汇评》上，第 520 页。
⑤ ［明］陆时雍：《唐诗镜》卷十五，第 422 页。
⑥ ［南宋］严羽撰，郭绍虞校释：《沧浪诗话校释·诗评》，第 195 页。
⑦ ［明］邢昉《唐风定》评柳宗元《赠江华长老》语，陈伯海：《唐诗汇评》中，第 1765 页。
⑧ ［明］陆时雍：《唐诗镜》卷四十八，第 824 页。
⑨ ［南朝梁］刘勰撰，［清］黄叔琳辑注：《文心雕龙辑注·养气》，第 144 页。
⑩ ［南宋］周紫芝《竹坡诗话》，［清］何文焕：《历代诗话》上，第 348 页。
⑪ ［清］叶炜：《煮药漫抄》卷下，台北：文海出版社 1969 年版，第 108 页。

诗学界评子美、东坡、放翁、渔洋诗一生为诗凡三变，就贯穿了这种思想，并由此衍生出幼稚美、老成美及其优劣的争议①。诗学中的年龄风格说，来自对不同年龄段人物气色的观察，用于观诗，当然也与辞力相关。吴可《藏海诗话》评："杜诗叙年谱，得以考其辞力，少而锐，壮而肆，老而严。非妙于文章不足以致此。如说华丽平淡，此是造语也。方少则华丽，年加长渐入平淡也。"② 前半讲锐、肆、严指的是辞力，而后半讲华丽、平淡，讲的是气色，皆与年龄相随而异。

与气色相近的范畴就是"气象"。本指自然界的景色、景象，与春秋四时、日朝月夕的气候节气以及山川田野的风貌状态，后用以观人，指一个人的体质状况、性格特征和精神境界的总体呈现。如程颐说："学圣人者，必观其气象。"他描绘几个圣人的气象说："仲尼浑然，乃天地也；颜子粹然，犹和风庆云也；孟子岩岩然，犹泰山北斗也。"③ 相较之下，"颜子尤温淳渊懿，于道得之更渊粹，近圣人气象"④，温润不露，渊深纯粹，反映了宋人标榜的理想人格，这就是典型的气象观人的例子。气象用之于诗学，如严羽论"诗之法有五"，而"气象"居第三⑤。作为诗学范畴的"气象"，指诗歌作品生命精神的整体状貌特征和血肉丰满的生命有机整体，它是作品内在生命的外在呈现；也可以指称诗歌反映人物的总体状貌特质，如"帝王气象"⑥，"英雄气象"⑦，又称"横槊气象"⑧，少年气象与老年气象⑨等；也可指某一时期、时代作品的总体生命精神特征，如建安诗歌的浑整刚健气象、盛唐诗歌的雄浑深厚气象、六朝诗歌的凋耗衰竭气象等。后来诗学从诗歌作品中"气象"表现的昌明、凋耗衰飒与否，判决诗人的健弱、寿夭、吉凶等，以致产生了诗谶批评，反映了相学对诗歌批评的影响。

总之，与"气"为内核的诗学范畴群，多来自观人术。气以及它的衍生概念，大都涉及诗歌创作主体的生命力、精神活力、气质才性、创作个性（气性）、血气体能、道德情操等诸多生理与心理特征，以及创作主体

---

① 万伟成：《观人诗学》内编《老少第五》，第 62~74 页。
② 丁福保：《历代诗话续编》上，第 328 页。
③ [北宋] 程颢、程颐：《二程集》下《河南程氏粹言》卷二，北京：中华书局 1981 年版，第 1234 页。
④ [北宋] 程颢、程颐：《二程集》上《伊川先生语一》，第 151 页。
⑤ [南宋] 严羽撰，郭绍虞校释：《沧浪诗话校释·诗辨》，第 7 页。
⑥ [明] 冯复京《说诗补遗》卷四，吴文治：《明诗话全编》七，第 7233 页。
⑦ [明] 谢榛：《四溟诗话》卷四，第 107 页。
⑧ [清] 乔亿《剑溪说诗》卷上，郭绍虞：《清诗话续编》二，第 1076 页。
⑨ [北宋] 赵令畤：《侯鲭录》卷八，上海：商务印书馆 1939 年版，第 79 页。

精神对创作客体的投射灌注，从而形成创作客体的审美特质等等，涵盖了诗歌创作论、诗歌本体论、诗歌作家论、诗歌批评论等诗论的许多领域。

二 "韵"范畴

考"韵"字，经籍未见，《说文》未收，汉碑也无。西汉京房《律术对》："陈八音，听乐韵，度晷影，候钟律，权土灰，校阴阳冬至阳气应，则韵清影长，极黄钟通，土灰轻而衡仰。夏至阴气应，则韵浊影短。"① 班婕妤《捣素赋》"勋陋制之无韵"，或是最早出现的"韵"字。但先秦有"均""钧"两字，是古代调音的器具，有"调""和"之义，训诂者多以为古"韵"字，如杨慎《说文先训》："古无韵字，均即韵也。"可见，"韵"最初指的是由多种声音融合而成的音乐和谐之美。但升为美学范畴的"韵"，最早是通过魏晋观人学实现的。

魏晋观人学从两汉的伦理道德品藻上升为对人物才情风貌的审美品评，从一个人的形体、容貌、语言、声音、举止、风度等外在感性层面观照到其精神、智慧、才能等内在层面，从而把握到存在于生命深处的本体。从现有资料看，葛洪《刺骄》已从人品上观韵，说："若夫伟人巨器，量逸韵远，高蹈独往，萧然自得。"② 陶渊明《归田园居》亦有"少无适俗韵"之句。《世说新语》中"韵"字仅数见，如："卫（君长）风韵虽不及卿诸人，倾倒处亦不近"（《赏誉》），"（杨）乔之有高韵"（《品藻》），"阮浑长成，风气韵度似父"（《任诞》）；而刘孝标注则屡见"韵"字，如拔俗之韵、天韵（以上见《言语》）、风韵（《言语》《赏誉》《雅量》）、思韵（《雅量》）、高韵（《品藻》）、性韵（《贤媛》）、风气韵度、大韵（以上见《任诞》）、雅正之韵（《识鉴》）等观人术语。征之六朝典籍，还有逸韵（裴子野《雕虫论并序》）、道韵（《晋书·郗鉴传》）、体韵（《晋书·王坦之传》）、远韵（《晋书·庾敳传》）、玄韵（《晋书·曹毗传》）、雅韵（《宋书·谢方明传》）、清韵（《齐书·周颙传》）、神韵（《宋书·王敬弘传》）、情韵（《南史·刘祥传》）、高韵（《宋书·谢灵运传论》）、素韵（《南史·齐衡阳王钧传》）、风韵（《梁书·陆果传》）等用语。甚至佛教中人也盛行以韵观人，如"大秦天王，涤除玄览，高韵独迈"③，"（法）显虽觉其（迦叶）韵

---

① ［清］严可均辑，任雪芳审订：《全汉文》卷四十四，北京：商务印书馆1999年版，第457~458页。
② ［东晋］葛洪撰，杨明照校笺：《抱朴子内外篇校笺》外篇卷二十七，北京：中华书局1997年版，第24页。
③ ［东晋］释僧肇《长阿含经序》，［清］严可均：《全晋文》下，北京：商务印书馆1999年版，第1823页。

高，而不悟是神人"①，"竺潜、支遁、于兰、法开等，并气韵高华"②等。可见南朝以"韵"观人，蔚成风气。王坦之《答谢安书》云："人之体韵，犹器之方圆，方圆不可错用，体韵岂可易处？"③ 已经在讨论观人学中的"韵"概念。人的精神风貌不仅表现在精、气、神与风骨上，而且表现在气韵、风韵、韵致、韵味上；不仅表现在外观形貌和内在气质上，而且还表现在耐人寻味、颇具品味的风韵上。晋人崇尚自然玄远之旨，追求含蓄蕴藉、夷永深长之美，故用"风韵"形容内敛沉稳的风度或仪态，"韵"也从形容音乐的声律之美转换到描述人物内在个性气质、精神特征，用以观人的神貌风姿、神明风采、气度志趣等，并赋予了冲淡玄远的意味，成为魏晋玄学背景下观人的一个标准，以及观人容止之美的最高境界。"韵"有此一番转换，才成为审美范畴，才有可能用于文艺批评。

晋代"舍声言韵"④，从韵的声音含义延伸到对人的韵度的观察，从音乐学过渡到观人学，对文艺理论影响很大。如南齐谢赫在《古画品》中以"气韵生动"为六法之首，并出现"神韵""气韵""体韵""情韵"，都是当时观人学的常用概念。"韵"也引入诗文评论中，如沈约《谢灵运传论》云："缀平台之逸响，采南皮之高韵。"⑤ "高韵"指建安诸子诗歌的风格特征。刘勰《文心雕龙》以"韵"论作家，如"彦伯梗概，情韵不匮"（《铨赋》），"柳妻之诔惠子，则辞哀而韵长"（《诔碑》），"安仁轻敏，故锋发而韵流"（《体性》）等。这里的"韵"，不仅仅指声音和谐、远长、流畅，更成为诗文的风格特征，成为文学批评的重要原则，开后人以"韵"论文评诗之先声。唐代诗学论"韵"开始增多，如皎然《诗式》："诗不假修饰，任其丑朴，但风韵正、天真全，即名上等。"⑥ 并推崇谢灵运诗有"文外之旨"⑦，肯定了"风韵"纯正，较早将"风

---

① ［唐］释道世：《法苑珠林》卷三十四《宋沙门释法显》，影印文渊阁《四库全书》子部第 1049 册，第 507 页。
② ［南朝梁］释惠皎《义解论》，［清］严可均：《全梁文》下，北京：商务印书馆1999年版，第 816 页。
③ ［清］严可均：《全晋文》上，第 283 页。
④ 北宋范温《论韵》："自三代秦汉，非声不言韵，舍声言韵，自晋人始。"［北宋］范温增订《潜溪诗眼》，郭绍虞：《宋诗话辑佚》上，北京：中华书局1980年版，第 373 页。
⑤ ［南朝梁］沈约：《宋书·谢灵运传》，北京：中华书局1974年版，第 1778 页。
⑥ ［唐］释皎然撰，李壮鹰校注：《诗式校注》卷一，北京：人民文学出版社2003年版，第 39 页。
⑦ ［唐］释皎然撰，李壮鹰校注：《诗式校注》卷一，第 42 页。

韵"视为论诗优劣的标准；司空图《与李生论诗书》提出了"韵外之致"与"味外之旨"并举的概念，确立了诗学中的"韵味"说。至宋代范温《潜溪诗眼》，确立了"韵"范畴的独立体系；至明清进入总结时期，自陆时雍《诗镜》大量以韵论诗之后，"韵"在诗论中的使用频率非常高，组合词汇也开始丰富，主要有韵度、韵致、韵味、古韵、高韵、雅韵、远韵、清韵、幽韵、生韵、气韵、神韵、格韵、风韵、余韵、情韵、天韵、逸韵、深韵、丰韵、拔俗之韵等，既有阴柔之美，阳刚之美，也有刚柔相济的中和之美，都体现主体的生命精神之美。清代还出现了专门的诗歌主张：王士禛的神韵说。"韵"转用于画论、文论、书论后，其背景仍在于观人，都受到观人学"舍声言韵"的影响：

（一）本体意义上的"韵"概念

从观人学来看，"韵"表现在容貌、言语、举止、行为、心理各方面，但又超越了各具体方面。"韵"从人的整体发射出来的生命光辉，移植到诗学后，成为诗歌审美属性的根本。如李廌《答赵士舞德茂宣义宏词书》所谓："文章之无韵，譬之壮夫，其躯干枵然，骨强气盛，而神色昏瞢，言动凡浊，则庸俗鄙人而已。"① 范温《潜溪诗眼》说："凡事既尽其美，必有其韵，韵苟不胜，亦亡其美"。② 陆时雍《诗镜总论》也说："有韵则生，无韵则死；有韵则雅，无韵则俗；有韵则响，无韵则沉；有韵则远，无韵则局。"③ 这里用有韵、无韵来衡量生死、雅俗、响沉、远局，品评作品的总体得失，明确将"韵"标举为诗歌的本质。一句话，"韵"是比诗歌外在形式更高层次的审美范畴，是诗歌生命的根本保障。陆时雍还说：

> 诗之可以兴人者，以其情也，以其言之韵也。夫献笑而悦，献涕而悲者，情也。闻金鼓而壮，闻丝竹而幽者，声之韵也。是故情欲其真，而韵欲其长也，二言足以尽诗道矣。乃韵生于声，声出于格，故标格欲其高也；韵出为风，风感为事，故风味欲其美也。有韵必有色，故色欲其韶也；韵动而气行，故气欲其清也。此四者，诗之至要也。④

---

① ［北宋］张耒等：《苏门六君子文粹》卷四七，第306页。
② ［北宋］范温增订《潜溪诗眼》，郭绍虞：《宋诗话辑佚》上，第373页。
③ ［明］陆时雍：《古诗镜·诗镜总论》，影印文渊阁《四库全书》集部第1411册，第18页。
④ ［明］陆时雍《古诗镜·诗镜总论》，第12～13页。

诗言情，已涉及诗的本体论。但情的表达与韵关系密切，他进一步提出"情欲其真"，不能做作。只有"标格高""色欲韶""气顺清"，"生韵"才流动而出。这种认识是非常深刻的。至于袁枚《钱竹初诗序》："（诗）尤贵以情韵将之，所谓弦外之音，味外之味也。情深而韵长，不徒诗学宜然，即其人之余休后祚，亦于是征焉。"① 从情韵可以见出诗人的祸福寿夭，就把这一理论扩大化和神秘化了。

（二）人格意义上的"韵"概念

讲到"韵"范畴，江西诗派创始人黄庭坚是一个重要人物。

黄庭坚既是诗书创作家，也是批评家，更是观人学家。他观人的一个重要思想就是"观韵"，并且将观人学中的"韵"概念用于书法批评领域："观魏晋间人论事，皆语少而意密，大都犹有古人风泽，略可想见。论人物要是韵胜为尤难得，蓄书者能以韵观之，当得仿佛。"② 这段话传达三个意思：一是他的观人学中的"韵"概念来自对魏晋观人学的接受，对魏晋风度的观察。二是对魏晋"韵"的描述是"语少而意密"，启发了后来"有余意之谓韵"的思想；当然魏晋人"拔俗之韵""风韵迈达"等等，更能体现出人物气质、精神等内在品格形之于外的风度，对黄庭坚也有重要影响。三是黄庭坚将观人学的"韵"范畴通于书学，他在书论中论"韵"最多，也可以将观人之"韵"扩大到诗、文、画、乐论中，成为衡量创作主体、艺术作品的重要标准，而这一切都来自他对观人学的理解。他在具体观人实践时，往往以观"韵"为先，如《与俞清老》评俞秀清"慧根韵胜，已有退听返闻之功"，《赠惠洪》一诗，云"韵胜不减秦少觌，气爽绝类徐师川。不肯低头拾卿相，又能落笔生云烟"，以气韵观人，于此可见超尘脱俗、高尚精神是"韵"的人格要求，艺术只有表现出这种内在人格与学养时，才算是"韵胜"的艺术，如苏轼以"忠义贯日月之气"发于笔墨间，故其书法"笔圆而韵胜"③。可见，黄庭坚论"韵"，不但借鉴了魏晋通脱观念，而且糅合了儒家道德思想，所谓"学书要须胸中有道义，又广之以圣哲之学"④，因此获得了更强烈的人格批评意义。"韵胜"也成为他评诗的一个标准，如《与王立之承奉帖》："惠蜡梅，并得佳句，甚慰怀仰！数日天气骤暖，固疑

---

① ［清］袁枚：《袁枚全集》二《小仓山房文集》卷二八，南京：江苏古籍出版社1993年版，第492页。
② ［北宋］黄庭坚：《黄庭坚全集》正集卷二十八《题绛本法帖》，成都：四川大学出版社2001年版，第750页。
③ ［北宋］黄庭坚：《黄庭坚全集》正集卷二十八《跋东坡墨迹》，第775页。
④ ［北宋］黄庭坚：《黄庭坚全集》正集卷二十六《书缯卷后》，第674页。

木根有春意动者，遂为诗人所觉。极叹足下韵胜也！"① 这里"韵胜"，既是踏梅雅兴，吟咏韵事，也极赞对方梅诗之韵足，数则评人、评诗、评书，已经融为一体。他的尚"韵"思想，尤以去俗为先，即除去庸俗、鄙俗、流俗、尘俗气，反映了宋人对超尘脱俗的人格追求。从黄庭坚学诗的范温在《潜溪诗眼》一文中，多处引用黄庭坚观"韵"之论，在黄庭坚的基础上对"韵"范畴做了更深入的探讨。

（三）风格意义上的"韵"概念

"韵"从观人学上的风格到诗歌风格，如范温《潜溪诗眼》认为有"韵"之诗表现为"质而实绮，癯而实腴"，而陶渊明有之："乍读渊明诗，颇似枯淡，久久有味，东坡晚年酷好之，谓李杜不及也。此无他，韵胜而已。"② 王士禛论"神韵"诗，认为不仅"冲和淡远"是神韵，且"沉着痛快"也是神韵，所谓"优游痛快，各有神韵"。可见"韵"作为诗歌的一种风格，并不是单一的，涵盖了多种风格特征，如"质"与"绮"，"癯"与"腴"，"优游不迫"与"沉着痛快"。

"韵"作为人的风格也好，诗的风格也好，具有共通的哲学意义与美学意义。在魏晋观人学中，韵被赋予了玄学色彩。当人达到了超脱放达、不滞于物的"玄"境时，便有了"韵"。所谓清、雅、远、高、玄、素、和等都具有了"韵"的特质，富有玄味：韵超越形象、形式，作为作品整体的风姿呈现出来，称为"逸"；韵超越平庸，则为"雅而不俗"，而庸人必无韵度，庸诗也必无韵致；韵有丰厚底蕴，"韵外之致"，谓之"远"；韵超越矫揉造作，发诸自然，谓之"淡"；韵表现为对象内在丰富性及外在状貌的谐调，谓之"和"。其实，"逸""雅""远""淡"与气韵结合，表现为对"气"的中和，形成对立的统一体。所以，"韵"体现了一种超功利的审美的人生态度，一种风貌雅致、淡远、和谐之美，一种超尘绝俗之美。正如徐复观说："所谓韵，则实指的是表现在作品中的阴柔之美。但特须注重的是，韵的阴柔之美，必以超俗的纯洁性为其基柢，所以是以'清'、'远'等观念为其内容。"③ 观人学上的"韵"，就是庄玄所崇尚的清、淡、静、远、逸、和等。这些观念也都反映到诗学观念里：

---

① ［北宋］黄庭坚：《黄庭坚全集》别集卷十五，第1785页。
② ［南宋］陈善：《扪虱新话》上集卷一"文章以气韵为主"，北京：中华书局1985年版，第1页。
③ 徐复观：《中国艺术精神》，上海：华东师范大学出版社2001年版，第107页。

"相去日以远,衣带日以缓",其韵古;"携手上河梁,游子暮何之",其韵悠;"高台多悲风,朝日照北林",其韵亮;"晨风飘歧路,零雨被秋草",其韵矫;"采菊东篱下,悠然见南山",其韵幽;"皇心美阳泽,万象咸光昭",其韵韶;"扣枻新秋月,临流别友生",其韵清;"野旷沙岸净,天高秋月明",其韵洌;"天际识归舟,云中辨江树",其韵远。①

汾阳孔文谷云:"诗以达性,然须清远为尚。"薛西原论诗,独取谢康乐、王摩诘、孟浩然、韦应物,言:"'白云抱幽石,绿篠媚清涟',清也;'表灵物莫赏,蕴真谁为传?'远也;'何必丝与竹,山水有清音'、'景昃鸣禽集,水木湛清华',清远兼之也。总其妙在神韵矣"。②

陆时雍认为韵"拂拂如风,洋洋如水",令人可亲可感可悦而又难以言喻,韵有"古""幽""悠""亮""矫"等多种形态特征,表现丰富多彩。陆时雍、王士禛的"幽""悠""清""远"的概念,以及"神韵"说崇尚自然,以冲淡闲远为旨归,都与魏晋观人学、老庄玄学的旨趣追求关系密切。

如果说黄庭坚论韵着重人格批评意义,那么他的弟子范温则更强调艺术的含蓄表达、风貌的展示。范温在《潜溪诗眼》中,排除了"不俗之谓韵、潇洒之谓韵、生动传神之谓韵、简而穷理之谓韵"诸说后,推出自己的主张:"有余意之谓韵",实际上整合了乐论上"有余音"、饮食上"有余味"、哲学上重"玄远"、观人学上重"含蓄蕴藉"的含义。为了阐述诗学批评上的"韵"范畴,范温用观人学原理观察古人,认为孔子圣有余(俯同众人)、颜回学有余(不违如愚)、高祖功业有余(悲思泣下)、张良智策有余(大智若愚)、谢安器度有余(不动声色)等,都是"韵"的表现③;用观人学中的"用余"阐释"韵",再运之于诗学批评,自然得出"有余意之谓韵"的诗学著名论断。所以钱锺书评价说:"范氏释'韵'为'声外'之'余音'遗响,足征人物风貌与艺事风格之'韵',本取譬于声音之道。"④ 如果说以"不俗""潇洒""生

---

① [明] 陆时雍《古诗镜·诗镜总论》,第6页。
② [清] 王士禛:《池北偶谈》卷十八《神韵》,影印文渊阁《四库全书》子部第870册,第258页。
③ [北宋] 范温增订《潜溪诗话》,郭绍虞:《宋诗话辑佚》上,第372~375页。
④ 钱锺书:《管锥编》四,北京:中华书局1986年版,第1364页。

动"说韵代表了魏晋观人学传统,那么以"有余意"说韵,则代表了宋代观人学传统,两者都是韵美,都说明观人学已经深深扎入诗学之中。

"韵"本来只是音乐之美,被"舍声言韵"转换到观人学上来,由声律之美到指向人的风姿仪态之美,再过渡到人物画中的风度美,是由精神、情调和体态的流动飘逸、生动感人而不可言诠的美;而诗学批评意义上的"气韵天成"指诗歌作品中具有一种自然天成、品格高雅的生命活力。毛宣国论诗学中的"韵"说:"古人言'韵',不只是宽泛地就诗的'有余意'而言,而是包含了更强烈的精神个性追求,与其独特的审美理想和人格气质有关。"① 这样,"韵"从观人学出发,移植到诗学,复归于人格精神,是很有见地的。"韵"在观人学里,既表现为一种淡泊自然、超远脱俗的出世哲学,又表现为"含蓄蕴藉""淡而有味"的人生态度和艺术表现,深刻地影响到诗学中"韵"的审美意识和理想的生成。可见观人诗学的批评方式和机制与观人学的思维特点和方式一致,与产生在观人学基础上的才性理论一致。正是由于魏晋形成的以才性观人的传统,以及以人喻诗的思维模式,才使得"气韵"这一概念进入诗歌批评领域而且衍生出许多命题,升华了观人诗学批评。

三 "气韵"范畴的观人学启发

"气韵"合用,北朝已见,如河南荥阳出土的刻于北魏正光三年(522年)的《魏郑道忠墓志》:"君气韵恬和,姿望温雅。"② 这里"气韵"是观人术语,用以评论人物的精神风貌。《世说新语》虽无"气韵"二字,但《任诞》:"(阮浑)风气韵度似父",说的就是"气韵"。而且全书无一非"气韵",胡应麟就读出来了,他以小说观人,说:"刘义庆《世说》十卷,读其语言,晋人面目气韵,恍惚生动。而简约玄澹,真致不穷,古今绝唱也。"③ 指的是人物的风度神韵,栩栩如生,形神兼备,不仅描绘其形(面目),而且传达出其内涵(神),揭示其生命气质与韵味无穷。而人物画论与观人学最为接近,谢赫所谓"气韵生动"是也,因此"气韵"切入文艺学领域最早是从人物画论开始的。徐复观说:"气韵生动,正是传神思想的精密化,……都是直接从人伦品鉴上转

---

① 毛宣国:《中国美学诗学研究》,长沙:湖南师范大学出版社2003年版,第259页。
② 转引自[清]李慈铭:《越缦堂读书记》,上海:上海书店出版社2000年版,第588页。
③ [明]胡应麟:《少室山房笔丛》卷二九《九流绪论下》,影印文渊阁《四库全书》子部第886册,第308页。

出来的观念。"① 又说:"气韵生动,乃顾恺之的所谓传神的更明确的叙述,凡当时人伦鉴识中的所谓精神、风神、神气、神情、风情,都是传神这一观念的源泉、根据,也是形成'气韵生动'一语的源泉、根据。"②

与谢赫同时代的萧子显,在《南齐书·文学列传》中首次把"气韵"用于文论,他说:"文章者,盖情性之风标,神明之律吕也。蕴思含毫,游心内运,放言落纸,气韵天成。"③ 讲的就是作者的个性形之于作品的风貌,体现了创作主体的精神风貌、审美境界,明确界定了"气韵"作为文艺本体论范畴的存在。其后北齐魏收《魏书·文苑列传》亦云:"逮高祖(魏孝文帝)驭天,锐情文学,盖以颉颃汉彻,掩踔曹丕,气韵高艳,才藻独构。"④ 也把气韵当作重要的文学评论术语。唐五代的书学、画学更重气韵,而文论则出现分别以气、韵评文之风,至于诗学,只有司空图《二十四诗品·精神》"生气远出",说的是气韵,正所谓"气者,生也;韵者,远也"。宋元时期气韵理论获得大的发展,被置于极高地位,"韵"成了艺术作品最高的审美标准,大有轻"气"重"韵"之势。而明清学者又回归到气韵并用。与气、韵概念多义性一样,观人学中的"气韵"论转换到诗学中,至少具有三个方面的含义:

(一) 本体论意义上的"气韵"概念

气韵是生命之韵,元气之韵。"气"是"韵"产生的根本与前提,"韵"是"气"的精神表现。"气韵"是人的生命力和精神美的统一。用于诗学,生命也有两重含义:一是指作品本身有生命力,有活力,周汝昌所谓"谢赫之言'气韵生动',即谓艺品之具有生命一如'活人'也"⑤。二是诗歌表现人与自然界的生命体及其生命意识。宋代诗学中的"气韵"概念更加注重主体精神,如思想、感情、意志、抱负、胸襟等,是诗歌的灵魂。陈善说:"文章以气韵为主,气韵不足,虽有辞藻,要非佳作也。"⑥ 谢榛亦云:"作诗亦然。体贵正大,志贵高远,气贵雄浑,韵贵隽永。"⑦ 所以,气韵因此成为观诗的重要标准之一。古代诗学以气

---

① 徐复观:《中国艺术精神》,第 106 页。
② 同上书,第 95 页。
③ [南朝梁] 萧子显:《南齐书》卷五十二,北京:中华书局 1972 年版,第 907 页。
④ [北齐] 魏收:《魏书》卷八十五,北京:中华书局 1974 年版,第 1869 页。
⑤ 周汝昌:《中国文论〈艺论〉三昧篇》,《北京大学学报》1998 年第 1 期,第 76 页。
⑥ [南宋] 陈善:《扪虱新话》上集卷一"文章以气韵为主",北京:中华书局 1985 年版,第 1 页。
⑦ [明] 谢榛:《四溟诗话》卷一,第 10 页。

韵观诗的例子非常多,如许学夷谓:"唐人之诗虽主乎情,而盛衰则在气韵。如中唐律诗、晚唐绝句,亦未尝无情,而终不得与初盛相较,正是其气韵衰飒耳。"① 胡震亨《评梁六》说:"(中唐七言律)体格渐卑,气韵日薄,衰态未免毕露。"② 唐诗兴衰之运在"气韵",比如从初唐的气象雍容,盛唐的气象万千,历经大历诗的"气骨顿衰",到以贾岛为代表的僧人诗的"气韵枯寂"③,导致整个中晚唐诗"气韵衰飒"④。从气韵的雄隽到枯寂、衰飒,清晰地反映了有唐一代诗风转变的兴衰变化。此以气韵评判时代风格的高下。何绍基《与汪菊士论诗》:"又性情是浑然之物,若到文与诗上头,便要有声情气韵,波澜推荡,方得真性情发现充满,使天下后世见其所作,如见其人,如见其性情。"⑤ 把气韵落实到与真性情的关系与作用上,深化了气韵的本体意义。

(二) 主体论意义上的"气韵"概念

诗歌的气韵来自主体的气韵,主体的气韵源于心态。诗歌中的气韵生动,乃是诗人自身的气韵生动,气韵因此成为创作主体精神品格、生气韵味的诗性体现。"韵"是"气"的中和,即主体与客体的和谐完美统一。宋代评诗将气韵看作主体风格,如张表臣说:"(诗)以气韵清高深眇者绝,以格力雅健雄豪者胜。"⑥ 姜夔《白石道人诗说》也说"气象欲其浑厚,其失也俗","韵度欲其飘逸,其失也轻"⑦。还有的将气韵作为诗人的主体风格与作品风格,敖陶孙《臞翁诗评》评"(魏武帝)气韵沉雄"⑧,王柏《朱子诗选跋》评朱熹诗"气韵疏越"⑨,方东树评韩愈诗"气韵沈酣,笔势驰骤"⑩,郑振铎评屈原《桔颂》"气韵和平"⑪,都将气韵作为主体的思想、感情、意志、抱负、胸襟在作品上显现出来的风神意味,气韵的形成与主体的精神气质、文化修养有着极大的关系。所以气、韵皆有先天性与后天性,先天性不可学,而后天性可学而致。

---

① [明] 许学夷:《诗源辩体》卷三十二,北京:人民文学出版社1987年版,第303页。
② [明] 胡震亨:《唐音癸签》卷九,上海:上海古籍出版社1981年版,第97页。
③ [明] 陆时雍:《唐诗镜》卷四十八,第817页。
④ [明] 许学夷:《诗源辩体》卷三十二,北京:人民文学出版社1987年版,第303页。
⑤ [清] 何绍基:《何绍基诗文集》卷五《东洲草堂文钞》,长沙:岳麓书社1992年版,第817页。
⑥ [北宋] 张表臣:《珊瑚钩诗话》卷一,北京:中华书局1985年版,第5页。
⑦ [清] 何文焕:《历代诗话》下,第680页。
⑧ [南宋] 魏庆之:《诗人玉屑》卷二,第18页。
⑨ [南宋] 王柏:《鲁斋集》卷十三,影印文渊阁《四库全书》集部第1186册,第202页。
⑩ [清] 方东树:《昭昧詹言》卷九,第219页。
⑪ 郑振铎:《郑振铎中国文学史》上,长春:吉林人民出版社2013年版,第51页。

（三）才性论与风格论意义上的"气韵"概念

气韵是气质之韵，有两层含义：一是诗歌所表现出的作者气质、个性，早期的如曹丕《典论·论文》、《与吴质书》中的"气"，其实都指向了个人的气质、个性，详见本书第三章对魏晋才性批评的论述。一是诗歌作品本身的个性、独创性。气韵可以概括一个时代或一个诗人作品的气象风貌，谢榛说："作诗……气贵雄浑，韵贵隽永。"① 符合这个标准的是建安、盛唐之诗，张戒评"曹子建诗，专以韵胜；杜子美诗，专以气胜"②，太牟《淡园诗话》评"太白之诗以气韵胜"③，气韵的有无，是作品高低的前提，有了气韵则作品就能雄浑、隽永。

从风格美角度来说，曹丕以"气"论文，就已有气分清浊、性有刚柔之意，则"韵"也包括在"气"中。诗学论"气韵"，多是拆分，如元好问论诗曰"邺下曹刘气尽豪，江东诸谢韵尤高"，区分出邺下气胜、江东韵高的地域风格。至于施补华《岘佣说诗》"用刚笔则见魄力，用柔笔则出神韵"④，隐喻出刚笔见气、柔笔见韵之别。今人胡家祥总结说："男性以气盛为美，女性则以韵胜为美。""气盛韵弱为壮美，气韵双高为优美，气弱韵显乃弱美，气乱韵无则是丑。"⑤ "气"表示壮美、生动、有力度，偏向于阳刚，较为外露，是诗歌生命力的外在显现；"韵"表示柔美、优雅、有余韵，偏向于阴柔，较为内敛，是诗歌生命力的内在呈现。姚鼐《复鲁絜非书》根据气分阴阳原理，把文章风格分为"得于阳与刚之美者""得于阴与柔之美者"二类⑥，把天地之气、人禀之气、文章之气联系在一起，将创作本体论、主体论、风格论打成一片，显出特有的理论深度和高度的概括力。

陈伯海指出："韵"作为一个范畴，其经历了"气韵""格韵""神韵"三个阶段，"气韵"来自建安主气与魏晋尚韵的综合，对应着唐代豪杰型士子文人的人格范型；至宋代以"格韵"代替"气韵"，以"韵"统"格"，即将道德力量涵藏于平易简淡、行若无事的风度之中，所以宋人用以标榜圣贤人格或道学人格；明清以后"韵"又独立深化为"神韵"，形成王士禛的"神韵"说，标志着逸士人格风范及其艺术风味的

---

① ［明］谢榛：《四溟诗话》卷一，第163页。
② ［南宋］张戒：《岁寒堂诗话》卷上，第33页。
③ 张寅彭主编：《民国诗话丛编》第六卷，上海：上海书店出版社2002年版，第212页。
④ 丁福保：《清诗话》下，第993页。
⑤ 胡家祥：《简论"气韵"范畴的基础理论意义》，《文学评论》2007年第6期，第106~107页。
⑥ ［清］姚鼐：《惜抱轩诗文集》，上海：上海古籍出版社1992年版，第93~94页。

成熟①。陈伯海先生对气韵、格韵、神韵三阶段对应三种人格的总结，非常精辟而清晰地表明汉魏、唐、宋观人学对诗学的影响。

与气韵形成的阳美与阴美相结合的范畴相类似的，是另一对刚柔相济的对立统一范畴：英雄。

第三节 英 雄

"英""雄""英雄"从观人学移植到诗学中，成为常见的诗学概念，更容易彰显出观人学对于诗学建构的重要作用。

据笔者统计，由"英"组成的诗学术语，就有英、英英、英净、英华、精英、光英、英风、英声、英才、英俊、英姿、英思、英畅、英奇、英分、英骨、英气、英伟气、英灵气、英特之气、英迈之气、英杰之气、英骛之才、英秀之骨、萧散英多、英王气概、自然英旨、隽迈英爽之气等三十余种；由"雄"组成的诗学术语更有雄、辞雄、意雄、句雄、言雄、沉雄、古雄、繁雄、清雄、雄风、雄浑、雄健、雄才、雄分、雄骨、雄气、格雄、雄句、雄思、雄词、雄富、雄赡、雄笔、雄姿、雄大、雄伟、雄硕、雄高、雄阔、雄力、雄劲、雄强、雄刚、雄厚、雄暴、雄厉、雄壮、雄险、雄莽、雄峭、雄怪、声雄、雄响、雄亮、雄张、雄夸、雄肆、雄飞、雄骛、雄慓、雄悍、雄鸷、雄骏、雄峻（雄隽、雄俊）、雄放、雄快、雄邑、雄逸、雄宕、雄迈、雄爽、雄杰、雄伯、雄豪、雄丽、雄拔、雄奇、雄正、雄奥、淳雄、雄秀、雄整、雄绝、雄艳、雄概、雄毅、雄伉、雄诡、雄苍、雄逸、雄廓、雄直气、雄深雅健等近百种；由"英雄"组合而成的术语词组有英雄语、英雄气、英雄之诗、英雄之词、英雄之分、英雄气象、英雄欺人、雄姿英发等。可见同其他诗学概念一样，"英雄"也有着生生不已的功能，不断细化、转移、派生或重组，显示出极强的灵活性和创新性。相比起来，"雄"的元素比"英"活跃，组合的概念最多，甚至是对立的元素也可组合，如"雄秀"，具有阴阳刚柔相兼之义。此外，与"英""雄"相关的诗学术语有气骨、气韵、风骨、沉郁、浑厚、姿色、声响、情性、格势、气象、老成、劲健、飘逸、聪明、胆力、魂魄等等，显示出"英雄"作为古代诗学审美范畴的内在广阔空间。

考察由"英""雄"组合的诗学概念，大致分为五类：1. 情志类：

---

① 陈伯海：《中国诗学之现代观》，上海：上海古籍出版社2006年版，第218~219页。

从哀乐来看，有雄快、悲慨等；从情感的深度来说，有沉雄、雄浑、雄厚、轻靡等；从情感的表现来说，有庄严、雄正等。2. 气势类：从阳刚之气来看，有气雄、雄刚、雄浑、雄壮、雄骛、劲健、豪放、粗犷、雄直气等；从阴阳结合之气来看，有英雄气、英伟气、英灵气、英特之气、英迈之气、隽迈英爽之气、英杰之气、飘逸、疏野、雄秀等。3. 意境类：主要体现情景、虚实、形神的交融及其互动，有雄浑、苍凉、清丽、雄阔、秀细等；偏重于境者，有雄秀、清秀、雄奇等，偏重于韵者有隽永、蕴藉、远奥等。4. 崇高类：从力度来看，有雄力、雄健、雄劲、雄强、雄骛、雄悍、雄骏、雄鸷等；从体积来看，有雄大、雄高、雄伟、雄硕、雄阔等；从声响来看，有雄伉、雄亮、雄响、雄声、英声等。5. 语言类：从语言加工程度看，有自然英旨、雄巧等；从语言表达方式上，有雄直、雄夸、雄张、雄肆、雄飞、雄邑等；从语言色彩看，有雄丽、雄苍、雄艳、光英等；从语言检点工夫上，有雄放等；从语言的音韵节律上，有顿挫、雄涩、雄爽等。这些众多概念，大致有两种情况：一是界线分明，如悲壮、悲慨等只属于情志类，雄丽、雄艳等只属于色彩类。二是界线不分，跨类现象比较严重，如雄浑可兼情志与境界，飘逸可兼情志类与语言类。如果表现为跨类概念如"阴"与"阳"，比较容易区分；但它们渗入了某种相同的元素时，往往产生邻近性，如英伟与雄伟，英俊与雄俊、英奇与雄奇等。这些概念在诗学著作中使用频率极高，揭示了人的生命深层内涵、表现艺术的强大生命力，大大丰富了传统诗学思想。

关于诗学视阈下的"英雄"研究，目前学界集中在个别概念如"雄浑"上。有的研究内涵[1]，有的将它与西方"崇高"进行比较研究[2]。而曾祖荫《中国古代美学范畴》、张海明《经与纬的交结——中国古代文艺学范畴论要》、陈良运《中国诗学体系论》、李泽厚《华夏美学》、汪涌豪《论范畴》、张皓《中国美学范畴与传统文化》、张蓉《中国古代诗学范畴考辨》、李旭《中国诗学范畴的现代阐释》等许多论著中，对"英、雄"概念涉猎甚少，甚至付诸阙如。但是，"雄浑"只是上百种"英""雄"的诗学概念中重要的一种，对"雄浑"观念的历史发展还只

---

[1] 如杨景生：《论〈诗品〉"雄浑"风格的美学内涵》，《菏泽学院学报》2007年第4期；《论"雄浑"境界的生成机制》，《枣庄学院学报》2007年第6期。
[2] 如钱超英：《"崇高"与"雄浑"比较论》，《深圳大学学报》1997年第3期；曹顺庆、王南：《雄浑与沉郁》，南昌：百花洲文艺出版社2001年版；张国庆：《〈二十四诗品〉诗歌美学》，北京：中央编译出版社2008年版。

是一个粗线索，至于"雄"与"英"的关系，"英雄"范畴的历史发展，及其批评价值、哲学渊源及观人学关系的研究，存在学术空白，有待进一步研究与深化。

一 "英雄"概念

要厘清诗学"英""雄"的概念，首先就要弄清二字本义。《说文》"英，草荣而不实者"①，《尔雅·释草》"木谓之华，草谓之荣，不荣而实者谓之秀，荣而不实者谓之英"②，可见"英"的初义是开花而不结实的草类；后来延伸到人、物，引申为美好之义，如《广雅·释诂一》："英，美也。"又《说文》"雄，鸟父也。从隹，厷声"③，"雄"本指公鸟，后来泛指雄性动物。"雄"从发生义延伸至诗学，表现在取"雄"型动物以喻诗、观人。

从语义学来看，英、雄来源于古人对植物、动物的认识。古人从"君子比德"出发，从自身美的发掘过程中发现自然物的某些特征，使得英、雄也从植物、动物转移到人物身上，从而与观人学发生关系。如齐庄公称殖绰、郭最为"寡人之雄"（《左传·襄公二十一年》），孔子说"三代之英，丘未之逮也"（《礼记·礼运第九》），是较早以"英""雄"观人的例子。秦汉用得更加广泛，至汉魏之际，"英雄"作为观人学范畴已经成熟，主要标志是：其一，自从许劭评曹操之后，"英雄"成为汉末清议的一个重要名目。其二，根据才性的不同区分为英才、雄才，如董卓论盖勋元曰"此明智有余，不可假以雄职"④，"明智"指的是英才；刘备投曹操，程昱以"刘备有雄才"而劝曹操图之（《三国志·魏志·武帝纪第一》）。其三，除了记载英雄事迹的专著即王粲《英雄记》外，还产生了"英雄"的专篇论文，即刘劭《人物志·英雄》，这种理论与思维对后世观人学与诗学影响深远。

刘劭《人物志·英雄》是第一篇运用观人学原理论述"英雄"的专篇论文。它首次从语义发生学角度阐释"英雄"概念，说："夫草之精秀者为英，兽之特群者为雄，故人之文武茂异，取名于此。"强调了杰出人物与自然密切相关，隐喻人是"万物之灵"、自然的主宰，就如同自

---

① ［东汉］许慎撰，［清］段玉裁注：《说文解字注》草部，郑州：中州古籍出版社2006年版，第38页上。
② ［东晋］郭璞撰，［北宋］邢昺疏：《尔雅注疏》卷八，影印文渊阁《四库全书》经部第221册，第168页。
③ 《说文解字注》隹部，第143页下。
④ ［东汉］王粲：《王粲集》附录一《英雄记》，北京：中华书局1980年版，第55页。

然界的最高代表"英"与"雄"一样，是人才最高层级代表的意义。

"英""雄"分别运用到诗学中，表现了二字初始义的影响。如"英"概念转换到诗学中，往往与"华""秀""荣"连用，有时单独使用，主要体现在取花喻诗，这是"英"用之于诗学的初级形式。如皎然《诗式序》"夫诗者，众妙之华实，六经之菁英"①，深一层次的，如方东树解释"气韵"说"如对名花，其可爱处，必在形色之外"②，以花木品评诗人、诗作。而以"雄"喻诗，主要表现在以动物之"雄"喻诗、诗人，这是"雄"用之于诗学的最初形式。而自从唐代司空图《二十四诗品》首标"雄浑"，标志着"雄"从发生义延伸至诗学，正式成为诗学中的重要范畴。后来诗学往往取这些大、凶、猛、狠的动物以喻诗歌、诗人的气充、势纵、力大、生猛，谈艺常见。如严羽评"李杜数公，如金翅擘海，香象渡河"③，翁方纲《七言诗三昧举隅》更有"雄鸷奥博"一宗的说法④。

从诗学发展历史来看，"英""雄"进入诗学，经过了魏晋南北朝之发轫、唐代《二十四诗品》之确立，到了宋元之发扬，诗学中始有"英雄"合词的概念，如欧阳修评："'大风起，云飞扬'，信是英雄之语也。"⑤ 张表臣评陈大雅临终诗，曰："英雄之气，毅然犹在也。"⑥ 元好问《绝句》"中州万古英雄气，也到阴山敕勒川"⑦，都肯定了英雄之气来源于诗人建功立业的志向，扎根于北方崇尚雄武的文化沃土，体现了强力的生命意识，这些分析都具有进步意义。诗学中的"英雄"概念到了明代的集成、清代的深化时期，才真正地成熟。

二 "英雄"概念的元素构件

观人学关于"英雄"概念的几个元素构件，至少在三个方面对诗学中的"英雄"概念的内涵存在着广泛而深远影响：

（一）关于聪、明、胆、力

刘邵认为，英雄察"气"而生，而气分阴阳，所表现出来的英才和

---

① ［唐］释皎然撰，李壮鹰校注：《诗式校注》，北京：人民文学出版社 2003 年版，第 1 页。
② ［清］方东树：《昭昧詹言》卷一，第 29 页。
③ ［南宋］严羽撰，郭绍虞校释：《沧浪诗话校释·诗评》，第 177 页。
④ 丁福保：《清诗话》上，第 291 页。
⑤ ［北宋］张邦基：《墨庄漫录》卷八，北京：中华书局 2002 年版，第 228 页。
⑥ ［北宋］张表臣：《珊瑚钩诗话》卷二，北京：中华书局 1985 年版，第 14 页。
⑦ ［金］元好问：《遗山集》卷十一，影印文渊阁《四库全书》集部第 1191 册，第 123 页。

雄才，具体体现在聪、明、胆、力四大元素构件上：

> 夫聪明者英之分也，不得雄之胆，则说不行。胆力者雄之分也，不得英之智，则事不立。是故英以其聪谋始，以其明见机，待雄之胆行之。雄以其力服众，以其勇排难，待英之智成之，然后乃能各济其所长也。①

"英分"的两大构件是"聪"与"明"，聪能谋始，明能见机，"雄分"的两大构件是"胆"与"力"，勇能行之，气力过人，四者共同构成一个有机的整体，成为英雄素质的核心。后来这四大构件，已经化血为肉地融进诗学范畴：

1. 明人在前人诗学基础上，对"英雄"的释义更加具体而微。如赵士喆《石室谈诗》卷下记宿石巢说"诗之所贵者雄浑，雄犹可指，浑实难言。所谓浑者，即温厚也。温则浑，浑则厚"②，指出"雄浑"是强大与温厚的统一体；谭浚释曰："雄健：雄，辨而言端；健，羡而意骏。……气高而不怒，力劲而不犯，词豪而不放，字坚而难移，音响而不滞。"既指出"雄"与"健"的差异，又指出它们在气、力、词、字、声方面的特性，并举例作解，这种解构进一步具体化了。又释"壮丽"曰："词丰而义贯串，文采而意周密。模式经典，洞达权变。体故而孔硕，用新而肆好。犹充实光辉之谓大，经天纬地之谓文。"③其"充实"而壮者近雄，"光辉"而丽者近英。对英、雄差别最明确的解读当推明末云间派陈子龙：

> （陈子龙）大约以为诗贵沉壮，又须神明。能沉壮而无神明者，如大将军统军，刁斗精严，及其鼓角既动，战如风雨，而无旌旆悠扬之色。有神明而不能沉壮者，如王夷甫、卫叔宝诸人，握麈谈道，望若神仙，而不可以涉山川冒险难，此所谓英雄之分也。④

这里借用观人学术语论诗，神明体现出智慧，沉壮体现出力量，这

---

① ［三国魏］刘邵撰，［五凉］刘昞注：《人物志》卷中《英雄第八》，第 774~775 页。
② 吴文治：《明诗话全编》十，第 10564 页。
③ ［明］谭浚《说诗》卷上《得式》，吴文英：《明诗话全编》四，第 4020 页。
④ ［清］李雯《属玉堂集序》，［明］陈子龙撰，王英志辑校：《陈子龙全集》下《附录》，北京：人民文学出版社 2011 年版，第 1655 页。

种思想来自《人物志·英雄》:"聪明秀出谓之英,胆力过人谓之雄。"陈子龙认为,"英雄"之别在于:雄偏向于壮大、庄严、力度、气势等阳刚美,英偏向于秀逸、轻扬、柔和等阴秀美。他的"英雄"兼美的主张,体现了传统的阴阳协调、刚柔相济的辩证法思想。西泠派在这基础上做了进一步发挥。毛先舒评陈子昂诗说:"清雄为骨,绵秀为姿,设色妍丽,寓意苍远。"① 雄体现在气骨上,英体现在姿色上,陈子昂正是"英雄"兼美的典型。柴绍炳《与毛稚黄论诗书》主张:"气格为主,色泽为辅;色泽欲新,气格欲老;新故不厌华腴,老亦时存质直。"② 老、新分别是对气骨、姿色的要求。从气格与姿色上划分"雄"与"英",从而使得"英雄"范畴的含义更加清晰可辨。

2. 叶燮从才性论角度,分析了创作主体的才性四要素。《原诗·内篇下》开篇说:"大凡人无才,则心思不出;无胆,则笔墨畏缩;无识,则不能取舍;无力,则不能自成一家。"③ 认为诗人应该具备才、胆、识、力四要素。这四要素来源广泛,以前的诗学分开阐述也非常详备,不说早期如曹丕《论文》提到的"唯通才能备其体",刘勰《文心雕龙·体性》提到的"然才有庸俊,气有刚柔,学有浅深,习有雅郑"等,即使刘知己提到的"史有三长,才、学、识"(《新唐书》本传),清人认为这可通于诗学:"诗家亦然,三者并重,而识为尤先。"④ 可见史才亦可通于诗才。与叶燮四元素有关的,还有李贽《焚书·二十分识》提到的"是才与胆皆因识见而后充者也"。他以历史人物为例,认为谯周以识胜、姜维以胆胜、费祎以才胜,而只有吕尚、管夷吾、张子房等经世人物"三者俱全"。言外之意,谯周、费祎英分胜,姜维雄分胜,而吕尚等三人兼英分与雄分于一身,俨然有刘邵"英雄"观人之意。不过,李贽提到的是三者,而刘邵提到的是四者。

我认为,叶燮才、胆、识、力四元素,虽然与刘勰、刘知己、李贽诸说都有渊源关系,但将四者并列,主要还是得之于刘邵的"英雄"观人之学。理由至少有四:一是叶燮关于诗人主体的四元素说与刘邵关于英雄的四要素是一一对应的,即"才"是诗人才华与审美表现力,"识"是主体对客体的辨析能力与审美判断力,二者构成刘邵所谓的"英分";"胆"是主体的艺术胆略与创新精神,"力"是主体的笔力,具有风骨的

---

① [清] 毛先舒《诗辩坻》卷三,郭绍虞:《清诗话续编》一,第51页。
② [清] 柴绍炳:《柴省轩先生文钞》卷一〇,康熙刊本。
③ [清] 叶燮:《原诗》下,北京:人民文学出版社1979年版,第16页。
④ [清] 朱庭珍:《筱园诗话》卷一,郭绍虞:《清诗话续编》四,第2337页。

审美特征与价值，二者构成刘劭所谓的"雄分"。二是两人都强调四个元素的对立与统一。叶燮认为诗人只有四者"交相为济"，才能"穷尽此心之神明"，才是方家。刘劭认为人只有聪、明、胆、力的结合，才能"乃能各济其所长"，才是英雄。三是才、识、胆、力四者，不但是构成"英雄"主体、创作主体的才性四要素，而且也是观人、观诗"英雄"的四个基本要素。四是两人都强调"识"的统摄作用。叶燮认为，"胆"是决定作品能否流传的一个必要条件，没有"诗胆"，不敢表达自己的思想性情，只能步趋前人，没有独创性。但"四者无缓急，而要在先之以识；使无识，则三者俱无所托"，"因无识，故无胆，使笔墨不能自由"①，可见"识"起决定作用；刘劭所谓的"英分"，就是"英以其聪谋始，以其明见机"，就是"识"的内涵，可以统摄胆、力。所以刘劭说："然英之分以多于雄，而英不可以少也。"虽然叶燮论述的是诗学，而刘劭论述的是观人学，但从叶燮高度重视、透辟分析与"英雄"密切相关的兼材与偏材辩证关系中，可以看出刘劭循名求实、综练名理的名家风范的影响。

陈子龙关于诗学"沉壮""神明"的论述，叶燮关于诗学"才、识、胆、力"的构件要素的分析，虽与前人诗学不无关系，但思想渊源却来自刘劭的观人学。虽然二人没有明确提出诗学中的"英雄"概念，但只要对观人学与诗学的发展稍加研讨，不难发现两人与刘劭之间的承传关系。

（二）关于轻重、魂魄

相比较而言，古代诗学对于"英分"涉猎较少，而对"雄分"涉猎较多，所以关于诗胆、诗力的思想特别丰富。刘劭《人物志·英雄》认为，最理想人格不是偏于英分或雄分，而是将两者结合起来的"英雄"："一人之身，兼有英雄，乃能役英与雄。能役英与雄，故能成大业也。"这里的"能役"二字，实际上就是对才性的实际运用与自主发挥，只有这样才能进入"道"的境界，也就是"化"境。这种观人学观点，启发了贺贻孙、乔亿提出李杜以"化境"统摄英、雄的诗学思想。

历来多认为李白以英胜，杜甫以雄胜，但贺贻孙《诗筏》更看到了二人殊途同归处："诗亦有英分、雄分之别。英分常轻，轻者不在骨而在腕，腕轻故宕，宕故逸，逸故灵，灵故变，变故化，至于化而英之分始全，太白是也。雄分常重，重者不在肉而在骨，骨重故沉，沉故浑，浑

---

① ［清］叶燮：《原诗》下，第23～29页。

故老，老故变，变故化，至于化而雄之分始全，少陵是也。若夫骨轻则佻，肉重则板，轻与重不能至于变化，总是英雄之分未全耳。"① 将飘逸与沉郁进一步分解为诗骨的轻宕灵逸、沉重浑老，诗风的纤细飘逸、雄浑挺拔，虽然才性不同，各得英、雄一体，但皆能达到刘劭所谓"能役英与雄"，兼有英雄的化境、"圣"境，所以乔亿《剑溪说诗》卷上说："诗之骨有重有轻，骨重者易沉厚，其失也拙；骨轻者易飘逸，其失也浮。然诗到圣处，骨轻骨重，无乎不可。李诗骨轻，杜诗骨重。"② 正是贺论的有力补充。相反，韩愈诗歌虽然雄健，"然恢张处多，变化处少，力有余而巧不足也"③，缺少"役英与雄"的英分，所以不能入化。可见"变化"一说的掺入，解决了或英或雄的偏执问题，升华了"英雄"学说。

英分、雄分还可以从魂气、魄力角度做进一步阐释。况周颐论吴文英词，说"（吴）如何能运动无数丽字？恃聪明，尤恃魄力。如何能有魄力？唯厚乃有魄力"④，这里"聪明"即英分，而"魄力"即雄分，来自"厚"，只有这样才能"入化"。方东树评《登余干古城县》时，主张将"魂气"注入"魄力"之中。魂与"魂气"强调"自我"主观的思想、性情、识见，是通过作品的神韵、臭味、丰姿中表现出"有兴有味"与生龙活虎之相，这正是"英分"的表征；而"李义山多使故事，装贴藻饰，掩其性情面目，则但见魄气而无魂气"，则为"死滞相"（翁仲木偶）⑤。黄子云《野鸿诗的》进一步解释说："字句，魄也，可记诵而得；臭味，魂也，不可以言宣。"⑥ 堪为方氏"魂魄"说的注脚。方氏进一步提出魄力必须以"魂"为前提，"然若无魂，则雄杰便成恶魄"，韩愈诗"将军旧压三司贵"字句有魄力，有象而无兴无臭味，结果魄力变成"死滞相"的魄气。可见魄力必须依赖"魂气"，这与刘劭"英分"可以统领"雄分"思想一致。所以，方东树评杜甫"魂魄停匀"，陆游"有魂有魄"⑦，其实是"英雄"兼美范畴的另一种表述。诗学中的魂与魄内涵，在观人诗学批评注入"英雄"成分后获得了升华与深化。

---

① 郭绍虞：《清诗话续编》一，第135页。
② 郭绍虞：《清诗话续编》二，第1088页。
③ ［清］沈德潜：《说诗晬语》卷上，北京：人民文学出版社1979年版，第211页。
④ ［清］况周颐：《蕙风词话》卷二，北京：人民文学出版社1960年版，第47页。
⑤ ［清］方东树：《昭昧詹言》卷十八，第420页。
⑥ 丁福保：《清诗话》下，第847页。
⑦ ［清］方东树：《昭昧詹言》卷十八，第420页。

(三) 关于气、气象、骨、声

下面进一步讨论与"英雄"关系密切的气、气象、骨、声等问题。

先看诗气。"气贵雄浑"①,"雄浑"是古代作家作品之"气"最完善的表征,有振奋、傲岸、廉悍、厚劲、阳刚、长大之义。"雄"又有气雄、句雄与字雄之别。曾国藩《谕纪泽》说:"雄奇以行气为上,造句次之,选字又次之。"② 可见"雄气"主要体现在文本的字、句上。另外,"气雄"也与诗歌体裁、题材关系密切,如"山林之文,其气枯以槁;台阁之文,其气丽以雄",③ 山林之作往往"神韵超妙",台阁之作往往"气力雄浑"。倘若气薄弱不长,皆不雄之过,则是人生命力屡弱的表征,所以观人诗学认为气之厚薄与作家寿命之长短相关:"何大复诗较空同可吟……但气薄,是以不寿。"④ 撇开它的神秘性不论,古代诗学以"气雄"为贵,表现艺术的一种强力生命意志,这点应该值得肯定。

次观气象。观人学上的气象,指人物的总体状貌、气貌与风貌特质,如"帝王气象",是以"英雄"为内核的。用于文论中,指各时代、流派、作家、作品(又含体裁、题材、风格等)生命精神的整体状貌特征,是内在生命的外在呈现。用于作品批评很多,如蔡絛《西清诗话》卷中评孟浩然"气蒸云梦泽,波撼岳阳城"为"气象雄张"⑤,高步瀛评王维《送邢桂州》诗"气象雄阔,涵盖一切"⑥,贺裳评刘禹锡《郡内书情献裴侍中留守》"气象雄丽"⑦,都是以"雄"进行文本批评的典型。"英雄气象"可以隐括三个特点:1. 统一性,是血肉丰满的有机整体,不可分割,难以句摘;2. 形象性,是主体生命"强力意志"的承载体,强调力量之强与美与体积之大与厚,推崇神王气足、神完气固之作,这些都是"英雄"诗词生命力的强力体现。3. 模糊性,以七言为例,"难于气象雄浑,句中有力,而纡徐不失言外之意",而"韩退之笔力最为杰出,然每苦意与语俱尽"⑧,"雄"而不"英",不能说是"英雄气象"。可见雄浑气象富有模糊性与含蓄性。

---

① [明]谢榛:《四溟诗话》卷一,第10页。
② [清]曾国藩:《曾国藩家训》,长沙:岳麓书社1999年版,61页。
③ [明]宋濂:《宋濂全集》卷七《汪右丞诗集序》,杭州:浙江古籍出版社1999年版,第481页。
④ [明]王文禄《文脉》卷三,吴文治:《明诗话全编》九,第8985页。
⑤ 蔡镇楚:《中国诗话珍本丛书》第1册,北京:北京图书馆出版社2004年,第330页。
⑥ 高步瀛:《唐宋诗举要》卷四,上海:上海古籍出版社1959年版,第430页。
⑦ [清]贺裳《载酒园诗话又编》,郭绍虞:《清诗话续编》一,第349页。
⑧ [宋]叶梦得《石林诗话》卷下,吴文治:《宋诗话全编》三,第2708页。

"骨"是诗学重要范畴，与"英""雄"概念关系也很密切。古代诗学认为，英分之人骨轻或者骨不足，雄分之人骨重或者骨有余。如"初唐风调，诵如芳英之悦人目，然骨未备"①，骨轻之征也，偏于英分。而"子厚骨耸，梦得气雄，元和之二豪也"②，骨重之征也，偏于雄分。气骨无雄分则轻，无英分则滞，已成诗学共识。这里依然以李杜为例，"李飘逸而失之轻率，杜沉雄而失之粗硬"③，反映了偏于英分或雄分、骨轻与骨重带来的不足。其他如"高达夫气骨自遒，微失之窘"④，皆雄有余而英不足，骨有余而韵不足。古代诗学尚骨，几成诗家常谈。正如英分、雄分之说来源于观人学，强弱之说其实亦来自观人学"勇怯之势在于筋，强弱之植在于骨"（刘劭《人物志·九征》）之说。

诗声，突出地表现在作品的音节上。在诗学史上，标榜以声论诗，直入诗歌本体者，则从明代开始。李东阳首揭宗旨，"惟崇声色，高自标置"⑤，此后声学益盛。明清诗学评价盛唐的雄浑气象时，都有"诗声"的考量，如王世贞《徐汝思诗集序》谓"其气完，其声铿以平"⑥，邓绎《三代篇》谓其"风盛则气雄，气雄则骨立，骨立则声远，声远则辞蔚，辞蔚则采鲜"⑦，也就是说，盛唐诗歌之"声"体现在"铿""平""远"，声大而远，非"雄声"何！声铿以平，非"英声"何！这两段话还指出了盛唐英雄之声与气完以雄、力沉而雄、骨劲而立的密切关系。所以明清盛行以"声雄"评作家与作品，如翁方纲《石洲诗话》卷一评杜诗"声音既大，故能于寻常言语，皆作金钟大镛之响"⑧，徐珂《词学名家之类聚》评陈维崧词"实大声宏，激昂善变者也"⑨，都突显出宏大的"雄"性特征。明人借鉴了盛唐诗法，与江西诗学崇尚"响亮"，更有人推出"响亮体"⑩，将诗声之道大大开拓了。此外，观人学以"雄"为贵，相学主张本色，认为"男贵雄声"，"女贵雌声"，倘若男人雌声，女人雄声皆所不贵。这些观念对诗学关于英雄术语以及崇尚本色的论述

---

① ［明］孙矿《唐诗品》，吴文治：《明诗话全编》五，第4702页。
② ［清］管世铭《读雪山房唐诗序例·七律凡例》，郭绍虞：《清诗话续编》三，第1554~1555页。
③ ［清］毛先舒《诗辩坻》卷三，郭绍虞：《清诗话续编》一，第47页。
④ ［清］施补华《岘佣说诗》，丁福保：《清诗话》下，第978页。
⑤ ［清］吴乔：《围炉诗话·自序》，第1页。
⑥ 吴文治：《明诗话全编》四，第4391页。
⑦ ［清］邓绎：《藻川堂谭艺》，北京：北京图书馆出版社2004年版，第879页。
⑧ 郭绍虞：《清诗话续编》三，第1375页。
⑨ ［清］徐珂：《清稗类钞》八，北京：中华书局1986年版，第3989页。
⑩ ［明］杨良弼《作诗体要》，吴文治：《明诗话全编》十，第11069页。

都有相当影响。

三 "英雄"范畴的文学批评价值

由"英""雄"组合的近百种诗学概念或范畴，涉及许多诗学批评等领域，转换到诗学中，至少具有三个方面的含义与价值：

（一）价值批评意义上的"英雄"概念

"英雄"概念的价值意义，来源于两个观测点，这方面观人学与诗学一致：

首先是儒家人格批评的价值观念。《周易·乾》象辞"天行健，君子以自强不息"，《坤》象辞"地势坤，君子以厚德载物"，"乾"体现雄性刚健特征和开拓精神，"坤"体现雌性柔顺特性和团结精神。据《人物志·英雄》，"英"体现阴柔、坤顺的特性，"雄"体现阳刚、乾健的特性，"英雄"范畴是建立在阴阳哲学基础上的。孔子论述美学范畴"大"时，就强调"杀身以成仁"的"志士仁人"的理想人格（《论语·卫灵公》）。孟子论述六种人格时，更以仁义为内核，所谓"充实之谓美"，就是在"善""信"的基础上，将仁义道德充实于中；而"大"则境界更高，"充实而有光辉之谓大"（《孟子·尽心下》），不但仁义积中，而且荣华发外：要做到这一点，必须"集义""养气"。孟子就指出"浩然之气"，"至大至刚"，"塞于天地之间"，"配义与道"（《孟子·公孙丑上》），集成天地刚正之气。道义其内，而"至大至刚"之美其外。"至大"体现出近似于康德所谓体积的无限大，"至刚"近似于力量的崇高，它们的内核则是"仁义"充实，是儒家核心价值的体现。古代诗学中的"英雄气""英气""雄气"说，与孟子所说的"浩然之气"一脉相承，如"子美笃于忠义，深于经术，故其诗雄而正"①，"至其出处，每与孔孟合"②，"如杜子美之雄浑博大……不改者忠厚直谅之志。志定，则气浩然，则骨挺然，孟子所谓'至大至刚塞乎天地'者，实有其物"③，就指出了诗学中的"雄"与杜甫深厚的儒家修养、强烈的建功立业意识与悲天悯人的社会关怀有相当关系。这就是"英雄"范畴的儒家诠释。

其次是强烈的建功立业意识与悲天悯人的社会关怀。诗言志，只有树立起建功立业意识与悲天悯人的社会关怀，干一番英雄事业，方称英

---

① ［南宋］张戒：《岁寒堂诗话》卷上，第39页。
② ［唐］杜甫撰，［清］仇兆鳌注：《杜诗详注》附编赵次公《杜工部草堂记》，北京：中华书局1979年版，第2248页。
③ ［清］张谦宜《𥳑斋诗谈》卷三，郭绍虞：《清诗话续编》二，第809页。

雄。受观人学影响，诗学视阈下的"英雄"之美除了骨鲠有力的语言表达外，更要有昂扬爽朗的精神气质，以及英雄主义的核心价值。如"魏武志在篡汉，故多雄杰之辞。陈思志在功名，故多激烈之作。……刘太尉志在勤王，常吐伤乱之言"①。曹、刘诗歌的英雄之美，来自他们的"志"，包括动乱社会环境下诗人们悲天悯人的情怀与建功立业的英雄主义精神。盛唐"英雄之美"的核心价值"是一种高昂的英雄主义（盛唐诗人特别任侠尚武、勇于牺牲，风行书剑从军、建功边关），是一种充盈着强大生命力的自信、高放、傲睨、倜傥之气"②。古代诗学对帝王诗歌的评价，尤重英雄之气与建功立业，如"汉高祖《大风》《鸿鹄》之歌，天纵英作，雄壮奇伟，文中谓其霸心之存乎"③，认为刘邦的雄壮奇伟来自统一天下的志向。所以，钟惺认为"英雄帝王未必尽不读书，而其作诗之故，不尽在此，志至而气从之，气至而笔与舌从之"④，有英雄之志，斯有英雄之诗。相反，"帝王诗文，自魏武帝而后，非惟作文士气，且有妇女气矣"⑤，"六朝帝王鲜不能诗，大抵崇尚纤靡，与文士竞长，偏杂软滞，略于文字中窥其治象。至明皇而骨韵风力，一洗殆尽，开盛唐广大清明气象"⑥，可见诗学对帝王诗歌的评价，与他们英雄壮志、政治作为的价值取向分不开。明代七子有关"英雄"的论述最大缺陷，就是英雄核心价值的缺失，故被清人视为"英雄欺人"，宜哉！

（二）才性批评意义上的"英雄"概念

"英分"与"雄分"的不同，归结到诗人所禀的才性不同，故诗学有"英才"与"雄才"概念，才性论因此从观人学引入诗学批评。"雄才"引入诗学著作，始见于司空图《诗品·悲慨》"大道日丧，若为雄才"，但这里的"雄才"是借喻，还不是范畴。真正将"英才"与"雄才"作为诗歌理论中的才性学范畴，并且进行对比的，是明清诗学研究的课题：

（陈康侯《说诗》）又云：诗体既殊，人才亦异。分其科别，实有二途：盖隽才为英，大才为雄。观其所构，婉秀多姿，风情森发，语春则丛花在目，述秋则寒霜凄心，花鸟风云，别饶生致；微言短咏，皆见低徊：此谓英才，名家所擅。若夫力厚魄强，学综笔健，

---

① ［清］王寿昌《小清华园诗谈》卷上，郭绍虞：《清诗话续编》三，第1860页。
② 屈子规，屈子娟：《唐诗勾趣》，成都：四川教育出版社2003年版，第7页。
③ ［明］谭浚《说诗》卷下，吴文治：《明诗话全编》四，第4072页。
④ ［明］钟惺，谭元春《古诗归》卷七，吴文治：《明诗话全编》七，第7327页。
⑤ ［明］钟惺，谭元春《古诗归》卷十三，吴文治：《明诗话全编》七，第7335页。
⑥ ［明］钟惺，谭元春《唐诗归》卷六，吴文治：《明诗话全编》七，第7342页。

酿以沉郁，出以磅礴，鼓笔则川岳平移，纵墨如风雨骤至，洪钟千石，不取铮铮；梁木百围，何妨尺朽？大家手笔，此谓雄才。①

这是从大小立论，英才虽是"隽才"，然比起"雄才"来说，毕竟是小。"雄才"表现为"力厚魄强"，如杜甫七律，"大体浑雄富丽，小家数不可仿佛耳"②，"高适才高，颇有雄气。其诗不习而能，虽乏小巧，终是大才"③，这些诗评体现了诗学对"英才""雄才"的推崇。

古代诗学往往从作家的才性出发，以"英雄"人格评作家作品。由于形成风格的关键在于作家，作家与众不同的气质、才情、个性"潜入"其作品，因此这种理论具有相当的合理性，抓住了风格中最独特的因素。由于重才气成为古代诗论的一个主流，因此"英雄"论诗成了作家才性论的组成部分，这一点最能体现出观人诗学的影响。如李、杜二人，虽然同"号诗人之雄"，但细而分之，"少陵思深，其诗雄大；青莲疏逸，其诗流畅"④，"太白、右丞明秀高爽……惟杜陵大篇巨什，雄伟神奇"⑤，疏逸明秀正是"英"的表现，而"雄伟神奇"是"雄"的表现，李白偏于"英才"，杜甫偏于"雄才"，但这对他们来说不构成局限，古人还看出两人的"变化"，即李白以英驭雄，杜甫以雄兼英，"太白、少陵，大而化矣，能事毕矣"⑥，成为双兼"英雄"式的诗人，并达到出神入化的"道"的"化境"。古人还分析出导致两人"英"与"雄"不同的思想根源与个性修养，"子美笃于忠义，深于经术，故其诗雄而正。李太白喜任侠，喜神仙，故其诗豪而逸"⑦，这些论述都是非常深刻的。

宋以后诗学重视对各种诗歌体裁的"英雄"之美的研究，认为不同诗体的使用与作家的英才、雄才相关。如七古要求力量大，"须有千斤气力在"⑧，须具"天姿之高妙，笔力之雄健，音节之铿锵"⑨ 三个方面的

---

① ［清］伍涵芬撰，杨军校注：《读书乐趣》卷八《品诗》，《说诗乐趣校注》附录，济南：齐鲁书社1992年版，第753～756页。
② ［明］高棅：《唐诗品汇·叙目》七言律诗三，影印文渊阁《四库全书》集部第1371册，第36页。
③ ［元］吴师道《吴礼部诗话》引时天彝评语，吴文治：《辽金元诗话全编》，南京：凤凰出版社2006年版，第2252页。
④ ［明］屠隆《唐诗类苑序》，［明］张之象：《唐诗类苑》，明万历二十九年（1601）曹仁孙刻本。
⑤ ［明］胡应麟：《诗薮》内编四，第60页。
⑥ ［明］胡应麟：《诗薮》内编三，第50页。
⑦ ［南宋］张戒：《岁寒堂诗话》卷上，第39页。
⑧ ［清］张谦宜《絸斋诗谈》卷二，郭绍虞：《清诗话续编》二，第803页。
⑨ ［清］钱咏：《履园丛话》八《谭诗·总论》，北京：中华书局1979年版，第205页。

才性，其中"天姿"表现为"英才"，"笔力"表现为"雄才"，从这个角度说，七古是体现"英雄之美"的诗体之一。而五古则要求"意远寄而不迫，体安雅而不烦，言简要而有归，局卷舒而自得"①，"其道在神情之妙，不可以力雄，不可以材骋，不可以思得，不可以意致"②。这种要求显然与追求"力量美"、逞才使气的"雄才"相差太远，与"英才"接近，"虽以子美雄材，亦踣踬于此而不得进矣。庶几者其太白乎"③，李白正以"英分"胜杜。

总之，"英雄"在才性论与风格批评方面运用广泛，体现了作家批评价值。

（三）风格批评意义上的"英雄"概念

从英雄的内涵看，"英"与"雄"皆有"壮美"内涵，但"雄"与壮美的关系更加直接，而"英"兼阳刚与阴柔之美。下面分析诗人风格、时代风格与地域风格批评意义上的"英雄"：

1. 诗人风格。以英、雄观人，体现在作家批评上，既是才性批评，亦是风格批评。综观诗学，以英、雄评价作家风格的，最集中体现在建安、盛唐与盛明诗人上。建安作家亦有或英或雄的差别，如"曹孟德雄而不英，曹子桓英而不雄，而子建独兼之"④，具言之，"曹公诗气雄力坚"⑤，曹丕"深秀婉约"⑥，曹植"骨气奇高，词彩华茂"⑦，英以深秀见长，雄以气力见长；骨气言其雄也，华茂言其英也。可见，古代诗学普遍以"英雄"评价建安风骨，社会动乱，风衰俗怨，诗人赋到沧桑，抒发英雄壮志，自具英雄之美，因而推动一个时代诗歌繁荣。盛唐体呈现的"英雄"之美，也为民族审美认同，如"既笔力雄壮，又气象浑厚"⑧，"秀丽雄浑"⑨，李沂《唐诗援序》概括为："冲融温厚，诗之体也；昌明博大，诗之象也；含蓄隽永，诗之味也；雄浑沉郁，诗之力也；

---

① ［明］陆时雍：《古诗镜·诗镜总论》，影印文渊阁《四库全书》集部第1411册，第11页。
② ［明］陆时雍：《唐诗镜》卷一，第303页。
③ ［明］陆时雍：《古诗镜·诗镜总论》，影印文渊阁《四库全书》集部第1411册，第11页。
④ ［清］陈田《明诗纪事》辛签卷一，上海：商务印书馆1936年版，第2656页。
⑤ ［清］刘熙载：《艺概》卷二《诗概》，第52页。
⑥ ［清］毛先舒《诗辨坻》卷第二，郭绍虞：《清诗话续编》一，第26页。
⑦ ［南朝梁］钟嵘：《诗品》卷一，影印文渊阁《四库全书》集部第1478册，第192页。
⑧ ［南宋］严羽撰，郭绍虞校释：《沧浪诗话校释》附《答出继叔临安吴景仙书》，第253页。
⑨ ［明］胡应麟：《诗薮》内编四，第70页。

清新娟秀，诗之趣也；飞腾摇曳，诗之态也。"① 其中昌明博大、雄浑娟秀，皆有英、雄兼美之意。涉及个体作家，"则高达夫雄而不英，李颀英而不雄，王右丞则英中之雄，王龙标则雄中之英，而子美独兼之。"②，可见古代诗学普遍以"英雄"之美赞许盛唐。盛明七子，鄙宋而学盛唐，也颇得英雄之皮毛，如"李何徐边，世称四杰。李雄健，何秀逸，徐精融，边朴质"③，"于鳞高，献吉大；于鳞英，献吉雄"④，"子衡（王廷相）峻丽得其雄分，君采（薛蕙）隽洁得其英分"⑤。"崆峒如淮阴侯雄略盖代，大复如张子房英气内耸，而西涯则萧相国之包含群策也。"⑥ 都把明代七子诗歌抬高到了"英雄兼美"的地步。其实，明七子诗歌的所谓"英雄"之美，只是格调上酷似盛唐，以高声大气为声气，以苍劲鲜润为骨色，以浑雅大方为姿态，而神骨相去"英雄"甚远，最起码的就是抽掉了盛唐的英雄主义核心价值，徒袭外形，所以被讥为"假盛唐"之诗，是"英雄欺人"，不但不是诗歌的繁盛，相反是明代诗歌衰落的根源。

2. 时代风格。主要讨论时代风尚与诗歌风格的关系。《毛诗序》首次论及时代盛衰与诗乐风格的因果关系，刘勰《文心雕龙·时序》得出"时运交移，质文代变"的论断。他对建安"英雄"风格成因的分析，就为后世探讨建安风骨提供了一个时代背景。诗学赞美英伟、雄强，鄙夷纤小、靡弱，是一个事物的两个方面。陈廷焯说："六朝诗所以远逊唐人者，魄力不充也。魄力不充者，以纤秾损其真气故也。当时乐府所尚，如《子夜》、《捉搦》诸歌曲，诗所以不振也。"⑦ 魄力是"英雄"之气的一个重要构件，南朝缺乏"英雄"之气，必然纤小、靡弱，诗道不振。严羽"以时而论"⑧，专在辨识上下功夫，提出了一系列时代风格概念。而其中建安体、唐初体、盛唐体皆以"英""雄"相称，与时代关系密切。

3. 地域风格。主要探讨地域风情与诗歌风格的关系。早期关于《国

---

① ［明］李沂：《唐诗援》，明崇祯五年（1632）刻本。
② ［清］陈田《明诗纪事》辛签卷一，第 2656 页。
③ ［明］顾起纶《国雅品》引袁献实评，吴文治：《明诗话全编》四，第 3918 页。
④ ［明］王世贞撰，罗仲鼎校注：《艺苑卮言校注》卷七，济南：齐鲁书社 1992 年版，第 351 页。
⑤ ［明］陈子龙选评：《皇明诗选》卷三舒章评，上海：华东师范大学出版社 1991 年影印版，第 171 页。
⑥ ［清］潘德舆：《养一斋诗话》卷六，北京：中华书局 2010 年版，第 90 页。
⑦ ［清］陈廷焯：《白雨斋词话》卷八，北京：人民文学出版社 2001 年版，第 221 页。
⑧ ［南宋］严羽撰，郭绍虞校释：《沧浪诗话校释·诗体》，第 52 页。

风》的地域区划和风格识辨,就已有端倪。以《诗经》为例,秦诗十篇最能体现出"雄美"。清人王照圆《诗说》概括秦风说:"秦晋诗音节皆入商声,殊少大和元气之妙,而秦尤雄厉。""秦晋之风多剽急,而少舒缓之体,与齐音正相反。"以"雄厉"二字概括秦风,可谓探骊得珠。王照圆对导致秦风"雄而不英"的地理因素做进一步剖析:"秦尤雄厉,或以为水土使然。然溯其始,秦固周岐丰之地也。二南之作,为王化始基,周若彼其和平,秦若此其猛厉。何欤?且帝王不易民而治,彼强悍战斗之俗,独非忠厚仁让之道欤?此无他,古今之异宜,则政教之殊致也。"① 所以地理因素、时代因素、政教因素与文化因素往往是结合在一起的。南北朝之后,关于江左、河朔文风异同及因由的讨论,更显出因地域论风格的自觉意识,更能体现出古代诗学崇尚"英""雄"之美的审美倾向。

当前,文学深深陷入了商业、娱乐漩涡之中,放弃思考,放弃关怀,放弃责任,理想主义悄然退却,庄严神圣遭受嘲弄,文学内容趋于低级趣味、堕落,精神、道德、价值下滑,各种欲望化的媚俗消解了文学的纯洁感、神圣感、崇高感与苦难感,一句话,文学一旦迷失了英雄,偏离了伟大与崇高,就缺少了应有的价值和魅力。建安、盛唐诗歌因"英雄"而盛,齐梁、晚唐五代、明代诗歌因迷失"英雄"而衰,英雄回归文学才能造就文学崛起与辉煌,对当代文学不无借鉴与认识意义。"英雄"概念的发掘、研究与弘扬,不仅有着深远的历史意义,也有着重大的现实意义。崇"英"有利于克服文学中的狂野、放肆乃至野蛮倾向,平添一份神奇、神韵;尚"雄"有利于克服文学中的轻靡、纤小、平庸倾向,增添一种魄力、伟岸。李杜曹刘之所以伟大与不朽,最根本的就是表现了伟大的人性、伟大的历史,具有史诗的价值;表现了神明与崇高的美,具有永久的艺术魅力。英雄的回归是一个时代诗歌乃至整个文学繁荣辉煌的基本前提和重要元素。

在诗学史上,每当文坛索漠、媚风日炽,"风骨"作为拯救文风衰颓的一种英雄品质,肩负着对文学的起始回生的重任,用以荡涤软弱柔靡的风气,复归英雄精神。于是有了与"英雄"相联系的"风骨"范畴。

---

① [清]王照圆《诗说》,转引自马非百:《秦集史·艺文志》,北京:中华书局1982年版,第521页。

第四节 风 骨

"风骨"这一范畴，也源自观人之学：风指人的风姿、风采、风度、风气、风神之美，骨则指人的形态、骨相之美。风骨从观人学到用于论画、论文、论书，是中国古典文艺批评术语中争论较多的词语之一。研究"风骨"从观人学到诗学的转换，对于研究观人学对诗学建构来说，意义同样重大。

一 "风"范畴

风之本义为空气的流动，所谓"风者气也"，属于自然层面的概念，如《庄子·齐物论》曰"大块噫气，其名为风"，宋玉《风赋》"夫风者，天地之气"，《淮南子·原道训》："风者气之动。"风就是由于空气流动而产生的一种自然现象，具备了季节性、方向性、流动性、神奇性等自然属性。由于风的这些自然属性，"风"的概念发生了三个大的转变，引申含义越来越丰富：

（一）从自然层面向社会层面转化

从具象到抽象，从风土到人情，引申为"风俗"之义，并进而延伸到一个地域、一个时期的价值取向、道德崇尚、文化习俗、审美偏好，如世风、时风、民风、风俗、风情、风土、风气、风化、风尚等，甚至是一代士风，如玄风、儒风、汉风等，都成了"风"的衍生物。

（二）从自然层面向人格层面转化，从观风到观人

随着殷商巫文化让位给礼乐文化，人们开始关注社会、关注自身，"风"越来越多地用于观察人的行为、道德品质，从社会层面转化到人格层面。

"风"之用于观人学，基于"君子比德"思维，可追溯到《论语·颜渊》："君子之德风也，小人之德草也。草上之风必偃。"《孟子·万章下》将"风"付诸观人实践："闻伯夷之风者，顽夫廉，懦夫有立志。"伯夷之风，指的是义不食周粟的志气与气节。至汉有"合三王之风"（《淮南子·要略》），表示王者的道德风尚；有"天下想闻其（霍光）风采"（《汉书·霍光金日䃅传》），"（王）莽色厉而言方，欲有所为，微见风采"（《汉书·王莽传上》），偏于人的风姿、风度等含义了。汉末乱世，"英雄"颇受欢迎，许邵观曹操，王粲撰《英雄记》，刘邵撰《人物志》，皆有"英雄"一目；至魏晋"上品无寒门，下品无士族"，士人有志不售，为了

避开政治迫害，只好在庄玄中消遣。反映到观人学领域，人们崇尚的不再是张良、韩信式的英雄人物，而是超世离群、风神潇洒的圣人、神人，观人趋向发生了变化，"风"被用以观察生命之美、人格精神之美。

人之气盛、气正，则风度、情采皆美。因此，《世说新语》常用"风"来描绘个体的风度、气质之美，如"阮浑长成，风气韵度似父"（《任诞》），"王夫人神情散朗，故有林下风气"（《贤媛》），"世目李元礼谡谡如劲松下风"，"王平子与人书，称其儿风气日上足以散怀"，"杜弘治标鲜清令，盛德之风，可乐咏也"，"（王弥）风神清令，言语如流"（以上见《赏誉》），"（嵇康）风姿特秀……肃肃如松下风"，"（王武子）俊爽有风姿"（以上见《容止》），"李元礼风格秀整"（《德行》）。此外还有"羲之高爽有风气"（《赏誉》刘孝标注引《文章志》语），"（袁淑）少有风气"（《宋书·袁淑列传》），此指风采气度。《世说新语》中"风"凡65见，诸如风姿、风仪、风格、风范、风韵、风气、风概、风味、风流、风神、风骨等不胜枚举，多是观人术语。甚至梁慧皎《高僧传》也以"风"观僧，如王羲之见支遁"观其风力"，天竺僧人摄摩腾"善风仪"，帛尸梨蜜多罗"风领朗越"，支孝龙"少以风姿见重"，慧远"风鉴朗拔"，慧持"风神俊爽"，慧观"风神秀雅"，慧义"风格秀举"，慧静"风姿秀整"，道温"风容都雅"等。与"骨"表现生命的强健旺盛不同，六朝的"风"概念主要用于观人之生理层面的风姿、风仪，或者观人之主体精神层面的风神、气度，构成了生命的优美、形态的秀整、气质的优雅，而非儒家崇尚的道德之美与强壮之美。

（三）从人格层面向文艺层面转化

从观人学到观人诗学，并进一步演变成评鉴诗人及其作品的审美范畴。

"风"从自然层面转到诗学层面，始于先秦。《诗经》中特指"国风"，引申为"诗六义之一"；又引申出风化（风化虫生，生殖能力）、风教、"讽"等含义。"风"的这种义项与社会层面的义项相关，即通过"乐风"能够观民风、土风、风俗、风气，形成了早期诗学中的"采风说""诗可以观说"。《毛诗序》始以六义论诗，《小序》："风，风也，教也；风以动之，教以化之。"《大序》："上以风化下，下以风刺上，主文而谲谏，言之者无罪，闻之者足以戒，故曰风。"① 用风作比拟，取其

---

① ［南宋］朱熹辨说：《诗序》卷上，影印文渊阁《四库全书》经部第69册，第4~5页。

普遍而巨大的感动力量与滋养万物的特点。"风"有流动之义，延伸至诗学，则指诗文所蕴含着的如空气流动般、潜移默化感染人、教化人的力量。这种观念为《文心雕龙》所继承，如《风骨》开篇："《诗》总六义，《风》冠其首，斯乃化感之本源，志气之符契也。""志"指人的主观情怀，"气"侧重人的气质和个性，二者都属于作家主观精神面貌的范畴。言为心声，书为心画，作品的客观面目取决于作家的主观面目。从这个角度说，"风"可视为作家志气的表现了。虽然用诗学话语释"风"，但精神实质与观人学仍然相通。

南朝时始用于书学，如袁昂《古今书评》评"王右军书，如王谢家子弟，纵复不端正，爽爽有一种风气"①，观人批评色彩明显。文论家用以论文学，如《文心雕龙·风骨》："情之含风，犹形之包气。……意气骏爽，则文风清焉。"是将风、气二字分开论述。胡应麟《诗薮》："当尽取汉人一代之诗，玩习凝会，风气性情，纤悉具领。"② 风气与性情并列，含义与前者相同。"风"即言气，气可称"风"，二而一也。

风骨的"风"概念直接来源是观人学。与"风"组合的观人学术语，有风流、风致、风神、风姿、风仪、风度等，也都是观人学术语，悉被植入诗学。以"风流"为例。作为一种自然现象，风的流动无拘无束、从心所欲、随缘任运式的运动，即"风流"，用在人生上，代表一种率性任情、天人合一的生活理想，《论语·先进》所谓"浴乎沂，风乎舞雩"，引入观人学，至魏晋时形成"名士风流"概念，即对名士风度仪表、言行举止、精神特质的概括。《世说新语》可以说是一部"中国的宝鉴风流"③，展示出来的魏晋风流首先要求形体美，风姿特秀、举止脱俗、从容镇定，喜怒不形于色，给人一种感官上的愉悦；其次要求精神美，它的核心是纵情适性，"越名教而任自然"④，逞性纵欲、精神自由，既充分享受人生，又追求高远玄虚，与自然合一的人生境界。第三要求才情美。作为观人学术语，风流主要是对名士、英雄人物的风度、风操、风韵的赞美。魏晋而后，运用到诗学之中，到了唐代，杜甫《丹青引》祖述"文彩风流"⑤，皎然《诗式》标举"不顾词采而风流

---

① ［清］严可均：《全梁文》下，第515页。
② ［明］胡应麟：《诗薮》内编二《古体中》，第25页。
③ 冯友兰：《三松堂学术论集·论风流》，北京：北京大学出版社1984年版，第612页。
④ ［三国魏］嵇康：《嵇中散集》卷六《释私论》，影印文渊阁《四库全书》集部第1063册，第366页。
⑤ ［清］彭定求等：《御定全唐诗》卷二百二十，影印文渊阁《四库全书》集部第1425册，第58页。

自然"①，司空图《诗品·含蓄》揭橥"不着一字，尽得风流"，从而完成了这一诗学范畴的理论构建。

二 "骨"范畴

"骨"，《说文》释曰"肉之核也"，又说"核，实也。肉中骨曰核"，核即中心，"骨"为人体的中心支架，像骨架相互支撑之形。从自然形态而论，"肾生骨髓"②，"骨"标举着人体生命的强度，孳乳着生命之源。"骨"的美学观念源于《老子》："是以圣人之治，虚其心，实其腹，弱其志，强其骨。"（上篇三章）"骨弱筋柔而握固。"（下篇五十五章）老子从人的自然生命的角度指出了"骨"与生命力"强弱"的关系，对后世影响很大。观人学以中医学为基础，关于"骨"的观念与原理更加丰富，除了"骨"的生理含义外，更赋予了社会含义。

作为观人学之一极，相术尤重骨相。由于"骨"可观人生命力的强弱，因此汉代相术从形体骨骼入手来探究人的寿夭、祸福、贵贱、穷通，故有"骨相""骨法"一目。"骨"又叫"表候"，即人的体态形貌上表现出来的特征。骨相学成了专门学问。战国末宋玉《神女赋》"骨法多奇，应君之相"③，汉初蒯通自称"受相人之术……贵贱在于骨法"（《史记·淮阴侯列传》），"骨法"根据人的骨骼的高低大小的法则，进而把握人的生理结构与性情命运，形成了以骨观相的性命模式。《潜夫论·相列》也指出相术以"骨法为主，气色为候"④，骨法可以显示性命贵贱，人的头面手足、身形骨节皆应相称，这种思想来源于中医："诊病之道，观人勇怯、骨肉、皮肤，能知其情，以为诊法也。"⑤"若形充而颧不起者骨小，骨小而夭矣。"⑥中医与相学都认为"骨"的大小、坚弱关系到人的身体强弱与年寿。若骨端直以立身，骨坚则体壮，筋骨隆盛、肌肉满壮是为形体骨节相称，多富贵长寿。壮士骨骼坚固，肌肉结实，关节坚大，筋骨坚强有力，反之就夭寿。王充专门研讨了这一问题：

人曰命难知，命甚易知。知之何用？用之骨体。人命禀于天，

---

① ［唐］释皎然撰，李壮鹰校注：《诗式校注》卷一，第118页。
② ［唐］王冰：《黄帝内经素问》卷二《阴阳应象大论》，第27页。
③ ［清］严可均：《全上古三代文全秦文》，北京：商务印书馆1999年版，第135页。
④ ［东汉］王符撰，［清］汪继培笺：《潜夫论笺》卷六，第314页。
⑤ ［唐］王冰：《黄帝内经素问》卷七《经脉别论篇》，第79页。
⑥ ［唐］王冰：《灵枢经》卷二《寿夭刚柔》，影印文渊阁《四库全书》子部第733册，第333页。

则有表候于体。察表候以知命，犹察斗斛以知容矣。表候者，骨法之谓也。……是故知命之人……案骨节之法，察皮肤之理，以审人之性命，无不应者。①

王充认为人的命运是可以预知的，因为人命禀受于天，自然在人的身体上就有相应的征候表现，"非徒富贵贫贱有骨体也，而操行清浊亦有法理。贵贱贫富，命也；操行清浊，性也。非徒命有骨法，性亦有骨法。惟知命有明相，莫知性有骨法：此见命之表证，不见性之符验也。"② 就是说，命运的富贵贫贱、德性的操行清浊，都可以从"骨法"上获得不同的应验。这突破了原始相学惟重外形的局限，从外形切入，直指内性，由重富贵命运向重神理才性的观人学转换，撇开其中的神秘因素，这无疑扩充了"骨"概念的内涵，拓展了古代观人术的堂庑。

汉末魏晋南北朝，观人审美，蔚成风尚。虽然还存在着观人骨相以测命运，如王浑妻钟氏择婿，相兵家子道："观其形骨，必不寿，不可与婚。"（《世说新语·贤媛》）传统相术通过生理骨骼、形体来判断人的命运，但汉末的乡间清议的观人风气，沿着王充的路子以同样的方法来理性判断、品评人物，在一定程度上弱化了骨相的宿命色彩，强化了骨相之于人物节操的道德效应，突出了骨相在观人学才性批评中的地位与作用。如蔡邕《荆州刺史度尚碑》"朗鉴出于自然，英风发乎天骨"③，刘邵《九征》认为"骨植而柔者，谓之弘毅。弘毅也者，仁之质也"④，"是故骨直气清，则休名生焉"⑤，从一个人的骨骼肌理等外在形貌中，判断他的品质才性。至魏晋时，"骨"更多地超越了命运，不但削弱了宿命色彩，而且弱化了道德色彩，上升到观人审美的层面上。《世说新语》中"骨"字凡10处，其中6处为观人术语，如"阮思旷骨气不及右军"，"韩康伯虽无骨干，然亦肤立"（《品藻》），陈玄伯"垒块有正骨"，"祖士少风领毛骨"（《赏誉》），"羲之风骨清举也"⑥。对人体来说，"骨"是内在的结构，只能凭借外在肌肉表现出来，因此骨骼决定人的身材体貌。骨的强弱软硬之分，传递着人不同的生命信息。气宇轩昂、刚健挺

---

① ［东汉］王充撰，黄晖校释：《论衡校释》卷第三《骨相篇》，第108，116页。
② 同上书，第120页。
③ ［清］严可均：《全后汉文》卷七十九，北京：商务印书馆1999年版，第787页。
④ ［三国魏］刘邵撰，［五凉］刘昞注：《人物志》卷上，第762页。
⑤ ［三国魏］刘邵撰，［五凉］刘昞注：《人物志》卷中《八观》，第777页。
⑥ ［南朝宋］刘义庆撰，刘孝标注：《世说新语·赏誉第八》刘注引《晋安帝纪》，影印文渊阁《四库全书》子部第1035册，第125页。

拔、正直不阿的人往往以"骨鲠"来形容，说明"骨"由具体生理性转向了抽象精神性，从人物的道德、实用才能转向对人的生命活力、人格魅力、风韵神采的审美观赏。

　　骨相的生命力度表征促使观人批评逐渐移植到文艺批评，这种移植首先是从晋代书学领域发生的。杨泉《草书赋》以"骨梗强壮"来形容书法笔画强壮之美，卫夫人《笔阵图》更说"善笔力者多骨，不善笔力者多肉。多骨微肉者谓之筋书，多肉微骨者谓之墨猪。多力丰筋者圣，无力无筋者病"①，给诗学良多启发。葛洪《抱朴子外篇·辞义》则首次把"骨"的概念引入文学批评："属笔之家，亦各有病：其深者则患乎譬烦言冗，申诫广喻，欲弃而惜，不觉成烦也；其浅者则患乎妍而无据，证援不给，皮肤鲜泽而骨鲠迥弱也。"② 他将皮肤与骨鲠对举，强调文质相牟，肉骨匀停，辞采事义相配。既然事义构成骨架，辞彩构成肌肤，而情志作为生气灌注其中，整个文章从形式到内容，都构成形神关系为主体的人体生命体，文学批评成为观人学的翻版。

　　"骨"的内、外之义，从观人学到文学批评的转换过程中，内涵也变得丰厚起来。刘勰《文心雕龙》中的"骨"凡34见，就有内、外之义。首先，从外形层面来说，它从"骨架"本义中，转换成诗文的鲜活的生命架构，如《辩骚》："观其骨鲠所树，肌肤所附，虽取熔经意，亦自铸伟辞。"《风骨》释曰："辞之待骨，如体之树骸。"文辞之需要"骨"，犹如身体之需要骨骸：无骨骸，则肌肉无所附，形体无所立，文辞无依傍，文章本身也"立"不起来。从这个意义上说，骨转换为诗文的文辞、结构等含义。其次，"骨"虽指文辞却不限于文辞，只有从"铺辞""结言""析辞"上才可见出，如《风骨》篇曰"沉吟铺辞，莫先于骨"，"结言端直，则文骨成焉"，"练于骨者，析辞必精"。正如刘纲纪所评："由于刘勰认为'结言端直'与作家的人品、人格密切相关，因此他就赋予了文章的'骨'以一种和作家人品、人格相关的伦理道德上的意义。"③ 第三，骨用于比喻人的内在气质和品格，又指文学作品雄健的笔力。这与观人批评也分不开。从人格批评意义上说，它代表了创作主体强健的生命力与刚健中正的人格，称"气骨"或"骨气"。从观人学看，《新唐书·李栖筠李廊传赞》："刚者天德，故孔子称'刚近

---

① ［清］严可均：《全晋文》下，第1562页。
② ［东晋］葛洪撰，杨明照校笺：《抱朴子内外篇校笺》外篇卷四十《辞义》，第399页。
③ 李泽厚、刘纲纪：《中国美学史》第二卷，北京：中国社会科学出版社1987年版，第730页。

仁'。骨彊四支，故君有忠臣，谓之骨鲠。"① 骨代表着忠于君王、国家的大臣，称为"骨鲠之臣"，寓有赞美人格高尚正直的含义。从诗学来看，钟嵘《诗品》评曹植"骨气奇高"，刘桢"真骨凌霜"，鲍照"骨节强于谢混"，推举曹植、鲍照诗作的慷慨之声，特别标示曹植诗作的挺拔之气，均不同层面地展示了"骨"范畴的人格崇高色彩。后来诗学崇杜，如刘熙载《诗概》说："杜诗只'有无'二字足以评之。有者，但见性情气骨也；无者，不见语言文字也。"又说："太白长于风，少陵长于骨，昌黎长于质，东坡长于趣。"② 而杜诗的"骨"主要来自他的性情气骨，来自他"致君尧舜上"的忠君爱国、悲天悯人的情怀，以及强健的生命力与刚健中正的人格。相反，如"韩偓《香奁集》丽而无骨"③，"陈诗无骨，常似飘飑无依，陈诗最轻"④，"（秦少游诗）明丽无骨，时近于词"⑤，都缺乏杜甫这种人格的力量，所以呈现出骨轻或骨无的状况。就这样，"骨"范畴逐渐剥离了宿命论色彩与神秘色彩后，焕化为灵动跳脱的生命精神和刚健向上的审美人格，完成了从观人学到诗学批评的概念转换。

观人学重"骨"，强调骨要正、直、刚、强，骨肉相称等，并影响了以骨为核心的范畴群，如风骨、神骨、骨气、骨力、筋骨、正骨、骨干、骨立、骨肉、骨鲠等。这些范畴群的内涵通过从观人学的转换，在书、画、诗、文等更广阔领域中获得更多的丰富与拓展。举几例如下：

（一）神骨

"神骨"范畴，从观人学运用到文艺学，最早是从书画美学切入的。东晋顾恺之《画论》多次提到"骨"。"骨"作为外在形象，"神"则为精神内核，两者的结合成为品画的一个审美标准。受到画学"神骨"思想的影响，诗学也重"神骨"。袁中道《中郎先生全集序》评明七子摹拟唐诗，曰"徒取形似，无关神骨"⑥，"神骨"是与形似对立的一个概念。诗学、词学领域更进一步推出了"骨重神寒"命题：

---

① ［北宋］欧阳修、宋祁：《新唐书》列传第七十一，北京：中华书局1999年版，第3721页。
② ［清］刘熙载：《艺概》卷二，第59，67页。
③ ［宋］许顗《彦周诗话》引高秀实评语，丁福保：《历代诗话》上，第389页。
④ ［明］陆时雍：《古诗镜》卷二十五，影印文渊阁《四库全书》集部第1411册，第209页。
⑤ ［清］朱庭珍《筱园诗话》卷一，郭绍虞：《清诗话续编》四，第2329页。
⑥ ［明］袁中道：《珂雪斋集》卷三，上海：上海古籍出版社1989年版，第522页。

则又镇之以理，主之以意，行之以才，达之以笔，辅之以理趣，范之以法度，使畅流于神骨之间，潜贯于筋节之内，随诗之抑扬断续，曲折纵横，奔放充满于中，而首尾蓬勃如一。……然外虽浩然茫然，如天风海涛，有摇五岳、腾万里之势，内实渊渟岳峙，骨重神寒，有沉静致远之志。①

（苏轼《八声甘州》）妙在无一字豪宕，无一语险怪，又出以闲逸感喟之情，所谓"骨重神寒，不食人间烟火气"者，词境至此观止矣。②

诗人的孤傲坚洁人格，诗歌遗世独立的艺术风格，"不食人间烟火"的荒寒境界，超凡脱俗的美学风格及其情感表现，构成了"骨重神寒"说的基本含义。"骨重神寒"本是李贺诗句，王士禛谓："李长吉诗云'骨重神寒天庙器'，'骨重神寒'四字，可喻诗品。司空表圣《与王驾评诗》云：'王右丞、韦苏州趣味澄夐，如清沇之贯达；元、白力勍而气孱，乃都市豪估耳。'元、白正坐少此四字，故其品不贵。"③ 元轻白俗，气弱骨轻，自然不符合骨重神寒的审美要求，可见神骨理论在诗学中的地位。

（二）气骨或骨气

二字连用，诗气和诗人精神的组合陶铸成诗歌鲜活灵动的生命特征，展示诗歌的生命灌注、精力充沛。六朝享乐之风助长了萎靡诗风的泛滥，引发了初唐诗歌革新运动，陈子昂《与东方左史虬修竹篇序》就斥之为"彩丽竞繁，而兴寄都绝"，力主恢复"骨气端翔，音情顿挫"的建安风骨；李白斥之为"自从建安来，绮丽不足珍"，力主恢复"蓬莱文章建安骨"④。革新获得成功，才有盛唐诗歌的气骨见长，殷璠《河岳英灵集》就直接以气骨评价盛唐，如评刘眘虚"唯气骨不逮诸公"，高适"诗多胸臆语，兼有气骨"。安史之乱导致国力渐弱，文人人品变化，轻节操而重文艺，气骨也因之或轻或无，"朱子谓（王）维诗虽清雅，亦

---

① ［清］朱庭珍《筱园诗话》卷一，郭绍虞：《清诗话续编》四，第 2332 页。
② ［清］郑文焯《大鹤山人词话》，张璋等：《历代词话续编》上，郑州：大象出版社 2005 年版，第 28 页。
③ ［清］王士禛：《香祖笔记》卷八，影印文渊阁《四库全书》子部第 870 册，第 479 页。
④ ［清］彭定求等：《御定全唐诗》卷一百六十一李白《古风》其一、一百六十七李白《宣州谢朓楼饯别校书叔云》，第 472、576 页。

萎弱少气骨"①,又有"中晚如强弩之末,气骨日卑矣"② 之评。可见气骨或骨气,成为观人诗歌批评的重要价值趋向。

(三) 骨力

据《说文》:"力,筋也,象人筋之形。"段注:"筋者其体,力者其用也,非有二物。"③ 物理学上的力与筋肉的外张与内敛活动相关,故云。"力"是观人术语,指人体结构的生理能力和治事能力。刘邵《人物志·英雄》就将"力"与聪、明、胆结合,成为"英雄"的重要构件。用之于书学、画学与诗学,则有"风力、骨力"概念,如谢赫《古画品》评顾骏之画说"神韵气力,不逮前贤",王僧虔《论书》评郗超说"草书亚于二王,紧媚过其父,骨力不及也",钟嵘《诗品·总论》认为"干之以风力,润之以丹采"是好诗的标准,风力就是诗歌内在精神的感染力量,这些都是从"力"的特点上来把握"风"和"骨"的。刘勰《文心雕龙·风骨》说:"捶字坚而难移,结响凝而不滞,此风骨之力也。""文明以健,珪璋乃骋,蔚彼风力,严此骨鲠。""若丰藻克赡,风骨不飞,则振采失鲜,负声无力。"④ 可见"力"与"风骨"紧密联系,都是从作品表现力、感染力量着眼的。这些都对诗学关于"力"的概念影响很大,与此相关的一些重要概念如心力、风力、骨力、气力等均依此建立。中国诗歌不仅是情感的艺术,也是力量的艺术:情感的升华形成"风",表现为"风力";力量的凝聚筑成"骨",表现为"骨力"。

(四) 筋骨

筋,广义上指除人体骨关节之外的一切软组织,狭义上则专指肌腱和韧带。筋具有连属关节、联络形体、主司运动等功能,因此与"骨"的关系密切。古人很早就认为人体的生命力量主要靠"筋"和"骨"来体现,随着对宇宙生成论的探究和观人学的深入,人们对筋、骨的探讨更趋细密。《老子》五十五章云:"含德之厚,比于赤子。蜂虿虺蛇不螫,猛兽不据,攫鸟不搏,骨弱筋柔而握固,未知牝牡之合而全作,精之至也。"⑤ 反映了春秋时代人们已经认识到筋骨对生命力的重要作用。

---

① [元] 刘因:《静修先生文集》卷二《辋川图记》,北京:中华书局1985年版,第41页。
② [清] 李沂《秋星阁诗话》,丁福保:《清诗话》下,第913页。
③ [东汉] 许慎撰,[清] 段玉裁注:《说文解字注》力部,第699页下。
④ [南朝梁] 刘勰撰,[清] 黄叔琳辑注:《文心雕龙辑注》,第144~145页。
⑤ [三国魏] 王弼注:《老子道德经》五十五章,影印文渊阁《四库全书》子部第1055册,第171页。

汤用彤《言意之辨》说："汉代相人以筋骨。"① 汉人对筋骨进行了相学上的探索。刘劭《人物志·九征篇》进一步讨论了人的筋骨形体与智慧、精神的关系，"筋劲而精者，谓之勇敢。勇敢也者，义之决也"，"勇怯之势在于筋，强弱之植在于骨"②，巧妙地把"筋骨"同人的品质性格、精神风貌联系在一起，而且重点放在观人的才能之上，突出骨植筋劲的理想人生状态。观人学"筋"的观念很早进入书学，如传为卫夫人的《笔阵图》、王僧虔的《笔意赞》集中表达了书法"骨""筋""肉"的含义；受其影响，诗学引"筋"观诗，有时用作"骨"义，合成"筋骨"而偏义"骨"，如王灼评"谢无逸字字求工，不敢辄下一语，如刻削通草人，都无筋骨，要是力不足"③，但纯筋骨诗则称"筋诗"，走向极端，如"江西诗派江西人，大都少肉多骨筋"④，虽然思理精深，如秋鹰细筋入骨，分外显出力量，但毕竟形象欠丰，正是宋诗特点。其弊在直露，所谓"讽刺不可怒张，怒张则筋骨露矣"⑤。具体说就是没有比兴，没有兴象，而将思想和盘托出，谓之"浮筋"，正如宋育仁《三唐诗品》卷二所批评的："浮筋害体，无蕴藉之容。"⑥ 正切中宋诗之病。"筋"与"脉"合成"筋脉"一词，筋脉本是连属关节、形体的组织，在诗歌中也起到连属诗体诗骨、绾结章法、镶嵌字法句法（实字或虚字）、攸关转韵等的作用，如张谦宜《絸斋诗谈》卷三说："积健为雄。健有两路：实字嵌得稳，则腠理健；虚字下得稳，则筋脉健。腠理健，则无邪气盗入之病；筋脉健，则无支离漫散之病。二者交会之际，骨力所从生也。"⑦ 可见诗歌的骨力，既来自腠理健和筋脉健，诗歌风骨上就获得了旺盛雄健的生命力量；而筋脉所绾接的，其实除了"虚字"外，也包括句法上的要求，如"（七古）句过长则驱迈不疾，句过排则筋脉不遒"⑧。还包括章法上的要求，所谓"长篇贵有操纵，忌章法散漫，而筋骨或懈。有一二字之向背，通篇脉络攸关"⑨，包括转韵，如赵翼《吴

---

① 汤用彤：《魏晋玄学论稿》，上海：上海古籍出版社 2005 年版，第 31 页。
② ［三国魏］刘劭撰，［五凉］刘昞注：《人物志》卷上，第 762 - 763 页。
③ ［南宋］王灼：《碧鸡漫志》卷第二，北京：中华书局 1991 年版，第 10 页。
④ ［清］赵翼：《赵翼全集·瓯北集》卷三十四《庐山纪游》，南京：凤凰出版社 2009 年版，第 636 页。
⑤ ［南宋］胡仔：《苕溪渔隐丛话》后集卷三四，北京：人民文学出版社 1962 年版，第 259 页。
⑥ 陈伯海：《唐诗汇评》下，第 2579 页。
⑦ 郭绍虞：《清诗话续编》二，第 812 页。
⑧ ［清］林昌彝：《射鹰楼诗话》卷十四，上海：上海古籍出版社 1988 年版，第 319 页。
⑨ ［清］乔亿《剑溪说诗》卷下，郭绍虞：《清诗话续编》三，第 1092 页。

梅村诗》所说:"古诗擅长处,尤妙在转韵。一转韵,则通首筋脉,倍觉灵活。"① 这些用法之本义,更多地来自观人学。"筋能附骨","细筋入骨",筋健对于"骨""力"来说起关键作用。可见"筋骨"概念在诗学中的提出,究其根本在于如何通过诗歌章法、言辞、形象、节奏完美地发挥、展现出人的生命力量。诗歌之美便在于使诗歌的章法、形象、言辞贯穿、洋溢个体的内在生命力,它的美学意义在于把艺术的美同生命的力联系了起来。

(五)骨肉

刘勰《文心雕龙·铨赋》说:"繁华损枝,膏腴害骨。"《议对》说:"腴辞弗翦,颇累文骨。"只在言语上藻饰刻画,表现为肉肥害骨。如晋卫夫人《笔阵图》论书说:"善笔力者多骨,不善笔力者多肉。多骨微肉者,谓之筋书;多肉微骨者,谓之墨猪。"② 书学所谓"肉鸭""墨猪"之讥,正与文学"瘠义肥辞""膏腴害骨"病同。总之,不论诗文书画,"骨"或"骨力"指艺术功力,通过艺术形式表现出来的动人力量。而肉多则骨少,无论从观人学还是诗学来看,都是病症,何也?从观人学上看,韩康伯痴肥,"将肘无风骨"(《世说新语·轻诋》),所以被讥为"肉鸭"(《轻诋》刘注引《说林》范启语),毫无美感可言;从文论诗学来看,肥辞害骨,肉多骨少的往往被视为"无骨之征"(《文心雕龙·风骨》)。《世说新语》对《文心雕龙》的影响,也是观人学对文学批评的影响,十分明显。清人进而提出:"诗有干无华,是枯木也;有肉无骨,是夏虫也。"③ 必欲骨肉停匀,才是好诗。所以黄生《诗麈》卷二说:"古诗不可使肉胜骨,肉多而无骨,则古诗亡:齐、梁是也。律诗不可使骨胜肉,骨立而无肉,则律诗亡:宋是也。唐之古诗,反齐、梁而干以风骨,故古诗复存;明之律诗,鉴宋而加以色泽,故律诗复振。"④ 至于明诗是否振兴了诗歌,姑且不论,但他以诗歌史为例,印证了诗歌作品骨与肉的辩证关系,是比较全面的。

(六)骨格

"格"及其复合词如骨格、体格、气格、风格、格力、格调等,最初皆与观人学有关。"骨格"之于诗学,既指诗歌作品的骨架和格式,

---

① [清]赵翼:《瓯北诗话》卷九,第131页。
② [清]严可均:《全晋文》下,第1562页。
③ [清]袁枚:《随园诗话》卷七,北京:人民文学出版社1982年版,第222页。
④ [清]黄生撰,诸伟奇主编:《黄生全集》四,合肥:安徽大学出版社2009年版,第339页。

又指代诗人的品质和风格。唐人始用格来品诗，皎然《诗式》谓诗有五格七德，奠定了诗格的基本模式，严羽《沧浪诗话》厘定诗品为九：高、古、深、远、长、雄浑、飘逸、悲壮和凄婉①。吴沆《环溪诗话》论诗四要素：肌肤、血脉、骨格、精神，缺一不可②。骨格是指诗歌的用韵、对仗、用事等等语言形式方面的内容，而精神乃诗美之内涵。而诗学史上，元人方回首先明确提出"以格为骨"命题，他评杜甫《暮归》"自是一种骨格风调，又自是一种悲壮哀惨"③，《月夜》"与乃祖（审言）诗骨格声音相似"④，陈与义《题东家壁》"骨格开张"⑤，曾几《乞笔》"间架整，骨格峭"⑥，指的是一种由气格高古、瘦硬通神的艺术处理所造成的骨干坚挺、真力丰沛的诗歌风貌。

（七）骨鲠

本义是"鱼骨、鱼刺"，如《礼记·内则》"鱼去乙"，陈澔注曰："鱼体中有骨，如篆'乙'之形，去之，为鲠人也。"⑦ 观人学上最早使用"骨鲠"的，出于《史记·陈丞相世家》，陈平曰："彼项王骨鲠之臣亚父、钟离昧、龙且、周殷之属，不过数人耳。"后来《三国志·魏书十四·蒋济传》也有记载："诏曰：夫骨鲠之臣，人主之所仗也。"此皆是从骨坚刚端直的本义演绎而来。段玉裁《说文解字注》骨部释骾曰："韦曰：'骨所以骾，刺人也。'忠言逆耳，如食骨在喉，故云骨骾之臣。《汉书》已下皆作'骨鲠'。"⑧ "骨鲠"之蕴涵指向两个方面：一指臣下之性格正直、刚强，如骨在喉，不吐不快；一指圣上听逆耳之言如骨在喉，令人不快。"骨鲠"多见于汉代观人学，汉代相人术重骨（《论衡·骨相》），观人学与政治皆重"骨鲠"。东晋葛洪《抱朴子·辞义》"抱朴子曰：属笔之家，亦各有病。……其浅者，则患乎妍而无据，证援不给，皮肤鲜泽而骨髓迥弱也"，最早将"骨髓"引入文学批评。这里骨髓和

---

① ［南宋］严羽撰，郭绍虞校释：《沧浪诗话校释·诗辨》，第7页。
② ［南宋］吴沆：《环溪诗话》卷中，北京：中华书局1988年版，第130页。
③ ［元］方回选评，李庆甲集评校点：《瀛奎律髓汇评》卷十五《暮夜类》，上海：上海古籍出版社1986年版，第558页。
④ ［元］方回选评，李庆甲集评校点：《瀛奎律髓汇评》卷二十二《月类》，第907页。
⑤ ［元］方回选评，李庆甲集评校点：《瀛奎律髓汇评》卷二十三《闲适类》，第1003页。
⑥ ［元］方回选评，李庆甲集评校点：《瀛奎律髓汇评》卷二十七《着题类》，第1170页。
⑦ ［元］陈澔：《礼记集说》卷五《内则》，天津：天津市古籍书店1988年版，第158页。
⑧ ［东汉］许慎撰，［清］段玉裁注：《说文解字注》骨部，第166页上。

皮肤相对应，和观人相人、中医诊断之法如出一辙，但概念有所转换，在文论领域，"皮肤"指作品外在的文辞、形式，"骨鲠"指作品整体的骨法、骨力等，透露出作品的生命力，以及整体呈现出的文章风格。《文心雕龙》使用"骨鲠"5处，分别见于《辩骚》《诔碑》《檄移》《奏启》《风骨》五篇，包含骨之结严端直、峻壮有力，语言精练充实，辞采驰骋，熔铸经典而又新变等内容，确立了"骨鲠"文学批评审美标准的重要地位①，对观人诗学影响深远。

宗白华《中国书法里的美学思想》说："常识告诉我们：一个有生命的躯体是由骨、肉、筋、血构成。'骨'是生物体最基本的间架，由于骨，一个生物体才能站立起来和行动。附在骨上的筋是一切动作的主持者，筋是我们运动感的源泉。敷在骨筋外面的肉，包裹着它们而使一个生命体有了形象。流贯在筋肉中的血液营养着、滋润着全部形体。有了骨、筋、肉、血，一个生命体就诞生了。中国古代书家要想使'字'也表现生命，成为反映生命的艺术，就须用他所具有的方法和工具在字里表现出一个有生命的骨、筋、肉、血的感觉来。"② 书法里的美学思想来自观人之学，这段话也有助于我们对诗学体系建构的理解。气、筋、力、肉、格等概念的阑入，进一步升华了对"骨"概念的认识。这对观人学、诗学来说，意义都非常重要。

三 "风骨"范畴的观人学启发

（一）观人学与文论上的"风骨"范畴

"风骨"连用，出现在观人学中，始于晋宋，如"羲之风骨清举也"（《世说新语·赏誉》注引《晋安帝纪》），"祖士少风领毛骨"（《世说新语·赏誉》），《轻诋》"韩康伯将肘无风骨"③，"（刘裕）风骨奇特"（《宋书·武帝本纪上》），"（刘裕）风骨奇伟"（《南史·宋本纪上》），赫连勃勃"器识高爽，风骨魁奇"（《晋书·赫连勃勃传》），孔凯"少骨鲠有风力"（《南史·孔琳之列传》），这些都有助我们对观人学"风骨"概念的理解。"风骨"者，兼所谓风神与骨相、品格与气骨。大抵骨相指人的外在形貌，偏重于骨骼端正挺拔，引申为对"骨力刚健"的生命强盛的一种表述，

---

① 党圣元、桓晓虹：《〈文心雕龙〉"骨鲠"释义——兼议"博徒"褒贬》，《社会科学战线》2014年第9期，第141~151页。
② 宗白华：《美学散步》，上海：上海人民出版社1981年版，第136页。
③ 韩康伯，据《说林》引范启语云"韩康伯似肉鸭"，讥笑韩一身胖肉似若无骨，《世说新语·品藻》又引蔡叔子之评："韩康伯虽无骨干，然亦肤立。"转换到诗评，意为虽无骨体，尚有风采。

兼有品高尚正直的褒义;"风"指人的精神气质风度的外在显现,偏重于精神清俊超远,包含了生命形态之气质、神韵方面的感染力。风度的清峻爽朗,骨相的坚实挺拔是相互依存的。"风骨"连用,反映了前哲对内在外在统一的健全人格美的追求,以及对生命个体价值的认同。晋宋观人学重骨相、骨法、才性与神理,将"风骨"从对一个人的贵贱命运的预测,升华为对一个人才性修养、风度仪表的审美评定,转化为直觉观照的审美鉴赏和诗意诠释。

廖仲安、刘国盈《释风骨》道:"当以风骨论人的时候,风指神;骨指形。以风骨论人物画的时候,风指神似;骨指形似。以风骨论文的时候,风指文章的情志,它在文中的地位,好比人的神明;骨指文章的事义,它在文中的地位,好比人的骸骨。从论人、论画到论文,风和骨的观念都有它一脉相贯的继承性,这就是风近于形而上的道,骨近于形而下的器。"① "风骨"一词从观人学开始,到文艺学的运用,虽然各家解释不一,但都充分表现了概念或范畴的转换,即"脱化生新"。

(二) 观人学"风骨"说对诗学批评的影响

"风骨"产生于观人学,随着魏晋南北朝各类文艺空前发展,又从观人学走入文艺学领域:由于魏晋时绘画的主要对象是人物,所以观人学"风骨"概念较早地走向书法理论、人物画论中,观人的话语自然转为论书论画的话语,书学如杨泉《草书赋》、卫夫人《笔阵图》、王羲之《笔势论》与《用笔赋》,画学如谢赫《古画品》中提出评画的标准:"一气韵生动是也,二骨法用笔是也。"前者重在风神,与神似相近,后者重笔力。他评曹不兴画说"观其风骨,名岂虚成"②,指画中龙的生动而有力的形象。进入文论,当始于冀州刺史祖莹说:"文章须自出机杼,成一家风骨。"③ 这里的"风骨"近似现代"风格"概念。刘勰《文心雕龙·风骨》篇,标志着"风骨"概念的正式形成。他开宗明义就说:"辞之待骨,如体之树骸;情之含风,犹形之包气。""体"与"形"对举成文,亦互文见义,明确地说明了"风骨"的喻体就是人体(骨骸)和生命(风气),也清楚地说明了这个文论概念与观人学的关系。进入诗学批评,则有钟嵘《诗品》,如评刘桢"真骨凌霜,高风跨俗",评曹植"骨气奇高,词彩华茂",皆"风""骨"对举。这里,风和骨原是两

---

① 廖仲安:《反刍集》,北京:北京师范学院出版社1986年版,第82页。
② [南朝齐]谢赫:《古画品》,影印文渊阁《四库全书》子部第812册,第3~4页。
③ [唐]李延寿:《北史》卷四十七《列传第三十五·祖莹》,北京:中华书局1974年版,第1736页。

个概念，唐以后诗学多用"风骨"合词，如陈子昂《与东方左史虬修竹篇并序》曰"汉魏风骨，晋、宋莫传"①，殷璠《河岳英灵集》曰"开元十五年后，声律风骨始备矣"②，"（崔颢）晚节忽变常体，风骨凛然。一窥塞垣，说尽戎旅"③。严羽《沧浪诗话·诗评》曰"建安风骨"，"盛唐风骨"④，沈德潜说："庾子山才华富有，悲感之篇，常见风骨。"⑤可见"风骨"与一定的声律、题材、主题、感情相联系。

"风骨"转换成文论、诗学话语后，意义与观人学的本义、书画学的演绎既有联系，亦有区别。在观人批评中，风是一个人表现于外部的风貌，从人的顾盼颦笑、举手投足中显示出来的风采，是精神气质的外现，骨是一个人存在于内的品格、气质；风表现于外部，是人的生气、生命力的外现，骨在形体之内，由肌肤包裹，是人的形和貌的决定因素，是人的生气、生命力的本源。风外骨内，骨是决定的因素。在刘勰的理论中，风关乎意气情志，骨关乎言语文辞，风成了决定的因素，二者的位置是风内骨外。

同其他范畴一样，"风骨"从观人学转换到诗学，获得了生命本体、人格批评、风格批评上的意义：

1. 诗歌生命本体意义上的"风骨"范畴。"风骨"从诞生到成形，沉积着丰厚的生命意识。刘勰文论中的"风骨"正如观人学一样，皆崇尚"明健"的生命之美，蔡钟翔说："刘勰《风骨篇》最后引用《周易》上的'文明以健'，以'明'与'健'两个字集中概括了'风骨'的特征。'明'和'健'体现了一个共同的要求，就是'力'。文意鲜明，文辞刚健，文章才能有力。所以'风骨'论确实突出了'力'的要素。"⑥而这力量来自作品整个的生命体。前人认为"诗有肌肤，有血脉，有骨格，有精神"⑦，这种生命的形式与作品的生命内容是有机结合、血肉一体、生气灌注、不可分割的整体，正如人之肌肤、血脉、骨骼同人之精神无法分离一样。清人李重华《贞一斋诗说》说："诗以风

---

① ［清］彭定求等：《御定全唐诗》卷八十二，第720页。
② ［唐］殷璠：《河岳英灵集》原序，影印文渊阁《四库全书》集部第1332册，第21页。
③ ［唐］殷璠：《河岳英灵集》卷中《崔颢》，第42页。
④ ［南宋］严羽撰，郭绍虞校释：《沧浪诗话校释·诗评》，第155页，161页。
⑤ ［清］沈德潜选：《古诗源·例言》，北京：中华书局1963年版，第3页。
⑥ 蔡钟翔：《中国文学理论史》一，北京：北京出版社1987年版，第282~283页。
⑦ ［南宋］吴沆：《环溪诗话》卷中，北京：中华书局1988年版，第130页。

骨为要,何以不论?曰:风含于神,骨备于气,知神气即风骨在其中。"① 尽管学术界对风骨的理解各不相同,但从生命意义上来说,风骨其实就是精、气、神。正如王正所说:"'风骨'作为《文心雕龙》里上承文体下启笔法的核心概念,在范畴内涵上强调精、气、神的三位一体,风由气始,气由精生,而骨又是藏精之府,所以'风骨'是生命力的集中体现,是'精神'的本义指归,而文学与现实之间的若即若离关系又赋予'风骨'幽愤与超逸、写实与虚灵的共生内涵,构成刚柔和谐的审美理想。"② 这是有一定道理的。如果说"气"是内在的物质基础,"神"是表现于外的精神特征,那么"传神"是获得"风"的主要途径,因此"风"是在"气"的基础上产生的,"气"是风之本,精神是"骨"之本。风骨,从观人学领悟人的生命精神到诗学领悟诗歌的生命精神。毛先舒《诗辩坻》卷一《总论》明确指出"诗主风骨,不专文彩,第设色,欲稍增新变耳"③,黄生《诗麈》卷二也说:"主之以骨格,运之以风神,调之以音节,和之以气味,四者备而诗道无馀蕴矣。"④ 说明到了明清,风骨说被提到本体意义上的高度。

2. 人格批评意义上的"风骨"概念。"风骨"包含主体精神之"气",是创作者情感的体现,所以重"风骨"的观人批评,与文学批评中风骨论所追求的人格理想相通。尽管观人与观文的对象、含义不同,但批评家将观人学中的风骨移植过来,由风神向人格过度,由品人向评诗转换,构筑成诗文批评中的风骨理论。其关键人物是刘勰:"由外在风仪深入到内部人格,是刘勰风骨说在继承上的创新。"⑤ 刘勰认为,相如之"凌云气"、孔融之"高妙气"、徐干之"齐气"、刘桢之"逸气"、建安之"悲气"(《风骨》),均是"气骨"的表现;风骨体现出来的遒峻、端直、骏爽、刚健、光辉、劲猛等特征,正来自儒家观人学中倡导的刚健中正的人格精神。孟子倡导不淫不移不屈的"大丈夫"气骨,"故稷下扇其清风,兰陵郁其茂俗"(《时序》);屈原的"气往轹古,辞来切今"(《辨骚》),相如赋的"仙气号凌云"(《风骨》),司马迁报任安的"志气槃桓"(《书记》);建安"梗概"悲壮而有气骨,气骨是大丈夫人格的第

---

① 丁福保:《清诗话》下,第922页。
② 王正:《"风骨"范畴的审美新质》,《上海大学学报》1997年第6期,第39页。
③ 郭绍虞:《清诗话续编》,第9页。
④ [清]黄生撰,诸伟奇主编:《黄生全集》四,合肥:安徽大学出版社2009年版,第339~340页。
⑤ 鄞伯象:《人格魅力:刘勰风骨说的立论基石》,《东方丛刊》2005年第3辑,桂林:广西师范大学出版社2005年版,第31页。

一要义。风骨作为一种文论诗学范畴，所蕴含的正是一种精神，其生命根基是儒家刚健中正的人格理论。从这个意义上说，风骨与"英雄"关系密切，甚至有人认为风骨是"英雄人格的理想精神"①。正义的思想、崇高的人格是诗歌"风骨"美学的重要内核，这就是观人学的视野。但它必须由人格向文格、人品向文品过渡，必须经过一定形式的艺术表现，即"以忠义之气发乎情，而见乎词，遂能风骨内生，声光外溢"。② 通过艺术浑化之功，作品乃有感化之力。刘勰也因此由观人学转换到观人文学理论，提炼出"风清骨峻"的范畴来。

3. 风格批评意义上的"风骨"概念。这是从人格观人学进一步延伸来的。刘勰《文心雕龙·风骨》："是以缀虑裁篇，务盈守气。刚健既实，辉光乃新。"作家只要守住正气，才能写出刚健充实、光辉常新的作品来。其中尤以建安风骨为典型，"志深而笔长，故梗概而多气也"（《时序》），有一种飞动之势、刚直之美。"风骨"在这里就是风格。受刘勰的影响，陈子昂《与东方左史虬修竹篇序》中说："汉魏风骨，晋宋莫传。"可见建安是风骨的正面典型，而晋宋、齐梁是风骨的反动。风骨是与"彩力竞繁，而兴寄都绝"相对立的，体现到诗歌的文辞、情感、音律和内在的气韵等方面，具有"骨气端翔，音情顿挫，光英朗练，有金石声"特征。唐诗沿着这条路发展，成为初盛唐诗坛的主流风格：风骨的另一种风格典型。风骨代表一种阳刚、雄浑、正大之美，是以人格批评为深厚底蕴的。因为诗人的人格力量是诗歌风骨考量的一个重要因素，因而在传统诗歌批评中占有着重要的地位。

汉以后的观人学里，"风""骨"成为了一个审美观念，成形于刘劭的《人物志》和刘义庆的《世说新语》，一般有"风度""风神"等概念，"骨"则包含着对性格、气质、志向乃至道德伦理等内在品质的综合判断，与"风采""风度""风神"等有动静、刚柔之别。儒家元典虽无"风骨"一词来观人，但是处处可见对大丈夫品格，如子曰"君子坦荡荡，小人长戚戚"（《论语·述而》），"三军可夺帅也，匹夫不可夺志也"（《论语·子罕》），孟子曰"养吾浩然之气"（《公孙丑上》）以及"富贵不能淫，贫贱不能移，威武不能屈，此之谓大丈夫"（《滕文公下》），都体现了

---

① 陶礼天：《刘勰"风骨"论新探——"风骨"论与人格理想及建安风力之关系》，见中国《文心雕龙》学会《〈文心雕龙〉研究》第三辑，北京：北京大学出版社1998年版，第162页。
② ［清］纪晓岚：《纪晓岚文集》第十一卷《书韩致尧翰林集后》，石家庄：河北教育出版社1995年版，第251页。

对君子"风骨"型人格的赞美。汉魏六朝的艺术品评以谢赫《古画品》、刘勰《文心雕龙·风骨》、钟嵘《诗品》为代表，借鉴了观人学的概念和方法，正式确立了"风""骨"在画学、文论、诗学中的概念，使六朝美学带有强大生命的情调，六朝士人所具有的潇洒风神，则使其艺术带有了玄远悠长的韵味；而刘勰提出的"风骨"概念，旨在纠正"纤微""萎弱""纤巧"的萎弱文风，回归到鲜明生动、雄健有力的品格上，因此更多地偏于儒家刚正的人格美。以后的诗学借鉴观人之学，沿着这条路，使得风骨得到大力发展，主要是"风"与"骨"，"筋"与"肉"，"神"与"韵"等概念的运用，以及与"风骨"相关的语汇还有"风气""骨气""风神""风韵""风范"等，也多从观人学移用到诗歌批评中，用于对诗歌的品赏上，对作家的人格批评上，并把它作为文学创作和批评的重要标准，形成观人诗学的一个重要传统。

第五节 贫 富

贫穷、富贵似无关诗学宏旨，却体现了传统道德观念与诗教精神，对于进一步探讨观人学对诗学建构的影响具有特殊意义。

诗学批评中的"贫富"术语来自观人学。战国时代以"贫富"观人就十分盛行，如《大戴礼记·文王官人》："富贵者，观其礼施也；贫穷者，观其有德守也。"并说："贵富虽尊，恭俭而能施，众强严威，有礼而不骄，曰有德者也。"① 李克曰："夫观士也，居则视其所亲，富则视其所与，达则视其所举，穷则视其所不为，贫则视其所不取：此五者足以观矣。"② 反映了儒家倡导的守德行礼等价值准则。我国第一部观人学专著《人物志·七缪》中将人划分为上材之人、中材之人，"上材之人，能行人所不能行，是故达有劳谦之称，穷有著明之节。中材之人，则随世损益，是故藉富贵则货财充于内，施惠周于外"③，将贫富观人进一步系统化了。虽然以达、穷对文，穷兼有物质上的贫穷与精神上的不得志之义，但实际上仍不离贫富的观念。那么，观人学中的贫富范畴，是如何延伸到古代诗学的呢？对古代诗学范畴与体系来说具有哪些价值与影

---

① ［西汉］戴德：《大戴礼记》卷十，影印文渊阁《四库全书》经部第 128 册，第 498 页，504 页。
② ［西汉］韩婴撰，许维遹校释：《韩诗外传集释》卷第三，北京：中华书局 1980 年版，第 86 页。
③ ［三国魏］刘邵撰，［五凉］刘昞注：《人物志》卷下，第 783 页。

响呢？如何评估这些价值与影响？

一 "贫富"概念

以"贫富"观诗与诗人，其实也是观诚、考志、观色、揆德的观人过程，是观人术向诗学的延伸与发展，盛于唐末北宋之后。

先看"观诚"。欧阳修《论李氏诗》说"诗源乎心，贫富愁乐，皆系其情"①，无论贫诗富诗，皆以情为主，而情以真诚为本。倘若作诗"若未老说老，不贫说贫，便不是诚意"②，"未老言老，不贫言贫，无病言病，此是杜子美家窃盗也；不饮一盏而言一日三百杯，不舍一文而言一挥数万钱，此是李太白家掯摸也"③，这便是不诚，反映了《周易·乾卦》"修辞立其诚"与观人学"观诚"的影响。反面的例子，如寇准"富贵之时，所作诗词皆悽楚怨感"，没有真情实感，纯系无病呻吟，成为后来"憔悴走窜"、富贵难久的先兆④。剥去其先兆的神秘外衣，不难发现其中强调诗歌真情的合理内核。

"考志"就是考察诗人的志识与器量。同是穷愁，杜甫"穷年忧黎元"⑤、"一饭不忘君"⑥，《自京赴奉先咏怀五百字》想到"失业徒"与"远戍卒"，《茅屋为秋风所破歌》想到"天下寒士"，兼济思想使得杜甫优入"圣域"；而孟郊自韩愈《送孟东野序》之后，自鸣不幸之说为诗界接受，刘永之《刘子高诗集序》"譬之寒蝉、秋螀，哀吟悲唱于灌莽之中"⑦，"吴处厚以渠器量褊窄"⑧，杜、孟志趣、器量不同，品亦以分。马位《秋窗随笔》比较二首富贵诗说："郑云叟《富贵曲》云：'美人梳洗时，满头间珠翠。岂知两片云，戴却数乡税！'李山甫《公子家》：'不知买尽长安笑，活得苍生几户贫！'唐人犹有咏蚕诗云'遍是

---

① [南宋] 曾慥：《类说》卷五十六《古今诗话》，影印文渊阁《四库全书》子部第 873 册，第 973 页。
② [南宋] 李衡：《乐庵语录》卷四，影印文渊阁《四库全书》子部第 849 册，第 310 页。
③ [明] 江盈科：《江盈科集》二《诗品》，长沙：岳麓书社 2008 年版，第 705 页。
④ [北宋] 委心子：《分门古今类事》卷十四《莱公晚窜》，影印文渊阁《四库全书》子部第 1047 册，第 138 页。
⑤ [清] 彭定求等：《御定全唐诗》卷二百十六，影印文渊阁《四库全书》集部第 1425 册，第 13 页。
⑥ [南宋] 楼钥：《攻媿集》卷七十《跋百醉老人诗》，北京：中华书局 1985 年版，第 939 页。
⑦ 吴文治：《明诗话全编》一，第 214 页。
⑧ [南宋] 吴曾：《能改斋漫录》卷八《谁谓天地宽》，北京：中华书局 1960 年版，第 212 页。

罗绮者，不是养蚕人'（引者注：此宋张俞《蚕妇》诗）。此等诗读之，令人知衣食艰难，有关风化，得《三百篇》遗意焉。"① 这些批评都说明传统儒家的诗言志说，对贫富诗的取舍除了要求胸襟阔大外，还强调"风化"标准与诗歌的社会功用。

"观色"，据《文王官人》，指的是人的五性（喜、怒、欲、惧、忧）"诚于中，发形于外，民情不隐也"。"贫富"诗中的感情外发，也为古代诗论关注。如北宋蔡居厚评柳宗元"子厚之贬，其忧悲憔悴之叹，发于诗者，特为酸楚；闵己伤志，固君子所不免，然亦何至是？卒以愤死，未为达理也"②，所以"毕命于蛇虺瘴疠之区，可胜叹哉"③。又评孟郊诗《赠崔纯亮》"食荠肠亦苦，强歌声无欢。出门即有碍，谁谓天地宽"曰："郊耿介之士，虽天地之大无以安其身，起居饮食有戚戚之忧，是以卒穷而死。"④ 就连孟郊的平生快诗《登第》也备遭非议，如宋人说"而郊器宇不宏，偶一下第，则其情陨获如伤刀剑，以至下泪，既后登科，则其中充溢若无所容，一日之间花即看尽，何其速也？后郊授溧阳尉，竟死焉"⑤，"议者以此诗验郊非远器"⑥，"宜其虽得之而不能享也"⑦，或谓"谶其不至远大之兆"⑧，或谓"非延福凝禧之道"⑨，都把它说成是终生贫穷的诗谶。很明显，柳、孟贫穷之诗，在感情的抒发上都不符合儒家温柔敦厚诗教中"哀而不伤"的标准。

儒家圣人处贫，要求"贫而无怨"（《论语·宪问》），"守死善道"（《泰伯》），"贫而无谄"不如"贫而乐道"（《学而》）；道家也主张"虽贵富不以养伤身，虽贫贱不以利累形"（《庄子·让王》），"故圣人，其穷也使家人忘其贫，其达也使王公忘爵禄而化卑"（《则阳》），发挥"忘"的作用，才能达道。陶渊明备受称赞，正在于安贫乐道！方东树就认为"渊明之学正自经术中来……《贫士》之咏，箪瓢之乐也。……诗中言

---

① 丁福保：《清诗话》下，第832页。
② ［南宋］魏庆之：《诗人玉屑》卷十二《品藻古今人物》"论子厚乐天渊明诗"，第252页。
③ ［南宋］葛立方：《韵语阳秋》卷十一，北京：中华书局1985年版，第83页。
④ ［北宋］苏辙：《栾城集》下册卷八《诗病五事》，上海：上海古籍出版社2009版，第1554页。
⑤ ［北宋］吴处厚：《青箱杂记》卷七，影印文渊阁《四库全书》子部第1036册，第641页。
⑥ ［南宋］葛立方：《韵语阳秋》卷十八，北京：中华书局1985年版，第150页。
⑦ ［南宋］周紫芝《竹坡诗话》，［清］何文焕：《历代诗话》上，第351页。
⑧ ［明］瞿佑《归田诗话》上卷"东野诗囚"，吴文治：《明诗话全编》一，第299页。
⑨ ［明］孙能传《剡溪漫笔》卷五"诗句非佳谶"，吴文治：《明诗话全编》六，第6000页。

本志少，说固穷多，夫惟忍于饥寒之苦，而后能存节义也"①，允符颜回安贫乐道之意。另外，明欣欣子《金瓶梅词话序》："《关雎》之作，乐而不淫，哀而不伤。富与贵，人之所慕也，鲜有不至于淫者；哀与怨，人之所恶也，鲜有不至于伤者。"②阐述了儒家的温柔敦厚诗教对贫富诗的感情抒发上"不淫不伤"的要求。所以元好问《杨叔能小亨集引》推崇"唐人之诗，其知本乎？何温柔敦厚、蔼然仁义之言之多也！幽忧憔悴，寒饥困惫，一寓于诗；而其陋穷而不悯，遗佚而不怨者，故在也。至于伤谗疾恶、不平之气，不能自掩，责之愈深，其旨愈婉，怨之愈深，其辞愈缓"③，显然符合这种"旨婉而辞缓"要求的是陶渊明、杜甫，而孟郊、柳宗元则属于反面典型，其上可溯到屈原。班固《离骚序》批评屈原的"露才扬己，忿怼沉江"，"多称……虚无之语，皆非法度之政、经义所载"④，因而不合经义，所以清人总结说"庄以放旷，屈以穷愁，古今诗人，不出此二大派，进之则为经矣"⑤，反映了怨怼派并不为后儒所许。

揆德，也是贫富观诗之法。孔子主张富贵必须在仁义道德的前提下求取，"富与贵是人之所欲也，不以其道得之，不处也"（《论语·里仁》），"富而不骄"未若"富而好礼者也"（《论语·学而》），孟子引阳虎之言说"为富不仁矣，为仁不富矣"（《孟子·滕文公上》）。一个人没有"德"，即使"有周公之才之美，使骄且吝，其余不足观也已矣"。（《论语·泰伯》）而道家也主张"富贵而骄，自遗其咎"（《老子》九章），堪为儒家之注脚。后人否定李白诗歌者，往往体现出这种道德价值的评判。如苏辙评"李白诗不知义理"，王安石说李白识见污下，"十句九句言妇人酒耳"⑥，胡震亨直言"宋人以荆公四家诗不选太白，嫌其羡说富贵，多俗情"⑦，陆游把李白蔑视权贵比附"富贵而骄"，斥之为"浅陋"，"宜其终身坎壈

---

① [清]方东树：《昭昧詹言》卷四，第101页。
② 刘辉、吴敢辑校：《会评会校金瓶梅》五，香港：天地图书有限公司2010年版，第2093页。
③ [金]元好问：《遗山集》卷三十六，影印文渊阁《四库全书》集部第1191册，第424页。
④ [清]严可均：《全后汉文》卷二十五，第250页。
⑤ [清]方东树：《昭昧詹言》卷一，第5页。
⑥ [北宋]释惠洪：《冷斋夜话》卷五《舒王编四家诗》，北京：中华书局1988年版，第43页。
⑦ [明]胡震亨：《唐音癸签》卷二十五《谈丛一》，上海：上海古籍出版社1981年，第265页。

也"①，都反映了儒道"富贵而骄，自遗其咎"的观人观念。儒家的贫富观念，塑造了许多君子、圣人、大丈夫的典型，而《孟子·滕文公下》"富贵不能淫，贫贱不能移，威武不能屈：此之谓大丈夫"，数语可谓尽之。传统诗学对"贫富诗"的评价，反映了儒家为核心的"贫富"观人学的价值评判。

"贫富"观人学还影响到品第分类诗学与选诗学。前者如清人吴乔品第优劣云："诗如陶渊明之涵冶性情，杜子美之忧君爱国者，契于三百篇，上也；如李太白之遗弃尘事，放旷物表者，契于庄列，为次之；怡情景物，优闲自适者又次之；叹老嗟卑者又次之；留连声色者又次之；攀缘贵要者为下。"② 陶杜之诗，享有合乎儒家"经义"的地位，自是最上品；李白契于道家，虽然放旷，没有达到"进之则为经"，故居其次；像孟郊、柳宗元之流，嗟卑叹老，又等而下之，像这种以人品决定诗品的品第标准，正反映了刘邵《人物志》将达穷分成"上材之人""中材之人"③ 的影响以及先儒后道的价值观念。后者除了王安石《四家诗选》将所谓"俗情富贵"的李白诗排列最后外，还有方回《宦情类》"今所选诗，不于其达与不达之异。其位高，取其忧畏明哲而知义焉；其位卑，取其情之不得已而知分焉。骄富贵、叹贫贱者，咸黜之：是可以见选诗之意矣"④。选诗标准上也反映了"贫富"观人学与儒家价值观念。

二 "贫寒气"与"富贵气"

"贫富"进入诗论，不仅深化了古代诗学对诗人与诗作的认识，而且还派生出一系列诗学范畴或命题。

早期论著《诗品》与《文心雕龙》中，提到贫富穷达者，多半是"辞富""辞穷""富言""穷文""穷力""穷变""赅富""穷究""宏富""意穷"，即使贫富对文，如"酌理以富才，研阅以穷照"（《文心雕龙·神思》）、"有饱学而才馁者，有才富而学贫者"（《事类》），多偏于才学与辞藻之义，对后世有一定影响。如欧阳修《读蟠桃诗寄子美》，比较韩、孟之诗云："孟穷苦累累，韩富浩穰穰。穷者啄其精，富者烂文章。发生一为宫，摯敛一为商。二律虽不同，合奏乃锵锵。"⑤ 既保留了

---

① ［南宋］陆游：《老学庵笔记》卷六，北京：中华书局1979年版，第79页。
② ［清］吴乔：《围炉诗话》卷一，第4页。
③ ［三国魏］刘邵撰，［五凉］刘昞注：《人物志》卷下，第783页。
④ ［元］方回撰，李庆甲汇评：《瀛奎律髓汇评》卷六，第233页。
⑤ ［北宋］欧阳修：《文忠集》卷二《居士集》二，影印文渊阁《四库全书》集部第1102册，第34页。

"才学"之义，又衍生出声情之义，有所发展。但南北朝对后世影响的贫富诗论概念，当来自颜之推："扬都论者，恨其（何逊）每病苦辛，饶贫寒气；不及刘孝绰之雍容也。"① 后人概括为"贫寒气"与"富贵气"。

"贫寒气"，又称"寒乞气"，指诗作反映的诉穷乞怜、叹老嗟卑、慕膻附腥等衰意思的内容、褊窄器量及其外呈的憔悴枯槁、局促不伸的琐屑寒气。"贫寒气"最早得名于建业人对何逊的评价。盖因齐梁盛行宫体，故病其作诗刻苦，且内容多抒发游宦羁旅者的忧郁寡欢，多苦凄悲凉之词与不平之鸣。后来宋人推孟郊为"贫寒气"的代表诗人，沿用了齐梁原义，如说孟郊"思苦奇涩"（《新唐书》卷一七六），"尤自喜为穷苦之句"（欧阳修《六一诗话》），特别自从苏轼《祭柳子玉文》"郊寒岛瘦"、《读孟郊诗二首》"听此寒虫号"后，"寒"字遂成孟诗定论。此外宋人更注意到他的胸襟狭小，"器宇不宏"，"赋性褊隘"②，气象"憔悴枯槁，其气局促不伸"③，感受到孟诗情志之凄清、境界之幽冷、语言之苦涩、色调之阴冷，甚至读后压抑的感受，如严羽所谓"孟郊之诗刻苦，读之使人不欢"④。而苏辙《诗病五事》斥之为"陋于闻道"，纪昀《俭重堂诗序》批评说："然以龌龊之胸，贮穷愁之气，上者不过寒瘦之词，下而至于琐屑寒乞……甚至激忿牢骚，忝及君父，裂名教之防者有矣。兴观群怨之旨，彼且乌识哉？"⑤ 更从儒家诗教、道德上予以批评。这些都无疑丰富了"贫寒气"的概念内涵。

与贫寒气相反，"富贵气"指诗歌反映的富贵闲适的内容及外呈的富丽华贵、雍容闲和的天然气象。本出于扬都人对刘孝绰的评价，刘出身将门新贵与士族联姻之家，与萧纲、萧绎兄弟关系密切，故诗多侍宴应制、赠妓咏美人内容，且多金玉字面，体现了宫体靡丽之风与雍容之态，反映了齐梁诗坛主流风气，故为时赏。后人因此有以雍容论富贵气者，如明高棅辑、桂天祥批点的《唐诗正声》评韩翃《寒食》："禁体不事雕琢语，富贵闲雅自见。"⑥ 正是齐梁人的审美观念。不过齐梁是在雕琢之中达到雍容境界的，而唐人是在"不事雕琢"中实现的。此外，富贵气还在诗歌的色泽上派生出绮丽、富丽、富艳等概念。司空图《二十

---

① ［北齐］颜之推：《颜氏家训》卷上《文章篇》，第963页。
② ［北宋］吴处厚：《青箱杂记》卷七，第640、641页。
③ ［南宋］严羽撰，郭绍虞校释：《沧浪诗话校释·诗评》，第195页。
④ 同上书，第181页。
⑤ ［清］纪晓岚：《纪晓岚文集》卷九，石家庄：河北教育出版社1995年版，第186页。
⑥ 陈伯海：《唐诗汇评》中，第1327页。

四诗品》标举的"绮丽"说:"神存富贵,始轻黄金,浓尽必枯,淡者屡深。"明显是对六朝以绮靡华丽为贵风气的有力反拨。北宋更着重从气象层面上认识"富贵气",这比色泽、态度的层次要深刻得多。其中影响最大的就是晏殊:

> 晏元献公喜评诗,尝曰:"老觉腰金重,慵便枕玉凉",未是富贵语,不如"笙歌归院落,灯火下楼台",此善言富贵者也。人皆以为知言。①
>
> 晏元献公虽起田里,而文章富贵,出于天然。尝览李庆孙《富贵曲》云:"轴装曲谱金书字,树记花名玉篆牌。"公曰:"此乃乞儿相,未尝谙富贵者。"故余每吟咏富贵,不言金玉锦绣,而唯说其气象。若"楼台侧畔杨花过,帘幕中间燕子飞","梨花院落溶溶月,柳絮池塘淡淡风"之类是也。故公自以此句语人曰:"穷儿家有这景致也无?"②

晏殊认定"腰金"与"金书"数句是乞儿相,是因为它有庸俗的金玉字面;而"笙歌""楼台"等"善言富贵",是因为数句尽弃金玉字面,在华丽中糅合了清淡自然,而以极其疏淡的笔墨绘出了身居高位时的赏心乐事和富贵气象。此后"善言富贵者不说锦绣金玉,而唯说其气象"几成诗学公言。然陈师道《后山诗话》批评白居易《宴散》"笙歌"二句"非富贵语,看人富贵者也"③,与晏殊又有不同。为了进一步比较分析晏殊、陈师道的观点,不妨将白居易《宴散》原文抄录如下:

> 小宴追凉散,平桥步月回。笙歌归院落,灯火下楼台。残暑蝉催尽,新秋雁带来。将何迎睡兴,临卧举残杯。④

从整首诗看,小宴、残暑,以及末句"残杯",未免儒酸衰意。王闿运也认为:"主人去而客独醒,无限凄凉,非富贵语也。"⑤ 唯一与富贵气沾边的是三、四句,所以《唐诗别裁》谓"三、四传出富贵气象"⑥,正

---

① [北宋] 欧阳修:《文忠集》卷一百二十七《归田录》,第 289 页。
② [北宋] 吴处厚:《青箱杂记》卷五,第 629 页。
③ [北宋] 陈师道《后山诗话》,[清] 何文焕:《历代诗话》上,第 303 页。
④ [清] 彭定求等:《御定全唐诗》卷四百四十八,第 487 页。
⑤ [清] 王闿运:《手批唐诗选》卷五,上海:上海古籍出版社 1989 年版,第 491 页。
⑥ [清] 沈德潜选:《唐诗别裁集》卷十一,上海:上海古籍出版社 1979 年版,第 391 页。

来自晏说。陈师道否定此说，但没有说出理由。如果按查慎行说"三、四即俗所云'无不散之筵席'也，虚谷引此谓是富贵语，失其旨矣"①，也未搔到痒处，因为晏殊自己的诗词后面也往往带有淡淡的哀愁，未害其为富贵气。陈师道否定二句，我认为涉及"富贵气象"概念的修正问题。洪亮吉说得明白："作富贵语，不必金、玉、珠、宝也，如'夜深斜搭秋千索，楼阁冥濛细雨中'及'夜深台殿月高低'，仅写雨及月，而富贵气象宛然。然尚有台、殿、楼、阁字也。温八叉诗云'隔竹见笼疑有鹤，卷帘看画静无人'，韦端己诗'银烛树前长似昼，露桃花里不知秋'，第二等人家即无此气象。"② 以此观白居易诗，三四句虽无金玉字面，却有楼台字面，不是彻底的"富贵气"。宋以后论家常用"天然"诠释"富贵气象"，如《唐司空图〈诗品〉详注释文》释"绮丽"一品，曰"此言富贵华美出于天然，不是以堆金积玉为工，如春入园林，百卉向荣，自有生意"③，清人王士禛《花蕊夫人》所谓"盖外间摹写，自多泛设，终是看人富贵语，固不若内家本色，天然流丽也"④，陈衍《槎上老舌》评孟浩然《春晓》诗："每思'春眠不觉晓，处处闻啼鸟'，此真富贵人自道也。功成名遂，无一欠缺，世上纤尘，不入胸中，方能有此一佳眠。"⑤ 代表着"富贵气象"的无上境界。所以，从后山开始的一系列观点，实际是将"平淡""自然"纳入"富贵"的旗下，消解了"富贵"学说。

  这里涉及中国诗歌发展史上的一个非常有趣的话题。晚唐司空图《诗品》设立"绮丽"一品，五代王梦简《诗格要律》构建"富贵门"，北宋晏殊侈谈富贵，皆与晚唐五代、北宋初期诗坛流行"白体""晚唐体""西昆体"创作实际情况一致：宋初诗同于词，体现对"富贵之美"的追求，并没有走出晚唐圈子，也没有找到宋诗的发展新路子。而欧阳修承韩愈之绪，首倡"穷而后工"，陈后山继之，注入了"平淡""天然"的血液，修正了宋初"富贵美"的概念，这种诗学新潮，与北宋自欧、梅开始的诗歌创作追求"平淡""自然"，与改革晚唐之风的诗坛发展方向是一致的，影响到后来的诗学发展道路。所以，"富美"与"贫美"，不仅是唐宋诗区别的重要标志，而且是宋词与宋诗区别的重要标

---

  ① ［元］方回撰，李庆甲汇评：《瀛奎律髓汇评》卷八，第298页。
  ② ［清］洪亮吉：《北江诗话》卷三，北京：人民文学出版社1983年版，第34页。
  ③ ［南宋］谢枋得选，［明］王相注：《古注绘本五七言千家诗》附《笠翁对韵·诗品详注》，合肥：安徽人民出版社2013年版，第356页。
  ④ ［清］王士禛：《五代诗话》卷八，北京：人民文学出版社1989年版，第303页。
  ⑤ 吴文治：《明诗话全编》七，第7744页。

志。严羽说:"国初之诗尚沿袭唐人……至东坡、山谷,始自出己意以为诗,唐人之风变矣。"① 如果说这个说法符合宋诗发展的道路转变的话,那么在唐风向宋调转化的过程中,除了台谏制度、庆历新政、儒学复兴等因素外,从"富贵之语"到"穷人之辞"代表着晚唐五代宋初到宋中期的审美追求的变化。这种变化与观人学"贫富观人"的变化分不开。

围绕着"贫寒气"与"富贵气",古代诗论又进一步深化到对"题材之气"与"体裁之气"的认识,以及诗学史上的重大命题。

先看题材之分,衍生出与台阁题材相关的台阁体、台阁气、廊庙气、衙门气、仕宦气、官场气、馆阁气、应酬气、庙堂气等,与山林题材相关的山林体、山林气、烟霞气、石气等许多概念。宋初晚唐偏重山林,西昆、白体偏重台阁,俨然有山林、台阁之分的态势,而西昆居于主导地位,不仅影响了一代诗作,而且影响到一代诗论特重尊富贵之体,好以廊庙、台阁论诗,如王钦若题诗:"龙带晚烟离洞府,雁拖秋色入衡阳。"宋真宗以为"落落有贵气",后擢致上相②;盛文肃评夏竦"子文章有馆阁气",杨徽之评其"真将相器"。吴处厚总结说:"山林草野之文,则其气枯槁憔悴,乃道不得行、著书立言者之所尚也。朝廷台阁之文,则其气温润丰缛,乃得位于时、演纶视草者之所尚也。"③ 枯槁憔悴与温润丰缛,将山林气、台阁气概括入微,然已有轩轾之意。李纲《读四家诗选四首并序》评欧阳修"诗温润藻艳,有廊庙富贵之气"④,张戒评韩愈"诗文有廊庙气"⑤,由富贵气推衍出廊庙气,都是一代风气反映。若吴雷发《说诗菅蒯》说"诗以山林气为上。若台阁气者,务使清新拔俗,不然则格便低"⑥,则扬山林而轻台阁。李东阳《麓堂诗话》:"作山林诗易,作台阁诗难。山林诗或失之野,台阁诗或失之俗。野可犯,俗不可犯也。"⑦ 以"诗言情"较之,台阁貌似雍容典雅,平正醇实,实则脱离社会生活,即使有真情也缺乏深情,又少有纵横驰骋的气度,徒有工丽而已。这也点出了富贵气的致命缺陷。

再看体裁之分。词产生于花间樽前,佑酒佐欢,且为艳科,故论者

---

① [南宋]严羽撰,郭绍虞校释:《沧浪诗话校释·诗辨》,第26页。
② [明]蔡絛《西清诗话》卷中,蔡镇楚:《中国诗话珍本丛书》第1册,北京:北京图书馆出版社2004年版,第321页。
③ [北宋]吴处厚:《青箱杂记》卷五,第628页。
④ [南宋]李纲:《梁溪集》卷九,影印文渊阁《四库全书》集部第1125册,第575页。
⑤ [南宋]张戒:《岁寒堂诗话》卷上,第39页。
⑥ 丁福保:《清诗话》下,第902页。
⑦ 丁福保:《历代诗话续编》下,第1387页。

多谓词宜富贵；而自"诗穷而后工"说盛行后，穷愁、富贵俨然成了诗词的分水岭。如秦少游词比贫家美女，终乏富贵态，故为易安《词论》恨之；杜甫诗"夜阑更秉烛，相对如梦寐"与晏几道词"今宵剩把银釭照，犹恐相逢是梦中"，刘体仁《词绎》以为"诗与词之分疆也"①。朱彝尊《紫云词序》总结说："故诗际兵戈俶扰、流离琐尾，而作者愈工；词则宜于宴嬉逸乐，以歌咏太平。"② 如果站在早期的"词别是一家"立场看，词多写富贵，有一定的依据；但从词的长远发展来看，象苏轼"以诗为词"，辛弃疾"以文为词""以论为词""以赋为词"，姜夔以江西诗法入词，早已从题材、艺术上打破诗词界限，大大开拓了词境。即以诗而言，也有主张"七言长篇宜富丽""五言长篇宜富而赡"者③，其实都不能一概而论。

韩愈《荆潭唱和诗序》说："夫和平之音淡薄，而愁思之音要妙，欢愉之辞难工，而穷苦之言易好也。"④ 欧阳修《梅圣俞诗集序》说："非诗之能穷人，殆穷者而后工也。"⑤ 尽管"穷而后工"命题的来源广泛，但真正成为诗论重要命题、并反复为人引用，甚至引起诗学上的贫富之争，还是韩、欧以后的事，甚至发展到"以辞之工拙，验夫人之穷达"⑥ 的地步，形成了观人诗学批评的一个分支——诗谶批评。大量事实证明，以相术相诗，从贫富观诗到相人贫富，已成为中国传统诗论的特殊部分。明代谢肇淛肯定了诗中"富贵相""寒素相"的存在⑦，用诗谶原理观察诗人的贫富命运，成为观人诗学批评的一个内容。不容否认，诗谶论扩大化的结果，必然导致理论上非常致命的局限，滑入"富贵人相诗法"⑧ 的泥潭，这是观人学对诗学影响的负面效应。

综上所论，"贫穷""富贵"，从观人学运用到诗学，充分体现出儒家为主的价值观念与诗教的影响，因此成为诗论的范畴，并衍生出"贫

---

① [清] 刘体仁：《七颂堂集》，合肥：黄山书社 2008 年版，第 217 页。
② [清] 朱彝尊：《曝书亭集》卷四十，影印文渊阁《四库全书》集部第 1318 册，第 106 页。
③ [清] 王士禛等：《诗问四种》卷三张萧亭答，济南：齐鲁书社 1985 年版，第 55，58 页。
④ [唐] 韩愈撰，马其昶、马茂元校注：《韩昌黎文集校注》卷四，上海：上海古籍出版社 1986 年版，第 262 页。
⑤ [北宋] 欧阳修：《文忠集》卷四十二《居士集》四十二，第 332 页。
⑥ [元] 黄溍撰，王颋校注：《黄溍全集》上《蕙山愁吟后序》，天津：天津古籍出版社 2008 年版，第 256 页。
⑦ [明] 谢肇淛《小草斋诗话》卷二《外编》上，张健辑校：《珍本明诗话五种》，北京：北京大学出版社 2008 年版，第 366 页。
⑧ [清] 贺裳《载酒园诗话·宋》，郭绍虞：《清诗话续编》一，第 408 页。

寒气"与"富贵气","山林气"与"台阁气","诗穷愁而词富贵","欢愉之辞难工,而穷苦之言易好"等一系列相关又相近的诗学范畴或命题,影响到诗学中的品第分类学与选诗学,大大丰富了观人学与诗学。从"富贵之语"到"穷人之辞",代表着唐末宋初到宋中期的审美追求的变化,实为宋诗摆脱晚唐体的束缚、找到自身发展道路的关捩。"贫富"批评,从观人到观诗,不仅深化了诗学"气象理论",而且丰富了诗歌批评中的"体格理论"、形神关系理论。"贫富"观人学中的命相色彩,对诗学体系的建构来说,有正面影响,也有负面影响。古代诗论包容了观人文化的正负面养料,故成其"大",这对今天诗学建设来说,不无启益。

第二章 观人学与诗学道德批评、审美批评

观人学以人为观察对象，进行由表及里、由外及内，从现象到本质、从具体到抽象的观察与评论；换言之，就是对人进行从形骨到神明的道德判断和审美批评，而这两方面对诗学体系的建构产生了不同的影响。先秦两汉的儒家将以"性"为内核、以道德为准则的观人术，运用到诗学批评领域，建立了影响深远的道德批评，第一次实现了从观人批评到诗学批评的转移。魏晋以后，观人学首先实现了以"才情"为内核、从道德批评到审美批评的转变，适用于诗学批评领域，又一次实现了从观人批评到诗学批评的转移。可见，观人诗学批评的两极——道德批评与审美批评，都来自观人学。道德批评、审美批评建构了两种不同的诗学价值批评体系。道德批评与审美批评，学界论述多见，本章独辟蹊径，从观人学角度切入，揭示出观人学与诗学道德批评、审美批评建构之间的关系。

第一节 道德批评：从观人学到诗学

一 观人学中的道德批评

德，甲骨文作 ᵃ，左边表示行动，右边表示一只眼睛直射的目光，本指直视"所行之路"的方向，引申为遵循本性、本心，顺乎自然，便是"德"。《尚书·皋陶谟》早就有观人"九德"的提法①，《大戴礼记·文王官人》"六征"中"揆德"一项，说明周人就已经形成了以德观人的传统。但实践上的观人例子，在《尚书》中，见于《微子》与《酒诰》。前者系后人伪托，而较为可靠的周人文献《酒诰》中，"德"字凡八见，它把"中""度"的概念引到道德修养上，提出了"尔克永观省，作稽中德"的概念，对后来的中庸之德概念影响极大；但其他几

---

① ［西汉］孔安国注，［唐］孔颖达疏：《尚书注疏》卷三，影印文渊阁《四库全书》经部第54册，台北：台湾"商务印书馆"1986年版，第90~91页。

处的"德"主要还是指向与政教联系紧密的酒德，而内涵仍与"中德"相关，如"饮惟祀，德将无醉"①，指的是饮酒以时（祭祀）、以量（不要太醉），又用于观人，即观商纣之酒德，并根据天命而确定天降威降丧于殷的必然命运②。这是最早以德观人的例子，后人据此提出了"醉之以酒而观其则"（《庄子·列御寇》）、"醉之以酒以观其态"③ 的观人术。"德"成为观人学一个重要的观测内容。《诗经·大雅》也有"申伯之德，柔惠且直"（《崧高》）、"仲山甫之德，柔嘉维则"（《烝民》）等以德观人的实例，《国语》记载单襄公论晋将有乱，就提出"国将无咎，其君在会，步言视听，必皆无谪，则可以知德矣"④ 的揆德结论。据笔者统计，《左传》中"德"字凡 330 多处，除了指德政外，还包含着明确具体的道德品质的内涵，如"忠，德之正也；信，德之固也；卑让，德之基也"（文公元年），"敬，德之聚也"（僖公三十三年），"俭，德之共也"（庄公二十四年）。忠信、卑让、敬、俭等德性表现，都成了观人学的观测内容。

周人不但以德观人，而且以礼观人。德内而礼外，因此以礼观人，其实是以德观人的外化与延伸。而礼的标准中，尤重仪容态度与严肃敬谨。子产说："夫礼，天之经也，地之义也，民之行也。"（《左传·昭公二十五年》）将礼提升至一种宇宙终极真理的地位。西周以来政治意识形态建设中贯穿着两条主线：一是德，二是敬。敬主要是对人的仪容态度的规范，是贯穿在礼仪环节中的基本精神，故称"礼主敬"。由于"敬"最初是在重大祭祀场合对天地鬼神的敬畏之情，因此又与神秘的未知世界相交感；后来从野蛮到文明，从神本到人本，敬也适用于人，敬的仪容态度成为礼的必然要求。所以先秦观人学中，"礼"是重要的观测对象，而"敬"是礼的最基本准则。如《文王官人》中的"六征观人"之法，就有"富贵者观其礼施也，贫穷者观其有德守也"，"贵富虽尊，恭俭而能施，众强严威，有礼而不骄，曰有德者也"⑤ 的内容。

"礼主敬"，"敬"是观人以礼的重要观测点，它由最初的对神灵祖先的敬畏之心，扩展为对君主、上级、长辈的敬畏之情，贯彻到祭祀、朝聘、会盟、宴会等社会生活的方方面面。公元前 578 年，晋厉公伐秦，

---

① [西汉] 孔安国注，[唐] 孔颖达疏：《尚书注疏》卷十三，第 297、296 页。
② 万伟成：《中华酒诗的文化阐释》，北京：中国文联出版社 2002 年版，第 18 页。
③ 《六韬》卷三《选将》，影印文渊阁《四库全书》子部第 726 册，第 22 页。
④ [春秋] 左丘明：《国语·周语下》，上海：商务印书馆 1935 年版，第 32 页。
⑤ [西汉] 戴德：《大戴礼记》卷十，影印文渊阁《四库全书》经部第 128 册，第 498、504 页。

派郤锜请求鲁国出兵协助，但郤锜处事不敬。孟献子便断定："郤氏其亡乎！"因为不敬就是"弃君命"，结果必然是"弃其命"（《左传·成公十三年》）。又如"襄王使邵公过及内史过赐晋惠公命，吕甥、郤芮相晋侯不敬"，内史过断言："晋不亡，其君必无后，且吕、郤将不免。"①。因此，"敬"与"不敬"成了判断人们命运的重要依据。以德观人、以礼观人、以敬观人，不但判断人的性格，而且预测人的命运，这说明至少到了春秋时代，观人学与神秘主义思潮分不开。

"观人术之在民间，自孔子始。"② 如果说《左传》中观人的主体是贵族君子与史官群体的话，那么春秋末期的孔子，则是我国第一位使观人学从官学转为私学的观人学专家。《论语》记载了孔子的大量观人评论。孔子观人德、才，开后世才性论之先。他通过听言、观行、察色、观过、略貌取神、九征等多种观人术，按德才标准，将人划为圣人、仁人、贤人、小人四个层次：圣人德、智、才达到最高境界，既能修己，又能"安百姓"（《宪问》），"博施于民而能济众"（《雍也》），而尧、舜、禹、稷、周公等有焉；仁人德才兼备，能"爱人"，"克己复礼"（《颜渊》），而泰伯、伯夷、叔齐有焉；贤人于德才有所偏诣，某一方面比较突出，孔门七十二贤人有焉；小人"难事而易说"（《子路》），唯求"喻于利"（《里仁》），既无德才，也无大志，而楚令尹子西、樊迟等有焉。孔子认为，执政者的才能固然重要，但德行更为重要，"如有周公之才之美，使骄且吝，其余不足观也。"（《论语·泰伯》）"德行"成为观人学的核心内容。孔子也注意到了"才智"，将其划为上智、中人和下愚，所谓"唯上智与下愚不移"，但他观人主要以德为要，确立了德本论观人学，或者说"道德本体论"观人学，对后世影响深远。而且"子不语：怪力乱神"，《左传》中以德观人上的神秘主义面纱，到了孔子这里也完全褪去了。孟子进一步继承和发展了孔子的思想，提出性善说（《滕文公上》）、养气说（《公孙丑上》），以及"有诸内，必形诸外"（《告子下》）的命题，通过察目、相形、知言、知命等建立起他的观人术，他把人们在人格道德修养上所达到的境界划分为善、信、美、大、圣、神六个等级，《尽心下》所谓"可欲之谓善，有诸己之谓信。充实之谓美，充实而有光辉之谓大，大而化之之谓圣，圣而不可知之之谓神。乐正子，二之中，

---

① ［春秋］左丘明：《国语·周语上》，第11页。
② 邵祖平：《观人学》上篇《原理》第三章，北京：中国档案出版社1998年版，第41页。

四之下也"①。并应用于观人实践,认为乐正子处在善与信二者之间,在美大圣神四者之下。孟子这里的观人点评,尽管含有审美的意味与审美评判,但"善"居于首位,"美"以善为依归,所以基本上仍然是道德价值评判。

儒家以仁义道德为价值尺度,确立了观人学的伦理标准。儒家的政治理想是建立以仁义道德的秩序社会,通过修齐治平,造就千万个内圣外王的君子。这种观人学理念也影响到儒家的文学观。孔子说"文质彬彬,然后君子"(《论语·雍也》),强调文采与内容的统一,君子恪守中和之道,是德之范者,孔子的人性观最终指归便是如何成就君子,这君子观念在儒家话语中,从为人、观人延伸到为诗、观诗,从而影响诗学道德批评体系的建构。儒家观人学对后世最大的贡献,就是建立了道德价值评判,影响并决定了后世观人学乃至观人诗学批评的价值取向。那么,儒家从观人学到诗学道德批评的内在逻辑、实践路径在哪里呢?主要有两条:一是比德观,或者称"比德说";一是观志说,或者称"考志说"。

二 比德观:从观人学到诗学道德批评的内在逻辑

(一)观人学中的"比德说"

"比德说",把自然人格化、道德化,人的特性客观化、自然化。这种思维肇端于《诗经·周南·麟之趾》的比兴传统中,所谓"麟之趾,振振公子","麟之定,振振公姓","麟之角,振振公族",以传说动物的有蹄不踏、有额不抵、有角不触,比作公子、公姓、公族的仁厚、诚实之德。《管子》最先推出"君子比德"字眼,"何物可比于君子之德乎"②,《立政》最早以水、玉"比德"。晏婴、老子、庄子都有"比德"的言论,但都没有儒家丰富多样,富有理论色彩:

1. 将松比德:"子曰:岁寒,然后知松柏之后凋也"。(《论语·子罕》)

2. 将水比德:"孔子曰:夫水,大遍与诸生而无为也,似德;其流也埤下,裾拘必循其理,似义;其洸洸乎不淈尽,似道;若有决行之,其应佚若声响,其赴百仞之谷不惧,似勇;主量必平,似法;盈不求概,似正;淖约微达,似察;以出以入,以就鲜洁,似善化;其万折也必东,

---

① [东汉]赵岐注,[北宋]孙奭疏:《孟子注疏》卷十四上,影印文渊阁《四库全书》经部第195册,第318页。

② 黎翔凤:《管子校注》卷十六《小问》,北京:中华书局2004年版,第969页。

似志"。①

3. 将玉比德：《诗经·卫风·淇奥》："有匪君子，如金如锡，如圭如璧。"孔子曰："夫玉者，君子比德焉。温润而泽，仁也。缜栗而理，知也。坚刚而不屈，义也。廉而不刿，行也。折而不挠，勇也。瑕适并见，情也。扣之，其声清扬而远闻，其止辍然，辞也。……《诗》曰：'言念君子，温其如玉。'此之谓也。"②

"比德"作为思维方法源于天人合一，表现方法为类比外推。儒家以松、山、水、玉等比君子之德，形成了观人批评中的比德说。荀子是孔子"比德"思想的重要阐释者，进一步发展了将自然物象人格化、道德化的观念，从而丰厚了自然物象的内涵与儒家的"比德"思想。在对自然物进行审美观照时，他们将君子仁、义、礼、智、信的人格品德特征做了更加具体的规定。两汉时期，"比德"思维延伸大到宇宙天地、日月星辰、山川河海，小到青竹翠柳、蓼虫鸣蝉、文木佳果；既有鹏鸟、鹦鹉、孔雀、仙鹤、骏马、文鹿等动物，又有杨柳、芙蓉、松柏、桑桔、孤竹等植物。汉代"比德"观物无处不在，只要能在自然事物与人的伦理品格中发现可比关系的，皆可纳入"比德"审美的视野。汉代"比德"的内容更加丰富，更加细腻，更加深刻，更加发扬光大。

(二) 揆德：从观人学到诗学批评

"比德"思维，在先秦时期不仅体现在哲学、观人学上，也体现在诗歌创作之中，这就是《周易》的"取象"、《诗经》的"比兴"及《楚辞》的香草美人比德，形成了中国诗歌的比兴传统。诗歌创作往往是理论的先导，诗学中的比德说是从创作实践中总结出来的。诗歌创作上比兴传统的形成，同时也为观人学"观物比德""君子比德"思想的发展提供了审美学基础。比德思想在古代儒家主导的宗法伦理社会中有其特殊土壤，比德的内容也得到扩展，不仅限于自然山水审美，而且延伸到艺术批评领域，音乐、绘画、书法皆有比德审美之说。"观诗以德"正是"观物比德""君子比德"思维的内推外引的必然结果。

观人之德通过"比德"进入诗学批评，可以上溯到季札评论《大雅》之乐说："广哉，熙熙乎！曲而有直体，其文王之德乎！"(《左传·襄公二十九年》)将"曲而有直体"的礼乐比于文王之德。诗乐一体，诗乐不分，因此季札这段评论可视为最早的"将诗比德"式批评，对孔子

---

① [唐]杨倞注：《荀子》卷二十《宥坐篇》，影印文渊阁《四库全书》子部第695册，第295页。
② [唐]杨倞注：《荀子》卷二十《法行篇》，第299页。

的比德诗学产生很大影响。诗学的德本批评，当从孔子发端，更来自他的观人学。《人物志》自序总结道："是故仲尼不试，无所援升，犹序门人以为四科；泛论众材，以辨三等。"①"四科"指德行、言语、政事、文学等四科，说明孔子教人，将文学等同于对人的要求；德行是根本，而言语、政事、文学则是德行的逻辑展开；可见当时的文学观念包含了文章、言辞、学问等，这种泛文学观注定了传统诗学从一开始走上了观人批评之路。他的诗学是从论《诗》开始的。他首先确定了《诗》的伦理纲领为"思无邪"（《论语·为政》），即皆"出于性情之正"，"发乎情，止乎礼"之作；从中确立了《诗》的道德价值，"道德"构成了孔子诗学的理论基石，《孔子诗论》简文中"德"字凡9见，这与他的观人、做人、为政以德居先的思想是一以贯之的。如果诗乐有违道德，他主张"放郑声"，"恶郑声之乱雅乐也"（《论语·阳货》）。他关于诗歌艺术、诗歌功用（兴观群怨）、诗歌美学追求、诗歌批评，都是围绕着"德本"进行的，同他的观人批评一样，都是哲学的、伦理的和道德的批评。"邪"，本义是民居交错混乱，后指歪斜，用于观人，指品行不正，与"正"相对。如《书·大禹谟》："任贤勿二，去邪勿疑。"辨别正邪忠奸，是传统重要的观人术。孔子用以观《诗》，对后世影响深远。

汉代以后儒家重视"诗教"与"乐教"，将诗比德思想主要是随着对《诗》《骚》"比""兴"进一步阐发而发展的。王逸序曰："《离骚》之文，依《诗》取兴，引类譬谕。故善鸟香草以配忠贞，恶禽臭物以比谗佞，灵修美人以媲于君，宓妃佚女以譬贤臣，虬龙鸾凤以托君子，飘风云霓以为小人。"②刘勰《文心雕龙·比兴》中说："比者，附也；兴者，起也；附理者，切类以指事。"钟嵘《诗品》上："因物喻志，比也。"于是形成诗学批评中的比德说。朱熹《诗集传》卷一解释为："比者，以彼物比此物也。""兴者，先言他物以引起所咏之辞也。"③"比兴"通过物象抒情言志。由此可见，"比德"一方面继承了"比兴"借助自然物特征进行类比、联想的手法，所谓"取象比证"；另一方面将自然物的特征、诗歌的特征与人伦道德结合起来。儒家对《诗》学的理解及其诗思想的阐发，建立在比德人格诉求的基点之上，直接导致了诗

---

① ［三国魏］刘邵撰，［五凉］刘昞注：《人物志》，影印文渊阁《四库全书》子部第848册，第761页。
② ［东汉］王逸：《楚辞章句》卷一《离骚经章句第一》，影印文渊阁《四库全书》集部第1062册，第3页。
③ ［南宋］朱熹：《诗经集传》，影印文渊阁《四库全书》经部第72册，第750、752页。

论的人化和人格化倾向，产生了道德批评与人格化批评。西汉扬雄在《法言·吾子》说："诗人之赋丽以则，辞人之赋丽以淫。"① 反映了汉代诗学中的道德审美价值对赋学的影响，从中也可见宗经、征圣、原道三位一体。观诗之德性、观诗人之德性，这样一种基于比德的批评方法在以后的诗论中得到更充分的发挥，且由于诗歌含蓄蕴藉的特点，引发读者深入思考，于是解诗、观诗也自然地要沿着比德的思路去附辞会义，探求文辞背后的深意。

从美学上看，"观物比德""君子比德"代表着自然的人格化趋向，"观诗以德"作为"君子比德"的一种，本质上是一种道德审美，蕴含着一种伦理主义的文化精神。当观人学"比德"运用到诗学批评时，观人诗学批评于是产生了。

三 考志说：从观人学到诗学道德批评的实践路径

儒家从观人学到诗学道德批评的内在逻辑，还有一条，就是观志说，或者称"考志说"。

文王六征，六种观人方法，就有"考志"一术，来源于春秋时代观人、观诗场合所谓的"观志"。从语义上看，"志"与"意"互训，邵祖平论观人术时解释说："考志者，考度其志也。《说文》云：'志，意也。'又云：'意，志也，从心，察言而知意也。'志意既为同部转注，则志亦察言而知之类，故考志即可曰考言而知其意也。"② 闻一多《歌与诗》："志从止从心，本义是停止在心上……亦可说是藏在心里，故荀子《解蔽篇》曰：志也者，臧（藏）也。"③ 可见"志"的本义是藏在内心的意向活动。考志就是考察度量一个人内在的心志，其实就是一种读心术。《文王官人》中"考志"所运用的具体方法是类型对比分析法，即根据志向大小、有无和实现与否的行为倾向，将人分为七种类型：日益者与日损者，有质者与无质者，平心固守者与鄙心假气者，有虑者与愚戆者，洁廉果敢者与弱志者，质静者与妒诬者，志治者与以无为有者④。每一种类型的基本特征，皆可作为观测志意方法的具体依据。

诗学是人学，观人学也是人学。同样以"志"为主，观人学言"考志"，作诗讲"言志"，观诗谓"观志"，它们之间的相通相契不言而喻。

---

① ［西汉］扬雄：《法言》卷二《吾子篇》，北京：中华书局1985年版，第5页。
② 邵祖平：《观人学》上篇《原理》第二章，第25页。
③ 闻一多：《神话与诗》，上海：华东师范大学出版社1997年版，第201页。
④ ［西汉］戴德：《大戴礼记》卷十，第499～501页。

观人之志，有考志一术；而考诗人之志，亦是观人之一种，就离不开诗人的作品了。

最早将诗品与人品联系在一起的，可以追溯到先秦的"诗言志"思想。《左传》记载的赵文子对叔向所说："伯有将为戮矣。《诗》以言志，志诬其上，而公怨之，以为宾荣，其能久乎？"（襄公二十七年）这是最早的"诗言志"的文献出处，也是最早的观人、观诗、观志本体的记载①：从伯有所引用的《诗经·鹑之奔奔》句"人之无良，我以为君"中观其志向，可以看出伯有引诗，志在影射攻击郑伯，并从而预示引诗者的结局。《左传》中的"诗以言志"，是中国诗学的开山纲领，表明诗歌作品承载诗人关于人伦政教的志趣和怀抱；不过《左传》中的观人赋诗之志，往往带有谶的色彩，对后世诗谶说具有相当的影响。孔子也继承了"诗言志"的思想，提出"诗无吝志，乐无吝情，文无吝言"②，"诗无吝志"，大意谓"赋诗不吝啬心志的发抒，言外之意是说赋诗要令心志得以充分表现"③，而且由于诗、乐、乐一体化，志、情、言在某种程度上也可以理解为"互文互通"，从而丰富了"诗言志"思想。但孔子的"诗无吝志"的思想与观人学思想一样，还是纳入他的伦理思想体系中，而剔除了它的神秘主义色彩。他从伦理道德的角度，认为诗歌具有兴、观、群、怨的社会功用，倡导"有德者必有言"，著书立说是君子彰显德性、改善社会风气的途径和方法，务求尽善尽美，从而奠定了儒家的观人学与诗学的基础：观诗、观人都是观志，观志其实就是观德。

宋代道学家们在重"性"方面则承接了先秦儒家传统。朱熹在《答杨宋卿》发挥说："诗者，志之所之，在心为志，发言为诗。然则诗者，岂复有工拙哉？亦视其志之所向者高下如何耳。是以古之君子，德足以求其志，必出于高明纯一之地，其于诗固不学而能之。"④ 辨志之"高下"，曰"德"，曰"高明纯一"，而不辨诗之工拙，把"志"提高至于"性"而远离于"情"，提高到"德"而远离于艺，从而更加强化了儒家

---

① 虽然见于《今文尚书·尧典》，但殷甲骨文和殷周金文中均无"诗"字与"志"字，《尧典》产生于后世而非五帝时代，所以无论是考古还是文献，都无法证明"诗言志"概念产生于远古时代。目前文献的最早记载，当以《左传》为可信。
② 李零：《上博楚简三篇校读记》（之一），北京：中国人民大学出版社 2007 年版，第 11 页。
③ 董莲池：《上海博物馆藏〈战国楚竹书（一）·孔子诗论〉解诂（一）》，《古籍整理研究学刊》2002 年第 2 期，第 15 页。
④ [南宋] 朱熹：《晦庵集》卷三十九《书》，影印文渊阁《四库全书》集部第 1144 册，第 110 页。

道德批评说。诗家谈"性",虽没有将诗等同于"道德",但在以人观诗时,仍未免受其影响:

> 何谓志向?曰:在心为志,发言为诗。志淫好僻,古有明征矣。且如魏武志在篡汉,故多雄杰之辞。陈思志在功名,故多激烈之作。步兵志在虑患,每有忧生之叹。伯伦志在沉饮,特著《酒德》之篇。刘太尉琨志在勤王,常吐伤乱之言。陶彭泽志在归来,实多田园之兴。谢康乐志在山水,率多游览之吟。他如颜延年志在忿激,则咏《五君》。张子同志和志在烟波,则歌《渔父》。宋延清志在邪媚,因赋《明河》之篇。刘梦得志在尤人,乃作"看花"之句。凡此之伦,不一而足。惟杜工部志在君亲,故集中多忠孝之语。《曲礼》曰"志之所至,诗亦至焉",不信然乎。①

这段话里,王寿昌虽无否认曹操建功、曹植立业、阮籍忧患、刘伶冶游、刘琨伤乱、陶潜归隐,但他对杜甫的道德、志向的推崇,就可以看出儒家德本论与言志说对诗学批评的影响。这是后世崇杜的一个根本原因。

"诗言志"是历代诗论的开山纲领,它概括地说明了诗歌表现思想感情的特点,更重要的是涉及诗歌对人进行道德规范的力量,对人格形成的影响。汉儒以志观诗德,最典型地体现在对屈原的批评上。褒之者如贾谊《吊屈原赋》,赞扬了屈原的不向黑暗势力妥协、不与谄媚小人合污的高尚精神;淮南王刘安《离骚传》也肯定了屈原与统治者不合作以及怨刺传统;司马迁肯定了屈原的"正道直行,竭忠尽智以事其君"与"盖自怨生"的精神(《史记·屈原贾生列传》),王逸《楚辞章句序》肯定了屈原的"人臣之义,以忠正为高,以伏节为贤。故有危言以存国,杀身以成仁"②。贬之者如扬雄"往往摭《离骚》文而反之"(《汉书·扬雄传》),作《反离骚》,批评屈原缺乏儒家明哲保身的态度;班固《离骚序》批评屈原"责数怀王,怨恶椒兰",是"失君臣之义"也;"扬才露己",是才性外露也;"愁神苦思","忿怼不容",是不合"发乎情,止乎礼义"也;"不依经义",是违圣人之道也:数者皆"失志"之过③。

---

① [清]王寿昌《小清华园诗谈》,郭绍虞:《清诗话续编》三,上海:上海古籍出版社1983年版,第1860~1861页。

② [东汉]王逸:《楚辞章句》卷一,第15页。

③ [清]严可均:《全后汉文》卷二十五,北京:商务印书馆1999年版,第250页。

此处观人亦是观诗之义，代表班固对《离骚》的评价，也是对屈原其人的评价。按照赵文子"《诗》以言志，志诬其上，而公怨之，以为宾荣，其能久乎"的原理，以观屈原其人其诗，志在怨怼，"志诬其上"，屈原的悲剧结局也不难预测出来。这是典型的儒家言志、观志、观人、观诗一体之法。不管褒者还是贬者，都显示出对个体作家的关注，都是站在儒家的立场"以德观人"，尽管对儒家道德范畴"忠"的理解不同，但都是对屈原做功利性的政治批评，而不是"以才观人"。

从某种意义上说，观志批评其实是人格批评。德行、人格是人生命中最有价值的部分。诗人崇高的品德、正直的人格，形之于诗，必然赋予作品以不朽的生命价值，与感人的精神力量。历史上作品不朽的生命力，源于作家伟大的人格精神。刘熙载的"诗品出于人品"正是从诗言志中得出的结论，具有一定的合理性。其实刘熙载本人也是观人学家，他认识到了观人在于观品，"观品者观其志与行"，"喜怒、语默、行止、去就、利害、毁誉皆可征心以定品"。① 观品包括观志、观行，那么如何"观志"呢？"自问其志与圣贤之志同否，同则固而存之，不同则务绝去而求同者存之。"② 就是要求法圣齐贤，存同去异，恪守儒家的思想和道德。诗学也讲"志"，"古人因志而有诗，后人先去作诗，却推究到诗不可以徒作，因将志入里来，已是倒做了，况无与于志者乎！"③ 他强调诗因志起和诗中有志，诗品的标准就是人品的标准，正如《诗概》的开头两段：

《诗纬·含神雾》曰："诗者，天地之心。"文中子曰："诗者，民之性情也。"此可见诗为天人之合。

"诗言志"，孟子"文辞志"之说所本也。"思无邪"，子夏《诗序》"发乎情，止乎礼义"之说所本也。④

诗品出于人品，论诗先观人，由诗可以反观作者之志，反观作者之为人："读屈、贾辞，不问而知其为志士仁人之作。"强调诗品与人品的统一，是刘氏文艺批评的一贯原则。他喜欢李杜，是因为两人"同一志

---

① ［清］刘熙载：《持志塾言》卷下《人品》，《刘熙载文集·古桐书屋六种》1，南京：江苏古籍出版社2001年版，第30页。
② ［清］刘熙载：《持志塾言》卷上《立志》，《刘熙载文集·古桐书屋六种》1，第7页。
③ ［清］刘熙载：《艺概》卷二《诗概》，上海：上海古籍出版社1978年版，第80页。
④ 同上书，第49页。

在经世"，而"杜诗只'有无'二字足以评之。有者，但见性情气骨也；无者，不见语言文字也"。（以上均见《艺概》卷二《诗概》）这是诗高品亦高的典范；反之，如"美成词信富艳精工，只是当不得个'贞'字"（《艺概》卷四《词曲概》），堪为艺高而品低的反面典范：这一正一反，体现了刘熙载以人品评诗品的思想。基于"原道""征圣""宗经"，他推崇李、杜、屈原、司马迁的诗文，贬损温、韦、柳、周的词，把"人品"对"诗品"的决定作用推到了极端。他的诗歌主体论，以伦理内涵为核心，强调诗要"温柔敦厚"，"以直温宽栗为本"，"诗要哀乐中节"，"于内持其志，而外持风化从之"等（以上均见《艺概》卷二《诗概》），从而把观人学与诗学、德本论与言志说完美地结合在一起，虽不无偏颇，但在社会动荡、道德滑坡的社会，具有积极意义。

中国近几十年的学术界，大量的论文或论著，对"诗言志"的论述取得了许多成果，但大多数是集中在它的外在的政教功用上，而忽视了诗人与诗作表现出来的内在怀抱；过多地注意到它的讽谏作用，而忽视了它的"观人""观志""考志"方面的本初之义；过多地阐述儒家的政教思想，而忽视了《左传》"观志"以及儒家对"志"的全面阐述；过多地纠缠言志、言情的不同，而忽视了内志与外情存在着相通性；过多地强调单一的"以志释志""以诗言诗""以教化言诗"，而忽视了前贤重人、重人格的一脉思路，以及它的合理内核即人格内涵。一句话，重"用"而轻"体"。其实先秦儒家除了强调"言王政之兴废"外，特别强调"志"的人格内容。如《礼记·仲尼闲居》就说"志之所至，诗亦至焉"，与孟子同一机杼。孟子说"我善养吾浩然之气"，"其为气也，至大至刚，以直养而无害，则塞于天地之间。其为气也，配义与道；无是，馁也"（《孟子·公孙丑上》）。这里的"义与道"正是"志"的内涵，与"浩然之气"的关系是内与外的关系，强调的是一种道义内充（志）、浩然外溢（气）的人格理想。志、气的这种关系，《孟子·公孙丑上》又说："夫志，气之帅也。气，体之充也。夫志至焉，气次焉。"虽是论人、观人，也可用之观诗。司马迁评屈原《离骚》曰："其文约，其辞微，其志洁，其行廉……推此志也，虽与日月争光可也。"[①] 这里的"志"，指高洁而光辉的人格力量。"诗言志"本体意义上的人格内涵，构筑了传统诗学重人、重人格的理路。观人学的切入，大大丰富了传统诗学"诗言志"的理论。

---

① ［西汉］司马迁：《史记》卷八十四《屈原贾生列传》，第 2482 页。

以"德"为基准的儒家人性说从道德层面提出了诗学要求,奠定了中国传统诗学观"人"与"诗"的规范。观人批评虽兴盛于六朝,但对人的评价与思索自先秦便已开始,把握了先秦儒家观人学中对人性的思考,也就把握了文学批评人化的德性、教化渊源。

四 观人学视阈下的诗学道德批评标准

中国传统往往以社会价值作为评判尺度,对诗人、诗作进行评判,因此诗论实际上是一种人论,一种人格文化。比德式的思维与以诗比德的人格化审美方式相结合,形成了以诗比德的人格化批评方式。历代比德式诗歌批评以儒家思想为基础,将诗歌的具体形式、风格特点与人的道德品质相比附,形成了几千年来中国传统主体话语权控制下的诗歌道德批评。

先秦两汉温柔敦厚诗教的创建,本身就是观人诗学批评的重大成果。它主要来自儒家观人学在观人性情上的基本观点,并在这基础上形成的影响中国几千年的"温柔敦厚"的诗教。孔子"《诗》论",本是研究《诗经》及其教化的成果,而后来衍变为"诗教",则已突破原来的限制,通指论诗之道、作诗之法。如许学夷说:"风人之诗既出乎性情之正,而复得于声气之和,故其言微婉而敦厚,优柔而不迫,为万古诗人之经。"①《礼记·经解》"温柔敦厚诗教也"条,孔颖达疏:"温谓颜色温润,柔谓情性和柔。《诗》依违讽谏,不指切事情,故云'温柔敦厚'是《诗》教也。"② 可见"温柔敦厚"本是对观人性情之正的评判用语,自汉以后正式成为作诗原则、评诗标准。不仅教人如何做人、观人,而且教人如何作诗、如何解诗:中正、无邪、不狂、不淫、不伤、忠恕等。所以,从儒家观人出发引出的诗教,其实涵盖了诗歌发生、诗歌创作、美学风格、诗歌批评、诗歌功能、主体修养等领域,将《诗经》温柔敦厚的标准用于观察一切诗人或诗作,即《诗》教演变成诗教,超越了经学领域,扩大到诗学领域,沿袭至清。所以,以"德"为基准的儒家人性说,从道德层面提出了"观人"与"观诗"的规范。

(一)"发乎情,止乎礼义":情感内容的道德指向

从诗歌的情感内容上看,孔子说:"志之所至,诗亦至焉;诗之所至,礼亦至焉;礼之所至,乐亦至焉。"(《礼记·孔子闲居》)诗言志,与

---

① [明] 许学夷:《诗源辨体》卷一,北京:人民文学出版社1987年版,第2页。
② [东汉] 郑玄注,[唐] 孔颖达疏:《礼记注疏》卷五十,影印文渊阁《四库全书》经部第116册,第310页。

观人准则一样，必须符合礼义规范。在内容上，孔子提出"思无邪"（《论语·为政》），即思想、内容、感情都必须纯正，这本是儒家对《诗经》思想、感情、内容的总结，后世被用作评价一切诗歌作品思想、感情、内容的标准。以爱情诗为例，《孔子诗论》评"《关雎》以色喻于礼"①，"色"指爱情，必须通过"礼"表现，把爱情寄寓于深层"礼"的局囿之中，从而达到教化的目的。"礼"是根本，是核心，"色"要符合温柔敦厚的德化之教。这也让我们了解后世儒家为什么将《关雎》解释为一篇歌颂"后妃之德"（《毛诗序》）的特殊爱情诗了。这一标准反映的是"仁""礼"的典型的儒家观人准则。所以后世诗学主张诗歌的感情内容（即性情）合乎礼义，如孙绪《沙溪田漫稿序》概括"诗者，性情礼义之宗"②，庞垲《诗义固说》卷上说："诗有道焉，性情礼义，诗之体也；始终条理，文之用也。无体不立，无用不行，相为表里，如四时成岁，五官成形，乃天人之常也。"③ 钱咏《谭诗·总论》说"古人以诗观风化，后人以诗写性情。性情中有中正和平、奸恶邪散之不同，诗亦有温柔敦厚、噍杀浮僻之互异"④，数人皆取人为喻，论述诗歌的本质与体用，正说明"性情礼乐""以礼制情"是温柔敦厚的诗教的本体论，代表了伦理道德的价值取向。

从情感的抒发来说，"诗言志"说本来是轻视"情"的，孔子虽然讲了"乐无吝情"，但他要把"情"限制在"思无邪"的框框内。"思无邪"是他拈出《诗经》的现成句子，对《诗经》的总体评价。观诗如此，观乐如此，观人也如此，是对伦理道德思想的进一步发挥。《诗大序》说："诗者，志之所之也，在心为志，发言为诗。情动于中而形于言，言之不足故嗟叹之，嗟叹之不足故咏歌之，咏歌之不足，不知手之舞之，足之蹈之也。"⑤ 将"情"纳入"志"的视野，肯定了诗是"志"的载体，肯定了"情动于中"的激发力量，是一大进步。但它又提出"变风""变雅"的概念，说："变风发乎情，止乎礼义。发乎情，民之性也；止乎礼义，先王之泽也。""止乎礼义"成了对"发乎情"的抑制。发展到后来，温柔敦厚诗教以性情之正偏、风雅之正变来观诗，一句话，以《诗经》风雅标准来衡量诗歌。刘勰《文心雕龙·明诗》："诗

---

① 马承源：《上海博物馆藏战国楚竹书》一《孔子诗论》，上海：上海古籍出版社2001年版，第139页。
② ［明］孙绪：《沙溪集》卷一，影印文渊阁《四库全书》集部第1264册，第493页。
③ 郭绍虞：《清诗话续编》二，第727页。
④ ［清］钱咏：《履园丛话》八，北京：中华书局1979年版，第205页。
⑤ ［南宋］朱熹辨说：《诗序》卷上，影印文渊阁《四库全书》经部第69册，第4页。

者，持也，持人情性。三百之蔽，义归无邪，持之为训，有符焉尔。"①王寿昌《小清华园诗谈》卷上"诗有四正：性情宜正，志向宜正，本源宜正，是非取舍宜正"，"诗有六要：心要忠厚"，"诗以道性情，未有性情不正而能吐劝惩之辞者。《三百篇》中，其性情亦甚不一，而总归于'无邪'"②，许学夷也说"《风》虽有正变，而性情则无不正也"③，皆以儒家诗教为依归。潘德舆《养一斋诗话》开宗明义说："'诗言志'，'思无邪'，诗之能事毕矣。"④"诗言志""思无邪"被历来诗教论者当作考量诗歌内容好坏的标准法则。

传统儒家的伦理道德思想，不但决定了诗歌作品感情、内容、思想的规定性，而且也决定了以"性情"为考量内容的诗歌批评。历史上完全符合这个标准的，也不过寥寥数人，"思无邪者惟陶渊明、杜子美耳，余皆不免落邪思也。六朝颜鲍徐庾，唐李义山，国朝黄鲁直，乃邪思之尤者"⑤，清人王寿昌进一步论述诗歌性情的正与雅，说："惟杜少陵性情真挚，忧国爱君之意，盎然于楮墨之间，犹有诗人遗意，但多忧伤感愤，拟诸《三百》，实为变风变雅，终非盛世之音；若韩昌黎以唐代名儒，性情颇得其正，故篇什之间每吐德音；然以文笔为诗，往往不免过于豪放。"虽然杜甫、韩愈性情中正，但情感上"多忧伤感愤"，表现方法上"过于豪放"，充其量是个变风变雅，而其他大多数诗人，"如李少卿之偏于忿憾，曹孟德之偏于深险，阮嗣宗之偏于幽愤，张茂先之偏于浮华，郭景纯之偏于隐怪，陶元亮之偏于高尚，鲍参军之偏于感时疾俗，谢康乐之偏于矫情肆志，江文通之偏于繁艳，沈休文之偏于琐屑，徐庾之偏于绮靡；又如王杨卢骆之偏于浮薄，李太白之偏于豪纵，刘梦得之偏于褊狭，孟东野之偏于孤峭，玉川子之偏于险怪，李长吉之偏于奇幻，白香山之偏于坦率，元微之之偏于柔媚，李义山之偏于瑰异，温飞卿之偏于婉弱"，在性情上都有"偏倚驳杂之弊"，所以王寿昌主张"取其所长，弃其所短，驯而至于温柔敦厚之归，则雅颂之音，庶可复睹耳。"⑥

---

① ［南朝梁］刘勰撰，［清］黄叔琳辑注：《文心雕龙辑注·明诗》，影印文渊阁《四库全书》集部第 1478 册，第 83 页。
② 郭绍虞：《清诗话续编》三，第 1855~1857 页。
③ ［明］许学夷：《诗源辩体》卷一，第 2 页。
④ ［清］潘德舆：《养一斋诗话》卷一，北京：中华书局 2010 版，第 5 页。
⑤ ［南宋］张戒：《岁寒堂诗话》卷上，影印文渊阁《四库全书》集部第 1479 册，第 44 页。
⑥ ［清］王寿昌《小清华园诗谈》卷上《条辨》，郭绍虞：《清诗话续编》三，第 1857~1858 页。

持其情，约其欲，着眼点在于教化，张戒、王昌寿等人关于性情的观点，代表了儒家诗教的风雅论诗、道德观人的诗歌批评倾向。

"以道制欲"，"反情从志"，从思想内容来说，最能体现温柔敦厚"诗教"的就是守礼、忠义：

1. 守礼。儒家主张"中和""中庸"，反对"过"与"不及"。"中和"要求人们的行为合乎"礼义"。孔子说："夫礼所以制中也。"（《礼记·仲尼燕居》）礼义的规范是实现中庸的保障。齐己《风骚旨格》论诗"二十式"中就有"进退、礼义"，"四十门"有就有"真孝、忠正、雅风、理义"等，都包含了"礼"与"忠"的要求①。传统诗学多将诗歌的法度比附于礼法，将"诗发乎情，止乎礼义"当作诗学铁律，明人如梁桥《冰川诗式》卷九《学诗要法》上推崇"小雅者，忠厚宣王"，"鲁颂者，谨守礼法"②；宋濂《霞川集序》评王本中之诗，"和平而不矜……雍容而自得，非止乎礼义者，其能至于斯邪？……如齐鲁诸儒，折旋规矩，吻合礼度"③，这里不仅是技艺法度上的守礼，也包括内容情感上的守礼，因此必须排斥艳情诗，清人如李重华《贞一斋诗说·诗谈杂录》说："诗道最忌轻薄，凡浮艳体皆是；加以淫嫚，更是末俗秽词，六义所当弃绝也。余每谓元微之、温飞卿不应取法者为此。"④ 坚守了"思无邪"的道德价值取向；朱彝尊《与高念祖论诗书》说："魏晋而下，指诗为缘情之作，专以绮靡为事，一出乎闺房儿女子之思，而无恭俭好礼、廉静疏达之遗，恶在其为诗也？"⑤ 把"诗缘情而绮靡"狭隘理解为男女之情与香奁之体，是对陆机的极大误解。即使对艳诗持包容意见者，也主张要固守"止乎礼义"，如贺裳《载酒园诗话》卷一所评："正人不宜作艳诗，然《毛诗》首篇即言河洲窈窕，固无妨于涉笔，但须照摄'乐而不淫'之义乃善耳。唐崔颢、崔国辅皆以艳诗名，司勋较司马，则殊有蕴藉……当是止乎礼义。"⑥ 可见守礼无所不在的影响。

2. 忠义。在儒家纲常礼教之中，"忠恕为仁"，"忠"是最大的礼、最大的仁，诗学多指向伦理道德与中和之美。儒家的重要代表，孟子的

---

① 丁福保：《历代诗话续编》上，北京：中华书局1983年版，第107~110页。
② 周维德：《全明诗话》二，济南：齐鲁书社2005年版，第1743页。
③ [明] 宋濂：《宋濂全集·宋学士先生文集辑补》，杭州：浙江古籍出版社1999年版，第2024~2025页。
④ 丁福保：《清诗话》下，北京：中华书局1963年版，第931页。
⑤ [清] 朱彝尊：《曝书亭集》卷三十一，影印文渊阁《四库全书》集部第1318册，第3页。
⑥ 郭绍虞：《清诗话续编》一，第223页。

诗学，就构建出"以道德仁义去逆诗人之志"（即"观志"——引者注）及其诗旨、"又以伦理关系来规范情感，以忠孝与否判断诗人情感之价值"的批评模式①。这对后世诗学影响很大。如皎然《诗式·辨体有一十九字》概括文章德体，其中"放词正直曰贞，临危不变曰忠，持操不改曰节，立性不改曰志，风情耿耿曰气……词温而正曰德，检束防闲曰诚"②。"忠"指臣民服从于君主及国家的行为准则，本是儒家思想的核心之一，后来与"奸"相对，成为观人术语。辨别忠奸本是观人学内容，受其影响，后来也成为诗学批评的一个内容。在以诗比德的审美之中，忠义之德倍受推崇，用来比附这一品德的诗歌，多与诗人本身的忠义品格相联系，刘熙载所谓"诗品出于人品，人品悃款朴忠者最上"③，符合"忠"规范的，往往受到赞许，如何日愈推崇"风人之词微而深……儒者之词严而正，忠臣之词婉而讽"④，如方南堂《辍锻录》论韦苏州、元次山诗，"一望而信其为悱然忠厚、淡泊近道之君子也"⑤。

以诗观"忠"成为观人学"辨忠奸"之一术。正是由于"忠"是一种"无私""事君能致其身"的品格，因而具有守正不阿的坚毅和视死如归的刚烈，并化为作品的"骨""骨气"或"骨力"，与诗人的品质对应起来。凡是不合"忠"规范的诗与诗人，往往为诗学所弃，历来否定王维诗歌者，也往往针对他的人品，而不是他的诗歌，如桐城派梅曾亮《杂说》："太白之诗豪而夸，子美之诗深而悲，子建之诗怨而忠，渊明之诗和而傲，其人然，其诗亦然，真也。……然则其果无无乎不工者欤？曰：有之，王维是也。忠乎？贰乎？释乎？儒乎？甘心于山泽之臞者乎？抑捷足于贵戚之门者乎？若是者，吾不能定其为人。"⑥ 理学家朱熹直接指出王诗在"气骨"方面的缺陷："王维以诗名开元间，遭禄山乱，陷贼中不能死，事平复幸不诛。其人既不足言，词虽清雅，亦萎弱少气骨。"⑦ 虽然讥讽过甚，苛求过甚，以人品定诗品，但体现的正是儒家的观人学与诗学价值取向。

---

① 陈良运：《中国诗学批评史》，南昌：江西人民出版社1995年版，第42~46页。
② ［唐］释皎然撰，李壮鹰校注：《诗式校注》，北京：人民文学出版社2003年版，第70页。
③ ［清］刘熙载：《艺概》卷二《诗概》，第82页。
④ ［清］何日愈：《退庵诗话》卷六，广州：广东高等教育出版社1996年版，第117页。
⑤ 郭绍虞：《清诗话续编》四，第1941页。
⑥ ［清］梅曾亮：《柏枧山房文集》卷一，北京：华文书局股份有限公司1969年版，第30~31页。
⑦ ［南宋］魏庆之：《诗人玉屑》卷十五，上海：上海古籍出版社1978年版，第315页。

（二）词温而雅："作诗中正之法"的艺术诉求

一定情感内容的诗歌与一定的艺术表现形式是对应与统一的。严羽批评宋诗"末流甚者，叫噪怒张，殊乖忠厚之风，殆以骂詈为诗"，① 谢榛评韦孟《讽谏》诗"忠鲠有余，温厚不足"②，可见道德批评主导下的诗歌除了感情内容上的"忠义"外，还须具备相应的表达方式。

1. 在情感内容上强调乐而不淫，哀而不伤，反对发愤、怨怼等表达方式。孔子列举的"《关雎》乐而不淫，哀而不伤"（《论语·八佾》），是符合诗教"中和"要求的典范之作。朱熹释曰："淫者乐之，过而失其正者也；伤者哀之，过而害于和者也。"③ 孔子思想上的中庸之道在观人学、诗学思想上的要求是一致的。快乐而不放荡，悲哀而不痛苦，这是观人之道，例如谢安获知淝水大胜之后，犹然"默然无言，徐向局"，"意色举止，不异于常"（《世说新语·雅量》），这是"乐而不淫"雅量的最佳观人学范例。观人学有关这些要求，也被用作论诗的标准，直接导致了"温柔敦厚"诗教的确立。早期诗学批评屈原"怨怼为诗"，就是对"惜诵以致愍兮，发愤以抒情"（《楚辞·惜诵》）诗歌表达方式的一种排斥：

> 凡诗之道，以和为正。……乃太史公谓"《诗三百》，大抵圣贤发愤之所为作"。夫发愤，则和之反也。其间劳臣怨女，悯时悲事之词，诚为不少。而圣人兼著之，所以感发善心，而得其性情之正。故曰："温柔敦厚，《诗》教也。"所以正夫不和者也。④

> 温厚：温柔敦厚，《诗》之教也，无失于愚。讽言以戒，闻之者有补；毁谤以闻，怒之者何益？如《长门》及《自悼》之赋，怨而不乱；《柏梁》《郊祀》之诗，乐而不淫；李绅《悯农诗》，称其有宰相器；杨龟山曰："东坡诸作，讥诮朝廷，非诗教也。若伯淳诗'未须愁日暮，天际是轻阴'，何温厚也！"⑤

淫、伤与怒，都构成了对中和之美的极大破坏。如果说孔子还允许

---

① ［南宋］严羽撰，郭绍虞校释：《沧浪诗话校释·诗辩》，第26页。
② ［明］谢榛：《四溟诗话》卷一，北京：人民文学出版社1961年版，第24页。
③ ［南宋］朱熹：《四书章句集注·论语卷第二》，影印文渊阁《四库全书》经部第197册，第23页。
④ ［清］申涵光：《聪山集》卷一《连克昌诗序》，上海：商务印书馆1936年版，第8页。
⑤ ［明］谭浚《说诗·得式》，吴文英：《明诗话全编》四，第4017页。

"诗可以观""诗可以怨",不排斥爱情之作①,但必须"乐而不淫,哀而不伤","怨而不怒",那么后世诗教要求怨哀不失其正,其偏激者则并怨、哀而弃之,反对一切"怨怼""发愤""艳媚""讥谤"之作,一概斥之为"风雅罪人"。

诗教在艺术表现方式上中和与含蓄的特点,渗透着儒家伦理道德的观念。"中庸"是儒家的理想人格中一个道德要求。《论语·雍也》子曰:"中庸之为德也,其至矣乎!"所谓中者,不偏不倚,无过无不及;中庸"以中和为用",既是一种世界观,也是观人准则,所以诗学艺术受其影响,亦推崇"中庸"。

2. 在艺术技巧上主张严谨变化、含蓄温厚,反对浅露、讪谤等表达方式。诗教的"守礼"在技法上的要求是"谨严"。清许奉恩《文品·谨严》曰:"处女待字,循礼守贞。笑勿见齿,叹不闻声。罗袜净窄,缓步随行。但形详慎,不假庄矜。慄慄兢兢,虎尾春冰。圣贤学问,豪杰勋名。"② 以人喻文,诗亦如之。如于慎行谓"李诗似放而实谨严,不失矩矱;杜诗似严而实跌宕,不拘绳尺,细读之可知也"③,可见谨严不是"战战兢兢",而是寓谨严于跌宕,寓整齐于变化,具有艺术辩证法的内涵。在儒家思想中,作为道德标准的"礼"与作诗之"法"是相通的,所以文学批评一般把诗文的形象比作守礼人的形象。如方孝孺《张彦辉文集序》说:"荀卿恭敬好礼,故其文敦厚而严正,如大儒老师衣冠伟然,揖让进退,具有法度。"④ 而作为"儒家者流"的杜甫,也常常被比为大儒揖让礼乐,森严有法,神采攸焕,正奇混成。礼本来是儒家要求的道德规范,但它经由个体的认同与修养,转化为个体自身的行为准则和价值目标,这一过程依"礼"而思,履"礼"而行,是自觉、自发行为,才能达到"从心所欲不逾矩"(《论语·为政》)的境界。"从心所欲不逾矩"是观人学的标准,与诗歌艺术修养高深、技法纯熟、动合规仪,由必然王国进入自由王国的境界相通,因此也被用于诗歌标准。如杨士奇《杜律虞注序》对杜甫的评价:"若雄深浑厚,有行云流水之势,冠冕佩玉之风,流出胸次,从容自然,而皆由夫性情之正,不局于法律,

---

① 袁枚《答沈大宗伯论诗书》:"子曰'可以兴','可以群'。此指含蓄者言之,如《柏舟》《中谷》是也。曰'可以观','可以怨'。此指说尽者言之,如'艳妻煽方处'、'投畀豺虎'之类是也。"[清] 袁枚:《袁枚全集》二《小仓山房文集》卷十七,南京:江苏古籍出版社1993年版,第284页。
② 王水照:《历代文话》六,上海:复旦大学出版社2007年版,第5605页。
③ [明] 于慎行:《谷山笔尘》卷八《诗文》,北京:中华书局1984年版,第87页。
④ [明] 方孝孺:《逊志斋集》卷十二,北京:中华书局1989年版,第164页。

亦不越乎法律之外，所谓'从心所欲不逾矩'，为诗之圣者，其杜少陵乎。"① 毛先舒《诗辩坻》论"八征"，以观人法观诗，第一征就是"神"："神者，不设矩矱，率归于度，任举一物，旁通万象。"② 可见，"守礼"不仅是诗歌情感内容的要求，也是诗法"合度""入神"的要求，也是做人、观人的要求。杜甫所以成为后世诗教的榜样，不仅在于情感内容上得"性情之正"，而且艺术上也森严有法，在规矩中自在，进入化境。"沉郁顿挫"本来是诗歌艺术表达的创造技巧和法则，是美诗物质层面的基础和保证，在比德式的观照下，获得了伦理美的品格。既符合仁义道德（包含"礼义"与"忠厚"），又具有"沉郁顿挫"之美的，诗歌集大成杜甫是最最典型的，宜为诗学推为"诗圣"。

温柔敦厚的艺术表现方法，《毛诗序》归纳为"主文而谲谏"，即隐约其词，不直言过失，所谓"诗佳处不在多，以不尽为温，以有余为厚"③，不尽与有余，亦宋人解"韵"之本意；"夫诗，温柔敦厚者也。不质直言之而比兴言之，不言理而言情，不务胜人而务感人。"④ 皆是此意。含蓄蕴藉是一种中和之美、神韵之美，既是儒家伦理思想对道德人格的一个重要要求，也是对诗歌风格的审美要求，正如清人田同之《西圃诗说》所说："古人诗意在言外，故从容不迫，蕴蓄有味，所谓温厚和平也。"⑤ 田雯《古欢堂集杂著》卷三《硕人》说："风人之旨，往往含蓄不露，意在言外。"⑥ 陈廷焯说："温厚和平，诗教之正，亦词之根本也。然必须沉郁顿挫出之，方是佳境；否则不失之浅露，即难免平庸。"⑦ 比如同写李、杨爱情故事，白居易《长恨歌》用"汉皇重色思倾国""娇侍夜""醉和春"等暴君之恶，有"志诬其上"之嫌，而杜甫《哀江头》却"词婉而雅，其意微而有礼，真可谓得诗人之旨者"⑧，体现了"忠义"。二诗正浅露汕谤与含蓄温厚之别，故杜诗深受诗教论者推崇。

潘德舆说："凡作讥讽诗，尤要蕴藉。发露尖颖，皆非诗人敦厚之

---

① 吴文治：《明诗话全编》一，南京：江苏古籍出版社1997年版，第421页。
② 郭绍虞：《清诗话续编》一，第10页。
③ [明]郝敬《唐体》，吴文治：《明诗话全编》六，第5937页。
④ [清]焦循：《焦循诗文集》卷十六《毛诗郑氏笺》，扬州：广陵书社2009年版，第305页。
⑤ 郭绍虞：《清诗话续编》二，第752页。
⑥ 同上书，第712页。
⑦ [清]陈廷焯：《白雨斋词话》卷九，北京：人民文学出版社2001年版，第181页。
⑧ [南宋]张戒：《岁寒堂诗话》卷上，第38页。

教。"① 可见，诗教对艺术表现的影响也无所不在，不仅爱情诗如此，对政治讽谕诗的限制尤其明显。相对而言，沈德潜的诗教学思想颇具包容性与辩证性：他强调"温柔敦厚"，但又认为出于"至情"，偶尔言辞激烈也"小失其旨"，如评《诗经》中的怨刺诗道："《巷伯》恶恶，至欲'投畀豺虎'，'投畀有北'，何尝留一余地？然想其用意，正欲激发其羞恶之本心，使之同归于善，则仍是温厚和平之旨也。《墙茨》《相鼠》诸诗，亦须本斯意读。"② 他主张"以意运法"，体现出了后世儒家诗学的一种调和心态。

（三）中和之美：德本批评的美善指向

《诗》教不仅表现在情感内容的"质"的规范上，艺术表达方式的"文"的形式上，而且表现在"美"的形态表现上：这就是"中和"之美。

1. 在艺术风格倾向上，崇尚整齐、中和、宽博、不露、不怯等。清人朱庭珍《筱园诗话》卷一说："孔子曰：过犹不及。又曰：中庸不可能也。……盖超凡入圣，自有此神化境界。诗家造诣，何独不然！……是以太奇则凡，太巧则纤，太刻则拙，太新则庸，太浓则俗，太切则卑，太清则薄，太深则晦，太高则枯，太厚则滞，太雄则粗，太快则飘，太放则冗，太收则蹙。……必造到适中之境，恰好地步，始无遗憾也。"③ 指的是包括用意、写情、字法、句法、章法、声韵、赋比兴等在内的技法要素，都要求恰到好处，反对"过犹不及"。这就是"作诗中正之法"④。它们的和谐统一就会实现风格方面的中和，以象"中庸"之德。从另一角度来看，"诗心与人品不同：人欲直而诗欲曲，人欲朴而诗须巧，人欲真实而诗欲形似。盖直则意尽，曲则耐思；朴则疑野，巧则多趣；真实则近凝滞，形似则工兴比。要其旨统归于温厚和平，则人品诗心一揆也"⑤。观人与评诗虽然在研究对象、表达方式上各有特殊规律，但宗旨都是温厚和平，存在相通性。

王夫之思想激进，但论诗却坚守儒家观点。他认为，人的气质有夏夷之别，有君子与小人、圣人与庶众的不同，所以作诗也有王霸、温戾之异，如"夷蛮之诗乐夹霸杂之气，非道也"⑥，他甚至鄙夷韩愈诗：

---

① ［清］潘德舆：《养一斋诗话》卷三，北京：中华书局2010版，第52页。
② ［清］沈德潜：《说诗晬语》卷上，北京：人民文学出版社1979年版，第194页。
③ 郭绍虞：《清诗话续编》四，第2340页。
④ ［明］谢榛：《四溟诗话》卷三，第71页。
⑤ ［清］叶矫然《龙性堂诗话初集》，郭绍虞：《清诗话续编》二，第938页。
⑥ ［清］王夫之：《诗广传》，北京：中华书局1981年版，第74页。

"狷急险躁之音,乃欲夺无声以矜霸气,如王世充作天子,指天画地,白沫喷人。"① 当然更瞧不起"僧诗如猩猩,女郎诗如鹦鹉,曲学人语,大都不离其气类"②,视为小人之诗,他批评小人、庶众诗作也很严厉:

> 以讦讦为直,以歌谣讽刺为文章之乐事,言出而递相流传,蛊斯民之忿怼以诅咒其君父,于是乎乖戾之气,充塞乎两间,以干天和而奖逆叛,曾不知莠言自口而彝伦攸致,横尸流血百年而不息,固其所必然乎?③

小人之诗,内容上讽刺、诅咒、叛逆,政治上伦常败坏,感情上怨怼,发言丑恶,艺术上讦直暴露,充满暴戾之气,这些都是违反礼教,违背温厚之旨,"北人无礼,将为夷风之久染乎"④,夷狄和小人、庶众之诗,必不能入道。从王夫之"破"的内容来看,儒家诗教所批评的反中和观念,是有着丰富内涵的。以君子、小人评诗,观人学色彩极强。

2. 在美学形态上,推崇中和,排斥狂狷;推崇雄浑健壮,排斥软媚无骨。孔子说过:"质胜文则野,文胜质则史,文质彬彬,然后君子。"(《论语·雍也》)君子修中和之道,是德之范者,君子之道也是儒家的为人、观人、为文、为诗之道,其文学观也可称之为"君子文学观"。孔子开启了道德之美是文学之美的先河,其观人文评的观念也在于此。后世诗学受其影响,排斥"史"与"野",顾璘《与陈鹤论诗》主张"诗之为道,贵于文质得中,过质则野,过文则靡,无气弗壮,无才弗华,无情弗蕴"⑤,元好问《陶然集诗序》以"钝滞、僻涩、浅露、浮躁、狂纵、淫靡、诡诞、琐碎、陈腐为病"⑥,只有文质恰当,符合"中庸之为德也"标准,才是中行之诗,也是君子品格的诗。这些都反映了儒家观人学人格批评的影响。

如果说孔子"不得中行而与之,必也狂狷乎"(《论语·子路》)的观点,说明"狂狷"在孔子处还有宽容余地的话,那么后世儒家却走向极

---

① [清]王夫之:《船山全书》十四《唐诗评选》卷一,长沙:岳麓书社1996年版,第967页。
② [清]王夫之:《船山全书》十四《唐诗评选》卷十四,第1141页。
③ [清]王夫之:《船山全书》十四《读通鉴论》卷二十七《僖宗》,第1048页。
④ [清]王夫之:《船山全书》十四《明诗选评》卷四,第1312页。
⑤ 吴文治:《明诗话全编》三,第2145页。
⑥ [金]元好问:《遗山集》卷三十七,影印文渊阁《四库全书》集部第1191册,第429页。

端，不能容忍"过（狂）"与"不及（狷）"。如王通《事君篇》评"鲍昭、江淹，古之狷者也，其文急以怨；吴筠、孔珪，古之狂者也，其文怪以怒"①。这段文字也被邵祖平转引入《观人学·文字例》②中，从这里也可见文学批评也通于观人学。苏辙《诗病五事》甚至鄙夷李白太狂，"不知义理"，立身行事、出处大节无法与杜甫相比③；吴沆评"太白得之豪而失之放，卢仝得之狂而失之怪"④，冯复京《说诗补遗》卷一甚至连斥"李翰林之狂率，杜拾遗之刻露，皆非诗之正也"，并认为"卢仝之狂纵，太白之乐府为之也"⑤，陈廷焯批评辛词"不免剑拔弩张"，"不免粗鲁……为后世叫嚣者作俑矣"⑥，都反对逞豪放纵，提倡中和之美，从另一方面维护了诗教的中庸观点。

诗学崇尚雄浑健壮之美，必然排斥软媚无骨，此实从观人学来。孟子的"养气说"与大丈夫人格，《易经》"天行健"的思想，都赋予了诗学强大的生命力。此外，诗歌的正直刚健一般比德于忠贞，忠贞的诗歌又极饶"气骨"，邪思的诗歌往往被视为"无骨之征"（《文心雕龙·风骨》）。这种比德式诗歌批评与观人学关于体贵大贱小、生命贵健贱弱、骨贵强贱软等生命意识有关。清人施山《姜露庵杂记》卷五说"健为天道，天道非健不行，而文体亦非健不立"⑦，体现了观人学崇健对诗教的影响。反面例子如"晋魏六朝，则趋于软媚，纵有美才秀笔，终是风骨脆弱"⑧，如上官体"绮错婉媚"（《旧唐书·上官仪列传》），如元稹、秦观之女郎诗⑨，"许（浑）、赵（嘏）诸人，专以字句取媚，而气体日趋卑弱"⑩，这些都轻浮无行、哗众随俗，缺乏风骨，偏离了"性情之正"。

在美的本质论上，"子谓《韶》：尽美矣，又尽善也"（《论语·八佾》），孔子的"尽善尽美"说，不以形式和内容来界定文学美的本质，而是取人格中的美善品质来喻指诗乐。"尽善尽美"是最高的人格理想，也是诗乐评价的终极标准。这种以善为美的思想折射出儒家把人格精神

---

① ［隋］王通：《中说》卷三，北京：中华书局1985年版，第9页。
② 邵祖平：《观人学》中篇《实用》第二章，第196页。
③ ［北宋］苏辙：《栾城集》下，上海：上海古籍出版社2009年版，第1554页。
④ ［南宋］吴沆：《环溪诗话》卷上，北京：中华书局1988年版，第124页。
⑤ 吴文治：《明诗话全编》七，第7166，7244页。
⑥ ［清］陈廷焯：《白雨斋词话》卷一，第21-22页。
⑦ ［清］施山撰，［清］施煌等注：《通雅堂诗钞笺注》四，民国间石印本。
⑧ ［明］江盈科：《江盈科集》二《法古》，长沙：岳麓书社2008年版，第705页。
⑨ 元好问《论诗绝句》其二十四："有情芍药含春泪，无力蔷薇卧晚枝。拈出退之山石句，始知渠是女郎诗。"李调元《雨村诗话》卷下："元微之则宛然柔媚女郎诗矣。"
⑩ ［清］黄子云《野鸿诗的》，丁福保：《清诗话》下，第865页。

与道德操守联系在一起的审美观念。儒家诗教理论的重要特征，就是在伦理道德层面上重视人品与诗品的统一，重视美与善的统一。《孟子》把孔子"善"的标准与人格联系起来考察，探究善的人格根源，提出"性善论"这一命题，并生发出一系列人格批评理论。这种观点也影响到了诗学。赵湘认为"诗者，文之精气。古圣人持之摄天下邪心"，这种状态下的诗歌呈现出"君子"的美学风格，"或问之：何为君子耶？曰：温而正，峭而容，淡而味，贞而润，美而不淫，刺而不怒，非君子乎？反于是皆小人尔"①。这种君子文学观，正是基于观人学与诗学对"中和"之美的阐释，二者推崇君子人格，具有高度的一致性。因为儒家关注的主要是如何成就完善的人格，而诗学正被儒家纳入这一体系之中。

（四）德先艺后：以人品定诗品的儒家人格批评

初唐著名观人学家裴行俭提出"士之致远，先器识，后文艺"②的观点。器量与见识，指人的内在涵养、精神境界；文艺，指写作方面的学问与运用文字的技巧。他对初唐四杰的观察结论是："（王）勃等虽有文名，浮躁浅露，岂成远大？惟（杨）炯稍沉静，应得令长，余能令终为幸矣！"结果是王勃溺南海，卢照邻溺颍水，骆宾王被诛，杨炯终盈川令。裴行俭之言皆验。按：裴运用的"先器识，后文艺"原则，成为观察作家群体的观人学范例③。

从价值观上说，传统的"三不朽"，就是立德为先。孔子诗教的重要理论基石就是"德先艺后"，《孔子诗论》简文中"德"字凡9见，诸如坪德、盛德、王德、明德、秉文之德、寡德、文武之德、丕显维德等。"德"本身就是伦理道德概念，是为人、处事与治政的标准，也是孔子观人、观诗的重要准则。原旨诗教重视观作家之人品德行，而宋代理学思想则更加剧了这种倾向，这也反映在宋人扬杜抑李的评价上：

李太白当王室多难、海宇横溃之日，作为歌诗，不过豪侠使气，狂醉于花月之间耳。社稷苍生，曾不系其心膂。其视杜少陵之忧国忧民，岂可同年语哉？唐人每以李杜并称……至本（宋）朝诸公，

---

① ［北宋］赵湘《王象支使甬上诗集序》，吴文治：《宋诗话全编》一，南京：江苏古籍出版社1998年版，第76页。
② ［北宋］欧阳修、宋祁：《新唐书》卷一百八《裴行俭列传》，北京：中华书局1975年版，第4089页。
③ ［清］范文园《神相水镜集全编》卷三，田海林等：《相学秘籍全编》下，贵阳：贵州人民出版社1994年版，第1026页。

始知推尊少陵。东坡云:"古今诗人多矣,而惟称杜子美为首,岂非以其饥寒流落,而一饭未尝忘君也欤?"又曰:"《北征》诗识君臣大体,忠义之气,与秋色争高,可贵也。"①

这体现了孟子性善论和王道仁政思想的影响,所以宋人认为老杜之心可与孟子相比:"《孟子》七篇,论君与民者居半,其余欲得君,盖以安民也。观杜陵'穷年忧黎元,叹息肠内热','胡为将暮年,忧世心力弱',《宿花石戍》云'谁能叩君门,下令减征赋',《寄柏学士》云'几时高议排君门,各使苍生有环堵','宁令吾庐独破,受冻死亦足',而志在大庇天下寒士,其心广大,异夫求穴之蝼蚁辈,真得孟子所存矣。……愚谓老杜似孟子,盖原其心也。"② 评人论诗,强调仁心仁术,直探心灵深处。所以宋人观诗人,赞杜"一饭未尝忘君也"③,"独得圣人删诗之本旨,与三百五篇无异"④,简直就是诗教的标本,所以在排名居于李白之上,这些都坚持了诗教的批评标准⑤。沈德潜《说诗晬语》说:"有第一等襟抱,第一等学识,斯有第一等真诗。"⑥ 所谓"第一等襟抱",即理想中的人格精神。诗文要体现出这种人格精神,才是上乘之作。

当然德居艺先理论走向极端,便是机械僵化的诗学批评,如王德钟《静春堂诗集序》:"诗以人传。其人可传,则诗未有不传者也。"⑦ 徐增《而菴诗话》说:"人高则诗亦高,人俗则诗亦俗。"⑧ 叶燮《南游集序》:"人品之差等不同,而诗文之差等即在可推券取也。"⑨ "诗如其

---

① [南宋] 罗大经:《鹤林玉露》卷六,影印文渊阁《四库全书》子部第 865 册,第 303 页。
② [南宋] 黄彻:《䂬溪诗话》卷一,北京:人民文学出版社 1986 年版,第 5~6 页。
③ [北宋] 苏轼:《东坡文集》卷三十四《王定国诗集叙》,影印文渊阁《四库全书》集部第 1107 册,第 483 页。
④ [南宋] 张戒:《岁寒堂诗话》卷下,第 47 页。
⑤ 再比如张戒《岁寒堂诗话》卷上:"诗文字画,大抵从胸臆中出,子美笃于忠义,深于经术,故其诗雄而正。李太白喜任侠,喜神仙,故其诗豪而逸。退之文章侍从,故其诗文有廊庙气。退之诗正可与太白为敌,然二豪不并立,当屈退之第三。"第 39 页。清吴乔《围炉诗话》卷一:"诗如陶渊明之涵冶性情,杜子美之忧君爱国者,契于《三百篇》,上也。如李太白之遗弃尘事,放旷物表者,契于庄、列,为次之。"第 4 页。
⑥ [清] 沈德潜:《说诗晬语》卷上,第 187 页。
⑦ 王德钟:《静春堂诗集序》,《南社丛刻》第二十集,1917 年版。
⑧ [清] 徐增:《而菴说唐诗》卷之首,《四库全书存目丛书》集部第 396 册,第 541 页。
⑨ [清] 叶燮:《已畦集》卷八,1917 年长沙叶氏梦篆楼刊本。

人"批评的极端偏激处,在于把"人"狭隘地理解为观人学、伦理学上的"人",即人格,在诗学批评上出现了以人论诗、因人废诗、因人恶诗、因人爱诗的趋尚。这种批评方式对"人品"的理解偏狭,过分强调了诗人的人品,视人品与诗品"同形同构",甚至以人品取代诗品,以伦理批评代替诗学批评,导致诗歌批评流于生硬僵化,不能公正客观地分析诗人及作品。

(五) 诗从德出:修养论的心性规范

儒家提倡"中庸至和",不但有诗歌表达的情感内容上的要求,有艺术抒发方式上的要求,以及美善结合的诗人人格要求,更主要的是它的宗旨:通过诗歌规范的伦理道德的教育和人格培养,通过社会政治的"教而化之",使人们达到"中和"的要求,修成圣人的品格。这才是儒家观人学的终极目标,也是伦理诗学的宗旨。

在诗歌生成论上,孔子将它道德伦理化了,说"有德者必有言,有言者不必有德"(《论语·宪问》)。换句话说:没有道德伦理作支撑的文学,不是真正的文学。因此儒家特别强调作家个人的仁礼修养。"仁者爱人","忠恕为仁","克己复礼为仁",它推崇一种人格美,用孔子的话来说就是"恭、宽、信、敏、惠"(《阳货》)。人情至善准则是"中和"(中庸),人情至高境界是"诚","诚"是《中庸》的核心范畴,朱熹注释:"诚者,真实无妄之谓。"① 观人就是观其仁、观其诚、观其人格。"志于道,据于德,依于仁,游于艺"(《论语·述而》),孔子将作为君子修养必备的道、德、仁与"艺"并提,将"艺"视为一种自我人格的修身进德、充实完善的方式,通往"道""德""仁"的重要途径。这是儒家观人学的基础。以"仁""礼"为基础的儒家观人学,强调做人、观人要温柔敦厚,作诗、观诗也要温柔敦厚,"孔子曰:入其国,其教可知也。……其为人也,温柔敦厚而不愚,则深于《诗》者也"(《礼记·经解》),深受诗教影响的人也可以对人的性情产生作用。

从价值取向来看,古代诗学强调人品决定诗品,强调诗人的道德修养,重要的是诗人品格性情,"人高则诗亦高,人俗则诗亦俗"②。所以,朱庭珍《筱园诗话》卷三说:"温柔敦厚,诗教之本也。有温柔敦厚之性情,乃能有温柔敦厚之诗。"③ 而要培养出"温柔敦厚之性情",关键要"正其心",解决"邪思"的问题。《室中语》:"诗言志,当先正其

---

① [南宋]朱熹:《四书章句集注·中庸》第十六章,第209页。
② [清]徐增:《而菴说唐诗》卷之首《而菴诗话》,第541页。
③ 郭绍虞:《清诗话续编》四,第2391页。

心志，心志正，则道德仁义语，高雅淳厚义自具。三百篇中，有美有刺，所谓'思无邪'也，先具此质，再论工拙。"① 这是诗教对诗人的主观修养提出的要求。诗人品格的高低决定作品的价值大小，而人格道德修养以中和为至上：

> 诗莫善于养，养其恒则中，中则和；失其恒则动，动则变，……躁者肆而不遏，倨者疏而不缩，濡者啴而不谐，杀者竭而不泽，微者匿而不显。此词逐文变，匪所养也。惟君子则慎其所养者，是喜平则无乐，怒平则无恶，思平则无虑，悲平则无怨，恐平则无畏，中和之谓也。②

人的道德修养与言辞，诗人的主观修养与诗歌作品的关系，一直是观人诗学的重要课题。从德与言的统一出发，他们强调"诗如其人，不可不慎"③，从正面看，要雅和高远，所谓"其词雅，其为人正而有则者欤？其音和，其为人温而不戾者欤？其趣高，其思远，其为今之逸士而有古之遗风者欤"？④ 从负面看，"浮华者浪子，叫嚣者粗人，窘瘠者浅，痴肥者俗"⑤，都是由其人品修养不高所决定的。诗歌作为心性境界的反映，直接标志着人生境界的高低，所以正统论者、保守论者如苏辙，认为诗抒写穷愁哀怨，是不知"道"、不闻道的表现：

> 唐人工于为诗，而陋于闻道。孟郊尝有诗曰："食荠肠亦苦，强歌声无欢。出门如有碍，谁谓天地宽？"郊耿介之士，虽天地之大，无以安其身，起居饮食，有戚戚之忧，是以卒穷而死。而李翱称之，以为郊诗"高处在古无上，平处犹下顾沈谢"。至韩退之亦谈不容口。甚矣，唐人之不闻道也！孔子称颜子"在陋巷，人不堪其忧，回也不改其乐"，回虽穷困早卒，而非其处身之非，可以言命，与孟郊异矣。⑥

---

① [南宋] 魏庆之：《诗人玉屑》卷一三，第 269 页。
② [明] 谭浚《说诗序》，吴文英：《明诗话全编》四，第 4006～4007 页。
③ [清] 施闰章：《施愚山集》四《蠖斋诗话》，合肥：黄山书社 1993 年版，第 2 页。
④ [明] 刘崧《王斯和遗稿序》，吴文治：《明诗话全编》一，第 155 页。
⑤ [清] 施闰章：《施愚山集》四《蠖斋诗话》，第 2 页。
⑥ [北宋] 苏辙：《栾城集》下册卷八《诗病五事》，上海：上海古籍出版社 2009 版，第 1554 页。

以儒家贤人的道德修养来批评孟郊作品，连推崇孟诗的韩愈、李翱一并批评。所以清人叶燮说："诗之基，其人之胸襟是也。有胸襟，然后能载其性情、智慧、聪明、才辨以出，随遇发生，随生即盛。"① 诗歌作品的思想境界、志趣情操、才性聪明等都是通过诗人胸襟体现出来的；徐增说得更径直："诗乃人之行略，人高则诗亦高，人俗则诗亦俗，一字不可掩饰，见其诗如见其人。"② 这种以诗人道德修养、个性气质等主观因素来衡量诗歌品位高下的观点，体现了儒家诗教对后人诗人修养、诗歌批评的影响。但它以人品代替诗品，离开了诗的文本，就容易陷入偏途仄径。

儒家人性说是对人抽象的道德评价，人性品级在于道德层，道德诗歌是儒家的观人诗学思想。儒家以德性为标准的具体政治评议，导致观人诗学观念始终牵引于"德"的范畴之中，"温柔敦厚"形容一种人格特质，即诵读《三百篇》后，人格与心灵所受到的感化而显现于外的一种特质，一种精神风貌，并由此上升为作诗创作原则、观诗评价标准。而"风雅"不仅代表着《诗经》中的《风》和《雅》，而且还代表着"儒家诗教"的典范，代表着一种修养论的心性规范、情感内容的道德指向、艺术表现上的"中正之法"、德本批评的美善指向、以人品定诗品的作家批评，它的基本观点在先秦两汉时期已经形成，这与当时期哲学、经学、观人学相关；一经形成即成为万古不变的教条，从此也就不再发展，因此它始终是个封闭的体系。这种情形状态下的诗学批评，往往以《风》《雅》来衡量诗人、诗作乃至民歌的才性与成就。如魏曹植《与杨德祖书》云："夫街谈巷说，必有可采；击辕（壤）之歌，有应风雅。"③ 毛先舒《诗辩坻》卷第一《总论》说："诗学流派，各有颛家，要其鼻祖，归源《风》《雅》。"④ 将"温柔敦厚"视为论诗纲领的沈德潜更在《说诗晬语》提出了一个"仰溯风雅、诗道始尊"⑤的概念，他们都以风雅作为典范与标准，作为诗歌的生命，以此将道德批评运用到时代、诗人、诗作乃至诗道兴衰的评论上，如白居易《与元九书》评：

---

① ［清］叶燮：《原诗》卷一《内篇下》，北京：人民文学出版社 1979 年版，第 17 页。
② ［清］徐增：《而菴说唐诗》卷之首《而菴诗话》，第 541 页。
③ ［三国魏］曹植：《曹子建集》卷九，影印文渊阁《四库全书》集部第 1063 册，第 314 页。
④ 郭绍虞：《清诗话续编》一，第 6 页。
⑤ ［清］沈德潜：《说诗晬语》卷上，第 186 页。

"李（白）之作，才已奇矣，人不逮矣；索其风雅比兴，十无一焉。"①虽然杜甫不是诗教所能概括的，但诗教对诗歌发展的影响最典型的范例就是杜甫其人、其诗，黄子云《野鸿诗的》认为，能"含咀乎《三百篇》之神者，唯少陵一人"，"向有客问曰：盛、中、晚名家不少，而子（此指黄子云，引者注）必以少陵为宗者，何也？余曰：儒家者流，未闻去圣人而谈七十子者也"②。杜甫将儒家道德情感诗歌化，体现了伦理道德与爱国忧君的宗旨；意象的宏大、情感的跌宕、意味的蕴藉形成了杜诗"鲸鱼碧海""巨刃摩天"的审美特征；法度上也为后人留下了作诗典范，因此历来被视为儒家"温柔敦厚"诗教的"诗圣"榜样。以儒评杜诗、观杜其人，是千古大多数诗歌批评家共识。后世诗人在思想上、诗法上不免受其影响。

综上所述，从先秦到两汉，儒家道德思想不仅支配了观人学，而且支配了诗学，主要集中体现在对《诗经》的研究上，因此不可避免地接受儒家观人以德、经世致用的思想，而"诗之用"是以"诗之德"为前提的。由此，我们不难得出三个结论：（1）中国传统诗学的形成，来源于"《诗》学"，今人称之为"《诗经》阐释学"。而"《诗经》阐释学"的发展在先秦经历两个阶段：一是《左传》为代表的"（赋）《诗》言志"，以及兼《诗》学阐释家于一身的观人家们观志、观人（理性预测赋诗者的情志与命运）的传统，一是孔子、孟子、荀子为代表的儒家解《诗》传统。孔子论《诗》坚持仁、礼两个维度，而孟子偏重以"仁"释《诗》，荀子偏重以"礼"释《诗》，弘扬了儒家《诗》学思想。《左传》、儒家都是中国传统诗学的重要渊源。（2）由儒家建立起来的传统诗学，往往用道德的视野品评诗歌作品，以诗品观察并推知作者的人品，或者以作者的道德修养来观察作品的诗品、风格及其成因，并据此对作者、作品进行价值评判，这一切都与儒家观人、论诗思想分不开，体现了儒家的道德价值取向。儒家开启了观人学的道德批评与诗学的道德批评，影响并决定着后代观人学的价值取向，同时也助推了文学道德审美活动的历史进展，成为后世观人诗学批评的源头和先声。（3）当代许多学者认为人化批评、生命之喻等从魏晋开始，我认为先秦两汉儒家建立起来的道德批评，就是比魏晋更早的观人诗学批评。其实这个说法，朱光潜早就指出来了。他在《编辑后记》（四）说："儒家论诗，以'温柔

---

① ［唐］白居易：《白氏长庆集》卷四十五，影印文渊阁《四库全书》集部第1080册，第491页。
② 丁福保：《清诗话》下，第847，848页。

敦厚'为理想,《乐记》论声音,举和柔、直廉、粗厉、发散、啴缓、噍杀六种差别,《易·系辞》称'精义入神',都是最早的'人化'批评。"① 先秦儒家观人学重"德"与"礼","德"与"礼"可视为儒家观人学的中心思想,把观人学运之于诗学批评,成为后世观人、观诗的标尺,对传统诗歌的情感内容、抒发方式与中和之美,作家的主体修养,以人品定诗品的作家批评等思想,影响深远。

第二节 审美批评:从观人学到诗学

如果说先秦、两汉儒家以德性观人,是以德性为标准的具体政治评议,道德诗学便成了儒家的观人诗学批评内容,他们推出来的"温柔敦厚"诗教说,其实就是诗学中的道德批评,那么,汉末魏晋以后,观人学作为先导,文学、诗学随之跟进,先后离解了儒家观人学与诗学中的教化分子,转向对人的外在特征及精神面貌的关注,于是观人学、文学批评的体内注入了非功利性审美的新鲜血液,引发了观人学与诗学的独立与自觉。标志性的变化就是观人学从重道德审美到重才性容止审美、政治功用到审美功用,从具象转向抽象空灵、外在形象到内在精神的推崇,并且这些变化随着观人学的影响而延伸到文艺批评领域。这与"六经告退,庄老方滋"②,继而玄学大盛的时代文化背景分不开。清谈、清议把人们从汉代经学的束缚中解放出来,使观人学以及思维方式都转向玄学,为观人学及诗学的独立自觉创造了条件。

一 重审美性取向:从观人学到诗学批评

先秦两汉时期的观人学的发展有两极:主导的一极体现出儒家的道德伦理思想,与之相应的是,汉代以来荐举"贤良方正"的"察举"和"征辟"两种具体方法,皆以儒家强调的道德品行标准为主要依据,而将官员需要的执政才能放在次要的位置,这标志着观人学再一次从民间回归到上层。另一极就是民间相术的发展,如东汉王充《论衡·骨相篇》说:"贵贱贫富,命也。操行清浊,性也。非徒命有骨法,性亦有骨法。"试图从相术角度来探索观察人物未来命运与内在品德。但是东汉末年,察举和征辟的道德评判实际上成了外戚、宦官、党人等结党、营

---

① 朱光潜:《朱光潜全集》第八卷《附录》,合肥:安徽教育出版社1993年版,第563页。
② 余嘉锡:《目录学发微·古书通例》,北京:商务印书馆2011年版,第262页。

私、擅权的工具，因此观人学至此发生了变化。

这种变化首先来自汉末"清议"观人学。第一个变化就是自孔子以来观人话语权的又一次下移。原来两汉人才选拔标准的制定到具体运作，皆由官府掌控；东汉末年"清议"的兴起，形成压力，官府任官，不得不使征询一些重要名士的意见，从而使得这一话语权力逐渐转移到名士手中，士人的升迁也取决于名士的评论品题。当时符融、郭泰、许劭、许靖等人便成了观人学权威，"（郭）泰之所名，人品乃定。先言后验，众皆服之"①，甚至到了"随所臧否，以为与夺"的地步。这种由名士掌控的观人学渐成制度与风气，如"每月辄更其品题，故汝南俗有'月旦评'焉"（《后汉书·郭符许列传》）。汝南月旦评，是东汉末年汝南名士许劭、许靖二人在每月初开展的一次观人议政的活动，盛极一时。无论是谁，一经品题，若登龙门，身价百倍，传为美谈。正如汤用彤《读〈人物志〉》所说："溯自汉代取士大别为地方察举，公府征辟。人物品鉴遂极重要。有名者入青云，无闻者委沟壑。朝廷以名治（顾亭林语），士风亦竞以名行相高。声名出于乡里之臧否，故民间清议乃隐操士人进退之权。于是月旦人物，流为俗尚，讲目成名（《人物志》语），具有定格，乃成社会中不成文之法度。"② 第二个变化是突出"士人气节"。由于"匹夫抗愤，处士横议"，大量反对宦官所表现出来的刚强不屈精神的士人楷模脱颖而出，并受到观人界推崇，例如"天下模楷李元礼，不畏强御陈仲举，天下俊秀王叔茂"（《后汉书·党锢列传》），虽然这种观人学仍以德行、人格及节操为准则，尚未突破传统道德，但已经不仅仅限于德行、仁义标准了，而灌注了时代所赋予的反抗精神及其人格魅力。第三个重要变化，就是由"性"为主到"才"为主的变化。其标志性事情，就是曹操于建安十五年春、建安十九年十二月、建安二十二年八月发布的三个求贤令。第一令发出"唯才是举"的号召，第二令具体解释"才"的人物标准，即"陈平定汉业，苏秦济弱燕"之类的匡扶君主、成就霸业式的谋略之士，第三令公开重申，即使"不仁不孝"，只要"有治国用兵之术"便可起用。这种"才"居"性"上、推崇霸才的人才观，从根本上扭转汉代的神学化、道德化观人学，为人的自觉创造了条件。于是，提倡以才能的标准取代汉代重德的标准，成为汉末魏初社会上流行的思想主潮。这三个方面的变化与时俱进，体现了汉末社会对

---

① ［南朝宋］范晔：《后汉书·郭符许列传》注引谢承《书》，北京：中华书局1973年版，第2227页。
② 汤用彤：《魏晋玄学论稿》，上海：上海古籍出版社2005年版，第7页。

人的生命价值的多元认识，并波及到文学批评当中，人的自觉与文学的自觉次第发生，便成为历史必然。南朝的观人学文献《世说新语》，着眼于人物的风格、特色，或是观人德行、风度与容貌，或是比较优劣，强化了对观人学的审美意识，说明观人学变化的余波尚未平息。徐复观概括这种变化过程，说："人伦鉴识，开始是以儒学为鉴识的根据，以政治上的实用为其所要达到的目标。……及正始名士出而学风大变，竹林名士出而政治实用的意味转薄，中朝名士出而生命情调之欣赏特隆，于是人伦鉴识，在无形中由政治的实用性，完成了向艺术性的欣赏性转换。自此以后，玄学，尤其是庄学，成为识鉴的根柢。"①

汉末桓灵之世，盛行清议之风，产生了李膺、陈蕃、许劭、郭林宗等大批观人学家。进入三国，又有蜀之司马徽、庞统、许靖等，吴之顾劭、孙和、胡综等，魏之曹操、曹丕、曹植、孔融、陈群、陈登、管辂、王朗、蒋济等，可见刘劭的出现，不为孤峰。晋则有陆机、刘讷、胡毋辅之、张华、王济、王戎、王衍、桓彝等，南朝有何点、丘仲孚、姚察等。他们的观人术散见于史书，王朗、曹植之《相论》等专著，特别是刘劭《人物志》的问世，成为一个时代观人学的高峰，但绝非孤峰，它是汉末魏初时代观人风气的一个产物。一方面观人学产自于政治上"官人"（选官授能）的需要，曹操、曹丕父子实行"九品中正制"，不仅有陈群等制定者，也有刘劭等观人专家参与其中。刘劭撰述《人物志》的时候，不仅有明帝时奉诏撰写的《都官考课》七十二条做参考，同时也读到魏文帝曹丕的《典论·论文》和《与吴质书》等文章，见识过曹丕对孔融、王粲、刘桢等人的评论品鉴。另一方面，观人品鉴之风气，不仅风行政界，也披靡学界，象"建安七子"之首的孔融，就是当时汝、颍人物大争论的领袖，并有《汝颍优劣论》《圣人优劣论》《圣人优劣又论》《周武王汉高祖论》等观人名篇问世②，曹植"论羲皇以来贤圣名臣烈士优劣之差"③，皆为班固《汉书·古今人表》之余意。而在身兼观人学家、文学家与文学评论家的曹丕身上，最能体现出观人学对观人文学批评的影响。以往文学批评史专著论述古代文论建立时，很少重视观人学对中国文学批评的作用。其实《人物志》通过阴阳五行说、情中形外

---

① 徐复观：《中国艺术精神》第三章，上海：华东师范大学出版社2001年版，第91页。
② [东汉]孔融：《孔北海集》，影印文渊阁《四库全书》集部第1063册，第242～243页。
③ [西晋]陈寿：《三国志·魏书二十一·王粲传》裴注引《魏略》，香港：中华书局1971年版，第603页。

原理将历来以德性观人、以形体观人联系了起来，建立了观人学的核心体系，对古代诗学中的因内符外论、情性本体论、诗与人同构论、气本论与才性异同论、诗歌创作才能的分类学研究、观人诗学的批评方法等方面意义深远，从而导致了曹丕以文学观人、观人文学审美批评的产生①。

另一部重要的观人学著作《世说新语》，从篇目上看，《识鉴》观人之才具，《赏誉》观人之优长，《品藻》观人之高下，除了这三篇观人专篇外，《方正》《雅量》《捷悟》《夙惠》《豪爽》《容止》《栖逸》《贤媛》《任诞》《简傲》《忿狷》等都记述了大量的观人评论。这说明到了魏晋时代，个体意识的觉醒，导致了人们对性情、性格、仪容风度、个体价值与特征的空前重视，不仅个人生命是宝贵的，个人才智是高尚的，就连个人的相貌、形仪也获得了前所未有的价值。比起先秦两汉儒家以道德审美、政治功利进行诗学批评来说，文化自觉时期的观人学确立了新的审美价值取向与审美标准，构建了纯粹得多、丰富得多的审美批评传统，对诗学建构与发展产生了长远影响。如形貌批评、精神批评、风度批评、才性批评、风格批评、人格批评以及审美范畴体系的建立与完善，都是审美批评。其中才性批评、风格批评、人格批评，我们将在下一章论述。

（一）形貌批评

观人学上的形貌术语称"容止"。《容止》专篇见于《世说新语》，容止指观人的容貌和举止所显现出来的神态和威仪，偏于形貌之义，而兼精神之义。东汉观人已重"容止"，如北单于遣使求见承宫，承宫对汉明帝说"臣状丑，不可以示远，宜选有威容者"，帝乃以魏应代之（《后汉书·承宫传》）；曹操"将见匈奴使，自以形陋，不足雄远国，使崔季珪代"（《世说新语·容止》）。至三国时，"容止"成为观人术的主要依据之一，《人物志·效难》就说"或相其形容，或候其动作"②，三国人物，多有容止。

从史书、《世说》诸书来看，魏晋观人术之一观形主要表现在：（1）容貌以"美须髯""明眉目"为美，如庾公所道："王尼子非唯事事胜于人，布置须眉，亦胜人。我辈皆出其辕下。"③ 如马援、赵壹、司马

---

① 万伟成：《〈人物志〉与观人诗学批评——论观人学对中国古代文论确立的影响》，《江西社会科学》2009年7月，第128~131页。
② ［三国魏］刘劭撰，［五凉］刘昞注：《人物志》卷下，第785页。
③ ［东晋］裴启撰，周楞伽辑注：《裴启语林》卷五《东晋人》，北京：文化艺术出版社1988年版，第55页。

繇、崔琰、刘牢之、管宁、程昱、太史慈、王育、林公、王敦等皆以须眉之美著称于史①。（2）身材以高大为美，一般在八尺以上，如郑玄、郭太（林宗）、赵壹、司马俊、刘表、诸葛亮、何熙、何夔、陆绩等②。(3) 声音以洪亮为美，如公孙瓒、张光、王裒、王育等③。观人学与诗学产生一致的审美倾向，形貌审美追求同样体现在文学批评之中，陆机《文赋》曰："其为物也多姿，其为体也屡迁。其会意也尚巧，其遣言也贵妍。"④ 陆机喜好藻思绮合、清丽芊绵的文学风格，与观人学重姿容之美一致。形貌批评在诗学中的形貌批评上也反映出来，举例如下：

1. 观人诗学亦以"高大"为美。人有体格，诗亦有体格，"体是其制，格是其形也"⑤，"文之有体，即犹人之有体也。人有巨人、修人、平等人、长不满六尺人、婵娟丽人、澹宕人、肥硕人、山泽癯人、魁梧奇伟人、不堪罗绮人、紫石棱人、岩电人、凝脂点漆人，而其眉横发竖、齿坚舌柔，未有不相似之人，何也？所谓体也"⑥。古人诗学文论常常借用观人术语来观诗文的体格，诗亦以体格高大为美，如""《蜀道难》近

---

① 《后汉书》卷二四《马援列传》："为人明须发，眉目如画。"《赵壹传》："体貌魁梧，身长九尺，美须豪眉，望之甚伟。"《三国志》卷十一《魏书·管宁传》："长八尺，美须眉。"卷一二《魏书·崔琰传》："琰声姿高畅，眉目疏朗，须长四尺，甚有威重，朝士瞻望，而太祖亦敬惮焉。"卷一四《魏书·程昱传》："长八尺三寸，美须髯。"卷四九《吴书·太史慈传》："慈长七尺七寸，美须髯。"《晋书》卷三八《司马繇传》："（司马繇）美须髯，性刚毅，有威望。"卷八四《刘牢之传》："发目惊人，而沉毅多计画。"卷八九《王育传》："身长八尺余，须长三尺，容貌绝异，音声动人。"卷九八《王敦传》："敦眉目疏朗，性简脱。"《世说新语·排调》："林公须发并全，神情当复胜此。"等等。

② 《续后汉书》卷六五《郑玄传》："身长八尺，饮酒一斛，秀眉明目，容仪温伟。"《后汉书》卷六八《郭太传》："身长八尺，容貌魁伟。"卷八〇下《赵壹传》："体貌魁梧，身长九尺，美须豪眉，望之甚伟。"《三国志》卷一五《魏书·司马朗传》裴松之注引司马彪《序传》："朗祖父俊……长八尺三寸，腰带十围，仪状魁岸，与众有异，乡党宗族咸景附焉。"卷六《魏书·刘表传》："长八尺余，姿貌甚伟。"卷一二《魏书·何夔传》："长八尺三寸，容貌矜严。"同卷裴松之注引华峤《汉书》："（何熙）身长八尺五寸，体貌魁梧，善为容仪。"卷三五《蜀书·诸葛亮传》："身长八尺。"卷五七《吴书·陆绩传》："绩容貌雄壮，博学多识。"等等。

③ 《三国志》卷八《魏书·公孙瓒传》："有姿仪，大音声。"《晋书》卷五七《张光传》："身长八尺，明眉目，美音声。"卷八八《王裒传》："身长八尺四寸，容貌绝异，音声清亮，辞气雅正。"卷八九《王育传》："身长八尺余，须长三尺，容貌绝异，音声动人。"等等。

④ [清]严可均：《全晋文》卷九十七，第1025页。

⑤ [清]叶燮：《原诗》外篇上（3），北京：人民文学出版社1979年版，第45页。

⑥ [明]沈君烈《文体》，阿英：《晚明小品文库》第三辑，上海：上海大江书店1936年版，第202页。

赋体，魁梧奇谲，知是伟人"①，"东坡是衣冠伟人"②；相反，诗学尽管也说郊岛之体，实欠不得，但"笔瘦多奇，然自是小，如《谷梁》文、孟郊诗是也，大家不然"，"东野思深而才小，篇幅枯隘，气促节短"③。当然诗体大小、诗才偏兼、诗貌妍丑是天生的，不是模拟来的，盛明之诗，就是"饰为魁梧"的典型，所以不为人重。

2. 观人诗学亦以声音"洪亮"为美。"诗本人情而成于声"④，因此，古人诗论重"声"，称诗是"声诗"，称诗学为"声学""声教"，贵响忌哑，贵洪忌细，贵雄忌雌，它的审美原理正来自观人学。像杜甫"材大而气厚，格高而声弘，如万石之钟，不能为喁喁细声"⑤，"声音既大，故能于寻常言语，皆作金钟大镛之响"⑥，辛弃疾"器大者声必闳，志高者意必远"⑦，陈维崧"实大声宏，激昂善变者也"⑧，皆为诗学、词学所重。相反，若"许丁卯思正气清，诗中君子，但苦声调低哑有之"⑨，"段成式诗与温、李同号三十六体，思庞而貌瘠，故厥声不扬"⑩，以及以"局于虫鱼草木之微，求工于一联只字间，真若苍蝇之声，出于蚯蚓之窍"⑪，"寒虫号"（苏轼《读孟郊诗二首》）著称的郊岛之诗，皆为诗家所弃。宋人认为，诗声以"响"为美，体现在对主意、练字、练句的要求上：

> 工而哑，不如不必工而响。潘邠老以句中眼为响字，吕居仁又有字字响、句句响之说，朱文公又以二人晚年诗不皆响责备焉。学者当先去其哑可也，亦在乎抑扬顿挫之间。以意为脉，以格为骨，

---

① [明]陆时雍：《唐诗镜》卷十八，影印文渊阁《四库全书》集部第1411册，第463页。
② [清]谭献：《复堂词话》（25），北京：人民文学出版社1998年版，第26页。
③ [清]方东树：《昭昧詹言》卷一，北京：人民文学出版社1961年版，第42页。
④ [明]刘崧《陶德嘉诗序》，吴文治：《明诗话全编》一，第158页。
⑤ [唐]杜甫撰，[清]仇兆鳌注：《杜诗详注》卷十七郝敬评杜《秋兴八首》，北京：中华书局1979年版，第1499页。
⑥ [清]翁方纲：《石洲诗话》卷一，北京：人民文学出版社1981年版，第42页。
⑦ [南宋]辛弃疾撰，郑广铭笺注：范开《稼轩词序》，《稼轩词编年笺注》附录，北京：中华书局1962年版，第561页。
⑧ [清]徐珂：《清稗类钞》八《词学名家之类聚》，北京：中华书局1986年版，第3989页。
⑨ [清]薛雪：《一瓢诗话》，北京：人民文学出版社2006版，第147页。
⑩ [明]胡震亨：《唐音癸签》卷八《评汇四》，上海：上海古籍出版社1981年版，第75页。
⑪ [明]宋濂：《宋濂全集》卷三《林伯恭诗集序》，杭州：浙江古籍出版社1999年版，第1008页。

以字为眼，则尽之。①

这里的响、哑理论，除了字法、句法与章法外，还有诗体大小、格局大小、器量大小、志意远近等考量因素在内；除了必须符合诗歌"抑扬顿挫"音乐美的原理外，其实也与观人学原理相关。后周王朴《太清神鉴》卷二《杂说上篇》："大贵之相有三：曰声，曰神，曰气。""故声欲响润而长……反此者不贵。"② 这里，审声是相人的首要环节，声贵的要求是宏大响亮、温润圆泽、清远和长等，相学甚至认为声音的响哑与人的贵贱富贫关系密切，所谓"金声韵长，清响远闻，金圆润则贵，金破则贱。土声韵重，响亮远闻，重则贵，近薄则贱也。火声……完润而慢则贵，焦破则贫贱。木声……沉重则贵，如轻则贱也。水声……细则贵，如轻则贱也"③。撇开其神秘性不提，仅其中贵响贱哑的道理，与诗理也是若合一契的。不仅是字法、句法，就是中国传统诗学中的音节说，要求音韵和谐、节奏顿挫，也多接受了观人学中的审声原理。可见，观人诗学不但沁透了"生命之喻"，而且注入了观人学原理；它不仅仅是譬喻，而且超越了譬喻。关于从观人"审声"到诗学"审声"问题，拙著《观人诗学》中另有分析，兹不赘述④。

此外，形貌审美包括人物风度、容貌、言语等，形貌品评多从人的容貌、五官（尤其是眼）、穿着等进行，古代诗学论"声"与气、情、骨、形（器）的关系，论"诗眼"与字、句、章法与神的关系，得益于观人学者甚多；将诗歌的风神置换成人的生命所显示的仪态、丰姿、气质，这是"诗如其人"式批评方式。另外，观人形体，有美也有病，诗学之批评诗歌作品的弊病，诸如"无肌肤则不全，无血脉则不通，无骨格则不健，无精神则不美"⑤，"段落既定而少意气以贯之，则脉不属；有段落意气而少词藻，则色不荣"⑥，痴肥、寒瘦之病，骨露、伤气、伤体、虚肿、枯槁、丑怪等等，不胜枚举，这些诗学话语都是观人形貌上

---

① ［北宋］李虚己《次韵和汝南秀才遊净土见寄》，［元］方回撰，李庆甲汇评：《瀛奎律髓汇评》卷四十二中《寄赠类》，上海：上海古籍出版社1986年版，第1512页。
② ［后周］王朴：《太清神鉴》卷二《杂说上篇》，影印文渊阁《四库全书》子部第810册，第770页。
③ ［后周］王朴：《太清神鉴》卷四《论声》，第802~803页。
④ 万伟成：《观人诗学》外编《审声第十一》，北京：作家出版社2005年版，第149~162页。
⑤ ［南宋］吴沆：《环溪诗话》卷中，北京：中华书局1988年版，第130页。
⑥ ［明］徐枋：《居易堂集》上《与杨明远书》，上海：华东师范大学出版社2009年版，第14页。

的语言转换,从另一侧面体现了观人学对诗学的深远影响。

(二) 精神批评

魏晋名士的观人,在重形的同时,更重神韵,东汉已然,如评祢衡"性与道合,思若有神"①,评黄霸"识事聪明","吏民不知所出,咸称神明"(《汉书·循吏传》)。魏晋观人学受到魏晋玄学和魏晋风度的影响,《世说新语》大量出现带"神"字的观人词汇,诸如神姿、神隽、神怀、神情、神明、神气、神色、神采、神骏、神韵、神貌、风神、神味、神情散朗、神明开朗、神意闲畅、神姿高彻、神采秀彻、神气融散、神色恬然、神怀挺率等,足见当时观人学对人物神态的重视。这些赞美,体现了不沾于物的人的自由精神,一种哲学的美和神韵的美。除了"神"外,魏晋观人学还大量使用"味""韵""风"之类的术语,这些来自人的真实生命存在,表现出重精神的审美倾向。随着对人的内在人格的追求,即观人学对人的才性、品格、风貌的品鉴、思考和把握,作为"人学"的文学便随之发生了质变:一是从创作上讲,真正体现抒情者个人情感、气质、理想追求的抒情诗成熟了。二是从诗学理论上讲,开始了对"诗言志"诗学本质观的反叛,突显了性情在诗歌中的地位,从而开启了中国古代文论转型的契机。这种对人物精神性情的强调主要表现在重神、重韵、重风骨等观测点,而观人学的这些观测点对诗学范畴或概念的影响深远。举例如下:

> 魏武将见匈奴使,自以形陋,不足雄远国,使崔季珪代,帝自捉刀立床头。既毕,令间谍问曰:"魏王何如?"匈奴使答曰:"魏王雅望非常,然床头捉刀人,此乃英雄也。"魏武闻之,追杀此使。(《世说新语·容止》)

这段故事的隐喻意义在于:神美高于形美。刘孝标注引《魏氏春秋》,描述曹操外貌是"姿貌短小,而神明英发",又引《魏志》描绘崔琰外貌是"声姿高畅,眉目舒朗,须长四尺,甚有威重",那么在形与神的选择上,匈奴使者取其"神明英发",而略其"姿貌短小",突出了"神",成了观人学品第批评的核心。这种思想对诗学影响很大,如明人论述诗歌"英雄"一品时,就特重"神明",所谓:"诗贵沉壮,又须神明。能沉壮而无神明者,如大将统军,刁斗精严,及其鼓角既动,战如

---

① [东汉]孔融:《孔北海集》卷一《荐祢衡表》,影印文渊阁《四库全书》集部第1063册,第233页。

风雨，而无旌旆悠扬之色。"① 清人也借题发挥说："人之臧否，不在形骸；诗之工拙，不专声调。捉刀人须眉不及崔琰，不害其为英雄。若侏儒自恶其短，而高冠巍展重裘，饰为魁梧也，不大可笑乎！"② 这里以观人原理观诗，显然是针对明七子学盛唐时"饰为魁梧""得形遗神"而发。

形貌审美、精神审美，是六朝观人学重要的两种品评方式，互为表里。形无神则死，神也于形见之，最突出的，就是通过眼睛来观察人的精神，成为当时重要的观人术，启发了后来诗学、词学中重视诗眼、词眼。所以从某种角度说，六朝观人学与诗学批评的关系非常密切，品诗是观人批评的延伸。

(三) 风度批评

魏晋是人的自觉时代，其标志之一就是从关注作为整体、社会的人发展到关注个体、个性的人，从注重人的伦理道德的"善"发展到注重人的性情、风度、风格的"气"。下面以器量、清简等为例，说明魏晋风度审美对诗学批评的影响。

1. 重"器量"。器量是一种文化品格。"器"本指盛物之器皿，"量"本指称量，用于观人学，指人的才识、度量、胸怀，如孔子曰："管仲之器小哉！"(《论语·八佾》) 可见以"器"观人，春秋有之。王充说："器之盛物，有斗石之量，犹人爵有高下之差也。器过其量，物溢弃遗；爵过其差，死亡不存。论命者如比之于器，以察骨体之法，则命在于身形定矣。"③ "器量"从器皿、量度过渡到用于观人，反映了其含义由物质的转为精神的内在关联。这种联类譬喻的方法在观人术中得到广泛运用。蔡邕《郭有道太原郭林宗碑》称郭"器量弘深"④，可见在东汉末已经成为观人学的一个标准。又指仪表，也是观人术语，如"安平(献王孚) 风度宏邈，器宇高雅"⑤。

《世说新语》有《雅量》专篇。"雅量"指宏阔的度量。《晋书》中的张华"器识弘旷"、王浑"沉雅有器量"，山涛"少有器量，介然不群"，郭奕"高简有雅量"，邓骞"识量弘远"、陆玩"器量淹雅"，皆

---

① [明]李雯《属玉堂集序》，[明]陈子龙：《陈子龙全集》下附录，北京：人民文学出版社2011年版，第1655页。
② [清]贺裳《载酒园诗话》卷一，郭绍虞：《清诗话续编》一，第236页。
③ [东汉]王充撰，黄晖校释：《论衡校释》卷第三《骨相篇》，第120页。
④ [东汉]蔡邕：《蔡中郎集》卷五，影印文渊阁《四库全书》集部第1063册，第198页。
⑤ [唐]房玄龄等：《晋书·列传第七·宗室》，北京：中华书局1974年版，第1114页。

以器量、雅量著称当世。根据《晋书》《南史》诸书及《世说新语》，可将"器量"的表现概括为：（1）任真率直，不累于物，无牵无挂。"超名教而任自然"，反对名教的虚伪矫情，崇尚自然真情，是一代风尚。（2）情感深蕴，能蕴能敛，无怒无喜。魏晋名士多为潇洒不羁的性情中人，既感情丰富，又能控制情绪，如嵇康以"未尝见其喜愠之色"著称（《世说新语·德行》），阮籍以"口不臧否人物"见誉（《晋书》本传），皆受到观人学的推崇，类似例子还有王濛、徐羡之、王昙首、刘吁、王琳、简文帝、萧视素、刘孺等，皆以"喜愠不见于色"见称，成为一时风尚。特别是庾亮面对乱兵掠船时不动容，王戎七岁面对虎吼时"了无恐色"，王子敬面临火灾时神色恬然（《雅量》）等，尤为魏晋观人学所称许，这种雅量、器量已经构成了六朝的贵族气派，同时成为观人之品格高下的一个重要标准。这两个方面既反映到观人学上来，也反映到观人诗学批评上来。

诗学常以旷达、褊窄论诗，就是器量、胸襟用于观诗的例子。典型的如"白居易赋性旷远，其诗曰：'无事日月长，不羁天地阔。'此旷达者之词也。孟郊赋性褊隘，其诗曰：'出门即有碍，谁谓天地宽。'此褊隘者之词也"①。是以诗学多是白而非孟，与其说是观诗，毋宁说是观人。贺裳《载酒园诗话》卷一"宋人多不喜孟诗"，虽为孟郊翻案，但黄白山附评曰："诗以言志，故观其诗而其人之襟趣可知，苟戚戚于贫贱，则必汲汲于富贵。人品如此，诗品便为之不高。……孟后及第，作诗云：'昔日龌龊不足嗟，今朝旷荡思无涯。春风得意马蹄疾，一日看遍长安花。'才获一第，便尔志满意得，如此尤为小器。"② 可见器度观人观诗，是诗言志批评的一个内容；通过作品观诗人的器量，成为观人诗学的一个内容。陶渊明生活上任真率直，从不矫情，其为诗也任真率直，从不文饰，也是晋人器量的体现，所以诗学对他的评价极高，诸如"陶渊明诗澹泊渊永，迥出流俗，盖其性情然也"③，"'真率'二字，最为难得，陶诗所以过人者，在此"④，"夫置靖节于六朝诸名士中，譬之高僧

---

① ［北宋］吴处厚：《青箱杂记》卷七，影印文渊阁《四库全书》子部第 1036 册，第 75 页。
② 郭绍虞：《清诗话续编》一，第 255~256 页。
③ ［元］傅若金《诗法正论》，吴文治：《辽金元诗话全编》四，南京：凤凰出版社 2006 年，第 2451 页。
④ ［清］刘熙载：《艺概》卷五《书概》，上海：上海古籍出版社 1978 年版，第 159 页。

羽客,飘然翘举于王侯君公、贵介公子之前,一味烟霞,自觉富贵都俗"①。这些都是器量、胸襟观诗之例,诗学史上常见。

2. 重"清简"。魏晋观人重"清简",既反映了人物的道德情操、精神品格以及言语文章等方面的超尘脱俗、纯澄如水的高雅境界,又概括了名士的风姿神貌的魅力。

"清"与"浊"相对,本指水的纯净透明,早在先秦就用于观人学,如《诗经·郑风·野有蔓草》"有美一人,清扬婉兮",《大雅·烝民》"吉甫作诵,穆如清风",指人的贤淑品貌。后用以评价人的峻洁品德,如孔子评陈文子曰:"清矣!"(《论语·公冶长》),《离骚》"伏清白以死直兮",主要指人格品行之清白,伦理道德之高尚。汉代观人用"清",重在为官清廉,体现了道德评价标准,所谓"汉官威仪"是也。汉末"清议","激浊扬清",在观人学领域标举清流而打击宦官弊政,魏晋发展到"清谈"之后,成为观人学重要术语②,"清"从清正廉明转变到人格的清远、品德修养的廉正,或者人的优秀才能(所谓"清才"),赋予了纯审美的内涵,以及率直任诞、清峻通脱的意义,所谓"魏晋风度"是也。特别是《世说新语》中的"清"凡八十余见,其中用于观人者五十多次,有观人仪容风度之美者,如清令、清彻、清峙、清举等;有观人言辞论辩之美者,如清言、清辞、清便、清远、清析、清伦、清论等;有观人见识才学之美者,如清识、清通、清鉴、清悟、清蔚、章清等;有观人禀赋性情之美者,如清真、清心、清贵、清易、清立、清疏、清誉、清称、清恬、清和、清虚等;有观人德行操守之美者,如清贞、清中、清淳、清畅、清远等。清,从自然界中水的清澄引申为道德品行、为政的清正廉明,再转而用来观人精神气质,"清"的含义完全上升到美学和哲学高度,对于观人诗学批评的审美层次和精神人格建构具有重大意义。凡"清"者必"简",凡"简"者必清明、莹洁和纯诚。

以"简"观人,始自儒家。《论语·雍也》:"仲弓问子桑伯子。子曰:'可也简。'仲弓曰:'居敬而行简,以临其民,不亦可乎?居简而行简,无乃太简乎?'子曰:'雍之言然。'"虽论治政,亦是观人。《孟子·离娄下》说:"博学而详说之,将以反说约也。"约亦简也,虽是论

---

① [明]江盈科:《江盈科集》—《陆符卿诗集引》,长沙:岳麓书社2008年版,第289页。
② 据日本学者葭森健介统计,《三国志》、《世说新语》诸书中士人观人活动中使用"清"的熟语例文超过200多处。[日]葭森健介:《门阀"贵族"支配及"清"的理念》,《文史哲》1993年第3期。

学，启迪观人者良多。《世说新语》及刘注中的"简"上升到审美层面，相关品题术语亦多，诸如简约、简要、简切、简秀、简令、简贵、简易、简畅、简正、简至、简默、通简、高简、沉简等，甚至礼数简略，延伸第二义即简脱、简略、简傲、简慢，用于观人之性格、语言、风范与风度。魏晋观人尚清简，反映了"南人学问清通简要"① 的地理文化的影响，重意轻言、得意忘言的玄学思潮，"吉人之辞寡，躁人之辞多"② 的观人标准，皆与"清"最为接近。因此魏晋观人学最重"清"与"简"，如张协"清简寡欲"（《晋书·张载传》），王眉子"清通简畅"（《世说新语·赏誉》），刘真长"清蔚简令"（《品藻》），"裴楷清通，王戎简要"（《赏誉》）；甚至成为官人（官吏选拔）的标准，如阮宣子因为言辞简洁而被辟为掾，世谓"三语掾"（《文学》），"吏部郎阙，文帝问其人于钟会，会曰：'裴楷清通，王戎简要，皆其选也。'""后二十年，此二贤当为吏部尚书"③，观人学再一次与"官人"结合，皆以清简为贵，乃当时观人风气。观人标准之重清简、自然、真率，说明六朝观人学的指导思想已经由儒法转为道家，这与烦琐注经的汉代章句经学学风转为"得意忘言"的"三玄"清谈学风相关。这种崇清尚简的人格审美，不但是魏晋风度美学的重要构成元素，也是中国士君子人格的重要元素，是中国观人美学的重要遗产。

由魏晋观人学上从人情、物象、言行举止提炼出来的"清""简"，南朝时成为观人诗学的一个品目，体现了中国文人的人格价值与理想追求，一种高格、一种韵致乃至一种境界，后来成为诗学的一种审美追求，如曹丕"乐府清越"（《文心雕龙·才略》），五言"清丽居宗"（《文心雕龙·明诗》）、何逊诗"清巧"（《颜氏家训·文章》）等，诗品有"清奇"，词品有"清空"，以"清"评价诗人、才性、诗作、风格，谈艺多见。至钟嵘《诗品》评古诗"清音独远"，班姬"词旨清捷"，嵇康"讬谕清远"，刘琨"清刚之气""清拔之气"，陶潜"风华清靡"，鲍照"清雅之调"，沈约"长于清怨"，谢庄"气候清雅"，鲍令晖"断绝清巧"，虞羲"奇句清拔"，江祏"猗猗清润"，范云"清便宛转"，甚至标榜"辨彰清浊，掎摭病利"，以清议中的清浊分类法来表达对诗人创作体裁

---

① ［南朝宋］刘义庆：《世说新语·文学第四》，影印文渊阁《四库全书》子部第 1035 册，第 72 页。
② ［三国魏］王弼注，［唐］孔颖达疏：《周易注疏》卷八《系辞下》，影印文渊阁《四库全书》经部第 7 册，第 567 页。
③ ［南朝宋］刘义庆：《世说新语·赏誉第八》，第 113 ~ 114 页。

与风格基调等方面的考察与分别,即"致流别",成为诗学批评的内容之一。"清简"在《文心雕龙·镕裁》中转换成文论话语,就是"清省",所谓"士衡才优,而缀辞尤繁;士龙思劣,而雅好清省"。扬弟而贬兄,体现了文尚"清省"的倾向性观点。《文心雕龙》的尚简思想,已经贯穿到文体论、创作论、鉴赏论之中了,明显受到观人学思想倾向的影响。后来如杜甫《秋日夔府咏怀奉寄郑监审李宾客之芳一百韵》评"阴何尚清省",《八哀诗》评张九龄诗"篇终语清省",反映了"清简"自晋代以后,成了评价作家作品风格的重要概念;司图空《二十四诗品》有"清奇""含蓄"之目,齐己《风骚旨格·诗有十体》有"清奇""清洁"二体①。至于后来文学批评中的有关用语,如清旷、清秀、清丽、清雅、清峭、清幽等,更是不胜枚举,多是从观人学中移用过来。甚至将"清"作为诗歌的本质内容,提出了"诗以清为主"②,"诗,清物也,其体好逸,劳则否;其地喜净,秽则否;其境取幽,杂则否;其味宜澹,浓则否;其遊止贵旷,拘则否"③,并视为不可企及的境界:"诗家清境最难"④。诗学往往用观人学术语来解释"清"范畴,如"夫潇洒者,清也"(范温《潜溪诗眼》),"清者,超凡绝俗之谓"⑤,潇洒、超凡绝俗都是观人之气质术语,至于张谦宜《絸斋诗谈》卷一《统论上》解释:"诗品贵清,运众妙而行于虚者也。譬如观人,天日之表,龙凤之姿,虽被服衮玉,其丰神英爽,必不溷于市儿;若乃拜马足,乞残鲭,即荷衣蕙带,宁得谓之仙人耶?由斯以谈,清在神不在相,清在骨不在肤,非流俗所知也。"⑥ 直接用观人化比喻解释诗学中的"清品","清简"在观人诗学批评上获得本体上的意义,最能体现出观人学的影响。

(四) 审美范畴体系与批评方法

观人诗学的概念范畴、批评方法也在这时期形成,一方面,从《世说新语》等书的观人学内容来看,魏晋观人学中,已经形成了一套评价体系和标准及其所反映的审美思想观念,诸如"风""气""体""格""韵""意""形""神""气""韵""才""性""情""理""识""度""器""量""趣"等,构成了魏晋观人美学的"本体论"范畴与

---

① [南宋] 陈应行:《吟窗杂录》卷十一,北京:中华书局1997年版,第369~370页。
② [清] 宋咸熙:《耐冷谭》卷三,道光九年(1829)武林亦西斋刊本。
③ [明] 钟惺:《钟伯敬合集》下《简远堂近诗序》,上海:贝叶山房1936年版,第185页。
④ [清] 贺贻孙《诗筏》,郭绍虞:《清诗话续编》一,第161页。
⑤ [明] 胡应麟:《诗薮》外编四《唐下》,上海:上海古籍出版社1979年版,第185页。
⑥ 郭绍虞:《清诗话续编》二,第791页。

体系；而对这些基本范畴的欣赏和描述，诸如"清""通""简""远""畅""达""俊""美""朗""彻""雅""正""高""亮""秀""润"等范畴，则构成了魏晋观人美学的"认识论"范畴与体系。兴起于汉末魏晋的观人学，蕴涵了一个内容丰富、相对完足的审美体系，标志着中国古代观人学观念的成熟。另一方面，汉魏六朝观人学的概念术语大量被诗学吸收，并用于文学批评之中。《世说新语》中的观人学术语风气、骨气、风神、风韵、清虚、清远、玄远、才情、简畅等，形、神、意、气、韵、度、才、性、情、理、识、器、格、量等发展为诗歌批评术语或范畴。这不仅在中国审美文化史上有着十分重要的理论意义，而且对中国诗学范畴与体系的建构也影响深远。古代诗论中的许多审美范畴都在这时期从观人学的移植中得到创立和固化。

汉末魏晋时期是中国文化的重大转折期。较之先秦两汉，这时期的观人学发生的变化归结到两点：一是从重德轻才到重才轻德的嬗变，这种嬗变直接导致观人文学批评中的作家才性论的产生。二是从重道德审美到超功利审美的嬗变，从而大大强化了魏晋观人学的审美色彩，也强化了观人诗学批评的审美色彩，直接导致许多观人诗学范畴或概念、术语的诞生，诸如形神、神韵、神明、器量、清简、风骨、气韵等。这两个方面，构建了观人诗学上的审美批评，为后世诗学所丰富、发展。

二 重性情取向：从观人学到诗学批评

"性、情之辨"原是中国古代哲学中一大命题，也是观人学的一大命题，刘劭《九征》开宗明义，说："盖人物之本，出乎情性。情性之理，甚微而玄，非圣人之察，其孰能究之哉！"① 就指出性情论也是观人学的本体论。从观人学角度来看，性指性格、禀性，情指思想情感；性情指人的性格、习性与思想情感。我们日常生活中评价某人为"性情中人"，常常用来形容一个人感情丰富、情感外露、率性而为。这显然是冲破了儒家"礼义"的制约，主要来自魏晋风度的观人学理念。观人学上的性情说，从以前的"以德抑才、以性制情"发展到魏晋的"重才尚情"，也带来了诗学批评倾向的变化。钟嵘《诗品》就提出"摇荡性情，行诸歌咏"，经唐宋演绎，至明代个性解放高潮时，诗学揭举"诗本性情"说，如何乔新《唐律群玉序》"夫诗者，人之性情也"②，赵用贤

---

① ［三国魏］刘劭撰，［五凉］刘昞注：《人物志》卷上，第762页。
② ［明］何乔新：《椒邱文集》卷九，影印文渊阁《四库全书》集部第1249册，第144页。

《吴少君续诗集叙》"夫声诗之道,其本在性情,其妙在神解"①,不胜枚举。而冯梦祯《跋尚友堂诗集》说"夫诗而本之性情,近取诸身,远取诸物,随感而动,天机自呈"②,直接指出诗本性情论与"近取诸身"的观人学有着密切关系;邓云霄说"诗以道性情者也,凡看诗者,观其情性所之,或雅或俗,居然见矣"③,陈献章《与汪提举》也主张"论诗当论性情,论性情先论风韵,无风韵则无诗矣……性情好,风韵自好;性情不真,亦难强说"④,可见观诗也就是观人之性情,"性情"不但是诗学本体范畴,也是观人诗学批评的范畴。那么,观人学上的性情说与诗学批评领域里的性情说是什么关系?前者是如何转换为诗学话语的?这对观人学与诗歌审美批评体系的建构有什么积极意义?

(一)先秦两汉观人学上的"制情说"与诗学上的"制情说"

先秦观人,主张情居德后,性居才先。《尚书·皋陶谟》所列"宽而栗,柔而立,愿而恭,乱而敬,扰而毅,直而温,简而廉,刚而塞,强而义",这"九德"以中和为原则,体现了《酒诰》篇所谓"中德"的思想,孙星衍疏为"圣人法阴阳以治性情之学也"⑤,但这里的"情"并非真正意义上的内在情感体验,而是"九德"的附属品。至战国时期,情与德始分,如《大戴礼记》"五气诚于中,发形于外,民情不隐也"⑥,"所谓贤人者,好恶与民同情"⑦。肯定了贤人也有常人的喜怒、哀乐与好恶。但思孟学派仍然坚持原旨儒家观点,将"情"视为"性"的外见,如《孟子·尽心上》:"君子所性,仁义礼智根于心。其生色也睟然见于面,盎于背,施于四体,四体不言而喻。"论人之外在情感,亦须以性善为本:"乃若其情,则可以为善矣,乃所谓善也。"(《告子上》)《中庸》也说:"喜怒哀乐之未发谓之中,发而皆中节谓之和。"这里的"情"必须接受道德与礼义的约束。所以,孟子是性、情不分的,他认为"人之学者,其性善"(《荀子·性恶篇》引孟子语),只要失去了本性,人才变成禽兽。荀子从性恶,"人情甚不美"出发,倡导先圣"起礼义,

---

① [明]赵用贤:《松石斋集》文集卷八,《四库禁毁书丛刊》集部第41册,北京:北京出版社1997年版,第100~101页。
② [明]冯梦祯:《快雪堂集》卷三十一,《四库全书存目丛书》集部第164册,济南:齐鲁书社1997年版,第447~448页。
③ [明]邓云霄:《冷邸小言》,《四库全书存目丛书》集部第417册,第388页。
④ [明]陈献章撰,孙通海点校:《陈献章集》,北京:中华书局1987年版,第203页。
⑤ [清]孙星衍:《尚书今古文注疏》,北京:中华书局1986年版,第80页。
⑥ [西汉]戴德:《大戴礼记》卷十《文王官人》,第502页。
⑦ [西汉]戴德:《大戴礼记》卷一《哀公问五义》,第406页。

制法度，以矫饰人之情性而正之，以扰化人之情性而道之也"①，虽然他主张乐出于人情，"夫乐者乐也，人情之所必不免也"，但归结到节"欲"、制"情"、反"性恶"，通过"礼节乐和"来"中和"，"以道制欲，则乐而不乱"②，这与孟子其实是殊途同归。

观人学上的才性之辨由于"情"的介入，演变成了性、情之辨，上升为中国哲学史上的一大命题，并渗入到诗学、音乐学领域。《礼记·乐记》开始大量言情，"情动于中，故形于声，声成文，谓之音。……凡音者，生于人心者也"。显然从音乐产生角度赋予了"情"具有根本性的意义，但它并不主张纵情，而是主张"先王慎所以感之者，故礼以道其志，乐以和其声"，"人为之节"，以趋于中和，"礼乐之情同"，同于和、节，主旨又回归到荀子。汉儒的《毛诗序》与《乐记》一样，将"情"复归礼义。但《礼记·乐记》毕竟肯定了情，说："人生而静，天之性也；感于物而动，性之欲也。"性之欲，即情也。这种"性静情动"的思想直接导致了汉儒的"性善情恶"观念，其代表人物董仲舒《为人者天》虽然认为"人之情性有由天者矣"③，承认了情的合理性，但他更主张"人欲之谓情，情非度制不节"（《汉书·董仲舒传》），通过法度和礼制来克情节情。王充《论衡·本性篇》说："情性者，人治之本，礼乐所由生也；故原情性之极，礼为之防，乐为之节。"④也主张通过礼乐来约束性情。先秦两汉的制情节情思想强化了"诗言志"说与诗教观念，而抑制了"诗言情"说的产生。但它将"情"纳入"志"中，势必朝着正反两极发展：一是以性制情，将"情"限制在"志"的规范之中并强化了"诗言志"；一是以情制性，朝着"诗言情"方面发展并最后强化了"诗言情"。这种变化依然是从观人学发生变化开始的。

（二）魏晋南朝观人学上的"尚情说"与诗学上的"缘情说"

"诗言情"说与"诗言志"说一样，与观人学分不开。"诗言情"的产生是随着汉末曹魏时期观人学的发展而产生的，并随着两晋南朝观人学的"性情"、"唯情"观念而得到强化的。

1. 汉末曹魏时期观人学的性情理论。先秦两汉以儒家为主导，只有制情说，没有尚情说。但楚国与中原文化不同，从新发现的郭店楚简中

---

① ［唐］杨倞注：《荀子》卷十七《性恶篇》，影印文渊阁《四库全书》子部第695册，第265页。
② ［唐］杨倞注：《荀子》卷十四《乐论篇》，第245，247页。
③ ［西汉］董仲舒：《春秋繁露》卷十一，北京：中华书局1991年版，第175页。
④ ［东汉］王充撰，黄晖校释：《论衡校释》卷第三，第132页。

的《性自命出》、上海博物馆藏战国楚竹书中的《性情论》中，可以寻找到战国时代人们的"尚情"观。郭店楚简《性自命出》一章中，"情"字就出现了20次，并明确地提出："凡人情为可悦也。"甚至认为，"苟以其情，虽过不恶；不以其情，虽难不贵"①，后来屈原《惜诵》有"发愤以抒情"一说，楚地的这些观点都迥出中原诸子之上。但由于儒家思想太强势，这些尚情观念受到抵制，没有得到进一步发展。

东汉末年以来，观人学开始注重人所呈现的外在的精神风貌，要通过外见之形、可见之才，以发现内在而不可见之性（情性）。刘劭《人物志·九征》说的"盖人物之本，出乎情性"②，即从总体上承认情性决定才能。但由于人性的不同，如"圣人"的"情性"是"中和"，"中和之质，必平淡无味，故能调成五材，变化应节"；而常人的"性"则各得五常之性之一偏，或兼而有之，人们的才能也相应有圣人、偏才与兼才之别。但《人物志》毕竟是一本观人序才的形名之书，虽在原则上以情性为根本，但缺乏对人性本身的深究，而后学理发展的趋势必将是通过对本源问题的进一步推进，以深入探究性与才、情与才的关系。

由于汉魏之际客观需要，人们开始重才轻性，为观人学注入了审美因素，但是，真正使观人学的"才性"观产生由政治人才学向人物美学转变的关键性因素还是"情"的介入，由才性之争而演变为"性情"之争，正始之际更发生"圣人有情与无情"的争论。这就是刘劭认为只有圣人才能究"情性之理"的来由。何晏的理由是"圣人无喜怒哀乐"，提出了著名的"圣人无情"论，王弼提出异见说："圣人茂于人者，神明也；同于人者，五情也。神明茂，故能体冲和以通无；五情同，故不能无哀乐以应物。然则圣人之情，应物而无累于物者也。"③ 通过肯定圣人也有七情六欲，部分肯定了当时纵情任性的生活方式。争论的结果是王弼的"圣人有情"说在玄学上取得胜利，在"性情"之辨中实现了"情"对"性"的超越。嵇康《难自然好学论》更进一步提出："六经以抑引为主，人性以从欲为欢。抑引则违其愿，从欲则得自然。"④ 这正是"越名教而任自然"思潮的反映，对情的重视，也就是对人的本质的重视，成为魏晋以后观人学新思潮。随着玄学的发展，观人学从理论上

---

① 陈伟：《郭店竹书别释》，武汉：湖北教育出版社2003年版，第196～197页。
② ［三国魏］刘劭撰，［五凉］刘昞注：《人物志》卷上，第762页。
③ ［西晋］陈寿：《三国志·魏书二十八·钟会传》裴注引何邵《王弼传》，第795页。
④ ［三国魏］嵇康：《嵇中散集》卷七，影印文渊阁《四库全书》集部第1063册，第373页。

最终取得了"才""情"的胜利。从王弼到郭象，个人性情得到了越来越深刻的认识，并冲决了汉儒以性统情的传统，通过论证圣人之情的有无，肯定了个体情感表达的合理性①。与哲学同步，"性情"成了《世说新语》观人学的一个新标准。

2. 两晋与南朝观人学上的"深情"说。魏晋之际，政治黑暗，战乱频仍，司马氏掌权，名士减半，士人们纷纷避开政治险祸，在服药、饮酒、清谈中狂放、消极甚至颓废，《世说新语》记载了许多名士服药、裸裎、饮酒等种种特立独行的狂放之举。但就精神而言，他们追求的是一种自然适意、无拘无碍的生活意趣，一种率意不羁、唯真是尚的情性之美，从而突破了两汉时循规蹈矩、不苟言笑的面貌，观人学从对"汉官威仪"的欣赏转变为对"魏晋风度"的欣赏，将父子、兄弟、夫妻、朋友与对自然人生的深情挥洒到极致。如王戎丧儿，悲不自胜，曰："圣人忘情，最下不及情。情之所钟，正在我辈。"王子猷丧弟，取弟琴弹，弦既不调，掷地云："子敬，子敬，人琴俱亡！"因恸绝良久，月余亦卒（《伤逝》）；此外还有阮仲容与鲜卑婢女的爱情（《任诞》），苟奉倩夫妇、王戎夫妇之情笃（《惑溺》）。徐复观说："竹林名士，在思想上实系以《庄子》为主，并由思辨而落实于生活之上，这可以说是性情的玄学。他们虽形骸脱略，但都流露出深挚的性情。在这种性情中，都含有艺术的性格。"② 尊重个性，人们便可自由无拘地畅抒感情，内心情感不受压抑，因而重情成了观人的一个重要环节。请看《世说新语》：

桓子野每闻清歌，辄唤"奈何"。谢公闻之曰："子野可谓一往有深情。"（《任诞》）

王长史登茅山，大恸哭曰："琅邪王伯舆，终当为情死。"（《任诞》）

桓公（温）北征，经金城，见前为琅邪时种柳皆已十围，慨然曰："木犹如此，人何以堪！"攀枝执条，泫然流泪。（《言语》）

卫洗马（玠）初欲渡江，形神惨悴，语左右云："见此芒芒，不觉百端交集。苟未免有情，亦复谁能遣此！"（《言语》）

此外，还有六朝盛行饮酒唱《行路难》《长短歌》、挽歌、清商曲

---

① 李昌舒：《论魏晋时期情的觉醒与玄学的关系》，《船山学刊》2005年第4期，第83～85页。

② 徐复观：《中国艺术精神》，上海：华东师范大学出版社2001年版，第90页。

等，通过怀春、悲秋、伤逝，表现对生命的眷恋之情，一种超越自我的对于宇宙人生的感情①。这些都是重情的表现。常人虽然并不像哲学家那样关注"圣人"究竟是无情还是有情，只是在生活中率真地表达自己的情感，使魏晋南北朝成为一个特别深情、智慧的时代。"情之所钟，正在我辈"（《世说新语·伤逝》），道出了魏晋名士性格特征。名士们的行止往往超出常理常规，皆源于他们自然的天性与本情，嵇康《难〈自然好学论〉》所谓："自然之得，不由抑引之六经；全性之本，不须犯情之礼律。"② 所以宗白华《论〈世说新语〉和晋人的美》说："晋人虽超，未能忘情。""晋人向外发现了自然，向内发现了自己的深情。"③

魏晋士人们不但放任不拘地抒发自己的感情，还把情感表现作为观人的一个内容，与儒家道德观人有着质的差异。《世说新语》载："王戎、和峤同时遭大丧，俱以孝称。王鸡骨支床，和哭泣备礼。……仲雄曰：'和峤虽备礼，神气不损；王戎虽不备礼，而哀毁骨立。'"（《德行》）"阮籍当葬母，蒸一肥豚，饮酒二斗，然后临诀，直言'穷矣！'都得一号，因吐血，废顿良久。"（《任诞》）又如阮咸"哀乐至到，过绝于人"（《赏誉》刘注引《名士传》），推崇废礼纵情的王戎、阮籍、阮咸等人，表现了当时观人学对情感的注重。从此，"情"成了与"才"同样受到重视的一个观人学概念，在魏晋观人术中大行其道。考《世说新语》，"情"字凡63见，又有"有情""才情""忘情""无情"等合成词，"有情"论压倒"无情"论。由于世积乱离，命如朝露，魏晋士人们对"情"的肯定和追求特别强烈。《世说》中记载了许多名士以"神情"测风度，于"高情""胜情"见旷远，于"深情""钟情""痴情"察性情，于"世情""俗情"观鄙吝，无不彰显出"情"在观人学上的重要作用。"情"既是审美主体观人的心理基础，也是审美客体必备的一个美学元素。魏晋南北朝名士开创了一个"美在深情"的时代。

从汉末的重德行精神、品节人格，到魏初的重才能智慧、情性精神，再到两晋全方位的观人之学，这种品鉴标准的变化，清楚地显示了古人对于人自身认识的逐步加深，由重德行品格的一元化，走向了重情感、个性、风度、修养的多元化，反映了魏晋开始真正全方位地观照人，观照人的生命。他们不仅把有情、重情、钟情、深情、真情乃至纵情作为人格批评标准，而且极力追求情感表达的自然真诚和自由随性。这种观

---

① 万伟成：《中华酒诗的文化阐释》，北京：中国文联出版社2002年版，第142~150页。
② ［三国魏］嵇康：《嵇中散集》卷七，第373页。
③ 宗白华：《美学散步》，上海：上海人民出版社1981年版，第182~183页。

人学告诉人们，人的生命是一个丰富的世界，人的德行、品格、情感、个性等是人丰富的生命世界中的一部分，都各有自己的价值。这种观人学启示后人，文学作为人学，只有表现了人的情感个性，才具有生命意义。因此观人重"情"，催生并深化了诗歌创作的缘情说。

3. "诗缘情"论的提出与强化。魏晋观人学尚情，宗白华《论〈世说新语〉和晋人的美》评价说，这是"最富于智慧，最浓于热情的一个时代"①，一个美感、情感大肆张扬的时代：

（1）观人学的"尚情"与诗歌创作的抒情。在个人情感表达日益受到重视的观人哲学思潮下，魏晋文人作诗，突破了"诗言志"之传统，以及"止乎礼义"的底线，利用诗歌宣情以表达自我。如曹植《杂诗》《七哀诗》等，内情委屈；阮籍《咏怀》、嵇康《幽愤》等，内情独叹；曹丕《燕歌行》、张华《情诗》等，离情别绪；左思《娇女》、潘岳《悼亡》等，深情缅邈：以诗抒写个人情感体验，成为一时新潮。这说明随着观人学对人的才性、品格、风貌的品鉴、思考和把握，作为"人学"的文学便发生了质的变化，真正体现抒情者个人情感、气质、理想追求的抒情诗成熟了。性情的极致就是一种艺术，主体的魅力就是性情的魅力，因此诗歌呈现出与众不同的生命状态，一种审美的新质，古代诗学也因此获得转型的契机。

（2）观人学从观志到尚情，与诗学从言志到尚情的理路一致。伴随着观人学对人内在的个体情感的重视，人们自我以及生命意识的觉醒，特别是王弼"圣人有情说"的胜利，名士们纷纷以"情之所钟，正在我辈"（《世说新语·伤逝》）自许，文学批评家们随之也注意到了情感在文学创作中的重要性，表现在文学上，就有了主情一派。

> 孙子荆（楚）除妇服，作诗以示王武子（济）。王曰："未知文生于情，情生于文，览之凄然，增伉俪之重。"（《世说新语·文学》）

孙楚是西晋文学家，与王济、陆机同时代人。志人小说《世说》记载的王济对孙诗的评价，明确提出了诗与情的关系，诗因情生，情因诗浓，两者密不可分。"诗缘情"说不能产生于儒家道德观人批评占主导地位的先秦两汉，而只能产生于观人崇才尚情逐渐走上舞台的魏晋时期。西晋陆机《文赋》，反对为文"寡情而鲜爱""和而不悲"，提倡"诗缘

---

① 宗白华：《美与人生》，北京：北京理工大学出版社2012年版，第189页。

情而绮靡""诔缠绵而凄怆",强调了文学的抒情特性,确立了"情"在文学中的重要地位,无疑是对诗教观念的大胆突破。"缘情说"正是当时观人学重情氛围的产物。刘勰《文心雕龙》甚至提出了"情者,文之经也"的命题(《情采》),认为情感是诗文的生命与根本,情感应是自然抒发,它与诗文的关系是为情造文,而不是为文造情。余嘉锡认为"彦和此论,似即从武子之言悟出"①,武子之言,即上文引用的《世说新语》中以文学观人的例子,说明刘勰此论与当时观人重情风习分不开。观人学强调的是人物的才性德行与真情流露,诗学强调的是诗人的情性对诗歌作品的影响。钟嵘《诗品》指出诗歌是情感的表达,所谓"气之动物,物之感人,故摇荡性情,形诸歌咏……动天地,感鬼神,莫近于诗"②,这里的情感与诗言志这种政治伦理情感不同,更强调自然产生并抒发的个体情感。以个体情感来探讨诗的起源,不是关乎教化、止乎礼义,而是标举兴会、直指性情,这是与观人学重情感的真率任性、自由随意是一致的。

可见自秦汉以来,"诗言志"作为一个完整的理论系统,不仅多层多质,而且处于一个不断运动的诗学活动过程中。自从《诗大序》将"情动于中"引入诗言志体系里,《礼记·乐记》提出"夫民有血气心知之性,而无哀乐喜怒之常,应感起物而动,然后心术形焉",汉末三国观人学的才性说、性情说、气说的发展,志与气、才、性、情的贯通,都将导致后世"志"逐渐向气、才、性、情演变、转化,至陆机《文赋》提出"诗缘情而绮靡"时,最终完成了向"情"转化过程,确立了诗歌自身的本体地位,开创了诗学的自觉时代,其标志就是观人诗学审美批评的建立。

魏晋南北朝观人学是观人学史上的重要转折点,它对诗学批评的影响,不仅在形貌批评、精神批评、才性批评、个性风格批评、范畴概念等方面对诗学批评体系建构产生深远影响,而且在"性、情之辨"上表现出强烈的尚情倾向,在一定程度上强化和升华了"诗缘情"说,终于建立与儒家道德批评迥然不同的审美批评,对后世产生了深远影响。

三 观人学视阈下的诗学审美批评标准

作为我国最早的文学批评专著,《文心雕龙·知音篇》说:

---

① [南朝宋]刘义庆撰,余嘉锡笺疏:《世说新语笺疏·文学》,第255页。
② [南朝梁]钟嵘:《诗品》卷一,影印文渊阁《四库全书》集部第1478册,第190页。

是以将阅文情，先标六观；一观位体，二观置辞，三观通变，四观奇正，五观事义，六观宫商：斯术既形，则优劣见矣。夫缀文者情动而辞发，观文者披文以入情，沿波讨源，虽幽必显。世远莫见其面，觇文辄见其心。①

从诸多文献记载中，可见观人术很多，如旧题文王有"六征"法（《大戴礼记·文王官人》），姜尚有"八证"法②，孔子有"九征"法（《庄子·列御寇》），李克有"五视"法③，刘卲有"八观、五视"法（《人物志》）。刘勰标举"六观"概念，其实来源于观人术；诗学著作如毛先舒《诗辩坻》卷第一《总论》"诗有八征"等，亦来自观人术。刘勰提出的"披文以入情"的理论，即通过观察作品的谋篇、修辞、语言、体式、风格、事类、音律等艺术形式、内容诸方面的通变、奇正表现，洞悉作者的内心世界，与观人学著作《人物志》所说"九征"（观人的神、精、筋、骨、气、色、仪、容、言九个方面）同一机杼：虽然观察对象不同，但都必须从对象的感性形式入手进行考察，然后做出评判。

阅情也好，观情也罢，其实是观人术之一，在文王"六征"中包括内外二部分：内则"观诚""观隐"，外则"观色"。邵祖平《观人学》认为，观色就是观察人的情感表现："观色者，观其外色也。内心所畜，每现于面，虽欲掩之，中志不从。常民则有喜怒欲惧忧之色，而充备一德者，亦自有其符验也。"并引文王"六征"之"观色"曰：

> 民有五性：喜、怒、欲、惧、忧也。喜气内畜，虽欲隐之，阳喜必见；怒气内畜，虽欲隐之，阳怒必见；欲气内畜，虽欲隐之，阳欲必见；惧气内畜，虽欲隐之，阳惧必见；忧悲之气内畜，虽欲隐之，阳忧必见。五气诚于中，发形于外，民情不隐也。……诚智必有难尽之色，诚仁必有可尊之色，诚勇必有难慑之色，诚忠必有可亲之色，诚洁必有难污之色，诚静必有可信之色。质色皓然固以安，伪色缦然乱以烦，虽欲故之，中色不听也。虽变可知，此之谓观色也。④

---

① ［南朝梁］刘勰撰，［清］黄叔琳辑注：《文心雕龙辑注》，影印文渊阁《四库全书》集部第1478册，第182页。
② 《六韬》卷三《选将》，影印文渊阁《四库全书》子部第726册，第22页。
③ ［西汉］韩婴撰，许维遹校释：《韩诗外传集释》卷第三，北京：中华书局1980年版，第86页。
④ 邵祖平：《观人学》上篇《原理》第二章，第26~27页。

这里的观色，同观诚、观隐一样，都是以仁、义、礼、智、信为依归，因此与考志、揆德是相通的，体现了"发乎情，止乎礼义"的宗旨。但经历了魏晋观人学的性情说，诗歌创作中的言情，诗歌批评中的观情，凸现了人的主体价值，并直接将生命本体导入审美经验领域，从而人本身也成为独立的审美对象——人的才性、道德、感情、风度、襟抱、言语、举止都获得了审美价值。在这种情形下建立起来的尚情审美批评，具有与道德批评迥异的批评标准与要求：

（一）发乎情，超越礼义：情感内容上的"尚情"宗旨

这种思想来源于道家关于"礼者，世俗之所为也；真者，所以受于天也"（《庄子·渔父》）与玄学时代嵇康"非汤武而薄周孔"、"越名教而任自然"① 的思想，即：超越具体礼制的约束，追求人性的本真、自然。这是一种人生哲学，也是一种以庄玄为内核的观人学思想。与《庄子》塑造支离疏等一批形残而神全的"畸人"形象相类似，《世说新语·任诞》等篇也记载了一群超越礼制、放浪形骸、饮酒服药的士人的特立独行，就连"阮浑长成，风气韵度似父，亦欲作达"，成为魏晋风度的一个重要审美标准与风尚。"风度"是观人学术语，反映了一时风尚。宗白华先生总结说："魏晋人以狂狷来反抗这乡愿的社会，反抗这桎梏性灵的礼教和士大夫阶层的庸俗，向自己的真性情、真血性里掘发人生的真意义、真道德。他们不惜拿自己的生命、地位、名誉来冒犯统治阶级的奸雄假借礼教以维护权位的恶势力。……阮籍佯狂了，刘伶纵酒了，他们内心的痛苦可想而知。这是真性情、真血性和这虚伪的礼法社会不肯妥协的悲壮剧。"② 这种观人风尚与传统伦理道德为内核的儒家观人学格格不入。明末清初又是一个崇尚真情与个性解放的时代，李贽率先向儒家诗教发难，说："非情性之外复有礼义可止也。"③ 显然是"发乎情，止乎礼义"的反命题。他认为真正的作品都是"蓄极积久，势不能遏"，"诉心中之不平，感数奇于千载"，"发狂大叫，流涕恸哭，不能自止：宁使见者闻者切齿咬牙，欲杀欲割，而终不忍藏于名山，投之水火"④。继之而起的汤显祖《寄达观》直接说"情有者，理必无；理有者，情必

---

① ［三国魏］嵇康：《嵇中散集》卷二《与山巨源绝交书》、卷六《释私论》，第343、366页。
② 宗白华：《论〈世说新语〉和晋人的美》，收入《美学散步》，第189页。
③ ［明］李贽：《焚书》卷三《杂述·读律肤说》，北京：中华书局2009年版，第133页。
④ ［明］李贽：《焚书》卷三《杂述·杂说》，第96~97页。

无"①，冯梦龙《情史·詹詹外史叙》"六经皆以情教"②，都矫枉过正地否定儒家诗教重德性，主张诗歌反映自己的性灵，而不是圣人的性灵，为情张本。至袁宏道《叙小修诗》主张"独抒性灵，不拘格套"③，顾炎武《诗体代降》提出摹古诗"不似则失其所以为诗，似则失其所以为我"④，这些都是要求摆脱束缚、发展个性的时代呼声。"宁作我"，"我自用我法"的观人标准，转化为诗学话语，就是要求诗歌作品充满主体精神，表现出对以理节情的传统诗教的反动，这种解放思潮在明清时期表现尤为突出，如"人自为人，吾自为吾"⑤，"赋诗要有英雄气象，人不敢道，我则道之；人不敢为，我则为之，厉鬼不能夺其正，利剑不能折其刚"⑥，"大抵物真则贵，真则我面不能同君面，而况古人之面貌乎"⑦，"诗人各自写一性情"⑧，"古之为诗者，必有独至之性，旁出之情"⑨，"作诗有性情，必有面目"⑩，"性情面目，人人各具"⑪，"人性不同……诗亦如之"⑫。诸家思想差别很大，既有正统亦有"异端"，艺术上各有揭橥，甚至互为水火，然而皆主张性情面目因人而异，并不受制于圣人之志（理）。元傅若金《诗法正论》云："诗原于德性，发于才情，心声不同，有如其面。……是以太白有太白之诗，子美有子美之诗，昌黎有昌黎之诗。其他如陈子昂、李长吉、白乐天、杜牧之、刘禹锡、王摩诘、司空曙、高、岑、贾、许、姚、郑、张、孟之徒，亦各自为体，不可强而同也。"⑬ 作家的德性、才性、心声不同，生命精神不同，作品

---

① ［明］汤显祖：《汤显祖诗文集》卷四十五《玉茗堂全集》尺牍卷二，上海：上海古籍出版社1982年版，第1268页。
② ［明］冯梦龙：《冯梦龙全集·情史上》，上海：上海古籍出版社1993年版，第2页。
③ ［明］袁宏道撰，钱伯城笺校：《袁宏道集笺校》卷四，上海：上海古籍出版社2008年版，第188页。
④ ［清］顾炎武撰，张京华校释：《日知录校释》卷二十一，长沙：岳麓书社2011年版，第846页。
⑤ ［明］徐祯卿《与同年诸翰林论文书》，［清］黄宗羲：《明文授读》卷二十二，康熙三十八年（1699）味芹堂刊本。
⑥ ［明］谢榛：《四溟诗话》卷四，北京：人民文学出版社1961年版，第107页。
⑦ ［明］袁宏道撰，钱伯城笺校：《袁宏道集笺校》卷八《丘长孺》，第284页。
⑧ ［明］胡震亨：《唐音癸签》卷二十五《谈丛一》，上海：上海古籍出版社1981年版，第265页。
⑨ ［清］钱谦益：《牧斋初学集》卷三十二《冯定远诗序》，上海：上海古籍出版社1985年版，第939页。
⑩ ［清］叶燮：《原诗》卷三《外篇上》，第50~51页。
⑪ ［清］沈德潜：《说诗晬语》卷下，北京：人民文学出版社1979年版，第257页。
⑫ ［清］袁枚：《袁枚全集》第五集《答李少鹤书》，南京：江苏古籍出版社1993年版，第732页。
⑬ 吴文治主编：《辽金元诗话全编》四，南京：凤凰出版社2006年，第2451页。

的形式亦不同，呈现出来的作家面目也不同。因此，这种诗学比起诗教的排他性来说，具有更大的包容性。

在情感内容的表达方式上，一反"乐而不淫，哀而不伤"之旨，张扬"怨怼""发愤""骂詈""侧艳"。孔子说"诗可以怨"，说明儒家本不排斥"怨"的。司马迁《史记》评屈原"忧愁幽思"，"疾痛惨怛"，最后归结于一个"怨"字，"信而见疑，忠而被谤，能无怨乎？屈平之作《离骚》，盖自怨生也"（《屈原贾生列传》）；还认为《诗三百篇》"大抵圣贤发愤之所为作"（《太史公自序》）：于《骚》拈出个"怨"字，于《诗》拈出个"愤"字，虽是"夫子自道"，带有个人色彩，但肯定了诗人感情本身的合理性，超越了当时的时代，所以遭到"是非颇谬于圣人"（班固）、"是非颇谬于经"（扬雄）的指责，被一个时代湮灭。魏晋南朝，观人重情，影响到诗歌创作，而诗学重"怨"，则自钟嵘始：

> 嘉会寄诗以亲，离群托诗以怨。至于楚臣去境，汉妾辞宫；或骨横朔野，或魂逐飞蓬；或负戈外戍，杀气雄边，塞客衣单，孀闺泪尽；或士有解佩出朝，一去忘反，女有扬蛾入宠，再盼倾国。凡斯种种，感荡心灵，非陈诗何以展其义？非长歌何以骋其情？故曰："诗可以群，可以怨。"①

钟嵘特别注重和欣赏"怨情诗"，每以"怨"评诗人，如评曹植"情兼雅怨"，左思"文典以怨"，陆机"意悲而远"，班婕妤"怨深文绮"，王粲"发愀怆之词"，阮籍"颇多慷慨之词"等，皆列上品；其他如秦嘉之"凄怨"，郭泰机之"孤怨宜恨"，沈约之"清怨"等，亦获赞誉。至后来李白《古风》其一说"哀怨起骚人"，白居易《与元九书》说"泽畔之吟，归于怨思"，《序洛诗》说风骚李杜十八九为"愤幽怨伤之作"，已成诗学常谈。"发愤"也是诗教排斥的一种诗情（见上一章引申涵光《连克昌诗序》），在审美批评这里都得到允许与包容。更有甚者，他们从修正甚至歪曲《诗经》宗旨出发，公然攻击温柔敦厚的"《诗》教"，如明末尹民兴说："彼《三百篇》，一时淫女情夫，孤臣孽子，以自泄其狂惑之情，而亦不知某句和平，某句温厚！"② 同时人曾异竞从《三百篇》中举出大量骂人、骂夫、骂国、骂皇后、骂天、骂朋友、骂

---

① ［南朝梁］钟嵘：《诗品》卷一，第191页。
② ［明］尹民兴《某小吏学诗序之》，［清］黄宗羲：《明文授读》卷三十七。

兄弟语①，张谦宜亦谓《诗经》"骂人极狠"②，以驳"温厚和平"之说，为诗骂詈张本。至于侧艳，亦在推崇之列，如杨慎《升庵批点文心雕龙》卷六用美艳解释"风骨"，说："左氏论女色曰'美而艳'，美犹骨也，艳犹风也。文章风骨兼全，如女色之美艳两致矣。"③ 袁枚《随园诗话》认为"《三百篇》半是劳人思妇率意言情之事"④，并且直接称被奉为"纲纪之首，王教之端"的《关雎》为"艳诗"⑤，借诗教为情艳张本，将"诗缘情而绮靡"推向了一个极端、极致，这些都是明末清初思想界解放思潮、观人学与诗学批评界崇奇尚怪的思潮的反映。

（二）反对格套、超乎法度：艺术表现上的"尚奇"诉求

魏晋观人学"性情说"，不以"礼"为中心，而以"我"为中心，尊重独立的个性人格：

> 桓公少与殷侯齐名，常有竞心。桓问殷："卿何如我？"殷云："我与我周旋久，宁作我。"（《世说新语·品藻》）
>
> 王太尉不与庾子嵩交，庾卿之不置。王曰："君不得为尔。"庾曰："卿自君我，我自卿卿。我自用我法，卿自用卿法。"（《世说新语·方正》）

"宁作我"，"我自用我法"，高度重视自我人格、自我价值，注重个性，张扬性情，成为魏晋观人学的新亮点，也是人性觉醒解放的一个旗号。这不但对诗歌的情感内容，而且对诗歌艺术表现、艺术个性、风格多样化的影响也是不可忽视的，表现反中和与含蓄的特点，也渗透着反儒家伦理道德的理念。下面以"逸"为例，予以分析说明。

"逸"的本义"奔跑""亡逸"，用于观人学，引申为"超越"，追求行为的自由，如"安逸""隐逸"，显然是追求精神上的自由。《论语·微子》有"逸民"，何晏《集解》云"逸民者，节行超逸也"，皇侃疏："谓民中节行超逸、不拘于世者也。"⑥ 《后汉书》专列《逸民

---

① ［明］曾异《徐叔亨山居次韵诗序》，［清］黄宗羲：《明文授读》卷三十七。
② ［清］张谦宜《絸斋诗谈》卷一《统论上》，郭绍虞：《清诗话续编》二，第 792～793 页。
③ ［明］杨慎：《杨升庵丛书》四，成都：天地出版社 2002 年版，第 739 页。
④ ［清］袁枚：《随园诗话》卷一，北京：人民文学出版社 1982 年版，第 2 页。
⑤ ［清］袁枚：《小仓山房文集》卷十七《再与沈大宗伯书》，《袁枚全集》二，第 286 页。
⑥ ［三国魏］何晏注，［南朝梁］皇侃疏：《论语集解义疏》卷九，影印文渊阁《四库全书》经部第 195 册，第 511 页。

传》,指"不事王侯,高尚其事"的超尘脱俗之隐士。这些都具有观人意义了。魏晋的黑暗,孕育了一个"自我超越"的时代主题,所以观人重"逸",通过超脱尘世的外在表现,张扬个性之美,如《世说新语》评谢安"才峰秀逸"(《文学》),评支道林"取其俊逸"(《轻诋》)。同时也与"才性"批评结合起来,指才智超群(即"逸才"),如"(边让)才俊辩逸"(《世说新语·言语》注引《文士传》),"(存)风情高逸"(《世说新语·政事》注引《孙统存诔叙》),"(裴楷)高才逸度"(《世说新语·文学》注引《管辂传》)等。一句话,"逸"在魏晋观人学中,实际上就是魏晋风流的高度概括:

"名士"者,清逸之气也。清则不浊,逸则不俗。……神陷于物质机括中为浊,神浮于物质机括之上为清,事有成规成矩为俗。……逸者离也,离成规通套而不为其所淹没则逸。逸则特显"风神",故俊;逸则特显"神韵",故清:故曰清逸,亦曰俊逸。逸则不固结于成规成矩,故有风;逸则洒脱活泼,故曰流:故总曰风流。……是则逸者解放性情而得自在,亦显创造性,故逸则神露智显。逸者之言为清言,其谈为清谈。逸则有智思而通玄微,故其智为玄智,思为玄思。……是则清逸、俊逸、风流、自在、清言、清谈、玄思、玄智,皆名士一格之特征。①

牟宗三的这段话,充分说明了名士"逸"的内涵,既包含着超越物质机括、不顺成规处事的生活方式,又具有清逸脱俗、风流洒脱的文化品格,还具有形而上的玄智玄思,并参与相应的清谈、清言、清议等文化对话活动。它与风神、神韵、清俊、风流相联系,而与"浊""俗"相反。因此对于"浊""俗"(成规、成矩、通套)来说,具有个性解放的意义。

"逸"由观人学进入艺术品评领域,大量用于书评;用于评诗,则有曹丕《与吴质书》评"公幹有逸气",钟嵘《诗品》评陶潜为"古今隐逸诗人之宗"②,杜甫《春日忆李白》推崇"俊逸鲍参军"等:"逸"主要是指主体的率性自然,超凡不俗。作为一种生活状态和精神追求,"逸"是对社会规则和琐屑俗务束缚的超越,而作为一种诗歌审美原则,

---

① 牟宗三:《才性与玄理》,桂林:广西师范大学出版社2006年版,第58页。
② [南朝梁]钟嵘:《诗品》卷二,第196页。

它体现为对艺术陈规旧习的超越,以及对自由精神的追求,皎然《辨体有一十九字》说"体格闲放曰逸"①,周履靖《格第十四》说"逸:飘飘凌云,想在尘外"②,黄生《诗麈》卷一亦以"平淡真率为逸品",并认为是最高之诗品,具有浑然天成之美:"诗道以自然为上,工巧次之,工巧之至,始入自然,自然之妙,无须工巧。"又说:"王元美谓'章法之妙,有不见句法者;句法之妙,有不见字法者'。此最上一乘法门,即工巧之至而入自然者也。"③ 最典型的就是李白诗歌,以飘逸、雄逸、宕逸、疏逸、豪逸、俊逸、超逸、横逸等著称,"不拘常法",这与他为人"不拘礼法"、有"仙风道骨"之相是一致的。何日愈《退庵诗话》"逸士之词放而达"④,范德机《木天禁语》"疏旷者其词逸"⑤,薛雪《一瓢诗话》"倜傥人诗必飘逸"⑥,施闰章《楚村诗集序》"俊迈者流逸而多风"⑦,可见,逸品与诗人的才性是一致的。书评、诗评、画评中的"逸"的标准,来源于观人学的标准,都具有超越世俗规矩、个性解放的含义。诗教派拿规矩法度来扬杜抑李,而反诗教派则用狂放不羁来褒李贬杜,如田艺蘅《诗谈初编》说"太白宁放弃而不作眷恋之态,宁狂荡而不作规矩之语。子美不能不让此两着"⑧,可见两种诗学话语体系,不但是诗教与反诗教的不同,也代表着诗歌创作方法的不同,最终体现出两种观人范式的不同。李白不崇礼法,而杜甫仪轨自居,创造了两种不同的美学范式,就像魏晋观人学中的阮籍与裴楷塑造出两种不同的人物审美范式⑨一样,从不同角度证明了观人学与诗学的人格批评的一致性。

审美批评与传统的道德批评相较,最明显的差别就是,前者强调"合乎礼义"为正德,后者强调以偏德为奇,这也影响到诗学中的性情

---

① [唐] 释皎然撰,李壮鹰校注:《诗式校注》卷一,北京:人民文学出版社 2003 年版,第 69~71 页。
② [明] 周履靖:《骚坛秘语》卷中,上海:商务印书馆 1936 年版,第 39 页。
③ [清] 黄生撰,诸伟奇主编:《黄生全集》四,合肥:安徽大学出版社 2009 年版,第 322 页。
④ [清] 何日愈:《退庵诗话》卷一,广州:广东高等教育出版社 1996 年版,第 117 页。
⑤ [清] 何文焕:《历代诗话》下,第 751 页。
⑥ [清] 薛雪:《一瓢诗话》,北京:人民文学出版社 1979 版,第 143 页。
⑦ [清] 施闰章:《施愚山集·文集卷四》,合肥:黄山书社 1992 年版,第 79 页。
⑧ [明] 田艺蘅:《留青日札》卷五,上海:上海古籍出版社 1992 年版,第 88 页。
⑨ 《世说新语·任诞》:阮步兵(籍)丧母,裴令公(楷)往吊之。阮方醉,散发坐床,箕踞不哭,裴至,下席于地,哭,吊喧毕,便去。或问裴:"凡吊,主人哭,客乃为礼,阮既不哭,君何为哭?"裴曰:"阮方外之人,故不崇礼制,我辈俗中人,故以仪轨自居。"时人叹为两得其中。

说。如王鏊谓："诗发乎情者也：情之适者其声和以平，情之激者其声愤以怨，情之郁者其声惨以幽。故诗之作，多出于不得志之人。郊岛之凄也，韦柳之婉也，叉之怪也，仝之险也，长吉之菁也，天下之奇皆在焉。"① 从诗言情出发，肯定了各种诗情（包括适情、激情、郁情等）；一句"天下之奇皆在焉"，道出了观人诗学审美批评对诗人千人千面、艺术个性与风貌风格多样化的追求。袁宏道倡导"不拘格套"，也就是要求"文章新奇，无定格式"②，正体现出"逸"格的意义。但他不是有意追求形式的新奇，而是强调在创作中破执去缚，真切抒写出自己的"性灵"。他认为："大概情至之语自能感人，是谓其诗可传也。"如楚辞《离骚》，诗人屈原忿怼之极，便明示唾骂；穷愁之时，则痛哭流涕，这正是"情随境变，字逐情生"，是真性情流露，就不应恪守儒家温柔敦厚的诗教，"以太露病之"③。其他任何格套，更不应为之拘束。一切文学形式和表现技巧，都是为"独抒性灵"服务的，是抒发"性灵"的手段。当然，诗学中不以露为病的极端看法的，还是极少数。

（三）崇尚狂狷、超越中庸："反中和"的美学旨趣

在美学形态上，表现为反对"中和之美"，推崇"狂狷之美"，甚至是丑怪之美。这些都来自观人学。由于保守的观人学主张"中和"太过，个体情感服从外在礼义的制约的理论走向极端，势必扭曲人性人情，走向"情伪"，貌似"含蓄深厚"，误为"中庸中和"，其实是"乡原"，这也是儒家反对的。孔子说"乡原，德之贼也"（《论语·阳货》），孟子解释说："非之无举也，刺之无刺也。同乎流俗，合乎汙世，居之似忠信，行之似廉洁，众皆悦之，自以为是，而不可与入尧舜之道。故曰德之贼也。"（《孟子·尽心下》）所以孔子认为，与其无原则地随俗，用假的忠信廉洁来乱德，还不如偏激与清高，"不得中行而与之，必也狂狷乎"（《论语·子路》）。也就是说在儒家观人学中，狂狷胜过乡愿，获得某种程度上的许可。刘熙载的观人学著作《持志塾言》卷下《人品》说："狂狷可为社稷之臣，直谅之友，乡愿则容悦而已矣，善柔而已矣。"④ 观人学上的中和与乡愿概念，也在诗学批评中得到反映。唐宋以后的温柔敦厚诗教往往走向偏激，过分强调温柔含蓄，连狂狷、过与不及都予以否定，

---

① ［明］王鏊：《携李屠东湖太和堂集序》，见［明］屠勋《太和堂集》卷首，南京图书馆藏抄本。
② ［明］袁宏道：《袁宏道集笺校》卷廿二《答李元善》，第786页。
③ ［明］袁宏道：《袁宏道集笺校》卷四《叙小修诗》，第188页。
④ ［清］刘熙载：《刘熙载文集》，南京：江苏古籍出版社2001年版，第30页。

导致诗歌平平无奇，如清人所批评的，"作一种乡愿字，名为含蓄深厚，非之无举，刺之无刺，终身无入处也。作古文、古诗亦然，作人之道亦然，治军亦然"①，"若徒字顺句适，平平无奇，套语浮词，令人望而生厌"，"胆小气促，见浅才迂，绝无动人处，因号之曰'中庸先生'"②。与道德批评不同的"尚情"诗学批评，往往矫枉过正，以狂狷之诗，对抗乡愿之诗，所以狂狷之诗与诗人在这里受到某种宽容，如李怀民《中晚唐诗主客图序》评：

> 中晚以后人物，有似于孔门之狂狷：韩退之、卢仝、刘叉、白乐天，狂之流也；孟东野、贾岛、李翱、张水部，狷之流也。③

最有名的屈原、李白一派为狂，陶渊明、孟浩然一派则为狷，往往为保守的诗教学者所不容，如班固《离骚序》指责屈原"亦贬絜狂狷景行之士"，其言"皆非法度之正，经义所载"④，不合"法度""经义"即不合中庸；类似的指责也发生在李白身上。然而，在不守中行的诗学批评当中，却另有一种价值标准，用汤显祖《合奇序》的话来说，便是"宁为狂狷，毋为乡愿"⑤。屈、李、陶、孟之诗历来备受尊重，就体现了这种标准。所以，象"郊岛之凄也，韦柳之婉也，叉之怪也，仝之险也，长吉之菁也"，在正统的诗教看来，皆非"性情之正"，有"偏倚驳杂之弊"；而在非中行通达的诗学批评看来，"天下之奇皆在焉"⑥，皆推崇狂狷，颠覆中和，成为传统诗教之外另一套话语体系。

如果说"君子"中行，那么推崇狂狷，则是一种非君子人格；用之于诗学，则是一种非君子人格批评：可见两种观人学、诗学话语体系的截然对立。孔子以君子观人，还有一种说法："质胜文则野，文胜质则史。文质彬彬，然后君子。"（《论语·雍也》）文、质、野、史也是他的观人准则。文质彬彬，是君子人格，也是诗教提倡的君子之诗。而"野"，

---

① ［清］曾国藩：《曾国藩全集》十七《日记》咸丰十一年二月卅日，长沙：岳麓书社2011年版，第141页。
② ［清］袁洁《蠡庄诗话》卷下，钱仲联：《清诗纪事》（十三）嘉庆朝卷，南京：江苏古籍出版社1989年版，第9037页。
③ ［清］李怀民：《重订中晚唐诗主客图》，清嘉庆十七年（1812）李氏刻本。
④ ［清］严可均：《全后汉文》卷二十四，北京：商务印书馆1999年版，第250页。
⑤ ［明］汤显祖：《汤显祖诗文集》卷三十二《玉茗堂全集》文集卷五，上海：上海古籍出版社1982年版，第1078页。
⑥ ［明］王鏊：《携李屠东湖太和堂集序》，见屠勋《太和堂集》卷首，南京图书馆藏抄本。

在观人学体系中，指的是粗野之人，与知书达礼的"君子"相对，所谓"敬而不中礼谓之野"（《礼记·仲尼燕居》），"《论语》云'野哉由也'，又'先进于礼乐，野人也'，皆言野者是不合礼耳"①，堪为"质胜文"的注脚。可见在儒家观人学看来，"野"是没有经过礼乐教化的、粗俗的、原始的、动物性的行为，与"文"相对；但在庄子摒弃礼制的天道者看来，"野"代表自然、自由的天性，如"圹埌之野"（《庄子·应帝王》）、"襄城之野"（《徐无鬼》）、"无极之野"（《在宥》）、"无人之野"（《山木》），皆指突破礼法拘束而本性自然自由之流露。在庄子美学中，"野"不仅是自然原生形态的"道"的外在形式，更是"道"的内在本质，正所谓"畸于人而侔于天"，"天之君子，人之小人"（《庄子·大宗师》）也。儒道两种观人标准不同，反映了两种价值观的不同。魏晋时期礼崩乐坏，玄学推崇老庄，因此"野"成为一种观人审美概念，用之于诗学，"野"由儒家的贬义而变成道家的褒义，钟嵘《诗品》往往以"野"观人观诗，如评左思诗"野于陆机，而深于潘岳"②，评陶潜诗"文体省净，殆无长语。笃意真古，辞兴婉惬。每观其文，想其人德，世叹其质直"③。也颇有野趣。陈知柔《休斋诗话》甚至提出："人之为诗要有野意。盖诗非文不腴，非质不枯，能始腴而终枯，无中边之殊，意味自长，风人以来得野意者，惟渊明耳。"④ 陶渊明的田园诗语言古朴，明净单纯，无浓艳的色彩，晦涩的语汇，生僻的典故，似随口而出，于恬适中见清气，其自然之"野"尽显无遗；而其诗清明淡远之意境，耐人寻味之哲理，又如天道般体现着艺术之"意"；至其任性自得、委顺自然的生活方式和精神追求，更是诗之"野意"的体现。所以"野"如陶潜其人，亦如其诗。殷璠《河岳英灵集序》有"野体"一体⑤，与"雅体"相对，不为诗教所许；司空图《二十四诗品》有"疏野"一品⑥，就连被诗教捧为正宗的"杜子美诗，颇有近质野处"⑦，"野"就转换成了诗歌美学范畴。

---

① ［西汉］司马迁：《史记·孔子世家》司马贞《索隐》，第1906页。
② ［南朝梁］钟嵘：《诗品》卷一，第193页。
③ ［南朝梁］钟嵘：《诗品》卷二，第196页。
④ ［南宋］魏庆之：《诗人玉屑》卷六"诗要有野意"，上海：上海古籍出版社1978年版，第129页。
⑤ ［唐］殷璠：《河岳英灵集·原序》，影印文渊阁《四库全书》集部第1332册，第21页。
⑥ ［清］何文焕：《历代诗话》上，第42页。
⑦ ［南宋］吕本中《童蒙诗训》，吴文治：《宋诗话全编》三，南京：江苏古籍出版社1998年版，第2896页。

诗学史上从言志说到言情说，凡有三变，皆与观人学的转型相关：第一次是受到先秦儒家观人学"性先才后"的影响，诗学上出现"诗言志"与道德批评，以德性否定才情，如孔子之评《诗》是也；第二次是两汉观人学肯定了情，但必须符合性，以情合性，因此诗学上主张"发乎情，止乎礼义"，诗歌言情的倾向被纳入礼义的轨道，在这样的背景下，汉代诗歌"言情"的倾向得到约束，而合于礼乐的"言志"说则得到强化，如班固之批评屈原是也；第三次随着"灵帝之末，礼乐崩坏"①，儒家式微，老庄方滋，玄学日盛，人的自我意识的觉醒，观人学的重才、畅情、尚美的影响，诗学也提出"诗缘情"理论，以及富有审美意义的才性批评、风格批评，说明人们逐渐摆脱儒家诗教、道德观人的影响。如果说前两次变化解决了诗歌的人格本体问题，而对诗歌的主体审美的内在意蕴的发掘则处于一种启蒙状态；那么后一次变化则进一步由人的内在精神层面上升到主体审美的建立。当然，观人学的自觉，是诗学自觉的内在根据，二者的产生并不是同步的，它需要一个生成转换过程，而诗歌审美转换直到南朝才得以全面实现。

　　虽然观人道德批评与诗言志说、观人尚情审美批评与诗言情说是两套截然不同内涵、旨趣的话语体系，但都是在不同时期观人学影响下构建起来的，在情感内容、表现方式、美学情趣、人格批评等方面都具有观人批评的意义，也具有诗歌本体论的意义。

---

① ［东汉］应劭《续汉书·五行志》注，［清］严可均：《全后汉文》卷四十一，第417页。

第三章 观人学与诗学才性批评、风格批评、人格批评

王瑶《文论的发展》说:"我们考查一下初期文论中的内容,便知道里面完全是以作家论为干的。""这种主要以作家为对象的文论,是由东汉以来的人物评论的风气演变下来的,只是把品藻的标准变为文辞罢了。""所以中国文论从开始起,即和人物识鉴保持着极密切的关系,而文学原理等反是由论作者引导出来的。"① 这段话清楚地表明,观人学是如何影响中国的作家批评产生的。中国诗学发展也表明:中国诗学批评也是从才性批评、风格批评、人格批评开始的。那么它们与观人学有什么关系,又是如何从观人学影响到诗学批评建构的呢?

正如前文提到的,性情是观人学重要观测点,刘劭《人物志·九征》开篇就提到"圣人之察",就是探究人的性情。再往前溯,《荀子·性恶篇》说:"今人之性,饥而欲饱,寒而欲暖,劳而欲休,此人之情性也。"此情性指人的本能欲望;孟子言"性"而不及"情",指的是先天的道德意识(所谓"性善"),对后世观人学、诗学中的道德批评产生长远的影响。性情观人,延伸到诗学,《毛诗序》明确提出:"国史明乎得失之迹,伤人伦之变,哀刑政之苛,吟咏性情,以风其上,达于事变而怀其旧俗者也。故变风发乎情,止乎礼义。发乎情,民之性也;止乎礼义,先王之泽也。"② 它虽然肯定了人们抨击弊政、讽谕时事的"性情",但必须归宗于"性情之正",这仍是儒家观人、观诗的宗旨。魏晋以后,"性情"被赋予了新的阐释。《文心雕龙·体性》说:"气以实志,志以定言,吐纳英华,莫非情性。"《诗品序》:"至乎吟咏情性,亦何贵于用事?""性情"当指人的情感、思绪、才情、性格等纯粹个体心理特征。性情从观人学延伸到诗学,不但构建了观人学与诗学的本体论,而且衍生出观人诗学的才性批评、风格批评、人格批评。

---

① 王瑶:《王瑶全集》第一卷《中古文学史论》,石家庄:河北教育出版社2000年版,第75~81页。
② [南宋]朱熹辨说:《诗序》卷上《大序》,影印文渊阁《四库全书》经部第69册,台北:台湾"商务印书馆"1986年版,第4页。

第一节　才性批评：从观人学到诗学

从观人学上看，"才"和"性"都是观人学上的重要观察内容与重要概念。才性之辨也称作"才德之辨"，重点是观察一个人的才和性，究竟是何者为先的问题。什么是才性呢？语义学来看，性本义是"生"，有生命、性命之义，后延伸指生命的禀性，包括人的自然属性与社会属性，告子所谓"生之谓性"，"食色性也"（《孟子·告子上》），指人的自然本性。"性"见于《论语》者2次，见于《孟子》凡37次，可见是先秦儒家观人哲学的一个重要概念。在儒家看来，性主要指人的本性与德行，如孔子之"性相近也，习相远也"（《论语·阳货》），孟子之"性善"，荀子之"性恶"，世硕之"性有善有恶"（《论衡·本性篇》）等等。尽管各有不同，但指的都是对人抽象的道德评价，人性品级在于道德层。"才"泛指人的智慧与才能，特别是"学文""立言"之能力。"才性"是由外而内、由表及里加以审视的对象，因才见性是观人学中最为普遍的思维理路。但由于观人学的才性论主要有性先才后说、才先性后说，这两种截然不同的才性批评，对诗学批评建构的影响也是不同的。

一　先秦两汉观人学的性先才后说与诗学道德批评

（一）先秦两汉观人学的才性论

先秦两汉观人学基本上是重"性"轻"才"，以性统才。春秋时叔孙豹说："大上有立德，其次有立功，其次有立言。"（《左传·襄公二十四年》）立德居首而立言居末，显然有德先才后的意思。孔子主张德才兼备，德居才先，亦承先贤之论。他因材施教，就包含了才性论思想：子路好勇，颜回闻一知十，仲由果断，闵子骞孝，故分别实施德行、言语、政事、文学"四教"（《论语·先进》）。他说："如有周公之才之美，使骄且吝，其余不足观也已矣。"（《泰伯》）又说："骥不称其力，称其德也。"（《宪问》）皇侃疏曰："言伯乐骥非重其力，政是称其美德耳。骥既如此，而人亦宜然也。"① 从相马延伸到观人，都把德看成立人之本，才居德后。孟子说："富岁子弟多赖，凶岁子弟多暴，非天之降才尔殊也。"

---

① ［三国魏］何晏注，［南朝梁］皇侃疏：《论语集解义疏》卷七，影印文渊阁《四库全书》经部第195册，第475页。

(《孟子·告子上》)赵岐注:"非天降下才性与之异也。"① 将孟子所说的才理解为"才性",即人的才能与禀性。孟子只说"才",实则"赖""暴"更多指向人之"性",由此可见儒家以性统才、才性不分的思想倾向。《荀子·修身篇》:"彼人之才性之相悬也,岂若跛鳖之与六骥足哉?"② 此"才性"二字见诸古籍之始,"才性相悬"成为才性差异理论之先声。

才性之辨起于观人学,而观人学又与两汉的用人制度、选官制度密切相关。西汉重贤良,东汉重孝廉,将观人才性引向"官人",皆以德性为主,即性为本,才为末。如东汉的辟举制所包含的四科,在德行、学识等方面规定了德才兼善、德居才先的人格模式。所以两汉政府主导下的观人学,是基于先秦儒家以德性为标准的具体政治评议。如董仲舒《观德》提到选官标准:"至德以受命,豪英高明之人辐辏归之,高者列为公侯,下至卿大夫,济济乎哉!皆以德序。"③ 以德为准绳,将人性品级、道德水准与官爵等级对应,丰富了儒家观人以德、用人以德的思想,绵延中国政治达数千年之久。

(二)诗言志、温柔敦厚诗教与观人诗学才性批评的建立

先秦有了因文观人之才性的主张,《国语·晋语五》记宁嬴氏说:"夫貌,情之华也。言,貌之机也。身为情,成于中;言,身之文也。"④ 言,包含诗文,既然是"身之文",当然反映了一个人的才性,不但从其发表的言论可以观其人,就连其引用的诗也可观其人,故有"赋诗观志"之说。除了"言"外,先秦还拈出"辞"可以观人,《周易·系辞下》直白说:"将叛者其辞惭,中心疑者其辞枝,吉人之辞寡,躁人之辞多,诬善之人其辞游,失其守者其辞屈。"⑤ 这些既被观人学经常引用以观人观心,也为诗学引用以观诗观志。

《左传·襄公二十九年》记载的季札观乐,极推以《颂》为代表的"直而不倨、曲而不屈"、和平有节的风格,应视为最早的诗学才性批评与风格批评。先秦认为观乐可以观人,《荀子·乐论篇》:"夫乐者乐也,人情之所必不免也。故人不能无乐,乐则必发于声音,形于动静;而人

---

① [东汉]赵岐注,[北宋]孙奭疏:《孟子注疏》,影印文渊阁《四库全书》经部第195册,第246页。
② [唐]杨倞注:《荀子》,影印文渊阁《四库全书》子部第695册,第127页。
③ [西汉]董仲舒:《春秋繁露》卷九,北京:中华书局1991年版,第152页。
④ [春秋]左丘明:《国语》,上海:商务印书馆1935年版,第141页。
⑤ [三国魏]王弼注,[唐]孔颖达疏:《周易注疏》卷十二,影印文渊阁《四库全书》经部第7册,第567页。

之道，声音动静，性术之变尽是矣。"声音本于人情，可以传递一个人心志、动静、性术之变化。如伯牙鼓琴，钟子期能听出其"志在高山"或"志在流水"①；孔子鼓瑟，曾子可以听出"贪狼之志，邪僻之行"；"孔子持文王之声，知文王之为人"，"闻其末（琴）而达其本者，圣也"②，这些说明，观志、观德，已经从观人学扩展到观乐领域里了。古代诗、乐一体，所以从观人延伸到观诗，是非常自然的了。

才性论从观人延伸到观乐、观诗，形成文学批评中的才性说。由于先秦儒家观人以德性居先，用于观诗，导致诗学批评的观念始终局囿于"德性"的范畴之中，人化诗学与诗学人化总是铰链在一起，这是诗学观念滥觞时期的必然产物。最突出的就是孔子推崇《诗经》的"思无邪"，"乐而不淫，哀而不伤"，汉儒假托孔子进一步推出"温柔敦厚"的诗教，所谓"入其国，其教可知也。其为人也，温柔敦厚，《诗》教也"，"其为人也，温柔敦厚而不愚，则深于诗者也"③。温柔敦厚，本指人的颜色温润、性情柔和、朴实厚重、诚笃宽容，是人的情操、品行、性格、风度、修养等的总和。符合这种性情的人是儒家标准中的君子人格，因此它本是观人术语。但由于用《诗经》教育可以培养成这种君子人格和素质，所以成了《诗》教，确立了先秦儒家人性说以"德"为内核的君子诗学观。儒家观人学的"性先才后"说，直接影响到温柔敦厚诗教在汉代的形成，并用于诗学批评实践。比如同是观察与评价屈原《离骚》，司马迁《屈原贾生列传》称其"志洁行廉"（性），"文约辞微"（才），可说是"才性"双美；而持儒家正统思想的班固在《离骚序》中，批评屈原"亦贬絜狂狷景行之士"，虽"可谓妙才者也"，但"露才扬己"④，不够温厚，肯定其才而否定其性。观察角度不同，说明至迟在汉代，才性论就已经实现了从观人学到诗学批评的转化了。不过，当时的才性论是以儒家为主导的性居才先的命题。

温柔敦厚说除了伦理原则的意义外，也被引申为艺术原则，清代学者还将"温柔敦厚"说延伸到词学，提出"词以和雅温文为主旨"⑤，

---

① ［西汉］韩婴撰，许维遹校释：《韩诗外传集释》卷第九，北京：中华书局1980年版，第310~311页。
② ［西汉］韩婴撰，许维遹校释：《韩诗外传集释》卷第三，第171页。
③ ［东汉］郑玄注，［唐］孔颖达疏：《礼记注疏》卷五十《经解》，影印文渊阁《四库全书》经部第116册，第310页。
④ ［清］严可均：《全后汉文》卷二十五，北京：商务印书馆1999年版，第250页。
⑤ ［清］况周颐：《蕙风词话》卷一，北京：人民文学出版社1960年版，第20页。

"温厚和平,诗教之正,亦词之根本也"①,要求词在艺术表现上要蕴藉含蓄,微宛委曲;内容上要深郁厚笃,既不叫嚣乖张,又不浅显直露。这些无疑具有一定积极意义。

二 魏晋观人学的才居性先说、气论与诗学审美批评

(一) 魏晋观人学的"才居性先"说、"气"说

最早明确关于"才性"的论述,是王充的《论衡·命禄篇》"临事知愚,操行清浊,性与才也"②,"才"指才能,"性"指品性,与禄食运数联系在一起,可见是个观人学术语,并赋予了神秘意义。东汉取士,举秀才重"才",举孝廉重"性"。东汉末年乱世,观人学对才性说开始发生变化。其中关键转折点,就是曹操创新用人模式。当时察举大权为地方名士所控制,士人相互标榜,选举乖实、名实不符,民间流行"举秀才不知书""举孝廉父别居"等谚语,曹操也看到了"有行之士未必能进取,进取之士未必能有行"(《三国志·魏书一·武帝纪》)现象,即"才性相离"现象。所以曹操出于现实的考虑,改革官人制度,三次下求贤令,不求至德,不重品行,唯才是举,改变了重德轻才的传统观念,凸显了德才分离下的尚才观念,使人的"才能"受到格外的重视,开一个时代思想解放之先声。其意义正如陈寅恪所说:"孟德三令,非仅一时求才之旨意,实际明其政策所在,而为一政治社会道德思想上之大变革。"③ 与之相应,汉末、三国盛行以"气"观人,如胡根"应气淑灵,实有令仪,而气如莹"④,"申屠蟠禀气玄妙,性敏心通"(《后汉书·周黄徐姜申屠列传》),徐幹"含元休清明之气,持造化英哲之性"⑤,徐邈"才博气猛"(《三国志·魏书二十七·徐邈传》),说明当时用"气"观人之才性,非常普遍。

曹魏的"唯才是举"及"九品中正制"的选官制度,推进了"才性"学说的发展。观人学的重心便由"德"转向了"才",转向了内在的智慧、才情。刘邵《人物志》提出"夫圣贤之所美,莫美乎聪明"(《原序》)、"智者,德之帅也"(《八观》)等等,确立了一种因性求才的观

---

① [清] 陈廷焯:《白雨斋词话》卷七,北京:人民文学出版社 2001 年版,第 181 页。
② [东汉] 王充撰,黄晖校释:《论衡校释》卷一,北京:中华书局 1990 年版,第 20 页。
③ 陈寅恪:《金明馆丛稿初编》,《陈寅恪集》,北京:生活·读书·新知三联书店 2001 年版,第 51 页。
④ [东汉] 蔡邕:《蔡中郎集》卷六《童幼胡根碑》,第 230 页。
⑤ [清] 严可均:《全三国文》卷五十五《中论序》,北京:商务印书馆 1999 年版,第 567 页。

人方法,即体现了这一时代变化。刘劭在这基础上进一步发展了王充的理论,说"夫人材不同,能各有异"(《材能》),并将阴阳五行学说与人的体质结合起来,提出了较系统的"由体知性"的才性思想体系。《人物志》以德、法、术为三度,将人的才能分为兼德、兼才、偏才、依似、间杂五等;又推出八才、十二业的才能的划分,圣人根据外在的表征就可以探究人物内在的本性了。因人禀受五行的差异,情性、材质也有区别,为此他对"德"进行了新诠释。《八观》云:"夫仁者德之基也,义者德之节也,礼者德之文也,信者德之固也,智者德之帅也。"① 将"智慧"置于"德"之上,所以他的《英雄》一文,认为构成英雄的重要条件,不在伦理道德,而在兼备"聪明秀出"与"胆力过人",这些观点都与曹操"唯才是举"遥相呼应,在当时具有冲决传统的意义,促进了魏晋观人学的审美化。这不是刘劭一个人的观点,同时还有任嘏《道论》云:"木气人勇,金气人刚,火气人强而燥,土气人智而宽,水气人急而贼。"② 姚信《士纬》云:"孔文举金性太多,木性不足,背阴向阳,雄倬孤立。"③ 说明汉末才居性先理论基于阴阳五行说,并将重要范畴"气"广泛用于观人之才性气质。他们认为,人的禀气不同,性格气质也各异,人的才能来源于气质个性,并与阴阳五行联系了起来,赋予了哲学色彩与神秘色彩。

这一时期还出现了专门探讨"才性四本"的学问。《世说·文学》篇"钟会撰《四本论》始毕",刘孝标注引《魏志》云:"四本者:言才性同,才性异,才性合,才性离也。尚书傅嘏论同,中书令李丰论异,侍郎钟会论合,屯骑校尉王广论离。"④ 曹操重才轻德,属于"才性离"一派,"(卢)毓于人及选举,先举性行,而后言才"(《三国志·魏书二十二·卢毓传》),属于"才性合"一派。流风所及,"才性之辨"不仅成了观人学一大论题,也成了玄学一大论题,而且获得了审美意义,从而使得魏晋观人学在玄学与美学的话语下实现了"文化自觉"这一华丽转身。

两晋时期由于玄学的发展,社会思潮、士人心态、审美情趣都发生

---

① [三国魏]刘劭撰,[五凉]刘昞注:《人物志》卷中,影印文渊阁《四库全书》子部第848册,第779页。
② [清]严可均辑:《全三国文》卷三十五,第361页。
③ [明]张宇初等编修:《正统道藏》第50~60册,台北:艺文印书馆1977年版,第43695页。
④ [南朝宋]刘义庆撰,刘孝标注:《世说新语·文学第四》,影印文渊阁《四库全书》子部第1035册,第68页。

了很大改变。观人学把与人的主体个性及其相关的情感、才能放在首位，并且十分注意从美的观念出发，观人之个性、情感和才能。"才"的标准不再是政治才能，而主要转向了玄言、才情、风貌等方面，具有了浓厚的审美意味。《世说新语·品藻》云："孙兴公、许玄度皆一时名流。或重许高情，则鄙孙秽行；或爱孙才藻，而无取于许。"孙绰的"才藻"和许询的"高情"同样受到名士的爱戴和推崇，相比之下，而忽视德行，也体现了当时观人先才后德的变化。《世说新语》"才"字凡百次之多，大多用于观人术。虽然也观人物之道德、政治才能，但多指两晋人玄学、清谈之才，以及人物才情、智慧、风貌等方面，其中才气、才情、才名、才地、才能、才致、才用、才学、才具、才理、才性、才藻、才思、才辨、姿才等属于才能总体性概念，而英才、俊才、异才、清才、名才、长才、天才、大才、高才、雄才、奇才、凡才、短才等属于才能分类性概念；而口才、史才、令仆才、公辅才、文笔才等，则属于专业人才划分概念。"性"在《世说》中凡39见，亦多用于观人，如王述性急、周嵩性狼抗、陶侃性俭吝、祖纳性至孝、殷仲堪性真素、和峤性雅正、钟雅性亮直、羊忱性甚贞烈等等，虽有善恶，皆是对"性"的体认，都远不及对"才"的观赏。该书记载了两晋人在清谈、文学、书画、音乐、方技以及日常生活等诸多领域展现了自身的卓越才华，记载了士人追求"越名教而任自然"，反对封建礼教，崇尚高情。这些都反映了当时观人学重才、尚情、推崇个性的观念。

（二）魏晋观人诗学才性批评的独立

上文提到先秦、两汉的诗学思想，主要是以道德批评为主导的温柔敦厚的诗教观，诗学笼罩在政治道德话语主导下，不能独立。这与当时观人学"性居才先"主体思想有关。而魏晋时期"才居性先"的观人学观念，为诗学脱离政治、道德局囿，提供了新的文化土壤。

曹操的"唯才是举"对于观人学的重大贡献在于：动摇了先秦两汉"性居才先"的人才观，为人的自觉创造了条件。因此，文坛上开始以"才"论作家，如陈琳《答东阿王笺》评曹植"体高世之才，秉青萍干将之器，拂钟无声，应机立断。此乃天然异禀，非钻仰者所庶几也。音义既远，清辞妙句，焱绝焕炳"[①]，极称曹植之文学天才。杨修《答临淄侯笺》评曹植曰："远近观者，徒谓能宣昭懿德，光赞大业而已，不复

[①] ［南朝梁］萧统：《文选》卷四十《笺》，上海：上海古籍出版社1986年版，第1823~1824页。

谓能兼览传记，留思文章。今乃含王超陈，度越数子矣……非夫体通性达，受之自然，其谁能至于此乎？"① 此评曹植之德而兼及其才。曹植《与杨德祖书》评："以孔璋之才，不娴于词赋，而多自谓能与司马长卿同风，譬画虎不成反为狗也。"② 此观陈琳之才而兼及其性。而将以"才"论作家引向深入的，则是身兼观人学家与文论家的曹丕，他在《典论·论文》中，鉴于文人"鲜皆能以名节自立"的现状，根据东汉观人学"依乎五质""禀气阴阳"的观点，主要不以德性而以才气论作家，提出"文以气为主，气之清浊有体，不可力强而致"的论断，认为"气"指一个人的精神风貌和个性气质，是文章的生命和本质，从而迈出了将观人学中的才性论向文论中的才性论移植的关键一步。他认为作家的精神风貌、气质个性一旦定性，则文章的风格（"气体"）、气势已成定局，"徐幹时有齐气。……应瑒和而不壮，刘桢壮而不密。孔融体气高妙，有过人者"③，"公幹有逸气，但未遒耳"④。曹丕以"体气"来论文气，对建安诸子的才性——个性、才华与创作进行了品评：对徐幹，肯定其才兼及其性，对其他人则肯定其才。曹丕、曹植、陈琳、杨修评论同时代作家的总体倾向是重才力而略德行，体现出观人学的新变；同时说明"气"是魏晋观人性情的重要标准，并已成功移植到文学批评上。若对比刘劭《人物志》的才性论与曹丕《典论·论文》中的才性批评，不难发现二者理路上的惊人一致。曹丕的才性论批评的诞生，是观人学才性理论在文学批评上成熟的标志，反过来又影响和升华了观人学；而刘劭关于全才与偏才的理论，又对后世诗学理论特别是关于"英雄"的诗学范畴影响深远。

以文学观人，反映出两个观念：一是对个人才性的重视，二是树立文学是个人才性反映的观念。才性论的出现，改变了文学批评的模式，使文学批评由政治批评向作家个人批评转移。魏晋观人学的才性论，对文学批评特别是诗学批评影响主要体现在三个方面：一是促进了诗学的建立与文论的独立，它的标志就是曹丕《典论·论文》以才性评建安七子。二是引发后人对作家才智的重视，如刘勰在《文心雕龙》中就专设《才略》篇，钟嵘《诗品》从主体之才的多种形态和才在创作中的具体表现两个方面展开对"才"范畴的论述。《诗品》中的品诗品人，亦重

---

① ［南朝梁］萧统：《文选》卷四十《笺》，第 1818～1819 页。
② ［南朝梁］萧统：《文选》卷四十二《论中》，第 1902 页。
③ ［南朝梁］萧统：《文选》卷五十二《论二》，第 2270～2271 页。
④ ［南朝梁］萧统：《文选》卷四十二《书中》，第 1897 页。

才华，如评李陵"有殊才"，陆机"才高词赡"，"潘（岳）才如江"，嵇康"讦直如才"，谢混、谢朓诸人"才弱"，江郎"才尽"，惠休上人"情过其才"等。他更以"气"作为评判作品艺术价值的主要条件，气是主干、是根本，文采居第二位。如评"（刘桢）仗气爱奇"，良由性格亢直，虽"气过其文，雕润恨少"，不害其为上品。其他如评曹植"骨气奇高"，刘琨"清刚之气"，郭泰机等五子诗"气调警拔"，是正面的典型，犹不失为优秀诗人或诗作；袁嘏自道"诗有生气"，但实际情况是"嘏诗平平耳，多自谓能"，故居下品。而张华"风云气少"，勉强居之中品，皆是反面的典型。可见钟嵘的诗人批评，体现了主气尚才的倾向。后来诗学也莫不重才性、重能力对诗歌创作的影响，如叶燮《原诗》内篇下专论才、识、胆、力①，而"才"居首。其三，因观人学而关注才性，关注体现才性的诗歌，以至品赏诗歌之美，由此形成以才性论为中心的观人诗学批评，促成了"诗如其人"批评模式的建立。人们首先自觉意识到了个体感性的人的美，然后才认识到了诗文与其他艺术作品的美，而这种由魏晋才性观念决定的审美意识的自觉最充分的表现就是观人批评。

　　魏晋观人学上的才性观念与观人文学批评的结合，对诗学批评产生了很大影响。人的才性问题是中国哲学的一个核心话题，也是观人学的一个核心命题。后世批评家也把作品看成有生命体，以生命力来衡量它。自此以后，"才气"说成为诗学才性批评的核心命题，诗学从"言志说"与道德批评的束缚下解放出来，标志着批评视界由社会教化、道德价值向作家个人才气的重大转移，中国文论从此走向独立与自觉。这个过程与观人学从"名教"论、道德论走向才性论是一致的。与气有关的还有"气韵""风骨"，都将观人学与诗学中的才性批评推上一个新的高度。全面分析才性，大致有两种思路：一是以先秦的人性善恶问题为代表，从道德上的善恶观念讨论才性，从而得出重"性"轻"才"的结论；二是以《人物志》的"才性名理"为代表，从美学的视角观人之才性或性情，从而得出才居德先的结论。这两种思路各体现了一种基本原理，前者是道德的，后者是审美的。

三　观人学的才性论对诗学批评的启示

　　观人以才性居先，直接影响诗学的，就是以才性论为中心的诗学批

---

① ［清］叶燮：《原诗》内篇下，第16页。

评，使得诗学更加注重诗人的情感、创作思维、艺术技巧，从而更加突显诗歌作品的审美特征。进一步分析，观人学对诗学批评的启示还有很多方面值得探讨。

（一）观人学对诗学关于才性之异的启示

《人物志·九征》认为"凡有血气者，莫不含元一以为质，禀阴阳以立性"①，各人所禀阴阳二气不同，有兼有偏，或多或少，造成才性、"性情"之异。这种理论在政界、学界引发了规模大、历时久的"四本才性"（即才与性之合、离、同、异）之争。其中观人才性之异的观点，对古代文论中的气本论与作家才性理论影响深远。最明显的例子就是曹丕《典论·论文》"文以气为主，气之清浊有体，不可力强而至"，刘勰《文心雕龙·体性》"才力居中，肇自血气，气以实志，志以定言，吐纳英华，莫非情性"②，诗文八种风格的变迁，起内在决定作用的是作家的才智，而作家才智来自血性气质，血性气质决定思想感情，思想感情又体现在语言文辞上。这里肯定了艺术创造与创作主体的才性密不可分，强调作家先天禀赋的才性理论，这种理路明显来自观人学。钟嵘《诗品》主要从主体之才的多种形态和"才"在创作中的具体表现方面展开对"才"范畴的论述，品评诗人之"才"者凡20余处。他首先在理论上，将创作主体之"才"区分为天才、大才、上才、盛才、殊才、隽才、良才、文才、高才（才高）、文才（雅才）、秀才（才秀）等。"天才"禀自先天，是钟嵘最推崇的。他认为陆机"才高词赡，举体华美"，谢灵运"才高词盛，富艳难踪"，二人出于陈思，是最上的"大才"。李陵的"殊才"、刘琨的"良才"，来自二人遭离乱，负志气；郭璞"用俊上之才，变创其体"，外化为诗歌创作的才高兴多、才思富敏、才章富健、才高词赡等，是等而次之的姿才（资质禀赋）。至若颜延、谢庄之"繁密"，任昉、王元长之"竞须新事"，皆以人工掩饰他们天才的缺失，丧失了"自然英旨"。至于张华之"才力苦弱"、谢朓之"意锐而才弱"、惠休之"情过其才"、嵇康之"露才"和江淹之"才尽"等，更是曹邺以下，等而下之了。这里涉及才与兴、才与思、才与意、才与情、才与力、才与词等系列创作基本理论问题，启迪后世诗学良多。

至于后来诗学提出的天才、地才、人才、仙才、鬼才、怪才等命题，

---

① ［三国魏］刘劭撰，［五凉］刘昞注：《人物志》卷上，第762页。
② ［南朝梁］刘勰撰，［清］黄叔琳辑注：《文心雕龙辑注·体性》，影印文渊阁《四库全书》集部第1478册，第144页。

将诗学才性批评进一步引向深入。如"太白仙才,长吉鬼才"①,"李白为天才绝,白居易为人才绝,李贺为鬼才绝"②,与作品的意境、气象有着密切的关系。《而菴诗话》提出:"诗总不离乎才也。有天才,有地才,有人才。吾于天才得李太白,于地才得杜子美,于人才得王摩诘。太白以气韵胜,子美以格律胜,摩诘以理趣胜。太白千秋逸调,子美一代规模,摩诘精大雄氏之学,篇章字句,皆合圣教。"③ 这三才,根据于《易·说卦下》"立天之道曰阴与阳,立地之道曰柔与刚,立人之道曰仁与义"④,在诗论上则肇于钟嵘《诗品序》"照烛三才,晖丽万有",刘勰《文心雕龙·原道》解释"三才":"惟人参之,性灵所钟,是谓三才。"⑤ 李白才情充沛,气韵生动,具有浪漫主义气质,"乃天授,非人力也",故称天才;杜甫转益多师,格律精绝,自成一家又开启后学,具有现实主义气质,故称地才;王维的诗歌神韵无穷,禅理盎然,是唐诗的正宗一路,他们都不乏才思又各有擅长。造成这些才性之异的原因是多方面的,与人的气质、禀性相关,与儒释道三家的不同影响有关,也与他们作品呈现出的气象、诗气有关。因为作家的才性往往在作品中表现出创作个性。这些都大大丰富和发展了才性之异的观点。

(二)观人学对诗学关于才性识别、分类的启示

关于系统的人才识别、分类,《人物志》以德、法、术为三度,将人的才能分为兼德、兼才、偏才、依似、间杂五等,划分了强毅、柔顺、雄悍、惧慎、凌楷、辨博、弘普、狷介、休动、沉静、朴露、韬谲等十二种人,但他的理想人格,则是"圣人"与"英雄"。"圣人"具有中庸之德,兼德的品质,《九征》:"兼德而至,谓之中庸;中庸也者,圣人之目也。具体而微,谓之德行;德行也者,大雅之称也。"⑥《人物志》在作家创作层面对才性关系的认识和对不同才质的辨析上极富启示,对诗学许多术语、范畴影响很大。以圣贤、中庸、狂狷、乡愿、阴阳、刚柔、英雄、巧拙、胆力等观人术语论述诗人或诗作,构成了观人诗学中的创作才能的分类学内容。特别是"大家""名家""兼才""偏才""英才""雄才""英雄"等目,对明清观人诗学影响很大。明清诗人面

---

① [北宋] 王得臣:《麈史》卷中,北京:中华书局1985年版,第34页。
② [北宋] 钱易:《南部新书》卷三,影印文渊阁《四库全书》子部第1036册,第192页。
③ [清] 徐增:《而菴说唐诗》卷之首,《四库全书存目丛书》集部第396册,第539页。
④ [三国魏] 王弼注,[唐] 孔颖达疏:《周易注疏》卷十三,影印文渊阁《四库全书》经部第7册,第672页。
⑤ [南朝梁] 刘勰撰,[清] 黄叔琳辑注:《文心雕龙辑注·原道第一》,第1页。
⑥ [三国魏] 刘邵撰,[五凉] 刘昞注:《人物志》卷上,第764页。

对辉煌的古典诗歌,常带着一种焦虑情结:如何超越宋元,并驾汉唐?在作家才性问题上,他们借鉴了观人学原理,探讨了"大家""名家""兼才""偏才""英雄之才"等概念。

首先看大家、名家之别。胡应麟说:"大家名家之目,前古无之。然谢灵运谓东阿才擅八斗,元微之谓少陵诗集大成,斯义已昉。"① 按:诗学中的"大家"一词,在明代较早见诸高棅的《唐诗品汇》,此书汇集各体诗中均冠有正宗、大家、名家、正变之目。他认为李白七类诗体均为正宗,而杜甫有五类是大家。这里的"大家",主要着眼于作家的才具;"正宗"则表示作家的创作合乎格调、样板。明代诗家虽然列举了李、杜诗歌的许多缺点,但仍然不失为大家。由此胡应麟进一步总结出大家、名家的区别:

> 余尝谓大家如卓、郑之产,膏腴万顷,轮奂百区,而硗瘠痹陋,时时有之。名家如李都尉五千兵,皆荆、楚锐士,奇才剑客,然止可当一队。②

虽然大家小有不足,仍不失其为大。大家与名家之别,也往往让明代诗家看不起宋元诗人,刺激了他们"度越元宋,苞综汉唐"的膨胀心理,如胡应麟《诗薮》续编卷二以李梦阳、王世贞比唐之李、杜,以何景明、徐祯卿等比王、孟等人,大家、名家之别,显而易见。既然李、杜大家也不免缺点,那么明代的"大家"标准是什么呢?这就自然引出兼才(全才)与偏才的争议。

关于兼才、偏才之别,东汉观人学已作探讨,王充《论衡·书解篇》说:"人有所优,固有所劣;人有所工,固有所拙。"③ 应璩《新诗》:"人才不能备,各有偏短长。"④ 刘邵根据人的德行和才能素质的差异,进一步将人才从高到低分为"兼德""兼材"和"偏材"。何谓"兼德"?刘邵解释曰:"其为人也,质素平澹,中睿外朗,筋劲植固,声清色怿,仪正容直,则九征皆至,则纯粹之德也。"⑤ 他认为,兼德之人,"九征"皆至,德行完美纯备,是最高层次的人才。其次,"兼材之

---

① [明]胡应麟:《诗薮》外编四《唐下》,上海:上海古籍出版社1979年版,第184页。
② 同上书,第190页。
③ [东汉]王充撰,黄晖校释:《论衡校释》卷第二十八,第1155页。
④ 逯钦立:《先秦汉魏南北朝诗》,北京:中华书局1983年版,第471页。
⑤ [三国魏]刘邵撰,[五凉]刘昞注:《人物志》卷上,第764页。

人，以德为目"，兼有二种以上才能，以才为纲，才居德先。"偏材"又称"偏杂之材"或"偏至之材"，只有一技之长。兼德之才可谓圣人，兼才、偏才之人可为人臣。人的才性各有所偏，成为当时共识。观人学对于人才类型的分类和对于"偏才"的考辨，在识鉴才性的方法上极大地启发了诗学对诗人才性的"兼"与"偏"的思考，启发了后世诗论家根据不同才性对作家类型的划分，影响了后世对作家作品的品鉴，而不是简单的概念转换。

兼才在诗学里的一个含义转换为兼备众体，体现了后代诗学对"集大成"的偏嗜与追求，其中最典型的就是杜甫。杜诗兼备众体，除五古、七古、五律、七律外，还写了不少排律、拗体；艺术手法、艺术风格也多种多样，"尽得古今之体势，而兼人人之所独专矣"①，所以胡应麟说："唐人才超一代者，李也；体兼一代者，杜也。"② 如果说诗教论者论风格时，正反两义者如和平与怨怒、温厚与激厉、典雅与鄙俗、中正与奇诡等，相近而实相远者如高华与浮冒、沉郁与晦涩、雄壮与粗豪、冲淡与寡薄、奇矫与诡僻、典则与庸腐、苍劲与老硬、秀润与嫩弱、飘逸与佻达、质厚与板滞、精采与雕绘、清真与鄙俚③，都明确地褒扬前者而贬抑后者；而才性论风格批评相对则比较宽容，能包容各种独具个性的风格，承认其存在的意义。

不同体裁具有不同风格，适合不同才性的作家，这就是高棅的《唐诗品汇》于各体诗均分正宗、大家、名家、正变等名目的由来。胡应麟也认为李杜各有偏重："李杜才气格调，古体歌行，大概相埒。李偏工独至者绝句，杜穷变极化者律诗。言体格，则绝句不若律诗之大；论结撰，则律诗倍于绝句之难。""太白笔力变化，极于歌行；少陵笔力变化，极于近体。李变化在调与词，杜变化在意与格。"④ 虽然两人不能"兼备众长"，但不失为大家；但明代"大家"含义则有所不同，他们在唐代众体臻于完备的情况下，必须具备通才，兼备众体，所谓"古惟独造，我则兼工，集其大成，何忝名世"⑤。所以，"偏精独诣，名家也；具范兼熔，大家也"。名家只是某方面有特长，大家则必须兼收并蓄，融会贯

---

① [唐] 元稹：《元稹集》卷五十六《唐故工部员外郎杜君墓系铭并序》，北京：中华书局1982年版，第601页。
② [明] 胡应麟：《诗薮》内编卷四《近体上》，第70页。
③ [清] 冒春荣《葚原诗说》卷二，郭绍虞：《清诗话续编》三，第1597页。
④ [明] 胡应麟：《诗薮》内编四《近体上》，第69~70页。
⑤ [明] 胡应麟：《诗薮》续编一《国朝上》，第334页。

通，集诸家之大成。大家能兼"名家所擅"，名家则难具"大家所长"①。明人运用观人学原理，进一步阐述诗学的才性理论：

> 刘邵志人物，尝言"具体而微，谓之大雅；一至而偏，谓之小雅"。盖以诗喻人耳。予尝覆引其论，以观古今之所谓诗辞，求其具体者，不可多见。因妄谓自屈宋以降，至于唐宋，其间文人韵士，大抵皆小雅之流，而偏至之器。惟人就其偏，而后诗之大全出焉。夫人之性有所蔽，材有所短。短而蔽者，若穷于此，而后修而通者，始极于彼，此恒数也。古之人缘性而抒文，因能而效法；文以达意，法以达材。务自致于所通，而不求全于所短。……予于是叹曰：诗之大至是乎！偏师必捷，偏嗜必奇。诸君子者，殆以偏而至，以至而传者与！②

陶望龄的这段分析，一是清楚表明了诗学中的才性理论，来自观人学原理的隐喻及其移植运用；二是以观人学的才性理论来衡量历代诗人，结论是自屈宋至唐之诸大家，均为"偏至之器"，充其量说是名家，原因在于他们不可避免地"性有所蔽，才有所短"，这种分析来自《典论·论文》"文非一体，鲜能备善"与《人物志》兼才偏才之说。既然大家、名家都不能兼善众体，那么它们的区别在哪里呢？明清诗家又捏出"英雄""大而化之"之说，所谓"诗虽奇伟，而不能揉磨入细，未免粗才。诗虽幽俊，而不能展拓开张，终窘边幅。有作用人，放之则弥六合，收之则敛方寸，巨刃摩天，金针刺绣，一以贯之者也"，必须能大能小，能方能敛，能刚能柔，方谓之"化"；倘若像蒋士铨"能大而不能小，能放而不能敛，能刚而不能柔"，虽"气压九州"，犹是粗才，去"英雄"逾远③。这种理论将古代诗学才性论推到一个新高度。

（三）观人学对诗学关于才性来源探讨的启示

观人学才性来源说，最常见的是先天说，对诗学影响最早。孔子说"性相近也，习相远也"（《论语·阳货》）、"生而知之者上也，学而知之者次也"（《季氏》），提出了才性有先天、后天之别。汉末魏晋观人学，更多强调才性先天论，刘邵《九征》认为血气"含元一以为质，禀阴阳以

---

① ［明］胡应麟：《诗薮》外编四《唐下》，第184页。
② ［明］陶望龄《马曹稿序》，吴文治：《明诗话全编》十，南京：江苏古籍出版社1997年版，第10324～10325页。
③ ［清］袁枚：《随园诗话》卷三，北京：人民文学出版社1982年版，第83页。

立性，体五行而著形"①。就是说自然元气、精气（元一），是阴阳未分的混沌之气，是人的生命本源；人的天性禀受阴阳二气而形成，通过金、木、水、火、土五种自然物构成人的形体；"能出于材"（《人物志·材能》），就是人的才能出于材质，当然也是先天所禀有。把人的天赋来源纳入阴阳五行学说的框架中，由看重人的天赋禀性而推崇"聪明"，由崇尚聪明而推崇"才智"之美，从而对传统观人学的才性来源说做了进一步的总结与提炼。诗学在观人学才性来源学说的影响下，特别重视作家先天之性、性决定才、重才智之美。魏晋尤重人的天才、禀赋，对文学批评产生了重要影响。这在刘劭同时代的曹丕《典论·论文》已经体现出来了："文以气为主，气之清浊有体，不可力强而致。"主体个性气质是先天具有的，不是后天习得的。

　　孔子兼先天、后天言才性，建立了所谓的二元论，获得了文学批评的认同。刘勰《文心雕龙·事类》进一步深化了对"才性"的认识，明确区分了"才"和"学"："文章由学，能在天资。才自内发，学以外成。……才为盟主，学为辅佐，主佐合德，文采必霸；才学褊狭，虽美少功。"②《体性》篇提出"才气学习"所组成的创作个性，决定作家创作个性和风格的形成。既强调作家"才性"的先天禀赋，更突出了后天"学习"的重要，是一大进步。此篇还通过对贾谊等十二位作家的才性批评，将文章风格和作家的性格、气质、才情、学识、情感等联系起来，所谓"才性异区，文体繁诡"③，人的才能和性情不同，导致文章风格的多样化，这样就把作者的才性与作品风格联系在一起了。钟嵘《诗品》在诗人的人格修养和气质秉性方面，进一步提出了"骨气"的要求，如评曹植"骨气奇高"，表明他所禀受的是不同凡俗的天赋英才，所以，"骨气"奠定了诗歌品格高下的基调。钟嵘强调了"天才观"，但也不排斥人力、学问等后天因素，《诗品中》所谓"虽谢天才，且表学问"，"才"表现为"直寻"，"学"表现为"资博古""穷往烈""出经史"等知识积累，强调了才性的多源性。

　　观人学上的才性多源说，早在东汉末年，蔡邕对才性来源作了更多探索。他认为才性来源于阴阳二气，所谓"君应坤乾之淳灵，继命世之

---

① ［三国魏］刘劭撰，［五凉］刘昞注：《人物志》卷上，第762页。
② ［南朝梁］刘勰撰，［清］黄叔琳辑注：《文心雕龙辑注·事类》，第159页。
③ ［南朝梁］刘勰撰，［清］黄叔琳辑注：《文心雕龙辑注·体性》，第144页。

期运"①；来自先天，所谓"逸材淑姿，实天所受"②；来自家教遗风，所谓"蹈先祖之纯德"③；来自大自然的灵气，所谓"天鉴有汉，山岳降灵"④；来源于骨相，所谓"生有嘉表，幼而克才，角犀丰盈，光润玉颜"⑤，"朗鉴出于自然，英风发乎天骨"⑥，大大丰富和发展了观人学中的才性来源说，对后世诗学文论中的养气说、风格说影响很大。

才性多源论，不仅对以后的观人学，也对后来的诗学影响深远。"才气"的多源呈现不同特征，影射到诗歌创作中，从而形成了诗歌创作上的差异，促成了诗歌创作的繁荣。

（四）观人学对"诗如其人"批评模式建构的影响

虽然清施润章《蠖斋诗话》首次明确标举"诗如其人"的观点："诗如其人，不可不慎。浮华者浪子，叫嚣者粗人，窘瘠者浅，痴肥者俗。"⑦ 然而，类似说法由来已久，如《尚书·舜典》"诗言志，歌永言，声依永，律和声"，《毛诗序》："诗者，志之所之也，在心为志，发言为诗。"二者可谓"诗如其人"说的滥觞。《孟子·万章下》说："颂其诗，读其书，不知其人，可乎？"明确将文品与人品联系起来，提出颂诗、观人的直接办法，要分析理解诗歌作品，离不开观人术（"知其人"）作为前提，必须首先掌握诗人的思想感情、生活经历、时代环境等因素。

后来的观人学发展和玄学中的才性观念，将孟子的"知其人"付诸实践，对中国诗学批评产生了很大影响。首先，这种体悟式批评把诗歌看作人的生命体，看作人本身才性、人格、品质的投射，直指诗歌的生命内核，尽管在深层次的思维方式上带有《周易·系辞下》"近取诸身，远取诸物"之胎记，但它毕竟是观人学中的才性观念用于诗学批评衍化的产物，这就决定其批评方式已经超越了暗喻和象征，演进为直观人的生命与诗歌生命之间的体悟、对话、叩问和融契，直指诗歌的生命内核与底蕴，从而破解了诗歌和人学的的深层密码。人在生命的化入、化出中，借诗歌来认识诗人，发现诗人的性情、才智，观察诗人的生命方式，

---

① ［东汉］蔡邕《汝南周勰碑》，［清］严可均：《全后汉文》卷七十五，第761页。
② ［东汉］蔡邕《袁满来碑》，［清］严可均：《全后汉文》卷七十九，第788页。
③ ［东汉］蔡邕：《蔡中郎集》卷六《彭城姜伯淮碑》，影印文渊阁《四库全书》集部第1063册，第219页。
④ ［东汉］蔡邕《太傅祠堂碑铭》，［清］严可均：《全后汉文》卷七十六，第770页。
⑤ ［东汉］蔡邕《童幼胡根碑》，［清］严可均：《全后汉文》七十六，第766页。
⑥ ［东汉］蔡邕《荆州刺史度尚碑》，［清］严可均：《全后汉文》卷七十九，第787页。度尚一作"庚侯"。
⑦ ［清］施闰章：《施愚山集》四，合肥：黄山书社1993年版，第2页。

使后人通过诵读古诗而"神交古人"（即孟子所谓的"尚友"），体悟到生活的真善美，这就是观人诗学批评的本质。其次，这种结合从诗人的才性、身世、风气解读诗，践行了孟子"知人论世"的主张，拓宽了解诗的范围，扩大了"诗品"的理论内涵，体现了传统诗学批评中人、诗并重的思维特点，是"诗品如人品"批评模式的具体体现。"品性批评"重在评论诗人自身的行为、作风所表现出的思想、认识等本质，以及人物性格，是阐释诗人个性创作特征的最好方法，对后世文学批评影响深远。明代王世贞等人以此种方法论诗、论书，蔚为大观。

将观人学中的才性论引入诗学理论，无疑有助于深化作家论的研究。由于哲学家（特别是东晋玄学家们）对观人学中人格问题的关注，加之论题本身的性质，才性论便不独是观人学，而且具有了人格心理学、个性心理学的特征，促进了作家批评的研究。诸如诗人的心理构成、创作个性的高下得失，风格的成因及其表现，都进入了诗学视野，成为观人诗学探讨的对象。因观人学而关注才性，品鉴体现才性的诗歌，由此形成以才性论为中心的诗学批评。这一现象表明，人们首先自觉意识到了个体感性的人的美，然后才认识到了诗歌的美，而这种由魏晋才性观念决定的审美意识的自觉最充分的表现就是观人批评，直接形成才性论批评的是魏晋时期观人学。当时人注重才性批评，自然包括文学才能。这一时期曹丕的"文气说"首开文论才性批评风气，刘勰的《文心雕龙》集其大成，进一步讨论了文学风格与作家才性的关系，钟嵘《诗品》标志着诗学才性批评的形成。才性论的出现，使诗学批评模式由社会教化向诗人批评转移。比起诗教说，它更注意作家的情感、创作思维和艺术技巧，并且由此形成了风格批评。

第二节　风格批评：从观人学到诗学

与作家才性论相关的一个诗学范畴就是"风格"。台湾学者朱荣智论"格"时说："格者，规矩、法度也。其在人曰人格，为人品、风度之称；其在诗文，则称之曰风格，谓诗文之充分表现作者之才性，而蔚成一种风采。"[①] 风格是诗歌作品的思想内容和艺术形式有机结合所形成的整体风貌。当观人学注重文士的个性才情，突出个体独特的气质风貌时，一批理论家试图通过对作家个性气质的差异性分析，来揭示作品不

[①] 朱荣智：《元代文学批评之研究》，台北：联经出版事业公司1982年，第142~162页。

同风格的成因。曹丕《典论·论文》说"文以气为主,气之清浊有体,不可力强而致",指出作家的禀性才情(气)各有短长,不可兼备,风格(体)之特色也就互不相同。陆机《文赋》、刘勰《文心雕龙·体性》亦皆从人的个性特点不尽相同,来论述文章风格的各异。当魏晋南北朝的文学批评从作家个性才情方面来探讨作品风格时,就有了风格批评的意义。

一 风格概念

古代风格论与才性论一样,突显出强烈的创作主体的生命意识。风格概念很多,诸如体、体式、风格、格、体格、面目、趣向等,都来自观人学。下面以"体""风""格""风格"为例予以分析。

(一) 体

本指人的肢体、身体,《说文》云:"体,总十二属也。"段注:"十二属,许未详言。今以人体及许书核之。首之属有三:曰顶,曰面,曰颐;身之属三:曰肩,曰脊,曰尻;手之属三:曰肱,曰臂,曰手;足之属三:曰股,曰胫,曰足。"[①] 可见,体是首、身、手、足等十二个部位的总称。凡体必有形,故与"形"复合成"形体"一词,刘熙《释名·释形体》曰:"体,第也,骨肉毛血、表里大小相次第也。""体"就是按一定规定程序组合起来的形体,并非无序拼凑的组合,这里隐喻着"体式"之义;由人体总称延伸指事物的形体,还有部位与全体之义。后来"体"由人延伸到自然万物,如天体、液体、固体、气体、物体等;又由具象延伸到抽象,如政体、国体等。与之相应,观人以"体",有早期的形体观人,《史记》多见[②],既而又出现了具体与抽象并存的观人方法,比如东汉末观人学著作《人物志·体别》,"体"直接指称个体的生命存在,"体别"就是"别体",不是区别不同人的"躯体",而是区别具有不同德、性、才、质的"人"之存在本身,诸如强毅之人、柔顺之人、雄悍之人、惧慎之人、凌楷之人、辨博之人、弘普之人、

---

① [东汉]许慎撰,[清]段玉裁注:《说文解字注》骨部,郑州:中州古籍出版社2006年版,第166页上。
② 如《秦始皇本纪》"秦王为人,蜂准,长目,鸷鸟膺,豺声",《高祖本纪》"(刘邦)隆准而龙颜,美须髯,左股有七十二黑子",《张丞相列传》"(张汤)解衣伏质,身长大,肥白如瓠,时王陵见而怪其美士",《绛侯周勃世家》"(周亚夫)有从理入口,此饿死法也",不胜枚举。

狷介之人、休动之人、沉静之人、朴露之人、韬谲之人①。用于诗论，也是多义性术语，观人学中"体"的外形、内质这两个方面义项都对文章学、诗学产生影响：

首先是"诗体"的外在直观，即生命形式之构成要素。最接近原意的是"体式""体格""体段"。其中体段转换成艺术结构，如李鹰《答赵士舞德茂宣义宏词书》谓"文章之无体，譬之无耳目口鼻，不能成人"②。陈绎曾《文筌》谓文章体段："起，贵明切，如人之有眉目；承，贵疏通，如人之有咽喉；铺，贵详悉，如人之有心胸；叙，贵重实，如人之有腹脏；过，贵转折，如人之有腰膂；结，贵紧快，如人之有手足。"③"体"用之于文论，指文体、体裁，曹丕《典论·论文》"文非一体，鲜能备善"，诗体亦类似生命之体，五官四肢各有定位。《文心雕龙》最早以人的生命之体譬喻文体，《明诗篇》至《书记篇》二十篇区分诗体、赋体等七十八种文体；不同文体、诗体的艺术结构也不同，但都有生命体段的存在。《附会篇》对文体结构层次划分，"以情志为神明，事义为骨髓，辞采为肌肤，宫商为声气"，这种观念对后世诗学影响甚大，如"诗有肌肤，有血脉，有骨格，有精神。无肌肤则不全，无血脉则不通，无骨格则不健，无精神则不美。四者备，然后成诗"④，通过譬喻，借人体生命之体的完整性以突出诗歌之"体"的完整与统一，是一种直接比照生命之体而来的诗体结构层次划分。

其次是"诗体"的内部构成，包括生命的内在精神。贾岛《二南密旨·论裁体升降》："诗体，若人之有身。人生世间，禀一元相而成体，中间或风姿峭拔，盖人伦之难，体以象显。"⑤徐寅《雅道机要》"明体裁变通"条也说："体者，诗之象，如人之体象，须使形神丰备，不露风骨，斯为妙手矣。"⑥直接揭示出诗体与观人学的关系：先以人之"身"喻诗，再以人之"体"喻"诗体"；"象"是诗体的艺术形式，而诗体则是作品的整体。于是有"体貌"一词。体貌，本是观人学中观察

---

① [魏]刘劭撰，[五凉]刘昞注：《人物志》卷上，影印文渊阁《四库全书》子部第848册，第765页。
② [北宋]张耒等：《苏门六君子文粹》卷四七，影印文渊阁《四库全书》集部第1361册，第306页。
③ [明]高琦《文章一贯》卷上《篇法第三》，王水照：《历代文话》二，上海：复旦大学出版社2007年版，第2157~2158页。
④ [南宋]吴沆：《环溪诗话》卷中，北京：中华书局1988年版，第130页。
⑤ [北宋]陈应行：《吟窗杂录》卷三，北京：中华书局1997年版，第195页。
⑥ [北宋]陈应行：《吟窗杂录》卷十七，第522页。

人的外在风貌，用于文论，则延伸指文体、诗体的外在风貌、艺术风格，由里到外呈现出来。这里"风姿峭拔""形神丰备"，指的就是体貌；诗体若"人之有身""人之体象"以及"人伦之难"，人伦指的是观人，说明诗的体貌正来自观人之学。其基本特征也可构成作品的风格，如陆机《文赋》云"体有万殊"，又云"其为体也屡迁"，指风格万变屡迁，多姿多彩。《文心雕龙·体性》是一篇风格论专篇，探讨作品之体（即文学风格）与作家之才性（即个性生命）的关系，把文学风格归为"八体"，即典雅、远奥、精约、显附、繁缛、壮丽、新奇、轻靡八种风格，体现了刘勰的"辨体"思想①。皎然《诗式》有《辨体有一十九字》②，列举十九种诗歌风格。其实我们熟知的太白体"飘逸"，少陵体"沉郁"，山谷体"瘦硬"等，均是从人的外在体貌中转换来的风格范畴。古人也用"形体"喻称文学风格，黄生《诗麈》卷二解释说："夫文之有体，犹人一身四支九窍五藏六府百骸，有一不具，不可以为人。寖假而适市，纷纷总总者人也，然而面目无有同者。岂非其体则一，而其所以为体者，固未尝一乎？是故文必有体，而但不可袭其体以为体。《离骚》不袭《三百》，《离骚》自有《离骚》之体也。汉魏不袭《楚辞》，汉魏自有汉魏之体也。李唐不袭汉魏，李唐自有李唐之体也。"③ 这里的"体"义从诗文艺术结构开始，转换到"面目"，已经上升到风格面貌之义了。

随着文体论的发展，后来又有作家之体、时代之体、流派之体等用法。"体"的观念在更多维度和层次上得到了充分体现，它可以表示不同文体之特殊存在（如"诗体""词体"等），不同作者之特殊存在（如"太白体""少陵体""山谷体"等），不同时代之特殊存在（如"建安体""盛唐体""宋体"等），不同题材之特殊存在（如"山水体""田园体"等），不同流派之特殊存在（如"香奁体""西昆体"等），不同地域之特殊存在（如"江西体""永嘉体"等），不同风格之特殊存在（如"豪放体""婉约体"等）。而这些都来自观人学，有着"近取诸身"、以类取譬之思维习惯的古人，自然就观人学上的生命体的"体"来指称诗文风格，说明"体"作为风格概念，包蕴着浓郁的生命意味。

---

① ［南朝梁］刘勰撰，［清］黄叔琳辑注：《文心雕龙辑注·体性》，第143页。
② ［唐］释皎然撰，李壮鹰校注：《诗式校注》卷一，北京：人民文学出版社2003年版，第69~71页。
③ ［清］黄生撰，诸伟奇主编：《黄生全集》四，合肥：安徽大学出版社2009年版，第354~353页。

至于由"诗体"概念衍生的一系列概念如体制、体裁、体式、体势、体格、体貌、体韵、气韵、骨力、骨鲠、骨劲、骨韵、肌理等，表明"诗体"观的自觉已将对诗体内部构成的认识推进到极其精致的程度，"诗体"也由此成了一个体现了诗歌本体存在生命化的诗学概念。

（二）风

"风"字，除去本义外，延伸到观人学，指人的刚柔气质的作风，如《汉书·地理志》："凡民函五常之性，而其刚柔缓急，音声不同，系水土之风气，故谓之风。"① 两汉魏晋时期观人学推出了一大批由"风"组合的观人审美术语，有"风采"，如"（霍光）初辅幼主，政自己出，天下想闻其风采"（《汉书·霍光金日磾传》）；有"风度"，指人的言谈举止和仪态、气概与器量，如"安平风度宏邈"（《晋书·任城景王陵传》）；有"风韵"，指人的风度韵致，如"风韵秀彻"（《晋书·桓彝传》）；有"风轨"，指人的风标轨范，如"风轨德音，为世作范"（《文选》袁宏《三国名臣序赞》）；有"风范"，指人的风度气派，如"元规尔时风范，不得不小颓"（《世说新语·容止》）；有"风操"，指人的志行品德，如"（王）劭美姿容，有风操，虽家人近习，未尝见其堕替之容"（《晋书·王导传》）。关于"风"从观人学到诗学批评的移植，本书第二章第四节"风骨"论之甚详。

（三）格

本指量度、尺寸、格子、架子，引申出法式、标准、规范等义，如"子曰：言有物而行有格也"（《礼记·缁衣》），指人的言行的规范与法则。汉末观人，指人物的器局、仪表、仪态、风范或风度，如郭林宗"格量高俊"（《后汉纪·孝灵皇帝纪上》），"（满）伟以格度知名"（《三国志·魏书二十六·满宠传》），"（李）膺风格秀整"（《后汉纪·孝桓皇帝纪上》）。观人之"格"与诗之"格"，本来就存在外表形态的对应与精神内核的相通，许多观人学概念与"格"组合便进入了文学批评。由于"格"在观人学中是多义词，运用到诗学，也体现出多义性，其中与风格接近的组合词有：

1. "体格"。有体貌之义，本观人术语，指人体外表的形态结构，包括人体生长发育的水平，身体的整体指数，以及体型大小、比例等。用于诗学，有时指形体规范，如高仲武《中兴闲气集》评钱起诗"体格新奇，理致清赡"②，徐寅《雅道机要》有"叙体格"一条③；或指体

---

① ［东汉］班固：《汉书》，北京：中华书局1962年版，第1640页。
② ［唐］高仲武：《中兴闲气集》卷上，《四部丛刊》影印明刻本，第6页。
③ ［北宋］陈应行：《吟窗杂录》卷十七，第531~533页。

裁，如刘克庄《宋希仁诗序》"余谓诗之体格有古、律之变"①；或指题材，如葛立方谓"观其体格，亦不过烟云、草树、山水、鸥鸟而已"②；又指风貌，如杨载《诗法家数》称"凡作古诗，体格、句法俱要苍古"③，如皎然《诗式·辩体有一十九字》"体格闲放曰逸"④。皎然《诗式》有五格，谓曹植《三良诗》与王粲《咏史诗》"体格高逸，才藻相邻"⑤。胡应麟评"王、杨四子，虽偏工流畅，而体格弥卑，变化未睹"⑥。这里的"体格"等同于"风格、品格"，但在意义上偏重体制等形式要素。归庄《玉山诗集序》总结说：

> 余尝论诗，气、格、声、华，四者缺一不可。譬之于人，气犹人之气，人所赖以生者也，一肢不贯，则成死肌，全体不贯，形神离矣。格如人五官四体，有定位，不可易，易位则非人矣。……按其格，有颐隐于脐，肩高于顶，首下足上如倒悬者；视其气，有尪羸欲绝，有结轖臃肿，不仁如行尸者。使人如此，尚得谓之人乎哉？⑦

这里的"格"，其实就是借助观人学上的"体格"概念，比喻说明诗歌的艺术结构的完整性与次第性。

2. "体式"。"格"引入文学批评，如韦仲将评繁钦作品"都无格检"⑧，颜之推评陆机挽歌"多为死人自叹之言，诗格既无此例，又乖制作本意"⑨，刘勰《文心雕龙·议对》论陆机断议"风格存焉"，均指体式而言。同是诗歌文本形体的组合方式，比起体貌这种诗体的表层来说，"体式"有体裁格式、体制法度等外在含义。唐代诗学也有格、体格、高格、风格等概念，从规范、尺度进一步延伸到诗体规范、价值尺度、人格境界，深入到观人学的核心层面，从而也是诗体的核心层面。

3. "标格"。即"风标"。本观人术语，指风范品格，操守节概，为

---

① 吴文治：《宋诗话全编》八，南京：江苏古籍出版社1998年版，第8582页。
② [南宋] 葛立方：《韵语阳秋》卷四，北京：中华书局1985年版，第29页。
③ [清] 何文焕：《历代诗话》下，北京：中华书局1982年版，第731页。
④ [唐] 释皎然撰，李壮鹰校注：《诗式校注》卷一，第69页。
⑤ [唐] 释皎然撰，李壮鹰校注：《诗式校注》卷二，第137页。
⑥ [明] 胡应麟：《诗薮》内编三《古体下七言》，第57页。
⑦ [清] 归庄：《归庄集》卷三，北京：中华书局1962年版，第206~207页。
⑧ [西晋] 陈寿：《三国志·魏书二十一·王粲传》裴松之注引鱼豢《典略》，第604页。
⑨ [北齐] 颜之推，《颜氏家训》卷上《文章篇》，影印文渊阁《四库全书》子部第848册，第962页。

人称慕，堪为模范，如北魏温子昇《寒陵山寺碑》："大丞相渤海王，命世作宰，惟机成务。标格千仞，崖岸万里。"① 唐以后用于诗学，如殷璠《河岳英灵集·原序》"武德初，微波尚在；贞观末，标格渐高"②，王世贞《明诗评》卷二评林鸿诗"命才充裕，标格华秀"③，王夫之《姜斋诗话》卷下称"咏物诗，齐、梁始多有之。其标格高下，犹画之有匠作，有士气"④。这些"标格"接近风格之义。

4．"格调"。本观人术语，唐时开始用得较多，如秦韬玉《贫女》："谁爱风流高格调？共怜时世俭梳妆。"⑤ 此赞贫女生在寒门而不甘平庸，专心工艺而不媚俗。韦庄《送李秀才归荆溪》"人言格调胜玄度，我爱篇章敌浪仙"⑥，此夸李秀才的性情、心态、修养与风采方面胜过许询。唐传奇《霍小玉传》"（霍小玉）昨遣某求一好儿郎格调相称者，某具说十郎"⑦，此统称才貌、品德等。唐时"格调"也从观人学移用到诗学批评，从风貌批评上升为品级批评，如皎然《诗式》称谢灵运诗"其格高，其调逸"，此二字分而言之，谓诗歌的外在体制、人格境界、声调韵律等。至严羽《沧浪诗话·诗辨》："诗之法有五：曰体制、曰格力、曰气象、兴趣、曰音节。"合诗歌的体格、声调而言，属于诗歌形体的范畴，明李梦阳、王世贞，清沈德潜等人，在此基础上进一步完善并建立起诗学中的"格调说"，从诗歌形体范畴延伸到品格与气格、情调与风调，获得了本体论与主体论的意义。这已经为学界所熟知，益见观人学对于诗学影响之深了。

5．"品格"。本观人术语，指人的品性、性格。用于文论、诗学，指作品的质量、格调或风格。葛洪《抱朴子·尚博》："或曰：德行者本也，文章者末也。故四科之序，文不居上，然则著纸者，糟粕之余事；可传者，祭毕之刍狗，卑高之格，是可识矣。"⑧ 指出了作品的品格高低由人品决定。"品格"在诗学批评中，"缘格定品"，有时以"高下"来

---

① ［清］严可均：《全后魏文》，北京：商务印书馆 1999 年版，第 500 页。
② ［唐］殷璠：《河岳英灵集》，影印文渊阁《四库全书》集部第 1332 册，第 21 页。
③ 周维德：《全明诗话》三，济南：齐鲁书社 2005 年版，第 2019 页。
④ 丁福保：《清诗话》上，第 22 页。
⑤ ［清］彭定求等：《御定全唐诗》卷六百七十，影印文渊阁《四库全书》集部第 1431 册，第 608 页。
⑥ ［清］彭定求等：《御定全唐诗》卷六百九十八，第 85 页。
⑦ ［北宋］李昉等：《太平广记》卷四百八十七《杂传记》，影印文渊阁《四库全书》子部第 1046 册，第 551 页。
⑧ ［东晋］葛洪撰，杨明照校笺：《抱朴子内外篇校笺》卷三十二，北京：中华书局 1997 年版，第 108 页。

界定等次,如释皎然《诗议》称古诗"格高而词温",王昌龄《诗格》将"高格"置于"诗有五趣向"之首①,白居易《金针诗格·诗有魔》谓"好奇而不纯者格卑也"②。有时用上、中、下以界定等次,如齐己《风骚旨格》"诗有三格:上格用意,中格用气,下格用事"③,梅尧臣《续金针诗格》:"诗有上中下:纯而归正上格……淡而有味中格……华而不浮下格。"④ "品格"也称"格品",如王世贞评郭子章诗"辞藻清丽,一时重之,良足玩赏。究其格品,可张、徐之次"⑤,也是从品位等次上论"格",这些都体现了观人学"品第"之义,实现了"格"字在风格这个意义上从观人学到诗学的转换。正如周裕锴总结说:"在汉魏六朝,'格'字主要指人物行为、品格美的标准;在唐五代,'格'字主要指诗歌形式、风格美的标准。"⑥ 至宋,"格"成为诗学的重要范畴,这与当时士人从外向转入内敛、追求"圣贤人格"的风尚有关。如欧阳修评郑谷诗"格不甚高"⑦,黄庭坚、许顗、叶梦得等皆以"气格"评诗,而梅尧臣《续金针诗格》说"炼意不如炼格",陈师道说:"学诗之要,在乎立格、命意、用字而已。"⑧ 方回《唐长孺艺圃小集序》甚至说:"诗以格高为第一。"⑨ 都把"格"视为诗歌的第一要素。

(四) 风格

风指风采、风姿、作风、风标、风致,偏重外在风貌;格指体格、人格、德性、品质,偏重内在品质。风格原指人的外在风度和内在品格,特别指思想道德和品质修养,属于伦理范畴。刘劭《人物志》确立了观人学"由形所显,观心所蕴"的基本原则,即由人之可外观的"形容声音"而"辨其情性","论情性则谓风操、风格、风韵。此谓为精神之征"⑩。魏晋南北朝时期,九品中正制的推行,门阀制度的确立,观人之风大兴,人们往往用风骨、风貌、气韵、气质、风格等词来评价一个人

---

① [北宋] 陈应行:《吟窗杂录》卷五,第 226 页。
② [北宋] 陈应行:《吟窗杂录》卷十八上,第 553 页。
③ 丁福保:《历代诗话续编》上,北京:中华书局 1983 年版,第 111~112 页。
④ [北宋] 陈应行:《吟窗杂录》卷十八下,第 572 页。
⑤ [明] 王世贞《弇州诗话》卷三,周维德:《全明诗话》三,第 2025 页。
⑥ 周裕锴:《宋代诗学通论》,上海:上海古籍出版社 2008 年版,第 284 页。
⑦ [北宋] 欧阳修:《文忠集》卷一百二十八《诗话》,影印文渊阁《四库全书》集部第 1103 册,第 301 页。
⑧ [北宋] 张表臣:《珊瑚钩诗话》卷二,北京:中华书局 1985 年版,第 14 页。
⑨ [元] 方回:《桐江续集》卷三十三,影印文渊阁《四库全书》集部第 1193 册,第 682 页。
⑩ 汤用彤:《读〈人物志〉》,《汤用彤学术论文集》,北京:中华书局 1983 年版,第 196~197 页。

的外在风度（如容止言行）和内在品格（如精神品格）。东晋时人们已经将"风格"运之于观人了，如袁宏《后汉纪·桓帝纪上》："（李）膺风格秀整，高自标持，欲以天下风教是非为己任。"葛洪《抱朴子》评郑君"体望高亮，风格方整，接见之者皆肃然"（《遐览》），又云"士有行己高简，风格峻峭，啸傲偃蹇，凌侪慢俗"（《行品》），又谓"以风格端严者为田舍朴骏"（《疾谬》），皆谓人的风度与品格，是内在涵养之外显。"风格"成为魏晋观人学中的一个题目，如《世说新语》评："李元礼风格秀整，高自标持。"（《德行》）评王坦之"风格峻整"①，评陆机"清厉有风格"②，这里的"风格"是指人的精神品格高尚严整，偏重高雅、严肃、规范等价值取向。"风格"还指人的言行作风、风度容态，如《晋书·庾亮传》："风格峻整，动由礼节。"以"风格"评庾亮，尤指人的优异品格。如《梁书·江蒨传》云"（江蒨）方雅有风格"，指他的不畏权贵，品格卓异。可见，风格主要是指人在道德情操等方面的修养，是人物某种外在美的内在表现。

"风格"从观人学到文论，也是从葛洪开始的。《抱朴子·百家》以"风格高严"评论诸子之言，主要偏重诸子著作的风采格调特点，意义近乎文学风格，启迪后人将文与人联系起来，将文学风格与作者的思想感情、精神气质联系起来。到南北朝时，"风格"这一观人术语就用于评文了。如刘勰《文心雕龙·议对》评"陆机断议，亦有锋颖，而谀辞弗剪，颇累文骨，亦各有美，风格存焉"③，这里的"风格"指个人及其作品的"风格"，尚带有浓厚的观人学胎记。从理论生成角度看，它来自观人学的成功移植。从观人学来看，它涉及人的外形风貌及所呈现出来的精神风貌；从诗文批评来看，包括诗文的内容（风）与体制（格）的有机组合。又如颜之推《颜氏家训》卷一《文章篇》云："古人之文，宏材逸气，体度风格，去今实远。"④ 此专指古人之文的风采格调特点。"风格"在诗学中，或用以指人的气度品格，但多指作品的语言格调。杜甫《苏端薛复筵简薛华醉歌》"座中薛华善醉歌，歌辞自作风格老"⑤，成为品诗用语；也可指时代风格，皮日休《论张祜》"及老大，稍窥建

---

① ［南朝宋］刘义庆撰，刘孝标注：《世说新语·品藻》注引《续晋阳秋》，第138页。
② ［南朝宋］刘义庆撰，刘孝标注：《世说新语·赏誉》注引《文士传》，第120页。
③ ［南朝梁］刘勰撰，［清］黄叔琳辑注：《文心雕龙辑注·议对》，第134页。
④ ［北齐］颜之推：《颜氏家训》卷上《文章篇》，第961页。
⑤ ［清］彭定求等：《御定全唐诗》卷二百十七，影印文渊阁《四库全书》集部第1425册，第17页。

安风格"①，刘攽《中山诗话》"（潘阆）诗有唐人风格"②，与风格相同或相近的词语有：风致、格调、品格、气格、诗格、体格、文格、韵格等等。到了唐代，诗歌发达，风格成熟的诗人甚多，谈论风格的人也多了起来。至此，"风格"的概念已经摆脱了原观人学所赋予的价值评判因素，接近现代的意义了。

综上所述，"风格"一词，来源于两晋观人学，又被诗学、文论借用、转换和移植，说明它已开始向诗歌作品风貌特征的意义过渡，这影响了后来谈艺家将诗歌风格与人的精神生命、思想感情、气质个性联系起来，形成中国特色的风格批评。

二 风格批评

中国诗歌批评的一个重要内容就是针对诗歌风格、诗人风格及其他风格现象的批评。观人学以"才性""气""体""风格"论人的观测点，在诗学批评中就成为"诗如其人"的思维定势，以"才性"论诗人，以"气""风格"论诗，成为诗学批评的传统和主要视角，形成风格批评模式。诗歌风格指诗人的创作在总体上表现出来的独特的创作个性与鲜明的艺术特色，有作品风格、诗人风格、年龄风格、流派风格、时代风格、体裁风格和民族风格等。因此，对风格的观察也可从民族、时代、地域、不同人群、体裁等诸多不同的角度，形成各不相同的风格批评。风格批评就是通过对作家作品风格形态的辨认、分析和评价，从而在内容和形式的统一中把握对象的审美个性和艺术特征的一种批评方式。

风格批评本从观人学出，转换成诗学批评后，强调从主体因素（作家的精神个体性）去把握风格，因此反过来又与观人学发生关系。《尚书·皋陶谟》提出人有"九德"："宽而栗，柔而立，愿而恭，乱而敬，扰而毅，直而温，简而廉，刚而塞，强而义。""九德"表现出人物品性风格的各种形态，堪称观人学风格批评的萌芽，虽是强调"乐"的中和规范和"乐"教内容，但诗乐一体，因而也为诗歌风格批评开启了先声。《左传·襄公二十九年》记载季札观"乐"时，歌《周南》《召南》时评曰"勤而不怨"，歌《邶》《鄘》《卫》时评为"忧而不困"，歌《王》时评为"思而不惧"，歌《豳》时评为"乐而不淫"，歌《颂》而

---

① ［清］彭定求等：《御定全唐诗》卷六百二十六，影印文渊阁《四库全书》集部第1429册，第290页。
② ［清］何文焕：《历代诗话》上，第286页。

评为"直而不倨,曲而不屈"①,平和有节的风格理想,与"九德"说同一机杼,皆可视作最早的音乐、诗歌风格批评。后来温柔敦厚诗教的风格批评莫不源此。

如果说先秦的诗评只限于对作品品位优劣、道德价值的比较中涉及风格的话,那么到了魏晋"文学自觉的时代",风格批评就成为文学批评的重要内容。曹丕在《典论·论文》《与吴质书》提出"文以气为主"之说,以"气""体"论人论文论诗,是才性论风格批评的表现。其文"气"源自作家的创作个性和风格,故而以"体"论文实则是以才性论人、以风格论文。而魏晋以"气""风格"作为观测点,旨在强调人的性格、性情方面的个体性、个性、独特性。刘勰的《文心雕龙》则在风格批评基础上建立了风格理论,《体性》专门讨论了风格问题,提出了风格"八体":"一曰典雅,二曰远奥,三曰精约,四曰显附,五曰繁缛,六曰壮丽,七曰新奇,八曰轻靡。"②并指出风格与作家精神个体性的关系:"夫情动而言形,理发而文见,盖沿隐以至显,因内而符外者也。然才有庸俊,气有刚柔,学有浅深,习有雅郑,并情性所铄,陶染所凝,是以笔区云谲,文苑波诡者矣。故辞理庸俊,莫能翻其才;风趣刚柔,宁或改其气;事义浅深,未闻乖其学;体式雅郑,鲜有反其习:各师成心,其异如面。"③先天的才能高下、气质刚柔,后天的学力深浅、习染雅郑是个人风格的决定因素,至此,风格批评成为中国诗学批评的一大特色和重要批评方式。钟嵘《诗品》大量运用才气批评与风格批评,如评刘琨:

(刘琨)其源出于王粲。善为凄戾之辞,自有清拔之气。琨既体良才,又罹厄运,故善叙丧乱,多感恨之词。④

这段话首先指出了刘琨作品的来源,从《诗品》所列的渊源关系可以排列如下:《楚辞》、李陵、王粲、刘琨,说明刘琨对《楚辞》、李陵、王粲的继承和吸收,也说明了它与《楚辞》在风格上的渊源关系;其次对刘琨的才性、风格进行了评论,指出了刘琨及其作品的才性风格特征:

---

① [西晋]杜预注,[唐]孔颖达疏:《春秋左传注疏》卷三十九,影印文渊阁《四库全书》经部第144册,第211~215页。
② [南朝梁]刘勰撰,[清]黄叔琳辑注:《文心雕龙辑注·体性》,第143页。
③ 同上书。
④ [南朝梁]钟嵘:《诗品》卷二,第195页。

凄戾、清拔；再次指出了刘琨生平经历对其人其作的影响，体现了"知人论世"之义；最后指出人与诗的关系。这一切都与风格相关，可谓典型的风格批评。唐代诗论中最先完成作品风格描述，同时也给出风格的标准和样式的，是司空图《二十四诗品》。它将诗的风格细分为二十四种，即：雄浑、冲淡、纤秾、沉著、高古、典雅、洗炼、劲健、绮丽、自然、含蓄、豪放、精神、缜密、疏野、清奇、委曲、实境、悲慨、形容、超诣、飘逸、旷达、流动。每种品词均以四字韵语、十二句构成，形式整饬，不取具体诗人作品评，仅限于诗歌的风格和构成。其后的诗品、诗话、词话、论诗诗等都沿袭这种风格批评的内容和形式，使风格批评在保持传统中不断发展。

三 从观人学角度考察风格成因

风格作为作品的整体风貌特征，往往千差万别，其形成因素极其复杂。传统诗学在考察风格的成因时，既注意到作品形式因素、艺术表现对风格形成的影响，也特别强调作家的生命精神、气质性格等主体因素对风格的制约。从后者来说，中国传统的风格批评，往往与观作家之风格相关，体现了观人学的特殊视角：

（一）风格因诗人的才性而异

诗人才性是影响风格形成的最重要因素。《周易·系辞下》："将叛者其辞惭，中心疑者其辞枝。吉人之辞寡，躁人之辞多，诬善之人其辞游，失其守者其辞屈。"① 这是文论史上第一次明确讨论人的心理、性格与文辞风格的因果关系。刘勰《文心雕龙·体性》以才、气、学、习四因素论风格的形成，作家的才、气、学、习不同，情性精神亦异，从而形成了风格多姿多彩的局面。传统诗学认为诗歌风格决定于诗人的内在精神性格，"诗如其人""诗品出于人品"等命题都说明诗歌风格与诗人的精神品格相一致。其《体性》说："夫情动而言形，理发而文见，盖沿隐以至显，因内而符外者也。"② 作家的内在品格精神形诸文字，而必然显示出与之对应的外在风格特点。《孟子·告子下》关于观人"有诸内，必形诸外"的命题，不但有助于观察人的风格，而且有助于观察诗歌风格成因。元代傅若金《诗法正论》说："然诗者，原于德性，发于才情，心声不同，有如其面。"③ 就阐述了诗人之内在品格精神形诸文

---

① ［三国魏］王弼注，［唐］孔颖达疏：《周易注疏》卷十二，第567页。
② ［南朝梁］刘勰撰，［清］黄叔琳辑注：《文心雕龙辑注·体性》，第143页。
③ 吴文治：《辽金元诗话全编》四，南京：凤凰出版社2006年版，第2451页。

字，而必然显示出对应的外在风格、风貌（所谓"面目"特点）。"德性"就是诗人的道德品性，如人品、思想、道德、情感、气质、个性等，"才性"包括诗人的才能、学识、习气、风趣好等，都是诗歌风格形成的决定因素。

（二）风格因诗人的品格而异

"诗品出于人品"①，人品是影响诗歌风格的重要因素。人品包括思想品格、道德品格、精神品格等，也就是"器识"，这些本是观人学重要观测内容，表现于诗歌之中，便构成诗歌的思想内容和风格特点。所以古人以人喻诗道："观其诗如所闻，接其人如其诗。"② 举李、杜为例，李、杜从思想品格来说，有"笃于忠义，深于经术"与"喜任侠，喜神仙"的儒侠差异，性格气质上也有"沉着"与"飘逸"的不同，这两者决定了两人的诗风迥异。反过来说，从诗歌风格上可以判断诗人及其内在的品格、风格："盖是其人，斯能为其言；为其言，斯能有其品。人品之差等不同，而诗文之差等即在可推券取也。……余常操此以求友，得其友，及观其诗与文，无不合也。又尝操此以称诗与文，诵其诗与文，及验其人其品，无不合也。"③ 因此根据诗风的不同，诗品高低，可以观察人的品格，辨别君子与小人，如俞弁《山樵暇语》卷第一所谓"朱子尝推《易》之理以观人，谓凡阳之类必明，明则易知；凡阴之类必暗，暗则难测。故其人之光明正大，疏畅洞达，无纤芥可疑者必君子也。溇涩诡怪，闲倏狡狯，不可方物者，必小人也。观人之法，固无要于此者"④。根据"士先器识而后文艺"建立起来的诗学道德批评，本身是观人学与诗学相通的产物。

（三）风格因诗人的性情而异

黄生《诗麈》卷二说："必其人之性情风格见于其诗之中，而后人以诗传，诗亦以人传。"⑤ 钱咏《谭诗·总论》说："后人以诗写性情，性情中有中正和平、奸恶邪散之不同，诗亦有温柔敦厚、噍杀浮僻之互异。"⑥ 阐述了诗人的性情与诗歌风格差异的关系。古代关于风格主观性的论述，多强调气质性情的重要性，这本身就是基于观人学原理而得出

---

① ［清］刘熙载：《艺概》卷二《诗概》，上海：上海古籍出版社1978年版，第82页。
② 曾枣庄：《全宋文》卷一九《徐铉七·成氏诗集序》，成都：巴蜀书社1988年版，第378页。
③ ［清］叶燮：《已畦集》卷八《南游集序》，1917年长沙叶氏梦篆楼刊本。
④ 吴文治：《明诗话全编》三，第2441页。
⑤ ［清］黄生撰，诸伟奇主编：《黄生全集》四，第334页。
⑥ ［清］钱咏：《履园丛话》八，北京：中华书局1979年版，第205页。

的结论。性情、性格不同的诗人在语言、表述、题材、诗体等方面都会显现出不同特点,从而决定风格的不同特征:

储咏曰:性情褊隘者其词躁,宽裕者其词平,端靖者其词雅,疏旷者其词逸,雄伟者其词壮,蕴藉者其词婉。涵养情性发于气,形于言,此诗之本源也。①

凝重之人,其诗典以则;俊逸之人,其诗藻而丽;躁易之人,其诗浮以靡;苛刻之人,其诗峭厉而不平;严庄温雅之人,其诗自然从容而超乎事物之表。②

故性格清彻者音调自然宣畅,性格舒徐者音调自然疏缓,旷达者自然浩荡,雄迈者自然壮烈,沉郁者自然悲酸,古怪者自然奇绝。有是格,便有是调,皆情性自然之谓也。③

畅快人诗必潇洒,敦厚人诗必庄重,倜傥人诗必飘逸,疏爽人诗必流丽,寒涩人诗必枯瘠,丰腴人诗必华赡,拂郁人诗必凄怨,磊落人诗必悲壮,豪迈人诗必不羁,清修人诗必峻洁,谨敕人诗必严整,猥鄙人诗必委靡。此天之所赋,气之所禀,非学之所至也。④

诗人按照自己的性情进行创作,感情基调不同,作品音调、词采不同,作品风格显现出不同的特点,就如人的面貌各不相同一样。这种说法虽然简单或绝对,但却揭示了诗人性格、感情与作品风格之间必然的对应关系。反过来,从不同风格的诗歌中也可以观察作者不同的性情、风格,如:

诗本性情,若系真诗,则一读其诗而其人性情入眼便见。大都其诗潇洒者其人必畅快,其诗庄重者其人必敦厚,其诗飘逸者其人必风流,其诗流丽者其人必疏爽,其诗枯瘠者其人必寒涩,其诗丰腴者其人必华赡,其诗凄怨者其人必拂郁,其诗悲壮者其人必磊落,其诗不羁者其人必豪宕,其诗峻洁者其人必清修,其诗森整者其人

---

① [元]范德机《木天禁语》,[清]何文焕:《历代诗话》下,第751页。
② [明]宋濂:《宋濂全集》卷三《林伯恭诗集序》,杭州:浙江古籍出版社1999年版,第1008页。
③ [明]李贽:《焚书》卷三《读律肤说》,北京:中华书局1974年版,第369~370页。
④ [清]薛雪:《一瓢诗话》,北京:人民文学出版社1979版,第143页。

必谨严。①

　　诗也者，性情心术之外见者也。故观其诗则知其人矣。其诗雄者其人锐，其诗旷者其人达，其诗远者其人深，其诗质者其人直，其诗艳者其人淫，其诗浅者其人鄙，其诗华者其人浮，其诗荡者其人诞。此相诗之法，万决而万中者也。其愈于鉴貌观色者远矣。②

前面是以人观诗，这里是以诗观人，前面是观人学领域里的诗学批评，这里是是诗学批评领域里的观人学，此观人术与相诗法互通的又一验证。这在中国的观人学与传统诗学中是符合逻辑的。

（四）风格因诗人的心境而异

传统诗学看到了诗人心态对诗歌风格的影响，"各师成心，其异如面"（《文心雕龙·体性》），每个人的个性、气质、性情、兴趣、素质千差万别，就像他的形貌面相一样，世人没有绝对相同的两张面孔，诗歌风格可以从诗人气质、心情的辨认中认识。其实，观人学亦重人的心情，如《文王官人篇》中提到的"观色"，亦是观察一个人的喜怒哀乐，此法亦为观诗家采用。如梅尧臣《续金针诗格》云："诗有四得：喜而得之其辞丽格，诗曰：'有时三点两点雨，到处十枝五枝花。'怒而得之其辞愤格，诗曰：'高阳酒徒半凋落，终南山色空崔嵬。'哀而得之其辞伤格，诗曰：'泪流襟上血，发变镜中丝。'乐而得之其辞逸格，诗曰：'谁家绿酒欢连客，何处红楼睡失明。'"③ 诗人心情不同，作品意象所包含的审美色彩不同，语言色彩亦不同，如孟郊的落第诗与及第诗，心情悲喜不同，语言风格亦有悲伤哀苦与轻松放逸之别。姜夔《白石道人诗说》云："喜词锐，怒词戾，哀词伤，乐词荒，爱词结，恶词绝，欲词屑。乐而不淫，哀而不伤，其惟《关雎》乎！"④ 也认为人之七情六欲决定着诗歌风格。谭浚《说诗序》所谓："诗莫善于养，养其恒则中，中则和；失其恒则动，动则变。……惟君子则慎其所养者，是喜平则无乐，怒平则无恶，思平则无虑，悲平则无怨，恐平则无畏，中和之谓也。"⑤ 如果真的作诗做到无喜无怨、没有感情的话，千人一面，名为"温柔敦厚"，其实滑入乡愿一路，诗歌就没有感人的生命力了。

---

① ［明］江盈科《雪涛诗评·诗品》，［明］陶珽：《说郛续》卷三十四，清顺治三年（1646）宛委山堂刊本。
② ［明］庄元臣《叔苴子内篇》卷八，吴文治：《明诗话全编》六，第5964页。
③ ［北宋］陈应行：《吟窗杂录》卷十八下，第572~573页。
④ ［清］何文焕：《历代诗话》下，第680~681页。
⑤ ［明］谭浚《说诗》卷上，吴文治：《明诗话全编》四，第4006~4007页。

(五) 风格因诗人的身份、年龄而异

徐祯卿认为:"诗之辞气,虽由政教,然支分布条,略有径庭,良由人士品殊,艺随迁易。故宗工钜匠,辞淳气平;豪贤硕侠,辞雄气武;迁臣孽子,辞厉气促;逸民遗老,辞玄气沉;贤良文学,辞雅气俊;辅臣弼士,辞尊气严;阉僮壶女,辞弱气柔;媚夫倖士,辞靡气荡;荒才妖丽,辞淫气伤。"① 诗人职业、身份、地位不同,人生态度、道德品格、情操境界、生活习惯等各不相同,所运用的诗歌题材、感情内容与语言、技巧、体裁等往往不同,从而带来诗歌风格的差异。比如贫穷、富贵身份不同而带来诗歌风格的差异。白居易一生多富贵闲适,故诗也旷达;孟郊一生穷愁潦倒,所以《唐诗品汇总序》以"饥寒"定其诗品。

《文心雕龙·养气》论文学说:"凡童少鉴浅而志盛,长艾识坚而气衰。"初创为老少之说,然尚未引起重视;自东坡之论后,年龄观诗,渐为诗学接受。如周紫芝《竹坡诗话》:"东坡尝有书与其侄云:大凡为文,当使气象峥嵘,五色绚烂,渐老渐熟,乃造平淡。余以不但为文,作诗者尤当取法于此。"② 诗学认为,诗人在不同年龄阶段创作的诗歌,由于阅历、性情、学识、心态等不尽相同,往往会呈现出不同的风格特点。此非惟作诗之法,抑亦观诗之法也。如胡应麟说:"凡诗初年多骨格未成,晚年则意态横放,故惟中岁工力并到,神情俱茂,兴象谐合之际,极可嘉赏。"③ 叶炜也认为:"少年爱绮丽,壮年爱豪放,中年爱简炼,老年爱淡远,学随年进,要不可以无真趣,则诗自可观。"④ 周作人《柿子的种子》引此文之后,得出结论:"虽然原是说诗,可通于论文与人。"⑤ 于此益见观诗与论人,同一机杼。这种论调在宋代,几成诗家常谈。吕大防《杜少陵年谱后记》评杜甫诗云:"少而锐,壮而肆,老而严。"⑥ 盖少而锐者,得之气也;壮而肆者,得之骨也;老而严者,得之识也。诗学对韩愈、王安石、苏轼、黄庭坚、陆游少壮老作品的评价也都体现出年龄风格的差异。这种逻辑走向极端,就是根据诗歌风格、气象来观测诗人的年寿,如李时勉《题夏氏所收诗字后》所言:"夫人年少之时,辞气清俊,如朝霞映日,光彩流丽;及其壮也,辞气峥嵘,如

---

① [明] 徐祯卿:《谈艺录》,北京:中华书局1991年版,第17页。
② [清] 何文焕:《历代诗话》上,第348页。
③ [明] 胡应麟:《诗薮》续编二《国朝下》,第360页。
④ [清] 叶炜:《煮药漫抄》卷下,台北:文海出版社1969年版,第108页。
⑤ 周作人:《苦竹杂记》,长沙:岳麓书社1987年版,38页。
⑥ [北宋] 吴可:《藏海诗话》上,丁福保:《历代诗话续编》,第328页。

龙腾霄汉，雨意满空；其既老也，辞气苍古，如岁寒松柏，不改其操，此皆寿征也。"① 此处所谓"辞气"，兼有诗气、血气、志气等意思，虽然与诗人的寿夭挂钩，陷入神秘主义，但从另一个侧面反映了风格与年龄之密切关系，其理论实来自观人学的气色说。(详本书第二章第二节)。

（六）风格因诗人的体貌而异

诗歌风格与诗人相貌本不相关，但在观人诗学看来，也会发生某种对应关系。如刘勰《文心雕龙·时序》评"文帝以副君之重，妙善辞赋；陈思以公子之豪，下笔琳琅：并体貌英逸，故俊才云蒸"②。体貌，观人学术语，两汉特别是东汉流行，如"（车千秋）体貌甚丽"（《汉书·公孙刘车王杨蔡陈郑传》），"（徐防）体貌矜严"（《后汉书·徐防传》），"（吴汉）形于体貌"（《后汉书·吴汉传》），"（袁闳）体貌枯毁"（《后汉书·袁安传》），"（祭肜）体貌绝众"（《后汉书·祭遵传》）。如果说人的体貌在于形色，那么诗的体貌则在辞彩，刘勰说曹丕、曹植兄弟因为"体貌英逸"，所以才有"妙善辞赋"，"下笔琳琅"，隐喻了他们长相与文风的关系。一些诗学家评李白仙品、李贺鬼品时，也往往与他们的长相联系在一起，如赵翼《李青莲诗》评"李青莲自是仙灵降生。司马子微一见，即谓其'有仙风道骨，可与神遊八极之表'。……其神采必有迥异乎常人者。诗之不可及处，在乎神识超迈，飘然而来，忽然而去，不屑屑于雕章琢句，亦不劳劳于镂心刻骨，自有天马行空，不可羁勒之势"③，如李维桢《昌谷诗解序》称："《传》称其（李贺）细瘦通眉，长指爪，貌与人殊。而诸乐府亦若《九歌·东皇太乙》，以至《国殇》《礼魂》诸体，信乎其为鬼才矣！"④ 李白有仙风道骨的长相，有仙才，所以诗也是仙品；李贺有貌与人殊的鬼相，有鬼才，所以诗也带有鬼气：这里都隐含着相貌与诗歌风格、品格的关系。相貌批评最多的是肥与瘦、肉与骨等范畴进入文学批评，前引《文心雕龙·风骨》"瘠义肥辞"，已开风气之先；书评、诗评领域更多，有崇肥派、崇瘦派，但唐宋后崇瘦派占据主流，陈衍甚至说："诗情幽、诗笔峭者，其人多瘦。"⑤ 直接从诗歌风格中判断诗人的形体。依此类推，著名的郊寒岛瘦，未始不可以推论孟郊、贾岛的寒瘦之相也。如程敏政《瘦竹卷跋》："予观古人，若沈约之

---

① [明] 李时勉：《古廉文集》卷八，影印文渊阁《四库全书》集部第1242册，第796页。
② [南朝梁] 刘勰撰，[清] 黄叔琳辑注：《文心雕龙辑注·时序》，第172页。
③ [清] 赵翼：《瓯北诗话》卷一，北京：人民文学出版社1963年版，第3页。
④ 吴企明：《李贺资料汇编》，北京：中华书局1994年版，第199页。
⑤ 陈衍：《石遗室诗话》卷三十，北京：人民文学出版社2004年版，第493页。

病，贾岛之诗，钟繇之字，皆以瘦名世。……君之身瘦而长，时出其诗瘦而清。见其字于篆籀图史，瘦而劲。"① 长相清瘦不但与诗歌清瘦，而且进而与书法清瘦发生了联系。又如陆时雍《诗镜总论》说："凡骨峭者音清，骨劲者音越，骨弱者音库，骨微者音细，骨粗者音豪，骨秀者音冽，声音出于风格间矣。"② 有不同的骨相，不同的音节，斯有不同的文风，谓之观诗也可，谓之观人也可。以相貌取文，说到底是"文如其人"的偏颇，自有其不合理之处，但在观人诗学批评的诗性思维中，却是合情合理的。然而以貌取人，犹且失之子羽，何况诗乎？

此外，还有一些偏重创作主体的性格、气质、修养等，如"胸襟""胆识"等概念，既是观人学的观察对象，也是诗学范畴，都对作家、作品风格的形成产生影响。叶燮《原诗》说："我谓作诗者，亦必先有诗之基焉。诗之基，其人之胸襟是也。有胸襟，然后能载其性情、智慧、聪明、才辨以出，随遇发生，随生即盛。"③ 诗人的"胸襟"可以涵盖才、胆、识、力，自然其人、其诗的风格也因此获得不同的展示。

以上影响诗歌风格的诗人才性、品格、性情、心情、身份、年龄与体貌、胸襟、胆识等因素，其实都是观人所考量的内容。观人学从德本论发展到才性论，也影响了诗学批评由教化论发展到才性论、风格论，标志着诗学批评由社会教化论向作家论转移，由作家的道德批评向才性、风格批评转移，由观人到观诗的过渡，又建立了反向的由诗歌品评而到诗人批评（如人格的优劣、高下等），由观诗到观人（心术、品格、性格乃至年寿、祸福、体貌等），提出了"诗如其人""诗品如人品"的归结性论点，又进一步强化了观人学与诗学的关系，强化了诗歌与诗人的关系。风格批评通过辨别风格、鉴赏风格、评价风格来揭示风格的成因，揭示风格中所显示的诗人与作品的关系，探溯诗歌与作家心性、心智、心灵、心情、才性、品格、性情、性格、身份、年龄甚至是体貌、寿夭的关系，有利于认清诗人在创作中的创造作用，观察诗人在作品中的个性表现，认识诗人在文学中的地位和价值。当然风格批评也有它的局限，比如对风格的类型划分不是科学的，其间既有区别，又有相近、相似之处；风格批评往往是模糊批评，将诗人与诗作固定化、定型化，从而将风格作为条条框框以限定诗人的创作。特别是诗品与人品之间往往存在

---

① 吴文治：《明诗话全编》二，第1607页。
② ［明］陆时雍：《古诗镜·诗镜总论》，影印文渊阁《四库全书》集部第1411册，第11页。
③ ［清］叶燮：《原诗》卷一《内篇上》，北京：人民文学出版社1979年版，第17页。

误读的情况,"诗如其人"似乎将诗歌作品等同于诗人,弱化了诗歌艺术的相对性与独立性。

才性论与风格论,构成了诗学的作家论与风格论,都是受到观人学影响而建立起来的诗学理论,是观人学中以人观诗、以诗观人的必然结果。二者虽然不同,但关系密切,诗学在才性论的基础上探讨诗人独特的创作风貌,于是产生了风格论。由于诗人在创作中居于主导地位,因此作家论在诗学中也居于主导地位,才性批评、风格批评成为诗歌风格论的核心。

第三节 人格批评:从观人学到诗学

从观人学发展到诗学,形成了中国诗学批评上的一个源远流长的传统理论:风格也是人格,正如詹安泰所谓:"古以风格品第人物,盖犹风度、品格之约辞,译以今义,实全人格之总称也。""人之风格如何,可以决定人品之高下。因之,诗之风格如何,亦可以决定诗品之高下。"① 举释皎然《诗式》以十九字总括诗的风格为例,其中有专言人格者,如"临危不变曰忠","持操不改曰节";有专言诗格者,如"体格阔放曰逸","体裁劲健曰力";有互言人格与诗格者,如"放词正直曰贞","词温而正曰德"。虽若糅杂不纯,分辨未精;而以才性体制,俱存风格,不即不离。人格、诗格,相提并论,比象精确。所以从这个意义上说,人的品格批评,也是人的风格批评;诗的品格批评,也是诗的风格批评。"才性"论、言志说、言情说评析的发展和观人学的风行,使学者的人格批评意识十分强烈,品鉴方法也日趋成熟,从而促进了观人学的"人品"理论到诗学的"诗品"理论的形成、发展和转换。由于当时人们没有把作为观人学范畴的"风格"概念和作为诗学范畴的"风格"概念严格区别开来,所以传统诗学常用这个伦理学范畴色彩强烈的概念来评价一个诗人及诗作的风格。于是乎"文如其人""诗如其人"成为一种共识,无怪乎人们把"风格"理解为"道德人格",把观人学简单类比诗学,并提出诗文反过来又可以观人,这种观点始于春秋"断章取义",赋诗言志。《春秋传》:"诸侯大夫燕享,则赋诗。听者感叹,因占其人生平。"② 后来以诗观人、验人的观人诗学批评俯拾即是。白居易

---

① 詹安泰:《论诗之风格》,《徐州工程学院学报》2014第9期,第61~63页。
② [明]郝敬《艺圃伧谈》卷一,吴文治:《明诗话全编》六,第5901页。

《读张籍古乐府》说:"言者心之苗,行者文之根,所以读君诗,亦知君为人。"① 陆游《上辛给事书》说:"人之邪正,至观其文则尽矣、决矣,不可复隐矣。"② 江盈科《雪涛诗评·诗品》指出:"若系真诗,则一读其诗而其人性情入眼便见。"③ 这些观点进一步强化和深化了"诗如其人""诗品即人品"的思想,也更加密切了观人学与诗学的关系。这种因观人观诗,透过文本发现其中的人格精神,形成文本向人格的归依,形成了观人诗学中的人格批评。

一 君子人格、自然人格、圣人人格

理想人格与理想诗风,体现了观人学与诗学价值取向的同构,成了观人学与诗学的人格批评的重要内容。这依然与才性之辨演变成以中庸自然为终极价值的观人学形态有关,体现了儒家、道家、玄学对观人学、诗学人格批评的不同影响。

(一) 儒家的君子人格批评

孔子说:"里仁为美。"(《论语·里仁》)孟子说:"充实之谓美。"(《孟子·尽心下》)以天下为己任,奉道德为圭臬,"致君尧舜上,再使风俗淳"④,让人通过修身、齐家至治国、平天下,自觉践行道德规范,最终成仁成圣。儒家观人学强调人格之美,也影响到文艺批评。"诗如其人"首先要求做人,形成了儒家伦理诗学批评。《论语·八佾》:"子谓《韶》:尽美矣,又尽善也。谓《武》:尽美矣,未尽善也。"论乐如论诗。作为人格道德的"善",必然高于艺术的"美",艺术"美"服从于道德"善",这就是典型的儒家伦理学阐释,影响到后来的伦理式诗学批评。

伦理式诗学批评,最典型的就是以君子与小人、圣人与贤人来品第诗人诗作,确定君子型人格、圣人型人格批评。以君子、小人观人,儒家常见,如《论语·雍也》"文质彬彬,然后君子",这就是孔子从观人学到文学批评上"君子观"的最直接表述,不但观人,亦可以观诗。君子之道也是儒家为文为诗之道、观诗之道,其诗学观也可称之为"君子诗学观"。《孟子·告子下》里有一段论诗对话:

---

① [清] 彭定求等:《御定全唐诗》卷四百二十四,第 194 页。
② [南宋] 陆游:《陆游集·渭南文集》第十三卷,北京:中华书局 1976 年版,第 2087 页。
③ [明] 陶珽:《说郛续》卷三十四,清顺治三年(1646)宛委山堂刊本。
④ [唐] 杜甫《奉赠韦左丞丈二十二韵》,[清] 彭定求等:《御定全唐诗》卷二百十六,第 2 页。

公孙丑问曰:"高子曰:'《小弁》,小人之诗也。'"孟子曰:"何以言之?"曰:"怨。"曰:"固哉,高叟之为诗也。……《小弁》之怨,亲亲也。亲亲,仁也。"曰:"《凯风》何以不怨?"曰:"《凯风》,亲之过小者也;《小弁》,亲之过大者也。亲之过大而不怨,是愈疏也;亲之过小而怨,是不可矶也。愈疏,不孝也;不可矶,亦不孝也。孔子曰:舜其至孝矣,五十而慕。"①

用君子、小人的观人标准评诗,是儒家以仁义道德观诗的常见理路。《小弁》中的父亲驱逐儿子,犯了大的过错,所以儿子抱怨是应该的,算不上"小人之诗"。《凯风》里的母亲的过错小,七个儿子颂母自责,语意感人,自然不能算怨,反而是一首赞美孝子的诗。孟子将孔子"诗可以怨"界定在儒学"仁义道德"的内涵和"中庸"的表达方式中,从而确定了对诗情感及价值评价的评估标准,体现了儒家观人批评思想。扬雄《法言·君子》直接以观人学上的君子、小人观来进行文学批评:"或问:君子言则成文,动则成德,何以也?曰:以其䐃中而彪外也。"②后来诗学、文论推崇"君子型人格"者越来越多,并扩展到词学,以诗词观人:

> 子谓文士之行可见:谢灵运,小人哉,其文傲,君子则谨;沈休文,小人哉,其文冶,君子则典;鲍照、江淹,古之狷者也,其文急以怨;吴筠、孔珪,古之狂者也,其文怪以怒。③
> 故其人之光明正大,疏畅洞达,无纤芥可疑者,必君子也。洴忍诡怪,闪倏狡狯,不可方物者,必小人也。④
> 至苏州、次山诗,不必考其本末,辨其诚伪,一望而信其为悱然忠厚、淡泊近道之君子也。⑤
> 余谓论词莫先于品。美成词信富艳精工,只是当不得个"贞"字。……周美成律最精审,史邦卿句最警炼,然未得为君子之词者,

---

① [东汉]赵岐注,[北宋]孙奭疏:《孟子注疏》卷十二,影印文渊阁《四库全书》经部第195册,第264~265页。
② [西汉]扬雄:《法言》卷九,北京:中华书局1985年版,第37页。
③ [隋]王通:《中说》卷上《事君篇》,北京:中华书局1985年版,第9页。
④ [明]俞弁《山樵暇语》卷第一,吴文治:《明诗话全编》三,第2441页。
⑤ [清]方贞观《方南堂先生辍锻录》,郭绍虞:《清诗话续编》四,上海:上海古籍出版社1983年版,第1941页。

周旨荡而史意贪也。①

刘熙载继承了前人在诗品与人品问题上的理论观点，他所说的"品"，主要指人的思想道德品格。以人品的高下来判断诗词的高下："诗品出于人品。人品悃款朴忠者最上，超然高举，诛茅力耕者次之，送往劳来、从俗富贵者无讥焉。"② 刘熙载心目中的君子型人格，就是"循理者为君子，徇欲者为小人"③。以理（道）与欲划分君子、小人，君子型人格如"王沂公平生之志不在温饱，范文正公做秀才时便以天下为己任"④。这就是典型的儒家人格。这种人格对他的诗评影响很大。综合刘熙载的观人学与诗学言论，他已将"诗如其人"提升至学理层面：儒家的人格美与经世功业、道德操守紧密相连，以儒家主导的人格批评，塑造了杜甫诗歌的伟大人格，这就决定其诗发乎性，笃于伦谊，止乎忠孝，博采众家之长，从心所欲不逾矩，树立了"诗圣"的典范。

（二）道家与玄学的自然人格批评

与儒家重经世功业、道德操守的君子人格不同，道家则塑造了重率性任真、超凡脱俗的自然人格。庄子描绘了"藐姑射之山，有神人居焉，肌肤若冰雪，绰约若处子。不食五谷，吸风饮露"的"神人"形象（《庄子·逍遥遊》），由此衍生出道家的观人标准，"法天贵真"。法天就是"道法自然"（《老子》二十五章）。魏晋"雅好老庄"，"越名教而任自然"，多以"自然"观人，如阮籍"自然高迈"⑤，嵇康"天质自然"（《晋书·嵇康传》），赞赏他们风格气质超凡不俗，透过外在的形体展现出人的精神之美、灵魂之美。贵真，崇尚朴素自然真实之美，探取内心深处的真性情、真情感，是人格生命的本源。《世说新语》中士人们的任诞行状，简傲性情，比如刘伶的裸形纵酒、王平子的爬树取鹊、阮籍的居丧毁礼、王羲之的坦腹东床、王子猷的雪夜访戴等，显示了对虚伪名教的鞭挞，对真实人性的追求，体现了"真在内者，神动于外"（《庄子·渔父》）的道家精神。魏晋玄学以老庄为依归，对个性自由的张扬，导致了魏晋观人学对自然人格的崇尚，发现了自然人格美。这种人格精神从观人学到诗学，形成了以道家主导的人格批评，塑造了李白诗歌的伟大人格，从

---

① ［清］刘熙载：《艺概》卷四《词曲概》，第109～110页。
② ［清］刘熙载：《艺概》卷二《诗概》，第82页。
③ ［清］刘熙载：《持志塾言》卷下《人品》，《刘熙载文集》，南京：江苏古籍出版社2001年版，第30页。
④ ［清］刘熙载：《持志塾言》卷上《立志》，《刘熙载文集》，第7页。
⑤ ［南朝宋］刘义庆撰，刘孝标注：《世说新语·德行》注引《魏氏春秋》，第34页。

容于法度之中，变化无方，树立了"诗仙"的典范。

率性任真的发展结果，就是"一往情深"。以"情"观人，已见前述。先秦两汉儒家、宋时理学承认人有七情六欲，但宗旨是以礼制欲、以理节情；道家则漠视个体情感，主张清心寡欲；玄学则强调人性自然，弃礼存情。所以观人学与哲学上的崇尚自然，存在着派别的不同，对诗学影响也不同。先秦两汉的儒家虽不废情，但强调"发乎情，止乎礼义"；这种思想支配下地诗歌只能成为"言志"和"载道"的工具，形成"崇德"为内核的伦理道德诗学批评；魏晋玄学试图摆脱儒家伦理政治的束缚，创造了一个"美在深情"的时代，崇尚个体情感的自由，因而构建"尚情"为内核的审美诗学批评。观人学不仅仅"主情"，而且"贵真"，即以情感的自由抒发、自然为美，反对矫揉造作，也影响诗歌创作以及诗学批评标准：1. 诗歌创作方面，士人往往崇尚创作构思的天工自然，反对违背创作规律，为文造情，矫揉造作。《文心雕龙·明诗》说："人禀七情，应物斯感，感物吟志，莫非自然。" 2. 诗歌批评方面，亦以自然率真为评判诗歌价值的重要标准。钟嵘在《诗品》赞赏陶诗的质直天然，"文体省净，殆无长语；笃意真古，辞兴婉惬。每观其文，想其人德。世叹其质直"①。这种倡导自然率真的审美倾向与《世说新语》中的观人学"贵真"相一致，成为中国诗歌理想的境界，如司空图《二十四诗品·自然》一品是这样描述的："俯拾即是，不取诸邻。俱道适往，著手成春。如逢花开，如瞻岁新。真与不夺，强得易贫。幽人空山，过雨采苹。薄言情悟，悠悠天钧。"② 强调自然风格的天然体道境界，诗歌艺术也就进入了最高的审美境界。

（三）儒道结合的"圣人人格"批评

刘劭《人物志》中推出的理想人格模式，是援道入儒、儒道结合的一种中庸的"圣人人格"模式，这反映在他的才性分类批评中。刘劭将人禀赋的材性分为兼德、兼材、偏材三类，偏材之人虽然也肯定了现实个体人格价值，但他心目中的理想人格是五德完备之人："凡人之质量，中和最贵矣。中和之质必平淡无味，故能调成五材，变化应节。是故观人察质，必先察其平淡，而后求其聪明。"（《人物志·九征》）"夫中庸之德，其质无名。故咸而不碱，淡而不䐄，质而不缦，文而不缋。能威能

---

① ［南朝梁］钟嵘：《诗品》卷二，第196页。
② ［清］何文焕：《历代诗话》上，第40页。

怀，能辨能讷，变化无方，以达为节。"① 这里描述"圣人"的基本呈现状态是中和平淡、阴阳清和。这是在儒家中庸、中和思想的基础上，融进了道家"大音希声，大象无形"（《老子》四十一章）的文化元素。这种玄味十足思维主导下的人格批评，造就了陶渊明诗歌的伟大人格与平淡清远的诗风。

"远"是魏晋观人学的重要标准，如裴楷观山涛"幽然深远"（《世说新语·赏誉》），孙绰观许掾"远有致思"，观殷洪远"高情远致"（《品藻》）等。作为人格批评的审美范畴，"远"表现为一种"越名教而任自然"自由人格精神。陶渊明《饮酒》诗所谓"结庐在人境，而无车马喧。问君何能尔，心远地自偏"②，描述的就是这种精神。"远"还可以是一种纵浪大化、神游天倪、与万物为一体的宇宙情怀，如其《形影神赠答诗》所谓"纵浪大化中，不喜亦不惧"③，前一句可谓"宇宙观"，宇宙万物无非大化流变；后一句可谓"人生观"，在宇宙变化面前做到不以物喜，不为己忧。这些反映了东晋孙绰"托怀玄胜，远咏老庄，萧条高寄，不与时务经怀"（《世说新语·品藻》）、谢尚"自有天际真人想"（《世说新语·容止》）的生活理想。陶渊明的人格主要体现在寡默任放、委运任化、独立率真、安贫守志、重亲情友情等方面，正如潘德舆所评："愚尝谓陶公之诗，三达德具备：冲澹虚明，智也；温良和厚，仁也；坚贞刚介，勇也。盖夷、惠之间，曾皙、原思之流，右丞、左司尚不能尽其阃奥所在，况馀子哉？"④ 陶渊明外表宁静而平和，内心却深富情感，是晋代玄学的典型产物；诗如其人格，故其诗也淡而弥永，朴而愈厚，质而实绮、癯而实腴，夐出流俗，无意于佳乃佳，树立了平淡自然的典范，也是儒道结合的"圣人人格"典范。可惜由于东晋士人观人的审美价值取向平淡，但诗学的审美价值取向在于绮丽，因而陶渊明诗歌平淡清远之美尚未引起重视，钟嵘《诗品》还将他置于中品；但到了晚唐特别是北宋以后，平淡之美才获重视，因之陶诗的价值才得到尊重。诗学之推崇平淡，与观人学之重视平淡如出一辙。所以潘德舆调和儒、道说："两汉以后，必求诗圣，得四人焉：子建如文、武，文质适中；陶公如夷、惠，独开风教；太白如伊、吕，气举一世；子美如周、孔，统括千

---

① ［三国魏］刘邵撰，［五凉］刘昞注：《人物志》卷上《体别》，影印文渊阁《四库全书》子部第848册，第764页。
② 逯钦立：《先秦汉魏晋南北朝诗》晋诗卷十七，北京：中华书局1983年版，第998页。
③ 同上书，第990页。
④ ［清］潘德舆：《养一斋诗话》卷十，北京：中华书局2010版，第158页。

秋。"① 这些对诗歌理想的人格批评，体现了不同思想主导下的观人学人格批评的影响。

二 诗品即人品：人格批评模式辩证

受观人学影响，诗学一系列命题，"诗如其人""诗品即人品""风格即人"，具有一定的合理性。诗人的人品与诗品存在一定联系，人品高尚，诗品即高尚，反之亦然。吴承学说："从总体上看，大多数作家诗人的人品与文品是统一的，因为在整个创作过程中，如心物交融、艺术想象、艺术构思、语言表达等始终离不开创作主体的指导，人格是创作主体的重要方面。作家的人品、情操、思想境界都制约着作品的格调境界。"② 这符合我国诗歌创作实际情况。潘德舆评："杜荀鹤诗品庸下，谄事朱温，人品更属可鄙。"③ 又评杜牧道："史称其刚直有大节，余观其诗，亦伉爽有逸气，实出李义山、温飞卿、许丁卯诸公上。"④ 扬杜牧而抑杜荀鹤，就体现出人品与诗品成正比的倾向观点。所以，在人品与诗品的关系中，人品居于主导地位，人品决定诗品。与观人学以君子、小人观人相应，传统诗学常以君子、小人论诗，人品不佳，即使艺术成就再高，也不值得学习与欣赏。这种观点走向偏激、片面了，如潘德舆说："若其人犯天下之大恶，则并其诗不得而恕之。故以诗而论，则阮籍之《咏怀》，未离于古；陈子昂之《感遇》，且居然能复古也。以人而论，则籍之党司马昭而作《劝晋王笺》，子昂之谄武曌而上书请立武氏九庙，皆小人也。既为小人之诗，则皆宜斥之为不足道。"⑤ 观人学以"忠奸"观人，以辨忠奸为首务。受其影响，诗学亦以"忠奸"论诗，如潘德舆道："颜、谢诗并称，谢诗更优于颜。然谢则叛臣也。……故予欲世人选诗读诗者，如曹操、阮籍、陆机、潘岳、谢灵运、沈约、范云、陈子昂、宋之问、沈佺期诸乱臣逆党之诗，一概不选不读，以端初学之趋向，而立诗教之纲维。"⑥ 全是从君子小人、忠奸上立论，从观人学上来说尚且偏颇，即从诗学批评来说，因为人品而否定其诗品，结果观人批评取代了诗学批评，体现了观人学对诗学批评的负面影响。

诗不如其人、诗品非人品、风格与人格不一致的情况往往存在。元

---

① ［清］潘德舆：《养一斋诗话》卷三，第 48 页。
② 吴承学：《中国古代文体学研究》，北京：人民出版社 2011 年版，第 188 页。
③ ［清］潘德舆：《养一斋诗话》卷四，第 68 页。
④ ［清］潘德舆：《养一斋诗话》卷十，第 161 页。
⑤ ［清］潘德舆：《养一斋诗话》卷一，第 7 页。
⑥ ［清］潘德舆：《养一斋诗话》卷三，第 46～47 页。

好问《论诗三十首》就指出潘岳的人格和艺术品格的对立，"心画心声总失真，文章宁复见为人"，对传统的"言为心声，书为心画"说提出挑战。这说明诗品与人品有一定的差异性或相反性：

《传》言："（温）庭筠薄于行，执政鄙其为人。"今观其七言律格虽晚唐，而清逸闲婉，殊无尘俗之态，何也？曰：摩诘、应物所谓"有德者必有言"，庭筠之诗，则有言者，未必有德也。①

诗词原可观人品，而亦不尽然。诗中之谢灵运、杨武人，人品皆不足取，而诗品甚高。尤可怪者，陈伯玉扫陈、隋之习，首复古之功，其诗雄深苍莽中，一归于纯正，就其诗以论人品，应有可以表见者，而谄事武后，腾笑千古。②

伯敬云："（宋）之问躁竞人，其为诗深静幽适……有绝不似其人者。"③

陈后山为人极清苦，诗文皆高古，而词特纤艳。④

上官仪诗多浮艳，以忠获罪；傅玄善言儿女之情，而刚正嫉恶，台阁生风。⑤

（蒋）苕生性好诙谐，为诗则极严正；（赵）雪松褆躬以礼，而诗乃多近滑稽之雄，使人失笑。⑥

清代著名学者纪昀也深感"以文观人""以人观文"之说过于绝对，他说："彦和《体性》之论，不过约略大概言之，不必皆确。百世以下，何由得其性情？人与文绝不类者，况又不知其几耶！"⑦ 所以，"诗如其人"并不总是"同形同构"的关系。人品与诗品不一的原因，归纳为几种情况：有的是"诗中无我"，但见伪饰，不见面目；有的是诗词分疆，体裁不同，风格不同；就是同一个诗人，也往往具有多重性，可以写出不同风格的作品。弗洛伊德将人格结构划分为三个层次：本我、自我、

---

① ［明］许学夷：《诗源辩体》卷三十，北京：人民文学出版社1987年版，第291页。
② ［清］陈廷焯：《白雨斋词话》卷五，北京：人民文学出版社2001年版，第132页。
③ ［明］赵士喆《石室诗谈》卷下，吴文治：《明诗话全编》十，第10566页。
④ ［明］杨慎：《词品》卷三《陈后山》，上海：上海古籍出版社2009年版，第74页。
⑤ ［清］袁枚：《随园诗话》卷五，第160页。
⑥ ［清］尚镕《三家诗话·三家分论》，郭绍虞：《清诗话续编》四，第1926页。
⑦ 王水照：《历代文话》八《古文辞通义》，第7822页。

超我①。"本我"是在潜意识形态下的思想，代表思绪的原始程序——人最为原始的、属满足本能冲动的欲望；自我是人格的心理组成部分，现实原则暂时中止了快乐原则；超我是人格结构中的管制者，由完美原则支配，属于人格结构中的道德部分。本我、自我、超我构成了人的完整的人格。这说明人不是简单的动物，所以批评标准也不应是简单、机械的。只强调同一作家作品风格的一致性，就必然掩盖多样性。风格类型化、固定化、模式化在一定程度上影响风格的多样化和风格的发展。"诗如其人""诗品即人品"诗歌批评的不合理成分，最突出的是把"人"狭隘地理解为伦理学的"人"，即人格；把"诗如其人"理解为"诗品即人品"，甚至是"风格即人"，在诗学批评的实践过程中又往往出现偏差，出现了以人论诗、因人废诗、因人恶诗、因人爱诗的极端趋尚。

观人诗学虽然存在着对"诗如其人"的泛化理解，走向了诗歌人格批评的极端，一定程度上把诗歌批评引入歧途，但诗学也在不断修复它在批评实践过程中的极端错误：

1. 它强调"诗中有我"。与观人学追求"宁作我"(《世说新语·品藻》)，"我自用我法"(《方正》)相应，刘熙载继承和发展了"诗中有人"的思想，明确提出文艺作品中要有个"我"或者"自家"：

> 周秦间诸子之文，虽纯驳不同，皆有个自家在内。②
> 诗不可有我而无古，更不可有古而无我。③
> 昔人词咏古咏物，隐然只是咏怀，盖其中有我在也。④
> 偶为书诀云："古人之书不可学，但要书中有个我。我之本色若不高，脱尽凡胎方证果。"不惟书也。⑤

散文、诗、词曲与书法，在刘熙载眼里，都要强调"我"或者"自家"，强调艺术创造中的审美主体。刘熙载反复强调"艺"中须有"我"在，有我便有个性，便有独特风格，无"我"便无"艺"。主体自身的价值是诗歌审美价值的主要构件，在人的创作活动与审美实践中，"诗"与"我"，客体与主体之间相互制约，相互影响。

---

① [奥] 西格蒙德·弗洛伊德：《弗洛伊德自述》，天津：天津人民出版社2010年版，第72~76页。
② [清] 刘熙载：《艺概》卷一《文概》，第9页。
③ [清] 刘熙载：《艺概》卷二《诗概》，第82页。
④ [清] 刘熙载：《艺概》卷四《词曲概》，第118页。
⑤ [清] 刘熙载：《游艺约言》，《刘熙载文集》，第755页。

2. 它强调"观诚"。这一点也来自观人学上的修正。《大戴礼记·文王官人》中的"六征"观人法,第一就是"观诚"①。邵祖平解释说:"观诚者,观验其诚也。《孔子家语》云:诚于此者形于彼。是诚之足观者。"② 因为观人学面临着"人心险于山川,难于知天","人者厚貌深情"(《庄子·列御寇》),"人技未易知,真伪或相似"(《抱朴子·行品》)的问题,所以观人更加需要"观诚""观隐"工夫;同样诗学领域也出现人品与诗品不一致的问题,所以诗学亦重诚,方东树重申儒家传统,主张"诗以言志,如无志可言,强学他人说话,开口即脱节,此谓言之无物,不立诚"③,"最要是一诚,不诚无物","修辞立诚,未有无本而能立言者"④,"立诚则语真,自无客气浮情、肤词长语、寡情不归之病"⑤。方东树的"立诚",自然是主张"情真意挚""有真怀抱"的真实发露,反对"强哀""强笑"的虚情假意,反对缺乏真情、纯粹摹古的形式主义诗风。当然,对诗品与人品不统一的作家,也不能一概视为"虚伪""伪善",如袁枚提到:"杨刘诗号西昆体,词多绮丽。《宋史》:杨文公之正直,人皆知之;刘筠知制诰时,不肯草丁谓复相之诏。"⑥ 因为古人生活领域不同,情感、态度亦异:立朝忠鲠肃穆,处家礼法森严,娱乐则放浪形骸。是以一代名臣如寇莱公、文潞公、赵清献公,亦不免有温、李之体⑦。作品中的"自我"与生活中的"自我",就作家人格整体来说,都是真实的,只是属于人格的不同层次、侧面罢了。

3. 它强调必须分清"全面目"与"半面目"、"本相"与假相、"本色"与"设色"。这些术语也来自观人学。面目是生命的外在体相,而相面目是观人相术之一法,被借鉴到诗学批评之中,所谓"人有面目骨骼,有情性神气;诗之丑好高下亦然"⑧。通过相诗之面目,把握到诗人及诗作之性情,这就是诗家"相面"之法。但如何相诗之面目?一相诗人的"自家面目",反对摹古,尤侗《吴虞升诗序》批评说:"有人于此,面目我也,手足我也,一旦憎其貌之不工,欲使眉似尧,瞳似舜,

---

① [西汉] 戴德:《大戴礼记》卷十,影印文渊阁《四库全书》经部第128册,第498~499页。
② 邵祖平:《观人学》上篇《原理》第二章,北京:中国档案出版社1998年版,第25页。
③ [清] 方东树:《昭昧詹言》卷一,第2页。
④ 同上书,第3页。
⑤ [清] 方东树:《昭昧詹言》卷十四,第381页。
⑥ [清] 袁枚:《随园诗话》卷七,第222~223页。
⑦ [清] 袁枚:《随园诗话》卷五,第161~162页。
⑧ [元] 杨维桢:《东维子集》卷七《赵氏诗录序》,影印文渊阁《四库全书》集部第1221册,第437页。

乳似文王，项似皋陶，肩似子产，古则古矣，于我何有哉？今人拟古，何以异是？"① 曾可前《瓶花斋集序》引袁宏道语："文必摹秦汉，诗必袭杜陵，此自世儒大病。夫人自有真面目，谓学文者必四乳，学孔者必河目隆颡，无学久矣。"② 所以，"词必己出"（韩愈《南阳樊绍述墓志铭》），摹古诗而无我面目，是不能从"诗品出人品"的。二相诗人的"有我之灵魂"，方东树评刘长卿《过贾谊宅》曰："所谓魂者，皆用我为主，则自然有兴有味。否则有诗无人，如应试之作，代圣贤立言，于自己没涉。公家众口，人人皆可承当，不见有我真性情面目。"③ 因此反对诗教要求诗人代圣贤立言，主张"凡事必陶冶古人，自成面目"④，必尽去古人之面目，着我之面目。官样应制之诗与摹古之作，皆失去"我之面目"，因此也是不能从"诗品出人品"的。三相诗人的"全面目"，叶燮论诗家相面目之法，说：

> 作诗有性情，必有面目。……如杜甫之诗，随举其一篇，篇举其一句，无处不可见其忧国爱君，悯时伤乱，遭颠沛而不苟，处穷约而不滥，崎岖兵戈盗贼之地，而以山川景物，友朋杯酒抒愤陶情，此杜甫之面目也。……举韩愈之一篇一句，无处不可见其骨相棱嶒，俯视一切，进则不能容于朝，退又不肯独善于野，疾恶甚严，爱才若渴，此韩愈之面目也。举苏轼之一篇一句，无处不可见其凌空如天马，游戏如飞仙，风流儒雅，无入不得，好善而乐与，嬉笑怒骂，四时之气皆备，此苏轼之面目也。此外诸大家虽所就各有差别，而面目无不于诗见之。其中有全见者，有半见者，如陶潜、李白之诗，皆全见面目；王维五言则面目见，七言则面目不见。⑤

沈德潜也有类似观点："性情面目，人人各具。读太白诗，如见其脱屣千乘；读少陵诗，如见其忧国伤时。其世不我容，爱才若渴者，昌黎之诗也；其嬉笑怒骂，风流儒雅者，东坡之诗也。"⑥ 这些论述风格的类

---

① ［清］尤侗：《尤侗集·西堂杂俎二集》卷三，上海：上海古籍出版社2015年版，第180页。
② 李健章：《〈袁中郎行状〉笺证》十七"详所著书，彰其才学"，武汉：武汉大学出版社2012年版，第293页。
③ ［清］方东树：《昭昧詹言》卷十八，第420页。
④ ［清］李慈铭：《越缦堂诗话》卷下之下，《越缦堂诗文集》下，上海：上海古籍出版社2012年版，第1524页。
⑤ ［清］叶燮：《原诗》卷三《外篇上》，第50～51页。
⑥ ［清］沈德潜：《说诗晬语》卷下，北京：人民文学出版社1979年版，第257页。

似文字，可视为"风格即人格""诗如其人"的一种确证。诗学以相面之法进行风格批评，论诗家面目的，屡见不鲜，如"（陈）正字古奥，（张）曲江蕴藉，本原同出嗣宗，而精神面目各别"①，李白面目是"于雄快之中得其深远宕逸之神"②，高适面目是"风流豪迈"③，不胜枚举。同是盛唐面目，明七子认为是"高华壮丽"，而清王士禛则认为是王孟的"平淡清远"一路，故选《唐贤三昧集》，自称是"剔出盛唐真面目与世人看"④。这里的"面目"涉及作家或时代的个性风格的因素，面目"半不见""全不见"者，也是不能从"诗品出人品"的。四相诗人的"真相"（或"本相"）、"本色"，而不要被"假相""设色"或"借色"迷惑。观人的真相（或本相）与假相、本色与借色，是观人学中的观相察色之术，涂脂抹粉是无法观察到人的真相、真色，这种观念也被转换到诗学中。诗学推崇本相、本色，如许学夷评"绮靡者，六朝本相；雄伟者，初唐本相也。故徐、庾以下诸子，语有雄伟者为类初唐；王、卢、骆，语有绮靡者为类六朝"⑤；"（七言四句）至王、卢、骆三子，律犹未纯，语犹苍莽，其雄伟处则初唐本相也"⑥，《唐诗镜》评李白诗曰："所谓逸兴遄飞，此等处是太白本相。"⑦ 这里的本相（性情、气质、思想、个性），即我们今天所说的"风格个性"，而不是单指作家的"人格"因素，也包括时代风格。本相、本色从某种意义上说，也是"真面目"的代名词，唐顺之《又与洪方洲书》："诗文一事，只是直写胸臆……使后人读之，如真见其面目，瑜瑕俱不容掩，所谓本色，此为上乘文字。"⑧ 诗学同时也反对假相、借色，如刘熙载《诗概》论"诗有借色而无真色，虽藻缋实死灰耳"⑨，所谓假相、借色、设色，与真相、真色（正常面色）相对，淹没了真面目，因此没有生命力，也是不能从"诗品出人品"的。

我们在观察"诗如其人""诗品即人品""风格即人格"的理论时，既要看到观人学对诗学的合理影响与负面影响，也要看到这种理论的自

---

① ［清］沈德潜：《唐诗别裁集》卷一，上海：上海古籍出版社1979年版，第8页。
② ［清］沈德潜：《唐诗别裁集》卷六，第183页。
③ ［清］焦袁熹《此木轩论诗汇编》评高适《邯郸少年行》语。陈伯海：《唐诗汇评》上，杭州：浙江教育出版社1995年版，第876页。
④ ［清］何世璂《然灯纪闻》，丁福保：《清诗话》上，第122页。
⑤ ［明］许学夷：《诗源辩体》卷一二，第140页。
⑥ 同上书，第143页。
⑦ ［明］陆时雍：《唐诗镜》卷十七，影印文渊阁《四库全书》集部第1411册，第454页。
⑧ ［明］唐顺之：《荆川先生文集》卷七，《四部丛刊初编》影印明刻本。
⑨ ［清］刘熙载：《艺概》卷二，第65页。

我修复的一面，它不是机械的，而是灵活的；不是排斥的，而是包容的。我们不能一味从古，也不可轻易否定古人。我们可以通过对诗歌作品中气色、情性、音节、体格、特性等形质进行审美观照，把握诗人内在的生命迸发、情感意绪、精神意蕴与人格精神，同时也要对诗歌的艺术进行全面观察，从而以诗论诗，人以诗重，而不是以人废诗，诗以人重，不是以人格批评取代艺术批评，应确立科学的、辩证的"诗如其人"艺术观。

如果说人格批评主张以人格精神，如圣人、君子人格与自然人格，对诗人、诗作进行批评，代表一种儒家的或道家的价值批评，那么才性批评、风格批评则是偏重于人的个性，由个性之异论及风格之异。从知人论世的角度看，才性论、风格论与人格批评是一致的，都是观人学对诗学建构影响的产物；但它们的关注内容不同：人格批评从作者的道德品性出发，追求作品中超乎艺术风格之上的一种人格精神之美；而才性批评、风格批评从作者的个性才情出发，关注作品独特的艺术风格。因此同样地说"诗类其为人"①，"诗，心声也"②，"诗如其人"（施闰章《蠖斋诗话》），"诗出于人"③，"见诗如见其人"④，或从作者才性出发，或从人格精神出发，殊途而同归，都把观人学与诗学批评联系起来，成为中国诗学一大传统。

---

① ［北宋］苏辙：《栾城集》卷八《诗病五事》，上海：上海古籍出版社1987年版，第1552页。
② ［明］宋濂：《宋濂全集·翰苑别集》卷三《林伯恭诗集序》，第1008页。
③ ［清］吴乔述：《围炉诗话》卷四，北京：中华书局1985年版，第91页。
④ ［清］徐增：《而菴说唐诗》卷之首《与同学论诗》，《四库全书存目丛书》集部第396册，第541页。

第四章　观人学与诗谶批评

中国传统文化的科学性、审美性往往与神秘性铰合在一起。观人学亦不例外。邵祖平《观人学》把"凡风鉴、星度之说""谶纬之说"排除在外①，硬生生地把它的神秘性从观人学中剥离出去，不利于把握中国观人学的全貌与特点，也不利于把握中国传统诗学批评的全貌与特点。《诗大序》曰："动天地，感鬼神，莫近于诗。"认为诗歌具有沟通天地鬼神与人的心灵的作用，给诗的功能赋予了有神论阐释，这是诗谶说赖以成立的诗学理论依据。刘开《读诗说下》进一步申论道："道德之精微，天人之相与，彝伦之所以昭，性情之所以著，显而为政事，幽而为鬼神，于诗无不可证。"② 本章探讨的诗谶批评，属于"幽而为鬼神"之事，庶几可见观人学对中国诗学的特殊影响。观人学的审美性、实证性对诗学的影响很大，它的神秘性对诗学的影响同样很大，而观人学视阈下的诗谶批评，完全印证了这一判断。

从方法论意义上看，观人学、观人诗学中的"观"字意义丰富，"除了着眼于现实的考察，'观'还具有某种非现实的神秘色彩：或是探幽寻赜，由'观'而发现玄妙规律；或是知几其神，借'观'而预测未来命运；抑或是神会心融，因'观'而超越感觉壁垒。验之早期文献，这种超越感官的神秘色彩可在《周易》《老子》《左传》以及佛教典籍中找到印证"③。从这个角度上讲，观人学、观人诗学也不应忽视这一块神秘性内容，这是由中国文化源头所决定的。

从传统的诗学批评实践来看，与传统命相学一样，古代诗学也常常探索诗歌与作者命运的关系。最早可追溯到《左传》的赋诗言志与观人观志，汉代司马迁《史记》的"究天人之际"，其《屈原贾生列传》就提到才高而命薄的屈、贾二人，启迪后人更多的思考。但儒学话语下的批评家过多归结为诗人个性张扬与道德缺陷等原因，如班固《离骚序》批评屈原的"扬才露己，怨怼沉江"，颜之推《颜氏家训·文章》归之

---

① 邵祖平：《观人学·凡例》，北京：中国档案出版社1998年版，第1页。
② ［清］刘开：《刘孟涂集》卷一，清道光六年（1826）桐城姚氏檗山草堂刻本。
③ 李建中、袁劲：《"观"之神秘性探源》，《社会科学》2014年第10期，第171页。

为"自古文人，多陷轻薄"，仍然无法解读诗学这一现象。唐代，随着以诗取士的科举制度日益发达，以诗平步青云、沉屈下僚者往往有之，文人开始自觉地探讨诗人的命相话题。杜甫《天末怀李白》提出"文章憎命达，魑魅喜人过"①，到了中唐，白居易《宣武令狐相公以诗寄赠》说"辞人命薄多无位"②，《读邓鲂诗》说"诗人多蹇厄"③，进一步拓展了诗学中的宿命论话题。韩愈"穷苦之言易好"与欧阳修"穷而后工"，以及后来的"诗能穷人"与"诗能达人"，已经从理论探索与实践总结上关注到诗人命运与作品之间的关系，涉及诗歌的功能与作用等，至王世贞《文章九命》与王晫《更定文章九命》，虽然游戏为文，却是踵事增华。一千多年的诗学探索使得这一课题更加理性化与学术化。然而，对诗歌与诗人命运的探索还有一条非理性化，或者说神秘化的发展轨迹。这就是诗谶式诗学批评。为论述方便，简称"诗谶批评"。

第一节　诗谶：诗歌的人化与神学化诠释

《说文解字·言部》："谶，验也。"谶字从言，本为出言有验，张衡《请禁绝图谶书》所谓"立言于前，有征于后"④者也。后来逐渐延及他物，凡事体之验，祥瑞妖凶之类，皆得为谶。诗谶可以上溯到谶谣、谶诗、诗妖，《国语》《左传》就记载了西周春秋时代的谶谣、谶诗。如《国语·郑语》记载宣王时的童谣："檿弧箕服，实亡周国。"由于它是口头作品，又应验了褒姒亡周，成了古老的谶谣。《左传·僖公十五年》中的卜徒父卦辞："千乘三去，三去之余，获其雄狐。"既是押韵文字，又应验了秦师三败晋军，并获晋侯的史实，也是古老的谶诗。诗谶与谶诗、谶谣都是谶，都具有"立言于前而有征于后"的功能，属于谶学范畴。所以在古书籍甚至在诗话中，诗谶与谶谣、谶诗、诗妖的概念有时相混。如《唐才子传》："（刘希夷）尝作《白头吟》，一联云：'今年花落颜色改，明年花开复谁在。'既而叹曰：此语谶也。"⑤此语谶其实是

---

① ［清］彭定求等：《御定全唐诗》卷二百二十五，影印文渊阁《四库全书》集部第1425册，台北：台湾"商务印书馆"1986年版，第137页。
② ［清］彭定求等：《御定全唐诗》卷四百三十三，集部第1427册，第291页。
③ ［清］彭定求等：《御定全唐诗》卷四百四十七，第465页。
④ ［东汉］张衡撰，张震泽校注：《张衡诗文集校注》，上海：上海古籍出版社1986年版，第361页。
⑤ ［元］辛文房撰，傅璇琮校笺：《唐才子传校笺》卷一《刘希夷》，北京：中华书局2002年版，第98页。

诗谶；至于《全唐诗》中的李遐周《题壁》诗"燕市人皆去，函关马不归。若逢山下鬼，环上系罗衣"①等，没有文学性，它其实是谶诗，而不是诗；"义髻抛河里，黄裙逐水流"，"东海鲤鱼飞上天"②，等童谣诗，其实是谶谣。从古人专门收集的诗谶来看，相当一部分不属于"立言于前"，而系后人附会的情况。

中国古代诗论有着自己的批评体系与民族特色，这一点越来越为学界认知与探索。在众多的传统诗学批评样式中，"诗谶"是一个典型。作为文体形式、谶纬形式的诗谶，以及它与诗妖、谣谶的关系，已经备受关注③；但将它认定为一种观人诗学批评、诗谶批评的形式，学界涉猎不多。如何界定作为诗论形式的"诗谶"概念？它具有哪些特殊的属性？又是如何发展成为一种诗歌批评方式的？作为一种观人诗学批评，它具有哪些理论基础与价值意义？对传统诗学体系建构有什么作用？今天又当如何认识它呢？

一 诗谶的观人学属性

作为诗论的一种特殊形式，诗谶研究的对象是诗人及其诗作，重点是研究诗作的情志、情韵、神气、气象等生命特征，以及这些生命特征所预示诗人的穷通（科举与仕途）、贫富、寿亡、祸福等命运，因而具有观人的性质。

> 孙秀既恨石崇不与绿珠，又憾潘岳昔遇之不以礼。后秀为中书令……后收石崇、欧阳坚石，同日收岳。石先送市，亦不相知。潘后至，石谓潘曰："安仁，卿亦复尔邪？"潘曰："可谓'白首同所归'。"潘《金谷集诗》云："投分寄石友，白首同所归。"乃成其谶。（《世说新语·仇隙》）

这段最早的诗谶记载，出于志人小说、观人著作。虽无明确提到"诗谶"，但实际是后世的诗谶，"论诗及事"，开后世诗谶风气之先。

诗谶的观人学价值，前人论述很多，如"（诗文）可以洞见其人之

---

① ［清］彭定求等：《御定全唐诗》卷八百六十，影印文渊阁《四库全书》集部第 1431 册，第 422 页。
② ［清］彭定求等：《御定全唐诗》卷八百七十八，第 545、547 页。
③ 吴承学：《论谣谶与诗谶》，《文学评论》1996 年第 2 期，第 103~112 页。

心术才能，与夫平生穷达寿夭。前知逆决，毫芒不失"①，"诗之作也，穷通之分可观"②，"诗占身分，往往有之"③，"文章诗歌本乎心术，著乎语言，表里洞然不可掩，故读之而性情之厚薄，品诣之邪正，遭遇之荣枯，年寿之修短，皆可豫决"④，类似诗论，不胜枚举。可以说，古人多认为诗歌可以观诗人之志，也可以观诗人性格、命运，所以被纳入观人学范畴。再举例如下：

（刘希夷）词旨悲苦……尝为《白头翁咏》曰："今年花落颜色改，明年花开复谁在？"既而自悔曰："我此诗似谶，与石崇'白首同所归'何异也？"乃更作一句云："年年岁岁花相似，岁岁年年人不同。"既而叹曰："此句复似向谶矣，然死生有命，岂复由此？"乃两存之。诗成未几，为奸所杀。或云宋之问害之。⑤

李长吉云："我当二十不得意，一心愁谢如枯兰。"至二十七而卒。陈无己《除夜》诗云："七十已强半，所余能几何？遥知暮夜促，更觉后生多。"至四十九而卒。语意不祥如此，岂神明者先授之邪？⑥

诗谶多是巧合，虽是"小说家言"，但从某种意义上来说，它的"科学依据"在于：志趣决定人生选择，性格决定人生命运。现代科学证明，经常郁郁寡欢者多看到事物的阴暗面，哀怨凄楚，心胸狭隘，遇事消沉，抑郁寡欢，易招致命疾病而夭亡。象"（李贺）人命至促，好景尽虚，故以其哀激之思，变为晦涩之调，喜用鬼字、泣字、死字、血字，如此三类，幽冷僻刻，法当夭之"⑦。其实除此外，李贺诗还好用腥、泻、惨、古、冷、狐、仙、龙、蛇等字，歌颂死亡等等，诗虽是好诗，但也反映了李贺的痼疾缠身的现实以及由此引发的阴暗心理。而乐

---

① ［南宋］陆游：《陆游集·渭南文集》第十三卷《上辛给事书》，北京：中华书局1976年版，第2087页。
② ［北宋］阮阅：《诗话总龟》前集卷五《评论门一》引《鉴戒录》，北京：人民文学出版社1987年版，第53页。
③ ［清］袁枚：《随园诗话》卷七，北京：人民文学出版社1982年版，第240页。
④ ［清］沈德潜：《沈归愚诗文全集》卷四《李兰樨时文序》，乾隆二十九年（1764）教忠堂刻本。
⑤ ［唐］刘肃：《大唐新语》卷八《文章》，北京：中华书局1984年版，第128页。
⑥ ［南宋］葛立方：《韵语阳秋》卷二，北京：中华书局1985年版，第11页。
⑦ ［明］王思任《李贺诗解序》，吴企明：《李贺资料汇编》，北京：中华书局，1994年版，第201页。

观豁达者多看到事物的光明面，豪放洒脱，心胸宽广，遇事积极，如"白居易以和易享遐龄，长吉以瑰诡而致夭折。《记》曰：和故百物不失，冬寒故景短，夏酷烈而秋悲，春日迟迟，信可乐也。知此可与言诗矣"①。撇开诗谶的神秘外衣，诗谶可以观人，在一定条件下可以成立，这也是诗谶一千多年来被诗论家们津津乐道的原因。

二 诗谶的文学属性

诗谶是人类的一种诗性活动，具有文学性。从某种意义上说，诗谶是一种"诗的语言"，是具有某种预见性的诗歌，包括那些人所创作的、预示着个人或国家的未来和命运的诗歌。既然是诗歌，就与一般的谶诗不同，具有极强的文学性。而谶诗、谣谶等就不具备这种属性。诗谶属于文学创作，尤以感时伤世、感遇抒怀、咏物咏史、赠答酬唱等题材居多，如李绅二首《悯农诗》是感时伤世诗，贾岛《下第》是落榜后的抒怀诗，孟郊《登科后》是及第后的抒怀诗，宋庠、宋祁兄弟的《落花》诗是咏物诗，王安石《明妃曲》是咏王昭君诗，潘岳《与石季伦诗》是朋友赠答诗。这些抒情性很强的文学作品，与谶学本无关联，但因为诗论家们把它们与个人或国家的命运联系了起来，进行了神秘性而不是科学性的解读，如吕温读了李绅《悯农诗》后说"此人必为卿相"，果如其言②；俞文豹评贾岛《下第》曰"略无一毫生气，宜其终生流落不偶"③；宋庠公兄弟应举，作《落花诗》，庠公诗："汉皋佩冷临江失，金谷楼危到地香。"子京诗："将飞更作回风舞，已落犹成半面妆。"夏文庄评曰："咏落花而不言落，大宋君当状元及第，又风骨秀重，异日作宰相。小宋君非所及，然亦须登严近。"后果符其言④；王安石诗有"汉恩自浅胡自深，人生乐在相知心"之句，被解作谶"靖康之祸"⑤。于是这些诗都成了"诗谶"了。

作为文学性很强的诗谶，具有一般诗歌所具备的情感审美的特质。

---

① ［清］李调元撰，詹杭伦等校正：《雨村诗话校正》卷下，成都：巴蜀书社 2006 年版，第 19 页。
② ［南宋］计有功：《唐诗纪事》卷三十九《李绅》，北京：中华书局 1965 年版，第 595 页。
③ ［南宋］俞文豹：《吹剑录全编·吹剑录》，上海：古典文学出版社 1958 年版，第 37 页。
④ ［北宋］吴处厚：《青箱杂记》卷四，影印文渊阁《四库全书》子部第 1036 册，第 626 页。
⑤ ［清］周容《春酒堂诗话》，郭绍虞：《清诗话续编》一，上海：上海古籍出版社 1983 年版，第 111 页。

从形式上来说，它是有严格的形式限制的文体，这点与谶诗、符谶、图谶、谶文、谶语相同，以其韵语行之，但又存在着本质的差别。如"黄巢令皮日休作谶词，云：欲知圣人姓，田八二十一。欲知圣人名，果头三屈律"①，虽有诗的形式，如齐言、押韵，也有双关、谐音、隐喻、直言等文学手法，但也充斥了拆字、别名、特征、五行、猜谜等游戏文字，语言单调、粗糙，特别缺乏文学作品最基本的生命要素：情感，所以它是谶诗而不是文学。其他如《乾坤万年歌》《马前课》《推背图》《藏头诗》《梅花诗》《烧饼歌》《黄檗禅师诗》等，以及算命占卜的签诗等，皆同此类。至于谶谣，与诗谶相差更远，与谶诗接近。所不同的是，谣谶则采用歌谣的形式，多孩童天真之语，刍荛游戏之言。

另外，同样有谶验，同样有神秘性，诗谶与谶诗、谶谣也不同。谶诗、谶谣纯粹是作者刻意制造的、借助诗的语言外壳以达到某种先兆的预测目的及其功利性效果；而诗谶的作者不是有意识地写成预言作品，而是把它当作文学来抒情言志，所以诗谶从形式到实质都是文学，具备文学作品的一切特征，但从接受者来看，当它与日后本事或史实相符验时，就解读成一种诗谶了。

三　诗谶的神秘特性

诗谶既具有诗歌审美的特征，也带有谶验的神秘性。历来诗谶是对文人诗词进行谶学解释，将谶的神秘性、预言性附会到诗词上，其实就是用诗占察和验证神旨，将文本的理解导向神秘主义诉求。其观察点主要有二：一是国祚之谶，与观人诗学关系不大，本文不予论述；一是人事之谶，主要谶的是诗人及相关人的穷通、贫富、寿亡、祸福等。这些命相与诗的关系显系附会，但它却是观人诗学批评的一个部分，应无疑义。诗谶的神秘性主要表现在：

（一）生命的神秘性

古今中外的文学有一个共同的特征就是关注生命。从西方来说，弗洛伊德的精神分析学、柏格森的创造进化论、尼采的"超人"说以及存在主义等，都促进了文学对生命的揭示。中国传统诗学对生命的关注，也越来越受到学界的重视。中国观人学（含相学）以中医学为基础，关注人的生命体征，影响及观人诗学，"把文章通盘的人化"，不但使诗学

---

① ［北宋］钱易：《南部新书》卷四，影印文渊阁《四库全书》子部第 1036 册，第 202～203 页。

产生了精、气、神、气象、风骨等一系列范畴，而且还从不同的气象中推断诗人的寿夭、福祸等生命的长度与密度来。所以，从某种角度上讲，中国诗学是一种生命的诗学。古代诗论认为，诗歌作品中呈现出温柔敦厚、性灵寄托、少壮言宜、德才雅丽等特征皆为寿征，若呈现出性情乖戾、意象萧索、诗气薄促、本色悖离等特征则为夭兆①。如李贺诗喜作鬼语，好歌死亡，幽僻多鬼气，关注血腥、鬼怪、死亡较多，流露出浓厚的"死亡"色彩的生命体征，比较容易观察；但说诗谶可用来预测诗人死亡的方式，就比较令人晦解，如于谦《题石灰》："千锤万斧出深山，烈火坑中过一番。粉骨碎身都不惜，只留青白在人间。"这本是一首咏物明志诗，可是诗谶却说是他后来被判凌迟的预言，所谓"公一生谶兆具是矣"②。这就纯系附会。同是对于生命的思考，科学把生命学理性化，而诗谶批评则把生命神秘化。以"人"为观察对象，中国观人学的一部分——命相学，为神秘诗学的思考注入了一股强劲的活力，催生出诗谶批评这一中国诗学批评新的理论形态。

（二）命运的神秘性

按照今天科学的解释，命运指事物由定数与变数组合进行的一种模式。命为定数，指某个特定对象；运为变数，指时空转化。命与运组合在一起，即是某个特定对象于时空转化的过程。儒家的天命观、道家的力命论、佛家因果论，还有文学家、命相学家等都对命运作过探索。诗谶则更多的是诗学家运用谶纬学、命相学原理，通过对诗歌作品的解读，而推测出诗人的命运。他们关心较多的是穷与通、贫与富、祸与福、寿与夭、科举功名的成就与否：

1. 穷通。预测仕途穷达的，如邵拙诗曰"万国不得雨，孤云犹在山"，仕宦不达而卒③；寇莱公《送人使岭》"到海只十里，过山应万重"，识者以为其憔悴窜海之兆④。李白《赠从弟南平太守之遥》"当时笑我微贱者，却来请谒为交欢"，陆游认为李白不知自家身份，"宜其终身坎壈也"⑤。这实际上印证了传统的"富贵而骄，自遗其咎"（《老子》

---

① 万伟成：《观人诗学》外编《诗谶第十八》，北京：作家出版社 2005 年版，第 253~260 页。
② ［明］王昌会：《诗话类编》卷二十八《谶异》，蔡镇楚：《中国诗话珍本丛书》第 8 册，北京：北京图书馆出版社 2004 年版。
③ ［北宋］阮阅：《诗话总龟》前集卷三十三《诗谶门上》引《江南野录》，第 331 页。
④ ［北宋］委心子：《分门古今类事》卷十四《谶兆门下·莱公晚窜》，影印文渊阁《四库全书》子部第 1047 册，第 138 页。
⑤ ［南宋］陆游：《老学庵笔记》卷六，北京：中华书局 1979 年版，第 79 页。

九章）的观念，又与李白终身坎坷本事验合。又如《鉴戒录》："诗之作也，穷通之分可观：王建诗寒碎，故仕终不显；李洞诗穷悴，故竟下第；韦庄诗壮，故至台辅；何赞诗愁，未几而卒。"① 以诗的"气象"来说明诗人的穷通，因而就成了诗谶，这比纯粹的神秘主义宿命论更多了一分依据。

2. 贫富。以贫、富论诗，始盛于唐末宋初。当时论诗，偏重富贵气，鄙夷贫寒气，并以命相形式使之蒙上宿命论色彩。如李后主词"青鸟不传云外信，丁香空结雨中愁"，"鬓从近日添新白，菊是去年依旧黄"，"江南江北旧家乡，三十年来梦一场"，宋人以为"皆意气不满，非久享富贵者，其兆先谶于言辞"②；王沂公曾布衣时，有《早梅》诗云"雪中未问和羹事，先向百花头上开"，文穆曰："此生次第安排作状元宰相矣！"后"相真宗、仁宗，非富贵前定而此诗为之兆乎"③？这种"贫富相诗法"对后世影响甚远，明清蔚然成风，如孟郊及第后作平生快诗《登第》，志意充溢，孙传能《诗句非佳谶》以为"非延福凝禧之道"④；钟谭诗行于世，王铎评曰："如此等诗，决不富不贵，不寿不子。"⑤

3. 祸福。王昌龄谪官时，岑参赠诗说"黄鹤垂两翅，徘徊但悲鸣"，未几返乡见杀，识者说是岑诗预言的结果⑥；韩侘胄置宴，族子赋《席上牵丝偶儡者》曰"脚踏虚空手弄春，一人头上要安身。忽然线断儿童手，骨肉都为陌上尘"，未几祸作⑦。明太祖命诸皇子咏新月，懿文太子曰"虽然未得团圆相，也有清光照九州"，建文诗曰"影落江湖里，鱼龙不敢吞"，太祖不怿。后懿文果夭，建文遇难⑧。

4. 夭寿。诗谶种种，死谶最多，"诗非但谶死，亦可谶死时气候、地点、年龄，甚或死法、葬法；非但谶个人，亦并谶夫妻"，我曾根据古人列举的夭谶诗，归纳为性情背悖则夭、意象萧索则夭、诗气薄促则夭、

---

① ［北宋］阮阅：《诗话总龟》前集卷五《评论门一》，第53页。
② ［北宋］委心子：《分门古今类事》卷十三《谶兆门上·后主古诗》，第127页。
③ ［北宋］委心子：《分门古今类事》卷十四《谶兆门下·沂公梅诗》，第136页。
④ 吴文治：《明诗话全编》六，第6000页。
⑤ ［明］谈迁：《枣林杂俎》圣集《钟惺谭元春》，北京：中华书局2006年版，第255页。
⑥ ［南宋］葛立方：《韵语阳秋》卷十一，北京：中华书局1985年版，第85页。
⑦ ［北宋］庞元英《谈薮》，程毅中：《宋人诗话外编》下，北京：国际文化出版公司1996年版，第1566页。
⑧ ［明］谢肇淛《文海披沙》前集卷二《诗谶》，吴文治：《明诗话全编》六，第6765页。

本色乖戾则夭等情况；王世贞"文章九命"有夭折一说，然亦实有诗人长寿者，我也根据古人列举的寿谶诗，归纳为温和敦厚则寿、性灵寄托则寿、少壮言宜则寿、德才雅丽则寿等情况①。

5. 功名。自唐之后，文人的科第关乎穷通，因此以诗预测科第运气的"科谶"特多。李洞《上曹郎中》诗："药杵声中捣残梦，茶铛影里煮孤灯。"学者以为穷悴，故竟不第②。贾岛《病蝉》诗："病蝉飞不得，向我掌中行。折翼犹能搏，酸音尚极清。"议者谓无抟风之意，果为礼闱所斥③。苏绅尝题寺联云："僧依玉鉴光中住，人踏金鳌背上行。"乃荣入玉堂之兆，已而果然④。藻鉴之精，既是人物品藻，亦是诗歌品鉴。

此外，还有谶失节、谶无后、谶谥号、谶出家⑤等等，可以说囊括了文人生活中如科举、官运、寿命、行藏出处等许多方面。从相学吉凶观念观之，诗谶可分为吉谶与凶谶两类，反映了中华民族趋吉避凶的文化心理。凶谶中最有名的当系王世贞论"文章九命"：一曰贫困，二曰嫌忌，三曰玷缺，四曰偃蹇，五曰流窜，六曰刑辱，七曰夭折，八曰无终，九曰无后⑥，吉谶则可见于纠正王说的清代王晫《更定文章九命》⑦：一曰通显，二曰荐引，三曰纯全，四曰宠遇，五曰安乐，六曰荣名，七曰寿考，八曰神仙，九曰昌后，虽讲文章，然皆可于诗谶中见之。但总的来说，凶谶多于吉谶。从谶的主客体而言，又可分为自谶⑧与他

---

① 万伟成：《观人诗学》杂编《诗谶第十八》，第 253～261 页。
② ［北宋］阮阅：《诗话总龟》前集卷五《评论门上》引《鉴诫录》，第 53 页。
③ ［北宋］阮阅：《诗话总龟》前集卷三十一《诗谶门上》，第 331 页。
④ ［北宋］吴处厚：《青箱杂记》卷七，第 641 页。
⑤ 谶失节，如何薳《春渚纪闻》卷七《诗词事略·暨氏女野花诗》："建安暨氏女子……赋《野花诗》云：'多情樵牧频簪髻，无主蜂莺任宿房。'观者虽加惊赏，而知其后不保真素，竟更数夫，流落而终。"谶无后，如《诗话总龟》前集卷三十二《诗谶门下》引《拾遗》："狄涣《孤雁》云：'更无声接续，空有影相随。'闻此句者皆云必无后，果如其言。"谶谥号，如吴处厚《青箱杂记》卷七："（余）尝赠（苏）缄诗曰：'燕颔将军欲白头，昔年忠勇动南州。心如铁石老不挫，功在桑榆晚可收。'后十有八年，缄如（知）邕管。交趾叛，攻城，力战陷殁，朝廷悯之……赐谥忠勇，则所谓忠勇之谥，已先于余诗谶之矣。"谶出家，如周紫芝《竹坡诗话》："聪（闻复）和篇立成，云：'千点乱山横紫翠，一钩新月挂黄昏。'（东）坡大称赏，言不减唐人，因笑曰：'不须念经，也做得一个和尚。'是年，聪始为僧。"
⑥ ［明］王世贞撰，罗仲鼎校注：《艺苑卮言校注》卷八，济南：齐鲁书社 1992 年版，第 389 页。
⑦ 王水照：《历代文话》四，上海：复旦大学出版社 2007 年版，第 3852 页。
⑧ 《渑水燕谈录》卷七："（郑毅夫）晚年为《雨》诗曰：'老火烧空未肯休，忽惊快雨破新秋。晚云浓淡白日下，只在楚江南岸头。'未几，自杭移青，道病，泊舟高邮亭下，乃卒。是何自谶之明。"［北宋］王辟之：《渑水燕谈录》，北京：中华书局 1981 年版，第 87 页。

谶。其中大部分谶的是诗人自身的前途与命运（即"自谶"），但也有谶的是其他相关人物的情况（即"他谶"），主要有二类：一指酬答作品所涉及的相关人物，比如王昌龄谪官时，岑参赠诗曰"黄鹤垂两翅，徘徊但悲鸣"，未几王昌龄返乡见杀，故葛立方以为岑诗谶其"竟不能高举"①。二是指诗歌的接受者的命运，如《左传》中的赋《诗》之谶，甚至是"异代诗谶"或"跨代诗谶"，如明代有人书李白诗句"东楼喜奉连枝会，南陌愁为落叶分"与严世蕃与赵文华，未几两人俱败，"东楼，世蕃号也。太白诗乃为千年后谶，奇矣"②。抽签式诗谶，也是谶接受者的，如《红楼梦》第六十三回中的《花名签酒令》，以古人诗句入令，往往成为大观园姑娘的诗谶，如探春掣得杏花签，上书高蟾《下第后上永崇高侍郎》诗云："日边红杏倚云栽。"众人笑着哄道："我家已有了一个王妃，难道你也是王妃不成？"此处被用作谶探春日后为王妃之兆，等等。其实《红楼梦》中金陵十二钗正册、副册、又副册上的判词，以及灯谜、酒令等，无不隐喻着大观园人物的性格与命运，折射了曹雪芹对人物命运的神秘主义诗性领悟，都是《左传》"赋《诗》之谶"的继承和发展。

（三）语言的神秘性

中国传统的哲学、宗教、诗学都涉及语言的论述。如老子的"道可道，非常道"，孟子的"尽信书，不如无书"，庄子的"意之所随者，不可以言传也"，玄学的"言不尽意""得意忘言"，禅宗的"不立文字""心心相印"，诗论的"但见性情，不睹文字"等，已经具有神秘主义倾向。但诗谶语言的神秘性，更在于它的禁忌特性、预见魔力与诅咒功能。关于这点，我们将在下文对"语言的禁忌"部分做进一步的论述。

诗谶的神秘性是诗谶批评赖以成立的基础。诗谶批评对于生命、命运与语言等命题的阐述，丰厚了中国传统诗学的文化底蕴，它所运用的神秘主义的思维方式，也突破了中国传统文化的实用理性思维方式，这些都值得我们深入探讨。由此可见，诗谶的神秘性来自人们的神秘性解释。而在鬼神、宿命、报应、谶纬等原始宗教、相学方术等文化背景下，诗学家们、小说家们借助诗歌可以感天动地泣鬼神、诗歌言志抒情等观念，以事实验证预言，以增强说服力，让读者自然接受这种神秘性阐释。所以严格意义上说，诗谶并不是一种谶，只是说诗者的一种牵强附会或

---

① ［南宋］葛立方：《韵语阳秋》卷十一，第85页。
② ［清］叶矫然《龙性堂诗话续集》，郭绍虞：《清诗话续编》二，第1050页。

偶然巧合。如果撇开这种语言的神秘性附会与阐释，诗歌作品和相关人物、事件的因果关系便不存在，就没有诗谶，也就没有神秘性可言了。

四 诗谶的诗论属性

对于观人诗学批评而言，诗谶的意义，绝不在于展现的一种神秘意识与宿命意识，而在于它表现了前人对诗歌理论与批评等问题的特殊思考，因而具有诗论性。诗谶的诗论属性，是"谶"的观念逐步渗透了诗学的产物。这种现象可溯源到《左传》中的赋诗观志，形成于西晋，前面提到的潘岳《与石季伦诗》，就是独立于《诗经》之外、完全等同于后来意义上的最早诗谶。宋代以后，大量的诗话、笔记小说以及其他文献，往往摘录诗人诗句来预示其命运，如吴处厚《青箱杂记》卷七辑诗谶 11 首；阮阅《诗话总龟》卷三三、三四有"诗谶门"，辑诗谶 66 首；委心子《分门古今类事》卷十三、十四为"谶兆门"，辑有谣谶、诗谶及谶语等共 74 则，诗谶由《世说新语》《南史》中的个别记载，到宋代的专门著录，成为特殊诗歌类别，宋以后的诗学著作如王昌会《诗话类编》、伍涵芬《说诗乐趣》等专门开设"诗谶"专章，《静志居诗话》卷二十四所录《杂谣歌辞》，《全唐诗》列有"谶记"一卷，诗谶不仅成为诗歌创作的特种类型，而且成为诗歌批评的一个门类，因而成为观人诗学批评的一种形式和手段了：对于观人学来说，它主要是观察诗人这一特殊群体的祸福、生死、寿夭、特性的观人批评形式；对于诗学批评来说，它是鉴诗者将诗歌作品与诗人或相关人物命运相结合，以求诗歌与本事互相印证的一种诗歌批评形式。它有着独特的批评对象，批评方法与内容，以及相应的诗歌理论等体系。

诗谶的神秘性，决定了它与其他诗论形式如辨味式批评、点将体批评不同。诗谶的诗论属性，既有鉴诗者们的神秘性诗歌阐释，也必须通过接受者的特殊接受方式才能获得实现。它本身是诗歌阐释、接受方式的一种特殊形式。诗与命运之间无意巧合，"其应也往往出于一时之作，事之与言，适然相会，岂可以为常哉"①？所谓事件的预兆，就是以后事证前诗的一种解释，而诗歌原义本非如此。如杨轩"解照日月不照处，独明天地未明时"二句，本是咏灯诗，然而鉴诗者却解为，"日月不照有用，何用也？天地未明而能明，非明也。轩竟死布衣，果不得用，符

---

① ［南宋］王楙：《野客丛书》卷十九《诗谶》，影印文渊阁《四库全书》子部第 852 册，第 701 页。

于诗意,其前定乎"①;又如崔曙《明堂火珠》诗"夜来双月满,曙后一星孤",本是一首咏明堂火珠诗作,而解诗者附会说:"未几曙卒。无子,唯一女,名星。星,盖其谶也。"② 这些解释皆与诗的本意大相径庭。诗人创作诗歌时,独抒性灵而已,初无意于作谶,作品所涉及的,与作者的经历、结局等正相吻合;这种不幸言中或偶然巧合,就使诗句变成了一种谶语。也就是说,诗歌创作之本意并非是谶,诗谶是在作品批评过程中经过人们的品评、阐释过程中而形成的,是接受者在诗本义外对它进行暗合、附会乃至于"郢书燕说"式的神学性别解。正如伍涵芬说:"诗谶之说,古人原从无意中看出。或当时不觉,而事后验之,故谓之谶。"③ 所以,它并不是一种科学的诗歌批评。但诗谶虽有读者的别解和误读,并不完全排斥逻辑推理,编撰者在整理、记录诗谶过程中,结合"知人论世"功夫,附会诗人本事,加入自己的评论,从另外一个角度上说,反映了传统诗学中特有的诗言志、志可观人、富贵前定等深层体认。

通过诗谶这一窗口,我们看到了中国古代独特说诗、解诗的方法;诗谶是一种特殊的诗论形式,它以诗人及其作品为研究对象,诗谶实质上是披着谶纬之学外衣的特殊诗论。它是文人阐释诗歌的一种特殊的思维方式,体现了古代诗文批评的一种民族化、神秘化特色,体现了中国古代诗学批评的观人化特点。

第二节 诗谶批评对诗学理论体系建构的作用

综上所述,诗谶其实就是观人诗学中的命相学批评。它站在"天道"或"神道"角度,用谶学方法阐释诗歌及其相关人物命运,是古代命相学、谶纬学的继承与移植,是以诗相命在命理学、诗学上的运用。尽管这种诗论具有浓厚的宿命论色彩,但它在对言志言情、知人论世、诗可以观、气象观诗、生命学角度、诗歌结构等方面进行神秘性解释时,也赋予了一定的合理性与科学性。

---

① [北宋] 委心子:《分门古今类事》卷十四《谶兆门下·杨轩灯诗》,第 139 页。
② [北宋] 委心子:《分门古今类事》卷十四《谶兆门下·崔曙一星》,第 135 页。
③ [清] 伍涵芬撰,杨军校注:《说诗乐趣校注》卷一四《诗谶门》,济南:齐鲁书社 1992 年版,第 560 页。

一 对诗歌本体论"诗言志说"的神秘阐释

"诗言志"是古代文论家对诗的本质特征的认识。这个理论术语始于《左传·襄公二十七年》中的赵文子①，但赵文子所谓的"《诗》以言志"意思是"赋《诗》言志"，指借用或引申《诗经》中的某些篇章诗句来暗示自己的政治怀抱与思想意图，观人者从中观察赋诗者的性格与祸福、寿夭等命运，可见这一观念的产生与观人学、预言学分不开，给后来兼观人学、诗学与预言学一体的诗谶借用"诗言志"赋予了某种天然的合理性。事实上，谶纬讲述诗的发生时，也把情志放在了重要地位。如纬书《春秋说题辞》："在事为诗，未发为谋，恬澹为心，思虑为志，故诗之为言志也。"② 从诗之发生角度看，它肯定了内心情志发而为咏言，形之于诗，情志是诗产生的直接渊源。这些都为诗谶论者从神秘视角阐释"诗言志"，提供了先天的理论依据。

诗谶不仅借鉴了从谶纬学、命理学角度解释诗歌的传统，而且沿用了"赋诗言志"中"断章取义"的思维方式，他们往往无须全面理解诗歌的原文及作者的主观意图，而摘取其中巧合应验作者、相关人物本事或史实的句子，预测诗人或者相关人物命运，即摘句赏评的批评形式，这正是"赋诗断章，余取所求焉"（《左传·襄公二十八年》）在诗谶上的反映：

> 唐人称"有唐以来，诗人之达者惟（高）适而已"，今读其诗，豁达磊落，寒涩琐媚之态，去之略尽。如《送田少府贬苍梧》曰："丈夫穷达未可知，看君不合长数奇。"……眉宇如此，岂久处坞壁！③

> 冯（京）当世未第时，客余杭县，为官逋拘窘，计无所出，闷题小诗于所寓寺壁，一胥魁范生见之，为白县令……云："冯秀才甚贫，但见所留诗，他日必贵显。"因诵其诗，令遽释之。诗云："韩信栖迟项羽穷，手提长剑喝秋风。可怜四海苍生眼，不识男儿未济中。"④

---

① [西晋] 杜预注，[唐] 孔颖达疏：《春秋左传注疏》卷三十八，影印文渊阁《四库全书》经部第 144 册，第 187～188 页。
② [日本] 安居香山、中村璋八辑：《纬书集成》中，石家庄：河北人民出版社 1994 年版，第 856 页。
③ [清] 贺裳《载酒园诗话又编·高适岑参》，郭绍虞：《清诗话续编》一，第 323 页。
④ [北宋] 方勺：《泊宅编》卷上，北京：中华书局 1983 年版，第 3 页。

陶懋学……有水墨水仙花，自题绝句于上云："此心不爱牡丹红，托迹梅花树滚东。大袖郎当霜雪冷，也应回首藉天风。"予以此诗其懋学终身之谶乎。①

　　近世丁谓诗有"天门深九重，终当掉臂入"，王禹偁读之曰："入公门犹鞠躬如也，天门岂可掉臂入乎？此人必不忠。"后果如其言。②

　　以上第一、四则对高适、丁谓及其诗的评价，便是典型的"断章取义"式的摘句批评，这在诗谶中最为常见。如果我们对这几段诗谶稍加分析，即可发现：高适、冯京诸人诗谶之所以成立，无非是他们诗中表现出的一种胸怀天下、情系苍生、悲天悯人的博大气概与高远志向；相反丁谓之诗，傲而无礼，袁枚《诗话》所谓"凡诗带桀骜之气，其人必非良士"③；至于陶懋学诗，亦自言其志不在富贵，是发自心底的赤诚，当然也谶乎终身，表现了诗人人生道路的选择，诗人结局亦各不相同。这几则诗谶的记载都将其与"诗言志"联系起来，"诗言志"是中国古代诗论的开山纲领，它既强调表现人的思想、意识和精神等，又与作者的人性、人情、人格联系起来，诗的"言志"，就是诗人将深藏于内心的精神世界以诗的形式呈现出来，于是诗歌的字里行间便承载着诗人情志、意念乃至生命的信息。当然，"诗言志"必须有一个前提：真诚！这些"真诚"信息通过鉴诗者的"附会"式阐释，"以意逆志"，便成了诗谶了。正如赵执信《谈龙录》所说："客有问余者曰：'小说家所记，观人之诗，可以决其年寿禄位所至，有诸？'答曰：'诗以言志，志不可伪托，吾缘其词以觇其志，虽《传》所称赋列国之诗，犹可测识也。'"④赵执信从"诗言志"、贵真去伪的角度肯定诗谶，以及与《左传》"赋诗言志"的传承关系，将诗言志与诗谶相结合，深化了对诗歌本体论一种特殊的认识。

---

① ［明］郎瑛：《七修类稿》卷四十《事物类·陶懋学》，上海：上海书店2001年版，第419页。
② ［南宋］吴聿：《观林诗话》，丁福保：《历代诗话续编》上，北京：中华书局1983年版，第127页。
③ ［清］袁枚：《随园诗话》卷十四，第480页。
④ ［清］赵执信：《谈龙录》，影印文渊阁《四库全书》集部第1483册，第926页。

二 对诗歌本体论"真情说"的神秘阐释

"诗缘情而绮靡"①，从"言志说"走向"缘情说"，标志着魏晋诗学从政教、伦理、道德价值取向开始转向审美价值取向，是中国诗歌本体论的一大进步。当然诗学上的缘情说也是多源的，其中就有汉代谶纬学的影响，代表性著作《白虎通义·情性》就说："五常者何？谓仁、义、礼、智、信也。……六情者何谓也？喜、怒、哀、乐、爱、恶谓六情，所以扶成五性。"②"五常"一作"五性"。尽管它把"情"置于"性"的辅佐地位，但毕竟是把"情"从"性"中分离了出来，获得了相对独立地位，对于诗学发展非常重要。此外纬书《春秋演孔图》曰："诗含五际六情。"③ 纬书《乐动声仪》强调了情动于中的艺术冲动："诗人感而后思，思而后积，积而后满，满而后作。言之不足，故嗟叹之；嗟叹之不足，故咏歌之；咏歌之不足，不知手之舞之，足之蹈之也。"④ 可见谶纬之学衍化了诗歌的主情性思想，强调诗歌的抒情和言志的作用。

受谶纬之学影响极深的诗谶说，把诗歌视为作者及相关人物的应验物，就不能完全视为神秘主义，它也有"情动于中而形于言"⑤ 的真情理论作为支撑：修辞立诚，诗诚则灵。王楙《野客丛书·诗谶》说："大抵吉凶祸福之来，必有先兆，固有托于梦寐影响之间，而诗者，吾之心声也，事物变态，皆能写就，而况昧昧休咎之征，安知其不形见于此哉？"⑥ 陆游《上辛给事书》认为："夫心之所养，发而为言；言之所发，比而成文。人之邪正，至观其文，则尽矣，决矣，不可复隐矣。"⑦ 黄佐《南戍稿序》也说："有人于此，心通乎道，性定而情和，声依乎正，而修辞立其诚，是岂不可以言诗乎？"⑧ 邵经邦《艺苑玄机》说："诗之谶，

---

① ［西晋］陆机《文赋》，［清］严可均：《全晋文》中，北京：商务印书馆1999年版，第1025页。
② ［东汉］班固：《白虎通义》卷下，影印文渊阁《四库全书》子部第850册，第51~52页。
③ ［日本］安居香山、中村璋八：《纬书集成》中，第583页。
④ 同上书，第544页。
⑤ ［南宋］朱熹辨说：《诗序》卷上，影印文渊阁《四库全书》经部第69册，第4页。
⑥ ［南宋］王楙：《野客丛书》卷十九，影印文渊阁《四库全书》子部第852册，第701页。
⑦ ［南宋］陆游：《陆游集·渭南文集》第十三卷，第2087页。
⑧ 吴文治：《明诗话全编》三，第2964~2965页。

盖人精神与天地流通，随所到而朕兆形焉。匪诗之灵，诚之著也。"① 就是这个道理。但若以诗掩饰则情伪，就根本不存在诗谶的问题。当然诗品同人品也存在差异性或相反性：由是益知观人之难。为此，诗谶说者们进一步提出："富贵中不得言贫贱事，少壮中不得言衰老事，康强中不得言疾病死亡事，脱或犯之，人谓之诗谶，谓之无气。"② 这种命题的提出，进一步强化了"诗言情""修辞立诚"这一诗歌本体理论理论。有一段著名的诗谶公案，可作印证：

> 寇莱公……富贵之时，所作诗词皆凄楚怨感，尝为《江南春》二篇，云："波淼淼，柳依依，孤村芳草远，斜日杏花飞。江南春尽离肠断，苹满汀洲人未归。"又曰："杳杳烟波隔千里，白苹香散东风起。日落汀洲一望时，愁情不断如春水。"议者尝言深于诗词者，尽欲慕骚人情感清愁以主其格，若语意清切、洒落、高迈，始为不俗，不知清极则志高（飘），感深则气谢。……其憔悴走窜，已兆于前矣。③

传统诗学素有"穷而后工"的审美传统，认为表现愁苦的作品较之表现欢愉的作品，更具有艺术的感染力，也更能引起读者共鸣。然而，这种理论走向极端，也带来负面影响，造就一批缺乏真实感受、矫揉造作、无病呻吟作品。寇准于"富贵之时"写出"凄楚怨感"的诗词，显然就是这种理论的负面产物。这是一种虚伪矫情，即掩饰自己的富贵，"为赋新词强说愁"，属于语言犯忌，语言的禁忌必然产生诗谶，影响诗人的前途。撇开一层神秘外衣，这种对矫情假意为诗的批评是一针见血的，也让后人对诗学的"真情"说有了更深入的认识。

诗谶说在否定虚情的基础上，进一步将"诗言情"说神秘化。如金纤纤评道："余读袁公（枚）诗，取《左传》三字以蔽之，曰：必以情。古人云：情长寿亦长。其信然耶？"④ 她认准老师的诗之魅力在于抒写真情，以情感人，就是长寿的征兆。这种神秘观念支持了老师的性灵说。吴仰贤《小匏庵诗话》卷二："余谓诗主性灵，凡神动天随、专写寄托者，其人亦多享大年，如白乐天年七十五，杨诚斋年八十三，陆放翁、

---

① 周维德：《全明诗话》二，济南：齐鲁书社2005年版，第1262页。
② ［北宋］释惠洪：《冷斋夜话》卷四《诗忌》，北京：中华书局1988年版，第37页。
③ ［北宋］委心子：《分门古今类事》卷十四《谶兆门·莱公晚窜》，第138页。
④ ［清］袁枚：《随园诗话补遗》卷十，北京：人民文学出版社1982年版，第830页。

范石湖年皆八十六，我朝袁子才年八十二。"① 似乎也有力地印证了诗抒性灵之说。从生理来看，情长，心情平和友善，疾病自然减少，寿命自然增长，形之于诗，就成了诗谶了。只有诗人通过自我抒情的方式反映他对社会生活的真实态度和观点，为人们提供了对于诗人的个性志向、本来面目乃至命运的说明，才会有"真情"的诗谶存在。当然，历考古人诗主性灵者，尚有明之公安、竟陵。然袁宏道寿仅四十二，钟惺寿仅五十一，又作何解？可见诗谶将真情与寿命联系起来，也未必尽然。

在情感表达方式上，诗谶说在主张温和、求真的基础上，强调要含蓄、昌明，若喜至于狂，哀至于伤，怨至于怒，乐至于淫，则便乖戾，性情背悖，也是夭亡的征兆。如清王策《念奴娇·金陵秋思》句"浮生皆梦，可怜此梦偏恶"，"看取西去斜阳，也如客意，不肯多耽搁"，陈廷焯《词话》以为"沉痛迫烈，便成词谶，香雪所以不永年也"②。谢杏根诗多缠绵悲恻之音，如《三月洪江晓发》"昔日归舟古渡头，桃花三月下春流。眼前依旧桃花水，不渡归舟渡去舟"，林昌彝《诗话》谓其年寿不永，客死吴门，岂非悲哀太盛耶？③ 诗谶强调诗歌"性情之正"，否则夭亡在即，似乎以神秘的说法支持了温柔敦厚的诗教理论。

三 对风格批评理论"气象说"的神秘阐释

文人论诗，常用"气象""气""器识""器宇"等语，作为对诗人及其诗歌整体风貌的一种直观把握。这些观人术语在诗谶批评中也蒙上了神秘色彩。"气象"同"气"一样，原指自然景象，后来用于中医诊断学，最早见于汉初《平人气象论第十八篇》④，虽是联词，但仍判为二义，指人的脉气和脉象。虽是医学名词，但中国传统的观人学正是以中医理论为基础的。自然而然就被观人学移用，即观察人物的总体状貌特征，如帝王气象、英雄气象等。唐朝以后逐渐增多，如柳宗元观元全柔"气象甚伟"⑤，观萧炼等"气象甚茂"⑥，"气象"成为观人之精神气质

---

① 顾廷龙主编：《续修四库全书》1707 集部，上海：上海古籍出版社 2013 年影印版，第 14 页。
② [清] 陈廷焯：《白雨斋词话》卷四，北京：人民文学出版社 2001 年版，第 85 页。
③ [清] 林昌彝：《射鹰楼诗话》卷十二，上海：上海古籍出版社 1988 年版，第 269 页。
④ [唐] 王冰：《黄帝内经素问》卷五，影印文渊阁《四库全书》子部第 733 册，第 63 页。
⑤ [唐] 柳宗元：《柳河东全集》卷十二《先君石表阴先友记》，上海：世界书局 1935 年版，第 125 页。
⑥ [唐] 柳宗元：《柳河东全集》卷二十二《送萧炼登第后南归序》，第 258 页。

的概念。"气象"也用于书法、绘画批评领域，而用于诗学，则始见于杜甫《秋日寄题郑监湖上亭三首》其一："赋诗分气象，佳句莫频频。"至僧皎然《诗式》论"诗有四深"，第一就是"气象氤氲，由深于体势"① 时，开始理论化了。"气象"从观人到诗学，关注到了诗歌整体境象与诗歌全局规模等问题，是诗歌整体篇法和布局和谐（体制）营造的产物。宋代"气象"理论就更加成熟与完善了：

> 东坡尝有书与其姪云："大凡为文，当使气象峥嵘，五色绚烂，渐老渐熟乃造平淡。"余以谓不但为文，作诗者尤当取法与此②。

这段话探讨了"诗文气象"与创作主体年龄之间关系，拈出少年"气象峥嵘"与老年"气象平淡"两种不同年龄的风貌，与同时探讨的"富贵气象"与"贫寒气象"一样，都是以观人学原理观诗词的典型例子，开拓了"气象"论诗的视阈。这里的"气象"，既可指诗歌作品的生命特征，也折射出诗人的生命特征，如朱熹《论文下》评韦应物诗云："《国史补》称韦'为人高洁，鲜食寡欲，所至之处，扫地焚香，闭阁而坐'。其诗无一字做作，直是自在，其气象近道。"③ 观人与论诗，融为一体。观人与观诗能融为一体的内存依据，就在于诗歌的生命精神根源于诗人的生命精神。"气象"也延伸指一个时代诗歌风貌，如建安气象、六朝气象、盛唐气象等。这个概念在宋代已经形成，至严羽批评诗人气象与时代气象，成为一项重要内容，其中多数情况与观人学关系密切。如严羽《沧浪诗话》"诗之法有五：曰体制、曰格力、曰气象、曰兴趣、曰音节"，这五种诗法都是典型的观人诗学的理论范畴。《沧浪诗话·诗评》又谓：

> 虽谢康乐拟邺中诸子之诗，亦气象不类。……孟郊之诗憔悴枯槁，其气局促不伸……诗道本正大，孟郊自为之艰阻耳！④

---

① ［唐］释皎然撰，李壮鹰校注：《诗式校注》卷一，北京：人民文学出版社2003年版，第18页。
② ［南宋］魏庆之：《诗人玉屑》卷十《平淡》"非力所能"，上海：上海古籍出版社1978年版，第218页。
③ ［南宋］朱熹：《朱子语类》卷一百四十，影印文渊阁《四库全书》子部第702册，第809页。
④ ［南宋］严羽撰，郭绍虞校释：《沧浪诗话校释·诗评》，第195页。

"憔悴枯槁"几乎成了对孟郊"诗歌气象"的定评,如果再联系孟郊个人生命轨迹的话,不难从观人气象中推断出孟郊个人的诗谶批评结果。如刘克庄评价孟诗"纯是苦语,略无一点温厚之意,安得不穷"①,以至瞿佑也说:"东野诗如'食荠肠亦苦,强歌声无欢。出门即有碍,谁谓天地宽'……气象如此,宜其一生踽踽也。惟《登第》云:'春风得意马蹄疾,一日看尽长安花。'颇放绳墨,然长安花,一日岂能看尽?此亦谶其不至远大之兆。"② 如果再联系到宋人喜以富贵气象、贫寒气象观诗,并进行谶学的诠释,如王钦若微时题诗"龙带晚烟离洞府,雁拖秋色入衡阳",宋真宗以为落落有贵气,因擢致上相③。如王沂公作《早梅》"雪中未问和羹事,先向百花头上开",吕蒙正曰:"此生次第安排作状元宰相矣!"④ 以诗观人,以气象"官人"(任人为官),无疑影响了一代诗学批评与创作倾向。两种气象的美学风貌对比,贫寒气象枯槁憔悴,富贵气象温润丰缛,从而影响了诗人命运结局的不同;非唯如此,国祚兴亡与福祸寿夭的诗谶气象也各不相同。李时勉《题夏氏所收诗字后》总结说:"若夫老人而为衰涩语,宜也,少壮而为老人语,则非所宜。"⑤ 这就是寿夭诗谶与年龄经验推论的依据。比如李贺年轻时患有肺病,时常吐血,诗中"鬼、血、哭"字多,充斥着对死和血的幻想和恐惧,与《红楼梦》中林黛玉的诗谶一样气象衰飒,"少壮而言衰病,饮燠而说困厄,平安而发感慨,皆不详也"⑥。诗谶实际上是通过谶学特殊形式,以谶贫富寿亡兴衰等特殊征象,来表达对气象温润丰缛、雄浑博大、清俊峥嵘、体格峭健、具有强旺健壮生命力等的诗歌以及器量宽阔诗人及诗作的推崇,对气象琐屑寒削、衰飒萧瑟、枯槁憔悴、志飘气谢、凄楚颓放以及器量褊窄诗人及诗作的轻视,这些都是诗谶说的理论价值所在。"望气说"从中医学、观人学运用到诗学观诗,其实也是"气象"观诗的一个延伸。

由于"气象"反映了诗歌作品的生命精神,而诗歌作品的生命精神

---

① [南宋]刘克庄:《后村诗话》后集卷一,北京:中华书局1983年版,第49~50页。
② [明]瞿佑:《归田诗话》上卷《东野诗囚》,吴文治:《明诗话全编》一,第299页。
③ [明]蔡絛《西清诗话》卷中,蔡镇楚:《中国诗话珍本丛书》第1册,北京:北京图书馆出版社2004年版,第321页。
④ [北宋]委心子:《分门古今类事》卷十四,第136页。
⑤ [明]李时勉:《古廉文集》卷八,影印文渊阁《四库全书》集部第1242册,第796页。
⑥ [清]何文焕辑:《历代诗话》下《历代诗话考索》,北京:中华书局1982年版,第824页。

又是创作主体生命意识的体现,所以人们可以通过诗歌作品发现诗人深处的相关秘密信息,从而使"气象说"与诗谶批评联系起来,人们用它来评价一个时代、一位作家或一首作品所具有的生命状态特征,并据这种生命状态以及本事的符合来支持诗谶理论。纪昀说:"人之穷通,亦往往见于气象之间,福泽之人作苦语亦沉郁,潦倒之人作欢语亦寒俭,不必定在字句之吉祥否也。"① "气象说"的引入使得诗谶说比字面吉凶观诗更深入诗学批评本体。

"气象"合"气"与"象"而言,既雄壮有力,又浑成自然,所以诗谶批评里的"气"与"气象"概念也往往相通,都是生命状态、精神风貌的体现。诗谶批评往往根据诗歌呈现的吉"气"、凶"气",来判断诗人的命运。先看凶"气"诗数例:

  李主……有诗曰:"鬓从近日添新白,菊是去年依旧黄。"又云:"青鸟不传云外信,丁香空结雨中愁。"皆是气不满,有亡国之悲。②
  郑毅夫晚年……《遇雨》……又云:"老火烧空未拟收,忽惊快雨破新秋。晚云浓淡落日下,只到楚江南岸头。"荆僧文莹颇讶其气不振。后解杭麾,赴青社,舟泊楚岸,卒于舟中。③
  何大复诗较空同可吟……但气薄,是以不寿。④
  吾友黄载万歌词……夏几道序之曰:"惜乎语妙而多伤,思穷而气不舒,赋才如此,反啬其寿,无乃情文之兆欤?"⑤
  (寇准)所作诗词皆凄楚怨感……感深则气谢。……其憔悴走窜,已兆于前矣。⑥
  畋尝与杨元照评其(王岩)诗,谓终篇之际,气衰兴缓,与前志不类……流于荒服,晚节不完,盖已先形于诗矣。⑦
  贾浪仙则云:"下第惟空囊,如何住帝乡?杏园啼百舌,谁醉在花傍?泪落故山远,病来春草长。知音逢岂易?孤棹负三湘。"略无

---

① [元]方回撰,李庆甲汇评:《瀛奎律髓汇评》卷十《春日类》汇评引,上海:上海古籍出版社1986年版,第370页。
② [南宋]曾慥:《类说》卷五十二《翰府名谈》"李后主诗",影印文渊阁《四库全书》子部第873册,第908页。
③ [北宋]委心子:《分门古今类事》卷十三《谶兆门上·毅夫楚江》,第128页。
④ [明]王文禄《文脉》卷三,吴文治:《明诗话全编》九,第8985页。
⑤ [南宋]王灼:《碧鸡漫志》卷二,北京:中华书局1991年版,第12~13页。
⑥ [北宋]委心子:《分门古今类事》卷十四《谶兆门下·莱公晚窜》,第138页。
⑦ [北宋]委心子:《分门古今类事》卷十四《谶兆门下·王岩诗谶》,第140~141页。

一毫生气，宜其终生流落不偶。①

　　李长吉诗奇险，孟东野诗劖刻，皆凿丧元气之人，故郊贫而贺夭。②

以上"气不满""气不振""气不舒""气薄""感深而气谢""气衰兴缓""无生气""凿丧元气"等，都是诗歌生命体病弱之征，皆为"气不足"或"气无"的例子，所以诗谶批评把他们与诗人命运中的不寿、迁谪、亡国等凶祸人事联系在一起。相反，象牟愿相《小澥草堂杂论诗》评"王昌龄纸墨之间，都作傲气，便是不得其死之根"③，孙能传《剡溪漫笔》卷五《诗句非佳谶》评孟郊《登科》诸诗，曰："才得科名，意气矜溢，一日之内看习长安花，何短促也。后授溧阳尉，竟死焉。"④ 气太过亦是凶谶，"过犹不及"也。再看吉谶诗：

　　王文穆钦若未第时，寒窘，依幕府家。时章圣以寿王尹开封，一日晚过其舍……王顾屏间一联"龙带晚烟离洞府，雁拖秋色入衡阳"，大加赏爱曰："此语落落有贵气……"王遽召之……其后信任颇专，致位上相。⑤

　　本朝夏英公（竦），亦尝以文章谒盛文肃，文肃曰："子文章有馆阁气，异日必显。"后亦如其言。⑥

这些体现吉谶的诗歌，气、气象的表征是"贵气""馆阁气""气充"等，所以诗人命运也迥异于前者。

以上所举的吉谶、凶谶诗歌，相对应表现的是诗歌"气""气象"的强健与屡弱、有与无、饱满与薄削。这些都从另一个角度证明了传统"文以气为主"理论的合理。从曹丕《典论·论文》中提出"文以气为主"，刘勰提出"风骨"、钟嵘提倡"风力"等，到了唐宋，气、气象、气格、气韵等成为我国古代的重要诗学范畴，用于对诗人以及诗作气度修养、整体风貌、生命征象的一种直观性、总体性把握，从而发现作者的人生轨迹或仕途穷通。

---

① ［南宋］俞文豹：《吹剑录》全编，上海：古典文学出版社1958年版，第37页。
② ［清］牟愿相《小澥草堂杂论诗》，郭绍虞：《清诗话续编》二，第919页。
③ 郭绍虞：《清诗话续编》二，第919页。
④ 吴文治：《明诗话全编》六，第6000页。
⑤ ［明］蔡絛《西清诗话》卷中，蔡镇楚：《中国诗话珍本丛书》第1册，第321页。
⑥ ［北宋］吴处厚：《青箱杂记》卷五，第628页。

从诗学角度来阐释，前人认为诗歌是人体的真气与自然界之元气相互感应摇荡而生，所谓"气之动物，物之感人，故摇荡性情，形诸舞咏"①。所以，诗人的"气"的表现与情绪关系密切：诗人处于情绪低落、性情压抑之时，其所吟的诗歌便会气象羸弱不振，格局逼仄阴郁；若长时间处于这种状态时，身体机能也会随之下降，形之于诗歌，也就呈现出"气"不满、不振、不舒甚至是凿丧、无气等凶兆。所以，欲养诗之气，除了积学积理外，还必须养人的生理之气，孟子有"吾善养吾浩然之气"之说，诗学也多"养气说"，由"文气"的激昂或衰弱来评价诗歌是有一定根据的。

从生命学角度看，以病理学、生命学为基础的相学认为，人的形神、骨肉、气色等要素必须和谐统一，人才健康强壮。相书论云："若人神气不明，筋不露骨，肉不居体，皮不包骨，皆死之兆也。"神气、筋骨、皮肉等失调不匀，人的生命体则显出病态，从而推测为"死兆"。若"骨与肉相称，气与色相和者，福禄之相也"②。受这种思想影响的观人诗学也认为，诗文的形与神、辞与义、韵与情等必须统一和谐，形神、筋骨、肌肤、情韵等诗歌有机体要素的有机组合，构成诗歌的勃勃生命。象富贵、福寿、通达等吉兆的诗歌，一般呈现生命力旺盛的特点；而有贫穷、夭亡、灾祸等凶兆的诗歌，一般呈现出生命力衰弱的特点。诗谶批评也在某种程度上支持了诗歌鉴赏的规律。

四 对创作结构理论"起承转合说"的神秘阐释

诗谶反映出古人主观释义的实质，既给诗歌创作带来了一定的自由空间，也有一定的限制约束。但其中关于"起承转合"的诗歌章法理论，从另一个侧面丰富了诗歌创作理论。

起承转合说是诗歌创作技巧理论的重要部分。这种章法理论也被纳入了以人喻诗文的范围，如元陈绎曾《文筌》："文章体段：起，贵明切，如人之有眉目；承，贵疏通，如人之有咽喉；铺，贵详悉，如人之有心胸；叙，贵重实，如人之有腹脏；过，贵转折，如人之有腰膂；结，贵紧快，如人之有足。"③清人徐增《而菴说唐诗》："请以人譬之：起是头，合是足，承是左手，转是右手，中四句是腹心。腹心无疾，则面目

---

① [南朝梁] 钟嵘：《诗品》卷一，影印文渊阁《四库全书》集部第1478册，第190页。
② [后周] 王朴：《太清神鉴》卷五《论骨肉》，影印文渊阁《四库全书》子部第810册，第807页。
③ [明] 高琦《文章一贯》卷上《篇法第三》，王水照：《历代文话》二，第2158页。

荣泽，四肢强健。"① 从人的身体隐喻、中医观人角度，阐述了诗歌结构对于整体的生命意义，诗文结构理论也因此赋予了观人化色彩，诗谶论进一步将诗歌的起承转合理论与诗歌生命、诗人命运结合了起来：

> （王）岩……深于诗。畋尝与杨元照评其诗，谓终篇之际，气衰兴缓，与前志不类……元照曰："诗者，发志由衷而来，孰谓隐夫志不至乎？后不厚乎？"其后均寇婴城，岩以名大，为其所胁，坐是流于荒服，晚节不完，盖已先形于诗矣。②
>
> 东坡诗有才而无情，多趣而少韵，由于天分高，学力浅也，有起而无结，多刚而少柔，验其知遇早，晚景穷也。③
>
> 呜呼，此吾先兄少宰文懿公九日之诗也！……卒章有云"缅思东观笔，愁绝对斜晖"，既而自嫌愁绝之语，又改为"搔首叹斜晖"。时守阯亦属和之。越月十八日，而公捐馆矣。……公平生诗文，气充而辞伟，其于篇终每有纡馀警拔之语，独是诗，卒章意象萧索，且有绝笔获麟之意，若诗谶然。④

李畋、杨元照二人评王嵒诗歌壮起飒收，袁枚评苏轼诗歌"有起而无结"，杨守阯评兄杨守陈诗歌"卒章意象萧索"，都是一种诗谶，暗示王岩、苏轼、杨守陈的命运的前顺后逆；杨守陈死亡的来临，原于卒章萧索，来自"诗言志"的神秘喻示。诗谶于起承转合四者之中，尤重起、结。除了上面诗谶讲的"结"例子外，其实"起"也必须讲究，如：

> 邹君春帆……《咏落花》诗……起句云"花落客心惊，小园鸟乱鸣。春光原是梦，流水本同行"，（予）读未毕，愀然曰："子正在盛年，何作此种语耶？"春帆笑而不答。即于是年十月死，不意竟成诗谶。⑤

---

① ［清］徐增：《而菴说唐诗》卷二十一《排律》，《四库全书存目丛书》集部第396册，济南：齐鲁书社1997年版，第792页。
② ［北宋］委心子：《分门古今类事》卷十四《谶兆门下·王岩诗谶》，第140~141页。
③ ［清］袁枚：《随园诗话》卷七，第243页。
④ ［明］杨守阯：《碧川文选》卷八《书先兄九日诗后》，上海：上海书店出版社1994年版，第864页。
⑤ ［清］钱咏：《履园丛话》卷八《谭诗·以人存诗》，北京：中华书局1979年版，第221~222页。

起得意象萧飒，也是凶谶。与这些凶谶相反的是：

  （韦）宙语之曰："卢（樵）虽人物不扬，然观其文章有首尾，异日必贵。"后竟如其言。①
  放翁古今体诗，每结处必有兴会，有意味，绝无鼓衰力竭之态，此固老寿享福之征，亦其才力雄厚，不如是则不快也。②

有首有尾，起结皆佳，特别是结处有兴会意味，都是佳兆的预示，这又与气、气象联系了起来，使得吉谶有了进一步的科学性依据。这种以起、结观诗气象法，在深层次上，认为诗歌起承转合与诗人穷达顺逆之间存在着一种神秘联系，这种观点在诗谶论者中间非常普遍，虽然神秘色彩强烈，因为诗歌的起承转合与个人的身体健康、寿命长短并没有必然联系，但诗谶说可以把它们联系起来，形成互为表里、相互感应的关系，这种理论如果剔除其神秘外衣的话，对诗歌创作结构理论来说，启迪良多。

五　对作家批评"知人论世说"的神秘阐释

"知人论世"说，来自《孟子·万章下》："颂其诗，读其书，不知其人可乎？是以论其世也，是尚友也。"对后世诗学影响深远。邵雍《伊川击壤集序》认为"闻其诗，听其音"则可以了解诗人的二种情志："一身之休戚，则不过贫富贵贱而已；一时之否泰，则在夫兴废治乱者焉。"③用诗谶来表述的话，谶穷通、谶贫富、谶寿亡、谶祸福就是"一身之休戚"，而谶兴亡就属于"一时之否泰"，属于关乎国家兴衰存亡方面的诗谶。大量年谱类传记、编年诗文集、诗话谈丛等书，证明宋以后人论诗重视本事、史实。当史实、本事与诗歌相符之时，诗歌就被赋予谶学意味，因而诗谶之学大行其道。但诗谶批评认定某史实、某本事与本诗相符时，往往忽视了作者的主观愿望与创作意图，这是其致命的错误；但也有些建立在寻找历史根据、考究人物本事的基础上，注重探索诗歌创作根源、情志内涵以及诗人或相关人物的背景资料、创作心态以及人物关系，因而具有一定的客观性。如宋章渊《稿简赘笔》记："（薛）涛八九岁知声律，其父一日坐庭中，指井梧示之曰：'庭中一古

---

  ① ［北宋］吴处厚：《青箱杂记》卷五，第628页。
  ② ［清］赵翼：《瓯北诗话》卷六《陆放翁诗》，北京：人民文学出版社1963年版，第81页。
  ③ ［北宋］邵雍：《伊川击壤集·自序》，影印文渊阁《四库全书》集部第1101册，第3页。

桐，耸干入云中。'令涛续之，应声曰：'枝迎南北鸟，叶送往来风。'父愀然久之。"① 论者根据这一故事，结合枝叶的隐喻与薛涛后来沦落风尘的本事，推论出这是一首诗谶，具有一定的考据和合理因素。

汉代以五行阴阳灾变之说解释儒经，探索风衰俗怨，产生了"诗妖"一说。伏生《洪范五行传》说："言之不从，是谓不乂，厥咎僭，厥罚恒旸，厥极忧，时则有诗妖。"② 可见"诗妖"是"邦无道"状态之下所产生的异诗，往往先兆出社会动荡。其说本于儒家。《礼记·中庸》"国家将兴，必有祯祥；国家将亡，必有妖孽"③，刘敞《上仁宗论灾变宜使儒臣据经义以言》："是故观天意于灾祥，详民情于谣俗。"④ 这些都是诗妖之说的认识基础，而南北朝、隋朝帝王的诗谶往往见于正史《五行志》⑤，皆被视为"诗妖"。诗妖之说，对诗谶之学以气象观国祚之兴亡产生了影响。考察诗谶对开国皇帝与亡国之君诗歌的对比，盛世文人与衰世文人诗歌的对比，气象直是不同。开国君主如刘邦《大风歌》之"大风起兮云飞扬"，"志气慷慨，规模宏远，凛凛乎已有四百年基业之气"⑥，俨然是一首开国诗谶；末代帝王如李后主《落花》诗曰"莺狂应有限，蝶舞已无多"，赏荷诗曰"孙武已斩吴宫女，琉璃池上佳人头"，而古人以为凶兆；其实取观后主"青鸟不传云外信，丁香空结雨中愁"，"鬓从近日添新白，菊是去年依旧黄"，"江南江北旧家乡，三十年来梦一场"，皆意气不满，知非久享富贵者⑦。末世文人诗歌亦然，如吴乔评价宋末诗歌，"大率宋诗三变：一变为伧父，再变为魑魅，三变为群丐乞食之声。中州集中高者秀雅，卑者亦不至鄙俚，一时恶气独集于东南，国之不祥，先见于笔墨耶"⑧，至于盛明诗歌，评价也有两个极端：沈德潜许为"彬彬乎大雅之章"，而三袁、钟、谭并"比之自郐无

---

① ［明］陶宗仪：《说郛》卷四十四，北京：中国书店1986年版，第10页。
② ［清］孙之騄：《尚书大传》卷二，影印文渊阁《四库全书》经部第68册，第401页。
③ ［南宋］朱熹：《四书章句集注·中庸》，影印文渊阁《四库全书》经部第197册，第210页。
④ ［北宋］刘敞：《公是集》卷三十二，影印文渊阁《四库全书》集部第1095册，第675页。
⑤ 例如《南齐书》卷一九《五行志》："文惠太子作七言诗，后句辄云'愁和帝'，后果有和帝禅位。"《隋书》卷二二《五行志上》后主"辞曰：'玉树后庭花，花开不复久。'时人以歌谶"；周宣帝歌曰"自知身命促，把烛夜行游"，帝即位三年而崩；隋文帝四言诗"红颜詎几，玉貌须臾"，明年而子相卒；隋炀帝江都诗曰"求归不得去，真成遭个春"，帝以三月被弑，即遭春之应也。
⑥ ［南宋］葛立方：《韵语阳秋》卷十九，北京：中华书局1985年版，第162页。
⑦ ［北宋］委心子：《分门古今类事》卷十三《谶兆门上·后主古诗》，第127页。
⑧ ［清］吴乔：《围炉诗话》卷五，北京：中华书局1985年版，第138页。

讥，盖诗教衰而国祚亦为之移矣"①。钱谦益《刘司空诗集序》评晚明诗说："今天下兵兴盗起，民不堪命，识者以谓兆于近世之歌诗，类五行之'诗妖'。"② 不论盛世气象还是亡国气象，实际上都带有诗谶批评的性质。

《荀子·非相篇》概括相学为两句话："相人之形状颜色，而知其吉凶妖祥。"其中"相人之形状颜色"是手段，而"知其吉凶妖祥"是目的。"相人之形状颜色"对诗学的影响主要是积极方面的，不但衍生出一系列诗学范畴，如首、体、面、耳、鼻、肩、脐、眼、手、足、声、骨、气、色、心、神等，而且丰富了诗学的理论体系与审美思想，前文论说极详。而"知其吉凶妖祥"对诗学的最大影响就是促使诗谶批评——诗歌神秘阐释学的产生。尽管诗谶批评把观诗之谶与诗言志言情说、知人论世说、诗可以观、气象观诗说、诗歌结构理论联系了起来，尽量赋予它更多的合理性解释，对于深化古代诗学理论方面具有一定的贡献，其中包含将人物的内在精神同外在形体相联系的合理内核为后世所继承和发扬。古人采取的不是以理性推演、分析的科学研究方法，而是以直观、体验、诗性乃至神秘性的方式切入诗学研究，为人们提供了一种诗性意味浓郁、神秘感十足的诗性哲学体系。

第三节 诗谶批评的文化渊源及其评价

诗谶批评是观人诗学的一个组成部分。从"诗言志"说到"诗缘情"说，从气象说到结构说，涉及诗歌创作的性质、诗歌结构、诗人品质与诗歌风格的关系，以及天命论、宿命论和语言禁忌等问题。它对传统诗学体系建构来说，既有正面作用，也有负面影响。诗谶的出现，不仅是诗歌的文学问题，还有深层的社会历史、思想文化等原因。

一 诗谶批评产生的文化渊源

从文化渊源上看，以命相学、谶纬学解诗，是命理学以诗相人、谶学以谶证人的发展产物，它直接推动了诗谶批评这种特殊诗论形式的产生；从诗学发展本身来说，它与《诗经》学发展分不开，是春秋赋《诗》言志、两汉谶纬解《诗》的发展产物。

---

① [清]沈德潜：《明诗别裁集》序，北京：中华书局1975年版，第1页。
② [清]钱谦益：《牧斋初学集》卷三十一，上海：上海古籍出版社2009年版，第909页。

（一）赋诗言志

诗谶，最早可以追溯到春秋时代"赋诗观志"，"观志"就是"观人学"的一个重要内容。"诗言志"命题的产生来源于春秋对《诗经》的阐释和接受。《左传·襄公二十七年》载晋、郑君臣享会，郑国诸臣赋诗言志，然后赵孟一一点评。从这则记载里，可见"《诗》以言志"主要是从诵《诗》者角度来说的，诵《诗》、引《诗》、释《诗》、论《诗》皆可"言志"，而且还有"观志以观人"一义在内。《汉书·艺文志》说："古者诸侯卿大夫交接邻国，以微言相感，当揖让之时，必称《诗》以谕其志。盖以别贤不肖而观盛衰焉。"① 通过"谕志"以辨别贤、不肖，正是观人学的内容与功能。

所以，我认为，诗谶最早的诗学批评形态，应该是《左传》中的"《诗》谶"。如前引"郑伯享赵孟于垂陇"故事，七子赋诗各抒其志，赵文子观之以占其命，都在"用"诗；但七子是赋诗者，而赵孟是观人、观诗者。七子根据各自的身份、地位、心态、境遇向赵孟择《诗》讽颂，而赵孟则根据当下的现实语境，按照《诗》的伦理本义及比兴隐喻功能，结合七子的身份、地位、心态、境遇而揣度占察，推出"伯有将为戮矣""子展其后亡者也""印氏其次也"的结论。它与后来的诗谶同中有异。从其同的方面来说，至少有两点：1.《左传》里的"《诗》谶"与后世的诗谶，都包含了两个预言内容：一是占验赋诗者个人的祸福，一是占验国家的兴衰；2.《左传》里的"《诗》谶"与后世的诗谶，都具有附会认证与神秘特征，都有神秘主义证验。纪昀《春秋左传正义》提要说："《左传》载预断祸福，无不证验，盖不免从后傅合之。"② 这正是后世诗谶之祖。从其异的方面来说：1. 后来的诗谶可分自谶与他谶，而《左传》中的《诗》谶只有他谶，没有自谶，因为《左传》中的"赋诗"者，往往是用《诗经》、引《诗经》以言志，他们不是创作诗歌的主体；2.《左传》中的《诗》谶，是依据"歌诗必类"的原则，对用《诗》引《诗》者的命运进行预测，而后来的诗谶解读者，往往是依据后来发生情况附会到作者的诗歌作品中，虽然两者都有神秘性，但前者理性因素强些，后者非理性因素更多些。《左传》中的《诗》谶解读，依据的是"歌诗必类"原则，即"歌诗"形式上必须与舞乐相配，不能乱其节奏；"歌诗"内容上必须准确表达出赋诗之人的志向，又要符合

---

① ［东汉］班固：《汉书·艺文志》，北京：中华书局1962年版，第1755~1756页。
② ［清］永瑢等：《四库全书总目提要》（六）卷二十六，上海：商务印书馆1931年版，第2页。

现场气氛、宾主身份以及谈话主旨;"歌诗"内容上必须指合礼得体,维护上下尊卑,示礼有加。比如"郑伯享赵孟于垂陇"故事中,伯有所赋的《鹑之贲贲》,本是讥讽卫宣姜淫乱之作,既与郑伯享赵孟场合极不相宜,且所赋诗中有"人之无良,我以为君"等语,又属诬上不敬之语,严重违礼,所以赵孟预言说:"伯有将为戮矣。"两年之后果然被杀。这种分析明显体现出崇尚"天命"、尊重礼乐的周朝意识形态的特征,体现了当时贵族、"君子"与观人学者解诗的观点,《诗》因此而获得了一种独特的预言功能。由此可见,虽然两者同中有异,但前者就是后来"诗谶"观诗的直接来源,应无疑义。

赋诗者"言志""谕志",听诗者"观言""观志",与《荀子·非相篇》中的"观人以言"① 其实相通,说明春秋时代"观诗之志"成为观人学的一部分,"别贤不肖"正是观人的目的。而相学是一种特殊的广义上的观人学,必然会对当时观人赋诗产生影响,并进而预测用诗者的动机、倾向乃至前途命运。这样就把诗学与命理学联系了起来。

(二) 命相学

相学中的命运观念最早来源于天命论,先秦时代已经形成了"死生有命,富贵在天"(《论语·颜渊》)的观念,汉代相学理论上的重大突破,就是王充的命运支配论,《论衡·无形篇》认为:"人禀元气于天,各受寿夭之命。"② 肯定"命"的存在,并进而提出"命"是先天性的,即《命义篇》所云"凡人受命,在父母施气之时,已得吉凶矣"③。但命也是可知的,"知命之人"(相士)可以通过"察表候以知命",表候就是"骨法"④,即形貌。王充的禀气说、骨相论、贫富贵贱说奠定了中国相学的理论基础。而诸多相术中,察言也是一种途径,而诗歌是诗人语言的一种形式,自然被用来观察命运了。受这种思想影响,古代诗学认为:穷通、贫富、祸福、寿夭等也可以通过观诗而得知。从某种意义上说:"诗谶"实际上是用诗相命,通过诗预测作者及相关人物的气运。不过,诗学在引入命相学的同时,又把它与诗言志言情说、气象观诗说、起结观诗观人说、知人论世说等联系起来,尽量赋予它更多的合理性解释,以印证这一推断。

---

① [唐] 杨倞注:《荀子》,影印文渊阁《四库全书》子部第 695 册,第 142 页。
② [东汉] 王充撰,黄晖校释:《论衡校释》卷第二,北京:中华书局 1990 年版,第 59 页。
③ 同上书,第 50 页。
④ [东汉] 王充撰,黄晖校释:《论衡校释》卷第三《骨相篇》,第 108 页。

相学，俗称"看相算命"。其实看相、算命是不同的层次，对诗学的影响各不相同，但又是相互联系的。看相着重观看人的形貌，算命着重预测人的前途命运。看相是算命的前提与依据，算命是看相的进一步结果。相书《神相全编》有《相善》《相恶》《相蹇难》《相疾病》《相富》《相贵》《相贫贱》《相孤苦》《相寿》《相夭》等内容①，《相理衡真》也有《富相捷径》《贵相捷径》《寿相捷径》《夭相捷径》《穷蹇捷径》《通达捷径》《穷通捷径》《贫贱捷径》《破败捷径》《孤独捷径》《凶恶捷径》《疾病生死捷径》等②。看相对诗学的影响很大，而算命对诗学的影响也不可忽视。命运观念是中国相术赖以存在的理论基础。古人认为，诗歌有预示诗人及相关人物命运的功能，因此观人诗学就有以诗算命的内容，称之为"诗占"可也。诗谶学与这方面内容关系特别密切。

作为观人术的特殊一种，诗学批评借鉴相人术十分明显。相术之所以能对诗学产生影响，主要基于：1. 相人术是一种由天命思想衍化而来的方术，以阴阳五行说、中医理论为基础，况且"天"的变化预示了人的祸福际遇，具有形而上的特点，与"近取诸身"、观物取象、立象尽意等诗学批评思维不谋而合。2. 相术与诗学批评均以人为研究对象、研究核心；通过相诗以占诗人的身份、夭寿、祸福，成为相术的一部分；命相学具有很多神秘成分，其中根据相人之气象以预决人的命运，对于"气象"观诗的正面影响是不可忽视的。3. 相术以貌慑神的模式，如形、精、气、神、骨等"宏观性"相学术语，甚至连日角、偃月、燕颔、虎头、蜂目、豺声等人体器官、部位术语，本用于观察人的性格，暗示人的命运，也都同样常见于传统诗学批评之中，"相"理之法对文学批评的影响最大，相学原理及其术语对诗学范畴影响很大，许多批评术语直接取用于相人术用语。所以吴承学先生总结说："当时的文学批评和相术及人物品评关系十分密切，不但吸收了其术语，也借鉴了其模式和方法。"③

以命运解释诗学，在文化渊源上来说是命理学对诗学影响的产物。观察一个人的穷通（科举与仕途）、贫富、寿夭、祸福是命相学的重要

---

① ［北宋］陈抟：《神相全编》卷五，北京：北京师范大学出版社1993年版，第180～192页。
② 星相研究社编刊：《绘图校正相理衡真》卷七，上海：春明书店1948年版。
③ 吴承学：《生命之喻——论中国古代关于文学艺术人化的批评》，《文学评论》1994第1期，第54页。

内容，而通过诗可以看出作者及相关人物的气运的"诗谶"说，实际上是用诗算命，体现出命相学对古代诗论中的影响。谢肇淛认为"帝王诗有帝王相"，"富贵诗有富贵相"，"寒素诗有寒素相"，"方外诗有方外相"，"闺阁中有闺阁相"①，肯定诗中有"相"的存在。古代文人多接受相学熏陶，有的诗论家本人就深通相学，明清诗论甚至公开将相人与相诗之道打通起来，形成了独具特色的"相诗"体系。

（三）谶纬《诗》学

诗谶之说，分为吉谶与凶谶，从文化渊源来说，它来自谶纬之学。

谶纬之学，是古代汉族民间的神学预言，也是两汉时期一种把经学神学化的学说。"谶纬"是谶书和纬书的合称。《四库全书总目提要》说"谶者诡为隐语，预决吉凶"，"纬者经之支流，衍及旁义"②。谶是秦汉时期巫师、方士编造的预言吉凶的隐语、预言，代表上天向人们昭示未来的吉凶祸福、治乱兴衰。这种观念来自天人感应说。古人认为，人事和天象之间互为表里，相互感应，相互交流。董仲舒《春秋繁露·同类相动》说："帝王之将兴也，其美祥亦先见；其将亡也，妖孽亦先见：物故以类相召也。"③ 从观物取象、直观类比的角度来看，它是有感于政治兴废而发为心声的。纬书《春秋感精符》也有"王者德泽，旁流四表，则白雉见"，"王者德化，则麒麟臻其囿"④ 等说法。天上出现祥云或吉星，就说明政通人和；相反，天上出现灾星，地上出现灾情，则代表人间有不平之事，要么统治者昏庸无能，要么奸臣祸乱朝纲。这种观念先秦已有，如《礼记·中庸》曰"国家将兴，必有祯祥；国家将亡，必有妖孽"，启迪了汉代的天人感应说的产生。基于天人感应理论的祥瑞说和灾异说，构成了谶纬学说的基本内涵，对诗歌创作的影响也各不相同：前者歌功颂德，后者警戒讽谕，代表了诗歌反映现实的两个基本倾向。祥瑞多产生于盛世，服务于政治，与《诗经》之雅、颂相得益彰，多为台阁文字；灾异说则类《诗》之讽、刺，多为忧患文字。这不仅对后世诗歌中的台阁体与讽谕体创作影响深远，而且对诗谶批评中的吉谶观念、凶谶观念影响深远，对诗学理论建设的影响是不可磨灭的。诗、乐是汉儒精心设置的祥瑞、灾异谱系的一部分，诗人堆砌王朝一统天下、

---

① ［明］谢肇淛《小草斋诗话》卷二，吴文治：《明诗话全编》六，第6675页。
② ［清］永瑢等：《四库全书总目提要》（二）卷六，上海：商务印书馆1931年版，第62页。
③ ［西汉］董仲舒：《春秋繁露》卷十三，北京：中华书局1991年版，第207页。
④ ［日］安居香山、中村璋八：《纬书集成》中，第741页。

物产丰富、政治清明等祥瑞意象，同时也从中征兆出诗人吉祥如意的命运；相反，天灾、人祸、妖孽出现，五行之气相乖，则被视作诗人的命途多舛。纬书《诗含神雾》论诗之本源、本质，说："诗者，天地之心，君德之祖，百福之宗，万物之户也。"诗可以统合天、地、人、物，诗就是"天文之精""天地之心"，这种观念正是这种阴阳五行、天人感应思想的体现。纬书用天人感应、阴阳五行、符瑞灾异等理论解释《诗》，形成了一套独特的《诗》学理论体系。祥瑞、灾异的观念也影响了中国的诗乐理论，如《礼记·乐记》："凡音者，生人心者也，情动于中，故形于声，声成文谓之音。是故治世之音安以乐，其政和；乱世之音怨以怒，其政乖；亡国之音哀以思，其民困：声音之道，与政通矣。"① 这就启示后来诗学从诗乐所包含的情感表征来分析帝王兴衰、王朝更迭，产生了"国祚之谶"的诗歌。魏晋以后，又开始分化一支对作者个人生死祸福进行预言的诗谶，形成了"人事之谶"的诗歌。它把诗歌作品与作者或相关人物的命运直接链接起来，强化了关注个人志向性格、未来命运的内容，成为观人诗学中最为神秘的一部分。刘熙载《诗概》："《诗纬·含神雾》曰：'诗者，天地之心。'《文中子》曰：'诗者，民之性情也。'此可见诗为天人之合。"② 这就是在天人合一背景下的中国传统对诗的本质和功用的谶纬学阐释。谶纬实际上通过"天人感应"的思维方式，将把天、地、人"三才"紧密联系起来，诗歌也因此与天地发生联系，这对诗学的思维方式、表达方式等产生了影响。

诗谶的产生，也是谶纬解《诗》传统、汉代诗教谶纬化的必然产物。预言解诗，始于《左传》，已如前述；孔子"不语怪力乱神"，自然剥去了春秋时代的神秘主义外衣，以政治教化立场解诗、强调诗歌的政治取向与道德倾向，建立了儒家诗教，中断了《左传》的"赋诗之谶"（预言解诗）的传统；但到了汉代，谶纬之学兴，汉儒以谶纬解释儒经成风，又给"《诗经》学"披上了神秘主义外衣，故有"援纬证经"③、"集纬以通经"（《文心雕龙·正纬》）的说法。但早期的谶与纬不同，谶、谶记、符命，是神秘的吉凶预言，常常因为有图，故称"图谶"；而纬则是汉儒假托古代圣人的依附于"经"的各种解经著作。发展到后来，谶纬合一，谶中有纬，纬中有谶。这种对儒经的神学性解释之风气，大

---

① ［元］陈澔：《礼记集说》卷十九，天津：天津市古籍书店1988年版，第204页。
② ［清］刘熙载：《艺概》卷二《诗概》，上海：上海古籍出版社1978年版，第49页。
③ ［清］庄述祖《白虎通义考》，［清］陈立：《白虎通疏证》附录，北京：中华书局1994年版，第604页。

大促进了谶谣、谶诗、诗妖的发展。在《诗经》学研究领域，他们以《诗纬》为中心，以齐学为根基，以阴阳、五行、祥瑞、灾异之说对《诗经》进行神学性阐释，并从中抽绎出诗学原理，形成了独特的"谶纬《诗》学"体系①。

汉代以谶纬释儒经，推出了一批儒经"诸谶"与"七纬"等解经著作。受汉代解诗四家之《齐诗》翼奉一派影响，汉代对《诗经》进行神学性解释的就有《诗谶》《诗纬》，运用阴阳五行及灾异之说阐释《诗》学。可惜前书亡佚，仅从张衡《请禁绝图谶疏》中引出："凡谶皆云黄帝伐蚩尤，而《诗谶》独以为'蚩尤败，然后尧受命'。"② 此"诗谶"二字见诸载籍之始，当系汉儒伪造的谶书，与我们的"诗谶"含义不同。而流传下来的《诗纬》有《推度灾》《氾历枢》和《含神雾》三种，它既与《诗经》相配，又往往不限于说"经"而与谶结合了起来。由此可以推断，《诗谶》《诗纬》都是汉代谶纬依附于经典的产物，内容不仅包括对《诗经》的神化与神学性解释，而且充斥着占星术数、神怪妖异等内容。它们与《诗经》的关系，借用陈乔枞《诗纬集证》自叙说：《诗纬》是"圣门言《诗》之微旨"，"经"阐明的是"义""理"，而"纬"穷究的是"象""数"；"经"属于人道，而谶纬属于"天道"（也即神道）③。甚至是汉代中后期，谶纬之学把宗教与政治、学术挂钩，谶多是政治性的"诡为隐语，预决吉凶"的神秘预言。尽管汉代《诗谶》与后来"诗谶"意义不尽相同，但在以谶解诗上精神是相通的，开后世诗谶之先声。如果我们联系到上述诗谶批评关于诗言志、言情与气象说的论述，不难发现：诗谶批评一个很明显的特点，就是从言志、制情、气象等方面，运用谶纬学原理对后世诗歌的一种阐释，从神秘角度上有力支撑了儒家诗教学说。诗谶批评其实就是汉代谶纬《诗》学在后世诗学批评的进一步发展。

汉代天人思想缘于阴阳五行观念，由阴阳五行思想衍生察人观相，用于预知人的穷达贵贱，主要有"命理""相理"两种方法，其中命理以谶纬之学为主，相理以骨相学为主，二者对诗学的直接影响，就是诗谶批评的产生。从某意义讲，相人术与诗学批评均以人为研究对象或研究核心，所以相人术可以为诗学批评所借鉴运用：形体相学对观人诗

---

① 张树国：《谶纬〈诗〉学体系的建构及其影响》，《中南民族大学学报》2012年第6期，第114页。
② ［南朝宋］范晔：《后汉书·张衡列传》，北京：中华书局1973年版，第1912页。
③ ［清］陈乔枞：《诗纬集证》，上海：上海古籍出版社1997年版，第761页。

学的影响，增添了诗学的审美色彩与生命色彩；而命理相学对观人诗学的影响，则体现在宿命色彩、神秘性上。命相学、谶纬学与诗学批评进一步结合的结果，就是诗谶的产生。忽视诗谶批评，既不利于对"观人学与诗学批评的建构"的全面把握，也不利于对中国诗学批评的全面把握。

（四）中医学与观人诗学

与西方相术以统计学为基础不同，中国相术以中医学为基础。而中医特别强调望、闻、问、切。受其影响，中国相术具有浓重的生命意识，观人诗学从某种意义上说，是一种"文学生命化批评"。无论是相诗之心、性、精、神、气、色、骨、肉等，还是相诗人之穷通、贫富、祸福、寿夭，都是把诗歌当作一个形神兼备、骨肉匀称、血脉流通的生命体，进行观照。"筋骨立于中，肌肉荣于外，色泽神韵充溢其间，而后诗之美善备"①，则为昌明之象，也是寿福通富之象；从病理学角度看，神气、筋骨、皮肉等失调不匀，人的生命体是一种病态，故为"死兆"；诗歌表现为神暗、气削、骨萎、色薄等，也是没有生气之相，诗人也被看作夭祸贫穷的命相。当然，这其中没有必然联系，但是我们也不排除其中的偶合因素，更不能否定其中崇尚健康之美的合理内容。中医关于健康与病象的分析与论述，对诗学中的"气象"等系列理论影响甚大，同时也影响到对诗歌生命体、诗人命运走向的判断。

以上考察了诗谶批评产生的文化渊源，特别是考察了赋诗言志、命相学、谶纬学、中医学与观人诗学影响与作用，这对于我们认识诗谶批评的内容特点、源流发展及其对传统诗学体系建构的正负面影响与作用，是十分有益的，也是十分必需的。

二 诗谶批评对传统诗学体系建构的负面作用

诚然，在古代诗学理论中，从毛苌作《诗序》到张惠言批《词选》，一直存在着"诗无达诂"（《春秋繁露·精华》）的"不可知论"传统，也存在着一种"微言大义""比兴说"扩大化的说诗传统。不可诂，不等于不要解诗；而要解诗，要求阐释者有"以意逆志"的素质，读者需要从个人经验出发，含英咀华，探索微言大义、揭示深蕴。诗歌本来就具有含蓄蕴藉、言简意丰的特点，它总是描述可能发生的事，被观人者、诗论家用于仪式和诗占，认为具有神秘启示性，可以通过观诗以占察个

---

① ［明］胡应麟：《诗薮》外编五《宋》，上海：上海古籍出版社1979年版，第206页。

人或国家的意志和命运，因而形成诗谶。作为阐释学之一的诗谶，由于它来源于春秋时代的解诗传统，以及汉以来的谶纬学、命相学传统，所以作为一种诗歌批评来说，它有着不可避免的误区：

（一）淡化了对诗歌文本的把握，强化了天命内容或者宿命成分

诗谶批评最大的理论误区，主要有：

1. 它是一种牵强附会的神秘主义批评，而不是科学的阐释。诗谶的解读，多半是偶然巧合，也具有部分事实，以及解诗者某种合理的推测和想象。诗谶盛于宋代，所以《四库全书总目》"诗文评"类总论："宋人务求深解，多穿凿之词。"① 确实，古代诗谶解诗，多穿凿附会之词。

首先诗歌与吉凶之间并没有必然的科学联系，如昔人讥太白不善处厄穷，流放夜郎后遗什寥寥，故其子早卒无后，所以陈仅《竹林答问》斥之为"身后之谤"②；至于乾隆帝评白乐天《酬微之》曰："元、白之无后，未必非天之致罚也。"③《拾遗》评狄浚《孤雁》"更无声接续，空有影相随"曰："闻此句者皆云必无后，果如其言。"④ 皆如此类。诗谶学总结的一些理论或结论，如袁枚谓"东坡诗风趣多，情韵少，晚年坎坷，亦其证也"⑤，"情长寿亦长"⑥，本来是证明诗言情尚韵的合理，但将它与人生穷通寿夭结合，没有科学依据；即以王次回诗为例，袁枚倾倒之至，情韵可谓长矣，然而却坎坷一生，就充分证明了这点。

其次诗歌与吉凶之间往往不验，如白居易十八岁病中作绝句："少年已多病，此身岂堪老？"而白公寿七十五⑦；程颐、陆游多衰病诗句，亦各长寿⑧。"韩愈《左迁至蓝关示侄孙湘》不讳言死，时谓有谶；韩愈自谓必死潮州。而次年量移袁州，寻尔还朝"⑨，这些例子皆足以从史实与本事上证明天命、宿命之非。

有些诗谶虽然是根据诗歌对作者进行预言判断，其实也是猜测，往

---

① ［清］永瑢等：《四库全书总目提要》（三十九）卷一百九十五，第92页。
② 郭绍虞：《清诗话续编》四，第2261～2262页。
③ ［清］乾隆御选：《唐宋诗醇》卷二十五，北京：中国三峡出版社1997年版，第532页。
④ ［北宋］阮阅：《诗话总龟·诗谶门下》，第337页。
⑤ ［清］袁枚：《小仓山房文集》卷二八《钱竹初诗序》，《袁枚全集》二，南京：江苏古籍出版社1993年版，第492页。
⑥ ［清］袁枚：《随园诗话补遗》卷十，第830页。
⑦ ［南宋］洪迈：《容斋随笔》卷一"诗谶不然"，影印文渊阁《四库全书》子部第851册，第281页。
⑧ ［清］周寿昌：《思益堂日札》卷六，长沙：岳麓书社1985年版，第169页。
⑨ ［元］方回撰，李庆甲汇评：《瀛奎律髓汇评》卷四十三《迁谪类》，第1553页。

往不验。象《江南野录》记李璟见江为诗"吟经萧寺旃檀阁,醉倚王家玳瑁筵"说:"吟此诗者,大是贵族。"① 而江为坎坷终生。倒是晏殊以为"乞儿相,未尝识富贵者"②,然这已是后人说诗,不是作为预言的诗谶了。又如杜甫《一百五日夜对月》作于至德二年寒食,身陷贼中而思念妻儿,末言"牛女漫愁思,秋期犹渡河",寄希望于七夕重逢。而仇兆鳌注曰:"牛女渡河,豫言聚首有期。是年克复西京,果在深秋之候。"③ 前半句是对的,后半句认为此诗谶王师七月收复西京,与史实不符,史实是九月克复西京。

2. 诗谶存在造假现象,有时经不起严格的史实的考证。诗谶批评与本事批评不同,但一些评诗者为了证明谶的存在,故意假托甚至伪造本事。如为了证明韩愈《左迁至蓝关示侄孙湘》诗是诗谶,竟伪造出"湘子作诗谶文公"的传奇,以至于"云横秦岭家何在,雪拥蓝关马不前"成了谶语④。还有的刻意更改时间、地点,人为制造诗谶成立的假象,如:

> (章)孝标及第,除正字,东归《题杭州樟亭驿》云:"樟亭驿上题诗客,一半寻为山下尘。世事日随流水去,红花还似白头人。"初成落句云"红花直笑白头人",改为"还似",且曰:"我将老成名,似我芳艳,讵能久乎?"及还乡而逝。或曰:前有八元,后有孝标,皆桐庐人,复同姓而皆不达。⑤

这就是一段不实的诗谶,傅璇琮已作考证:"章孝标尚于大和中为山南道节度从事,并有蜀中之行,并非及第还乡即逝。"⑥ 又如郑畋《马嵬驿》诗云:"肃宗回马杨妃死,云雨虽亡日月新。终是圣明天子事,景阳宫井又何人?"当时论者以为此诗有宰相之器。及僖宗时,郑果拜相。但贺贻孙《诗筏》已经看出:"余谓此诗善为本朝回护,佳则佳矣……

---

① [北宋]阮阅:《诗话总龟》前集卷四《称赏门》,第37页。
② [南宋]胡仔:《苕溪渔隐丛话》前集卷第二十六《晏元献》,北京:中华书局1962年版,第175页。
③ [唐]杜甫撰,[清]仇兆鳌注:《杜诗详注》卷四,北京:中华书局1979年,第324页。
④ [北宋]刘斧:《青琐高议》卷九《韩湘子》,上海:上海古籍出版社1983年版,第85页。
⑤ [清]尤袤《全唐诗话》卷三《章孝标》,[清]何文焕辑:《历代诗话》上,第133页。
⑥ [元]辛文房撰,傅璇琮校笺:《唐才子传校笺》,北京:中华书局2002年版,第136页。

谓旼语为宰相之器，或亦自旼拜相后追言之耳。"① 又如"郭璞撰《临安地志》云：'天目山前两乳长，龙飞凤舞到钱唐。海门山起横为案，五百年生异姓王。'……至是果验"②。其中引用郭《钱唐天目山诗》以谶钱镠建立吴越国，所谓"异代诗谶"者，其实也不合史实，因为郭璞所处的东晋时代还没有七言绝句，这不过以谶纬学行政治诈术，借以笼络人心而伪造的诗谶而已。记载诗谶的除了诗学著作外，还有小说、传奇，既有"街谈巷说""道听途说"的成分，便难免"琐屑细碎""夸饰穿凿"之嫌，必须区以别之。所以古人也有"无谶"之说③。但它们作为诗学批评的特殊现象，反映了诗学的许多神秘观念，具有相当的认识价值，不能全以迷信、小说而弃之。

3. 诗谶批评是一种"断章取义"式的摘句式批评，不是全面的阐释。如：

> 明堂主簿骆宾王《帝京篇》曰："倏忽搏风生羽翼，须臾失浪委泥沙。"宾王后与敬业兴兵扬州，大败，投江而死，此其谶也。④

骆宾王的《上吏部侍郎帝京篇》是一首都市题材的长诗，取材于汉代京城长安的生活故事，借古喻今，抒情言志，描写了京城的豪华壮丽，揭露了种种社会丑态和世道沧桑。艺术上也气韵流畅，有如"缀锦贯珠，滔滔洪远"，在当时就传为绝唱，堪与卢照邻的《长安古意》媲美，但内容比《长安古意》庄重严肃，气象也更辉煌。而诗谶论者统统置这些不顾，关注点只在其中二句，附会成作者死亡之谶，所谓"得其粗而遗其精"者。况且骆宾王之死成谜，《旧唐书》和《资治通鉴》都说骆宾王被诛杀，《新唐书》则说"亡命不知所之"，只有小说家张鷟《朝野金载》说他"投江而死"。可见，诗谶往往割裂了诗歌整体的含义，而放大了个别语词、语句的表面含义，甚至制造出作者"投江而死"的结

---

① 郭绍虞：《清诗话续编》一，第182页。
② [北宋] 范坰、林禹：《吴越备史》卷一《武肃王》，北京：中华书局1991年影印版，第57页。
③ 持其说者，如伍涵芬《说诗乐趣类编》卷一四《诗谶门》谓："诗未尝可为谶，而自己先定为谶矣。"济南：齐鲁书社1992年版，第561页。明张燧《千百年眼》卷七《骆宾王四子受诬》谓："凡称知人者，知其人之臧否邪正耳。穷达修短，则姑布子平小术，君子不道也。"此为裴行俭而发。石家庄：河北人民出版社1987年版，第124页。
④ [唐] 张鷟：《朝野金载》卷一，北京：中华书局1979年版，第11页。

局，以达到其证明诗句"预言"诗人命运的目的。这种诗学批评割裂了诗歌原本的文学整体性，只使用谶言暗示，难掩其片面性、局限性。

（二）颠覆了"哀怨起骚人""穷而后工"的诗学传统，往往脱离了诗学批评的实际

诗谶批评，根据诗歌作品呈现出来的祥瑞、灾异等气、气象表征，划分为吉谶、凶谶，再结合诗人本事，判断诗人或者相关人物的穷通（含科谶与仕谶）、贫富、寿夭、祸福等；对于吉谶诗歌，往往以寿、福、富、贵、台辅等字面许之；对于凶谶诗歌，往往以夭、祸、寒、薄、穷等字面嗤斥之，甚至恶毒攻击之，倾向性非常明显。这样一来，无形中给作者、读者、评者造成一种错觉：凡是吉谶诗歌就是好诗，凶谶诗歌便是坏诗、恶诗。如果将吉谶、凶谶作为区分诗歌质量好坏、诗人成就高低的话，新的问题便出现了：

> 端己有《长年》诗曰："长年方悟少年非，人道新诗胜旧诗。十亩野塘留客钓，一轩春雨对僧棋。花间醉任黄莺语，亭上吟从白鹭窥。大盗不将炉冶去，有心重筑太平基。"或谓此诗包括生成，果为台辅。余谓此诗末二句虽谶佳，诗实不佳。又朱鹏夏课卷中有诗曰："近来灵鹊语何疏，独凭栏干恨有殊。一夜绿荷风剪破，赚他秋雨不成珠。"识者以为不详，是岁果卒。余谓此诗谶虽不佳，诗实佳。①

> 介甫选四家之诗，第其质文以为先后之序。予谓子美诗闳深典丽，集诸家之大成；永叔诗温润藻艳，有廊庙富贵之气；退之诗雄厚雅健，毅然不可屈；太白诗豪迈清逸，飘然有凌云之志：皆诗杰也。其先后固自有次第，诵其诗者，可以想见其为人。②

> （长吉）"瘦马秣败草"，"冷花寒露姿"，"霜重鼓声寒不起"，"老兔寒蟾泣天色"，"空山凝云颓不流"，"九节菖蒲石上死"，"劫灰飞尽古今平"，"东关酸风射眸子"，"鲤鱼风起芙蓉老"，"家人折断门前柳"，"况是青春日将暮"，"秋风吹地百草干"，"从君翠发芦花色"，"妾颜不久如花红"，随意拈出一语，皆夭亡征也。③

作词贵于悲郁中见忠厚，悲怨而激烈，其人非穷则夭。汉舒词

---

① ［清］贺裳《载酒园诗话又编·韦庄》，郭绍虞：《清诗话续编》一，第391页。
② ［南宋］李纲：《梁溪集》卷九《读四家诗选四首》，影印文渊阁《四库全书》集部第1125册，第575页。
③ ［清］潘德舆：《养一斋诗话》卷五，北京：中华书局2010版，第81页。

如:"浮生皆梦,可怜此梦偏恶。"又云:"看取西去斜阳,也如客意,不肯多耽搁。"沉痛迫烈,便成词谶,香雪所以不永年也。①

象韦庄的《长年》,谶佳而诗不佳;来鹄的《偶题二首》,李贺的诗,王策的《念奴娇·金陵秋思》,诗(词)佳而谶不佳,对诗人的命运影响各不相同。韦庄、欧阳修的诗皆有"富贵之气",所以位登台辅(韦庄仕蜀而至宰相,欧阳也仕宋至参知政事),而李杜虽无"廊庙之器",却是成就最高的两个诗人,欧阳修在李、杜、韩、欧四家之中位居最末,此皆诗学定论。诗谶论者以贫富、寿夭相诗,并由此相人(作者),前论甚详;但对诗歌品第批评时,得出的结论却与正常的诗歌批评大相径庭,好坏相反,当令后学茫然失据,所以贺裳《载酒园诗话·宋·二宋》说诗谶"真是富贵人相诗法,风骚家恐不烦尔尔"②,显然是批判了诗谶诗学,而肯定了正统的诗歌批评。陆龟蒙《书李贺小传后》评李贺、孟郊、李商隐曰:"吾闻淫畋渔者,谓之暴天物,天物既不可暴,又不可抉摘刻削,露其情状乎?使自萌卵至于槁死,不得隐伏,天能不致罚耶?长吉夭,东野穷,玉溪生官不挂朝籍而死,正坐是哉!正坐是哉!"③ 这是典型的诗谶之说,刘淮驳之曰:"呜呼!必若此言,是率人肤浅而无钩深探玄之学,且古之穷理格物而著述以天地之秘者,当何罚耶?"④ 也否定了命相诗法。

诗谶论者虽然主张真情,但不是"深情",象愁绝语、愤绝语、狂绝语、艳绝语、痴绝语等,在诗谶看来,容易"乖戾伤寿";然而它们却是极易动人的文学作品,故感人也深;而诗谶所推崇的富贵诗、富贵语毕竟不是人类最深切的感受,故感人也浅。所以,诗谶否定了低吟哀泣的凄楚诗风,否定了"以悲为美"的审美体验,同时也否定了屈原"发愤以抒情"⑤、李白"哀怨起骚人"⑥、韩愈"不得其平则鸣"⑦ 的诗

---

① [清] 陈廷焯:《白雨斋词话》卷四,北京:人民文学出版社2001年版,第85页。
② 郭绍虞:《清诗话续编》一,第408页。
③ [唐] 陆龟蒙:《笠泽丛书》卷一,影印文渊阁《四库全书》集部第1083册,第238页。
④ [明] 刘淮:《李长吉诗集·后序》,明弘治刻本。
⑤ [东汉] 王逸:《楚辞章句》卷四《惜诵》,影印文渊阁《四库全书》集部第1062册,第34页。
⑥ [唐] 李白《古风》其一,[清] 彭定求等:《御定全唐诗》卷一百六十一,影印文渊阁《四库全书》集部第1424册,第472页。
⑦ [唐] 韩愈撰,马其昶、马茂元校注:《韩昌黎文集校注》卷四《送孟东野序》,上海:上海古籍出版社1986年版,第233页。

论传统，哪怕像《楚辞》抒写愁怨之作，也被理解为隐喻未来的凶兆。诗谶虽然在某种意义上否定了缺乏真实感受、矫揉造作、无病呻吟作品，但也将"诗穷而后工"的作品中的羸弱气象解读为诗谶，进而否定这类作品，与"诗穷而后工"创作规律不符合；并且，象葛胜仲《陈去非诗集序》历数"诗能穷人"的种种，说："唐李太白号谪仙，然以乐府忤妃子，卒陷穷不振；刘梦得坐'种桃'句，黜刺连州；白乐天坐《新井》篇，黜佐湓浦；孟浩然、贾浪仙辈俱有能诗声，然以诗忤明皇、宣宗，终坎坎壤州县。故言诗能穷人者，取是为左验。"① 诗谶实际上进一步强化了"诗能穷人"的说法。诗谶相诗法，与诗歌创作、诗歌批评规律不符合的还不止此，如：

> 叶元礼词，直是女儿声口。如"生小画眉分细茧，近来绾髻学灵蛇。妆成不耐合欢花"，又"蝶粉蜂黄拚付与，浅颦深笑总难知。教人何处忓情痴"，又"罗裙消息落花知"，又"清波一样泪痕深"，又"此生有分是相思"等句，纤小柔媚，皆无一毫丈夫气，宜其夭亡也。②
>
> 长乐女史梁梅居……诗近雄秀……其《出山海关》云："天险辟雄关，幽燕判此间。海光时动壁，城势欲争山。拔地重楼耸，排空万堞环。征途凝眺处，紫气绕烟鬟。"此诗有铜弦铁板之声，无傅粉含香之气。出乎女士，宜乎不永其年耳。③

按：以上一则词谶，一则诗谶，男人词发雌声，女儿诗作雄声，在谶学看来，都是夭寿的征兆。这种以"诗气"的雄雌来断人寿的做法，来自相学。相学认为"上相之相审声"，而审声之道又分雄雌，男作女声，女作男声，皆为不吉，如《麻衣神相全编》卷一《论声》说："男有女声，单贫贱；女有男声，亦妨害。""男儿声雌，破却家资。女人声雄，夫位不宁。"④ 这些观念，陈廷焯、林昌彝等鉴诗者们是烂熟于心的，自然也影响到了他们诗词批评的结论。这种批评陷入了宿命论，强化了诗学批评中的宿命色彩；同时也与正常的诗词批评不符：象叶元礼

---

① [南宋]葛胜仲：《丹阳集》卷八，影印文渊阁《四库全书》集部第1127册，第488页。
② [清]陈廷焯：《白雨斋词话》卷三，北京：人民文学出版社2001年版，第67页。
③ [清]林昌彝：《射鹰楼诗话》卷二十，上海：上海古籍出版社1988年版，第480页。
④ 田海林等：《相学秘籍全编》下，贵阳：贵州人民出版社1994年版，第840~841页。

（叶舒崇字）的这首词，本系悼云儿之作，自然"纤小柔媚"；梁秀芸虽是女性，但诗咏的是山海关，自然与雄关相配：诗庄词媚，固是体制本色，豪放诗、婉约词，亦各臻其美，足以动人。而诗谶置诗歌体制、题材等文学元素于不顾，只专注作者的命运，由此可见诗谶批评的理论局限。

（三）诗谶批评给诗歌创作带来的错误导向

由于诗谶相诗，兆分吉凶，由此决定作者等人的命运，因此它反映了严重的避凶趋吉的民族文化心理：

> 江南李后主尝一日幸后湖，开宴赏荷花，忽作古诗云："蓼梢蘸水火不灭，水鸟惊鱼银梭投。满目荷花千万顷，红碧相杂敷清流。孙武已斩吴宫女，琉璃池上佳人头。"当时识者咸谓吴宫中而有佳人头，非吉兆也。是年王师吊伐，城将破，或梦丱角女子行空中，以巨筴筴物，散落如豆，着地皆人头，问其故，曰："此当死于难者。"最后一人冠服坠地，云："此徐舍人也。"既寤，徐锴已死围城中。①

> （陈）无己晚得正字，贫且病。鲁直《荆州南十诗》曰："闭门觅句陈无己，对客挥毫秦少游。正字不知温饱未？春风吹泪古藤州。"无己殊不乐，以"闭门觅句"为歉，又与死者相对为恶。未几，果卒也。②

李后主咏荷诗，本美人喻花之法，但欢宴之中，突然出现"斩""佳人头"的比喻，毕竟血腥恐怖，让人不快。为了渲染这种神秘主义情绪，诗谶说者构思了"吴宫中而有佳人头""梦丱角女子行空中"等情节，甚至虚构了"徐锴已死围城中"的情节，宛如演义小说，浓墨渲染了凶兆的悲剧气氛，加剧了中国人的避凶心理。黄庭坚悼念死者秦观、怀念生者陈师道的诗，本来抓住两位好友创作时的不同表现的细节，描写他们不同的风度，表达了对两人的怀念、悼念、同情乃至于鸣不平。但对诗谶来说，生者与死者摆放一起，自然引起生者的不快，引以为忌。

这些诗谶例子说明，古代关于语言禁忌的问题，已经深入人心，不但影响了接受者、阐释者，也窒息了诗歌创作的自由空间。清伍涵芬说：

---

① ［北宋］委心子：《分门古今类事》卷十三《谶兆门上·后主古诗》，第127页。
② ［南宋］陈鹄：《西塘集·耆旧续闻》卷二，北京：中华书局1985年版，第13页。

"今人泥此见于胸,下笔必欲忌讳,特作好语以邀祥,又或接人投赠诗,必吹毛索瘢,指出一二疵累字,责为妨害,而仇怨不已,不知即此一念,便是其人不祥之气。诗未尝可为谶,而自己先定为谶矣。"① 伍氏指出了诗谶给诗歌创作带来了负面的影响:诗人的遣词造句、营造意境、使用意象、抒发感情等都可能触及吉凶忌讳,引发诗谶。

最突出地表现在语言的禁忌上。本来"昔者仓颉作书而天雨粟,鬼夜哭"②,汉字的出身具有魔幻性与灵异性,加上诗谶用灾异说、吉凶说来解释诗歌与诗人本事的巧合,以及人们趋吉避凶的文化心理,都强化了传统诗论的神秘之感,加深了人们对于诗歌语言的畏忌之情。它对诗歌创作最直接的影响,就是预设种种忌讳与禁区,诸如:

1. 不祥语的禁忌。如葛立方所举李贺的"我当二十不得意,一心愁谢如枯兰",陈无己的"七十已强半,所余能几何?遥知暮夜促,更觉后生多"③,方苞也说:"君貌甚文,苦羸,气不能任其声。……君既殁且逾年,余启箧,见其病中所拟《秋风辞》,音旨悽怆,其诸衰气之先见者与?"④ 这些都导致了对创作愁苦之音一类风格的诗歌的负面评价。

> 常建诗好为不祥语,如"城下有寡妻,哀哀哭枯骨","万里驮黄金……坟上哭明月","战余落日黄,军败鼓声死……今与山鬼邻,残兵哭辽水",苦调凄绝。又如"淡淡花影没,山暝学栖鸟",兴人僻语,必造幽譬,如有人不向青天白日,而对苦雾浓阴;不喜吹竹弹丝,而听狐鸣鬼啸,则世必以为不祥之人。若有好读此等诗者,恐死期旦夕至矣。⑤

不但好写不祥语的诗人是"不祥之人",就连喜爱这类诗歌的读者也遭到祸殃,这样一来,诗谶相诗,不但作者有谶,读者也有谶;这不仅干扰了诗歌创作,而且干扰了正常的诗歌鉴赏与批评。

2. 不祥字面的禁忌。如王思任《李贺诗解序》所列李贺诗喜用鬼

---

① [清] 伍涵芬:《说诗乐趣类编》卷一四《诗谶门》,济南:齐鲁书社1992年版,第560~561页。
② [西汉] 刘安撰,[东汉] 高诱注:《淮南鸿烈解·本经训》,影印文渊阁《四库全书》子部第848册,第587页。
③ [南宋] 葛立方:《韵语阳秋》卷二,北京:中华书局1985年版,第11页。
④ [清] 方苞:《方苞集》卷十三《完颜保及妻官尔佳氏墓表》,上海:上海古籍出版社2008年版,第381页。
⑤ [明] 冯复京《说诗补遗》卷七,吴文治:《明诗话全编》七,第7296页。

字、泣字、死字、血字,"幽冷鳋刻,法当夭之"①,清人也反映了字面禁忌极端的情况:

> 文字之忌讳,至今日为已极,亦亘古所未有也。自场屋之文与士大夫往还问答之书及一切酬应之文,皆以吉祥之辞相媚悦,而古人所造之字,其可删去而不用者,不可胜数矣。不特字义忌讳也,即字形亦多忌讳……一大僚为余言:"一同寅为尚书……每阅簿书文卷,望见有字意不吉,如衰、病、死、卒、休、废、悲、哀、伤、叹、罚、黜、凶、恶、噫嘻、嗟吁、呜呼等字,即以手推远之,而身作远避状,连呼曰:'看不得!看不得!'摇首蹙额,向地呕吐,痰从喉出,神气皆辞,良久乃定。"②

从作诗到作诗,从读文到读诗,这种文字忌讳与诗谶观念,构成了写作和阅读的禁区。

3. 不祥韵字的禁忌。马御史说:"押韵不可用哑韵。如五支、二十四盐,哑韵也。"③ 韵文押韵时使用开口度较小、发音不响亮的韵字,声韵低沉或冷僻字多的韵部,称为"哑韵"。本来诗歌忌用哑韵,是因为用了哑韵,非但词句不挺,读起来不响,即全诗亦因之萎弱矣。这是从创作与鉴赏角度来说的,强调诗歌要有音乐美,但清人用命相学阐释,给用哑韵者赋予了祸凶的含义。如蒋山佣《诗律蒙告》说:"哑韵能响者,其人必贵;险韵能稳者,其人必安。子曰:知者乐,仁者寿。吾于诗见之。"④ 实例如:

> 冬友自言:"九岁时,侍先大父过淮,舟中人限'吞'字韵为诗,多未稳。予有句云:'横桥风定帆全卸,小艇潮来势欲吞。'大父曰:'此子将来必无患苦。'或问其故。曰:'凡诗押哑韵而能响者,其人必贵;押险韵而能稳者,其人必安。生平以此衡人,百不失一。'"⑤
> 曹司农秋岳取扇面平声字分韵限赋,次及钱瞻伯,得"枭"

---

① 吴企明:《李贺资料汇编》,北京:中华书局,1994年版,第201页。
② [清]戴名世:《戴名世遗文集》手稿影印件《忧庵集》"136"条,北京:中华书局2002年版,第63~64页。
③ [元]范德机《木天禁语》引,[清]何文焕:《历代诗话》下,第752页。
④ [清]吴骞:《拜经楼诗话》卷一,北京:中华书局1985年版,第10页。
⑤ [清]袁枚:《随园诗话》卷十,第341页。

字，客皆曰"此韵不佳"。秋岳戏曰："正须枭此贼。"钱诗成曰："却怜殊月好，频掷不成枭。"岁余竟坐法死。说者以为诗谶。①

清人将韵部、韵字的使用与人之吉凶联系起来，以此作为以诗观人、百试不爽的铁律。其实，韵部、韵字的使用直接影响到诗歌作品的音乐效果，与作者的贵贱吉凶命运并无必然联系。

4. 纪年限制。如洪亮吉《北江诗话》："诗句限年，往往成谶。袁大令枚丁酉元日诗：'不贺宾朋先自贺，堂前九十四龄亲。'然太夫人即于是年弃养。朱学士筠辛丑岁自福建学使任满归，岁朝作诗，有'五十三年律渐工'句，果于是年下世。"② 其实杜甫、白居易诗歌经常有"诗句限年"的情况，也未闻诗谶事情发生。所以诗论家认为诗人作诗时要避免反映不吉利的内容，以免给自己带来不祥的命运。

诗谶说者对文人创作发生心理暗示作用，令人顾忌太多，形成了"语言拘忌"的现象，造成因"禁忌"而夺人创作之"气"的结果。预设禁区必然影响题材的禁忌与诗气的畅通，所以遭到有识之士的抵制，如惠洪《诗忌》说："今人之诗例无精彩，其气夺也。夫气之夺人，百种禁忌，诗亦如之。富贵中不得言贫贱事，少壮中不得言衰老事，康强中不得言疾病死亡事，脱或犯之，人谓之诗谶，谓之无气，是大不然。诗者，妙观逸想之所寓也，岂可限以绳墨哉？"③

趋吉与避凶是一个事物的两个方面，趋吉避凶的结果就是助长文人撰写喜庆诗文的心理，造成古代文学中吉庆之诗繁多现象。不仅如此，这些禁区还扩大到诗歌评论与鉴赏，如尤侗《艮斋杂记》讥金圣叹说律诗分两截如腰折，是身首异处之兆④，这些禁忌都不利于诗歌创作与诗学批评的发展。

中国的观人学以中医学为基础，通过观人看相的形式，结合当时生产、生活经验总结出来的一些符合科学精神的思想。人们将实际体验与神秘观念融汇其中，从而使它呈现出许多复杂的状态。科学与迷信在思想体系上是不相容的，但是事实上它们又经常并存在传统文化中，纠缠不清。这种特征也影响到了观人诗学。比如观人诗学中"因内符外"原

---

① [清] 施闰章《蠖斋诗话·诗限恶韵》，丁福保：《清诗话》上，北京：中华书局1963年版，第406~407页。
② [清] 洪亮吉：《北江诗话》卷三，北京：人民文学出版社1983年版，第48页。
③ [北宋] 惠洪：《冷斋夜话》卷四《诗忌》，第37页。
④ 邓之诚：《清诗纪事初编》卷三《金人瑞》引，台北：明文书局1985年版，第338页。

理，以精、神、气、骨为代表的生命体观，人的身高体重、头面手足、身形骨节都应相称，人才是美的；文章的言辞、声韵、节奏、气势也是一种和谐的有机整体，这是观人术从具体方法上作用诗歌批评的结果。观人诗学强调诗歌与生命的关系，因为人类的生命本来就是诗歌产生和发展的基本前提和逻辑起点。这些看法都具有一定的科学性与合理性。但同时，观人诗学批评中，以诗相人之心术、神气，乃至预示、验证诗人及相关人物命运，形成了观人诗学批评的特殊形式——诗谶批评，体现了命相学对诗学建构的负面影响，从而使得观人诗学批评除了形象性与感性、模糊性与体悟性等特点外，还具有很强的神秘性与宿命性特点。

总之，诗谶由春秋溯其源，西晋肇其端，至唐宋演变为一种特殊的诗学批评形式。诗谶批评是古代诗论中常见的一种诗歌评论现象，既区别于一般的古代诗歌批评，也有别于编选、点评、句图、祖宗录、点将录等批评方式。它以命相、谶验为媒介，将诗歌作品与诗人命运结合起来相互印证的诗歌阐释方式，而诗人命运正是观人学（特别是相学）的重要内容，也成为诗学批评的一个内容。中国诗谶批评虽然没有形成自己的理论体系，尚未引起诗歌批评领域应有的关注，但它确实存在着，是中国传统诗学批评中最为另类的一部分。由于它把握和体现了传统观人诗学原理、事实验证与神秘主义相结合的特点，从一个特定的角度丰富了中国的传统诗学思想。尽管它存在着许多局限，至其末流，借诗谶之说作骂语，如明代冯复京《说诗补遗》卷七评"盛唐有任华，乃是禹代之罔两，殷朝之桑榖，不祥莫大焉。无端瘦犬狂嗥，厕牏流污，借与李杜唱酬，应是李《蜀道难》，杜七绝诸作，口业报耳"①，则几于佛骂；王铎评钟、谭诗曰"如此等诗，决不富不贵，不寿不子"②，则几于国骂。这些都将严重影响到诗谶作为诗歌批评的公允性、严肃性与正统性。所以，诗谶批评遭到一些正统诗论者的抵制，如明代邓云霄《冷邸小言》斥之为"妇女见耳"③，清人胡应麟《史书佔毕四·冗篇中》以为"妃布子平小术，君子不道也"④，贺裳《载酒园诗话·宋·二宋》亦谓"此真是富贵人相诗法"⑤，还诗学一个严肃性、正统性。但我认为这不是

---

① 吴文治：《明诗话全编》七，第 7299 页。
② ［明］谈迁：《枣林杂俎》圣集《钟惺谭元春》，北京：中华书局 2006 年版，第 255 页。
③ ［明］邓云霄：《冷邸小言》，《四库全书存目丛书》集部第 417 册，第 389 页。
④ ［明］胡应麟：《少室山房笔丛》卷八，影印文渊阁《四库全书》子部第 886 册，第 257 页。
⑤ 郭绍虞：《清诗话续编》一，第 408 页。

科学对待的方法，只能导致诗谶作为一种诗学批评研究的滞后。有批判地吸收其中关于言志言情说、气象观诗说、起结结构理论、知人论世、诗可以观等合理性内核，抛弃其谶纬学、命相学等神秘外衣与不合时宜的禁忌与理论，对于更好地接受传统诗学遗产、总结中国特色的文学批评都是十分有益的。

第五章　观人学与诗学意象批评、认知隐喻

传统诗歌理论、诗歌批评，相当一部分就是观人自身（即观人学）的移植、观人学原理的运用而形成的产物。现代对这个问题关注较早的是二十世纪30年代，钱锺书发表《中国固有的文学批评的一个特点》一文（本书简称"钱文"），将其概括为"把文章通盘的人化或生命化"，"把文章看成我们自己同类的活人"①。他是第一个站在中西方文论比较的立场上来论述的，所以结论富有说服力，在比较文论的研究上具有"导夫先路"的意义。80年代敏泽的《中国美学思想史》，也探讨了"人化的审美评价"问题，90年代吴承学进一步总结出"生命之喻"②。此后相关的论文，或从直觉思维切入，或从比喻、象喻入手，或以阐释学立论，或从生命意蕴寻解，或借助"原始思维"说和"诗性智慧"说加以辨析。应该说，这些研究都有价值和意义，但认识还远没有终结。我受前人和时哲启发，将中国观人学引入，探索观人学对中国传统诗学批评建构的影响，试图将这一课题进一步引向深入。

观人诗学大量运用意象批评形态，本章论述的是观人学与诗学的意象批评、认知隐喻诗学的关系。观人诗学意象批评是指诗学家们从观人批评的直觉印象或切身体悟出发，运用象喻的形式，比兴的手法，以具体的观人意象为载体（所谓"近取诸身"），对诗歌作品、诗人本身等品鉴对象的精神内涵、艺术技巧、风格特征、审美经验等抽象方面进行形象化评论的一种批评方法。这是古代诗学中十分流行的富有民族特色的传统批评方式。"意象批评"概念最早见诸张伯伟《禅宗思维方式与意象批评》③，不过他论述的是禅宗思维与意象批评的关系。观人学的产生与繁荣，远在中国禅宗之前。那么，观人学与意象批评有什么关系？它

---

① 周振甫、冀勤：《钱锺书谈艺录读本》附录，上海：上海教育出版社1992年版，第393页。
② 吴承学：《生命之喻——论中国古代关于文学艺术人化的批评》，《文学评论》1994年第1期。
③ 张伯伟：《禅与诗学》，杭州：浙江人民出版社1992年版，第97页。

是如何影响并提升诗学意象批评的呢？

第一节　立象尽意：观人学与诗学的思维方式

"意象"一词，本自"圣人立象以尽意"。魏晋玄学话题之一，就是符号、语言能否表达意义？它源于《庄子》的"言意之辨"，"语之所贵者意也，意有所随。意之所随者，不可以言传也"（《天道》），"言者所以在意，得意而忘言"（《外物》），这就是魏晋玄学标榜的"言不尽意""得意忘言"命题的由来。另一个来源就是《周易·系辞上》："子曰：书不尽言，言不尽意。然则圣人之意其不可见乎？子曰：圣人立象以尽意。"① 既然符号、语言都不能"尽意"，那么应当如何把握意义？中国文化提出"立象以尽意"，从而引出"象"这个重要范畴。玄学以《易》、老庄为宗旨，王弼《周易略例·明象》释曰："言者所以明象，得象而忘言；象者所以存意，得意而忘象。"② "意"是通过物质形象、文字形状或线条等"外在形象"（即"象"）来表达的内在心意；"象"是人们对外在客观物象的具体描摹，正如《周易·系辞下》曰："八卦成列，象在其中矣。"指伏羲氏"近取诸身，远取诸物"而作八卦。可见"象"既包括远到宇宙"诸物"，也包括近到人的自身，圣人取这些远近的"象"，演绎出抽象的八卦来。换句话说，"意"是内在的抽象的心意，"象"是外在的具体的物象；言、象是得意的工具，一旦得到了象，则语言可以抛开；得到了意，则象也可以抛开。

比类取象，不仅是《周易》为代表的传统哲学的一种思维方式与言说方式，也是诗歌创作中的独特表现手法。所谓传统的比兴批评，最早见于《周礼》："（大师）教六诗：曰风，曰赋，曰比，曰兴，曰雅，曰颂。"《毛诗序》亦沿袭之："诗有六义焉：一曰风，二曰赋，三曰比，四曰兴，五曰雅，六曰颂。"诗歌中的意象、诗学中的意象，往往通过立象、比喻手法达到。从某种意义上说，观人取象，在《易》里是圣人表达"意"的二大手段（观人与观物）之一；在观人诗学领域里，是诗学家们用以建构诗学体系的一种思维方法或者言说方式。

比兴和譬喻，以形象化和象征性见长，最早是观人学的一种思维方式与言说方式。观人学用形象比喻来品题、评鉴对象的体态、容止和风

---

① ［三国魏］王弼注，［唐］孔颖达疏：《周易注疏》卷十一，影印文渊阁《四库全书》经部第 7 册，台北：台湾"商务印书馆"1986 年版，第 544 页。
② ［三国魏］王弼：《周易略例》，影印文渊阁《四库全书》经部第 7 册，第 593 页。

神,而比喻本是一种文学表现手法和修辞格,先秦已用为观人道德品格的方法,魏晋时期更进一步演变成观人才情风貌的方法。这与观人学从先秦两汉的外在形貌、功业道德到魏晋的风韵、才情、格调、气度等审美内容转化一致,也与观人学由直指到比喻的形式转变一致。余嘉锡说:"凡题目人者,必亲见其人,挹其风流,听其言论,观其气宇,察其度量,然后为之品题。其言多用比兴之体,以极其形容。"① 用象喻表现人的风度和卓越,于是有了观人学的"比兴体"。

观人用比兴之体,始于先秦,《论语》就深于比兴。如子贡自言与孔子相比:"譬之宫墙,赐之墙也及肩,窥见室家之好;夫子之墙数仞,不得其门而入,不见宗庙之美,百官之富。"(《子张》)通过这种引譬连类、托事于物、推类比证的批评方法,二人境界高低自明。举"瑚琏"一词为例,说明它是如何从观人学术语转换为诗学术语的。用于观人,始于《论语·公冶长》:"子贡问曰:'赐也何如?'子曰:'女,器也。'曰:'何器也?'曰:'瑚琏也。'"瑚、琏皆宗庙礼器,孔子以瑚琏为喻,高度评价子贡是国家大器,具有治国安邦的超才,足堪重用。观人比兴,魏晋兴盛起来了。如"谢混问羊孚:何以器举瑚琏?羊曰:故当以为接神之器"(《世说新语·言语》)。以瑚琏观人,可见孔子对后世观人学的影响。而诗学汲取了前人的观人成果与语言成果,也以瑚琏喻诗或诗人,如敖陶孙《臞翁诗评》:"欧公如四瑚八琏,正可施之宗庙。"② 陆时雍说:"观五言古于唐,此犹求二代之瑚琏于汉世也。"③ 此言唐人五古不及前人;张谦宜《𦈡斋诗谈》卷五评王维诗"如内造雕漆器皿,镂金错采,即不无终未是瑚琏簠簋样"④,方岳《跋陈平仲诗》评昆体如"四瑚八琏,烂然皆珍,乃不及夏鼎商盘自然高古"⑤,此批评西昆体雕彩太甚,浓艳太过。内涵由褒到贬,有所变化。由此我们就不难看到观人学的比兴之体是如何影响到观人诗学批评的了。

魏晋南北朝观人学大量运用比兴体,其渊源除了《诗》《骚》的比

---

① [南朝宋]刘义庆撰,余嘉锡笺疏:《世说新语笺疏·赏誉第八》,北京:中华书局1983年版,第449页。
② [南宋]魏庆之:《诗人玉屑》卷二《诗评》,上海:上海古籍出版社1978年版,第18页。
③ [明]陆时雍:《古诗镜·诗镜总论》,影印文渊阁《四库全书》集部第1411册,第11页。
④ 郭绍虞:《清诗话续编》二,上海:上海古籍出版社1983年版,第843页。
⑤ [南宋]方岳:《秋崖集》卷三十八,影印文渊阁《四库全书》集部第1182册,第602页。

兴，《周易》的"近取诸身，远取诸物"、儒家的"比德"外，还同玄学"言意之辨"有关。而《世说新语》中的观人批评，就是采用"遗形取神""得意忘言"的方法，已经大量使用观人比兴之体，以自然物比附人格美，如评周子居"譬诸宝剑，则世之干将"、山巨源"如璞玉浑金"、邴原如"云中白鹤"、李元礼"谡谡如劲松下风"（《赏誉》）、"见裴叔则如玉山上行，光映照人"、王恭"濯濯如春月柳"、嵇康如"岩岩若孤松之独立"（《容止》）等；同时史书也多观人比兴之体，如郗诜自称"犹桂林之一枝，昆山之片玉"（《晋书》卷五十二本传）、陆澄号为"书橱"（《南齐书》卷三十九本传）等，不一一列举。这些观人学比兴之体，通过意象化的比喻，表达对人物的抽象气质的一个直观把握。

  观人批评方式早在先秦，就已经从诗歌创作方法（比兴、譬喻）中获取灵感，在魏晋南北朝大量运用之后，反过来又渗透了诗学批评，开始移用于品评作家及其作品，使传统诗学话语深具观人"意象"的特色。《世说新语》已经露出这种端倪，如"王太尉云：郭子玄语议如悬河泻水，注而不竭"（《赏誉》），评论他的语言风格；"孙兴公云：潘文烂若披锦，无处不善，陆文若排沙简金，往往见宝"，（《文学》）评论潘陆的创作特色，说明比兴观人批评出现在文艺批评领域。这种"立象以尽意"艺术批评与观人学关系密切。如《晋书·王羲之传》记载："（羲之）尤善隶书，为古今之冠，论者称其笔势，以为飘若浮云，矫若惊龙。"这里用"飘若浮云，矫若惊龙"评价其书艺，其实来自观人学对王羲之其人风韵的评价，"时人目王右军，飘如游云，矫若惊龙"（《世说新语·容止》），通过"书如其人"的原理，在语言上实现了由观人学到文艺批评的直接转换。文论、诗学大量采用比兴和譬喻之术，甚至整个的批评思维机制都是比兴和譬喻性的。同圣人"近取诸身，远取诸物……以通神明之德，以类万物之情"①，从而建立起抽象的八卦体系一样，诗学家们也采用同一思维，即远取宇宙万物上的"象"，近取人体自身的"象"，用来阐述诗学原理并进行诗学批评，从而构建起中国的诗学体系来，形成中国特色的"诗道"。所谓"近取诸身"是以人象喻诗，"远譬诸物"则以物象喻诗，那么远观于天地与近观于人、天人合一的思维方式决定了中国传统诗学批评的两种主要象喻法就是：观人化诗学、观物化诗学。要把握中国诗道，就必须回到传统诗学家们所特有的思维运转方式之中。所谓隐喻批评，是通过形象化的比兴、譬喻进行描述性论述

---

① ［三国魏］王弼注，［唐］孔颖达疏：《周易注疏》卷十二《系辞下》，第522页。

的批评形态，始于先秦，到了魏晋更是大量运用。或称"象喻"，合比兴、比喻而言之，即以具体的物象来比附事物，用形象化的语言文字阐明玄妙深奥的道理。既被观人学用作观人批评方式，也被后来文论家用作常见的文学批评手法，成为传统诗学一种独特的思维方法。所以传统诗学中的两种象喻法中，"近取诸身"的一部分，演绎成观人诗学或观人诗学批评。在古人看来，诗歌与人体、人格异质同构，这是"以人喻诗""以人观诗""以诗观人""以人衡诗"产生的前提。所以"象"不仅是中国观人学中的哲学起点，也是传统诗学中的哲学起点。

观人诗学的比兴批评，用观人学中简短隽永的词语，把抽象的诗学理论转变成具体可感的"人"的形象，把诗歌作品转变成鲜活的生命，形成了中国诗学的诗性特征。所以从方法来说，它是"象征批评法"，或"意象批评法"。伴随观人学的深入，观人学上的比喻手法更多地移入文论诗学，已成民族的审美趋尚。钟嵘继承了前哲时贤的以物为喻、以人为譬和以事为譬的方法，用来评述诗人的历史地位、才性学识、创作风格，拉开了诗学象喻批评的序幕。此后唐代皎然《诗式》、遍照金刚《文镜秘府论》、司空图《诗品》等，宋蔡絛《蔡百衲诗评》、敖陶孙《诗评》、佚名《竹林诗评》等，明代镏绩《霏雪录》、陆时雍《诗镜总论》、谢榛《四溟诗话》、王世贞《艺苑卮言》、顾起纶《国雅品》等，清代叶燮《原诗》、袁枚《续诗品》、牟愿相《小澥堂杂论诗》等诗学论著，甚至许多词学论著，纷纷踵事增华，变本加厉，大量使用比兴譬喻之体，取譬甚广，举凡天文、地理、人物、人事、文事、宫室、珍宝、器用、服饰、饮食、菽粟、布帛、技艺、鸟兽虫鱼、花草果木等，无不容纳其中，拟象更加恢宏，意象极尽铺排，意境精心营构，让人如行山阴道中，目不暇接，认识到诗歌的千变万化就像观人与观物的丰富多彩一样，它着重美感想象的诱发，缺乏逻辑推理是它的美中不足；但瑕不掩瑜，它的审美创造又突显出它的长处。所以，观人学展示了魏晋南北朝诗学思维的观物化和观人化两个维度，观人学所推动的观物之思，张扬了名士独立人格的建构幅度；观人之思，又张扬了个体人格的自我完满，彰显了诗学的独立精神。这一切都夯实和扩大了中国诗论的隐喻话语，最终打造出独具中国作派的观人诗学体系。

综上所述，"比兴"本是诗六义的内容，是诗歌独特的表现方法，先秦已经运用于观人学领域，成为观人学独特的表现方法。同时，它又随着观人学对诗学的参透、移植，将人作为"类""象"，用于诗歌理论与诗学批评，形成中国诗学一种独特的思维方式。"比兴"在诗歌创作、观人批评、诗歌批评之间意义的生成，主要是因为无论是人也好，诗也好，都可以通过"比兴"——"取象类比"的方法实现二元关系的沟通，实现天人关系的合一，从而导致观人学、诗学两种不同领域的气场之间的张力互动，在保持意义生成、发展的动态性的同时，也实现了意义生成、发展的丰富性，大大拓展了观人学与诗学的发展空间。

意象批评中的象喻思维，也与禅宗思维分不开。高度发达的魏晋观人学之后，传入中国的禅宗思维对观人学及观人诗学意象批评的影响不可忽视。举一个例子说明，禅宗传言：

（第二十八祖达摩在少林弘法）迄九年已，欲西返天竺。乃命门人曰："时将至矣！汝等盍各言所得乎！"时门人道副对曰："如我所见，不执文字，不离文字，而为道用。"师曰："汝得吾皮。"尼总持曰："我今所解，如庆喜见阿閦佛国，一见更不再见。"师曰："汝得吾肉。"道育曰："四大本空，五阴非有，而我见处无一法可得。"师曰："汝得吾骨。"最后慧可礼拜后依位而立，师曰："汝得吾髓。"①

这是禅宗史上有名的公案，也可以说是达摩的观人学：以人的形体为喻，表达对众弟子得道深浅的观察与评价。事实上，达摩被视为观人学大师，后人将他的观人学总结成《达摩相法》《达摩祖师相诀秘传》等，成为古代观人学的一个部分。这里所谓得皮、得肉、得骨、得髓都是一种观人学上的"譬喻"，用以表述各个弟子对其禅法的领悟程度，并非实指。然而，这种譬喻对诗学意象批评影响深远。诗学批评中，较常见的是对杜甫继承者的评论，举例说明如下：

黄涪翁之派有三洪、二谢、陈、潘、汪、李之辈，俱宗仰浣花草堂，或得其神髓，或得其皮骨。②

国朝（明）习杜者凡数家：华容孙宜得杜肉，东郡谢榛得杜貌，华州王维桢得杜筋，闽州郑善夫得杜骨。然就其所得，亦近似

---

① ［北宋］释道原：《景德传灯录》卷第三，台北：新文丰出版公司1993年版，第48页。
② ［清］汪景龙、姚埧：《宋诗略》卷首《自序》，乾隆三十五年（1770）竹雨山房刻本。

耳。惟梦阳具体而微。①

宋、明以来，诗人学杜子美者多矣。予谓退之得杜神，子瞻得杜气，鲁直得杜意，献吉得杜体，郑继之得杜骨。它如李义山、陈无己、陆务观、袁海叟辈，又其次也。陈简斋最下。②

后山七律，结联多用涩语对收，则学杜而得其皮者。③

根据后人对杜甫诗法的继承，通过"皮""肉""骨""髓"等比喻，分别评价各人的成就高低，它既继承了达摩观人化譬喻，又将这些观人学喻词演变成了诗学范畴，从而大大丰富了观人诗学批评中范畴、术语的内涵意义。

那么，观人诗学意象批评从观人学（始源域）出发，以人喻诗切入，以诗观人为目的，到诗学体系（目标域）中的全面"隐喻"（详见下文），经历了哪些形态呢？具有哪些内涵呢？

第二节 以人喻诗：观人学与诗学意象批评的初级形态

从二十世纪 30 年代钱文发表至今，学界对中国文学批评方式的概括，推出了人化批评、象喻批评、意象批评、生命之喻等许多概念。这些文章都肯定了比喻这种修辞方式在文学批评领域的广泛应用，但细而察之，有初级形态与高级形态之别。学界对前者注意较多，而对后者观察较少，现予以分别剖析。

一 以人为喻的修辞学观测

比喻在形式上，具有本体、喻体和比喻词三个成分，表现在观人诗学领域则是：本体就是诗歌作品或诗人，喻体就是有生命的人，喻词或有或无，视具体情况而定，因这三个成分的异同和隐现，以人为喻的基本种类很多。下面从以人为喻的修辞方式多样性，揭示其审美方式的丰富意义。

（一）基本类型的比喻修辞格

观人诗学中以人为喻的基本修辞格，主要有明喻、隐喻（暗喻）、

---

① ［明］王世贞撰，罗仲鼎校注：《艺苑卮言校注》卷五，济南：齐鲁书社1992年版，第314页。
② ［清］王士禛：《池北偶谈》卷十六《学杜》，影印文渊阁《四库全书》子部第870册，第234页。
③ 陈衍：《石遗室诗话》卷十九，北京：人民文学出版社2004年版，第291页。

借喻三种。

1. 明喻。本体和喻体同时出现，它们之间在形式上是相类的关系，常用"犹""如""像""似""同""犹夫"等比喻词。如：

> 诗有格有调，格犹骨也，调犹风也。左氏论女色曰"美而艳"，美犹骨也，艳犹风也。文章风骨兼全，如女色之美艳两致矣。①
>
> 汉魏诗如手指，屈伸分合，不失天性；唐体如足指，少陵丈夫足指，虽受行縢，不伤跬步。凡守起承转合之法者，则同妇女足指，弓弯纤月，娱目而已，受几许痛苦束缚，作得何事？②
>
> 汉魏也，晋宋也，梁陈也，三唐也，宋元也，明也，不须看读，遥望气色，迥然有别，此何以哉？辞为之也。犹夫衣冠举止，可以观人也。③

第一则借女色的艳、美来区别风、骨范畴。第二则用人的手指、脚趾来阐述汉魏、唐诗的法度差别，并以女性缠足比喻死守成法，阐述自由作诗、超越法度为最高境界。第三则阐述历代诗歌的风貌、气色就像观人一样，虽三言两语，皆形象而中肯。既是理论总结，也是批评实践，既令人解颐，亦耐人寻味，启人联想。明喻中的观人诗学意象批评最多，不胜枚举。

2. 暗喻。本体和喻体同时出现，它们之间在形式上是相合的关系，说甲（本体）是（喻词）乙（喻体）。喻词常由"乃、有、是、为"等表判断的词语或"以……为……""……者……也"句式来充当。如：

> 诗乃人之行略，人高则诗亦高，人俗则诗亦俗，一字不可掩饰。④
>
> 诗有三本：一曰有窍，二曰有骨，三曰有髓。以声律为窍，以物象为骨，以意格为髓。⑤
>
> 诗之有骨尚矣，骨欲坚贞而忌靡弱，喜凝重而恶飘轻，所由负

---

① ［明］杨慎：《升庵批点文心雕龙》卷六，《杨升庵丛书》四，成都：天地出版社 2002 年版，第 739 页。
② ［清］吴乔：《围炉诗话》卷二，北京：中华书局 1985 年版，第 36 页。
③ ［清］吴乔：《围炉诗话》卷一，第 29 页。
④ ［清］徐增：《而菴说唐诗》卷之首《而菴诗话》，《四库全书存目丛书》集部第 396 册，济南：齐鲁书社 1997 年版，第 541 页。
⑤ ［唐］白居易《金针诗格》，［北宋］陈应行：《吟窗杂录》卷十八上，第 548～549 页。

声有力，振采得序者也。然束骨以筋，筋缓则骨懦；附骨以肌，肌削则骨出；填骨以髓，髓竭则骨枯；荣骨以色，色瘁则骨朽。节度紧严者，诗之筋也；词句丰茂者，诗之肌也；情理精实者，诗之髓也；事义鲜美者，诗之色也。兼此四者，则精神悦泽，而骨鲠植立矣。①

第一则将诗比作人的生平概略，剖析人品与诗品的对应关系；第二则从人的自身构成出发，分析诗歌文本构成的声律、物象、意格三要素；第三则论述诗学"骨""筋""肌""髓"概念的内涵，剖析诗骨的变化与诗筋、诗肌、诗髓、诗色的关系，都丰厚了诗学范畴的内涵。

3. 借喻。本体和比喻词都不出现，以喻体（人）直接代替本体（诗），直接把本体说成喻体。如：

> 唐诗、宋诗，非仅朝代之别，乃体态性分之殊。天下有两种人，斯分两种诗。唐诗多以丰神情韵擅长，宋诗多以筋骨思理见胜。②

揭示唐、宋诗之分，犹如观人神韵与筋骨之别，非常生动有味。借喻由于只有喻体出现，所以能产生更加深厚、含蓄的表达效果，同时也使语言更加简洁传神。

（二）变化形式的比喻修辞格

观人诗学中以人为喻的变体修辞格，主要有博喻、倒喻、反喻、缩喻、扩喻、较喻、回喻、互喻、曲喻等。举例如下：

1. 博喻。就是用几个喻体（人的不同部位等）从不同角度反复设喻去说明一个本体（诗歌），起到加强语意、增强气势的作用，能将诗歌的特征或内涵从不同侧面、不同角度表现出来，这是其他类型的比喻所无法达到的。如：

> 气太重，意太深，声太宏，色太厉，佳而不佳，反以此病，故曰"穆如清风"。③

---

① [明]冯复京《说诗补遗》卷一《论植骨》，吴文治：《明诗话全编》七，南京：江苏古籍出版社1997年版，第7176页。
② 钱锺书：《谈艺录》（补订本）一《诗分唐宋》，北京：中华书局1984年版，第2页。
③ [明]陆时雍：《古诗镜·诗镜总论》，影印文渊阁《四库全书》集部第1411册，第10页。

> 大凡诗自有气象、体面、血脉、韵度。气象欲其浑厚，其失也俗；体面欲其宏大，其失也狂；血脉欲其贯穿，其失也露；韵度欲其飘逸，其失也轻。①

连用几个比喻从人的不同角度，如人的气、意、声、色、气象、体面、血脉、韵度等，运用不同的相似点对诗歌本体进行比喻阐释，把抽象的"诗道"比作人的气、意、声、色、气象、体面、血脉、韵度，有破有立，用人皆熟悉的观人术，使抽象的诗道具体可感，易于把握和接受。以人喻诗的博喻词格，还表现在用一系列的人物比喻不同的诗人诗作上。如蔡絛《蔡百衲诗评》、佚名《竹林诗评》、王世贞《艺苑卮言》卷五《明诗评》与《国朝诗评》②、牟愿相《小懈草堂杂论诗》等，都是典型的博喻意象批评。

2. 倒喻。比喻的一般顺序是本体（诗）在前，喻体（人）在后。倒喻则喻体（人）在前，本体（诗）在后，故名。

> 有人于此，面目我也，手足我也，一旦憎其貌之不工，欲使眉似尧，瞳似舜，乳似文王，项似皋陶，肩似子产，古则古矣，于我何有哉？今人拟古，何以异是？③

> 貌有丑而可观者，有虽不丑而不足观者；文有不通而可爱者，有虽通而极可厌者。④

> 何谓眼？如人身然，百体相率似肤毛，臣妾辈相似也。至眸子则豁然，朗而异，突以警……文贵眼，此也。故诗有诗眼，而禅句中有禅眼。⑤

第一则借用相学话语，阐述批评前后七子摹古主义风气的立场，为性灵说张本；第二则借貌丑可观与不可观，阐述作品有可爱可憎之别；第三则借观人学中"观目术"，说明诗文有眼之贵，以及诗眼的功能，

---

① ［南宋］姜夔《白石道人诗说》，［清］何文焕：《历代诗话》下，北京：中华书局1982年版，第680页。
② 钱仲联等：《中国文学大辞典》六《明代文学》，上海：上海辞书出版社1997年版，第1081页。
③ ［清］尤侗：《西堂杂俎二集》卷三《吴虞升诗序》，《尤侗集》，上海：上海古籍出版社2015年版，第180页。
④ ［清］张潮：《幽梦影》，合肥：黄山书社2011年版，第153页。
⑤ ［明］徐渭：《徐文长全集·论·论中五》，上海：广益书局1936年版，第217页。

皆切中肯綮。

3. 扩喻。本体（诗）和喻体（人）都是短句，它们常常组成平行句式，有的本体在前，有的本体在后，不用喻词，但其比喻的含义却很明朗，这种比喻的扩大形式叫作扩喻，又叫类比：

> 诗之筋骨，犹木之根干也；肌肉，犹枝叶也；色泽神韵，犹花蕊也。筋骨立于中，肌肉荣于外，色泽神韵充溢其间，而后诗之美善备；犹木之根干苍然，枝叶蔚然，花蕊烂然，而后木之生意完。斯义也，盛唐诸子庶几近之。宋人专用意而废词，若枯枿槁梧，虽根干屈盘，而绝无畅茂之象。元人专务华而离实，若落花坠蕊，虽红紫嫣熳，而大都衰谢之风。故观古诗于六代、李唐，而知古之无出汉也；观律体于五季、宋、元，而知律之无出唐也①。

这是胡应麟对汉、六代、唐、宋、元古诗、律诗的时代批评结论。他巧妙地从人喻扩展到了物喻（花木喻）：他把人的"筋骨""肌肉""神韵"比喻为作品的三大要素，从"木根""枝叶""花蕊"以及"立于中""荣于外""充溢其间"的比喻中，可知"筋骨"相当于作品的内在立意，"肌肉"相当于作品外在的语言形式，而"色泽神韵"则是由内到外呈现出来的神韵生意。不仅如此，他还从诗作批评延伸到时代批评，从品题批评扩展到品第批评：汉代古诗、唐代律诗达到了内外统一的"神韵"境界，取得了最高的成就；而六代、李唐的古诗，与五代、宋、元的律诗，成就就不高了。汉代古体、唐代律体有意有词，有骨有肉，有神有色（品题），成就最高（品第）；宋诗得意废词，有骨无肉（品题），成就次于唐诗（品第）；而元诗华而不实，有肉无骨（品题），则成就最下（品第）。胡应麟的这段比喻，形象丰满，内涵丰厚，层次分明，充分体现出扩喻的艺术魅力与批评张力。

4. 较喻。这是一种"喻中有比"的比喻，它把被比喻物（诗歌、诗人）和比喻物（人喻体）放在一起相比，揭示出被比喻物（诗歌、诗人）之间的异同、优劣。

> 或谓（蒋）苕生面目、肌理俱近于粗，似不及袁、赵之细腻。

---

① ［明］胡应麟：《诗薮》外编五《宋》，上海：上海古籍出版社1979年版，第206页。

不知苕生之粗在面目，至肌理则未尝不细腻也。①

唐诗以韵胜，故浑雅，而贵酝藉空灵；宋诗以意胜，故精能，而贵深析透辟。唐诗之美在情辞，故丰腴；宋诗之美在气骨，故瘦劲。②

古人色真，而唐人以巧绘之，四不得也；古人貌厚，而唐以姣饰之，五不得也；古人气凝，而唐以佻乘之，六不得也；古人言简，而唐以好尽之，七不得也；……虽以子美雄材，亦踌躇于此而不得进矣，庶几者其太白乎？③

风骨高、岑为最，姿态王孟为最，格力李、杜为最，韵致钱、刘为最，缛腻温、李为最。④

第一则用面目、肌理的精细，比较清诗"江右三大家"诗歌风貌的差异；第二则用人的体段丰满与瘦劲，分别比喻唐诗的浑雅韵胜、含蓄空灵，宋诗的透辟理胜、瘦硬通神，隐喻着唐宋诗代表中国诗歌的两种美学风范，不分优劣的观点；第三则以色真、貌厚、气凝、言简等方面的人喻，比较分析古人与唐人五言古诗的特点，阐明厚古而薄唐、扬李而抑杜的主张，虽不无偏颇，但体现出陆氏论诗"绝去形容，独标真素"（《古诗镜·诗镜总论》）的宗旨；第四则中的风骨、姿态、格力、韵致、缛腻等都是观人术语，转换为诗学语言，对唐代代表诗人进行比较研究，可见唐诗发展之大概：边塞诗人高、岑诗歌风骨遒劲，山水田园诗人王、孟意态雍容，李、杜则格调高、力量大，包括神旺气充的生命力、艺术表现力、人格力量与感染力量等，代表盛唐气象；中唐钱、刘韵味情致，晚唐温、李则浓缛腻浊，风骨不存，分别代表中、晚气象。这四则都是喻中有比（既有优劣比较，也有排比），兼观人意象批评与品第批评而有之。

5. 反喻。它的特点是构成本体（诗）和喻体（人）的两种事物在某一方面具有完全相反的性质，指出本体（诗）不具备喻体（人）的某些特点，是一种否定式的比喻。

---

① ［清］尚镕《三家诗话·三家分论》，郭绍虞：《清诗话续编》四，第1924页。
② 缪钺：《诗词散论·论宋诗》，上海：开明书店1948年版，第17页。
③ ［明］陆时雍：《古诗镜·诗镜总论》，影印文渊阁《四库全书》集部第1411册，第11页。
④ ［明］费经虞《雅伦》卷二十四《琐语》，吴文治：《明诗话全编》九，第10219页。

> 凡作人贵直，而作诗文贵曲。孔子曰："情欲信，词欲巧。"孟子曰："智譬则巧，圣譬则力。"巧，即曲之谓也。①
>
> 诗品与人品不同：人欲直而诗欲曲，人欲朴而诗须巧，人欲真实而诗欲形似。盖直则意尽，曲则耐思；朴则疑野，巧则多趣；真实则近凝滞，形似而工兴比。要其旨统归于温厚和平，则人品诗品一揆也。②

这两则都是借用为人与为诗、人品与诗品的不同，阐述诗歌的美学风格与人的不同，最后都归结到温柔敦厚诗教的宗旨。可见人与诗，亦犹人品与诗品，有合有离，皆归观人诗学。

6. 比拟。比拟是喻体（人）和喻词都不出现，但是保留喻体（人）的特征，让它直接加在本体（诗）上，使本体（诗）具有了人的某种特征或情态，如：

> 初唐有骨而无声，晚唐有声而无骨，盛唐篇与句称，声偕骨匀。③
>
> （七律）肉不可使胜骨，而骨又不可太露。④

这里所谓的骨、声、肉等，都是观人学的观测点，都具有人的特征，将这些特征直接加在对诗歌、诗人的评价上。其中第二则专论七律，以肉拟文，以骨拟质，实际上是"文质彬彬"，形式与内容统一的人化阐释。从广义来说，上述喻体大都具有这个特征，属于比拟范畴。

然而，在中国观人诗学体系中，以"人"论诗、"人"观诗，并不仅仅是一种譬喻，而是对诗歌作品由内而外、由本体到形式的全面要求。所以，我们可以从比喻修辞方式的丰富多彩中，看到审美方式的丰富多样。观人诗学批评在以"人"喻诗之中，更蕴含着比审美方式意义更丰富的系统构造意义。

---

① ［清］袁枚：《随园诗话》卷四，北京：人民文学出版社1982年版，第111页。
② ［清］叶矫然《龙性堂诗话初集》，郭绍虞：《清诗话续编》二，第938页。
③ ［明］张蔚然《西园诗麈》，吴文治：《明诗话全编》十，第10999页。
④ ［明］胡应麟：《诗薮》内编卷五《近体中·七言》，第82页。

二　观人品题与观物品题喻体的广阔性与审美内涵的丰富性

（一）近取诸身与观人化品题

从喻体（人）的范围来看，以人喻诗的内容大致包括三层内涵：以人体的外形结构为喻，以人的精神气质为喻，以人的社会关系为喻，包括人与人或人与物的关系，人的社会经验、社会活动、伦理关系等。也有学者归纳为外在的形体（皮肉肌肤）、内在的身体结构（骨骼）、内在的精神及其灌注（灵气、血脉）三方面①。我这里衍绎为五个方面：

1. 以人的身体结构喻诗。钱文早就列举了：

> 《文心雕龙·风骨篇》云"词之待骨，如体之树骸；情之含风，犹形之包气……瘠义肥词"，又《附会篇》云"以情志为神明，事义为骨髓，词采为肌肤，宫商为声气……义脉不流，偏枯文体"，《颜氏家训·文章篇》云"文章当以理致为心肾，气调为筋骨，事义为皮肤"，宋濂《文原下篇》云"四瑕贼文之形，八冥伤文之膏髓，九蠹死文之心"，魏文帝《典论》云"孔融体气高妙"，锺嵘《诗品》云"陈思骨气奇高，体被文质"——这种例子那里举得尽呢？②

半个世纪之后，吴承学又补充列举了《文心雕龙·体性》《金针诗格》《文丹》等书③。以后学术界不断有增补。钱文所谓的人化批评，主要是以人的生命有机体的部分和整体来命名，或指代文学艺术的部分和整体，从而构成古代文论一组常用的基本概念和范畴，如形神、风骨、气韵、血脉、主脑、肌肤、眉目等。这种现象，今天学者称为"同构同形同态同质同气"。"'同构'就是以人体之结构来比附文之构成"④，又称之为"身体隐喻"：

---

① 韩湖初：《"生命之喻"探源——对一个中西共同的美学命题的认识与思考》，《文学评论》1995年第3期，第122页。
② 周振甫、冀勤：《钱锺书谈艺录读本》附录，上海：上海教育出版社1992版，第393页。
③ 吴承学：《生命之喻——论中国古代关于文学艺术人化的批评》，《文学评论》1994年第1期，第53页。
④ 张家梅：《人化批评发展的历史脉络与表现形态》，《暨南学报》2000年第1期，第15~22页。

> 在诗学领域，人们对诗文的品评也多采用各种隐喻词，其中，尤其是使用来自表述自身身体方面的各种词语。我们称这种使用描述身体元素、身体行为或身体体验的词语来描述诗文的方式为诗学中的"身体隐喻"。……人化文评就是身体隐喻，传达的都是把文学看作身体这样一个观念。①

这种观点所论及的文论方面的问题，主要限于文章的结构方面，"从生命意识的角度谈结构问题是中国古代文论的显著特点"②。其中"骨""气""脉""肌理"等，可归之为身体形态方面的隐喻词。

结体，是诗歌艺术的要素之一。诗论家认为诗歌结体就像诞生一个完人，一个手足健全的人，一个生气灌注、不可分割的有机生命主体，所谓"有肌肤，有血脉，有骨格，有精神"③，所谓"气、格、声、华"④，缺一不可。它同人一样，具有整体完整性，"作大篇，尤当布置：首尾匀停，腰腹肥满"⑤，就是小幅，亦须讲究，"绝句固自难，五言尤甚，离首即尾，离尾即首，而腰腹亦自不可少。妙在愈小而大，愈促而缓"⑥。胡应麟常以"体骨匀称"，或"肌骨匀称"⑦ 来比喻诗的结体比例匀称之美，反映了观人学的审美趋向。

2. 以人的形貌姿态喻诗。仔细辨来，又分为二种：一种是观人外貌方面的术语，有容貌、仪表、形质，其中形容阴柔美的词有修婧、窈窕、美丽、艳丽、淑丽、娇媚、妍妩等；形容阳刚美的有奇伟、超伟、俊伟、壮伟、魁伟、魁岸、魁梧、丑美等。一种是观人姿态方面的术语，如姿态、肥瘦、妩媚、雍容、端庄、儒雅、英发、倜傥、老嫩等，往往皆用于观诗观词，如谢章铤将词比美人："词体如美人，含娇掩媚，秋波微转，正视之一态，旁观之又一态，近窥之一态，远窥之又一态。""词宜雅矣，而尤贵得趣。……雅如美人之貌，趣是美人之态。有貌无态，如皋不笑，终觉寡情；有态无貌，东施效颦，亦将却步。"⑧ 佳人的一笑一

---

① 王柏化：《中国诗学中的身体隐喻》，《东方丛刊》2009年第1期，第36~45页。
② 朱志荣：《中国文学导论》，北京：文化艺术出版社2009年版，第158页。
③ ［南宋］吴沆：《环溪诗话》卷中，北京：中华书局1988年版，第130页。
④ ［清］归庄：《归庄集》卷三《玉山诗集序》，北京：中华书局1962年版，第206页。
⑤ ［南宋］姜夔《白石道人诗说》，［清］何文焕：《历代诗话》下，第680页。
⑥ ［明］王世贞撰，罗仲鼎校注：《艺苑卮言校注》卷一，第29页。
⑦ ［明］胡应麟：《诗薮》内篇四《近体上》，第72页。
⑧ ［清］谢章铤：《赌棋山庄词话》，光绪十年（1884）南昌弢盦陈氏刊本，卷七第2页，卷十一第7页。

颦都成了诗词的美学特征，也反映了词的本色特征。所以有学者将这种观人批评现象概括为同形、同态，"当形神论进入艺术批评领域时，就意味着人化批评又有更高的层次：在体基础上固守于体依傍于体而又超越于体的'同形'论人化批评层面"，同态是"人化批评进入以人之姿态、行为举止品味艺术的'同态'对应层面，以生命运动节奏、气度、态势的审美为内涵"①。观人学与诗学批评的影响，当然不仅限于形神论，而是全面的同形同态的关系。此外，相学观人之清、奇、古、怪、威、厚、伟、秀，谓之八相，诗学也常常以这八相评诗②，这也是以人的外貌形态拟诗。

3. 以人的精神品格喻诗。儒家话语主导下的观人道德批评，以及魏晋玄风主导下的观人审美批评，都导致了人们对个体道德、性情、性格、仪容风度、个性特征的重视，于是在观人学中衍生出许多审美概念，又有数种：一是观人性情品德方面的术语，如刚柔、贞淫、清浊、冷热、宽严、忠奸、平躁、仁礼、方圆、雅俗、严谨与放荡等。其中观人刚直品性的刚、贞、固、介、直、亮等字，观人柔顺品性的柔、婉、顺、温、宽、和等字，观人谦敬品性的仁、谦、敬、慎、忠、谨等字，这些语素是自由语素，可单独成词，也可组成复合词。二是观人才智学识方面的术语，如才性、大才、小才、高才、隽才、雄才、英才、英俊、神鉴、神明、道艺、器识、雅量、聪明、朗秀、灵秀、卓绝、杰出、仁智、超逸、文武、风流等。其中观人才智的，有才、艺、器、朗、秀、俊、杰、敏、灵、卓、悟、机、聪明等；观人才能的，有才、彦、俊、器等；观人学识的，有渊、博、通等。三是观人风度的评语，名词有风、韵、气、量及其复合词，如神韵、风韵、风骨、清远等，形容词有端、闲、雅、爽、华、高、远、渊、淹、隽、秀等。这几类观人术语也多用于诗学，丰富了诗学范畴。举例如下：

格有品格之格，体格之格。体格一定之章程，品格自然之高迈。品高虽被绿蓑青笠，如立万仞之峰，俯视一切；品低即拖绅搢笏，趋走红尘，适足以夸耀乡间而已。③

人品有贞、淫、诚、伪之别，诗格有雄高、轻逸、绚丽、清癯

---

① 张家梅：《人化批评发展的历史脉络与表现形态》，《暨南学报》2000年第1期，第15~22页。
② 万伟成：《观人诗学》外编《观形第六》，北京：作家出版社2005年版，第93页。
③ [清] 薛雪：《一瓢诗话》，北京：人民文学出版社1979年版，第119~120页。

之殊。①

这两则以人的品格喻诗,其中范畴术语、评判标准都是观人学的翻版。如果说诗学的生命之喻是生命意识在诗歌形式上的反映,那么诗学的道德之喻、人格之喻等则是生命价值意识在诗歌道德、品格上的反映。这一批评方式认为诗歌的思想内容、艺术境界、风格特色和审美价值,无不与诗人的道德、人格、气质、修养、风度等相关,甚至认为后者是决定性因素,形成才性批评、人格批评。相对于人体之可触可摸、姿态可观可睹的"具象",这一层次是由外至内的形而上的"抽象",只能依赖批评者从观生命的体悟中,才能品评出诗歌作品中相貌风神、姿态举止等透射出的生命品质来。

4. 以人的生命状态喻诗。观人学中涉及人的生命状态的词,常见的有来自中医养生学中的"精""气""神",黄子云《野鸿诗的》用于评诗②。生命状态又有两种:一是以人的健康生命状态喻诗,如胡应麟评盛唐诗"筋骨立于中,肌肉荣于外,色泽神韵充溢其间而后诗之美善备"③,呈现出一种昌荣的生命气象。诗学中常常以健、力评诗,如"荆公之诗,入律而能健"(《环溪诗话》卷中)、"《北征》、《南山》皆用仄韵,故气力健举"(《瓯北诗话》卷四)等,不胜枚举。与健力相对的是"虚弱",诗学批评中也常见,陈献章《次王半山韵诗跋》谓"作诗当以雅健第一,忌俗与弱。予尝爱看子美、后山等诗,盖喜其雅健也"④。健与弱,与一定的字法、句法、章法、用韵等相联系,反映了诗歌精气神、筋脉、笔力与体貌等的不同生命状态,谈艺家常见⑤。

二是以人的虚弱、疾病喻诗,钱文早就注意到了:"因为我们把文章人化了,所以文章欠佳,就仿佛人身害病,一部分传统的诙谐,全从这个双关意义上发出。"⑥吴承学在文章中也引用葛洪《抱朴子·辞义》"属笔之家,亦各有病"、张谦宜论"诗如人身,自顶至踵,百骸千窍,气血俱畅,才有不相入处,便成病痛",证明"这种艺术结构的观点也

---

① [清] 顾有孝《唐诗英华凡例》,陈伯海、李定广:《唐诗总集纂要》下,上海:上海古籍出版社2016年版,第484页。
② 丁福保:《清诗话》下,上海:上海古籍出版社1978年版,第847页。
③ [明] 胡应麟:《诗薮》外编五《宋》,第206页。
④ [明] 陈献章:《陈献章集》卷一《题跋》,北京:中华书局1987年版,第72页。
⑤ 万伟成:《观人诗学》杂编《健力十四》,第191~203页。
⑥ 周振甫、冀勤:《钱锺书谈艺录读本》附录,上海:上海教育出版社1992年版,第394页。

与传统中医学以人体气血运行，通则不痛、痛则不通的说法是一致的"①，洵为确论。诗病与人之病一般无二，可见诗歌与生命已契合一体，浑不可分。再举例如下：

> 诗之为瑕，有病在形貌者，有病在神骨者。②
>
> 骨有余而韵不足，格有余而神不足，气有余而情不足，则为板重之病，为晦涩之病，非平实不灵，即生硬枯瘦矣。③
>
> 至若晚唐饾凑，宋人支离，俱令生气顿绝。"承恩不在貌，教妾若为容？风暖鸟声碎，日高花影重"。医家名为关格，死不治。④

这三则都是"诊断"诗歌作品出现的形貌病、神骨病、韵不足病、神不足病、情不足病、关格病等病症，其中许多病症术语在相书中也是常见。这种批评方法也运用到作家身上，如严羽评"孟郊之诗，憔悴枯槁，其气局促不伸"⑤，费经虞评"钟伯敬、谭友夏……辞寒色削，虚弱特甚"⑥，着眼于气象、气色批评。仇兆鳌评"元白集中（长篇排律），往往叠见，不免夸多斗靡，气缓而脉驰矣"⑦，着眼于作品的章法批评，指的是元稹、白居易的长律一韵到底，难免语意重复，重字趁韵，字不敷用以至于结构混乱松散。以病评诗、评诗人的例证，同以"健"评诗、评诗人一样，从概念到原理都体现了观人学与中医学的大量运用，强化了中国诗学的生命意识。

古代诗学中的以病理喻诗，以治疗喻诗，以药方喻诗，是观人诗学的一个延伸。曹植《与杨德祖书》说："世人著述，不能无病。"⑧ 后世诗病的名目繁多、提法不一，反映了论者所持标准的分歧。从形体比喻看，诗有形病、神病、气病、声病、骨病、脉病、色悴等病，这些病涉

---

① 吴承学：《生命之喻——论中国古代关于文学艺术人化的批评》，《文学评论》1994 年第 1 期，第 58 页。
② [清] 许印芳：《唐人杂说》，《诗法萃编》卷六《附录》，《云南丛书》本。
③ [清] 朱庭珍《筱园诗话》卷一，郭绍虞：《清诗话续编》四，第 2346 页。
④ [清] 王夫之《姜斋诗话》卷下，丁保福：《清诗话》上，第 13 页。
⑤ [南宋] 严羽撰，郭绍虞校释：《沧浪诗话校释·诗评》，第 195 页。
⑥ [明] 费经虞《雅伦》卷十八《时代》，吴文治：《明诗话全编》九，第 9961~9962 页。
⑦ [唐] 杜甫撰，[清] 仇兆鳌注：《杜诗详注》卷十九《秋日夔府咏怀奉寄郑监李宾客一百韵》注文，北京：中华书局 1979 年版，第 1717 页。
⑧ [三国魏] 曹植：《曹子建集》卷九，影印文渊阁《四库全书》集部第 1063 册，第 313 页。

及诗学领域甚广,从"诗之本"角度看,可归结为意病、理病、情病、腐俗病等;从"诗之艺"角度看,又有体格病、章句病、声韵病等;从诗之批评对象来看,又有诗人病、诗作病、时代病等①。诚如吴聿《观林诗话》所言:"昔人有言:诗有三百八病,马有三百四病,诗病多于马病。信哉!"② 依此类推,读诗亦如诊疾,费经虞《雅伦》卷十九有《针砭》篇,标榜说"此编先辈之微辞秘旨,观之以疗诗病,莫良于此"③,成了专门疗诗之病的篇章,甚至还有"诗医"④ 之说。广义而言,诊疾即观人之病,亦是观人学之一支;而观人学又大量借鉴中医原理,用于诗学,成为观人诗学的一部分。如中医诊断学之"望而知之""司外揣内",与观人学之"由表知里"、文论之"披文入情"的理路相通。就是疗诗之法,也与医通,如钱谦益评明代中后期诗坛之病说:

> 万历中年,王李之学盛行,黄茅白苇,弥望皆是:文长、义仍崭然有异,沉痼滋蔓,未克艾剃。……中郎之论出,王李之云雾一扫,天下之文人才士始知疏瀹心灵,搜剔慧性,以荡涤摹拟涂泽之病,其功伟矣。机锋侧出,矫枉过正,于是狂瞽交扇,鄙俚公行,雅故灭裂,风华扫地。竟陵代起,以凄清幽独矫之,而海内之风气复大变。譬之有病于此,邪气结轖,不得不用大承汤下之,然输泻太利,元气受伤,则别症生焉。北地、济南,结轖之邪气也;公安泻下之,劫药也;竟陵传染之,别症也。⑤

这是在观人诗学批评的基础上,进一步运用中医治病的原理阐释明代中后期诗歌理论、创作的变化,生动形象。甚至还有将诗作当作中药,用以治疗的现象⑥,中医学术语,在观人诗学中广泛使用,如脉、病、关格等。中医的整体思维、感觉思维等对观人学影响很大,对诗学影响也很大。这些都涉及文化生态中的文学与人、文学的精神医学原理、文

---

① 万伟成:《观人诗学》杂编《疾病第十五》,第 204~219 页。
② [南宋]吴聿:《观林诗话》,丁福保:《历代诗话续编》上,北京:中华书局 1983 年版,第 124 页。
③ 吴文治:《明诗话全编》九,第 9983 页。
④ 郑逸梅《艺林散叶续编》271 条:"王彦行喜改人之诗,人称之为诗医。"郑逸梅:《艺林散叶续编》,北京:中华书局 1995 年版,第 367 页。
⑤ [清]钱谦益:《列朝诗集小传》丁集中《袁稽勋宏道》,上海:上海古籍出版社 1983 年版,第 568 页。
⑥ 万伟成:《观人诗学》杂编《疾病第十五》,第 204~219 页。

学与治疗等论题，也成为中国传统诗学中的特殊观人意象，给后人的启示是多方面的。

5. 以人品等级、官职高低、类型人物、历史人物等喻诗。这是以人喻诗的特殊形式。观人诗学中作为喻体的人物极广，在各类人物的謦欬相闻中，诗人风格得到活灵活现的阐释。其中以人品等级、官职高低、历史人物为喻的品第批评，下文还将进一步分析。至于以类型人物的人格形象来类比诗歌的某一种风格，如司空图《二十四诗品》用"美人""畸人""佳士""可人""壮士"等，分别类比诗歌风格的"纤浓""高古""典雅""清奇""悲慨"等，将诗的风格理论直接"人格化"了，可以说二十四品诗格实际上就有二十四种人格形象，丰富了诗学的风格批评。甚至也有以恶人喻恶诗者，如王夫之《姜斋诗话》卷下说："门庭之外，更有数种恶诗：有似妇人者，有似衲子者，有似乡塾师者，有似游食客者。"① 甚至还有"无赖""措大""虐鬼""诗佣"之类人格化的恶诗。这些在今天看来有歧视之嫌，但其诗学价值取向非常明确。即使是以女性拟喻诗歌、品评诗歌，也可以神采各异，宛在目前。拙著《观人诗学·品色第十九》②，全篇以闺阁为喻，从女子之德、容、服、饰、色、态、媚、趣、韵、艺等十个方面，观察诗歌，品评诗人，洋溢着各自不同的女性气息风度，集中反映了传统的闺媛观人学对传统诗学批评的移植与运用。

以上胪列了以人喻诗的种种现象，先人们将熟悉的喻体（人）的特点投射到了本体（诗歌）之上，让本体（诗歌）成了具有和人一样的生命形体、生命姿态、生命结构、生命特质、生命精神、生命品格乃至生命病症等。作为修辞手段，明喻、暗喻、倒喻、扩喻、反喻、较喻等尽管有着心理效果的细小差别，但都是一种"诗性智慧"在运作。由于喻体（人）的范围的扩大，不但大大丰富了以人喻诗的审美内涵和外延，而且也使观人诗学批评经历了由喻体（人）向本体（诗歌、诗学）设喻渐进的历史发展轨迹，即从物质形态的同形体、同姿态、同结构、同特质甚至同病症，深入发展到精神形态的同品格、同精神，这也呈现出观人诗学意象批评所拥有的丰富多彩的美学形态的演变历程。

（二）远譬诸物与观人学中的观物化品题

与"观人比物"同时存在的一种象喻，就是"观物比德"。这虽然

---

① 丁保福：《清诗话》上，第20页。
② 万伟成：《观人诗学》外编《品色第十九》，第262~280页。

不是"观人品题",但也是中国观人学中品题批评的常见思维方法。"观物比德"在观人学上的运用,早在春秋时就出现了,如《诗经·秦风·小戎》"言念君子,温其如玉",儒家继而提出"君子比德"观念,后来又有《楚辞》的"香草美人",说明这种观人术已经成熟。魏晋观人学中的观物品题应用空前广泛,摆脱了观物比德观念的影响,成为独立的观人学理念。《世说新语》最具代表性,有以美玉比人之仪容风姿者,如裴令公号为"玉人","如玉山上行,光映照人"(《容止》),山巨源"如璞玉浑金"(《赏誉》);有以鸟兽比人之才德风姿者,如时目王右军"矫若惊龙"(《容止》);以天文草木比人之道德风度者,如时目会稽王"轩轩如朝霞举",夏太初"朗朗如日月之入怀",嵇康"肃肃如松下风",王恭"濯濯如春月柳"(《容止》),和峤"森森如千丈松","太尉(王衍)神姿高彻,如瑶林琼树"(《赏誉》)等等。这充分显示士人对观人学的体认,由自然属性向完整人格嬗变,又从完整人格走向自然属性:"如果说,魏晋南北朝美学是从人物品藻出发的美学,那么,魏晋南北朝美学并不停留在人,而是从人走向自然。"① 所以这一时期观人学大量运用自然万物来比拟人的风姿、德性、神韵,虽然依然可看出儒家"君子比德"说的影响,但它更进了一步:观人学从单纯的道德比附升华为对人的风姿神韵的鉴赏把握,人的风姿神韵与自然物之间的关系超越了道德比附,获得了沉醉、自由的审美意味。它们之间的异构同质关系,使得观人与观物之间自然联系了起来。

这种观人批评方式普遍影响了中国传统的文学、书法、绘画等文艺批评领域。在诗学批评领域也独放异彩,有以金玉比诗者,如黄生评"古诗如浑金璞玉,雕镂无痕"②,钟嵘评颜延之诗"如错彩镂金"③,一正一反,借以突出诗歌以"道法自然"为贵;有以鸟兽比诗者,如赵与时评杜甫"龙骧虎伏,容止有威"④,此借喻杜诗的壮丽结约之美,诗家更有"谈龙"一术⑤,全然以龙为喻;有以天文、山水、草木比诗者,如孔文谷评陈子昂古风"廊庙而有江山之致,烟霞而兼黼黻之裁"⑥,冯

---

① 叶朗:《中国美学史大纲》,上海:上海人民出版社1985年版,第188页。
② [清]黄生撰,诸伟奇主编:《黄生全集》四《诗麈》卷二,合肥:安徽大学出版社2009年版,第339页。
③ [南朝梁]钟嵘:《诗品》卷二,影印文渊阁《四库全书》集部第1478册,第196页。
④ [南宋]赵与时:《宾退录》卷二,上海:上海古籍出版社1983年版,第21页。
⑤ [清]赵执信:《谈龙录》,影印文渊阁《四库全书》集部第1483册,第924页。
⑥ [明]谢榛:《四溟诗话》卷四,北京:人民文学出版社1961年版,第114页。

复京评"《十九首》如日月丽空,苞符出水"①,敖陶孙评"陶彭泽如绛云在霄,舒卷自如;王右丞如秋水芙蕖,倚风自笑"② 等等,不胜枚举。这种批评所涉及的批评术语和范畴,几乎包括了天地万物,堪称是"泛宇宙诗学批评"。

观人化品题、观物化品题,是从观人学到诗学批评模式中两种常见的意象批评形态:前者蕴含着伦理主义文化精神,而后者蕴含着自然主义文化精神。自然美与人格美的两种类比,实际上是同源同构的,也是可以融通的,都是天人合一思维的审美呈现。不论"以人喻诗",还是"以物喻诗",都是以"象"喻诗。这二种象喻方法完全产生于先秦两汉,成熟、自觉于魏晋,一直延伸至今,诗歌美与人格美、自然美获得了异质同构的意义。它从审美观念自觉开始,经过字法、句法、章法的完善,古体、近体的定型;诗歌理论和诗歌批评从道德化向审美化过渡,完成独立、自觉的整个过程,对中国传统诗学的意义非常重大。

必须指出的是,仅仅以人为喻,构成的诗学理论只能是片段式、零散式的、随意式的,虽然不乏真知灼见,也不乏妙语连珠,"是犹百琲明珠,而无线穿也"③,构不成整体与系统。所以我们将它定义为观人学对诗学批评体系建构的初级形式。但是,观人学对观人诗学批评体系建构的影响是全面的,它还有着更高级的形态。

第三节 认知隐喻:观人学与诗学意象批评的高级形态

观人诗学批评不仅停留在身体譬喻,而且已经超越了譬喻,上升到一种更高级形态的语言认知层面:认知隐喻。如果说它的初级形态是比兴,是譬喻,那它只是一种表述工具,一种修辞手段;而隐喻认知是西方概念,具有深厚的哲学内涵,体现了对比兴、譬喻的认知作用与超越作用。这种理论有利于我们对观人诗学的深层次把握。

一 隐喻对譬喻的超越

如果说"生命之喻"多限于论述诗歌结构的话,那么,观人诗学在"生命之喻"的基础上,通过"隐喻思维",注入了观人学的理论运用,并构建出观人诗学体系。一句话,观人诗学中的"隐喻",就是古代诗

---

① [明] 冯复京《说诗补遗》卷二,吴文治:《明诗话全编》七,第 7194 页。
② [南宋] 魏庆之:《诗人玉屑》卷二《诗评·臞翁诗评》,第 18 页。
③ [清] 刘熙载:《艺概》卷四《词曲概》,第 115 页。

学家们将以相学、中医学等为基石的观人经验与理论，用来阐释诗学原理、进行诗歌批评与诗学体系构建的认知活动。这不仅是对中国古代文学批评固有特点的一个认识，也成为我们总揽历代诗论、整体把握诗歌特点、具体评骘历代诸家的一个基本诗学批评方法，观人诗学因此获得了真正的"传送转换"意义，实现了对譬喻的超越。所以，这里说的"隐喻"与上文说的修辞格"暗喻"意义又有不同。

"隐喻"一词来自希腊语的 metaphora，字源 meta 的意思是"超越"，而 pherein 则是"传递"。因此隐喻是指一套特殊的语言学程序，人们通过这种程序，把一个对象的诸方面"传送"或"转换"到另一个对象，其运作方式是"超越"语言的字面意义，"传送转换"到另一隐含的意义上去。亚里士多德在《诗学》对隐喻作的基本定义是"隐喻就是为一事物借用属于另一事物的名称"①，后世对"隐喻"的阐述，多半基于此。而对于我们来说，"隐喻"不仅是一种语言现象，如上文提及的"明喻"等修辞手段，它更是一种人类的认知现象：是人类将其观人学领域的经验用来说明或理解诗学领域的经验的认知活动。

这种认知活动，也经历了从初级形态到高级形态的演变：

首先，身体隐喻是一种语言形式，以人的基本经验为基础，运用"近取诸身"的原始思维，把人作为衡量周围事物的标准，如树冠、树身、木头、山头、山腰、山脚、山口、海口等，这是由人类的认知顺序所决定的，因为人类最先认识人体本身、器官及周遭事物，这种原始思维在中国高度发达的诗学理论中始终存在，大量的人体器官名词，如藏头、空头、换头、平头、面目、诗眼、诗喉、诗肠、诗胆、诗脉、诗骨、体骼、髓、肉、血、皮（肤）、窍、筋、腠理、体段等，已经成了传统诗歌理论的专有术语、范畴；如折腰格、接项格、交股格、充股格、牙锁格、一字血脉格、纤腰格、续腰格、首尾体、有眼体、有骨体、合掌体、颈转、腰转、股转、股尾转、首联、颔联、颈联（腹联）、尾联、一头两脚体等，许多成了诗歌技法专有名词、概念；如脱胎说、换骨说、肌理说、格调说、神韵说等，成了诗歌流派理论。仅这些器官名词，就是"近取诸身（人）"在诗学理论上最原始的运用。

其次，当认知进入更高级阶段时，诗学家们已经熟悉的"人"的东西，如身体元素、身体行为、身体体验、才性精神、生命精神乃至命运

---

① ［希腊］亚里士多德著，罗念生译：《诗学》第21章，北京：人民文学出版社2008年版，第73页。

意识，利用具体的、熟知的观人学原理与范畴体系，来认识、体验和描述无形的、抽象的、难以定义的诗歌理论、诗歌批评，并形成了最具中国特色的观人诗学批评理论与实践活动。这些范畴、概念或术语，除了前面所引诗学中大量人体器官方面的术语外，还有声、色、姿、肥、瘦、妙、致、妍、丑等，都可归之为形态方面的隐喻词；性、情、志、心、灵、魂、韵、才、胆、学、识、力、品格等，可归之为精神方面的隐喻词；精、气、神、味、媚、厚、态、健、壮、弱、病、老、少、贫、富、习气等，可归之为体验方面的隐喻词。由此，借助于表示观人形体、精神等具体事物的词语表达抽象的诗学概念，便形成了观人学与诗学不同概念之间相互关联的隐喻认知方式和隐喻语言。人体及其部位、形貌是人类的基础和出发点之一，这符合人类以自我认知为中心，由近及远、由自我到非自我、由实体到非实体、由具象到抽象、由简单到复杂的认知规律，"诗道成焉"，观人诗学理论也由此形成。

早期学者将这些现象概括"人化文评"，即以人体结构和生气风神构成的，或者说偏于艺术结构的譬喻，即钱文所谓"把文章通盘的人化和生命化"；今天学者概括"生命之喻"："他们以艺术形式和生命形式为异质同构，以生命形体的有机统一来追求艺术内在生命的整体和谐，这是'生命之喻'的深刻内涵所在。"① 但实际上，传统诗学早已超越了人体结构与艺术结构的概念，观人学的屠入，观人学才性观、方法论、命相学的运用，使诗学把作品看作人本身之神貌、人格、品质乃至命相的投射，其批评方式也已经超越了譬喻，演进为艺术直观生命的体悟，从而体现了对观人诗学建构的影响与意义。而以人为喻，以人衡诗，人诗同构，并进而发展到以人观诗，以诗观人，达到了人、诗合一的至高艺术境界，具有丰富的审美意蕴。

二 认知语言学视阈下的观人诗学

从诗学研究的角度讲，观人诗学的拟人隐喻研究是在语言学，特别是认知语言学视野内的创新尝试。从认知隐喻学的角度看，观人诗学贯穿着"诗即人体""诗品即人品"的潜在的结构隐喻，"诗即人体""诗品即人品"这个根隐喻产生了系统完整的"子隐喻"。本书研究的对象正是诗学中的人体、人格隐喻现象，通过分析"人—诗"结构、"实体人体器官—诗歌外质"、"抽象人格气质—诗歌内蕴"之间的对应投射，

---

① 欧海龙：《论中国诗话之生命化批评》，《海南大学学报》2007年第6期，第657页。

从人类认知的角度，既解构中国观人诗学每一个局部的原始基本单位，又将各个局部的原始基本单位重构成一个没有被人整理与总结的观人诗学批评体系。

"认知语言学"概念出现于1971年，根据这一理论，隐喻是人们利用一种具体的、熟知的概念去表达另一种新的、抽象的概念的思维认知过程，这个投射的过程以事物间相似性为联想的基础。我们的先人们利用具体的、熟知的观人学原理与观人经验，来表达对传统诗学的概念、术语、范畴的思维认识，体现了观人学对传统诗学体系、方法建构的重要影响。理由有四：

（一）从认知域的角度出发，观人诗学批评隐喻涉及始源域（观人学）和目标域（传统诗学批评）两个认知域。始源相当于修辞学上的"喻体"，而目标相当于"本体"。本文借用了认知学上的两个概念①，观人学属于始源域，观人诗学批评属于目标域。作为始源域的观人学的图式结构投射并阐释诗学时，就形成了作为目标域的观人诗学。同样地，通过先贤们熟悉的、具体的观人批评的"元概念"来理解和表达相对模糊的、复杂的、抽象的诗学概念，形成了观人诗学批评。从这里可以看出两种不同概念之间相互关联的认知方式。从这个意义上来说，观人诗学批评具有丰富的隐喻认知意义。

（二）本书通过对观人学与诗学、观人批评与诗学批评的相似性、内在逻辑及映射分析的具体实例，研究了始源域与目标域间的投射与阐释过程。观人诗学批评是以观人学与诗学批评间相似联想为心理基础，认知主体通过推理将观人学始源域映射到诗学批评概念域，从而使得诗学批评的表述具有人化的隐喻性；其主要功能是对诗学批评原理、概念的描述。从联想机制而言，观人诗学隐喻是以人们在具体实在的观人学（喻体）和它的传统诗学（本体）之间提炼出的相似性或类比为基础的。与《易》学"立象以尽意，得意而忘象"的思维具有相通性。观人诗学批评理论是目的与主体（"意"），而观人学的原理与人们的观人经验只是阐述、构建诗学批评理论与实践的手段与工具（"象"）。

（三）观人诗学作为认知隐喻，与比喻修辞格既有联系，又有区别。它是在比喻修辞基础上，升华成认识诗学世界的最基础的思维方式之一。比喻修辞只是表层现象，真正起作用的是深藏在人们脑中的"近取诸

---

① 1980年，Lakoff 和 Johnson 在 *Metaphors We Live By* 一书中，首次提出了隐喻理论，认为隐喻映射是指从始源域（source domain）结构映射到一个目标域（target domain）结构的过程。

身"的隐喻思维。这种思维指诗论家们习惯于通过人的具象感知诗学的抽象对象,用熟悉的观人学概念同化陌生的诗学概念,经由直观的经验理解曲折的经验,是一种化未知为已知的思维方式。借助隐喻思维,观人诗学通过一个"目标域像始发域"的"根隐喻",即观人学,经由转换、传递、移植等过程而推衍并产生一系列成系统的诗学"子隐喻",比喻与隐喻的关系就是单个的子隐喻和根隐喻的关系。

（四）身体隐喻是早期人类普遍存在的原始思维方式之一,所谓"近取诸身,远取诸物"①,可见原始人的一种典型思维就是"身体化活动"或"体认",即把人作为衡量周围事物的标准。观人诗学把人的身体结构、精神品格、生命状态等作为衡量诗歌作品的参照物,正是这种原始哲学思维下的产物。这已经从以人喻诗发展到以人衡诗、以人论诗的层面了。

以人衡诗是用人品等级、官职高低、人伦关系、历史人物的说法来品评诗歌的高低。用人品等级,如用圣与贤、君子与小人、仙与鬼妖等,来比附诗人或诗作,在这里,圣与贤、君子与小人、神与凡、仙与鬼妖,不仅是一种比喻,而且富有特别的诗学含义,甚至从观人学中的人格概念转化为诗学中的"君子"观与"小人"观,"圣贤"观、"仙鬼"观等。如诗圣与诗仙,就不仅仅是圣、仙的比喻,而且兼指内涵（如儒家与道家之别）与诗艺（圣于诗与逸于诗之别）,诗才（如地才与天才之别）、诗境界、诗品格甚至是学习传承（诗圣可学,诗仙不可学）等等含义在内②。用官职高低、人伦关系为喻,如"唐人《琉璃堂图》以昌龄为诗天子,其尊之如此"③,"王维诗天子,杜甫诗宰相"④,以此确定唐宋诗的优劣,王昌龄、王维、杜甫诗的高下,并不一定科学准确,比如明人就反驳说："杜岂可屈居王下？若曰杜甫诗天子,王、高、岑诗宰相,而以太白为客卿,如东方生傲睨汉廷,翱翔十洲者。孟浩然气韵孤清,才力短弱……使居翰林清秩,庶几稳当。"⑤ 虽持学术异见,但依然是以天子、宰相、客卿、翰林等官职名称,区别众人诗歌成就的高低。这里的官职,只是纯用以比喻,在诗学上并没有实际的内涵,因此不可能转

---

① ［三国魏］王弼注,［唐］孔颖达疏：《周易注疏》卷十二,第522页。
② 万伟成：《观人诗学·品第第二》,第25～32页。
③ ［南宋］刘克庄《后村诗话》新集卷三,北京：中华书局1983年版,第199页。
④ ［北宋］叶廷珪《海录碎事》卷十九《文学部下·诗天子》载：《王昌龄集》云："王维诗天子,杜甫诗宰相。"［北宋］叶廷珪：《海录碎事》,北京：中华书局2002年版,第747页。
⑤ ［明］冯复京《说诗补遗》卷七,吴文治：《明诗话全编》七,第7292页。

化为诗学范畴或概念。用不同身份人表达诗品高低的例子太多,又如:

  唐诗如贵介公子,举止风流;宋诗如三家村乍富人,盛服揖宾,辞容鄙俗。①

  孙仲衍如豪富儿入少年场,轻脱自好。……唐伯虎如乞儿唱《莲花乐》,其少时亦复玉楼金埒。……杨用修如暴富儿郎,铜山金埒,不晓吃饭着衣;李子中如刁家奴,辉赫车马,施散金帛,原非己物。……袁永之如王谢门中贵子弟,动止可观。②

  汤(惠)休谓(吴)迈远云:"我诗可为汝诗父。"以访谢光禄,云:"不然尔,汤可为庶兄。"③

前两则的贵介公子与三家村乍富人,乞儿、家奴等,下一则的父子、兄弟关系等,都纯是比喻,用以衡量诗人的高低,都不是实指,没有实际的诗学含义。用历史人物成就的高低、个性特点,来评价诗歌的高低,如敖陶孙评古今二十八家诗:"元微之如李龟年说天宝遗事,貌悴而神不伤。……李太白如刘安鸡犬,遗响白云,核其归存,恍无定处。韩退之如囊沙背水,惟韩信独能。李长吉如武帝食露盘,无补多欲。……荆公如邓艾缒兵入蜀,要以险绝为功。山谷如陶弘景祇诏入宫,析理谈玄。……其他作者未易殚陈,独唐杜工部如周公制作,后世莫能拟议。"④ 如众星捧月,突出杜甫的地位。这些都是以人衡诗的例子,构成了民族特色的诗学批评。

以人论诗是用观人的态度和方法去观赏诗歌作品,用观人的原理和妙谛来论述作诗的奥妙,甚至用对诗人的评价取代对其诗歌作品的评价。以人论诗与以人衡诗不同。举一例说明:同样以君子与小人论诗,如文质彬彬、温柔敦厚、道德雅正之美,人符合这一标准的话,易被看作"君子";作诗符合这一标准的话,易被视为"君子之诗",反之则为"小人"或"小人之诗":这都体现了人品与诗品的高度一致;这就是以人衡诗。倘若不顾及文质彬彬、温柔敦厚、道德雅正等内容,只根据君子、小人的身份来判断其诗品高下,往往有阶级、身份歧视之嫌,陷入先验论,虽然也有以人衡诗的成分,但纯粹是以人论诗了。

---

① [明]镏绩:《霏雪录》卷下,影印文渊阁《四库全书》子部第866册,第689页。
② [明]王世贞撰,罗仲鼎校注:《艺苑卮言校注》卷四,第258~262页。
③ [南朝梁]钟嵘:《诗品》卷三,第200页。
④ [南宋]魏庆之:《诗人玉屑》卷二《诗评·臞翁诗评》,第18页。

从认知隐喻学角度来说,以观人术观诗,不能仅仅将譬喻看成是诗学语言的修辞手段,而应认识到隐喻本质上是一种认知和语用现象,是前贤认知诗学理论与批评、建立诗学系统的基本思维方式,是他们探索、解读传统诗学的有力工具。

三 观人学与诗学体系中的全面"隐喻"

(一)观人学才性观、风格论、方法论、命相学的运用对诗学建构的影响

关于观人学的才性批评、风格批评、方法论、命相说,对传统诗学建构的具体影响,前几章已经论述,现从隐喻学角度再申论如下:

观人学的才性批评、风格批评与人格批评,把诗歌艺术看作人本身才性、人格、品质的投射,其批评方式超越了暗喻和象征,从而把批评演进为直观生命的体验与感悟,成为生命对生命的叩问、对话与灌注,诗歌批评已不是对文本的简单的表层次的解读,而是破解了诗歌的深层密码和人学的深层密码。观人审美与观诗审美的结合,产生了观人诗学中的作家批评、作品批评与风格批评。

观人学(含相学)由外以知内、由形以征神的方法论,强调通过对人物外在可见的感性方面的"观""相""品",把握人物内在不可见的精神乃至命相;运用到诗学,就是通过知人论世把握作品,通过对诗歌的体格形式探寻它的情感内容,通过对诗歌的整体直接体验传达审美经验,所谓"披文以入情"——从诗歌的面目骨骼入手把握它的情性神气,甚至可以解读诗史发展轨迹说:

> 评诗之品无异人品也,人有面目骨骼,有情性神气,诗之丑好高下亦然。风雅而降为骚,骚降为十九首,十九首而降为陶、杜,为二李,其情性不野,神气不群,故其骨骼不庳,面目不鄙。……下是为齐、梁,为晚唐季宋,其面目日鄙,骨骼日庳,其情性神气可知已。①

从外在的面目骨体到内在的情性神气,对各时代诗歌风貌进行观人式评价,这就是观人学的运用,体现了以人拟诗到以人观诗、因诗观人

---

① [元]杨维桢:《东维子集》卷七《赵氏诗录序》,影印文渊阁《四库全书》集部第1221册,第437页。

的更高层次。所以，观人学的观、相、品的方法被钱文称为："相面的天经地义，也就是我们人化文评的原则。"① 此外，观人学上的名号称谓、事数标榜、品第法、品题法、摘句法、意象法等，也被诗学移植使用，成为观人诗学的重要批评方法，也是观人诗学的重要认知方法。

观人学的命相说，以人的筋、骨、皮、肉、神、色、气、声等来断定其实质，预测其诗人未来的贵贱、贫富、祸福、寿夭等，对传统诗学建构最大的影响，就是诗谶批评的形成，从而增强了中国诗学的神秘性。先人们在进行诗学批评、构建观人诗学时，习惯将相学术语、概念和原理引入诗歌批评之中。相术重"骨法"和"神气"，在相术传统之上，诗歌审美的"人化"隐喻找到了可以直接套用的逻辑和范畴，以及成熟的语义环境和论说氛围，从而上升为认知诗学。

（二）观人诗学体系中的人喻系统

观人学的才性观、方法论、命相说等的注入，使得传统的以人喻诗发生了质的飞跃，而演进为一种观人诗学体系。从观人学在诗学中的广泛用途来看，它又涉及本体论、创作论、作品论、作家论、风格论、诗史论等诸多领域，分别举例说明如下：

涉及本体论的如：

> 诗有道焉，性情礼义，诗之体也；始终条理，文之用也。无体不立，无用不行，相为表里，如四时成岁，五官成形，乃天人之常也。苟春行秋令，目居眉上，即为天变人妖矣。②

这里抓住诗歌内容与形式两个方面立论，以内容为本，形式为用，内容与形式互为表里，大体诠释了诗歌本质特征，就像"四时成岁，五官成形"，符合万物、人体自身本性一样。中国传统诗歌本体论最常见的两个命题是"诗言志""诗缘情"，与观人学上的"观志""尚情"不无关系。

涉及创作论的如：

> 神居胸臆，而志气统其关键；物沿耳目，而辞令管其枢机③。
> 格如人五官四体，有定位，不可易，易位则非人矣。声如人之

---

① 周振甫、冀勤：《钱锺书谈艺录读本》附录，第400页。
② [清] 庞垲《诗义固说》卷上，郭绍虞：《清诗话续编》二，第727页。
③ [南朝梁] 刘勰撰，[清] 黄叔琳辑注：《文心雕龙辑注》卷六《神思》，影印文渊阁《四库全书》集部第1478册，第142页。

音吐及珩璜琚瑀之节，华如人之威仪及衣裳冠履之饰。①

诗有兴、比、赋。赋者意之所托，主也；意有触而起曰兴，借喻而明曰比，宾也。主宾分位须明，若贪发题外而忽本意，则犯强客压主之病；若滥引题外事而略本意，则有喧客夺主之病；若正意既行，忽入古人，忽插古事，则有暴客惊主之病。②

法有死法，有活法。若以死法论，今誉一人之美，当问之曰："若固眉在眼上乎？鼻口居中乎？若固手操作而足循履乎？"夫妍媸万态，而此数者必不渝，此死法也。彼美之绝世独立，不在是也。……然则，彼美之绝世独立，果有法乎？不过即耳目口鼻之常，而神明之。而神明之法，果可言乎？……死法，则执涂之人能言之。若曰活法，法既活而不可执矣，又焉得泥于法！③

炼句要骨中有肉，若无肉者是谓之枯；属对要律中有力，若无力是谓之松；立篇要格中有致，若无致是谓之板；下字要锤炼中有自然，若无自然是谓之雕。倘肉不从骨中出，是谓痴肥；有力不从律中出，是谓莽荡；致不从格中出，是谓柔靡；自然不从锤炼中出，是谓率易。④

第一则论述诗歌构思理论，用观人化的情志、血气、耳目、语言比喻构思的过程，阐述作家在情志和血气的支配下，通过视觉和听觉感受外物，然后用语言表达出感受，强调"志气""辞令"二个中心环节兼备，构思过程才能畅通无阻。李渔《闲情偶寄·词曲部上·结构第一》更借妇女怀胎生子为喻，说："造物之赋形，当其精血初凝，胞胎未就，先为制定全形，使点血而具五官百骸之势。倘先无成局，而由顶及踵，逐段滋生，则人之一身，当有无数断续之痕，而血气为之中阻矣。"强调酝酿"结构"为先，成竹在胸，然后揭示艺术构思过程中的几个关键环节，虽论填词，亦可通之于作诗，所谓"不独词曲为然，帖括诗文皆若是也"⑤。第二则是诗歌结构与人体拟示，由人体之自然美进入衣冠的装饰美，甚至再进向更高层次的人之风度美、修养美、气度美。人体美给

---

① ［清］归庄：《归庄集》卷三《玉山诗集序》，上海：上海古籍出版社 2010 年版，第 206～207 页。
② ［清］庞垲《诗义固说》卷上，郭绍虞：《清诗话续编》二，第 738～739 页。
③ ［清］叶燮：《原诗》卷一《内篇上》，北京：人民文学出版社 1979 年版，第 20～21 页。
④ ［明］费经虞《雅伦》卷二十二《琐语》，吴文治：《明诗话全编》九，第 10212 页。
⑤ ［清］李渔：《李渔全集》第三册，杭州：浙江古籍出版社 1991 年版，第 3～4 页。

诗歌结体取象提供了由自然美——装饰美——气质美的多层次的完整与和谐的智慧。第三则是借人伦关系来论述诗歌赋比兴的创作手法，第四则从观人学角度来观察"活法"，诗法强调"活"，反对"死"，本是观人学生命意识的流露，体现了方东树所谓"诗文者，生气也"① 的精神。第六则用观人学原理论述的是字法、对仗、立篇等。这些都是观人原理通之于诗歌创作理论、人事通之于文事的例子。

涉及作品批评的如：

曲江《奉和圣制早度蒲津关》："唐贤作十二句排律，中间四句闲闲对仗。子寿此作，中四句何等气力，使前后二解愈加精彩，可见中四句最为得力。……以人譬之：起是头，合是足，承是左手，转是右手，中四句是腹心。腹心无疾，则面目荣泽，四肢强健。"②

（王维《出塞作》）三四妙得景色，极其雄浑，而不见雄浑之迹。诗至雄浑而不肥，清瘦而不削，斯为至矣③

这是典型的作品批评。前一则分析张九龄诗的章法，全以人体的结构与健康为喻，肯定了其结构之美与生命之美。后一则全以人的体貌为喻，描绘王维诗的雄浑清瘦、骨肉匀称之美，准确而生动。

涉及作家批评的如：

陈后主妆裹丰余，精神悴尽，一时作者俱披靡颓败，不能自立。④

（许）浑诗工有余而味不足，如人形有余而韵不足。⑤

遗山虽较之东坡，亦自不免肌理稍粗，然其秀骨天成，自是出群之姿。若无其秀骨，而但于气概求之，则亦末矣。⑥

---

① ［清］方东树：《昭昧詹言》卷一《通论》，北京：人民文学出版社1961年版，第25页。
② ［清］徐增：《而菴说唐诗》卷二十一《排律》，《四库全书存目丛书》集部第396册，第792页。
③ ［明］陆时雍：《唐诗镜》卷十《盛唐第二》，影印文渊阁《四库全书》集部第1411册，第389页。
④ ［明］陆时雍：《古诗镜·诗镜总论》，影印文渊阁《四库全书》集部第1411册，第9页。
⑤ ［明］胡震亨：《唐音癸签》卷八《评汇四》，上海：上海古籍出版社1981年版，第76页。
⑥ ［清］翁方纲：《石洲诗话》卷五，北京：人民文学出版社1981年版，第156页。

前两则从观人学的形神关系入手,对陈后主、许浑二人诗歌风格"形有余而神韵不足"进行了批评,后一则认为元好问诗歌形貌虽肌理稍粗,却秀骨天成,两则批评体现的是观人学风尚,也是诗学风尚。

涉及风格批评的如:

> 枯瘦寒俭,非诗之至。然就彼法中,亦自有至者:枯者有神,瘦者有力,寒者有骨,俭者有品。①

枯瘦寒俭,本指人的体貌特征与品格特征,这里借以比喻诗歌的四种风格。创作批评、作品批评、作家批评、风格批评中的观人学元素,非常之多,不胜枚举。

涉及诗史批评的如:

> 为诗者受胎于《三百篇》,成骨于《离骚》、汉、魏,长肉于六朝之俊逸华腴者,然后取初盛唐之闲雅风流以为举止谈笑。②

> (五古)格宜古,气宜静,色宜淡,神宜远,辞宜朴,韵宜幽,味宜平,调宜缓,情宜真,说事宜简,说景宜藏,譬如人家处子也,言也、笑也、行也、坐也,一切含蓄不露。汉魏笄也,晋将嫁矣,齐梁新妇矣,唐初有子矣,犹含羞涩,未大离于闺阁。至于李杜元白,透情尽物,无所不道,如大妇骂儿答婢,量衣计食,而古诗之变遂极。至于唐后,未免门前买物,墙外寻鸡,都无复绳墨,反以简雅深洁者,为边幅窘小,而古诗之法亡矣。③

> 古诗不可使肉胜骨,肉多而无骨,则古诗亡:齐、梁是也。律诗不可使骨胜肉,骨立而无肉,则律诗亡:宋是也。唐之古诗,反齐、梁而干以风骨,故古诗复存。明之律诗,鉴宋而加以色泽,故律诗复振。④

---

① [清] 贺贻孙《诗筏》,郭绍虞:《清诗话续编》一,第 140 页。
② [明] 邓云霄:《冷邸小言》,《四库全书存目丛书》集部第 417 册,第 401 页。
③ [明] 费经虞《雅伦》卷九《格式七·五言古诗》,吴文治:《明诗话全编》九,第 9760~9761 页。
④ [清] 黄生撰,诸伟奇主编:《黄生全集》四《诗麈》卷二,合肥:安徽大学出版社 2009 年版,第 339 页。

第一则用一个人从胎儿到成人的过程,描述从先秦《诗》《骚》两个诗歌源头,经历汉魏六朝发展到唐诗繁荣的历史;第二则以女子从少年、成人、新婚到怀胎羞涩、泼辣骂奴的成长过程做比喻,形象阐述了五言古体诗从汉魏到唐以后的发展演变;第三段以骨肉多少来比较分析汉魏古诗、齐梁体、唐宋诗、明诗的差别:皆以譬喻论说历代诗歌的发展变化,比较区别了各个时代风貌的差异,既生动形象,又准确传神,充分体现出意象批评的优势。

这方面例子太多,甚至诗歌流派、诗歌主张也是从观人学中移植者,如清代的格调说、肌理说、性灵说、神韵说,本皆从观人术语中衍化出来,其概念、内涵就都直接与观人学紧密相关。即使从现代诗论来说,观人诗学的运用也具有广泛性与包容性。总之,观人诗学涵盖两个方面内容:一是诗学理论,包括了传统诗歌理论所谓的本体论、创作论、作家论、文体论等方方面面;二是诗学批评,包括了才性批评、风格批评、人格批评,也包括作家批评、作品批评、时代批评、诗史批评等方方面面。这两个领域里概念或范畴,也多从观人学直接移植或推衍而来。

中国诗学从物我互渗的原始思维,到对人自身价值的体认,再到视诗歌为人生、以诗歌直观生命、以生命体验诗歌,中国传统思维和诗学观的发展,经过了艰难而漫长的历程。观人诗学虽然以人化比喻为基础,但由于观人学原理、经验与范畴的运用,导致了传统诗学实现了从以人喻诗到认知隐喻、从解构到建构的质的飞跃,经历了从实到虚,由人象之喻到境象之喻,由形象性人化向整体功能的人化的推衍,而且日趋周密完备,在本体论、创作论、作品论、作家论、风格论、诗史论等诸多领域形成了独特的诗学体系。

四 观人意象批评的特征

以上探讨了观人学与诗学的思维方式——天人合一、立象尽意,以及在这种原始思维下的观人学意象批评与观人诗学意象批评的形成及其关系,同时探讨了这种批评从观人化的譬喻初级形态到认知隐喻的高级形态的发展轨迹。一个民族的文艺批评特征的形成,取决于该民族的思维方式。天人合一、比类取象为内容的思维方式,从远古至近代,作为中国古代文化的诗性智慧,决定了观人学与诗学批评方式就是意象式批评,并且决定了观人诗学意象批评的二个特征:

(一) *形象性与感性:诗性特征*

罗根泽先生说:"中国的批评,大都是作家的反串,并没有多少批评专家。"① 古代诗歌批评专家首先是诗人身份,因此拥有较专职诗论家更为丰富、细腻的情感,以及更为敏锐的直觉、感悟能力。他们不仅用形象思维来做诗,而且用形象思维来评诗,化抽象为具象,从而使得中国的诗歌批评更加形象化、生动化、审美化,更加富有浓郁的诗化特征与体貌特征。而观人学中的比兴观人、象喻批评、生命之喻等艺术手段用之于诗学批评,"以象尽意",象是具体的,意是深隐的。立象尽意的思维模式能达到以一寓多、以小总大、以具象阐述抽象的艺术效果。批评家的任务是把批评对象中蕴含的"意"转换为具体可感的"象"(人),而读者用心体悟,把"象"(人)转换为"意"。这些都使诗歌批评具有含蓄、感悟、直寻、个性化、诗意化、审美化等特征。诗歌批评从本体论、创作论、作品论、作家论、鉴赏论甚至是诗史论等各个方面使用了大量"拟人化意象"("象"),用于阐述诗学理论中的"意"(人),使之具有深厚的"拟人化"特征,使批评成为文学的一种表现形式,一种再创造形式。这样,本来"言(象)不尽意"是诗本体论的命题,至此也成为诗学理论建构的命题了。它既抓住了诗性美的特质,又开拓了"意在言(象)外"的空间,它所具体到的每一个范畴或概念,如形、神、气、体、风、骨、韵等,都具有这种弹性和张力,观人诗学批评过程本身是一个既丰富又深长的体悟过程。以诗悟诗,以人喻诗,以天人合一的思维方式来观诗,从而使诗歌批评富有诗性精神。从根本上说,传统的观人诗学批评是一种重感悟、重印象、重经验的感性批评、形象批评、审美批评,其批评标准、批评尺度、批评原则都以观人实践经验为基础。许多诗歌批评家,同时兼诗人、观人家身份,是导致这种现象的重要根源。

(二)模糊性与体悟性:主观特性

观人诗学批评方法在注重形象性、整体性的同时,又不可避免地产生了模糊性、不确定性等特征。它善于将自己的观人经验直接变成点评式、片段式的感悟,更注重具体形象,即从"人"出发,去体会、涵泳、把握,是"观"、是"相"、是"品",亦是"悟"。感性体悟的直觉性思维,使得这种批评本身具有直观性、形象性和可读性,增强了自身的诗性,加强对作品意蕴的把握,诱发了读者的想象,从而提高了读者、作家、批评者的对话力度,克服了科学理性批评所带来的种种弊端。但是,由于象以尽意,疏于理性而偏于体悟,或者一点立喻而往往以偏

---

① 蔡镇楚:《中国文学批评史》,北京:中华书局2005年版,第8页。

概全，或者有了譬喻而没有解读、诠释时，不同读者对"观人取象"的理解不同，"象"也因此产生了多义性与歧义性，反而导致这种观人诗学批评的指向模糊性和不确定性。这是意象批评的优点，亦是它的弱点。许多诗学术语、范畴或概念来源于观人学，既有其特定含义，又有未定含义，如神、气、韵、致、风、骨、格等抽象名词，富有弹性、张力与神秘性，都能给批评家提供发挥、再创造的空间，也能给受众提供想象的空间。它们可以独立成语，亦可自由排列组合，如风神、风韵、风味、风调、风致、风度、风力、风骨、神情、神理、神骨、神气、神韵、神味、意味、兴味、情味、情韵、情致、气势、气韵、气调、气格、气骨、意气、骨气、骨力、韵味、韵致、韵度、格韵、格调、格致、意趣、意兴、兴趣等等，表现出极大的灵活性，但极少进行概念分析和逻辑实证，也极少科学界定这些概念的内涵指向，相反，这些内涵指向却因形象性、审美性与高度抽象性，随着语境的变化而游移不定，变得模糊、隐晦，容易引起概念、理论之争。正如"诗无达诂"的逻辑一样，观人诗学也由于诗性十足，而造成"诗学亦无达诂"的情况。从这个意义上说，传统的观人诗学批评带有较强的个体性、个性、趣味性、鉴赏性，具有强烈的主观性与差异性。不过，从另一角度来说，正是诠释的未定性、开放性和模糊性，才真正彰显出观人诗学理论的价值和魅力，彰显出观人诗学批评的灵活性与巨大张力。

总之，传统的观人诗学批评受观人学影响，虽然具有一定的科学合理性，但归根结底是一种感性批评、经验性批评、主观批评、神秘批评。它是中国古代文学批评的一个组成部分，体现了浓郁的民族特色。在现当代，由于西学东渐，诗学批评研究不仅受到理性主义的影响，同时还被科学主义所左右，二十世纪八十年代初当联合国教科文卫组织提出"所有各门学科的'数学化'"时，有人提出文艺学只有用数学解释，才能成为科学的判断。这种方法用得过头，必会陷入"理障"，造成深文周纳、胶柱鼓瑟般的批评尴尬。如张继《枫桥夜泊》"姑苏城外寒山寺，夜半钟声到客船"脍炙人口已久，而欧阳修却以"三更不是打钟时"为由，讥之为"贪求好句，而理有不通"①；苏东坡《惠崇春江晚景》"竹外桃花三两枝，春江水暖鸭先知"亦已妇孺皆知，而毛奇龄却讥之"鹅也先知，怎只说鸭"②。当然，我这里并不主张用意象批评、认知隐喻取

---

① ［北宋］欧阳修：《文忠集》卷一百二十八《诗话》，第 304 页。
② ［清］王士禛：《渔洋诗话》卷下，影印文渊阁《四库全书》集部第 1483 册，第 875 页。

代理性批评,科学的实证方法是必要的;意象批评虽然缺乏完善的科学理论体系,大多没有经过缜密的逻辑分析,它有弊端,但不容否认,它也具有极强的艺术魅力。它在某种程度上可以避免理性的"死证"方法带来的弊端,"在当代文学批评中也仍然不失为一种有效的批评方法,值得我们认真地加以传承和反思"①。

---

① 胡建次:《中国古代文学意象批评的承传》,《郑州大学学报》2006年第1期,第120页。

第六章　观人学与诗学批评方法论

中国诗学强调作诗、读诗、评诗都必须做人、观人、论世。人是贯串于文学创作、欣赏、评论活动的核心。知人论世、品第品题成为观人批评的重要方法。"观""相""品"作为重要的元范畴，体现了古人观察的视角与方法，从观人学运用到诗学批评，具有独特的方法论意义，因而成为诗学批评的基础和前提。下面从方法论角度，在语义学观察的基础上发掘它们的内涵，分析它们从观人学移植到诗学批评方法论之后的语境变化与语义变化，揭示中国特有的诗学批评方式与思维方式，从而进一步彰显它们的民族特色与理论品格。

第一节　观：观人学与诗学批评方法论之一

观、相、品等，既都是观人学与诗学批评的方法，也都是综合主、客体并使之发生审美联系的重要途径，都是从观人学发展到诗学批评的审美活动与重要审美命题。

一　观人批评之"观"的方法论意义

"观"，甲骨文作🦅，像一只大鸟🦅，上有眉毛〰〰，中有两只大眼睛👀，似大眼鸮隼类猛禽。故引以为目视，成了观的本义①。《谷梁传》鲁隐公五年："公观鱼于棠，传曰：'常事曰视，非常曰观。'"② 《说文》："观，谛视也。从见，雚声。"可见是一个会意兼形声字，指审视，用眼睛仔细地看。后泛指观察活动。如《周易·系辞下》之"仰则观象于天，俯则观法于地"③，《系辞上》："是故夫象，圣人有以见天下之赜，而拟诸其形容，象其物宜，是故谓之象。圣人有以见天下之动，而观其

---

① 马如森：《殷墟甲骨文实用字典》，上海：上海大学出版社 2008 年版，第 205 页。
② ［东晋］范宁集解，［唐］杨士勋疏：《春秋谷梁传注疏》卷二，影印文渊阁《四库全书》经部第 145 册，台北：台湾"商务印书馆"1986 年版，第 563 页。
③ ［三国魏］王弼注，［唐］孔颖达疏：《周易注疏》卷十二，影印文渊阁《四库全书》经部第 7 册，第 522 页。

会通，以行其典礼，系辞焉以断其吉凶，是故谓之爻。"① 这里的"观"，主要是通过具有象征意义的卦爻以观万物之变，虽然带有先验性与神秘性，却提供了"观物取象""立象以尽意"的观察方法、诗性智慧和艺术思维原则。"观"还是卦名，坤下巽上，《周易·观》（䷓）："观：盥而不荐，有孚颙若。"象云："观天之神道，而四时不忒；圣人以神道设教，而天下服矣。"② 即通过审视四时循环的"神道"，从中获得启示并用以教化天下。这里的"观"显示先民获取超常视力，所谓"非常之视"。而象曰"先王以省方观民设教"③，"观"字又有观察邦国、考察民风之义。《老子》一章："故常无，欲以观其妙；常有，欲以观其徼。"十六章："万物并作，吾以观复。"这些"观"都明确用于观察抽象的事理（"妙""徼""复"），从而获得超越感官的意义了。

观人学的"观"体系的形成，与古代哲学联系密切。人们在观察天、地、物的时候，也在与人自身发生关系：

> 古者包牺氏之王天下也，仰则观象于天，俯则观法于地，观鸟兽之文，与地之宜，近取诸身，远取诸物，于是始作八卦，以通神明之德，以类万物之情。④

说明"观"的对象是天地、人文，所谓"观乎天文，以察时变；观乎人文，以化成天下"⑤。"观物取象"有"仰观俯察""远取近取"二途，这二途都与诗学关系密切："近取诸身"是以人拟诗，这是观人诗学批评形成的一个哲学基础；"远取诸物"则以自然万物拟诗，可说是"'泛宇宙生命化'诗学批评"⑥ 形成的一个哲学基础。那么，这个"观"又是如何从哲学到观人学、诗学的呢？"近取诸身"是如何影响诗学的呢？

（一）从观天地万物到观人之学

春秋时代，已经将"观"从观察万物运用到观人学领域。《老子》第十章"涤除玄览"，指洗涤心镜，清除杂念，保持心灵的澄明清澈，

---

① ［三国魏］王弼注，［唐］孔颖达疏：《周易注疏》卷十一，第544页。
② ［三国魏］王弼注，［唐］孔颖达疏：《周易注疏》卷四，第385页。
③ 同上书，第386页。
④ ［三国魏］王弼注，［唐］孔颖达疏：《周易注疏》卷十二，第522页。
⑤ ［三国魏］王弼注，［唐］孔颖达疏：《周易注疏》卷四，第390页。
⑥ 蒲震元：《"人化"批评与"泛宇宙生命化"批评》，《文学评论》2006年第5期，第180~183页。

以此朗照万物，体悟玄机。《庄子》主张"以道观之，物无贵贱"（《秋水》），达到齐物境界，开始了观人的原初审美意识；并进而借孔子之口，提出九种观人术："君子远使之而观其忠，近使之而观其敬，烦使之而观其能，卒然问焉而观其知，急与之期而观其信，委之以财而观其仁，告之以危而观其节，醉之以酒而观其则，杂之以处而观其色。九征至，不肖人得矣。"① 这九种"观人术"，充满了功利性与入世精神，将生命精神归结为人格价值。《论语》谈到观人时，对"观"的理解有"父在，观其志；父没，观其行；三年无改于父之道，可谓孝矣"（《学而》），"视其所以，观其所由，察其所安，人焉廋哉"（《为政》），"始吾于人也，听其言而信其行；今吾于人也，听其言而观其行"（《公冶长》）。也就是说，从一个人的言行可以见出他的内心世界，由人的外表及其社会关系可以看出其内在精神。《孟子·离娄上》发挥说："听其言，观其眸子，人焉廋哉？"通过察言、观目以知人，从观人形貌进而推论其人性的善恶。后人概括的"文王观人六征"法，包括了"视中"和"观色"②。这里的"观"均有察言观色之意，其目的在于洞察人的外在表现与心理世界，进而深入了解社会现实。

《世说新语》中作为审美活动的"观"，凡13见，从观外形到观才情风度、内在精神，乃至观山水天地，都已经渗入到"览""鉴""目""赏"等词的义域，扩展了词义，纳入了审美观照，从而使得"观"脱离政治、哲学而走向美学，走向诗性。以"目"为例，《世说新语》好用"某目某"格式来观人，如"时人目王右军，飘如游云，矫若惊龙"（《容止》），"世目李元礼，谡谡如劲松下风"（《赏誉》），宋人胡三省注曰："目者，因其人之才品而为之品题也。"③"目"的体察方式，就有品评、品题之义，即以简练、优美、意味深长的语言，贴切、准确地说明审美对象的特征。

（二）从享礼场合观人到观诗观乐

自《左传》载季札"观于周乐"，《论语》载孔子"兴观群怨"之说后，"观"就成为诗学重要的批评范畴。

从审美接受角度看，"观"活动在西周春秋就有了，在礼乐等重大

---

① ［清］王先谦：《庄子集解》卷八《列御寇》，北京：中华书局1954年版，第191页。
② ［西汉］戴德：《大戴礼记》卷十《文王官人》，影印文渊阁《四库全书》经部第128册，第501~503页。
③ ［南朝宋］刘义庆撰，刘强辑校：《世说新语会评》卷中《赏誉》辑引，南京：凤凰出版社2007年版，第242页。

政治场合，用于观察一个人的言行是否合礼，其中重要依据是这个人的"赋诗言志"。春秋时代的典礼场合，是赋诗场合，也是"观"的场合，既"观诗之志"（一国之志与一人之志），也观"诵""弦""歌""舞"等复杂的诗乐舞综合表演仪式，视、听、意等多种感官并用，如音乐不但可以耳听，也可以眼观，如季札观乐；诗歌不但可以眼观，亦可以鼻观，钱谦益借隐者之口，提出诗者"天地间之香气"的观点，所以观诗"废目而用鼻，不以视而以嗅。诗之品第，略与香等……以嗅映香，触鼻即了，而声色香味四者，鼻根中可以兼举，此观诗方便法也"①，后来灵岩退老评价说"此六根互用，心手自在法也"②，用通感方法评诗、鉴诗，全面感受诗歌的外在形美以及内在的生趣活力、神理韵致，进一步丰富了"观"作为一种诗学批评方法的内含及意义。诗歌与音乐一样，之所以用多种感官并用进行鉴赏，原因很多，其中之一就是古代诗乐歌舞是统一的：

  昔者三代陈诗，以观民风，作诈淫义、躁静柔刚，于是乎取之；喜怒哀乐、吉凶存亡，于是乎观之。兆于此必应于彼，成乎终必见乎始。诗不可以为伪。……诗之时义，其大矣哉！天人国家之际，其至矣哉。③

春秋赋诗观人，福祸往往兆乎引《诗》；季札观乐，也与国祚相随。这里从观风俗世变，演变成从诗歌作品中观察或预验国家的兴衰存亡、赋诗者的吉凶命运，开后世以谶说诗之先。孔子剥去了神秘外衣，总结的"君子比德"和"赋诗观志"，成为主导后世诗学道德批评的儒家思想。特别是其"兴观群怨"命题，其中就有"诗可以观"说，这是"观"明确用于诗学之始。孔子这一诗学命题，显然是在春秋礼乐文化的背景下提出来的。对这一命题的理解，班固《汉书·艺文志》有二段话值得注意，"古有采诗之官，王者所以观风俗，知得失，自考正也"；"古者诸侯卿大夫交接邻国，以微言相感，当揖让之时，必称《诗》以谕其志，盖以别贤不肖而观盛衰焉"④。据此可知，诗可以"观"，通过

---

① ［清］钱谦益：《牧斋有学集》下卷四十六《香观说书徐元叹诗后》，上海：上海古籍出版社1996年版，第1567页。
② ［清］钱谦益：《牧斋有学集》下卷四十六《后香观说书介立旦公诗卷》，第1569页。
③ ［唐］吕温：《吕衡州集》卷三《裴氏海昏集序》，影印文渊阁《四库全书》集部第1077册，第622页。
④ ［西汉］班固：《汉书》，北京：中华书局1962年版，第1708，1755~1756页。

所赋诗的微言大义、观察赋诗人的揖让礼仪，达成两个方面的目的：从大的方面来说，可以观风俗厚薄、政治得失、国家盛衰；从小的方面来说，可以观察一个人所赋的诗歌"微言"与个人志向、揖让威仪与礼仪风采，从而作为臧否人物的依据，达到区别人物贤与不肖的目的。前者构成了政教诗学，是中国传统诗学的主体部分；后者构成了观人诗学，是中国传统诗学的有力辅助部分。非唯如此，《左传》中的"观"，还可以预言国家的盛衰得失、赋诗人的吉凶祸福，引发出对未知世界的探索，构成了后来观人诗学中的奇葩——诗谶批评。"观"的含义，不仅实现了从具象事物到抽象事物、从现实世界到未来世界、从已知事物到未知事物的超越，而且"观乐"活动还打破了视觉与听觉的感官界限，实现了多种感官的贯通与融合。后来鸠摩罗什翻译《法华经》时使用的佛教"观世音"一词，音不用"听"而用"观"，亦有此义，这种思维影响到后来"观诗之法，用目观，不若用鼻观"① 等观念的产生，从而强化了"观"的超感官性、神秘性与佛玄色彩。政教诗学、观人诗学、诗谶批评，都是从春秋观诗、观志、观乐、观人活动中总结出来的，说明"观"之一字在春秋时代就已经获得丰厚的内涵，对后世诗学影响长远。政教论者往往只重视前一个方面的政教功利性目的，而忽视其中"观人学"功利性目的，因此对春秋时代"诗可以观"的理解就不完整。

孔子还提出"观物比德"。自然物象之所以美，有两层含义：一是审美主体可从审美客体中观赏到人格美，所谓"智者乐水，仁者乐山"（《论语·雍也》）；一是在观照自然过程发现万物与人的品格的对应性，引发出对道德人格的审美联想，从而以物象譬喻人的内在品性。王充《论衡·佚文篇》提出"占迹以睹足，观文以知情"②，就是说观赏文章可探知作者的内心情感。刘勰《文心雕龙·知音》说："故圆照之象，务先博观。……是以将阅文情，先标六观：一观位体，二观置辞，三观通变，四观奇正，五观事义，六观宫商，斯术既形，则优劣见矣。"③ 强调了"观"在文学批评过程中的全面性、客观性和灵活性，都丰富了"观"的方法论内涵。

（三）隐喻：从观人学到诗道的最终形成

就文学批评而言，《周易》开启了一种诗性言说的文论传统。诗歌

---

① [清] 钱谦益：《牧斋有学集》下卷四十六《香观说书徐元叹诗后》，第1567页。
② [东汉] 王充撰，黄晖校释：《论衡校释》卷第二十《佚文篇》，北京：中华书局1990年版，第870页。
③ [南朝梁] 刘勰撰，[清] 黄叔琳辑注：《文心雕龙辑注》卷十《知音》，影印文渊阁《四库全书》集部第1478册，第182页。

作品是作家生命的结晶，也必然成为生命的有机体，这就决定了评价诗歌作品需要借助观人手段，诗学的诸多范畴因此染上了生命化、人格化之色彩。举例如：

> 凡文章之不可无者有四：一曰体，二曰志，三曰气，四曰韵。……文章之无体，譬之无耳目口鼻，不能成人。文章之无志，譬之虽有耳目口鼻，而不知视听臭味之所能，若土木偶人，形质皆具而无所用之。文章之无气，虽知视听臭味，而血气不充于内，手足不卫于外，若奄奄病人，支离憔悴，生意消削。文章之无韵，譬之壮夫，其躯干梧然，骨强气盛，而神色昏瞀，言动凡浊，则庸俗鄙人而已。有体、有志、有气、有韵，夫是之谓成全。①
>
> 此盖以诗章与人身体相为比拟，一有所阙，则倚魁不全。体制如人之体干，必须佼壮；格力如人之筋骨，必须劲健；气象如人之仪容，必须庄重；兴趣如人之精神，必须活泼；音节如人之语言，必须清朗。五者既备，然后可以为人；亦惟备五者之长，而后可以为诗。近取诸身，远取诸物，而诗道成焉。②

上述二段都把诗文与人体一一对照，阐述了诗文创作的必备要件与构成要素，诸如体制、志意、元气、神韵、格力、气象、兴趣、音节等，从而产生了观人文论、观人诗论，其他术语如气、才、风骨、神韵、形神、肌肤、血气、主脑、首联、颔联、颈联、尾联、肥、瘦、健、壮等，都是从观人学术语中移植、提炼出来的。这种批评传统的形成正是《周易》所开启的隐喻象征思维的产物。

隐喻并非仅仅是一种修辞艺术，更是一种借用已知的事物理解未知事物的思维方式。《周易》所采用的基本范畴及论证方式都是隐喻性的，都借助于自然万物或人体自身来阐释抽象隐晦的哲理，以"形而下"传递"形而上"的东西。这种隐喻象征思维是中国古人的传统思维方法，不仅为诗歌创作开启了一种隐喻创作的历史传统，而且为观人诗学提供了原始思维与诗性智能，促使"近取诸身，而诗道成焉"的观人诗学的产生与发达。

---

① ［北宋］李廌《答赵士舞德茂宣义宏词书》，［北宋］张耒等：《苏门六君子文粹》卷四七《济南文粹五》，影印文渊阁《四库全书》集部第1361册，第306页。
② 陶明浚《诗说杂记》卷七，郭绍虞：《沧浪诗话校释·诗辨》校释引，北京：人民文学出版社1983年版，第7页。

二 整体直觉思维：观人学与诗学批评方法的共通性

整体直觉思维是观人学的批评思维与方法，也是诗学的批评思维与方法。这是观人学通之于诗学批评，从而建立起观人诗学批评方法的学理基础。

观人学家在识鉴才性的方法上，启迪了后来批评家对作家作品的品鉴。观人学认识到观人的困难与复杂，如《庄子·列御寇》说："凡人心险于山川，难于知天。天犹有春秋冬夏旦暮之期，人者厚貌深情。故有貌愿而益，有长若不肖，有顺懁而达者，有坚而缦，有缓而焊。"刘劭《人物志·效难》也说："盖知人之效有二难：有难知之难，有知之而无由得效之难。"所以，观人可能存在"七缪：一曰察誉有偏颇之缪，二曰接物有爱恶之惑，三曰度心有小大之误，四曰品质有早晚之疑，五曰变类有同体之嫌，六曰论才有申压之诡，七曰观奇有二尤之失"①。或者像邵祖平总结的"缪误约有八事：一曰贵耳贱目，二曰爱同恶异，三曰心志不分，四曰品质失察，五曰向伸背诎，六曰取貌遗神，七曰弃真录伪，八曰采辩去讷"②。为了较全面公允地识鉴人才，文王提出"六征"法，孔子提出了"九征"法，刘劭在《接识》《八观》《七缪》《效难》等篇中分别提出了"八观""五视"等观人术，要求从不同侧面考察人的才性。这与观诗文术异曲同工，殊途同归。受观人学启发，刘勰《文心雕龙·知音》也分析了文学批评的困难与复杂："知音其难哉！音实难知，知实难逢，逢其知音，千载其一乎！"观诗鉴文同样存在"文情难鉴"的问题，出现诸如"文人相轻""贵古贱今""崇己抑人""信伪迷真""会己则嗟讽，异我则沮弃"等偏差，所以刘勰提出了"六观"法③。细读《人物志》与《文心雕龙》，从思维方式到语言运用，观人与观文之间相通，益显出观人批评对于文学批评的移植与影响，以及《文心雕龙》对于《人物志》的借鉴和发展。

观人学上的"观"字，作为一个活动概念，也可以通过其他相关、相同或相近的术语来表现，这些术语都与传统诗学中的品鉴方法具有相当的关联性。比如"知"，观人又称"知人"。总的来说，"知"可以概括观人、相人的意思，"知人"的活动与方法，在战国时代就被运用于

---

① ［三国魏］刘劭撰，［五凉］刘昞注：《人物志》卷下，第781页。
② 邵祖平：《观人学》下篇《评论》第四章，北京：中国档案出版社1998年版，第279页。
③ ［南朝梁］刘勰撰，［清］黄叔琳辑注：《文心雕龙辑注》卷十《知音》，第182页。

观诗上，如《孟子·万章下》："以友天下之善士为未足，又尚论古之人。颂其诗，读其书，不知其人可乎？是以论其世也，是尚友也。"观诗必先知人，知人而后"尚友"。虽论"尚友"，但"尚友"本是观人学的功用。所以，赵孟𫖯《薛昂夫诗集叙》说："（诗）可以观民风，可以观世道，可以知人，可以多识草木鸟兽之名。"① 进一步丰富了孔子"诗可以观"的思想。读诗成为观人术之一，而"知人论世"也成为诗学的重要批评方法。

与"观"相近的还有"相""品""望""评""辨"等。钱谦益《黄庭表忍庵诗序》将风水、相术中的"望气"用作观诗批评方法，严羽用"观气象"法来辨别各个时代诗歌面貌，吴乔针对"辞气"的表现，用"望气"法来辨别"汉魏也，晋宋也，梁陈也，三唐也，宋元也，明也"不同时代的诗歌②。"评""辨"既是观人术，也是诗歌批评方法，《沧浪诗话》五法中就有"诗评"一法③。关于"相""品"的方法，详见下文论述。

其实观诗、知诗、相诗、望气、品诗、评诗等，都具有审美感知和审美判断上的作用和意义：它们都是整体直觉思维下的认知活动。"观""相""品"最初是观物，接着是观人，对人的最初步、最基本的感觉——人的外形与内质，后来从本义、亚本义向引申义、比喻义发展，从观人到观诗，乃至于观文、观书、观画等，是一个质的突变。虽然人与诗有本质的区别，但毕竟诗是人的创作，反映人的生活与情感，观人诗学由观人学引申发展而来，还带有亚本义的胎记，如在"观""相""品"的感性层面上有共通性，都需要通过一定的分析、辨别、认证来达到批评目的，感性中蕴藏着理性，理性通过感性表现。所以观人批评、观人诗学批评也因注重鉴赏、经验、体悟和再创造而带有鲜明的感性色彩。

三 观人批评之"观"的作用和审美层次

"观"在观人学、诗学的美学意义能否得以实现，要依赖于各种感官的互通，《庄子·人间世》所谓"夫徇耳目内通，而外于心知"、《列子·仲尼第四》所谓"眼如耳，耳如鼻，鼻如口，无不同也，心凝形

---

① ［元］赵孟𫖯：《松雪斋集》卷六，影印文渊阁《四库全书》集部第1196册，第674页。
② ［清］吴乔：《围炉诗话》卷一，北京：中华书局1985年版，第29页。
③ ［南宋］严羽撰，郭绍虞校释：《沧浪诗话校释·诗评》，第139~206页。

释"。"观"不仅是用眼睛看、视、听,还有触、闻、品尝等所有感官、感觉的共同作用。推而广之,像儒家的"感于物而动"(《礼记·乐记》)、道家的"心斋"与"坐忘"(《庄子·人间世》与《大宗师》),佛教的"妙悟""顿悟""圆照"①,都有"观"的意味有内,都是"观"的意义延伸。中国人原初的审美意识起源于视觉,然后依次扩展到味、嗅、触、听、意诸觉,从官能性感受的"五觉"扩展到精神性的"心照",有俯仰天地、洞察本质、视野广阔、体悟心灵等义,最后远到自然界和人类社会,近到人体自身,拓展到物质、精神生活中的一切方面。"观"引入诗学之后,已经是一个观察诗歌作品审美特征的美学范畴了。那么,如何看待"观"在观人诗学批评中的作用和意义?

历代观人者、评诗者往往在"观"字上做文章,集中关注客体、对象、作品,而忽略了"观"联系于主体的观感、视觉的作用,更忽视了它的各种感官互通的作用。因为,诗学以作品为中心,同时也关涉到世界、作者与读者。一方面,"观"于人、诗作,就使主体不能局限于客体,而要超越客体;不仅发现客体,而且观察、评价、鉴赏客体。另一方面,"观"将人、诗作的重心从结果转移到过程,从客体转移到主体上,人格与诗格,人品与诗品,都必须依赖于"观"才能沟通、细察与领悟,从而使诗人、诗作、读者、国家、时代等各文学要素紧密联系起来,强化了读者、评者"观"的重要地位和作用,强调了接受者在实现再创作活动和文学价值中的重要地位和作用。

"观人诗学批评"是一种观人活动和审美行为,也是一种评诗活动与审美行为,实质上是审美批评。审美批评首先必须获得审美感觉,在感官和情趣上接受对象、观赏对象;然后在情感上主体与客体进行沟通交流,因而"观"的过程就是主体的客体化、客体的主体化过程。再次是在知性基础上体悟对象、把握对象,由对象的外观表层进入对象的深层内涵,"入乎其中,出乎其外",由情感沟通进入心灵契合的"妙悟"的境界,最后对诗人、作品做出观人化的审美判断和评价,辨析对象具有的人的形态、属性、特征、性质,使人与诗作浑然一体。可见观人诗学批评从主体的角度来论诗作的建构和生成,从诗歌活动的角度来论诗作的创造和接受,从人的感受和感觉出发,从人的言行出发来揭示诗歌的本质和特征。

---

① "圆"指精密,"照"本为"知晓"。圆照指精密观察。佛籍常见,其义与"观"相近,更近本质直观。

观人诗学提倡"观人",通过"观"将诗的外层形美与深层内蕴发掘出来,在宏观、整体上把握诗与诗人的同时,也在微观上深度把握诗与诗人。"观人"也提供了一种鉴赏和评论的模式和思维,偏重于从审美感受、审美体验、审美判断、审美体验角度去把握对象,而不仅仅是从伦理道德、政治教化角度去评诗、评诗人的思路和模式。通过观人批评,人们不难发现诗歌是一个多层多重的、立体的、系统的结构,大体上呈现出四个层次:

(一)诗歌的形美层次

诗歌形式是一种生命形式,将人体的各部分部位譬喻诗歌的各部分,包括体格、结构、文藻、体势、脉络、声音、气色等,赋予了诗歌作品以生命力。根据观人原理,诗歌也要因情立体,体格类似人体,五官四肢各有定位;结构包括布局、组织、章法等,要求腰腹肥满、首尾停匀;声律如人音吐,响亮为贵;语言如人谈吐,简约为贵;字法句法有眼,神聚为贵;诗脉亦如人脉,贯通则生气灌注,不畅则文体偏枯。作品通体观之,则精气充溢、肌肤丰满、体格朗健、声华琅琅、衣冠甚伟,显示出勃勃生机,犹如健康俊美之人,能够使读者实现类似对健美康强生命体的观照,从而产生丰富的美感。而那种"声或鸟言鬼啸,华或雕题文身",格"有颐隐于脐,肩高于顶,首下足上如倒悬者"① 的作品,近似怪胎,这样的作品形式毫无美感。

(二)诗歌的内美层次

《离骚》中的"纷吾既有此内美兮,又重之以修能",是屈原对自我人格一种正能量的道德评价,"内美"已经成为关于人的品格、心灵美术语。而观人学上的"内美"除了道德伦理学上的概念外,更包括了情性、志趣、神明、风骨、气韵等,成为观人美学的内层次,而这些概念也被转换成诗学概念,成为诗歌内美的重要表征。叶燮提出相诗之体格、声调、苍老、波澜四个方面②,其中所谓相诗之皮,就是我们所说的外美层次;而相诗之性情、才调、胸怀、见解,所谓相诗之骨,就是我们所说的内美层次。这两个层次历来受到诗论家的重视。

(三)诗歌的审美风格层次

傅若金《诗法正论》:"然诗者,原于德性,发于才情,心声不同,有如其面。……是以太白自有太白之诗,子美自有子美之诗,昌黎自有

---

① [清]归庄:《归庄集》卷三,北京:中华书局1962年版,第206~207页。
② [清]叶燮:《原诗》卷三《外篇上》,北京:人民文学出版社1979年版,第45~46页。

昌黎之诗。其他如陈子昂、李长吉、白乐天、杜牧之、刘禹锡、王摩诘、司空曙、高、岑、贾、许、姚、郑、张、孟之徒，亦皆自为一体，不可强而同也。"① 诗人的德性、才性与心声不同，风格也不同。同样地，一首诗歌作品由于外形层面、内神层面不同，呈现的风格也不相同。观人诗学，首先是从诗歌作品的审美特征、审美形态、审美类型上去观察，诗歌风格最能体现出这些审美因素。

（四）诗歌的才性人格层次

观人诗学批评还有一个目标：以诗观人，通过作品观察诗人，既是观人术之一，也是诗歌批评的一个内容，即人格批评。孟子开创了"知人论世""以意逆志"（《万章上》）的观人批评与诗歌批评原则。后来诗学一观志明世运，一观作者才性和人格精神，《艺概·诗概》中刘熙载提出"诗品出于人品"，论诗先论人，反之，由诗可以反观作者之志及其为人，所以《赋概》说："读屈、贾辞，不问而知其为志士仁人之作。"

观人层次的另一个含义，就是将命相学、谶纬学羼入诗学，通过诗歌作品来预测作者或者相关人物的吉凶贵贱，也成为"观"的一个层面。虽然这只是诗学末流，但毕竟是观人诗学不可或缺的一个组成部分。关于观人术、观诗方法的具体运用，如揆德、品第、观形、揣骨、相神、望气、切脉、审声、辨色、察言等，都是与"观"相同或相近的感知活动。笔者在《观人诗学》一书已分别分析②，可以参考，兹不赘述了。

第二节　相：观人学与诗学批评方法论之二

一　观人批评之"相"的方法论意义

相，甲骨文作🖼，由🖼（木）和🖼（目）组成，表示在高树上远眺。所以，《说文》说："省视也，从目，从木。《易》曰：'地可观者，莫可观于木。'"③ 就是爬树侦察。后来本义消失，保留了"观看"之义，故有"相鼠"（《诗经·鄘风》）、"相马""相玉"，甚至产生了相马专家，如

---

① 吴文治：《辽金元诗话全编》四，南京：凤凰出版社2006年版，第2451~2452页。
② 万伟成：《观人诗学》，北京：作家出版社2005年版。其中《德性第一》《品第第二》《观形第六》《揣骨第七》《相神第八》《望气第九》《切脉第十》《审声第十一》《辨色第十二》《察言第十三》等篇，可以参考。
③ 徐中舒：《甲骨文字典》卷四，成都：四川辞书出版社2006年版，第364页。

"赵之王良，秦之伯乐、九方堙，尤尽其妙矣"；也产生了相马专著，如孙阳（伯乐）的《相马经》就是先秦名著。世上事物都有表征，马如此，人也如此，所谓"非独相马然也，人亦有征，事与国皆有征"①，由此进一步引申出针对人的"占视"或"相面"术，即通过观察人的形体气色，以判断其将来吉凶的特种观人术，即"相术"。如策士蒯通对韩信说："相君之面，不过封侯，又危不安；相君之背，贵乃不可言。"（《史记·淮阴侯列传》），王先谦说："相，视也。视其骨状，以知吉凶贵贱。"② 此种动词的"相"义又引申为名词"相貌"之义，如《荀子·非相》的"长短、小大、善恶形相，非吉凶也"③。从相马、相人再引申到文论领域，衍生出相文、相诗等概念，同"观"范畴一样，都有一个从具象到抽象的发展路径，都一样具有方法论意义。下面从方法论角度讨论"相"术对诗学的影响。

相学是通过观察人的形体外貌（气、色、骨、五官、手纹等）、精神气质、举止情态等方面的特征来测定、评判人的禀性和命运的学问，属于命理学的一个分支；而"诗学是以传统的诗论、诗评、诗话等诗歌理论形态为对象的，是诗体文学中高层次的理论研究，它包括诗论、诗评、诗史、诗体、诗法等几个方面，而诗歌理论体系的体现的美学观念是研究的核心，诗体和诗法等专门知识则是研究的基础"④，是中国古代文学的一个分支。相学与诗学"风牛马不相及"，但古代诗论家往往将二者打通。这种传统远可以追溯到春秋赋诗言志，被用以预测吉凶祸福，近可以追溯到东汉王充的以相喻文说：

> 人面色部七十有余，颊肌明洁，五色分别，隐微忧喜，皆可得察，占射之者，十不失一；使面黔而黑丑，垢重袭而覆部，占射之者，十而失九。⑤

这里说的是观文如相人：浅显易懂的文章就像颊肌明洁、五色分别的人脸，容易观相；而艰深难懂的文章比作黑丑垢重的人脸，比较难相。王

---

① ［战国］吕不韦撰，［东汉］高诱注：《吕氏春秋》卷二十《观表》，影印文渊阁《四库全书》子部第 848 册，第 461 页。
② ［清］王先谦：《荀子集解》卷三《非相篇》，北京：中华书局 1988 年版，第 72 页。
③ ［唐］杨倞注：《荀子》，影印文渊阁《四库全书》子部第 695 册，第 139 页。
④ 谢桃坊《怎样认识中国诗学的文化特质——与杨义先生商榷》，杨义：《重绘中国文学地图——杨义学术讲演集》，北京：中国社会科学出版社 2003 年版，第 66 页。
⑤ ［东汉］王充撰，黄晖校释：《论衡校释》卷第三十《自纪篇》，第 1196 页。

充虽然没有将文章视作"人面色部"做进一步分析，但毕竟将观文与相面联系起来，向观人文评靠近了一步，开拓了后世观人文学批评的发展理路。如果我们考虑到后世的观人文学批评主要由观人学衍生而来，而观人学原本植根于相面占卜之术，则王充的这个比喻具有重要意义。后人在这基础上，进一步具体分析到相人之神、形色与气骨，如焦竑《题词林人物考》说"论人之著作，如相家观人，得其神而后形色，气骨可得而知也"①，就已经是以相喻文了，而且产生了以相喻诗：

夫自然真诗，虽无择而存，而其行于世也，细若气，微若声，不可以迹，古作者遗编炯炯向人，如精神之在骨体。非善相者，孰察其人之天？②

尽管相学到诗学有一个转换过程，但诗学同相学一样，都需要相神、观形、察色、审声等功夫，这在传统诗学典籍中常见。明人更提出不同身份人物的诗与人相之间有一种天然的对应关系：

帝王诗有帝王相，贞观、开元不免也；富贵诗有富贵相，青莲、香山不免也；寒素诗有寒素相，少陵、柳州不免也；方外诗有方外相，杼山、桂州不免也；闺阁中有闺阁相，季兰、花蕊不免也。③

论诗之风神，从诗的外显观察诗的内神，与相术同一机杼。以相衡诗，可见相学对诗学影响之深，并衍生出"相文"与相文批评、"相诗"与相诗批评等概念：

相马不论足力而以毛泽为仪，则厩无千里矣；相玉不论贞粹而以径广为仪，则箧无连城矣。相诗亦然。……士之相知难矣，子思子不云乎：龙穆好饰弄，相人眉睫以为意，天下之浅人也，而公叔子亲之。④

---

① ［明］焦竑：《澹园集》卷二十二，北京：中华书局1999年版，第284页。
② ［明］蔡复一《寒河集序》，［明］谭元春：《谭元春集》附录一，上海：上海古籍出版社1998年版，第943页。
③ ［明］谢肇淛《小草斋诗话》卷二《外编》上，张健：《珍本明诗话五种》，北京：北京大学出版社2008年版，第366页。
④ ［明］吴国伦《魏澂江近体诗序》，吴文治：《明诗话全编》四，南京：江苏古籍出版社1997年版，第4162页。

盖相文之法，大类相人，惟以神气为主，非必五官六体，事事称量，乃为无失。相文者，但疾读一过，利钝之分，十可得四五，若细细求之，则十无一验矣。①

这里"相文"，其实也与相诗相通。明人也提出了相诗之性情心术、相诗之鉴貌观色法：

诗也者，性情心术之外见者也。故观其诗则知其人矣。其诗雄者其人锐，其诗旷者其人达，其诗远者其人深，其诗质者其人直，其诗艳者其人淫，其诗浅者其人鄙，其诗华者其人浮，其诗荡者其人诞。此相诗之法，万决而万中者也。其愈于鉴貌观色者远矣。②

叶燮《原诗》外篇更进一步提出了相诗的方法，即相诗之皮、相诗之骨法，这些都清楚地显示出相学对诗学的由浅入深、由表及里的影响。经过前人的多次论述与实践批评，相诗学也呼之欲出了。

相学是观人学的一支，因此，凡是观人学对诗学影响的地方，也都有相学的影响；就是一般观人学没有谈到命理学的地方，也有相学对诗学的影响。那么，相学与诗学之间是如何发生相互关系的呢？如何评价相学对诗学的影响？

二 观人批评之"相"的作用和审美层次

作为观人学一支，相学也有两个层次：一个是外在形体上的浅层次，一个是内在精神上的深层次。形貌易鉴，精神难求。所以相学主张由形貌入精神、由浅层次入深层次的方法来把握人物内在的精神及其命运。汤用彤考察两汉魏晋的相学从浅层次到深层次的发展历史，说："汉代相人以筋骨，魏晋识鉴在神明。"③ 就是说，汉代相人偏于务实，往往注重外在的形骨；而魏晋相人偏于玄虚，往往注重人的精神敏慧。受其影响，观人诗学批评通过"相"的认知活动，发现诗歌的生命构成层次：其表层含义指诗歌作品正如人的生命体，也有形貌、体相、气色、筋骨、血肉、声音等构成，是一个形神兼备、骨肉匀称、血脉流通的形骨之美的

---

① ［明］袁黄：《游艺塾续文规》卷六，《游艺塾文规》正续编，武汉：武汉大学出版社2009年版，第245页。
② ［明］庄元臣：《叔苴子内篇》卷八，吴文治：《明诗话全编》六，第5964页。
③ 汤用彤：《魏晋玄学论稿》，上海：上海古籍出版社2005年版，第31页。

生命体；其深层含义指诗歌以表现人的生命精神为根本内容，如人的情感、思想、精神、品格甚至是命运等。杨维桢《赵氏诗录序》云："人有面目骨骼，有情性神气。"① 转换成诗学话语，"面目骨骼"属于作品生命的艺术形式方面，"情性神气"属于作品生命的思想内容方面，因而相诗之学，也有内外两个审美层次。

（一）相学与诗歌的形体之美

浅层次上的相人学，主要指相首、相面、相眼、相耳、相肩、相脐、相手、相足、相脉等相人体部位的内容，即王充《论衡·骨相篇》所谓的"案骨节之法，察皮肤之理"，王符《潜夫论·相列》所谓的"人身体形貌，皆有象类；骨法角肉，各有分部"，每一部位都有细致的观察标准，对人体审美的启益很大。古代诗学"以诗章与人身体相为比拟……近取诸身，远譬诸物，而诗道成焉"②，因此相学与诗学能发生互感互动的关系。诗歌部位的概念转换来自相学中的人体部位，也有首尾，有血脉、有肠肚、有体足：

> 夫诗，入头即论其意，意尽则肚宽，肚宽则诗得容颜。物色乱下，至尾则却收前意，节节仍须有分付。③
>
> 法度者何？有开必有合，有唤必有应，首尾当照应，抑扬当相发，血脉宜串，精神宜壮，如人一身自首至足，缺一不可，则是一篇之中，逐段、逐节、逐字，皆不可以不密也。④

类似观点，谈艺常见。相术认为，人是一个形神俱全、骨肉匀称、气血流畅的生命有机整体，面目、耳鼻、骨肉、手足、气色等必须和谐统一，才能健康强壮。《陈抟先生风鉴》云："神生而后形全，形全而后色具。是知显于外者谓之形，生于心者谓之神，在于血肉者谓之气，在于皮肤者谓之色。"⑤《太清神鉴·论骨肉》云："若人神气不明，筋不露

---

① ［元］杨维桢：《东维子集》卷七，影印文渊阁《四库全书》集部第 1221 册，第 437 页。
② ［南宋］严羽撰，郭绍虞校释：《沧浪诗话校释·诗辨》校释语引陶明浚《诗说杂记》卷七，第 7 页。
③ ［唐］王昌龄《诗格》，［日］遍照金刚：《文镜秘府论》南卷《论文意》，北京：人民文学出版社 1975 年版，第 130 页。
④ ［元］倪士毅：《作义要诀》，北京：中华书局 1985 年版，第 1 页。
⑤ ［南唐］宋齐丘：《玉管照神局》卷上，影印文渊阁《四库全书》子部第 810 册，第 716 页。

骨，肉不居体，皮不包骨，皆死之兆也。"① 正如相学对人体要求协调、匀称、均衡、完整一样，诗学主张人、诗同构同态，因此对诗歌结构也有类似要求：1. 要求完整美，如黄生《诗麈》卷二说："夫文之有体，犹人一身四支九窍五藏六府百骸，有一不具，不可以为人。"② 王夫之《姜斋诗话》卷二说："有云：绝句者，截取律诗一半，或绝前四句，或绝后四句，或绝首尾各二句，或绝中两联。审尔头刖足，为刑人而已。不知谁作此说，戕人生理？"③ 2. 要求匀称、均衡美，如庞垲《诗义固说》卷上提出："诗有道焉：性情礼义，诗之体也；始终条理，诗之用也。无体不立，无用不行，相为表里，如四时成岁，五官成形，乃天人之常也。苟春行秋令，目居眉上，即为天变人妖矣。"④ 王士禛论七古也说："大约首尾腰腹，须铢两匀称，勿头重脚轻、脚重头轻，乃善。"⑤ 3. 要求协调美，如诗眼与全诗的协调，"不可周身皆眉，到处皆目也"⑥。其他如骨肉停匀、文质适中等，要求的都是协调和谐。不但相学上的人体部位对诗学上的范畴有影响，对诗歌的艺术结构、构成元素有影响，而且对人体的审美要求也对观人诗学的审美观念发生影响。

（二）相学与诗歌的神骨之美

较深层次上的相人学，主要指相声、相骨、相气、相色、相心、相神、相品等内容，对诗评也有不相程度的影响，举例说明如下：

相骨流行于汉代，与当时"相法""贵骨"意识有关。但它在转换成诗学话语时，衍生出风骨、诗骨、筋骨、骨髓、骨肉、气骨、神骨等一系列范畴或概念，以及许多不同的学术见解。不仅如此，相学上对骨相的轻重、清浊的探索，启发了诗学对李白诗骨轻、杜甫诗骨重的理论发现（详见第二章第三节《英雄》）；相学上对重骨轻肉、重瘦轻肥的要求，也被转换成诗学、书学、画学等文艺学话语。沈德潜评"徐昌谷（祯卿）大不及李，高不及何，而倩朗清润，骨相嶔崎，自能独尊吴

---

① ［后周］王朴：《太清神鉴》卷五，影印文渊阁《四库全书》子部第810册，第807页。
② ［清］黄生撰，诸伟奇主编：《黄生全集》四，合肥：安徽大学出版社2009年版，第354页。
③ 丁福保：《清诗话》上，上海：上海古籍出版社1978年版，第20页。
④ 郭绍虞：《清诗话续编》二，上海：上海古籍出版社1983年版，第727页。
⑤ ［清］郎廷槐《师友诗传录》，丁福保：《清诗话》上，北京：中华书局1963年版，第136页。
⑥ ［清］曾国藩：《曾国藩全集》十六《日记》咸丰九年，长沙：岳麓书社2011年版，第459页。

体"①，也是骨相学用之于诗评的范例。叶燮论诗学相骨之道，谓体格、声调、苍老、波澜，"皆诗之文也，非诗之质也；所以相诗之皮也，非所以相诗之骨也"，"必其人具有诗之性情，诗之才调，诗之胸怀，诗之见解，以为其质，如赋形之有骨焉，而以诸法傅而出之，犹素之受绘，有所受之地，而后可一一增加焉"②，此相诗之内质者也。相诗的内质，就是相骨。这里诗骨是相诗学中深层次的内核，与前文提到的"筋骨"的形体之美意义又有不同，偏重于内在的神明。

相神是最高境界，诗学也如此。温纯《词致录序》说："大都善相马者，惟求筋骨；善评文者，惟贵神情。神情内会，而意兴各有寄托。"③ 古代观人学借鉴了相马术，神情重于筋骨。曾国藩《冰鉴·神骨章》说"相家论神，有清浊之辨"，诗家论神，也贵清而贱浊，张谦宜《絸斋诗谈》卷一《统论上》所谓"诗品贵清，运众妙而行于虚者也。……清在神不在相，清在骨不在肤，非流俗所知也"④，李廌《答赵士舞德茂宣义宏词书》所谓"文章之无韵，譬之壮夫……神色昏瞀，言动凡浊，则庸俗鄙人而已"⑤；相家论相，"先观神骨"，诗家论"自然真诗"，亦观"精神之在骨体。非善相者，孰察其人之天"⑥。相家论神，往往并形、气而言，于是有形神、神气关系之说，影响到诗论，衍生出神骨、形神、神韵、行神、澄神等一系列诗学术语，以及先神后形、重神气而轻形骸等一系列生命诗学命题，以及神藏气敛、神冲气定、神王气足、神完气固等审美观点⑦。

相气色通过观察颜面、形体的色泽以测断吉凶寿夭。曾国藩《冰鉴·气色章》说："人以气为主，于内为精神，于外为气色。有终身之气色：少淡，长明，壮艳，老素是也。"⑧ 总结了不同年龄段相学观气色的基本观点。钱谦益《黄庭表忍菴诗序》亦谓"吾少从异人学望气之术，老无所用，窃用之以观诗"⑨，明确提出以气色相学用来观诗的气色。司空图《二十四诗品》中，如果说"雄浑""劲健""豪放""精

---

① ［清］沈德潜：《说诗晬语》卷下，北京：人民文学出版社1979年版，第239页。
② ［清］叶燮：《原诗》卷三《外篇上》，第45~46页。
③ ［明］温纯：《温恭毅集》卷七，影印文渊阁《四库全书》子部第1288册，第556页。
④ 郭绍虞：《清诗话续编》二，第791页。
⑤ ［北宋］张耒等：《苏门六君子文粹》卷四七《济南文粹》五，影印文渊阁《四库全书》集部第1361册，第306页。
⑥ ［明］蔡复一《寒河集序》，［明］谭元春：《谭元春集》附录一，第943页。
⑦ 万伟成：《观人诗学》外编《相神第八》，第114~125页。
⑧ ［清］曾国藩：《曾国藩全书》第四卷，北京：光明日报出版社2002年版，第119页。
⑨ ［清］钱谦益：《牧斋有学集》中，上海：上海古籍出版社1996年版，第846页。

神""清奇""形容"等都是以神气观诗,那么"冲淡""纤秾""绮丽"等都是以色观诗。与相学原理一样,诗学也研究诗歌、诗人在年龄风格上的差异,正如李时勉《题夏氏所收诗字后》所分析:"年少之时,辞气清俊,如朝霞映日,光彩流丽;及其壮也,辞气峥嵘,如龙腾霄汉,雨意满空;其既老也,辞气苍古,如岁寒松柏,不改其操,此皆寿征也。若夫老人而为衰涩语,宜也,少壮而为老人语,则非所宜。"① 这与相学上所谓的"少淡""长明""壮艳""老素"原理是一致的;虽然不免神秘性,与夭寿祸福挂钩,但丰富了诗学范畴与审美差异的思想。

当然,相声、相骨、相气、相色、相心、相神、相品等项目往往是综合进行的,亦如相病诊疾,望闻问切并用,如:

> 骨有余而韵不足,格有余而神不足,气有余而情不足,则为板重之病,为晦涩之病,非平实不灵,即生硬枯瘦矣,初唐诸人、西江一派是也。肉有余而骨不足,词有余而意不足,风调有余而神力不足,则为绮靡之病,为肤浮之病,非涂泽堆垛,即空调虚腔矣,西昆、晚唐派中人及明七子是也。必也有骨有肉,有笔有书,文质得中,词意恰称,始无所偏重矣。有格有韵,有才有情,有气有神,有声有色,杀活在手,奇正从心,雄浑而兼沉着,高华而实精切,深厚而能微妙,流丽而极苍坚,如此始为律诗成就之诣。盖骨肉停匀,而色声香味无不具足也……若及此诣,便是大家之诗。②

虽然其中将初唐体与江西派并论不确,但其中相骨、韵、格、神、气、情、肉、风调、神力、肤、调腔、声、色等许多术语或概念,就是直接借鉴了相学语言与书学语言,体现了相诗之形与相诗之神的统一。

相学认为,人的内在精神是通过外在形体表现出来的。身兼文学家与相学家的曹植在《相论》说:"心有先动,而神有先知,则有先见也。"③《月波洞中记》卷上:"其神内守,而其外明鉴。"④《太清神鉴·

---

① [明]李时勉:《古廉文集》卷八,影印文渊阁《四库全书》集部第1242册,第796页。
② [清]朱庭珍《筱园诗话》卷一,郭绍虞:《清诗话续编》四,第2346页。
③ [三国魏]曹植:《曹子建集》卷十,影印文渊阁《四库全书》集部第1063册,第324页。"色"据别本增。
④ 《月波洞中记》卷上《心隐》,影印文渊阁《四库全书》子部第810册,第697页。

神秘论》:"人之所禀在精神……有形不如有骨,有骨不如有神。"① 形可以体现神骨,因而相术主张透过形貌色容、声音言语来测知精神心理。这种理论来自先秦儒家学说,如孟子认为人的眼睛传神,心正则眼睛明亮,心不正则眼睛浑浊,通过"听其言也,观其眸子"(《孟子·离娄上》),可以知其心。但相术理论要比先秦儒家的伦理道德体系更富哲学思辨色彩,其基本概念如"形相""骨法""气色""性命"等,也为后来观人学所接受,与艺术原理相合不悖。因为相术以人为研究对象,诗歌也以人为表现对象,体现着人的生命精神;诗学同样以人为重要研究对象,探讨诗歌的生命精神。由于相术与诗歌创作、诗学理论有着相类相通关系,因而能够对古代诗学发生影响,相术的概念与原理多为艺术理论所吸收运用。如焦竑《题词林人物考》:"论人之著作如相家观人,得其神而后形色气骨可得而知也。"观人诗学亦然,如"面目未识,而谓得其骨骼,妄矣;骨骼未得,而谓得其情性,妄矣;情性未得,而谓得其神气,益妄矣"②。这种从表面面目骨骼入手而识深层情性神气的观人诗学批评方式,同相术"察皮肤之理,以审人之性命"的相人方式若合一契。

(三)读心术:从相诗之形、相诗之神到相诗之心

相学具有极强的包容性与适应性。相学本来"相人之形状、颜色,而知其吉凶、妖祥",受到荀况的批判,他在《荀子·非相篇》指出"相形不如论心",可谓一针见血,但这种批判恰恰启示了后来相家探讨相心之术,如《太清神鉴》有《心术论》、《论德》,托名陈抟的《心相篇》,沈捷大匡的《心相百二十善》,大大弥补并发展了相学,使相术成为一种"读心术":破译大脑思维密码。心又是与"气"联系在一起的,在相术上形成了"心气"学说。《太清神鉴·论气》认为,"气所以充乎质,质所以运乎气",气以保形,形又安气,一个人"得失不足以动其气,喜怒不足以惊其神",则气安神宁,气定神闲,就有容德度量:

> 是以善人之气,不急不暴,不乱不躁,宽能容物,若大海之洋洋;和能接物,类春风之习习。刚而能制,万态不足动其操;清而能洁,千尘不足污其色。小人反是,则不宽而隘,不和而戾,不刚

---

① [后周] 王朴:《太清神鉴》卷一,影印文渊阁《四库全书》子部第810册,第765页。
② [元] 杨维桢:《东维子集》卷七《赵氏诗录序》,影印文渊阁《四库全书》集部第1221册,第437页。

而懦，不清而浊，不正而偏，不舒而急。但视其气之浅深，察其色之躁静，则君子小人可辨矣。①

由气而及心态，本是中医诊病术之一。古代相术家往往兼通医术，因此借题发挥，从心相的角度讨论了"心气"的关系，辨别君子、小人，因为有"气"作依据，心相论就更具体可鉴了。吴处厚《青箱杂记》云："荀子曰：相形不如论心。谚曰：'有心无相，相逐心生；有相无心，相随心灭。'"② 谚曰云云，见于坊本《麻衣相法·相心》，可见人以心相为上，已为众所周知。而从某种意义来说，文学也是一种"心学"，钱穆认为"中国文学亦可称之为心学"，"故中国古人又称文心。文心即人心，即人之性情，人之生命之所在。故亦可谓文学即人生，倘能人生而文学，此则为人生之最高理想，最高艺术。"③ 同样地，心相学也对文学批评产生了影响，如：

《小说》载卢樵貌陋，尝以文章谒韦宙，韦氏子弟多肆轻侮。宙语之曰："卢虽人物不扬，然观其文章有首尾，异日必贵。"后竟如其言。本朝夏英公亦尝以文章谒盛文肃，文肃曰："子文章有馆阁气，异日必显。"后亦如其言。④

以诗文观人，远可追溯到春秋的赋诗言志，孟子的"知人论世""有诸内必形诸外"理论，汉代扬雄的"故言，心声也；书，心画也。声画形，君子小人见矣"⑤，王充的"文由胸中而出，心以文为表。观见其文，奇伟淑傥，可谓得论也"⑥。所以人通过艺术创作，将心传达到作品上，这种基于相学的相文说颇为深刻。所以《文心雕龙·知音》得出结论说："夫缀文者情动而辞发，观文者披文以入情，沿波讨源，虽幽必显；世远莫见其面，觇文辄见其心。"相文如此，相诗也同理。相心术对

---

① ［后周］王朴：《太清神鉴》卷三，影印文渊阁《四库全书》子部第 810 册，第 785 页。
② ［北宋］吴处厚：《青箱杂记》卷四，影印文渊阁《四库全书》子部第 1036 册，第 625 页。
③ 钱穆：《现代中国学术论衡》，北京：生活·读书·新知三联书店 2001 年版，第 245 页。
④ ［北宋］吴处厚：《青箱杂记》卷五，第 628 页。
⑤ ［西汉］扬雄：《法言》卷五《问神篇》，北京：中华书局 1985 年版，第 14 页。
⑥ ［东汉］王充撰，黄晖校释：《论衡校释》卷第十三《超奇篇》，第 609 页。

诗学的影响在宋以后更加强烈，如李梦阳《林公诗序》从诗歌发生角度说："诗者非徒言者也。……谛情探调，研思察气，以是观心，无廋人矣。故曰：'诗者，人之鉴也。'"① 沈德潜《李兰樾时文序》："文章诗歌本乎心术，著乎语言，表里洞然不可掩，故读之而性情之厚薄，品诣之邪正，遭遇之荣枯，年寿之修短，皆可豫决。"② 以相心术来观诗并进而观人之性情、品诣，自然比起相形貌来说更为深入。因此薛雪说："诗者，心之言，志之辞也。……心志不正，则诗亦不正，名之曰'歪'。"③ 梁九图《十二石山斋诗话》卷一说："言，心声也。故诗足征品。然亦有绝不相符者，其中必有伪饰。细心领略伪处，自出究不能逃吾之鉴。知言知人，最是谈诗要着。"④ 朱庭珍《筱园诗话》卷三说："夫言为心声，诚中形外，自然流露，人品学问心术，皆可于言决之。"⑤ 因为诗歌作品往往洋溢着人的情感，弥漫着人的精神，闪烁着人的生命火花。

通过诗歌来观诗人之心术，主要有观言词、观胸襟、观性情、观志向、观神气、观忠奸等法，举例说明如下：

1. 观言词例。毛先舒《诗辩坻》卷第四《学诗径录》说："言为心声，而诗又言之至精者也。以此征心，善廋者不能自匿矣。是故词夸者其心骄，采溢者其心浮，法佚者其心佻，势腾者其心驰，往而不返者其心荡，更端数者其心诡，不待势足而辄尽者其心偷，故曼衍者其心荒，象儗失类者其心狂，强缀者其心溺，强盈者其心馁，按义错指求其故而不克自理者其心亡。"⑥ 从观"言之至精"（诗）到观察诗人的内心世界，其实来自观人学中的观人察言术。

2. 观胸襟例。黄生《载酒园诗话评》卷上说："诗以言志，故观其诗而其人之襟趣可知，苟戚戚于贫贱，则必汲汲于富贵。人品如此，诗品便为之不高。……东野诗，余亦不甚喜，以为'陋于闻道'，诚然。"⑦ 胸襟，是人的志趣、抱负、情操、品德、眼界、气量等综合反映，是人品的集中体现，因而是观人学范畴。但自从宋人罗大经评李杜曰："二公

---

① ［明］李梦阳：《空同先生集》卷五十一，台北：伟文图书出版社有限公司1976年版，第1442页。
② ［清］沈德潜：《沈归愚诗文全集》卷四，乾隆二十九年（1764）教忠堂刻本。
③ ［清］薛雪：《一瓢诗话》，北京：人民文学出版社1979年版，第92页。
④ 杜松柏：《清诗话访佚初编》五，台北：新文丰出版公司1987年版，第320页。
⑤ 郭绍虞：《清诗话续编》四，第2391页。
⑥ 郭绍虞：《清诗话续编》一，第78页。
⑦ ［清］黄生撰，诸伟奇主编：《黄生全集》四，第273页。

所以为诗人冠冕者,胸襟阔大故也。"① "胸襟"逐渐成为诗学批评的一个重要观测点,到了清代叶燮,以及他的两个弟子沈德潜、薛雪手上,"胸襟"成为格调派的一个核心范畴。这又是一个从观人学向诗学批评延伸的成功范畴。

3. 观性情例。黄生《诗麈》卷二认为:"必其人之性情风格见于其诗之中,而后人以诗传,诗亦以人传。人品故尔不同,或高如停云,或旷如野鹤,或朴如陶匋,或韵如修竹,或洁如秋水,或静如空山,皆可为载诗之质,传诗之具,最忌者,畀耳、鄙耳。"② 钱咏也说:"古人以诗观风化,后人以诗写性情。性情有中正和平、奸恶邪散之不同,诗亦有温柔敦厚、噍杀浮僻之互异。"③ 情性是观人学、诗学共同观察的核心范畴,所以二者观察原理自可相通。

4. 观志向例。邵雍说:"闻其诗,听其音,则人之志情可知之矣。且情有七,其要在二。'二'谓身也,时也。……一身之休戚,则不过贫富贵贱而已;一时之否泰,则在夫兴废治乱者焉。"④ 一首诗反映了作者志向的大小,鸣天下之不幸,是其志大,鸣一身之不幸,是其志小。诗学之崇杜甫而贬孟郊,志向就是其中一个重要观测点。

5. 观神气例。相学观"心气",诗学也于神气之中观"心术"。袁枚说"凡诗带桀骜之气,其人必非良士"⑤,俨然相学口吻。实例如丁谓诗有"天门深九重,终当掉臂入",王禹偁评曰:"入公门犹鞠躬如也,天门岂可掉臂入乎?此人必不忠。"后果如其言⑥。丁谓二句诗,神气上就带有"桀骜"的色彩,故被人相为"不忠"。这实际上通过神气观察忠奸,与下面观忠奸例相联系起来了。

6. 观忠奸例。以上观言词、胸襟、志向、神气各例,是"相"的手段,而辨忠奸则是观人学的功用与目标,亦是读心术的核心内容。相诗亦须辨邪正,最早得之于《左传》赋诗观志,观人家孔子论诗也有"思无邪""郑声淫"之说。后世论杜甫"笃于忠义,深于经术,故其诗雄

---

① [南宋] 罗大经:《鹤林玉露》卷九,影印文渊阁《四库全书》子部第 865 册,第 332 页。
② [清] 黄生撰,诸伟奇主编:《黄生全集》四,第 334 页。
③ [清] 钱咏:《履园丛话》八《谭诗·总论》,北京:中华书局 1979 年版,第 205 页。
④ [北宋] 邵雍:《击壤集·自序》,影印文渊阁《四库全书》集部第 1101 册,第 3 页。
⑤ [清] 袁枚:《随园诗话》卷十四,北京:人民文学出版社 1982 年版,第 480 页。
⑥ [南宋] 吴聿《观林诗话》,丁福保:《历代诗话续编》上,北京:中华书局 1983 年版,第 127 页。

而正"①,香奁之淫而邪,甚至朱子评曹操诗之奸,说:

> 曹操作诗,必说周公。如云"山不厌高,水不厌深。周公吐哺,天下归心",又《苦寒行》云"悲彼东山诗"。他也是做得个贼起,不惟窃国之柄,和圣人之法也窃了。诗见得人,如曹操虽作酒令,亦说从周公上去,可见是贼。若曹丕诗,但说饮酒。②

这是典型的以人的忠奸评诗的例子,可见观人学辨忠奸正邪的影响。这方面的理论总结也颇多,如:

> 夫心之所养,发而为言;言之所发,比而成文。人之邪正,至观其文,则尽矣决矣,不可复隐矣。③
>
> 朱子尝推《易》理以观人,谓凡阳之类必明,明则易知,凡阴之类必暗,暗则难测。故其人之光明正大者,其为诗文疏畅洞达,必君子也。若㳷讠㐲诡怪,必小人也。以此观人,若著察之不谬。④
>
> 知《易》者可与言诗:比兴者,悬象之义也;开阖者,阴阳之例也;发挥者,情;往来者,时;大小者,体;悔吝者,验之言;吉凶者,察乎气。⑤

相学通于《易》理,以著推微,推微知著,相人之正邪与命运;受其影响,相诗亦从比兴、开阖等艺术手法,情、体、言、气等形式内容表现上,可以推知人品的正邪与命运的吉凶。当然这些东西有其合理性,也有神秘性,往往以偏概全。如"带桀骜之气"的诗与"人必非良士",并不一定存在必然联系,太白诗、稼轩词就"带桀骜之气",特别是李白"戏万乘若僚友,视同列如草芥",表现为一种蔑视权贵的精神,就不能指为"非良士"。所以,庞垲《诗义固说》卷上说:"心有邪正,则

---

① [南宋] 张戒:《岁寒堂诗话》卷上,影印文渊阁《四库全书》集部第1479册,第39页。
② [南宋] 黎靖德:《朱子语类》卷一百四十《论文下》,影印文渊阁《四库全书》子部第702册,第806页。
③ [南宋] 陆游:《渭南文集·上辛给事书》,《陆游集》第十三卷,北京:中华书局1976年版,第2087页。
④ [明] 俞弁《山樵暇语》卷第一,吴文治:《明诗话全编》三,第2241页。
⑤ [明] 李梦阳:《空同集》卷六十六《论学上篇第五》,影印文渊阁《四库全书》集部第1262册,第602页。

言有是非。合于礼义者，为得性情之正，于诗为正风正雅；不合礼义者，即非性情之正，于诗为变风变雅。"① 复归儒家诗教宗旨。诗论中的比兴、开合、发挥、往来、大小等都可以看到《易》的影子，而诗谶中的穷通吉凶等应验，通过诗歌的"气"来表现，正是《易》的应验。

诗以情志为主，往往坦露诗人的内心世界与生命意识。一部中国诗歌史，也就是一部中国人的心灵史、生命史。从这个意义上说，相学读心术大大丰富了诗学"诗言志"、"诗缘情"、"诗为心声"理论。特别是"相诗"，观察诗歌作品的"面目骨体、性情神气"，甚至发展成"诗占"，把命相学、谶纬学引入诗学之中，产生了诗谶批评，即通过相诗以预言作者或者相关人物的吉凶贵贱，都体现了观人学对诗学批评构建的特殊影响。

第三节　品：观人学与诗学批评方法论之三

观人学对观人诗学批评的影响，其实并不限于审美范畴、原理与观念，在观人方法与方式上对观人诗学也有深刻的影响。除了上述"观"、"相"外，还有"品"。

一　观人批评之"品"的方法论意义

"品"，甲骨卜辞作"品"。同"观"字一样，原初义也是一种祭祀。从文字上看，品是会意，字从三口。"口"指"人口"，"三口"表示"众口"。故其亚本义指众多人口，引申为众多之义，如《说文》："品，众庶也，从三口。"又引申为众多"等级"之义，如《尚书·禹贡》"厥贡惟金三品"，《礼记·檀弓下》："品节斯，斯之谓礼。"此处指先王按照建立制度，评判人们的言行之高下等级。又引申为动词，作"品尝"之义，《周礼》卷四《天官·膳夫》："以乐侑食，膳夫授祭，品尝食，王乃食。"② 即今品尝食物之义。

"品"字上升为美学范畴，有观人、品味两个发展源流，对中国诗学影响同样巨大。除了作为饮食文化的"品味"一词外，更多的是"品人"或"人品"，成为观人学"观"之外又一重要方法论范畴。《尚书·洪范》："一曰正直，二曰刚克，三曰柔克。"可见早期观人学就有"品

---

① 郭绍虞：《清诗话续编》二，第728页。
② ［东汉］郑玄注，［唐］贾公彦疏：《周礼注疏》，影印文渊阁《四库全书》经部第90册，第70页。

类"的概念。春秋鲁国大夫叔孙豹说："大上有立德，其次有立功，其次有立言。虽久不废，此之谓不朽。"（《左传·襄公二十四年》）。用"三立"区别人的不同价值观念，具有强烈的道德审美概念。《周礼》中的"九嫔"、"九卿"，《国语·周语》中的"九品"，《左传·昭公七年》中的"人有十等"，都是对人的级别的划分，也有官阶之义，隐含着后来观人学上的"品第"概念。孔孟已经用分高下等级的方式来评判道德、政治之境界，开启了后世品第批评之先河。

"品"从一般语词到观人学审美概念转化，始于汉朝。开始仅作为对人物人格等的客观评述，称"品藻"。"品藻"一词，始见于扬雄《法言·重黎》："或问……左氏，曰：'品藻'。"它的实质就是比较优劣。班固评价道："仲尼之后，迄于汉道，德行颜、闵，股肱萧、曹，爰及名将尊卑之条，称述品藻。"颜师古注："品藻者，定其差品及文质。"① 可见汉人理性评述了人物等级、差别，并提出"品藻"这一概念。及至汉末，观人学兴起了"清议"之风，"品核公卿，裁量执政"（《后汉书·党锢列传》），出现了"月旦评"（《后汉书·郭符许列传》）。此时"品"已经有了固定的主题和对象，审美意味逐渐增强。及曹操"唯才是举"，"品藻"观人更加关注人的情操、才性、气度、精神、形体等等，《世说新语》专立《品藻》。受玄学重思辨、自由、个性、自然思想的影响，观人学也染上了浓厚的美学色彩。从"品"字的含义、使用变化中，可见魏晋南北朝观人学由伦理道德、功利性评判转向审美的非功利性评判的嬗变历程。

随着观人学与文学的自觉，"品人"风气的盛行，"品"进一步从观人学进入文艺审美鉴赏领域，出现品诗、品书、品画、品茗、品棋、品藻、品题、品鉴、品评、品味、品赏等等。进入到诗学领域，形成钟嵘《诗品》——最早以"品"评诗的诗歌批评专著，也最早说明"品"对于诗歌的审美意义。"品"与"评"相通，所以《诗品》又名《诗评》②；袁昂《古今书评》也相当于书品。从内容来看，诗品既包括"品诗"，也包括"品人"。品诗即作品评析，品人则是诗人评论，是对诗人艺术风格、创作经验与方法等的分析评价，二者构成了我国诗学批评的重要内容。从形式来看，品评多为灵感式批评，不拘一格，或溯源流，或显优劣，或别真伪，或分文体，或明风格，或示范式，或论技法，或

---

① ［东汉］班固撰，［唐］颜师古注：《汉书》卷第八十七下《扬雄传》，第3582页。
② ［唐］魏征等：《隋书·经籍志》"《诗评》三卷"，注云："钟嵘撰。或曰《诗品》。"北京：中华书局1973年版，第1084页。

立主张。无论内容与形式，都受观人学影响颇深。通过"品"诗"品"人，也可以发现诗学是一个多层多重的、立体的、系统的结构体系。"品"大体上也有两个方面的基本意义：

1. 用作动词的"品"。指评论、衡量，包含审美体验、鉴赏、品评、品第和确立范式等方面的审美层次要求，与批评主体鉴别、体察、辨析、评定审美对象有关。如品藻、品题、品鉴，它是品鉴与评定审美对象的"差品及文质""优劣""考定其高下"的理性活动。"品"本是观人学上的尊卑等差，用于诗学批评时，就是对诗人或诗作进行审美鉴赏以及评价的等第。钟嵘论著究竟称《诗评》还是《诗品》好呢？从品藻、品第角度来说，"钟氏列古今作者为三品，亦定其高下等差者，当作《诗品》为是"①。可见《诗品》之"品"，既包括品第之高下（上、中、下三品），也包括品评诗人、诗作之优劣。同时代还先后出现南齐谢赫《古画品》、南梁袁昂《古今书评》、庾肩吾《书品》等，都是品第批评，充分说明"品"在六朝时期审美精神的完全自觉。历代陆续有《二十四诗品》《词品》《书品》《画品》《曲品》《远山堂剧品》《唐诗品汇》等，都是以"品评""品第"为特点的批评论著。

2. 用作名词的"品"。这与事物的品类、品质、品貌、品格、品第、品位等深层的审美特质有关，而不是泛泛而谈的品尝、品鉴、品评。如班固《东都赋》"庭实千品，旨酒万钟"，指品类；《后汉书·党锢列传》"虽情品万殊，质文异数"，指品质、品貌；韩愈《画品》"与二三子论画品"，指品格；钟嵘《诗品·总论》"三品升降"②，指品第、品位。或指审美范式与艺术标准，如《广韵》："品，式也，法也。"品与其他词组成的名词性概念多达数百个，其中如上品、中品、下品、神品、妙品、能品、逸品等等，用来批评作品的艺术风貌，也含有优劣高下之意，体现出审美主体对对象之鉴别、体察、辨析与评定。

"品"还可以表示艺术作品及其作者的风格，与"格""风格""风范"相通，可组词为品类、品质、品貌、品格、品第、品位等等，体现出较深层次的审美特质。特别是自钟嵘的"三品升降"以后，司空图《二十四诗品》又创立了"风格品评"的范式。他将诗品划分为二十四种形态：雄浑、冲淡、纤秾、沉着、高古、典雅、洗练、劲健、绮丽、自然、含蓄、豪放、精神、缜密、疏野、清奇、委曲、实境、悲慨、形

---

① ［南朝梁］钟嵘撰，陈延杰注：《诗品注》陈延杰跋文，北京：人民文学出版社1961年版，第158页。
② ［南朝梁］钟嵘：《诗品》卷二，影印文渊阁《四库全书》集部第1478册，第194页。

容、超诣、飘逸、旷达、流动等。这种范式后来延伸到书品、文品、曲品、画品等多个文艺领域里的风格批评，如"新二十四书品"① 也将书品划分为二十四类型：工巧、天真、丰肥、方正、老成、自然、犷野、冲和、沉着、劲健、拙朴、怪奇、姿媚、险峭、紧结、圆融、倔强、高古、宽博、颇骏、雄浑、瘦硬、潇洒、飘逸，其中多数既是艺品，也可视为人品，是人格批评在诗书风格批评上的反映。其中许多概念来自观人之学，用于品评不同作家的不同风貌和品格，就避免了过去由于单纯地强调等级评定而带来的偏见或片面，因此被诗家普遍接受，如严羽《沧浪诗话》就说："诗之品有九：曰高，曰古，曰深，曰远，曰长，曰雄浑、曰飘逸、曰悲壮、曰凄婉。"② 胡应麟亦云："甚矣诗之盛于唐也。……其格则高卑、远近、浓淡、浅深、巨细、精粗、巧拙、强弱，靡弗具矣。其调则飘逸、浑雄、沉深、博大、绮丽、幽闲、新奇、狠琐，靡弗旨矣。"③ 他们所说的"品"和"格"都是从文学艺术风格上对作品所进行的分类。所以"品评"可以归纳为品第批评、品题批评，都反映了观人学对诗学批评的重要影响。

二 品第批评（比较观人法）：从观人学到诗学批评

"品第"，顾名思义就是"品而第之"，评论并分列等次。品第批评，又称"比较批评"，是指将不同人物放置一处，通过设立品级，品味比较对象，诠定高下、优劣、雅俗等级，以显示等次的一种观人批评，体现了"品藻"的原始含义。它不但是一种观人术，而且是观人学的一个内容。邵祖平《观人学》将品第批评分成两类："比较之观人法，则有二目：一为理论的比较：先立人品标准，然后以其人合之，使可归宿；如常言某为君子、某为小人是也。一为实用的比较，即比絜二人之长短优劣以为言，如云某事甲胜乙，某事乙胜甲是也。"④ 受两种比较观人法影响，诗学品第批评也对两位及以上诗人的才性、风格、人格、成就进行比较评价，在表现批评对象各自特点的基础上，突出了相互之间在人化上的差异性与等第性：

---

① 金学智、沈海牧：《书法美学引论：新二十四书品探析》，长沙：湖南美术出版社2009年版，第155~361页。
② ［南宋］严羽撰，郭绍虞校释：《沧浪诗话校释·诗辨》，第7页。
③ ［明］胡应麟：《诗薮》外编三《唐上》，上海：上海古籍出版社1979年版，第163页。
④ 邵祖平：《观人学》中篇《实用》第三章，第236页。

（一）理论的比较：善恶贵贱、人伦名号

邵祖平认为说："愚前论观人术出自名家，今尤以理论的比较观人法同于尹文论名之第二科，凡智、愚、圣、凡、忠、佞、勇、怯、辩、讷等，皆善恶贵贱之类也。"他特别研究了"人伦名号之比较"，如"孔子曰：人有五仪：有庸人、有士人、有君子、有贤人、有圣人，审此五者，则治道毕矣"①。像孔子"泛论众材，以辨三等，犹序门人，以为四科（即德行、言语、政事、文学）"，区分等第及德行；孟子进一步将人格分为善、信、美、大、圣、神六个等级，《荀子·不苟篇》说"有通士者、有公士者、有直士者、有悫士者、有小人者"等等，皆可视为理论的比较。

以善恶贵贱、人伦名号来比较观人，不但在观人学中常见，在文学批评中也是常见，许多术语、概念都来自观人学。王通《中说·事君篇》："文士之行可见：谢灵运小人哉！其文傲，君子则谨；沈休文小人哉！其文冶，君子则典。"② 以"君子""小人"评诗文，体现了人格批评的思想。赵湘《王象支使甬上诗集序》论诗有君子、小人之分③。毛先舒论"诗有八征"时，也有君子、小人、鄙夫之目④，刘熙载《艺概·诗概》得出结论："诗格，一为品格之格，如人之有智愚贤不肖也；一为格式之格，如人之有贫富贵贱也。"观人诗学不但从理论上进行分析，而且在具体诗人的优劣比较上：

韩、柳、元、白、欧，诗之圣也；苏，诗之神也。⑤

（刘）文房诗多兴在象外……较宋人入议论、涉理趣、以文以语录为诗者，有灵蠢、仙凡之别。⑥

当然每个诗评家对诗圣、诗神、诗仙的理解不同，袁宏道将韩、柳、元、白、欧抬高到诗圣的地位，将苏轼抬高到诗神的地位，甚至超越了李、杜，亦私见之言，非公认也。潘德舆将子建、陶公、太白、子美列

---

① 邵祖平：《观人学》中篇《实用》第三章，第245~250页。
② ［隋］王通：《中说》卷上，北京：中华书局1985年版，第9页。
③ 吴文治：《宋诗话全编》一，南京：江苏古籍出版社1998年版，第76页。
④ ［清］毛先舒《诗辩坻》卷第一《总论》，郭绍虞：《清诗话续编》一，第10页。
⑤ ［明］袁宏道撰，钱伯城注：《袁宏道集笺校》卷二十一《与李龙湖》，上海：上海古籍出版社1981年版，第750页。
⑥ ［清］方东树：《昭昧詹言》续卷五《中唐诸家》，第419页。

为四大诗圣①，比较公允。古人对神、圣的区别，不是停留在作家本身上，而且延伸到诗作、诗体的境界，如王世贞《艺苑卮言》曰"五言律，子美神矣，七言歌行律，圣矣。七言绝，太白神矣，七言歌行，圣矣，五言律绝次之"②，以神、圣评诗人，进而对李、杜进行优劣比较，谈艺家常见。相人有从修行中来、从精灵中来、从神仙中来、从星宿中来、从神祇中来、从地狱中来之分③；论诗也有诗神、诗圣、诗贤、诗仙、诗鬼、诗妖之别。张为的《诗人主客图》和吕本中的《江西诗社宗派图》等书都推举诗派领袖，罗列诗派成员，甄别诗人品第。这些例子都可见观人术上理论的比较对古代诗学的影响之大。

（二）实用的比较：才性、生命、价值

邵祖平《观人学》："实用的比较观人法，以某事或某种行为鉴衡两人之优劣长短者也。"④ 虽然品第批评肇于先秦，成于两汉，但至魏晋时，观人优劣，蔚然成风，如前列孔融《汝颍优劣论》《圣人优劣论》《圣人优劣又论》《周武王汉高祖论》等，曹植的"论羲皇以来贤圣名臣烈士优劣"⑤，还有晋范乔《刘扬优劣论》、张辅《名士优劣论》等。《世说新语·品藻》中的观人品题，往往判别其才性优劣，体现出流品等级之分：

> 诸葛瑾弟亮及从弟诞，并有盛名，各在一国。于是以为蜀得其龙，吴得其虎，魏得其狗。
>
> 明帝问谢鲲："君自谓何如庾亮？"答曰："端委庙堂，使百僚准则，臣不如亮。一丘一壑，自谓过之。"
>
> 明帝问周伯仁："卿自谓何如庾元规？"对曰："萧条方外，亮不如臣；从容廊庙，臣不如亮。"
>
> 庾道季云："廉颇、蔺相如虽千载上死人，懔懔恒如有生气；曹蜍、李志虽见在，厌厌如九泉下人。"

---

① ［清］潘德舆：《养一斋诗话》卷三，北京：中华书局2010版，第48页。
② ［明］王世贞撰，罗仲鼎校注：《艺苑卮言校注》卷四，济南：齐鲁书社1992年版，第166页。
③ 田海林等：《太乙照神经》卷一《六来格》，《相学秘籍全编》上，贵阳：贵州人民出版社1994年版，第85~86页。
④ 邵祖平：《观人学》中篇《实用》第三章，第253页。
⑤ ［西晋］陈寿：《三国志》卷二十一《魏书二十一·王粲传》裴注引《魏略》，第603页。

前三则是同时人的横向比较，后一则是古今人的纵向比较，前者比较政治才能，后者比较精神生命的状态，优劣立判。《品藻》专篇不但论文士优劣，而且分别流品等次，如"世论温太真是过江第二流之高者"，梁阮孝绪著《高隐传》"上自炎黄，终于天监末，斟酌分为三品"①，这些都表明观人学品第批评在魏晋时期完善、成熟，为诗学的品第批评积累了经验，奠定了基础。

其实，品第批评法，在分品观人的同时，已兼及文章品第，《世说新语》里已经开始运用到文学批评了，如《文学》"潘文浅而净，陆文深而芜"。梁元帝萧绎"常记录忠臣义士及文章之美者，笔有三品：忠孝全者用金管书之，德行精粹者用银管书之，文章赡逸者以班竹管书之"②。这些事例说明，魏晋时代已经把文学品第批评作为观人批评的一个部分，观人学中列品第、论优劣及比较的思维模式，直接开启了魏晋南北朝文学批评中溯源流、列品第的批评方法。

以流品论人的方法用于文艺批评领域，最早见于曹丕《典论·论文》论七子之优劣比较，开始由才性而及流别，钟嵘谈到以前的文学批评"皆谈文体，而不显优劣"，"曾无品第"时，没有列举曹丕；诗学则有钟嵘《诗品》之集中品藻流别，将汉至南梁的123位诗人分为上中下三等，并有具体的优劣比较，开以品论诗风气之先。在比较人物的过程中，魏晋南北朝名士经常采用"不如""不减""胜""过""过于""亚于"等带有强烈等级观念和品第意味的词语，诗学批评也借以评出诗品的长短优劣，带有很强的流品意识：

> 三谢诗，灵运为胜，当就《文选》中写出熟读，自见其优劣也。③
> 予以为邠老诗虽不敢望山谷，然当在文潜之上矣。④
> 刘梦得云："诗中用'茱萸'字者凡三人。杜甫云'醉把茱萸子细看'，王维云'插遍茱萸少一人'，朱放云'学他年少插茱萸'。

---

① ［唐］李延寿：《南史》卷七六《阮孝绪传》，北京：中华书局1975年版，第1894~1895页。
② ［南宋］王应麟：《玉海》卷五十八《艺文·梁孝德忠臣传》，影印文渊阁《四库全书》子部第944册，第540页。
③ ［北宋］强幼安《唐子西文录》，［清］何文焕：《历代诗话》上，北京：中华书局1981年版，第443页。
④ ［南宋］曾季貍《艇斋诗话》，丁福保：《历代诗话续编》上，第296页。

三人所用，杜公为优。"①

这种显优劣、列品第式的批评，不仅限于诗人、作品批评、摘句批评，而且延伸到了诗体之辨，如比较格律诗诸体难易，"律诗难于古诗，绝句难于八句，七言律诗难于五言律诗，五言绝句难于七言绝句"②，即是一例。"辨彰清浊，掎摭病利"以及"显优劣""品高下"，是钟嵘《诗品》的辨体批评方法之一，后来辨别优劣、品藻是非、泾渭工拙等，几成诗学常谈。其中最能引起学界热议并成千古公案者，莫过于李杜、唐宋优劣论。举两例如下：

> 诗文字画，大抵从胸臆中出，子美笃于忠义，深于经术，故其诗雄而正。李太白喜任侠，喜神仙，故其诗豪而逸。退之文章侍从，故其诗文有廊庙气。退之诗正可与太白为敌，然二豪不并立，当屈退之第三。③
> 诗有词理意兴。南朝人尚词而病于理，本朝人尚理而病于意兴，唐人尚意兴而理在其中，汉魏之诗，词理意兴，无迹可求。④

前一则涉及李、杜优劣的，张戒比较分析杜、李、韩同属于"刚健"一类的同时，又有所谓杜雄、李逸、韩豪的区别，分析了他们各自风格形成的原因，并对三者优劣高下进行次第排名。这是宋人辨风格同异又同时辨优劣高下的典型例子。后一则关系到唐宋诗之争，体现了严羽论诗主情与反宋倾向。但在唐宋、李杜及其他作家批评上也有不分轩轾的，如：

> 秦少游《诗话》曰："曾子固文章妙天下，而有韵者辄不工。杜子美长于歌诗，而无韵者几不可读。"⑤
> 圣俞、子美齐名于一时，而二家诗体特异。子美笔力豪隽，以超迈横绝为奇；圣俞覃思精微，以深远闲淡为意。各极其长，虽善

---

① [南宋] 洪迈：《容斋随笔》卷四"诗中用荣黄字"，影印文渊阁《四库全书》子部第851册，第299页。
② [南宋] 严羽撰，郭绍虞校释：《沧浪诗话校释·诗法》，第127页。
③ [南宋] 张戒：《岁寒堂诗话》卷上，第39页。
④ [南宋] 严羽撰，郭绍虞校释：《沧浪诗话校释·诗评》，第148页。
⑤ [南宋] 蔡梦弼《草堂诗话》卷一，丁福保：《历代诗话续编》上，第198页。

论者不能优劣也。①

上一则是辩体批评，说明诗文各有体，鲜能备善。下一则论"苏梅不同"，既辨风格同异，亦提及不分优劣。这虽是比较批评，但不是品第批评，应该属于品题批评。

命相学对诗学的品第批评的影响也不可忽视。比如宋以后诗学批评、诗谶学对诗歌的富贵气、贫寒气的优劣争论，对诗歌作品体现出来的寿夭、福祸的优劣对比，都是品第批评的延伸。观人学不仅直接导致了诗学品第批评的产生，甚至影响到诗学中的品第分类学与选诗学。前面的"理论的比较"，就属于品第分类学；而选集（选诗）批评属于"实用的比较"，"选诗"的过程实质上也是品第批评的批评，它的品第观体现了"略其芜秽，集其清英"② 的优劣品第意识与选择行为，这实际上也是诗学批评的一种形式。其中的选择标准也体现了观人学原理或观念的影响，如王安石《四家诗选》标榜杜甫为第一，欧阳修、韩愈皆有廊庙气，所以依次列为第二、第三③，而将所谓"俗情富贵"的李白诗排列最后：反映了宋人富贵观人、富贵观诗的一种思潮。方回《瀛奎律髓·宦情类》提出选用宦情题材诗歌作品的品第标准是："所选诗不于其达与不达之异。其位高，取其忧畏明哲而知义焉；其位卑，取其情之不得已而知分焉。骄富贵、叹贫贱者，咸黜之：是可以见选诗之意矣。"④ 选诗、优劣标准，正反映了贫富观人学与儒家价值观念的影响。所以说，汉魏以后的诗学批评活动都有对诗歌成就高低的评价或排次论第，摘句、选集及文体目录编排等，都与观人学相联系，体现了传统价值的一种评判。观人学的品第批评对诗学影响最大的，还在于特殊批评文体的形成，具见下章分析。采用比较品题的方法，既能彰显所评对象的大概，又能让评语趋于客观可信，可见中国观人批评并非全是主观、随意的印象式批评，也具有一定的科学性。

---

① ［北宋］欧阳修：《文忠集》卷一百二十八《诗话》，第 303 页。
② ［南朝梁］萧统：《文选》序，上海：上海古籍出版社 1986 年版，第 2 页。
③ 李纲《读四家诗选四首》评"永叔诗温润藻艳，有廊庙富贵之气"。［北宋］李纲：《梁溪集》卷九，影印文渊阁《四库全书》集部第 1125 册，第 575 页。张戒《岁寒堂诗话》卷上评"退之文章侍从，故其诗文有廊庙气"。第 39 页。
④ ［元］方回撰，李庆甲汇评：《瀛奎律髓汇评》卷六，上海：上海古籍出版社 1986 年版，第 233 页。

三 品题批评：从观人学到诗学批评

品题批评是一种观人批评，即以简短的点评形式（有一字品题者，有二字品题者，有四字品题者等），生动传神的语言，对观察对象（诗人物与作品）的道德、才性、知识、体貌、风神等进行评价。品题，又称"题目""标目""品目"，唐赵蕤的观人学著作《长短经》有《品目》专章，指用一个字或一句话高度概括人物特性。观人学上的这种品题批评，最早见于《尚书·虞书·舜典》："帝曰：夔！命汝典乐，教胄子。直而温，宽而栗，刚而无虐，简而无傲。"①《皋陶谟》皋陶言："行有九德"："宽而栗，柔而立，愿而恭，乱而敬，扰而毅，直而温，简而廉，刚而塞，强而义。"② 这些概念都是当时观人的标准，也可以说是早期的品题。春秋时期，这种观人术已应用普通，如：

> 子曰："柴也愚，参也鲁，师也辟，由也喭。"（《论语·先进》）
> 子曰："居！吾语女。好仁不好学，其蔽也愚；好知不好学，其蔽也荡；好信不好学，其蔽也贼；好直不好学，其蔽也绞；好勇不好学，其蔽也乱；好刚不好学，其蔽也狂。"（《论语·阳货》）
> 楚子曰："晋公子广而俭，文而有礼，其从者肃而宽，忠而能力。"（《左传·僖公二十三年》）

愚、鲁、辟、喭、荡、贼、绞、乱、狂等，就是一字品题之例，广俭、文礼、肃宽、忠力等就是二字品题之例。

汉末文士盛行一种臧否人物、左右舆论、抨击时政的清议风气。他们广交结社，利用"风谣品题"来控制舆论；统治阶级也制度化采集"风谣品题"，作为掌握舆情、评判官吏、评估郡治的情报资源。"风谣"又称"谣谚"或"童谣"，多为韵语，便于朗诵、流行，激扬清浊，形成舆论。有的赞扬士族领袖，如"天下模楷李元礼，不畏强御陈仲举，天下俊秀王叔茂"（《后汉书·党锢列传》），"五经纵横周宣光"（《后汉书·左周黄列传》），"道德彬彬冯仲文"等七字标榜语。（《后汉书·冯衍传》）这些品题批评实际上是一种道德价值评判，也是政治评判。观人学上的品题批评，随着观人学的主体思想的变化而发生变化。汉魏与魏晋易代之

---

① ［西汉］孔安国注，［唐］孔颖达疏：《尚书注疏》卷二，影印文渊阁《四库全书》经部第 54 册，第 70 页。
② ［西汉］孔安国注，［唐］孔颖达疏：《尚书注疏》卷三，第 91 页。

际，政治环境日益险恶，曹氏、司马氏大嗜杀戮造成"名士减半"的残酷现实，导致清议渐失锋芒，演变为发言玄远、口不臧否人物的"清谈"。清谈起于汉末，成于魏晋①。观人清谈的内容广泛，更多的是针对才情、气质、格调、风貌、性分、能力等的品评鉴赏，观人学随之也从功利走向了审美。以《世说新语》为例，如"裴楷清通，王戎简要……王公目太尉岩岩清峙……世目周侯嶷如断山"（《赏誉》），"公（桓玄）高，太傅（谢安）深"（《品藻》），都体现了一个时代观人学对观察对象（人）的传神概括。从品题标准来看，汉末以前的观人学重在道德评判，但道德评判到魏晋时易招祸害，所以这时观人学"口不臧否人物"，指不作或少作道德评判、政治评判，而重在鉴赏人物的容貌、体态、个性、神情、风度，一句话，注重由外在形象表现出来的精神风貌。品题批评极其关注人物的个性风采，形成了观人学中的风格论。正始名士大胆提出了"越名教而任自然"的口号。随着"自然"替代"名教"，在观人学领域里，旧的道德价值的评判，更多地让位给对个性、才情、风度等个体人格的品题审美：

  抚军（司马昱）问孙兴公（绰）："刘真长何如？"曰："清蔚简令。""王仲祖何如？"曰："温润恬和。""桓温何如？"曰："高爽迈出。""谢仁祖何如？"曰："清易令达。""阮思旷何如？"曰："弘润通长。""袁羊何如？"曰："洮洮清便。""殷洪远何如？"曰："远有致思。""卿自谓何如？"曰："下官才能所经，悉不如诸贤；至于斟酌时宜，笼罩当世，亦多所不及。然以不才，时复托怀玄胜，远咏老、庄，萧条高寄，不与时务经怀，自谓此心无所与让也。"②

这时的人物之美，不在于抽象的"贤良方正"，而在于是否具备与众不同的个性，即《世说新语·品藻》所谓"楂梨桔柚，各有其美"。这些品题语言，有些来源于先秦两汉时期的观人、观乐批评，如简、远、和、清、淳、温、雅、典、妙、婉、约、平、巧等，而大多数是魏晋时期观人学的创造，如真、率、通、达、俊、爽、峻、高、深、虚、旷、

---

① 陈寅恪说："清谈的兴起，大抵由于东汉末年党锢诸名士遭到政治暴力的摧残与压迫，使其具体评议朝廷人物任用的当否，即所谓清议，而为抽象玄理的讨论。启于郭泰，成于阮籍。"陈寅恪：《陈寅恪魏晋南北朝史讲演录》，贵阳：贵州人民出版社 2012 年版，第 40 页。
② ［南朝宋］刘义庆撰，余嘉锡笺疏：《世说新语笺疏·品藻》，第 521 页。

逸、疏、畅、超、诣、明、朗、秀、润、恬等词语。魏晋观人学品题批评中所用的词语多具有抽象性，"它们所包含的意义很难用某个概念加以界定，而只能通过直感和体验去加以领会"①。

观人学上的品题批评，早在先秦时代，就已经从观人学延伸到诗学、乐学批评了，形成观人诗学中的品题批评。如最早运用此法的季札在鲁国观乐，评《周南》《召南》曰"勤而不怨"，评《魏风》曰"大而婉，险（俭）而易行"，评《小雅》曰"思而不贰，怨而不言"等；影响所及，孔子评《关雎》曰"乐而不淫，哀而不伤"（《论语·八佾》），荀况评儒经曰"《礼》《乐》法而不说，《诗》《书》故而不切，《春秋》约而不远"（《荀子·劝学篇》），用的都是"一、二言以蔽之"的阐述方式，简约而传神。汉代承之，如司马迁《史记·屈原贾生列传》评屈原人格及其作品云："其文约，其辞微，其志洁，其行廉，其称文小而其指极大，举类迩而见义远。"班固《离骚序》评曰"弘博丽雅"，王逸《离骚经序》评"其词温而雅，其义皎而朗"。文学批评上的这些价值评判，与当时的观人品题批评发展一致。到了魏晋以后，观人诗学上的品题批评也随着观人品题一样，从道德价值评判转向审美评判，如评诗人才性的，如曹丕《典论·论文》评"应玚和而不壮，刘桢壮而不密"，徐干"时有齐气"，有评诗人和诗作风格批评的，刘勰《文心雕龙·明诗》评"嵇志清峻，阮旨遥深"，都抓住了他们风格的主要特征。钟嵘《诗品》中的品题批评更多（详见下章），后人更是踵事增华。其中一字品题者，如苏轼《祭柳子玉文》评"元轻白俗，郊寒岛瘦"，王国维《人间词话》评"东坡之词旷，稼轩之词豪"，又云："周介存谓：'梅溪词中，喜用"偷"字，足以定其品格。'刘融斋谓'周旨荡而史意贪'。此二语令人解颐。"② 都抓住了诗人及其诗词作品的风格特征，几成学界定论。二字品题法更是大量运用，随举一例：

> 若刘伯温之思理，高季迪之韵度，刘彦昺之高华，贝廷琚之俊逸，汤义仍之灵警……孙仲衍之畅适，周履道之萧清，徐昌谷之密赡，高子业之戌削，李宾之之流丽，徐文长之豪迈，各擅胜场。③

这里举的是二言品题例子，而且用的都是观人性情的术语来评判诗

---

① 李泽厚、刘纲纪：《中国美学史》，北京：中国社会科学出版社1987年版，第93页。
② ［清］王国维：《人间词话》，北京：人民文学出版社1960年版，第213，214页。
③ ［清］王夫之《姜斋诗话》卷二，丁福保：《清诗话》上，第15页。

人风格。不但可以评判诗人，还可以评判时代风格与地域风格，如《文心雕龙·时序》论"姬文之德盛，《周南》勤而不怨，太王之化淳，《邠风》乐而不淫，幽厉昏而《板》《荡》怒，平王微而《黍离》哀"，建安文学"志深而笔长，故梗概而多气也"①，都把握文学发展的总趋势和一个时代文学的整体风貌。这种品题批评还存在于诗体批评上，都体现出中国古代文学批评方法上的独特性，这种特性与观人学品题批评的影响分不开。

此外，观人学对流品的划分方面对传统文艺学影响也很大，钟嵘的《诗品》、庾肩吾的《书品》、谢赫的《古画品》，司空图的《二十四诗品》，以及受其影响而产生的袁枚《续诗品》、顾翰《补诗品》、黄钺《二十四画品》、郭麐《词品》、杨夔生《续词品十二则》、江顺诒《续词品二十则》、许奉恩《文品》、马荣祖《文颂》、魏谦升《二十四赋品》等，其中大多数品目就直接源自观人学的品题，比如自然、清奇、劲健、朴拙、气韵、典型、风骨等等，都与观人学中的品题批评一脉相承。这种品题式批评，贯穿了诗学批评史，体现了观人品题对诗学品题的影响。这种品题批评采用的是"点悟式"的批评方法，即通过简约精妙的出语，点评诗人或诗歌。它不追求系统与逻辑推理，难免以偏概全、读者难以确切把握其内涵等缺陷；但追求感性、直观、简洁而意味隽永，能引发读者的美感联想。这种方法的点评语言以高度概括性、简约精炼性、含蓄蕴藉性与直觉妙悟性等特点，为诗歌批评广泛运用。

总之，就批评方法来说，品第和品题都来自观人学，观人与观诗相辅相成，使中国诗学批评独具特色。品第批评与品题批评的一个不同，就是品第批评在显优劣方面旗帜鲜明，而品题批评由于不显优劣，所以显得含蓄蕴藉。这与观人学的发展演变相关。从先秦至两汉，观人的内容一直囿于经学造诣、道德品行的范围，进入魏晋特定的政治背景下，在人性解放思潮的引发下，观人的内容发生了根本变化，人们不再像汉代那样，只注重人物的外在形貌、政治品格、功业道德，而是注重人物的风韵、才情、格调、气度等内在的精神之美，所以批评形式也实现了由直指到含蓄的转变。

四 简洁直观的品评方式与描述方法

观人术早期属于官人术，为任用官职的政治需要，就须言简意赅，

---

① ［南朝梁］刘勰撰，［清］黄叔琳辑注：《文心雕龙辑注》卷九《时序》，影印文渊阁《四库全书》集部第 1478 册，第 171～172 页。

抓住要害，避免重复、繁杂而不得要领。后来进入审美领域，人们往往用数字或数句，将人物的才情风貌概括出来，不但言简意赅、生动传神，且具有直观描述性的特点。这种品题批评，与魏晋观人以"简"为美有着重要关系。

简，包括简约、简洁、简易等。本是观人学概念，代表一种人生追求、人生境界，如王恭之"作人无长物"（《世说新语·德行》），王眉子之"清通简畅"（《赏誉》），陈泰之"明练简至"，刘真长之"清蔚简令"（《品藻》），羊绥之"清淳简贵"（《伤逝》），郗鉴之"和正沉简"（《贤媛》）等。"察言"是古代观人术之一，魏晋观人察言，以"简"居要。因此"简"也指向清淡辞令，如张凭之"言约旨远"，刘惔之"辞难简切"（《世说新语·文学》），颜延之之"每折以简要"（《宋书·颜延之传》），是观人察言的内容与标准。比如："王黄门兄弟三人俱诣谢公，子猷、子重多说俗事，子敬寒温而已。既出，坐客问谢公：'向三贤孰愈？'谢公曰：'小者最胜。'客曰：'何以知之？'谢公曰：'吉人之辞寡，躁人之辞多。推此知之。'"（《世说新语·品藻》）谢公以辞令的多少来评判人物的高下，可见晋人察言尚"简"，受《周易·系辞下》观念影响之深。比起先秦两汉的直指方式，更加含蓄蕴藉，简洁传神，更加有了审美意味，给人留下了深刻的印象。观人术为"官人"所用，清简成为官吏任职的准则，对一代观人学、士风影响更加深广持久。

魏晋观人学的崇"简"风尚，不仅导致"南人学问清通简要"（《世说新语·文学》）的学风产生，而且影响当时文学理论乃至后世诗学。晋宋人论文、论诗皆以"简"为贵，《文心雕龙》肯定"简易"的思想，说"乾坤易简，则婉转相传"（《丽辞》），"物色虽繁，而析辞尚简"（《物色》），"其摘文也必简而深"（《铭箴》），甚至以"简"作为诗文批评标准，如批评陆机"缀辞尤繁"（《镕裁》），就与当时观人尚简相关。观人学这种含蓄的表达，试图通过简洁的语言表达出深层的意思，合乎《周易·系辞上》"言不尽意"与"吉人之辞"所表达的思想，也合乎玄学所说的"言者所以明象，得象而忘言；象者所以存意，得意而忘象"①，这种含蓄之风格又与诗歌批评联系密切。如钟嵘在《诗品·总论》中说"文已尽而意有余，兴也；因物喻志，比也"，"夫四言文约意广，取效《风》《骚》，便可多得。每苦文繁而意少，故世罕习焉"②，进而首创

---

① ［三国魏］王弼：《周易略例·明象》，影印文渊阁《四库全书》经部第 7 册，第 593 页。
② ［南朝梁］钟嵘：《诗品》卷一，第 191 页。

"滋味说"；后来司空图《答李生论诗书》的"韵外之致，味外之旨"和《二十四诗品》的"不着一字，尽得风流"，宋人有"言有尽而意无穷"之说，严羽又有"羚羊挂角，无迹可求"①，充分显示了诗歌批评重视委婉曲致、含蓄内向的趣尚。袁枚以人言喻道，进一步阐释说："诗如言也，口齿不清，拉杂万语，愈多愈厌；口齿清矣，又须言之有味，听之可爱，方妙。若村妇絮谈，武夫作闹，无名贵气，又何藉乎？"② 施补华《岘佣说诗》运用这种言说方式，评论白居易诗道"《琵琶行》较有情味，然'我从去年'一段，又嫌繁冗，如老妪向人谈旧事，叨叨絮絮，厌聩而不肯休也"③，这个评论虽然忽视了叙事文学的特点，但他以观人喻诗，说明观人、读诗皆以简而有味为美，正体现了观人学对尚简诗学批评的影响。

简洁直观法对于诗学批评方法上有借鉴意义。一是诗学重视简洁、凝练、传神、蕴藉，以评价作家创作成败得失，往往抓其要害，而不是面面俱到。钟嵘《诗品》评"（陆机）气少于公幹，文劣于仲宣"，"（张协）雄于潘岳，靡于太仲"，"（左思）野于陆机，而深于潘岳"，"（潘岳）浅于陆机"，以气、文、雄、靡、野、深、浅等字点评了数位诗人，甚至只用一两个字来概括某种对立的美学范畴，都是典型的观人诗学品题批评。二是与整体直觉思维、感悟批评相联系。观人批评的一个重要特征不是周密的逻辑分析和事实论证，而是评者的主观体悟，显示出一种诗性的整体思维和直觉思维。在《世说新语》中，观人经验往往是对士人一种直接的观照体验的结果，而不是用抽象的语言概念加以精确的定义，如"神姿高彻""神情散朗"之"高彻""散朗"，以表达对观人整体姿态风貌，只可意会，难可言传。观人批评中的直观感悟，本身是一种诗性思维，与哲学上"智的直觉"④ 相通，为后世诗学批评提供重感悟而非分析、诉之直观和情感体验而不是诉之理性的原则和方法。中国传统诗学大量带有模糊式的印象批评、直观感悟批评、悟性体验式批评，不同于西方自古以来的分析式批评，成为极具民族特色的批评传统，在观人诗学中得到充分体现。

总之，作为观人诗学批评方法论范畴的"观""相""品"，具有丰富的接受论意义，丰厚的审美意义，独特的方法论意义，成为贯穿整个

---

① ［南宋］严羽撰，郭绍虞校释：《沧浪诗话校释·诗辨》，第26页。
② ［清］袁枚：《随园诗话》卷三，第82页。
③ 丁福保：《清诗话》下，第989页。
④ 牟宗三：《中国哲学十九讲》，上海：上海古籍出版社1997年版，第307页。

诗学理论批评的元范畴。它们体现了中国人独特的"天人合一"的思维观念，体现了中华民族独特的文化精神和诗学精神，反映了民族的心灵气质和基本的价值观念。它们拓展了诗学思维空间和感受范围，体现了审美诗学体验的特质和特征，并将在文化多元化的氛围中，伴随着中国特色的诗论和批评的建构进程，更加凸显现代诗论和批评的方法论意义，它们的文学精神将更永葆魅力。

第七章　观人学与诗学的批评方式、特殊文体

名号称谓、事数标榜、意象批评、摘句批评、选诗批评等是诗学批评的特殊形式。中国诗学批评文体既有自身演变的规律与特点，也与社会变迁、时代风尚、学术思潮、创作状况、审美心理等息息相关，而观人学也为诗学批评文体提供了孕育并滋长的土壤与养分。传统诗学批评，从文本内容看，有溯源流、第甲乙、求故实等；从表达方式看，有品题、品第、摘句、比兴、隐喻等体；从文本的特殊形式看，有《诗品》体、祖宗录体、主客录体、点将录体等体：无一不体现了观人学的影响。正如童庆炳先生所说："批评文体和批评方式其实是一而二、二而一的关系。从批评文学的体裁样式说，是文体；从批评话语的表达角度说，是方式。这意味着，一定的批评方式总是通过一定的批评文体来表现的。"① 观人学所运用的基本概念、角度、层次以及语态、语式、文体等所组成的结构关系，从批评方式到批评文体，对中国诗学批评体系的建构产生了重要影响。

第一节　名号、并称、事数：观人学与诗学的表达方式

品第批评、品题批评已见前章，但两者不是截然分开的，品第批评中包含品题批评，品题批评中也包含品第批评。此外，观人学表达方式还有并称、名号、事数等。下面就名号、并称、事数等观人学表达方式对诗学的影响，做进一步延伸论述。

一　名号称谓

名号称谓就是以名号称人，把握人物的主要特点，并进行抽象概括，表达观人的结论。它常常引用时人的称、号来观人，往往带有"称之""为之号"等词，如"太祖辟（邢）颙为冀州从事，时人称之曰：德行

---

① 童庆炳：《文学理论教程》，北京：高等教育出版社1998年版，第478页。

堂堂邢子昂"（《三国志·魏书十二·邢颙传》）。又如天下号黄宪曰"征君"，益部号董扶曰"至止"，朝野号杜预曰"杜武库"，人称荀晞为"屠伯"，家门州党号卫玠为"璧人"，时号张翰为"江东步兵"，周伯仁号"三日仆射"，萧坦之号"萧痦"，萧推号"旱母"，傅昭号"学府"等。名号称谓作为观人学的特殊方式，包孕着丰富的文化信息，反映了当时士人普遍的观人共识。观人学上的"题目"，从魏晋到唐代，发生了一个变化，"魏晋时期的比喻和短语两类题目，以短语定性的一类逐步消失，而比兴一路在唐代题目中有了更多发展，甚至往戏谑调侃的风格变化，从而出现了不少近乎绰号的题目"①。

古代观人用语，多用卮言，即自然随意、支离破碎之言，往往一二语即得其神骏。这种卮言多见于《世说新语》、史书等志人著作。这种随意性的批评形式与观人方法，也为诗学借用，甚至连王世贞也以《艺苑卮言》命名②。受到观人学的影响，"名号称谓"在诗学中也有几种表达方式：一是诗学常用"名号称谓"来表达对诗人的评价，如"王维'诗天子'，杜甫'诗宰相'"③，也有号"诗宰相李白"④的，刘长卿自以为"五言长城"（《新唐书·秦系传》），其他如王维号"诗佛"，贾岛号"诗奴"，孟郊号"诗囚"，李贺号"诗鬼"，高仁裕号"诗窖"等。有的概括诗人性格或创作风格，如李白诗飘逸，人称"诗仙"；杜甫诗雅正，被誉为"诗圣"；李贺诗奇崛冷怪，人称"诗鬼"；刘禹锡性情豪迈，白居易推为"诗豪"；孟郊、贾岛以苦吟著名，好为穷苦之词，所以苏轼称"郊寒岛瘦"，元好问《放言》称"郊岛两诗囚"，虽未免苛刻，颇能道出二人诗风。二是诗人以咏物著称而获称号者，如杜牧作《紫薇花》，人称其为"杜紫薇"；郑谷有《鹧鸪诗》，时谓之"郑鹧鸪"；梅尧臣有《河豚鱼》诗，时号"梅河豚"；鲍当《孤雁诗》，时人谓之"鲍孤雁"；谢无逸"吟蝴蝶诗三百首，人呼为'谢蝴蝶'"⑤；崔珏赋《鸳鸯诗》，人称"崔鸳鸯"；张先有野花诗十首，人称"张野花"或"野花张"；袁凯有《咏白燕》，一时呼为"袁白燕"等。三是诗人因

---

① 朱红：《人物品藻与戏谑娱乐：唐代"题目"源流考》，《文学遗产》2014年第4期，第62页。
② "卮言"者，自然随意之言、支离破碎之言，语出《庄子·寓言》："卮言日出，和以天倪。"
③ ［北宋］叶廷珪：《海录碎事》卷十九，北京：中华书局2002年版，第747页。
④ ［五代］徐寅：《雅道机要》引《琉璃堂墨客图》，［宋］陈应行：《吟窗杂录》卷十七，北京：中华书局1997年版，第505页。
⑤ ［南宋］魏庆之：《诗人玉屑》卷十，上海：上海古籍出版社1978年版，第227页。

篇句标榜而获美誉者，如赵倚楼、许洞庭、程君山、刘仙掌、秦妇吟秀才、得得来和尚、夏江城、鲍孤雁、梅河豚、马啄木、郭训狐、赵謇驴、高梅花、陈紫菊、杨春草、汤鹦鹉、杜赤壁、苏绣鞋、邵半江、李风尘、王桐花、王黄叶、祁鱼虾、管杏花、许子规、张碧天、张藕花、王芍药、红豆诗人、春柳舍人、崔红叶、祥酒帘、俞海棠等。四是因辞章特点而获名号的，专好用某些字而得神骏，如孟郊一生坎坷，际遇凄凉，喜用酸、寒字面，被称为"寒酸夫子"。骆宾王好用数字入诗，人称"算博士"，又称"卜算子"①。许浑多用"水"字，杜甫善用"愁"字，故人称"许浑千首湿，杜甫一生愁"。其他如"得得来和尚""毛三瘦""三红秀才"等，皆属此类。这些名号包含了对诗人、诗作的性情、品格、风格等的评判，属于诗学批评的范畴。当然还有一些句号，如李贺号"长爪郎"、林逋号"梅妻鹤子"、贺铸号"贺鬼头"之类，就不属于诗学批评，而是单纯的观人批评了。总之，句号称谓，是民族传统诗学批评的独有现象，在中国传统非常普遍。它们受到的观人学影响也非常明显。

谥号批评作为一种特殊的观人品评方式，是古代在帝王、贵族、大臣、士人等死后，礼官根据他们生前事迹、品行而作的褒贬评价，从而给予称号，即"谥号"。不管赐谥也好，私谥也好，谥号都是对死者一生进行盖棺论定的总结性评价，《白虎通义·谥》："谥者，别尊卑，彰有德也。"② 可见谥号批评在观人学上兼有品题批评、品第批评与名号称谓诸特质。谥法经过自西周至清的长期流行，产生了大量谥字。战国初年的《逸周书·谥法解》，存有100个谥字，多是当时流行的"德目"，体现出以德观人的主流价值。《左传·昭公二十八年》记成鱄论"九德"说：

> 心能制义曰度，德正应和曰莫，照临四方曰明，勤施无私曰类，教诲不倦曰长，赏庆刑威曰君，慈和遍服曰顺，择善而从之曰比，经纬天地曰文。③

---

① [唐] 张鷟：《朝野佥载》卷六，北京：中华书局1985年版，第80页。
② [东汉] 班固：《白虎通义》卷上，影印文渊阁《四库全书》子部第850册，台北：台湾"商务印书馆"1986年版，第10页。
③ [西晋] 杜预注，[唐] 孔颖达疏：《春秋左传注疏》卷五十二，影印文渊阁《四库全书》经部第144册，第502页。

这一段话与《逸周书·谥法解》的体式完全一致。这种体例对诗学批评的影响非常突出，如唐皎然《诗式》提出的"辨体一十九字"：

> 高：风韵朗畅曰高。逸：体格阔放曰逸。贞：放词正直曰贞。忠：临危不变曰忠。节：持操不改曰节。志：立性不放曰志。气：风情耿介曰气。情：缘境不尽曰情。思：气多含蓄曰思。德：词温而正曰德。诚：检束防闲曰诚。闲：情性疏野曰闲。达：心迹旷诞曰达。悲：伤甚曰悲。怨：词调凄切曰怨。意：立言盘泊曰意。力：体裁劲健曰力。静：意中之静曰静。动：意中之动曰动。①

体，体貌，犹今之言风格。刘勰《文心雕龙·体性篇》中提出八体，皎然扩展为十九体，并做了简略解释。从解释看，他论述的有道德、才性、情志、风格等问题。他举谢灵运《述祖德》诗为例，既称其"贞"，亦称其"德"，从评论形式到思想倾向，都是谥法这种特殊观人方式用于观诗、观诗人的一种翻版。总之，诗学中的"名号称谓"，不胜枚举，今人孙恒年编著《古人混号辞典》，收集甚详，成为中国诗学普遍存在的奇葩现象。

二 并称品题

观人学上的并称品题现象，最早见之于先秦，如孔子与子贡、老子与庄子、子游与子夏、孟子与荀子等，汉代修史之风盛行，人物传记发达，人物并称形式更多，如《史记》有"孟荀""范蔡""廉蔺""屈贾""张陈""田窦"等人物并称合传，多偏于政治人物与文化人物。至汉末清议、魏晋观人，并称品题现象蔚成风气：

> （荀淑）有子八人，俭、绲、靖、焘、汪、爽、肃、专，并有名称，时人谓之"八龙"。（《后汉书·荀韩钟陈列传》）
> 后汝南太守宗资任功曹范滂，南阳太守成瑨亦委功曹岑晊，二郡又为谣曰："汝南太守范孟博，南阳宗资主画诺。南阳太守岑公孝，弘农成瑨但坐啸。"（《后汉书·党锢列传》）
> 太丘长陈寔、寔子鸿胪卿纪、纪子司空群、群子泰四世，于汉、

---

① ［唐］释皎然撰，李壮鹰校注：《诗式校注》卷一，北京：人民文学出版社2003年版，第69~71页。

魏二朝有重名，而其德渐少减。故时人为之语曰："公惭卿，卿惭长。"①

（冯）苏与邢乔俱司徒李胤外孙，及胤子顺并知名，时称"冯才清，李才明，纯粹邢"。（《世说新语·赏誉》）

潘安仁、夏侯湛并有美容，喜同行，时人谓之"连璧"。（《世说新语·容止》）

并称品题，往往出现以"并称""并驱""并名""并肩""齐称""合称""集称""总称""统称""雁行""轩轾""并驾齐驱"等含义相近的词语，具有三义：一是二人及以上人物之间的平等、比较，二是不同人物之间的相提并论，三是齐名并价的人物称谓。一般以同时代人并称者居多，异代并称者较少。

受观人术影响，诗学领域诗人并称现象、结群意识非常浓厚，并由此确立了诗学批评中的类比思维与建派意识。早在魏晋南北朝，并称品题已经从观人学移植到诗学批评，曹丕《典论·论文》并题七子，钟嵘《诗品》评"曹、刘殆文章之圣，陆、谢为体贰之才"，"陆才如海，潘才如江"，"谢诗如芙蓉出水，颜诗如错彩镂金"。刘勰《文心雕龙·才略篇》通篇采用并称品题法。后代遂成为诗学普遍现象。以唐人为例，有的当时并称齐名，如王、杨、卢、骆号为"四杰"，沈佺期与宋之问号为"沈宋"，苏味道与李峤号为"苏李"；有的是才力相敌，"唐人品第最精，如杨卢、沈宋、王孟、李杜、钱刘、元白，即铢两稍有低昂，大较相若，故不妨并称也"②。有的是情貌略似，如："同时齐名者，往往同调。如沈宋、高岑、王孟、钱刘、元白、温李之类，不独习尚切劘使然，而气运所致，亦有不期同而同者。"③ "唐人齐名如沈宋、王孟、钱刘、元白、皮陆，皆约略相似"④。有的是后代诗学并称的，甚至随意撮合异代诗人"以成标目"。如江西诗派中的"一祖三宗""二十五法嗣"等。宋元明清诗人的并称现象越来越多，往往同时比较优劣、辨别同异，皆源于观人之学。正如傅泽洪《刻二家诗叙》说：

---

① ［西晋］张华：《博物志》卷六，影印文渊阁《四库全书》子部第1047册，第596页。
② ［明］胡应麟：《诗薮》外编二《六朝》，上海：上海古籍出版社1979年版，第154页。
③ ［清］贺贻孙《诗筏》，郭绍虞：《清诗话续编》一，上海：上海古籍出版社1983年版，第142页。
④ ［清］王士禛《诗友诗传续录》，丁福保：《清诗话》上，北京：中华书局1963年版，第159页。

> 诗之连类以传，自苏李之赠答始。历魏晋迄唐而相比得名者，遂指不胜屈。岂以德不孤立，物生必耦，造物之于才人，固乐以耦相赋；抑亦好事者从而品题之、标目之曰："若与若为类，若与若为类耳。"后视之，遂若一定而不可易。①

"德不孤立""物生必耦"，指的就是传统类比，是观人学并称"品题"或"标目"方法的思维方式，从而对诗人并题发生影响。胡应麟曾指出："余尝历考古今，一时并称者，多以游从习熟，倡和频仍，好事因之以成标目。"② 好事者，即发起并称话题的人；"游从""倡和"等活动，是文人结社的活动方式，易于形成并称现象。甚至可以说："一部明代文学史，殆全是文人分门立户标榜攻击的历史。"③ 当然"好标榜之习"，既有恶习的一面，也活跃了诗坛气氛，必须辩证分析。从观人并题到诗学并题，发展成为后人认识诗人组合、诗人群体乃至诗歌流派的重要依据。因为诗学并题，往往反映了一个特定时代的诗歌风貌或文学思潮，而与此密切相关的比较优劣、辨别异同也成为诗学批评基本的治学方法与门径。这些都大大促进我国诗歌流派的发展与诗学批评的发达。

三 事数品题

与并称品题相联系的"事数品题"，又称"事数标榜""数字标榜"，指某一社会阶层、某一集团组合在一起，以一定的数字标明其类别或群体类型。这实际上是并称现象的一种特殊形式，是常见的观人术之一。这个概念最早由陈寅恪先生提出：

> 大概言之，所谓"竹林七贤"者，先有"七贤"，即取《论语》"作者七人"之事数，实与东汉末"三君""八厨""八及"等名目同为标榜之义。④

这就是"事数标榜"一词的由来。按：史籍记载的最早事数品题的群体，是上古时期高辛氏的八个儿子，号"八元"；高阳氏的八个才子，

---

① [清] 傅泽洪：《二家诗》，上海图书馆藏清康熙三十四年（1695）睕堂刻本。
② [明] 胡应麟：《诗薮》外编三《唐上》，第180页。
③ 郭绍虞：《照隅室古典文学论集》上《明代的文人集团》，上海：上海古籍出版社1983年版，第513页。
④ 陈寅恪：《金明馆丛稿初编·陶渊明之思想与清谈之关系》，《陈寅恪集》，北京：生活·读书·新知三联书店2001版，第202页。

称"八恺",皆因有德有才而被虞舜任用(《左传·文公十八年》);此后殷有"三仁"、周有"八士"(《论语·微子》),春秋末有"孔门十哲""孔门七十二贤",战国有"四公子",西汉初有"商山四皓",东汉初有"二十八宿"等,都是当时的名贤并举。汉末清议,更加发达。《后汉书·党锢列传》:"自是正直废放,邪枉炽结,海内希风之流,遂共相标榜,指天下名士,为之称号。上曰'三君',次曰'八俊',次曰'八顾',次曰'八及',次曰'八厨',犹古之'八元''八凯'也。窦武、刘淑、陈蕃为'三君'。"这些人组成了若干小型政治、文化群体。这里"八顾""八及""八厨"等称谓命名里,不仅有人员数目("事数"),而且兼有品题批评,以一字而点评群体人物高尚的品行,如"君者,言一世之宗也","顾者,言能以德行引人者也","及者,言其能导人追宗者也","厨者,言能以财救人者也",皆与名士清流的身份、德行、个性、地缘、血缘(家族)等因素相关。由于声誉与取士相关,士族门阀制度风行天下,因此标榜之风多见于郡国之书、谱牒之书。如荀彧"有子八人,号曰'八龙'"(《三国志·魏书十·荀彧传》),"时蜀人以诸葛亮、蒋琬、费祎及(董)允为四相,一号'四英'也"①,刘表与同郡人张隐等为"八交",或谓之"八顾"②,又与汝南陈翔、范滂等为"八友"③,司马懿与陈群、吴质、朱铄等号"四友"(《晋书·宣帝纪》),阮籍、刘伶等号"竹林七贤"(《世说新语·任诞》),胡毋辅之与王澄、王敦等号"四友"(《晋书·胡毋辅之传》),又与毕卓、阮放等号"八达"(《晋书·光逸传》),其他如"二玄""二隐""三豫""寻阳三隐""中兴三明""会稽三康""四聪""四伯""四贵""五龙""五俊""六龙""六贵""八伯"等等皆是。一般由一个数词加上一个称谓名词构成,有时在数词前有一个地域名词或姓氏名词。

事数品题,不是严格的分类方法,但它不仅影响到当时的艺术批评(如《书品》《棋品》),也影响了诗学批评。曹丕《典论·论文》:"今之文人,鲁国孔融文举,广陵陈琳孔璋,山阳王粲仲宣,北海徐幹伟长,陈留阮瑀元瑜,汝南应玚德琏,东平刘桢公幹。斯七子者,于学无所遗,于辞无所假,咸以自骋骥䮅于千里,仰齐足而并驰。"后人据此概括为"建安七子"或"邺中七子"。该文是一篇特殊的观人学文章,特殊就在于它是专门观察作家群体的。钟嵘《诗品》评曹操诗曰:"曹公古直,

---

① [西晋]陈寿:《三国志·蜀书九·董允传》裴注引《华阳国志》,第987页。
② [西晋]陈寿:《三国志·魏书六·刘表传》裴注引张璠《汉纪》,第211页。
③ [西晋]陈寿:《三国志·魏书六·刘表传》裴注引《汉末名士录》,第211页。

甚有悲凉之句。叡不如丕，亦称'三祖'。"这种事数标榜的观人方法，广泛应用于诗学，如后世的"初唐四杰""吴中四士""苏门四子""永嘉四灵""吴中四杰""前后七子""国初三毛"等皆是。

即使同一个诗人，也有的取其几首诗词的同一妙字为号，构成一个事数标榜的名号。如张先号"张三中""张三影"，应子和号"三红秀才"，王世禛号"三绿词人"，毛先舒号"毛三瘦"等。特别是李清照号"李三瘦"，"瘦"者"秀"也，只此一字，一位旷古才女也仿佛跃然纸上了。有的作家有一个名号，有的几个名号，这些标榜，反映了古代诗学寻章摘句、推崇炼字的诗学倾向，同时也是观察诗人这个特殊群体的一个观人术。

随着观人学的影响深入，事数品题在诗学领域，还出现了大量的诗选与论著。专收某一并称群体的诗歌选集，如王隼《岭南三大家诗选》（屈大均、陈恭尹、梁佩兰），顾有孝、赵沄《江左三大家诗钞》（钱谦益、吴伟业、龚鼎孳），徐永宣、庄令舆《毗陵六逸诗钞》（杨宗发、恽格、胡香昊、陈铼、唐靖元、董大伦）等，其他还有《国朝四大家诗钞》《国朝六家诗钞》《汉阳五家诗选》《国初十大家诗钞》《浙西六家诗钞》《戊戌六君子遗集》《黔南十三家诗钞》《辽东三家诗钞》等，甚至出现并称品题式的诗歌批评专著，如尚镕《三家诗话》，就是第一部研究袁枚、赵翼、蒋士铨"乾隆三大家"的诗学论著，其体例在清代诗话中别具一格。宗廷辅《诗家标目》四卷补遗一卷，则是一部专门辑录历代诗人并称品题的书籍，卷一为地域类，卷二为家族类，卷三为源流类，与观人学以地缘、家族、源流为主要的并称品题相一致。这些都大大促进了诗歌流派的研究。

四　并称、名号、事数品题的批评意义

并称、名号、事数品题，从观人学移植到诗学，中国传统诗学批评走上了重体验、重感悟、重品鉴的诗性批评之路，观人诗学批评获得了重要的价值和意义。

（一）价值取向

并称、名号、事数品题作为一种批评方式，其作用是将人物、诗歌的相关特征在并列比较中或者突出中性特征，或者放大褒贬对象，使美者益显其美、丑者益暴其丑。从这个角度来说，并称、名号、事数品题是一种评价性的称谓符号，寄寓着批评者对人物、诗歌褒贬的态度或不分优劣的态度。

首先,我们来看并称、名号、事数品题中的用字表现。汉语名号、事数品题,受到汉字书写、汉字思维的影响,通过字形、字音、数字来突现出其象征意味,诱导受众产生某种联想、情感判断和价值评估。其中褒义词最多,如"杰""大家""名家""巨子""鼎足"等多用于指称诗坛特出的诗人,"俊""妙""才子"是对年轻才子的美称,"圣""贤""君(子)""英雄"等是对才德兼备、胆识才力兼美诗人的尊称,而"醉鬼丐儿""诗囚""诗奴""诗佣"等则是对成就不高的诗人的贬称。此外,还有使用动物比拟诗人的称号,如"诗龙""诗虎""绣虎""诗凤""诗鼠""诗虫"等,美好、吉祥的动物表示褒扬,而丑陋、凶恶的动物表示贬抑,以此对诗人进行品第批评。毛先舒《诗辩坻》卷一《总论》借鉴观人学以观诗,说:"诗有八征,可与论人:一曰神,二曰君子,三曰作者,四曰才子,五曰小人,六曰鄙夫,七曰癞,八曰鼠。"① 这些品目明显突出了评论者的褒贬倾向,观人学的胎记、烙印非常明显,但美称尊称等褒义词占了主流多数。这表明诗歌批评侧重于夸奖褒誉、树立正面典范。

其次,我们来看并称、名号、事数品题中的价值指向。尽管用语褒多于贬,但它们都是服务于某种价值指向的。它们是臧否诗人的工具,必然有其价值评估标准。受观人学才性之辨的影响,传统诗学对各种并称诗人的接受和批评,也主要围绕着"德""才"两项主要的价值标准,即"诗品"与"人品"等是这种品题价值的重点。如诗圣、君子、小人之号,坚持的主要是道德标准;英雄、大家与名家之号,突出的主要是才智标准。然而,由于不同命名角度的价值取向不同,有可能会造成同一对象的评价分歧。比如清初有影响的诗人钱谦益、吴伟业和龚鼎孳,史推"江左三大家",这是褒义;但他们与曹溶、陈之遴五人,皆出仕两朝、名节有亏,后人有以"江浙五不肖"讥之②,这一贬义性事数品题,明显带有浓厚的道德评判意味,而不是才智评价。

(二)审美意义

观人诗学批评视阈下的名号、并称、事数品题,是批评家评论诗人或诗作的一种特殊形式,批评者挖掘真善美,剔出假恶丑,形成了更为完善的对人物的看法,从而在外形、内质、以丑怪为美等方面获得了审美的意义,举例分析如下:

---

① 郭绍虞:《清诗话续编》一,第10页。
② [清] 沈冰壶:《重麟玉册》卷八《李映碧传》后"附记",上海图书馆藏清稿本。

首先看形貌类审美。杜甫论艺为瘦为美，故有"诗瘦"一目，以至于后来又有"郊寒岛瘦"（孟郊与贾岛），这里的形貌类名号，往往也包含了诗学批评的内容，陈衍说："诗情幽、诗笔峭者，其人多瘦。"① 就将以貌相诗这一层关系揭示出来了。但如古代男性多以蓄胡为美，像苏轼那样"峨冠而多髯"的俊美风姿，故时号"髯苏"。像"髯金瘦厉"（金农与厉鄂）、"长徐瘦史"（徐汉苍与史半楼）的名号并称，这里的"髯"、"瘦"就是纯粹意义上的观人批评，与诗学批评无关。

其次看精神类审美。同样是杜甫，尊之者称"诗圣"，贬之者谓为"村夫子"②，反映了诗评家个人不同的偏嗜。不同人比较，如"诗人论少陵忠君爱国，一饭不忘，而目义山为'浪子'，以其绮靡华艳，极玉台、金楼之体而已"③。这里涉及的是道德评判与才智评判，属于精神层面的审美。

此外，并称、名号、事数品题还有一种以丑怪为美。主要是因为自古诗人特立独行者不少，或者状貌怪异不凡，或者行为诡异怪诞，或者性格上狂放不羁，往往通过并称、名号、事数品题来张扬卓然不俗的精神品格与艺术个性，所以本质上也是一种精神类审美。比如"归奇顾怪"（归庄与顾炎武）、"热周冷许"（周贇与许篯）、"狂朱懒蔡"（朱求俟与蔡耀）、"庐州三怪"（徐子苓、王尚辰、朱景昭）、"四狂"（徐德宗、孙云、朱克敏、邵燮），这些都是以癖、以痴、以癫、以狂相标榜，正话反说，贬中寓褒，有的大同小异，有的鲜明对比，都充满着个性张扬的色彩，与明清时期个性解放思潮一致。

（三）地位、影响力评价

一个诗人的成就和地位，可以由其影响的范围大小、程度不同来体现。所以诗评家们对于那些有时代影响、全国性影响或区域性影响的诗人，往往用相应的并称、名号、事数品题以突出其成就和地位。举例如下：从时代、朝代或年号来说，有建安七子、初唐四杰、大历十子、元诗四大家、明代前七子、后七子、清初三大家、乾隆三大家、国初十大家、乾隆二仲、康熙十子、同光二张、晚清两大家、清末四公子、近世诗家三杰等；从地域来说，有海内八家、海内十子、江左三大家、江西四子、江右八家、岭南前三家、岭南后三家、北田五子、闽中十子、长

---

① 陈衍：《石遗室诗话》卷三十，沈阳：辽宁教育出版社1998年版，第434页。
② ［北宋］刘攽：《中山诗话》，影印文渊阁《四库全书》集部第1478册，第269页。
③ ［清］朱彝尊：《静志居诗话》卷二十三《释子·道源》，北京：人民文学出版社1990年版，第753页。

安十子、楚中三王、都门五君、高密三李、辽东三家、柳州八子、毗陵七子、四明四友、吴中七子、西泠十子、越中四杰、南园五子等。

从上举例子来看，顾名思义，可以看出各个并称诗人群体在某个时间段，或在某个地域的地位与影响力。清朝以"国朝"命名的"国朝四大家""国朝六家""国朝三家"，是指在整个清朝的地位与影响；以"海内"命名的则具有全国性的地位与影响力，较之"国朝"更强调空间范围的广度。但江西诗派、宋诗派的影响则不仅限于江西一地、宋代一朝，而具有全国性、长期性影响，这属于特殊情况。

在观人学史上各领域的派系纷争中，并称群体往往扮演着树立旗帜、标榜门户、领袖群伦的角色，诗学领域的名号、并称、事数品题也不例外。他们有意识通过相互揄扬而取得齐名的声誉，在诗坛上引为同道、结为同盟，由此所产生的并称、事数关系，无疑是诗派标榜意识的外化。对于这种现象的研究，有助于深化研究诗歌流派、社团、地域、家族等问题。

第二节　流别体、祖宗录与主客录：从观人学到诗学的批评文体

上面我们分析了观人学中的品第、品题、名号、并称、事数批评对诗学批评的影响，下面进一步分析这些观人批评对诗学批评文体的影响，重点分析品第批评文体，因为品第批评文体往往包含了品题、名号、并称、事数等批评形式。

一　品第批评体与谱牒批评体：从观人学到诗学批评

（一）品第批评文体

品第批评可追溯到先秦观人学。《尚书·夏书·禹贡》将九州的土地质量和田赋数量分成上上、上中、上下、中上、中中、中下、下上、下中、下下九等①。虽非观人，但开"九品"品第之先。观人早期也叫"官人"，所以观人学最早功用之一，就是统治者用作"官人"（授人以官）的手段，这就决定了观人学中的品第观念与"官品"观念、选官制度关系非常密切，如《周礼·考工记》之"九嫔""九卿"，《国语·周

---

① ［西汉］孔安国注，［唐］孔颖达疏：《尚书注疏》卷五，影印文渊阁《四库全书》经部第54册，第114~127页。

语中》之"内官不过九御,外官不过九品",《左传·昭公七年》之"人有十等",反映了西周、春秋时期强烈的等级观念,对观人学影响很大。春秋时期,观人学已经开始观察人的个性、修养或境界,并据此划分人的三六九等。如《老子》根据"士"闻道后的三种表现,分为三类:"上士闻道,勤而行之;中士闻道,若存若亡;下士闻道,大笑之,不笑不足以为道"①。《论语》共有 200 多则观人批评,根据教育情意、学习兴趣等表现把人格道德修养分为知之、好之、乐之三种境界(《季氏》),根据德才的高下把人物概括为圣人、仁人、贤人与小人四个层次,根据人的天赋资质不同把人的才智分成"生而知之者上也,学而知之者次也,困而学之又其次也,困而不学,民斯为下矣"四个层次(《季氏》),标举了上知、中人、下愚三分人物的品评原则,所谓"唯上知与下愚不移"(《阳货》),"中人以上,可以语上也;中人以下,不可以语上也"(《雍也》),清人根据孔子观人学的道德修养归纳为中行、狂、狷、乡愿四等②。孟子进一步将人格道德修养所达到的境界,从低到高依次分为善、信、美、大、圣、神六个等级(《孟子·尽心下》)。荀况亦分"有通士者,有公士者,有直士者,有悫士者,有小人者"五个等级(《荀子·不苟篇》)。《庄子·逍遥遊》将清静无为、自然素朴的得"道"、体"道"之人也划为圣人、真人、至人、神人等多个等级,都明确而具体地运用于观人学。这些早期的品第批评,体现了浓厚的等级观念。

但是,观人学品第批评影响到一种新的文章体例形式的产生,却是从汉代开始的。

汉代依品论仕,观人术与选拔官吏挂钩,班固《汉书·古今人表》依据《尚书》九品法、孔子"上智、中人、下愚"三品法的标准,将人分为"三品九格":上上、上中、上下、中上、中中、中下、下上、下中、下下③,品第了"上自庖牺,下穷嬴氏"的历史人物约二千人,已肇其端。人品最高为上上"圣人",其次为上中"仁人",其下才为上下"智人",最末则为下下"愚人",促使"三品九格"的九品制度的形成,标志着观人学中的品第方法的体例正式形成。随着西汉"察举"、东汉

---

① [三国魏] 王弼注:《老子道德经》四十一章,影印文渊阁《四库全书》第 1055 册,第 163 页。
② 《文史通义》内篇卷三《质性》:"孔子之教弟子,不得中行,则思狂狷,是亦三德之取材也。然而乡愿者流,貌似中行而讥狂狷,而非三德所能约也。孔孟恶之为德之贼,盖与中行、狂、狷乱而为四也。"[清] 章学诚:《文史通义》,北京:古籍出版社 1956 年版,第 86 页。
③ [东汉] 班固:《汉书》,北京:中华书局 1962 年版,第 861~951 页。东汉

"贡举"的推行，魏晋文化的自觉，比较观人法的运用越来越普遍，议论人才的优劣成为"清议"的一个重要项目。于是有曹魏的九品取士，陈群的"九品官人"法，孔融《汝颍优劣论》《周武王汉高祖论》与《圣人优劣论》，伏滔《论青楚人物》，曹丕《论周成汉昭》与《太宗论》，曹植《汉二祖优劣论》，夏侯玄《乐毅论》和晋张辅《名士优劣论》、范乔《刘杨优劣论》，谢万《八贤论》，曹植论说古来圣贤之差异，"与（邯郸）淳评说混元造化之端，品物区别之意，然后论羲皇以来贤圣名臣烈士优劣之差"①，均可视为班固九品论人之余绪。至南朝已经形成三品论人的风气，如略迟于钟嵘的"（阮）孝绪乃著《高隐传》，上自炎黄，终于天监末，斟酌分为三品：言行超逸，名氏弗传，为上篇；始终不耗，姓名可录，为中篇；挂冠人世，栖心尘表，为下篇"②。北朝也有这种风气，如北魏孝文帝太和十八年九月，下诏："各令当曹考其优劣，为三等。……上上者迁之，下下者黜之，中中者守其本任。"次年又"诏诸州牧精品属官，考其得失，为三等之科以闻，将加亲览，以定升降"③，业已形成"官人学"中的三等品第批评。魏晋南北朝的观人学界，亦各掀起了比较观人学的高潮，这对文学、艺术批评界影响很大。

诗文领域里的品第批评，肇于汉代，扬雄《法言》："或问：屈原、相如之赋孰愈？曰：原也过以浮，如也过以虚。过浮者蹈云天，过虚者华无根。"④ 班固踵其后，他比较司马相如与枚皋云："司马相如善为文而迟，故所作少而善于皋。"⑤ 至曹丕《典论·论文》品评七子的才性和文辞风格，分别较其优劣短长，标志着品第人物实现了由政治人伦批评向文学批评的转换。这与汉末文学批评活动摆脱了道德教化、政教言志的羁绊相关，所以对美的感性认识才有品次之分，由此产生了真正文学批评意义上的品第批评。至南朝时，论诗比较优劣，品第批评已经蔚然成风，如《南史·颜延之传》："延之尝问鲍照己与灵运优劣，照曰：'谢五言如初发芙蓉，自然可爱。君诗若铺锦列绣，亦雕缋满眼。'"⑥ 这种风气还延伸到其他艺术评论领域。据《隋书·经籍志》，南朝时品棋就有褚思庄《建元永明棋品》、萧衍《棋品叙略》、萧纲《棋品》、柳恽

---

① ［西晋］陈寿：《三国志·魏书二十一·王粲传》裴注引《魏略》，第603页。
② ［唐］李延寿：《南史·阮孝绪传》，北京：中华书局1975年版，第1894~1895页。
③ ［北齐］魏收：《魏书·高祖纪》，北京：中华书局1974年版，第175、178页。
④ ［南朝梁］萧统：《文选》卷五十《谢灵运传论》李善注引《法言》逸文，上海：上海古籍出版社1986年版，第2218页。
⑤ ［东汉］班固：《汉书·贾邹枚路传》，第2367页。
⑥ ［唐］李延寿：《南史》卷三十四，第881页。

《棋品》、沈约《棋品序》、袁遵《棋后九品序》等，品书画有谢赫《画品》、袁昂《古今书评》、庾肩吾《书品》、王僧虔《论书》等，说明在艺术评论方法上已经有一种约定俗成的模式，"品第"观念渗入文人人心及生活的方方面面，所以才会有诗学品第批评的高峰即钟嵘《诗品》——一种新批评文体的产生。

（二）谱牒批评体

魏晋之际，观人学的一支"官人学"出现了新变化，产生了"谱牒学"与"谱牒批评"，这是士族门阀制度下的产物。曹丕采纳陈群建议，推行九品中正制，中正尚能按人才优劣评定品第高低；西晋虽沿旧制，但中正往往考察家世的封爵与官位，才性反在其次，以至于出现"上品无寒门，下品无士族"状况。南渡后，门阀世族拥戴建立东晋，在南朝政治用人上取得了执牛耳的地位。这些名门望族不仅世代为官，操纵着政权，更操纵着政府的官人学，他们观人的重点不再是才性业绩，而是血缘、婚宦，这样一来，观人也好，选举也罢，更多地要依赖谱牒，而"定门胄、别贵贱、分士庶"成为这一时期新的观人学重要内容。观人学上的这种变化，《新唐书·柳冲传》述柳芳之言，概括略尽："魏氏立九品，置中正，尊世胄，卑寒士，权归右姓已。其州大中正、主簿，郡中正、功曹，皆取著姓士族为之，以定门胄，品藻人物。晋、宋因之，始尚姓已。然其别贵贱，分士庶，不可易也。于是有司选举，必稽谱籍，而考其真伪。故官有世胄，谱有世官，贾氏、王氏谱学出焉。"① 谱籍即谱牒，是伴随着家族制度而来的记录家族血缘关系的文献，在齐梁时期特别发达。它用于别贵贱，序品第，升降官职，对官场上主管升降官吏的人来说尤其重要：

上欲以（齐）高宗代晏领选，手敕问之。晏启曰："（萧）鸾清干有余，然不谙百氏，恐不可居此职。"上乃止。②

（傅昭）博极古今，尤善人物，魏晋以来，官宦簿伐，姻通内外，举而论之，无所遗失。③

（陆琼）迁吏部尚书，著作如故。琼详练谱牒，雅有识鉴。……至是居之，号为称职。④

---

① ［北宋］欧阳修、宋祁：《新唐书》卷一百九十九，第5677页。
② ［南朝梁］萧子显：《南齐书·王晏传》，北京：中华书局1972年版，第742页。
③ ［唐］姚思廉：《梁书·傅昭传》，北京：中华书局1973年版，第394页。
④ ［唐］李延寿：《南史·陆慧晓传》，第1201页。

领选即领吏部选，与吏部尚书一样，管理荐举官吏之事。这个官职如果不懂新时代的观人学，不懂谱牒，就不能辨清族姓的来源和支脉，也就无法任用官吏，不能保证门阀世族永远掌控官场。萧鸾不懂百家谱牒，所以王晏认为他不可以担任领选；傅昭深谙门阀世族，且举论无遗，故史称"尤善人物"；陆琼精详熟习谱牒之学，所以时人认为他有识人之鉴（即深通观人学），任为吏部尚书，时号为称职。可见，齐梁观人学最重要的一个变化是，根据谱系批评人物，建立起流别批评体系，又称"谱牒批评"。谱系批评又派生出溯源、品第二途：溯源指辨清族姓的来源和支脉，品第指"谱牒所以别贵贱，明是非"①。这二途对《诗品》建立理论体系都影响巨大。随着谱系的作用越来越重要，谱牒学日益盛行，谱牒之书日渐增多，带来观人学的新变化，这种观人学的结果就是"上品无寒门，下品无世族"。但对钟嵘《诗品》最大影响的，不是"上品无寒门，下品无世族"，而是根据流别批评和品第批评来构建《诗品》的诗学批评体系。

二 钟嵘《诗品》：开创了诗品乃至艺品的批评文体模式

钟嵘的《诗品》在品第、摘句、流别批评、谱牒批评、批评文体等方面受观人影响明显。下面从观人学的影响角度，总结《诗品》在批评文体的发展史上的几个特点：

（一）品第批评体

钟嵘具有建立一种新的文学批评文体的高度认识、自觉意识与责任意识。魏晋南北朝文学自觉的标志之一就是文体的兴起以及谈论文体成风。钟嵘敏锐地看到了这一点，并有意识地进行了批评与总结说："陆机《文赋》，通而无贬；李充《翰林》，疏而不切；王微《鸿宝》，密而无裁；颜延论文，精而难晓；挚虞《文志》，详而博赡，颇曰知言。观斯数家，皆就谈文体，而不显优劣。至于谢客集诗，逢诗辄取；张骘《文士》，逢文即书。诸英志录，并义在文，曾无品第。"② 这里面有破有立：破的是当时论文没有品第观念，立的就是有意识借鉴观人学，在诗学领域里"辨彰清浊，掎摭病利"，建立一种品第批评文体。

钟嵘不但具有旗帜鲜明的文体观意识，而且全书大量运用了品第批评，建立了新的文体：品第批评体，将自汉至梁的五言诗人共123人

---

① ［南朝梁］萧绎：《金楼子·戒子篇》，影印文渊阁《四库全书》子部第848册，第819页。
② ［南朝梁］钟嵘：《诗品》卷二，影印文渊阁《四库全书》集部第1478册，第194页。

（含无名氏），一一第其甲乙，分出品第来，其规模之大，影响之远，千古罕觏。钟氏既然将《七略》裁士与九品论人并举，将品第观人模式引进诗学批评，试图为古今诗人做出定评，但为避免僵化和失误，没有详分九品，只分三品：上品12人，中品39人，下品72人，体现了"辨彰清浊，掎摭病利"的宗旨。这其实是九品观人模式的一种变格。钟嵘认为"三品升降，差非定制"①，只对其源流、风格、成就、不足、影响乃至秀句、本事、品行等做出评论。对于上品、中品，皆有不同程度的褒义肯定；对于下品，则多持贬义否定，这也和了"中人以上，可以语上也；中人以下，不可以语上也"（《论语·雍也》）之意。自此，诗学中的品第批评体基本定型。郭绍虞说："就品第的态度讲，《诗品》是很受《汉书》九品论人以及魏时九品官人的影响的。《诗品》和以前批评风气不同的地方就在显优劣、有品第。"②

不但如此，在具体论述不同时代、不同风格的诗人时，他也大量借鉴了观人学的"理论的比较"与"实用的比较"的优劣比较方法，如：

> （王粲）方陈思不足，比魏文有余。
> 汤惠休曰："谢诗如芙蓉出水，颜如错彩镂金。"颜终身病之。
> （鲍照）骨节强于谢混，驱迈疾于颜延。
> （沈约）词密于范（云），意浅于江（淹）矣。③

不分伯仲、各有千秋之比较，如：

> 元长、士章，并有盛才。词美英净，至于五言之作，几乎尺有所短。譬应变将略，非武侯所长，未足以贬卧龙。④
> 谢混云："潘（岳）诗烂若舒锦，无处不佳，陆（机）文如披沙简金，往往见宝。"嵘谓益寿轻华，故以潘为胜。《翰林》笃论，故叹陆为深。余常言陆才如海，潘才如江。⑤

以某人比某人，以为品题或标目，是观人学常见方法之一。如《世说

---

① ［南朝梁］钟嵘：《诗品》卷二，第194页。
② 郭绍虞：《中国文学批评史》，上海：上海古籍出版社1979年版，第60页。
③ ［南朝梁］钟嵘：《诗品》卷一、二，第193、196、197页。
④ ［南朝梁］钟嵘：《诗品》卷三，第200页。
⑤ ［南朝梁］钟嵘：《诗品》卷一，第193页。

新语·品藻》："抚军问殷浩：'卿定何如裴逸民？'良久答曰：'故当胜耳。'"诗歌品题批评中也有很多互相比较的现象，如《诗品》之评陆机"气少于公幹，文劣于仲宣"，评张协"雄于潘岳，靡于太冲"，评左思"虽野于陆机，而深于潘岳"。这些都是观人比较方法的成功移植与运用。

（二）品题批评体

受观人学特别是魏晋观人学品题批评、崇"清"尚"简"观人学观念的影响，《诗品》大量运用了品题批评。这种批评往往不分等次，不做优劣比较，与品第批评同中有异。它的特点是：用简短的语言，或"用比兴之体，极其形容"，概括或品评观察的对象；观人学的对象就是人，诗学批评对象主要是诗人或作品。其语言特点，借用钟嵘的话来说就是"文体省静，殆无长语"，往往起到简短、生动、传神的效果。

一字品题，如评张协"雄于潘岳，靡于太冲"，一"雄"字，一"靡"字，概括张协诗风殆尽。如评左思"虽野于陆机，而深于潘岳"，一"野"字、一"深"字，概括左思入神。又如评范云、丘迟"浅于江淹，而秀于任昉"，分析入微。这三则既有品题，又兼品第。

二字品题，如评《古诗》"文温以丽"，班婕妤《团扇》"清捷"，李陵"凄怆"，左思"典怨"，曹丕"新奇""鄙直"，嵇康"峻切"，曹操"古直"，陶渊明"省净"，惠休"淫靡"等，都能抓准了他们风格的主要特征。

三字以上的品题更多，如评曹植"骨气奇高，词采华茂"，应璩"指事殷勤，雅意深笃"，这种简约却意味深长的诗性话语风格，已经形成为中国古代审美精神的特性。

（三）流别批评体

《诗品》不仅对诗人诗作的体制、风格等进行了品第批评、品题批评，还品评各家诗风，论及诗歌创作传统和诗人之间的承传关系，共有国风、小雅、楚辞三系。比如直接源出于国风者，有"古诗"、曹植。其论"古诗"是"文温以丽，意悲而远"，论曹植是"骨气奇高，词采华茂，情兼雅怨，体被文质"，可见"古诗"、曹植诸家在雅怨悲情（情感内容方面）与华茂丽辞（语言风格方面），继承了国风的传统。这种辨体别流，不仅说明了诗歌艺术因素及风格等的承传关系，而且清晰地描述了诗歌史的发展和沿革。全书以国风、小雅、楚辞三家为远祖，每源下面各有子孙支脉，建立五言诗发展的三大谱系，纪昀《田侯松岩诗序》评曰："钟嵘《诗品》阴分三等，各溯根源，是为诗派之滥觞。张为创立《主客图》，乃明分畦畛。"① 指出了钟嵘《诗品》品第批评与流别批评对后世的影响，洵为知言。

《诗品序》说："昔九品论人，七略裁士，校以宾实，诚多未值。至若诗之为技，较而可知，以类推之，殆均博弈。"明确提出诗学的品第批评方法实从观人学来，论人、裁士互文见义，皆是观人的别称；而且《诗品》的全书体制结构也来自刘向、刘歆父子纂辑的《七略》、班固《汉书·古今人表》而有变化。《七略》在唐末就佚失了，但从"删其要"而成的《汉书·艺文志》中可窥其大概。此志总序之下，分为六略，每略之下，又附各论。《诗品》也卷首总序，上中下三品之后也附各论。其实，《诗品》不但三品论诗来自《七略》，就是流别批评之体也与《七略》有关。章学诚《诗话》说得清楚：《诗品》"如云某人之诗其源出于某家之类，最为有本之学。其法出于刘向父子"②。汉代《七略》，分类取舍，追溯源流，魏晋以后观人追溯谱牒，都是《诗品》"溯流别"批评方法渊源所自。

(四) 谱牒批评体

《诗品》的流别批评，受到传统谱牒体的影响显而易见。在《诗品》这个大的诗学谱牒体系中，国风、小雅、楚辞构成中国诗歌发展的远祖，除了小雅单传阮籍外，其余二祖下面都演变出若干支脉，处在各支脉下的诗人又可以分为上品、中品与下品，根据全书，可描绘传承关系图如下：

表 7-1 钟嵘《诗品》谱系表

远祖	第二代	第三代	第四代	第五代	第六代
	古诗（上）	刘桢（上）	左思（上）		
				谢超宗（下）	
				丘陵鞠（下）	
				刘祥（下）	
国风	曹植（上）	陆机（上）	颜延之（中）	檀超（下）	
				钟宪（下）	
				颜则（下）	
				顾则心（下）	
		谢灵运（上）			

---

① [清] 纪昀：《纪晓岚文集》卷九，石家庄：河北教育出版社 1995 年版，第 201 页。
② [清] 章学诚：《文史通义》内篇卷五，北京：古籍出版社 1956 年版，第 157 页。

续表

远祖	第二代	第三代	第四代	第五代	第六代
小雅	阮籍（上）				
楚辞	李陵（上）	班姬（上）			
		王粲（上）	潘岳（上）	郭璞（宪章）（中）	
			张协（上）	沈约（中）	
				鲍照（中）	
			张华（中）	谢瞻（中）	
				谢混（中）	谢朓（中）
				袁淑（中）	
				王微（中）	
				王僧达（中）	
			刘琨（中）		
			卢谌（中）		
		曹丕（有仲宣体）（中）	应璩（祖袭）（中）	陶潜（又协左思）（中）	
			嵇康（颇似）（中）		

以表 7-1 中的第一行为例，《诗品》卷上说："古诗，其体源出于《国风》。""魏文学刘桢诗，其源出于古诗。""晋记室左思诗，其源出于公幹（刘桢）。"这三段话清楚地描绘出这一谱系的传承关系：《国风》为源头，用后来诗学话语来说，就是"始祖"；第二代古诗、第三代刘桢、第四代左思，以此胪列成表，传承关系的层次就十分清晰可辨。其中两个层次的，如小雅系，只有小雅与阮籍；三个层次的，如国风－曹植－谢灵运，又如楚辞－李陵－班姬；最多的有六个层次，如楚辞－李陵－王粲－张华－谢混－谢朓。其谱系是源流、脉络清楚的。谱系对象涵盖了上品、中品、下品，进入谱系的只有 36 人（含古诗），而另所评 77 人未进入这个谱系。这个谱系从体制形式上来说，受南朝官人学——以世族谱系为依据选用人才的观人学影响；而内容性质上还是诗学批评，以风力、丹彩、质朴、才性等为依归，而不是以门阀为依归，所以这里上品也有寒族（如左思等），中下品也有士族（如曹操、曹丕等）。

此外，《诗品》的摘句批评渊源自《左传》中的赋诗言志，意象批评、比兴之体多以人为喻,知人论世得之于《孟子》的观人之学。《诗品》的"雅俚错陈",词意清澈,与《文心雕龙》的"体大虑周"、骈俪深晦迥异,宜称双璧。之所以出现这种差异,与《诗品》在文体上更多地接受观人学的影响、《文心雕龙》在文体上更多地接受佛教与骈体时文的影响分不开。

钟嵘是系统将观人学品第批评、谱牒学文体运用到诗学领域并建立流别体诗学批评体系的第一人。《诗品》树立了明确的品第、品题批评意识,一改过去只限于个别诗人诗作的比较,而是放在全面的三品论人体系中进行批评;一改过去零星的、随机的观人诗学批评,而是全面建立观人诗学批评体系,因而在批评文体上自成特色。"《诗品》所开创的这种以品为纲、以人为目、逐一品评、自成系统的形式体制,虽与随笔漫录的诗话体有所不同,但对诗话从无系统趋于有系统、从漫无结构发展成为较为严谨的诗学著作,起了很大作用"①。后来的祖宗、子孙划法,主客的分法,乃至点将法,都无不受到观人学"立品"与"谱系"的影响,有着品第批评、品题批评、流别批评、谱牒批评的观念。如高棅辑选的《唐诗品汇》,收集唐诗,在文本形式上,以体制为经线,以诗人及其作品的时间先后为纬线,将唐诗分体编次为九品,"定立正始、正宗、大家、名家、羽翼、接武、正变、馀响、旁流诸目品","大略以初唐为正始,盛唐为正宗、大家、名家、羽翼,中唐为接武,晚唐为正变、馀响,方外异人等诗为旁流。间有一二成家,特立与时异者,则不以世次拘之"②,从而构建他的品第批评体系,正来自九品观人、钟嵘《诗品》的影响。所以从《诗品》体系的发展来看,"立品"方法的多元性、复杂性与民族特色,渗透着古代品第批评和思维方式,具有文化内涵和理论深度,标志着"诗品"体系的规范与成熟。不但影响后来的诗歌批评,而且启发了梁庾肩吾《书品》。《书品》也将自汉至梁的123位书法家分为三品,每品又分为三等,每等之后稍加评语,不仅为传统书学理论体系的建构做出了贡献,而且为传统诗学理论体系甚至是文体的建构做出了贡献。

《诗品》受观人学的品第、品题和谱牒批评影响,创体之功毋庸置疑,但其简单而模糊的等级划分法,也受观人学比较的方法影响,则易

---

① 刘德重、张寅彭:《诗话概说》,合肥:安徽教育出版社2009年版,第13页。
② [明]高棅:《唐诗品汇》凡例,影印文渊阁《四库全书》集部第1371册,第42~43页。

招后世诟病，如"魏文不列乎上，曹公屈第乎下"①，"以刘祯与陈思并称……置曹孟德下品，而祯与王粲反居上品。他如上品之陆机、潘岳，宜在中品；中品之刘琨、郭璞、陶潜、鲍照、谢朓、江淹，下品之魏武，宜在上品；下品之徐幹、谢庄、王融、帛道猷、汤惠休，宜在中品"②。这些都显出品第批评的局限。但是不同的人、不同的时代有不同的审美偏好，钟氏所评反映了六朝审美风尚，带上了时代烙印。他所开创的"溯源流""列品第"的批评方法，成为具有中国特色诗学、书学、画学、文学等批评方法。尽管后来许多诗学列品第比较分散，没有《诗品》这么集中，或者有的形式略有变化，比如不是三品论诗，而是祖宗录、主客录、点将录体论诗，都在不同程度上受到《诗品》的影响。

三 祖宗录、主客录：流别批评体与谱系批评体的进一步发展

中国传统诗学批评的文体多种多样，诸如语录体、对话体、史传体、序跋体、论诗诗体、诗话体、评点体、书信体等，都存在着大量的观人诗学批评。而祖宗录、主客录等，是受到品第、品评、名号、事数、谱牒等批评方式影响的特殊批评文体。

（一）"祖宗录"体品题方式与文体

人伦指社会中人与人礼教所规定的君臣、父子、夫妇、兄弟、朋友及各种尊卑长幼关系。如"天地君亲师"为五天伦，君臣、父子、兄弟、夫妻、朋友为五人伦。有了人伦教化，才摆脱禽兽，进入人的境界，人类也因此进入文明时代。观人又称"人伦"，以人伦喻诗也随处可见：

有时用祖孙、父子来比喻诗人的源流，这是典型的谱牒批评体在诗学批评中的运用。如贺裳评唐代艳诗，说："元稹、杜牧、李商隐、韩偓，而上宫之迎，埭垣之望，不惟极意形容，兼亦直认无讳，真桑、濮耳孙也。"③ 或比喻诗人的承传关系、诗歌作品的源流，如评五代李建勋《迎神》，"张司业之耳孙，近来高季迪之鼻祖也"④，或比喻时代前后因革，如"唐人学汉魏变汉魏，宋学唐变唐……子孙之貌，莫不本于祖父，

---

① [明] 王世贞撰，罗仲鼎校注：《艺苑卮言校注》卷三，济南：齐鲁书社1992年版，第155页。
② [清] 王士禛：《渔洋诗话》卷下，影印文渊阁《四库全书》集部第1483册，第865页。
③ [清] 贺裳《载酒园诗话》卷一，郭绍虞：《清诗话续编》一，第224页。
④ [清] 贺裳《载酒园诗话又编·李建勋》，郭绍虞：《清诗话续编》一，第394页。

然变而美者有之，变而丑者有之"①，"晋宋之视魏，祖与孙也；魏之视汉，父与子也。不同言而同妙，以稍得其神也"②，"宋之名手，皆从唐诗出，虽面目不甚似，而神情近之，如人耳孙十传以后，犹肖其鼻"③，借用血统基因原理、宗法社会思维，与中国人特有的"祖宗十八代"④人伦话语，阐述"学古而能变化"的道理，诠释诗歌源流与祖孙的关系，并进一步发展到阐释诗歌发展史：

  诗学流派，各有专家，要其鼻祖，归源风雅。风雅所衍，流别已多，举其巨族，厥有三支：一曰诗，二曰骚辞，三曰乐府。《离骚》兴于战国，其声纯楚，哀诽淫泆，类出小雅；而详其堂构，不近诗篇，虽瓜瓞于古经，盖别子而称祖者也。后遂寝变为赋，又其流矣……汉初已彰乐府，六朝稍演绝句，唐世肇词……要皆萌芽，各入其昭代而始极盛耳。斯则乐府之统系，是《三百篇》之支庶也。……而诗人有作，必贵缘夫《二南》《正雅》《三颂》之遗风，无邪精义，美萃于斯，是则六义之冢嫡，元音之大宗也。⑤

  （汪懋麟）独尊少陵为鼻祖，而昌黎、眉山、剑南而下，以次昭穆。⑥

上一则厘清诗歌发展源流，仿佛是絮述一个家族史，下一则所谓"昭穆"，都是古代宗庙的排列次序。这些比喻都带有我国古代宗法社会的特征，而伦理关系正是宗法制度的产物。详其品第排列，得之传统宗法制度；详其文体阐述，得之《诗品》，非常明显。古代诗论中的"诗祖""诗胎""鼻祖""父诗而子曲"，近似于西方文论中的原型、母题。或以比喻某一题材的原型与创变，如："《雄雉》，思怀诗之祖也；《旄丘》《陟岵》，羁旅行役诗之祖也；《击鼓》《扬之水》，征戍诗之祖也；《小星》《伯兮》，宫词、闺怨诗之祖也。"⑦ "《卷耳》，怀人诗之祖也；

---

① ［清］袁枚：《小仓山房文集》卷十七《答沈大宗伯论诗书》，《袁枚全集》二，南京：江苏古籍出版社1993年版，第284页。
② ［明］彭辂《诗集自序》，［清］黄宗羲：《明文授读》卷三十六，清康熙三十八年（1699）张锡琨味芹堂刻本。
③ ［清］贺贻孙《诗筏》，郭绍虞：《清诗话续编》一，第194页。
④ 祖宗十八代，指自己上下九代的宗族成员总称，即从从鼻祖到耳孙，依次为鼻、远、太、烈、天、高、曾、祖、父、子、孙、曾、玄、来、晜、仍、云、耳。
⑤ ［清］毛先舒《诗辩坻》卷第一《总论》，郭绍虞：《清诗话续编》一，第6~7页。
⑥ ［清］郑方坤：《国朝名家诗钞小传》卷二，光绪十二年（1886）福州万山草堂刻本。
⑦ ［清］乔亿《剑溪说诗又编》，郭绍虞：《清诗话续编》二，第1115页。

《燕燕》，送行诗之祖也；《谷风》，闺怨诗之祖也；《考槃》，闲居诗之祖也；《陟岵》，怀乡诗之祖也；《七月》，田家诗之祖也；《东山》，从军诗之祖也；《鹿鸣》，公宴诗之祖也。"① "（屈原《湘夫人》、宋玉《九辩》）模写秋意入神，皆千古言秋之祖。"② 等等；或以比喻某一体裁诗歌的原型与创变，如"韦孟《讽谏诗》，乃四言长篇之祖"③，"（李陵）少卿五言，为百代鼻祖"④，"阴铿《安乐宫》诗……实百代近体之祖"⑤，"七言歌行……《燕歌行》《捣衣曲》诸作，实为初唐鼻祖"⑥，"李杜为歌行之祖"，"汉武帝《柏梁》诗，人赋七字，联句之祖也"⑦等等。或以比喻某一时代诗歌的原型与创变，如"韩愈为唐诗之一大变，其力大，其思雄，崛起特为鼻祖。宋之苏、梅、欧、王、黄，皆愈为之发端，可谓极盛"⑧。或以比喻某一诗法的源头或楷模，如论用典，"有用事之祖，有用事之孙。何谓祖？其始出者是也。何谓孙？虽事有祖出，而后人有先拈用或用之别有所主而变化不同，即为孙矣。杜公诗句皆有焉"⑨，可以说诗歌的每一种题材、体裁、诗法等都有源流承传关系，都可以找出它们的祖孙来。

与此相类的，是用君臣、伯仲、父兄来比喻诗人之间的成就与地位，如以王维为诗天子，杜甫为诗宰相，或者以杜甫为诗天子，王高岑诗宰相，而以太白为客卿等，或者如汤休自许为诗父，谢光禄以为可为"庶兄"，虽不尽确，但优劣已明。又如"刘眘虚……诗超远幽复，在王、孟、王昌龄、常建、祖咏伯仲之间"⑩，谓数人成就庶几相当。以人伦关系喻诗，最引人注目的就是祖宗式诗学批评。

宋吕本中的《江西诗社宗派图》借鉴了南朝以后观人学谱牒方法、禅宗传灯排列方式，以山谷为宗派之祖，二十五人皆嗣公法者。方回进一步推出"一祖三宗"之说："古今诗人，当以老杜、山谷、后山、简

---

① [清] 黄本骥：《黄本骥集》—《痴学》，长沙：岳麓书社2009年版，第220页。
② [明] 胡应麟：《诗薮》内编一《古体上》，第5页。
③ [明] 谢榛：《四溟诗话》卷一，北京：人民文学出版社1961年版，第24页。
④ [明] 胡应麟：《诗薮》内编三《古体下》，第42页。
⑤ [明] 胡应麟：《诗薮》内编四《近体上》，第62页。
⑥ [明] 胡应麟：《诗薮》内编三《古体下》，第46页。
⑦ [清] 钱良择《唐音审体》，丁福保：《清诗话》下，第781、783页。
⑧ [清] 叶燮：《原诗》内篇上，北京：人民文学出版社1979年版，第8页。
⑨ [南宋] 赵次公撰，林继中辑校：《杜诗赵次公先后解辑校》卷首自序，上海：上海古籍出版社2012年版，第1页。
⑩ [清] 王士禛：《渔洋诗话》卷下，影印文渊阁《四库全书》集部第1483册，第867页。

斋四家为一祖三宗,余可配享者有数焉。"① 既是名号称谓,又兼事数标榜,既受到主客图的影响,又受到佛教特别是禅宗祖师传灯说法的影响。

(二)"主客录"体品第方式与文体

传统观人诗学中,经常运用主宾、主仆、主奴等关系来论述诗法的,比如分析赋、比、兴之间的关系,分析诗歌创作的意、辞关系,命意与择韵关系,拘律与超越关系,独创与因袭关系等等,不胜枚举。但将主宾关系用于诗学批评,确立主客式诗学批评,其中最大成果,就是《诗人主客图》品第方式与文体的产生。

张为的《诗人主客图》②,是一部特殊的五品论人诗评。此书共设六主:"广德大化教主"白居易、"高古奥逸主"孟云卿、"清奇雅正主"李益、"清奇僻苦主"孟郊、"博解宏拔主"鲍溶、"瑰奇美丽主"武元衡。六个派系就是张为对中晚唐诗人所划分的风格门类。每主之下,都把"法度一则"、风格相近的若干诗人分别列入门下为客,形成上入室、入室、升堂、及门等四个品第级别,体现了在同一派中诗歌成就上品第、等次的递减,可见它本质上仍是品第批评。《四库提要》评道:"摘句为图,始赞张为。其书以白居易等六人为主,以杨乘等七十八人为客。主分六派,客亦各有上入室、入室、升堂、及门四格。排比联贯,事同谱牒,故以图名。"③ 下面根据张为《诗人主客图》中所列流派及其人员数,列表如下:

表7-2 张为《诗人主客图》谱系表

主		客				小计
		上入室	入室	升堂	及门	
广大教化	白居易	杨乘	张祜、羊子谔、元稹等3人	卢仝、顾况、沈亚之等3人	费冠卿、皇甫松、殷尧藩、施肩吾、周光范、祝天膺、徐凝、朱可名、陈标、童翰卿等10人	18

---

① [元] 方回撰,李庆甲汇评:《瀛奎律髓汇评》卷二十六《迁谪类》,上海:上海古籍出版社1986年版,第1149页。
② [唐] 张为《诗人主客图》,顾廷龙:《续修四库全书》集部第1694册,上海:上海古籍出版社1996年版,第1~18页。
③ [清] 纪昀等:《钦定四库全书总目提要》集部《文选句图》,北京:中华书局1997年版,第2667页。

续表

主		客				小计
		上入室	入室	升堂	及门	
高古奥逸	孟云卿	韦应物	李贺、杜牧、李馀、刘猛、李涉、胡幽贞等6人	李观、贾驰、李宣古、曹邺、刘驾、孟迟等6人	陈润、韦楚老等2人	16
清奇雅正	李益	苏郁	刘畋、僧清塞、卢休、于鹄、杨洵美、张籍、杨巨源、杨敬之、僧无可、姚合等10人	方干、马戴、任蕃、贾岛、厉元、项斯、薛涛等7人	僧良乂、潘诚、于武陵、詹雄、卫准、僧志定、喻凫、朱庆馀等8人	27
清奇僻苦	孟郊	陈陶、周朴等2人	无	无	刘得仁、李溟等2人	5
博解宏拔	鲍溶	李群玉	司马退之、张为等2人	无	无	4
瑰奇美丽	武元衡	刘禹锡	赵嘏、长孙佐辅、曹唐等3人	卢频、陈羽、许浑、张萧远等4人	张陵、章孝标、雍陶、周祚、袁不约等5人	14
合计	6	7	24	20	27	84

从表7-2可以看出，主客式批评，可谓兼名号称谓、事数标榜式诗学批评于一身了。这种批评获得了后来吴融《禅月集序》的赞同："昔张为作诗图五层，以白氏为广大教化主，不错矣。"① 但更多的是异见与质疑，如胡应麟谓白居易、李益"二子不足当，谓两琅琊可耳"②，宋荦以少陵为广大教化主，着眼于杜甫"包三唐，该正变"，允为集大成③。当然杜甫是盛唐到中唐非常重要的转型人物，但此书置中唐时期由唐至

---

① [唐] 释贯休撰，陆永峰校注：《禅月集校注》，成都：巴蜀书社2006年版，第3页。
② [明] 胡应麟：《诗薮》续编二《国朝下》，第354页。
③ [清] 宋荦：《漫堂说诗》，北京：中华书局1985年，第10页。

宋的重要转型人物韩愈于不顾，也有可议之处。这里涉及到评判的价值标准不同，姑且勿论；仅从形式来看，它的承前启后的意义不容否定，正如清人李调元叙云："所谓主者，白居易、孟云卿、李益、鲍溶、孟郊、武元衡，皆有标目。馀有升堂、入室、及门之殊，皆所谓客也。宋人诗派之说实本于此。求之前代，亦如梁参军钟嵘分古今作者为三品，名曰《诗品》，上品十一人，中品三十九人，下品六十九人之例。"① 所以，从中仍可以看出观人学的重要影响：

1. 品第等级观念。传统社会固有的等级观念，反映到文学理论上来，以至于产生以"主客"别等级、分高下的诗学批评形式。等级观念不仅反映了观人批评，也反映了传统礼仪场合下，观人主要是观其言行是否合乎主从关系的规定。早在《礼记·曲礼上》中就提到主客之间的礼仪，《礼记·檀弓下》流露出很明显的"主从意识"：

> 国昭子之母死。问于子张曰："葬及墓，男子妇人安位？"子张曰："司徒敬子之丧，夫子相，男子西乡，妇人东乡。"曰："噫！毋！"曰："我丧也斯沾，尔专之：宾为宾焉，主为主焉，妇人从男子皆西乡。"②

这里讲的是丧礼上宾主男女的排位。按古代礼仪，帝王与臣下相对时，帝王面南，臣下面北；宾主之间相对时，则宾向东，主向西；长幼之间相对时长者向东，幼者向西。宾主之间宴席的四面座位，以东向最尊，次为南向，再次为北向，西向为侍从的座位。鸿门宴座次的安排非常讲究："项王、项伯东向坐，亚父南向坐。亚父者，范增也。沛公北向坐，张良西向侍。"（《史记·项羽本纪》）即项王、项伯是首席，范增是第二位，再次是刘邦，张良则为侍坐。在古代的礼仪中，男女的地位是不一样的，宾主的地位也不一样。这里的"宾主"虽与张为所说的"主客"还有文字上的异同，但前者的高下品第观念对后者的影响是显而易见的。而在此基础上形成的钟嵘《诗品》"三品论人"，更是张为《诗人主客图》的近源。

2. 谱系源流观念。或称"谱牒批评观念"。张为《诗人主客图》中，"客"包括"上入室""入室""升堂""及门"四个等级，体现出"客"

---

① 丁福保：《历代诗话续编》上，第69页。
② ［元］陈澔：《礼记集说》卷二，天津：天津市古籍书店1988年版，第52页。

之间的品第批评。这种观念可上溯到儒家的观人学。《礼记·檀弓下》也用到"升堂"和"入室":"反哭升堂,反诸其所作也。主妇入于室,反诸其所养也。"《论语·先进》:"子曰:由也升堂矣,未入于室也。"这里是孔子借传统礼仪等级观念,表达对子路古琴演奏艺术成就的看法,说明先秦时已经用于艺术批评了;扬雄《法言·吾子》第一次把它用于文学批评:"如孔氏之门用赋也,则贾谊升堂,相如入室矣。"① 借孔子转语,表达对贾谊和司马相如的赋作高下之分的看法;至钟嵘《诗品》,不仅将不同时代、不同风格的众多诗人一分为三,而且在同一品第中又不断进行纵横比较,第一次把它用于诗歌批评说:"孔氏之门如用诗,则公幹升堂,思王入室,景阳、潘、陆,自可坐于廊庑之间矣。"② 通过入室、升堂、坐于廊庑之间的对比,品第出曹植、刘桢、张协、潘岳、陆机五位上品诗人之间的等次来。钟嵘《诗品》在谱系宗主意识、列品第、致流别、摘秀句、以诗品如人品来确立诗派等方面,影响了张为《诗人主客图》。清人韩菼《五大家文稿序》说:"(钟嵘)必曰某诗之源出于某,唐之《主客图》亦其遗意。盖主者,专家之谓;客则如归其家云尔。"③ 正道出了张为对于钟嵘在构建诗系宗派上的继承关系。张为《诗人主客图》上承《诗品》,下开《江西诗社宗派图》一路,对高棅的《唐诗品汇》编次唐诗也产生深远影响。清人李怀民《重订中晚唐诗主客图》"本钟氏'孔门用诗'之意而推广之,谨依其制。尊水部(张籍)、长江(贾岛)为主,而入室、升堂、及门以次及焉",虽然与张为的评判标准不同,结论也不同,但在批评的理路、文体形式上,走的仍是张为路子,可见这种批评文体影响之远。不过,李怀民有感于乾嘉之世,士风浮华奢靡,贪鄙浇薄,因此站在传统的儒家诗教观上,倡导诗人的品格修养,推崇傲岸高洁、独标狂狷的寒士人格:"故余定中晚唐以后人物,有似于孔门之狂狷。韩退之、卢仝、刘叉、白乐天,狂之流也;孟东野、贾岛、李翱、张水部,狷之流也。"④ 不但继承了主客式观人批评的形式,更重要的是继承了儒家观人学的价值观念。

3. 摘句褒贬为图。《诗人主客图》具有两个大的形式结构:一是以主客等级为图,一是摘句褒贬为图。

中国诗学常见摘句批评,即摘录一些佳句,让读者自己去领会、品

---

① [西汉]扬雄:《法言》,北京:中华书局1985年版,第5页。
② [南朝梁]钟嵘:《诗品》卷一,第192页。
③ [清]韩菼:《有怀堂文稿》卷五,清康熙四十二年(1703)有怀堂刻本。
④ [清]李怀民:《重订中晚唐诗主客图》,清嘉庆十年(1805)邱县刘氏退思轩刻本。

评、玩味，而不作全面而细致的解读，即摘句褒贬、摘句明意，称之为"摘句批评"。春秋赋《诗》、引《诗》，断章取义，言志、观志、观人，适足说明观人学与诗学摘句批评之关系。孔、孟论《诗》，两汉时期经典注解，皆为寻章摘句之滥觞。但由于赋《诗》、引《诗》都是用《诗》，而不是评《诗》，还不是真正意义上的摘句法。"摘句"批评最早出现在观人、志人著作中：

> 谢公因子弟集聚，问：《毛诗》何句最佳？遏称曰："昔我往矣，杨柳依依。今我来思，雨雪霏霏。"公曰："吁谟定命，远猷辰告。"谓此句偏有雅人深致。
>
> 王孝伯在京行散，至其弟王睹户前，问："古诗中何句最佳？"睹思未答。孝伯咏："'所遇无故物，焉得不速老？'此句最佳。"①

《世说新语》多是清议闲谈，这二则截取《诗经》与五古印象最深的句子加以评点，就是典型的摘句批评，被视为诗话的起源。摘句批评的提法，最早出现于梁萧子显《南齐书·文学列传》："若子桓之品藻人才，仲治之区判文体，陆机辨于《文赋》，李充论于《翰林》，张眎摘句褒贬，颜延图写情兴，各任怀抱，共为权衡。"②"摘句褒贬"与品藻人物、区判文体放在一起，清楚说明了观人学（品藻人物）与文论之间的关系。严羽《沧浪诗话·诗评》说："汉魏古诗，气象混沌，难以句摘，晋以还方有佳句。"③ 所以，真正摘句作为一个独立的审美对象加以品赏，还是晋朝以后的事。钟嵘《诗品》运用最多，如：

> 至乎吟咏情性，亦何贵于用事？"思君如流水"，既是即目；"高台多悲风"，亦惟所见；"清晨登陇首"，羌无故实；"明月照积雪"，讵出经史？观古今胜语，多非补假，皆由直寻。④

有时以"摘词"代摘句，《诗品》也多，如："陈思赠弟，仲宣《七哀》，公幹思友，阮籍《咏怀》，子卿'双凫'，叔夜'双鸾'，茂先寒

---

① ［南朝宋］刘义庆撰，余嘉锡笺疏：《世说新语笺疏·文学》，第 235 页，277 页。
② ［南朝梁］萧子显：《南齐书》卷五十二，第 907 页。
③ ［南宋］严羽撰，郭绍虞校释：《沧浪诗话校释》，北京：人民文学出版社 1983 年版，第 151 页。
④ ［南朝梁］钟嵘：《诗品》卷二，第 194 页。

夕，平叔衣单，安仁倦暑，景阳苦雨，灵运《邺中》，士衡《拟古》，越石感乱，景纯咏仙，王微风月，谢客山泉，叔源离宴，鲍昭戍边，太冲《咏史》，颜延入洛，陶公咏贫之制，惠连《捣衣》之作，斯皆五言之警策者也。"① 钟嵘品第诗人，也以摘句为准，如评谢灵运"名章迥句，处处间起"，故置于上品；评谢朓诗"奇章秀句，往往警遒"。开后世受形貌批评影响极深的"诗眼"说，体现了对形式美的追求，也愈见"摘句"说的本质就是重形式美、重感官美。刘勰《文心雕龙·明诗》虽然批评当时"俪采百字之偶，争价一句之奇，情必极貌以写物"的形式主义风尚，但在《隐秀》篇中也不得不承认"如欲辨秀，亦惟摘句"。受整个时代审美思潮与批评实践的影响，南朝文论中正式出现"摘句褒贬"这一理论术语，标志着摘句批评作为一种批评方法得到确立。

摘句批评法，至唐代诗学，在南朝"摘句褒贬"的基础上发展成"摘句为法"与"摘句为图"，甚至专集摘句，如元兢《古今诗人秀句集》、释元鉴《续古今诗人秀句》、李洞《集贾岛句图》、李商隐《梁词人丽句》、王起《文场秀句》、黄滔《泉山秀句集》、胡嵩龄《唐诗摘句分韵编》等，皆其绪馀。宋人进一步延伸到词学批评与散文批评，元人进一步延伸到曲学批评，明清诗话中更是多用此法，不仅用于观人（即诗人），而且用于整个诗歌理论，几乎影响了整个中国文学批评史。

第三节 点将体：从观人学到诗学的批评文体

反映一个时代、一个地区或一个流派诗人群体的观人诗学批评文体，最奇特的莫过于"点将录"体批评。所谓"点将录"，就是按照《水浒传》故事中的天罡地煞一百单八将花名册，或略有增减，给某一时代（如乾嘉、光宣诗坛）、某一流派（如南社、浣花诗坛）、某一地区（如香港诗坛）的诗人排座次，可见它的本质上是品第批评。最早使用这一诗学批评方法的是清代托名舒位②的《乾嘉诗坛点将录》，虽为戏作，但开创了点将体诗学批评。由于舒位一生穷愁潦倒，无力刊刻自己的著作，只有抄本流行。所以《乾嘉诗坛点将录》虽有创体之功，影响却小。直到叶德辉将抄本付以刊刻，文人士子竞相仿作，于是文艺批评领域风行点将体。近人汪辟疆的《光宣诗坛点将录》、范铸《诗坛点将录》、朱祖

---

① ［南朝梁］钟嵘：《诗品》卷三，第198页。
② 关于《乾嘉诗坛点将录》的作者，一是不录著者姓名，一是"玉炉三涧雪山房赞"，一是舒位，此从之。

谋《清词坛点将录》、柳亚子等《南社点将录》继之，至现代钱仲联有《顺康雍诗坛点将录》《道咸诗坛点将录》《近百年诗坛点将录》《南社吟坛点将录》《浣花诗坛点将录》《近百年词坛点将录》，蔚为大观。余波所及，尚有适然楼主《香港诗坛点将录》、佚名《民国诗坛点将录》、冯永军《当代诗坛点将录》、刘梦芙《"五四"以来词坛点将录》、裴涛《网络诗坛点将录》等，涵盖了断代点将、流派点将、区域点将等种类。"点将录"已经成为诗学批评文体中的一枝奇葩，是最富中国特色的诗学批评文体了。那么，这种点将录批评文体是如何形成的呢？文体上有什么特点？与观人学有什么关系呢？又是如何从观人批评移植、转换到诗学批评的呢？

一 《水浒传》：创建了"点将录"观人批评方式

《水浒传》虽是一部通俗小说，但它创立的点将录，由主帅对将官点名排定座次，分配职务，却是元末明初通过小说进行观人学阐释的一种特殊形式。它的观人对象就是小说中的人物，即晁盖与一百单八位梁山好汉，表现形式主要有二种：

1. 诨名绰号。《水浒传》在人物塑造上趋于个性化，108个人即有108个诨号，即是人物塑造向个性化发展的标志。而每个诨名绰号都是人物的身份标识，主要根据江湖人物的相貌特点、性情、才艺而取的。从性质与内容来看，它是观人学之形貌批评、才性批评、品格批评在小说人物塑造中的成功运用；从表现形式来看，它是观人学之名号称谓、并称品题、事数品题、品第批评的综合发展。这些都反映了宋元时代江湖观人习尚，蕴含了深刻的江湖文化意味并带有类型化观人学特征。

2. 江湖排座。据《水浒传》第七十回，石揭天书，上有花名册，"前面有天书三十六行，皆是天罡星；背后也有天书七十二行，皆是地煞星。下面注着众义士的姓名"。108个星辰名对应梁山泊一百单八将，分为上、下品。108个星辰名往往与一百单八将的形貌、性格相对应：

> 梁山泊天罡星三十六员：
> 天魁星呼保义宋江、天罡星玉麒麟卢俊义、
> 天机星智多星吴用、天闲星入云龙公孙胜、
> 天勇星大刀关胜、天雄星豹子头林冲、
> 天猛星霹雳火秦明、天威星双鞭呼延灼……

下文又有：

> 梁山泊总兵都头领二员：呼保义宋江，玉麒麟卢俊义。
> 掌管机密军师二员：智多星吴用，入云龙公孙胜。
> 掌管钱粮头领二员：小旋风柴进，扑天雕李应。
> 马军五虎将五员：大刀关胜，豹子头林冲，霹雳火秦明，双鞭呼延灼，双枪将董平。……

这些人物的排名，体现了梁山成员间的尊卑高下，有强烈的秩序感，属于典型的观人学品第批评，反映了民间"点将录""排座次"的文化内涵与表现形式。

宋代以后，随着"水浒"故事的渐次定型和广泛流播，从话本小说、杂剧《水浒戏》到通俗小说《水浒传》，逐渐形成点将录观人批评形式，"三十六大伙，七十二小伙"则正合三十六天罡、七十二地煞一百单八将之数。每人都有代表每人个性特征（包括形貌、才性、性格、技艺等）的名号。这种观人术表述方式就是：推举领袖，罗列成员，甄别品第。领袖就是旧头领托塔天王晁盖，成员就是一百单八将，品第就是按天罡地煞排名先后，体现了传统的尊卑高下的社会理念。《水浒传》"点将录"本身诨名绰号、座次分尊卑、点将分高下的理路，为后来诗学品秩诗人、并进而演变成一种针对文艺群体的批评形式提供了样板，开创了点将式观人批评形式。

二 《东林点将录》：奠定了"点将录"观人批评文体形态

从小说到现实生活，首先使用《水浒传》点将体进行观人实践、并确定点将式批评文体的，是天启五年（1625）魏忠贤的同党左副都御史王绍徽①。他仿照《水浒传》"天罡地煞星名，配东林诸人"编制而成《东林点将录》。这份名单，包括原有头领108人，加上早已亡故的晁盖，共计109人。《点将录》中的109个人，每人姓名前，都冠以梁山头领的星宿名和绰号，比如：

> 开山元帅：托塔天王南京户部尚书李三才。

---

① 关于《东林点将录》的作者，明末秦兰征《熹庙拾遗百咏》"星名次第列银光"自注以为邹之麟。《明史》以为王绍徽（《魏忠贤传》与《王绍徽传》），此从其说。

> 总兵都头领二员：天魁星及时雨大学士叶向高，天罡星玉麒麟吏部尚书赵南星。
> 掌管机密军师二员：天机星智多星左谕德缪昌期，天闲星入云龙左都御史高攀龙。……①

据《明史·阉党列传·王绍徽》："初，绍徽在万历朝，素以排击东林为其党所推，故忠贤首用居要地。绍徽仿民间《水浒传》，编东林一百八人为《点将录》，献之，令按名黜汰，以是益为忠贤所喜。"② 可见这份名单同东汉末年"清议""月旦评"一样，都是在党争背景下产生的观人学成果。不同的是，"清议""月旦评"是清流主导的观人学，而《点将录》则是由浊流（阉党）主导下的一份黑名单，东林党人的排序，是阉党按照自己眼中各党人的重要程度排列的，用于依次构陷、迫害、清洗东林党人。目的不可取，后果非常有害，但它首次将江湖上的观人术用于士林，将小说中的虚构观人术用于现实生活，将《水浒传》108个江湖人物诨号与精英士人群体相连，打破了看似不可逾越的江湖与士林的界限，直接影响到针对诗人群体的"点将式"观人诗学批评方法与文体的产生。

三 《乾嘉诗坛点将录》：奠定了"点将录"诗学批评文体形态

舒位《乾嘉诗坛点将录》，以诗国拟于江湖，以诗人拟于豪侠，将《水浒传》中的江湖观人批评形态、《东林点将录》的党争形态演变为诗学批评形态。这种诗学批评不再具有《东林点将录》那种政治黑名单性质，批评的对象也由负面形象演变为正面形象，而且从文体上说，开启了一种奇葩的观人诗学批评体例，一个新的喜闻乐见的诗学评论形式。

《乾嘉诗坛点将录》以《水浒传》天罡地煞一百单八将比附诗人，如"诗坛都头领三员：托塔天王沈归愚，及时雨袁简斋，玉麒麟毕秋帆"等次第排列下来③，但其中排列顺序与《水浒传》不尽相同，对每一位诗人的观察，简短而精悍，特别是主要人物，一般由绰号（或职务）、诗人小传、赞语三个部分组成，代表了不同的观人批评意义，确定了"点将录"体观人诗学批评模式：

---

① ［明］王绍辉：《东林点将录》，《四库全书存目丛书》史部第107册，济南：齐鲁书社1996年版，第692页。
② ［清］张廷玉等：《明史》，北京：中华书局1974年版，第7861页。
③ 张寅彭：《清诗话三编》四，上海：上海古籍出版社2014年版，第2349页。

（一）事数名号

《点将录》共有 109 个绰号，是因为末列"额外头领附录"，增加了"黄面佛彭尺木"，对应精研佛学的彭绍升，这是对《水浒传》108 个绰号的突破。全书的 109 个绰号，代表位次，与诗人的个性、成就、地位与影响等相关联，如举沈德潜为托塔天王，是因为沈德潜的诗坛领袖地位，以及晚年备受乾隆恩隆，格调派盛极一时，海内英俊之士皆出其门下，然而去世不久，因牵连"徐述夔案"而遭"鞭尸"，影响迅即沉寂；就好像晁盖叱咤风云、聚首梁山，旋即命丧曾头市一样，影响破灭。点袁枚为及时雨、毕沅为玉麒麟，是因为二人都好宾客，好汲引后进，取代前首领一跃而成为新领袖，与宋江、卢俊义之品性相类。可见，这部著作的批评导向是名义上尊格调派，实际上尊性灵派。这种类比取譬，具有一定的合理性与附会性。

全书虽有 109 个绰号，但点评的诗人绝不止 109 个。因为全书在基本人物外创立了"一作"和"留白"两种体例①，比如"神行太保戴金溪，一作金谢山"，"短命二郎乐莲裳，一作杨六士"，"毛头星袁湘湄，一作李墨庄"，"独火星袁笛生，一作李凫塘"，"百胜将孙补山，一作李鹤峰"，"天目将赵璞函，一作张少华"等等，用一个绰号或职位评论了两个诗人，这种情况共有 42 例，涉及 84 位诗人，从而打破了《水浒传》《东林点将录》一绰号对应一人物的格局，扩大了点评诗人的范围，使得本应是 108 人的规模，却使全《点将录》诗人增加到 148 人，规模上超过了钟嵘《诗品》与施耐庵《水浒传》。

（二）品第批评

全书的意义不只是事数名号，也不只是以人拟人，而更重要的在于排序，即：它继承了点将体的排座次方法，一般依据诗人诗歌在当时诗坛中的成就、地位与影响来决定次序先后，从整体上勾勒了乾嘉时期诗坛布局、诗人分布、品级及特质，但又有创新，排列顺序与《水浒传》多不尽相合，比如小说中"双枪"后接以"小李广"，而《点将录》则插进了"没羽箭舒铁云"；再比如同时《点将录》于"隐姓埋名头领四员：金毛犬、白日鼠、九尾龟、鼓上皂（蚤）"等绰号下，没有点将，是为"留白"，原因是"拟人不伦，有伤忠厚；付之阙如，亦以免咎"，因而具有一定的灵活性。

---

① 张亚权：《论"点将录"的"一作"和"留白"》，《江海学刊》2007 年第 5 期，第 185~190 页。

排座次形式上来源于《水浒传》,实质上是一种品第批评,是观人学上品第优劣的表达方式的移用;从诗学本身来说,将诗人群体排列座次,涉及对每一个个体的诗歌地位与成就的评价,是对钟嵘《诗品》"三品"排座法的继承与发展。

(三) 品题批评

《点将录》于品第批评之中,寓有品题批评,这就是"赞语"的运用。赞语是对诗人品行、才性、风格以及艺术水平的评判,多则四十字,少则六字,一般为十多字。有独赞、合赞,次要诗人则无赞。赞语"或揄扬才能,或借喻情性,或由技艺切其人,或因姓氏连其次,靡不褒溢于贬,亦复毁德于誉"①,或发其比拟之义,往往精审而极见风趣,体现了观人诗学中的道德批评、才性批评、风格批评、形貌批评等指向。从文体形式来说,来自司马迁、班固等开创的史传体评赞传统,这种基本模式为后来汪辟疆、钱仲联们所继承与发展。

(四) 知人论世

《点将录》往往于名号之后,附有诗人小传,开列诗人字号、籍贯、科举情况、官履、诗文著述,类似人物简介。这种体例来自钟嵘《诗品》、殷璠《河岳英灵集》、高仲武《中兴闲气集》以及宋诗话、王世贞《明诗评》等开创的诗学叙事传统,是继承;而对于点将体来说,是丰富和发展。它运用孟子"知人论世"法,阐述诗人身世与其诗风、诗歌地位等之间的关系。

汪辟疆《光宣诗坛点将录》及后来的诗词点将批评著作,在舒《录》创体的基础上,不断完善和规范了"诗词点将录"的体例,虽各有特色,但在事数名号、品第批评、品题批评、知人论世等方面与观人学是一脉相承的。

四 点将体诗学批评的观人学渊源及其评价

《点将录》来源于观人学,除了上述外,还可以从许多方面获得印证。首先,以人比人、按座次排序,是观人学、观人诗学常见的品题与品第批评表达方式。如《腥翁诗评》:"魏武帝如幽燕老将,气韵沉雄;曹子建如三河少年,风流自赏。"② 就是典型的以人拟人的品题方式,但是《点将录》的批评意义不止于类比,更在于以排序为手段的品第批

---

① [清] 蓝居中《乾嘉诗坛点将录钞讫记后》,张寅彭:《清诗话三编》四,第 2343 页。
② [南宋] 魏庆之:《诗人玉屑》卷二《诗评》,第 18 页。

评。在诗学史上，为诗人"排位次"，并非《点将录》首创，前有钟嵘《诗品》以"三品"考论诗人诗歌，后有主客式诗学批评、祖宗式诗学批评等。但按《水浒传》"英雄榜"排列诗人，并加以诗人小传及赞语，却是《点将录》体诗学批评所首创。其次，从文化渊源来说，点将录品第观人术，远可推溯到先秦两汉时的虞舜"三考"、汉代"月旦"、《汉书》"人表"、东汉党锢之传、汉末清议之风、王粲《英雄记》、刘邵《人物志》等"名号称谓"式、事数品题式观人术，近可以追溯到唐宋时期的张为的《唐诗人主客图》、元祐党人碑、宣和盗魁谱、吕本中的《江西诗社宗派图》与《东林点将录》的品评方式。此外，栾廷玉《乾嘉诗坛点将录序》交代了作者创作的动机、方法和意义说："夫笔阵千人，必谋元帅；诗城五字，厥有偏师。故登坛而选将才，亦修史而列人表。……爰效东林姓氏之录，演为西江宗派之图。……此则汝南之评，不遗孟德；元祐之籍，未列欧阳。"① 叶德辉《重刊诗坛点将序》谓："无名人传有《诗坛点将录》一书，乃以《水浒》一百八人配合头领。或肖其性情，或拟其行止，或举似其诗文经济，以人人易知者，如沈归愚之为托塔天王，袁子才之为及时雨，毕秋帆之为玉麒麟。……故读是编而知其月旦之真者盖寡。"②《重刻诗坛点将录叙》曰："斯固月旦之公评，抑亦《文苑》之别传矣。"③ 韩崇《题词》所谓"试看汉上《英雄记》，即是江西宗派图"，都清楚地说明这种诗歌批评形式与思想内容，全部来源于观人学，以及受其影响的观人诗学。"点将录"这样一种富于民族特色的观人文学批评形式，不仅兼具了传统诗话、评点的随意性和论文、著作的严整性；而且最大限度地汲取了知人论世的内在精神和灵活多样的外在形式的精髓奥义。貌似"以游戏三昧效汝南月旦"，实则"体大思精"的《孟子》"知人论世"的发展，是以观人学形式进入诗学批评领域的一种特殊批评方法与文体。

  点将体诗学批评具有重要的诗学批评意义。从理论贡献来说，《点将录》试图通过登坛拜将、推戴盟主的意象比喻，确定诗界阵营的建立、诗歌风格的传承以及诗人地位，具有相互标榜推举、建立诗界同盟、建构诗系宗派的自觉意识，从这个意义上来说，它与《诗人主客图》《祖宗录》批评一脉相承。如舒位《乾嘉诗坛点将录》以性灵派袁枚为头领宋江，而置沈德潜为"托塔天王"晁盖，与格调派在诗坛为性灵派易位

---

① 张寅彭：《清诗话三编》四，第2341页。
② 同上书，第2342页。
③ 同上书，第2348页。

相呼应；汪辟疆《光宣诗坛点将录》以同光体陈三立、郑孝胥为都头领，为晚清宋诗运动张本；柳亚子《南社诗坛点将录》将同光体排除在外，自居大头领地位，建立南社为主的诗歌谱系；而钱仲联《近百年诗坛点将录》推黄遵宪、丘逢甲为诗坛都头领，突出诗界革命诸巨子的地位与作用，这些都反映了点将录批评领域里的新、旧之争，其实是诗坛流派之争在观人诗学批评领域里的反映。它们反映的分别是性灵派、宋诗派、南社派、诗界革命派的主张与批评倾向。其次，它往往是一部部"游戏为文"而写成的一代诗歌史、一个地域的诗歌史，或者是一个流派的诗歌谱系。所以，汪辟疆在《光宣诗坛点将录序》中，评价舒《录》说："比拟之工，措语之巧，真令人轩渠绝倒也。晚年发箧，茸《乾嘉诗坛点将录诗征》若干卷，自熹甚至，以为可备一代艺林掌故。然则前人视为游戏兴到之作者，傥亦觇世运、征文苑者所不能废欤？"①再次，从形式表现的辨体角度来说，它集中了名号、并称、事数、品题、品第、意象比兴、隐喻、论赞、摘句、作者小传等观人批评形式，以及诗话、论诗诗、诗评等诗学批评方式，并体现出溯源流、别品第、评风格的精神，是一种融合古代多种批评形式并有创新的批评文体。这种新体批评形式以其隐喻性、形象性、灵活性与幽默感，以其内容丰富性，表现风格的诙谐性、简约性与民族性，越来越受人青睐，近现代还延伸到词学、小说学、曲学、画学、书学、印学、棋艺、对联学、学术史等领域，如李海珉《南社书坛点将录》、陈传席《画坛点将录》、胡文辉《现代学林点将录》、徐公持《东汉文坛点将录》、甘建华《衡州印坛点将录》等，反映了观人术的民族特色、强大生命力与深远影响力。它的表现形式是游戏的，它的精神则是学术的。它不但具有文体价值，而且具有批评史料价值与观人学价值。

点将录既继承了观人批评的优点，当然也承袭了观人学在模糊性、不确定性、不科学性等方面的局限。各种《点将录》往往是"游戏之作"，以梁山人物比拟诗人、诗人排序，标准不一，序次随意，品第失当等，具有相当程度的主观性、随意性与不公平性，而弱化了客观性和严谨性。至于以诗人姓氏、身份、官职对应梁山好汉姓氏、身份、官职，而不一定与其诗歌才性、艺术个性、风格对应，更是以偏概全、牵强附会、隔靴搔痒。就是头领的推举上，也多系乎评论者的个人好恶，而非

---

① 汪辟疆撰，王培军笺证：《光宣诗坛点将录笺证》汪序，北京：中华书局2008年版，第61~62页。

天下公论。所以刘永翔《序》指出此体缺陷,"拟于不伦,一也","拟之之道非一,二也","持门户之见,快恩仇之报,褒贬随心,三也"①,这些缺陷在其他"点将录"批评著作中也不同程度地存在着。尽管"点将录"类诗学批评著作不无可议,却不失为是一批特种诗史批评著作。

综上所述,流别体、祖宗录、主客录、点将录等都是受观人学影响最为特殊的诗学批评文体,都是名号称谓、事数标榜、品题法、品第法等观人批评方法在文体上的综合运用。历史发展到唐宋明清时代,"名号称谓""事数标榜"式的观人批评形式不但没有衰落,而且越演越烈,也越来越丰富多彩,甚至形成专门的文体形式:祖宗录体观人批评形式、主客录体观人批评形式、点将录体观人批评形式。这数种特殊的品题、品第方式,是从特殊的以人喻诗发展而来的:一类是从以人伦关系喻诗,发展成祖宗录体品题方式;一类是从以人事关系为喻,发展成主客录体、点将录体品第方式。以人伦关系、社会生活为喻,标志着人(喻体)的形体结构、有机功能向社会功能的推衍,进一步扩大了作为比照物的审美范围,大大扩展了观人学的视野,使诗论家取象无穷,从更加广阔的社会视野揭示诗学中的妙谛。

名号称谓、事数标榜、品题法、品第法,以及由此衍生的祖宗录、主客录与点将录、摘句法、意象法(认知隐喻)等一样,都体现出中国传统诗学的直觉思维与批评方法。这些直觉思维方式与批评方法,具体可感的形象,是诗情画意的比喻,是整体全局的把握,它的多义性和模糊性,能够给读者提供一个自由联想的空间,一种只可意会、难以言诠的韵味,这是中国传统观人学给诗学批评发展带来的深远影响。然而其优势在此,劣势也随之而来,它展现给人的不是理性的逻辑分析,缺乏科学性与逻辑性,如摘句法往往失之表面局部而难以通观全诗之妙,品第法往往仁智之见而主观性、随意性过强,品题法往往破碎纤仄而乏系统,意象法往往带来的是观人诗学批评指谓对象的多义性、模糊性和不确定性。观人诗学的优势与不足,莫不与观人学相关,与中国传统文化相关。

---

① 汪辟疆撰,王培军笺证:《光宣诗坛点将录笺证》上,第2~3页。

第八章 中西人喻诗学比较与现代转换

观人诗学批评，源于中国古代源远流长的以人拟诗、以人论诗、以诗观人，是由中国传统诗学批评的性质、特征、功用的内在规定和表现形态所决定的。将中西拟人批评进行比较，分辨出二者的异同，有助于我们进一步把握中国传统观人诗学批评的性质、特征、功用、特点，以及在整个世界文学批评中的地位和作用。

最早涉及中西人化批评比较课题的是钱锺书先生。20世纪30年代发表的《中国固有的文学批评的一个特点》（以下简称"钱文"），刊在《文学杂志》1937年第4期上。该文根据中西文学批评的实际，以西方文评的"他者"眼光，探讨了中国文学批评中人化文评的特点。钱文指出西洋文评与之类似者有三，并着力于辨析"西洋近似人化而程度上未达一间的理论"、与中国固有特点相似外表下的实质区别，从反面彰显了中国人化文评的诸多特色。因此，该文启发了我们如何在跨文化语境下对观人诗学批评进行进一步研究。

第一节 西方文论中的人喻现象

根据下面钱文征引，把文学作品看作是一个有生命的有机统一体，在西方传统的文学理论中也屡见不鲜。现分类列举如下：

以人的体形结构喻文者：

> 郎吉纳斯……又云："文如人体，非一肢一节之为美，而体格停匀之为美。"

> 维威斯……说："文章者，心灵以及全人之影象也。人品本诸身与心；文品本诸文字及意义。文字有音与形，故文章有体格。字句精炼，音节弘亮，结构充实，则文之体高而大。文字琐碎，音楂薄，词紧促而不舒，则文之体卑且侏。体格而外，文章更有面貌：文之简赅者，其貌圆而润，文之详实者，其貌方以刚。文章亦有肉，有血，有骨。词藻太富，则文多肉；繁而无当，则文多血。文章又有

液：字妥句适，理壮，辞顺，则文之液也。用字过省，且无比兴譬喻，音节细弱，结构庸俗，则文枯瘦；无血无肉，干皮包散骨，如囊贮石而已。"

班琼生也有类似的见解："文字如人，有身体，面貌，皮肤包裹。繁词曲譬，理不胜词，曰多肉之文；词不该理，曰多筋骨之文；音谐字妥，则文有血液。"

华茨华斯云："世人以文章为思想之衣服，实则文章乃思想之肉身坐现。"①

以人的形貌喻文者：

西塞罗云："美有二种：娇丽者，女美也；庄严者，男美也。"
昆铁灵云："人身体康强，血脉足，运动多，筋骨牢固；所以为健丈夫，亦即所以为美丈夫，若专事涂饰，作妇人态，适见其丑，于文亦然。"又云："文章雕饰，必有丈夫气，勿为女子佻冶态。"②

以人的病理喻文者：

朗吉纳斯云："文须如人体，不得有肿胀。"
昆铁灵……又云："文章矫揉做作之弊，曰肿胀，曰水蛊，曰肉感。"又云："文章宁可粗硬，不可有女气而软弱。"
卡莱尔云："世人谓文字乃思想之外衣，不知文字是思想之皮肉，比喻则其筋络。有瘦硬之文，有憔悴穷饿无生气之文，有康健而不免中风危险之文。"③

以上引文，均见钱文。可见西方拟人化文评，也有很多类似中国观人文论以结体、形貌、病痛拟文的比喻。但钱文的结论却是：以人喻文是"中国特有"，西方文论中的人与文两端则"更明白地流露出被比较的两桩事物的对抗"，不像中国文论里达到"兼融的化合"④。如果我们

---

① 周振甫、冀勤：《钱锺书谈艺录读本》附录，上海：上海教育出版社1992版，第395~396页。
② 同上书，第394~395页。
③ 同上书，第395~396页。
④ 同上书，第397页。

进一步考察的话，不难发现钱文讲的不完全是事实。

首先，以人喻文，并非中国特有，而是人类早期智慧的共同拥有的思维特征，不仅仅是针对文艺，而是观察其他未知事物的一种共同的思维方式。这一点，意大利哲学家维柯就已经指出来了。他认为，早期的人类理性智慧不发达，不得不用"身体方面的想象力"来创建诗歌、语言、宗教、家庭、法律和经济等一切文化，并推而广之："在一切语种里，大部分涉及无生命的事物的表达方式都是用人体及其各部分以及用人的感觉和情欲的隐喻来形成的。例如用'首'（头）来表达顶或开始，用'额'或'肩'来表达一座山的部位，针和土豆都可以有'眼'，杯或壶都可以有'嘴'，耙、锯或梳都可以有'齿'，任何空隙或洞都可叫做'口'……这一切事例都是那条公理的后果：人在无知中就把他自己当作权衡世间一切事物的标准……把自己变成整个世界了。"① 可见"近取诸身"的原始思维方式，在许多文明发展的早期阶段，都发挥过奠基作用，不独是中国。所以，西方也有以人喻文现象，并不奇怪。

其实古希腊人已从身体隐喻角度，提出文学作品结构的有机统一的思想：

> 苏（格拉底）：……每篇文章的结构应该像一个有生命的东西，有它所特有的那种身体，有头尾，有中段，有四肢，部分和部分，部分和全体，都要各得其所，完全调和。②
>
> 悲剧是对于一个完整而具有一定长度的行动的摹仿……所谓"完整"，指事之有头，有身，有尾。……情节也须有长度（以易于记忆者为限），正如身体，亦即活东西，须有长度（以易于观察者为限）一样。③

苏格拉底、亚里士多德是西方诗学的奠基人，他们都使用了身体（活体）隐喻来描述文章、戏剧完美的布局。人的"身体"事实上已成为审美判断的一种标准。所以徐复观《〈文心雕龙〉的文体论》说："魏晋时代对于美的自觉，和古希腊时代有相似之点，即是由人自身形相之

---

① ［意］维柯著，朱光潜译：《新科学》，北京：人民文学出版社1986年版，第180~181页。
② ［希腊］柏拉图著，朱光潜译：《斐德若篇》，《柏拉图文艺对话集》，北京：商务印书馆2013年版，第140页。
③ ［希腊］亚里士多德著，罗念生译：《诗学》第六章《诗艺》，北京：人民文学出版社2008年版，第24~25页。

美开始,然后再延展到文学及书法、绘画等方面去。"① 指出古希腊与我国观人批评有相通之处,就比钱文进了一步。现代西方文论也多接受这个思想,如苏珊·朗格《生命的形式》认为,艺术是"生命的形式","艺术形式必须与某一个生命的形式相类似",艺术形式和生命结构具有一致性、相似性:"这里所说的生命结构,包括着从低级生物的生命结构到人类情感和人类本性这样一些高级复杂的生命结构(情感和人性正是那些最高级的艺术所传达的意义)。"② 她进而指出艺术"生命的形式"的四个构件是:一是形式的运动性,二是结构的有机性,三是体现在运动与结构中的节奏性,四是生命体所特有的生长变化规律。当代一些西方美学也非常重视艺术和生命的关系。如德国的G. 谬勒和 H. 奥贝尔就过分强调了"艺术作品同活的生物体之间的相似之处"③。这些都与中国古代观人文论不谋而合。

西方文论不仅仅认识到艺术结构生命化的问题,而且已经提升到内在精神、生命化高度。康德用"美的理想"来论艺术作品、诗、故事、演说、谈话等,倘若只讲究形式结构,就像妇女"漂亮、健谈、有礼",而没有"精神",就没有生命。这种来自身体内在的"精神","就是心灵中赋予生气的原则"④。只有自由的精神驱动艺术形式,这种作品才具有一种灌注生气的美。"赋予生气"(the animating principle)就是身体隐喻,已经超越了形式结构上的意义,升华为贯通内容和形式的统一原则。黑格尔《艺术美的理念或理想》论艺术时,也强调生命的整体与"生气灌注",他说"生命必须作为一种身体构造的整体,才是实在的","在有机体里,由于身体不能充分实现它的观念性和生气灌注作用,这种真实也可以被毁灭,例如在生病时就是如此"⑤。"通过渗透到作品全体而且灌注生气于作品全体的情感,艺术家才能使他的材料及其形状的构成体现他的自我,体现他作为主体的内在的特性"⑥。艺术作品生命结构与生气灌注,与人的生命结构与生气灌注,具有一致性与相通性。西方文

---

① 徐复观:《中国艺术精神》,上海:华东师范大学出版社2001年版,第93~94页。
② [美]苏珊·朗格著,滕守尧等译:《艺术问题》第四讲,北京:中国社会科学出版社1983年版,第55页。
③ [美] R. 韦勒克著,丁泓、余徽译:《批评的诸种概念》,成都:四川文艺出版社1988年版,第70页。
④ [德]康德著,曹俊峰译:《美以及美的反思》,北京:金城出版社2013年版,第475页。
⑤ [德]黑格尔著,朱光潜译:《美学》第1卷,北京:商务印书馆1979年版,第154页。
⑥ 同上书,359页。

论将文学分为艺术形式、思想内容两个部分，并都赋予了"生命之喻"的意义，其实这一点在钱文中也列举出来了：

> 佛罗贝论文云："思想与形式分开，全无意义。譬如物体，去其颜色形模，所余不过一场空。思想之为思想，端赖文笔耳。"又云："文章不特为思想之生命，抑且为思想之血液。"①

可见，西方文论中的"生命之喻"，不仅关注到外在的身体结构、形貌，而且关注到了内在的精神，是外形内神、形式与内容结合的统一体。从这个意义上说，中西的身体隐喻没有本质的区别。诚如钱锺书先生所谓"东海西海，心理攸同；南学北学，道术未裂"②。说明艺术理论、艺术批评可以会通人心，更能超越时代、民族、地域和文化。但如果说西方学者"只注意到文章有体貌骨肉，不知道文章还有神韵气魄"③，就不符合西方文论的实际情况。应该说，以人的社会经验、伦理关系比拟诗文，特别是将观人学术语、概念、范畴与逻辑原理运用到诗学与文论，使之转化为诗学术语、概念、范畴与逻辑原理，从诗文作品预知作者的命相前途，并建构起"推演精密，发达完备"的观人诗学批评，这是我国观人诗学独有，在西方文论中是没有见到的。

第二节　中国观人诗学批评与西方文论比较

前面分析了中西观人批评的相同、相近乃至相通，实际上两者还有着形式与本质上的差异。一般而言，西方批评家把诗歌作品当作一种外在于人的"物"并进行分析、解剖，注重诗歌作品的层次、结构、功能、要素的分析和判断；中国批评家则把诗歌作品当作有生命的"人"来感悟，其理论范畴也有着鲜明的"人"的特征，其层次结构、功能要素、谱系构成、思维空间与话语方式等，都赋予了强烈的"观人"色彩。人喻文论，在西方文论中多半是一种比喻手段，因此停留在形而下的层面；而在中国文论则已经上升为认知诗学，进入了诗性哲学这个形而上的精致理论体系的构造上，并运用观人学为这个体系注入了生命。

---

① 周振甫、冀勤：《钱锺书谈艺录读本》附录，第396页。
② 钱锺书：《谈艺录》序（补订本），北京：中华书局1984年版，第1页。
③ 李建中等：《中国古代文论诗性特征研究》，武汉：武汉大学出版社2007年版，第254页。

比较起来，中西方文论在人化批评方面主要具有以下不同：

一 隐喻系统、范畴体系的差异

在观人诗学概念隐喻系统中，中西存在着巨大差异。这是因为各民族的语言文化历史都非常悠久，并且都承载了大量有关各民族的思维方式、认知方法、习俗文化和知识积淀。他们将自己对外界事物的认识、术语、范畴投射到隐喻语言上，呈现出不同民族的特点和差异。以"气"为例，中国文化里"气"是世界的物质本源的隐喻概念，是中国古典哲学表示物质存在的基本范畴，是生命的本源；运之于观人学，"气"与"精、神"一起成了观察人的生命体征的重要概念，并衍生出生理之"气"的元气、气色、湿气、肝气、血气、胆气等，精神之"气"的气概、气派、勇气、神气等，道德个性之"气"的正气、邪气、俗气、脾气、气宇等，才性之"气"的才气、英雄气、仙气、鬼气等。而观人学"气"的大多数概念内涵与外延都对传统诗学的概念与原理，构成重要影响。但英语文化里没有"气是世界本源"的概念系统，更没有有关"气"在观人学、诗学体系中构成的庞大的隐喻系统与范畴体系。其他如"风骨""神韵"等概念也一样，不一一分析。可见，人类各民族存在着共识文化，不同的民族的语言里会有相同的隐喻概念；但同时由于各民族有不同的历史文化传统、认知方法方式，不同的语言里会有不同的隐喻系统。在中国的观人诗学中的范畴体系里，存在着大量来自观人学的术语、概念或范畴，说明人的隐喻对中国诗学的根本影响之深之广；而"它们在西洋文评里，不过是偶然的比喻，信手拈来，随意放下，并未沁透西洋文人的意识，成为普遍的假设和专门的术语"[①]，因此在西方文论中不占主流，西方文论里的认知诗学、范畴体系就不会像中国诗学这样大量来自观人学。所以，隐喻概念系统、范畴体系的共性和差异性，正是我们进行中西方诗学隐喻认知对比研究的理论基础之一。

二 性质的差异

中国古代观人诗学批评从本质上说是蕴含理性的感性批评。它的观察对象是诗、人，方法是观、品，功用是品诗、观人，目的是品诗进而观人，而"观""相""品"等本身就是方法论范畴，旨在感性把握对象

---

① 周振甫、冀勤：《钱锺书谈艺录读本》附录，第396页。

的同时体悟到对象的生命精神。这就决定了观人批评是通过品鉴、省悟、感受、体验等方式去把握和评价对象的。这种感性体悟是不经思辨、推理、论证而直达理性深度的批评方式。因此，观人批评从本质上说，是一种带有悟性和深层知性、理性的感性批评。而西方文论从本质上说是理性批评，虽然也借人为喻，也以艺术形式和生命形式为异质同构，以生命形体的有机统一来追求艺术内在生命的整体和谐，但是，正如钱文所说："西洋谈艺者稍有人化的趋向，只是没有推演精密，发达完备。"西方文论中以人为喻只是简单地把握文学与艺术形式上的相似性，并不能作为批评文本的结构要素而存在，仅仅只是修辞的手段，还没有上升为文论范畴及文学批评手段，因此不存在中国式"观人文学批评""观人诗学批评"。这种以人为喻与观人批评最大的不同是看待文学艺术的态度。以人为喻只偶尔无意地创制修辞，而观人诗学批评则有意识地大量运用拟人方式，以及观人学逻辑、原理与范畴，经常性地展开诗歌的人化批评。即便是康德的"赋予生气"，黑格尔的"生气灌注"，把艺术生命看作外界赋予而非生命所本有，与中国将"诗歌看作人本身"的观念有天壤之别，反映了中西思维方式的最大差异。所以，中国的观人批评决定了它的感性批评性质，而西方的以人喻文改变不了它的理性批评性质。所以，总体上说，"中国是内省的，西方是外察的；中国是直觉的，西方是体验的；中国是主情的，西方是理智的；中国是鉴定的，西方是分析的"①。

中西方的观人学、观人批评存在着感性与理性的差异。古希腊斯多亚学派以理性的形体美为审美理想，认为身体美是存在于具有完美之比例的各个部分、细致的肤色和良好的肉体；毕达哥拉斯学派从正五边形和正十边形的研究中掌握了"黄金分割律"，并用于对人体美的认识②；后来达·芬奇"精确地测出人两眼间距，等于三只眼睛的长度，耳等于鼻的长度"③。中国的观人学虽也重形体美，但并不重视科学地测算比例，而是重视人的风度美、神采美、气韵美。如相书《太清神鉴》卷一："人之所禀在精神……有形不如有骨，有骨不如有神。"④ 这一人体生态学观点也在诗学批评中得到体现，如胡应麟《题柳河东集后》说：

---

① 陈鸣树：《文艺学方法论》，上海：复旦大学出版社2004年版，第65页。
② 余平波：《人体七大穴使用手册》，上海：上海科学技术文献出版社2010年版，第56页。
③ 姚淦铭：《汉字与书法文化》，南宁：广西教育出版社1996年版，第155页。
④ ［后周］王朴：《太清神鉴》卷一《神秘论》，上海：商务印书馆1959年版，第5页。

"盛唐之工在神情，故愈工愈合；晚唐之工在面目，故愈工愈离。"① 黄子云《野鸿诗的》更是直接用"精气神"理论来论诗②，都表明了诗论家共同的观点：形神相较以神为主，形神相合才是兼美。这也决定了中西文论人喻批评的性质不同。

作为理性批评来说，中国诗学批评偏于实用理性、经验理性批评，应用性、实用性、可操作性很强；而西方批评则是思辨理性批评、理论批评，理论性和理论建构性很强。中国观人诗学由于有以哲学、名理学、中医学为基础的观人学作为它的文化背景，全方位、通盘的人化与生命化，并运用观人学原理、术语概念或范畴对诗歌的本体、作家、作品、风格、鉴赏与批评进行深入的分析与理论的构建，因此它虽自成体系，存在着大量的观人学痕迹，就是范畴、术语也多来自观人学。用钱文的话来说，就是："在我们的文评里，文跟人无分彼此，混同一气，达到《庄子·齐物论》所谓'类与不类，相与为类，则与彼无以异'的境界。"③ 因此中国诗学并没有满足于以人喻诗，而是更上一步，进入到以人观诗，人、诗一体，形成了体大思深的观人诗学，但这种诗学体系还处在原始的、零散的状态，需要今天的人用现代学术观念进行整理与总结，这正是本书写作的目的。而西方的身体隐喻仅仅限于一种手法，一种直觉的认知角度，而没有更深厚的文化背景，"并未沁透西洋文人的意识，成为普遍的假设和专门的术语"，"人体跟文章还是二元的"④。也就是说，这些身体隐喻不但在修辞效果上没有中国的观人诗学那样"不隔"，而且根本上就没有受到普遍使用，也没有形成体系庞大、盘根错节的观人文评的范畴体系；西方文论范畴、批评手段都不从观人学的隐喻系列中获得，而主要是以理论作为批评标准从而建构文学理论体系；同时也不断完善自身，建构批评理论，对批评进行理论研究，建立批评学学科，将批评作为科学来对待。它的任务是"在一般原则的基础上建立一套研究和解释文学作品的前后一致的术语、区分标准、分类方法以及评价作家和作品的尺度（准则、标准）"⑤。西方文论以人为喻，而中国文论已经从以人拟诗出发，将生命注入诗体之中，进而发展到以人观诗、

---

① ［明］胡应麟：《少室山房集》卷一百五《读三十首》，影印文渊阁《四库全书》集部第1290册，第761页。
② 丁福保：《清诗话》下，北京：中华书局1963年版，第847页。
③ 周振甫、冀勤：《钱锺书谈艺录读本》附录，第397页。
④ 同上书，第396页。
⑤ ［美］M. H. 阿伯拉姆著，曾忠禄等译：《简明外国文学词典》，长沙：湖南人民出版社1987年版，第71~72页。

以人衡诗，形成了观人诗学范畴体系、理论体系与批评体系，实现了质的飞跃。而西方文论中的以人为喻，就不可能实现这种飞跃。这是由西方文艺批评的性质所决定的。

三　结构形态的差异

批评本质的不同，决定了批评形态不同。

从批评文体来看，按照近现代学术"分科治学"的原则，文学创作应是诗笔，诗学批评应是议论，各有其体。观人诗学批评本应是理论形态的议论体，但采用的却是文学创作体，其文体多为诗话、词话、曲话、语录体、小说评点、论诗诗、赋体、序跋小品类批评等形式，此外还有观人诗学批评所特有的《诗品》体、祖宗体、主客图、点将体等批评形式，这些文本形式也多是短小精悍、言简意赅、生动传神，文本结构属发散型结构，大都呈片段式、语录式、发散式、随意化状态；加上受观人学的品第、品题批评的影响，观人诗学批评讲究感悟、体悟、品鉴、回味、传神，因而具有随意化、感悟化、印象化、自由化、诗性化等特点，批评文本内容零散化、结构形式零散化，从而形成随意、自然、自由、灵活的结构特点，以及松散、不严谨、弱化逻辑联系、弱化理论系统等特点。活像中国散文一样，具有"形散神不散"的特点，形成了原始的、松散的同时又是丰厚的观人诗学理论。观人批评用这类文体能较好地体现出这种批评的特点，也较符合"观""相""品"的需要。而西方批评文本主要是以论文、论著形式表现，这种文本形式往往以结构严密、思维严谨、概念清晰、论证合理著称，并在结构、语言、方法、文体风格上表现出不同于文学创作类文体的特征，也表现出不同于中国观人批评文体的特征。西方批评文本大体具有论文体的严密结构，无论是归纳式结构还是演绎式结构，都以严密、严谨、规范、合理为宗旨，具有逻辑性、科学性、系统性等特点，使批评文本形式趋向论文体，从而形成西方批评文本结构的特点。造成这种不同的一个原因，就是西方作家与批评家基本上是两个不同的职业，正如烹饪家与美食家不同一样，批评家往往从科学角度审视与解构文学作品，从而建构出科学准确、逻辑严密的批评体系。而中国古代诗人往往身兼批评家，甚至兼通观人学（包括相学）与医学，他们不得不用诗性的思维方式去观诗，用观人学原理与范畴、文学文体去建构批评理论。

从批评语言来说，中国观人批评语言带有浓厚修辞色彩的文学性、诗性语言，采用了诗、赋、散文等文学形式，大量的修辞手法和表现手法，从而使得批评文学化、诗性化，少而精，含蓄凝练，蕴意无穷。如采用品题法、品第法、比德法、比较法、比兴法、喻证法、喻象法等方法，使语言具有文学色彩，带有含蓄、委婉、隽永、象征、双关等特征，批评语言力求具体形象、生动传神，因而语言趋于文学化、形象化，生动优美，有较强的审美性、直观性、形象性甚至抒情性。这与中国"观物取象""立象以尽意"的思维方式分不开。西方批评因论文、论著文体的写作需要，批评语言多是科学语言、推理型语言、论证型语言、分析型语言，强调理论语言的规范性、科学性、准确性、客观性与抽象性，表达清晰、明白、准确，语言趋于科学化、抽象化，具有较多抽象性、思辨性、议论性，但缺乏张力和弹性。

从批评方法来看，西方批评方法多为科学性、实证性、思辨性方法，诸如归纳法、演绎法、比较法、分析法等，即使偶然的以人喻文，也是服从这些方法的需要，因而西方批评方法趋向于客观性、科学性。中国批评方法多为经验型、体悟型、品鉴型，诸如品题方法、品第比较法、品评鉴赏法、索隐溯源法等，具体方法如"知人论世"法、"披文入情"法、"以意逆志"法、"知音"法、"比附"法等，均体现出中国诗学批评方法偏重于主观性、主体性的特点。中西批评方法的差异决定了中西批评性质、形态的差异，从而形成各自的特点和传统。直到后来诗谶学渗进了预言与事实相验证方法，清代朴学更融进了考据法、综合归纳法等较科学的方法，传统诗学才大大增加了实证性、系统性、科学性、学理性，为实现由古代非理性主义过渡到近代理性主义而奠定了基础，但由此带来的神秘性，又大大影响或阻碍了这一过渡。

四 思维方式的差异

中国诗学批评与西方文论在人化批评上不同的原因既有外因，又有内因。外因主要表现在中西地理、环境、民族的差别，直接原因在于中西经济、政治、文化、宗教、道德、历史等因素的差别，受到哲学观、政治观、道德观、审美观、艺术观、文化观的影响和制约。内因则主要是中西文学、中西文学理论走的不同道路、形成的不同特色。它们虽然运思方式相同，都有以人为喻的内容，但思维模式不同，决定两种批评性质与形态的不同：

西方文论的以人为喻，但它立论点是天人相分的哲学观。西方哲学认为，人是有理智有情感的，而大自然是纯客观的存在，是人类征服与改造的对象。受这种主客对立思维的支配，他们坚持相互对立的本体观，将宇宙分割为二，把人与自然、主体和客体对立起来认识自然界，反映到文学理论上，就是主客二分的思维方式，一般习惯于用演绎的、分解的方法加以评论，从时代、作家、作品、内容、形式等方面进行解构分析，内容与形式、活体（身体、生命）与艺术、主体与客体是分裂的、对峙的，生命形式不过是朗格艺术形式理论阐发的参照系，至于艺术作品与生命体在更内在的精神实质上的一致性、关联性，西方文论没有进一步深挖研究，因此人与艺术、自然达不到盐溶于水般的和谐统一。生命形式与朗格艺术形式之间的所谓"同构"或"共振"也是物理机械运动的结果，绝非生命自由的、和谐的展开。所以，受其高度发达的自然科学和外察式的认知观念影响，西方文论中的有机统一体论只限于作品之内，自然需要人的心灵"灌注"才有生命，但主客是分离的，活体和文章是二元的；文章的形式和内容虽也讲究机体的浑然一体，但往往是从生物学或者解剖学角度上来看的，先部分后整体，先解构后建构，因而带有浓厚的物理性和机械性。

西方也有"风格即人"的说法，来源于布封（Buffen）《论风格》一文：

> 只有写得好的作品才是能够传世的，作品里面所包含的知识之多，事实之奇，乃至发现之新颖，都不能成为不朽的确实保证。……如果他们写得无风致，无天才，毫不高雅，那么，它们就会湮没无闻的，因为知识、事实与发现都很容易脱离作品而转入别人手里，它们经更巧妙的手笔一写，甚至于会比原作还要出色些哩。这些东西都是身外物，风格却是本人①。

"风格却是本人"，成了名言。大意谓知识、事实与发现等都是身外之物，只有作品的风致和风格才是作家本人的。这里的风格不是指作品风格，既不是作者思想的表现形式，也不是作者人格的表现。所以钱锺书说：

> 吾国论者言及"文如其人"，辄引 Buffen 语（Le style, c'est l'homme）为比附，亦不免耳食涂说。Buffen 初无是意，其 Discours 仅

---

① 王确：《西方文论选读》，长春：东北师范大学出版社 2004 年版，第 83 页。

谓学问乃身外物（hors de l'homme），遣词成章，炉锤各具，则本诸其人（[de] l'hommo meme）。"文如其人"，乃读者由文以知人；"文本诸人"，乃作者取诸己以成文。若人之在文中，不必肖其处世上、居众中也①。

是的，"文如其人""诗品如人品"的观点，将诗文视为作者人格，在中国观人批评体系中是成立的，在现代西方美学理论中则不成立。如韦勒克、沃伦说："那种认为艺术纯粹是自我表现，是个人感情和经验的再现的观点，显然是错误的。尽管艺术作品和作家的生平之间有密切关系，但绝不意味着艺术作品仅仅是作家生活的摹本。"② 所以主张把作家的经验主体（实际生活中的人）与其作品严格分开。罗马西塞罗曾谓美有二种："娇丽者"，"女美也"；"庄严者"，"男美也"，而中国则云："词之为体如美人，而诗则壮士也。"③ 表面上看，二人讲的意思相关，但各自指向不同：西塞罗指的是人体的阴柔美、阳刚美，而中国文论指的是文章的阴柔美、阳刚美。可见，西方的"文如其人"说的是"显喻"，人与文章是并行的二元。这些都体现出天人相分思维的影响。

与西方思维方式不同，中国传统思维方式的基本特征是整体性思维、浑融性思维：天人合一，万物一体。它采用了一种涵盖乾坤、兼容并蓄的"有机整体"的运思方式来认识一切，把"人"作为观察的出发点和归宿点，重视在天人合一的思维方式上把握"人"这个核心和本位，从一种更高的宇宙生命哲学的角度来考察生命和诗歌的关系，诗与人、艺术与生命达到了"不知何者为我，何者为物"④ 的境界。受"天人合一"的宇宙观和"近取诸身，远取诸物"的象喻性思维方式影响，中国传统诗学只能将诗歌作品作为一个完整的有机体来鉴赏、评论，因为中国诗学讲有机体的统一，是从天人合一的意义上说的，先整体而后部分。这种整体观的思维模式决定着诗论家们的运思模式和言说方式。比如品题批评方式，往往用"一言以蔽之"进行浓缩性叙述，形成印象感悟式诗学话语。作为我国传统思维方法之一的整体观思维，直接影响到古代诗学的理论范畴、体系和表述方式，形成了与西方文论迥然不同的理论观

---

① 钱锺书：《谈艺录》（补订本），北京：中华书局1984版，第165页。
② [美] 韦勒克、沃伦著，刘象愚等译：《文学理论》第七章，北京：生活·读书·新知三联书店1984年版，第72页。
③ [清] 田同之《西圃词说·曹学士论词》，唐珪璋：《词话丛编》二，北京：中华书局1986年版，第1450页。
④ 王国维：《人间词话》，北京：人民文学出版社1960年版，第191页。

点和批评风格。

此外,中国批评思维与文学思维、艺术思维相似,呈现出形象思维的特征和表现形态,具有形象性、想象性、情感性、发散性的特点。西方批评思维与理论思维、科学思维一致,呈现出抽象思维的特征和表现形态,具有抽象性、推理性、逻辑性、系统性等特点。这与中国传统文化长于形象思维、西方文化长于抽象思维有关。

中西文学批评的不同,根源于源头、谱系传统的不同。

中国诗学批评导源于两千多年前春秋时期赵文子"《诗》以言志"[①],而不是伪托的《尚书》中的"诗言志"。《毛诗序》阐发道:"诗者,志之所之也,在心为志,发言为诗。情动于中而形于言,言之不足故嗟叹之,嗟叹之不足故永歌之,永歌之不足,不知手之舞之,足之蹈之也。"[②]"志"就是人的心中之志,正如钱锺书《毛诗正义·诗谱序》所谓:"是任心而畅,唯意所适,即'发乎情'的发。"[③] 说明情志之自发表现导致了诗的自然发生。《毛诗序》又阐发道:"故变风发乎情,止乎礼义。发乎情,民之性也;止乎礼义,先王之泽也。"不仅论述了儒家话语体系下的诗"发乎情",而且还强调符合礼义的要求,这些都包含了儒家的观人学观点与诗学观点,这就是中国诗学之源。而西方批评导源于两千多年的古希腊流行的"摹仿说",认为艺术起源于人类对自然和现实的模仿,艺术本质重在再现。受其影响,后来西方文论把诗作为一种摹仿外界的制作艺术,摹仿的对象既是诗歌创作的源泉,又是诗歌批评的参照和标准。它虽然追求艺术的真实,但过分强调形似,与强调神高于形的中国观人诗学观念截然不同。所以,尽管西方理论也存在着以人喻文现象,但起主导作用的是摹仿说。中国诗学与西方诗学就走向了两条不同的道路:中国诗学强调人格化批评标准与个人心性的修养,西方诗学着重于理论上客观的分析与创作上形似的再现。"《诗》以言志"是观人诗学的最早阐述,而摹仿说与观人诗学批评无关。不同的源头决定了中西批评在批评对象、批评功用、批评意义和批评方式上都存在着性质与形态上的差异,中国诗学以道德本体论为主体,而西方诗学以知识本体论为主体。

中西的文学批评都具有古老和悠久的传统。观人学的双重隐喻关系

---

① [西晋]杜预注,[唐]孔颖达疏:《春秋左传注疏》卷三十八,影印文渊阁《四库全书》经部第144册,第187页。
② [南宋]朱熹辨说:《诗序》卷上,影印文渊阁《四库全书》经部第69册,第4页。
③ 钱锺书:《管锥编》一,北京:中华书局1979年版,第57页。

构成了中国诗学的基本概念（隐喻）或叫"元语言"，这类元语言系统规定了中国诗学的发展方向、路径与结构形态。在观人隐喻的元语言的主导下，两千多年的中国诗学形成了一个封闭的圆形结构，从"人"出发最终又回到"人"，形成了与西方诗学迥异的存在形态。这是一个环环相扣的多米诺骨牌系统，一个环节断裂就会导致整个系统的崩塌，所以近代具有科学性的"西学东渐"动摇了中国主流文化的根基时，就为传统观人诗学的退出，创造了整个多米诺骨牌系统崩塌的历史条件，中国传统诗学就必然会被一种更具有现代意义的诗论形态所取代。这就是现当代中国文论失去话语权（即所谓"失语"）的根本原因。钱锺书说："从西洋批评家的偶悟，我们可以明白，这个特点（人化批评——引者注）在现象上虽然是中国特有，而在应用上能具普遍性和世界性；我们的看法未始不可推广到西洋文艺。"① 今天，总结中国传统的观人诗学遗产是十分必要的，让民族的东西走向世界，为世界文艺学做出贡献，是我们的终极目标。不过，我们在进行跨文化的比较研究中，既要警惕全盘西化、西欧中心论、民族虚无主义的思维，也要警惕大汉民族中心主义的思维，我们对问题才有可能进行客观、深入的讨论。

第三节　中国观人诗学批评的现代传承与转换

中国诗学从春秋时期赵文子"《诗》以言志"（《左传》襄公二十七年）开始，经过曹丕《典论·论文》、钟嵘《诗品》，到王国维《人间词话》论词止，经历两千多年，形成了重感悟、重印象、重感性的观人批评传统和批评模式，成为最具中国特色的诗学批评形式。进入二十世纪，由于西学东渐，观人诗学批评面临着从传统批评向现代批评转型的问题。具体来说，要实现四大转型：一是从感性批评向理性批评转型，二是从经验性批评向理论性批评转型，三是从主观批评向客观批评转型，四是从传统批评话语向现代批评话语转型②。这种转型不仅是社会文化发展使然，也是中国文学批评发展使然。一句话，当中国诗学在保留感性批评、经验性批评、主观批评、传统批评话语优势的前提下，能够提出自己的逻辑严密、语言清晰的理论，由解构走向建构，由模糊转向清晰，由生动形象的意象比喻转向具体严密的逻辑分析，而不必借用西方的话

---

① 周振甫、冀勤：《钱锺书谈艺录读本》附录，第 393 页。
② 张利群：《辨味批评论》第二十二章，桂林：广西师范大学出版社 2000 年版，第279～283 页。

语为自己优势辩护的时候，中国诗学才能保持自己的民族独立性，掌握自己的话语权。这就是中国传统诗学实现现代转型的根本途径。

领悟到诗歌艺术与人体生命的同构现象，并将民族传统的观人学的原理、方法论、术语范畴等运用于诗歌艺术的观照之中，在与西方文论比较分析中中国诗学的民族特色更加鲜明、更加凸显。所以，尽管观人诗学批评与整个中国文论走向"失语"的命运一样，但人们在自觉或不自觉地重建中国文论话语，包括中国观人诗学批评的话语。它作为我国古代一种传统的文学批评方法，在近现代仍然得到承传运用。如王国维的《人间词话》采用注疏校勘的传统《诗话》方式，运用传统的意境、境界特别是气象、词品、骨秀、神秀、情韵、狂狷、乡愿、品格（如倡优、俗子、纤小、轻薄）、枯槁、气格、神貌、面目等观人诗学术语，大量采用品题、品第批评，开辟了近代中国文论新境界。即使在"五四"运动之后的二十世纪二三十年代国内新文学发展强劲的年头，中国文化开始了浴火再生式的重建。1932年11月15日陈灨一在上海创刊了一份主要刊登传统文人著作的同人刊物《青鹤》。1933年5月，《青鹤》第一卷第十二期刊有无名氏《时人诗与女性美》一文，共品评了陈衍、陈三立、汪辟疆、谢无量等32家诗人之作，如"陈弢庵如象服山河，珊珊微步；陈散原如姬姒徽音，化行南国；郑海藏如飞行女侠，剑气逼人"，"冒鹤亭如天宝宫人，喜谈旧事；何枚生如空谷佳人，无言倚竹"，"许疑庵如水边丽人，态浓意远"，"汪辟疆如和靖梅妻，寒香入画"，"黄季刚如夏氏丹珠，吞刀吐火"，"黄秋岳如凝妆中妇，仪态万方"等①，均以不同的女性美的情态为喻，对近代代表诗人进行了切中的论评，极富审美意味。钱锺书《谈艺录》也大量使用了观人诗学批评形式。当今仍有学者认为文体结构与人体结构相同，并运用这种生命之喻来论文：

> 一种文体的基本结构，犹如人体结构，应包括从外至内依次递进的四个层次，即：（1）体制，指文体外在的形状、面貌、构架，犹如人的外表体形；（2）语体，指文体的语言系统、语言修辞和语言风格，犹如人的语言谈吐；（3）体式，指文体的表现方式，犹如人的体态动作；（4）体性，指文体的表现对象和审美精神，犹如人的心灵、性格。②

---

① 汪国垣《光宣以来诗坛旁记》，张寅彭：《民国诗话丛编》五，上海：上海书店出版社2002年版，第498~499页。
② 郭英德：《中国古代文体学论稿》，北京：北京大学出版社2005年版，第4页。

虽论文体，亦可通之诗学。2005年拙著《观人诗学》的出版，则全部属于观人学通之诗学的论著了。胡建次评价说：

> 当代学者万伟成所撰《观人诗学》，全书以"观人"为据，列"德性""品第""习气""贫富""老少""观形""揣骨""相神""望气""切脉""审声""辨色""察言""健力""疾病""针砭""养炼""诗谶""品色"等19目，以人的性情品德、神韵气骨、肌肉声色等为喻，来阐说诗歌创作的立意定格、谋篇布局、下字用律、雅俗正变等论题。该书从整部书稿的创意安排，到各个篇目的具体论说，都贯穿和充斥着对文学意象批评的运用。可以说，《观人诗学》作为当代人的一部文言奇著，它充分体现出了我国文学批评的民族特色。它似乎寓示着，意象批评在当代文学批评中也仍然不失为一种有效的批评方法，值得我们认真地加以传承和反思。①

此外，诗学领域里的《水浒传》式点将体观人批评，到近现代蔚为风行，产生了一批点将体著作，这些话语方式才是真正的中国式文论研究，从术语概念、话语规则和文化架构等方面体现出中国文论话语的规则。他们既承继了中国诗学传统，又将西方美学中某些观念融入其中，这些学者在中国古代文论研究方面的成功，反映了观人诗学的民族特色、强大生命力与深远影响力；同时也证明："从传统文化的创造性转换以及古代文论现代转换的实践结果看，古代文论实现创造性的现代转换是有经验可借鉴的。"②

观人诗学批评在现代转型过程中，在现当代学者论著、论文中虽然也时常出现，但也不容否认，这种批评也面临着很多困境。虽然它作为一种批评形式、模式、方式，应该实现向现代化批评的转换或转型，但它也同时应该保留、弘扬并承传下去。本书在前人时贤研究的基础上，运用理论性、客观性、现代性学术话语，整理、总结、分析观人学对中国传统诗学批评体系建构的影响，本身也是探讨传统观人诗学的现代传承与转换的一个初步尝试，希望能给当代诗学理论建设一个有益的启迪。

观人学对传统诗学批评体系建构的最大影响，就是观人诗学体系的

---

① 胡建次：《中国古代文学意象批评的承传》，《郑州大学学报》2006年第1期，第120页。
② 蒋述卓：《多维视野中古代文论的现代转换》，《浙江大学学报》2006年第1期，第9页。

建立。本书重点研讨的观人诗学批评，是观人诗学体系的一个重要组成部分。它以其富有民族特色的话语系统以及蕴含丰富的诗学智慧，成为构建当代中国诗学批评所要继承的话语资源。观人诗学批评既具观人学视野与现实品格，又固守文学批评的审美性品格，需要把观人学研究、诗学批评研究贯通起来。"观人诗学"的特质有二：一是把"人"作为主体，注重人在诗学价值、文化价值体系中的主导地位。二是视野宽泛，以观人学文化为基点来建构自己的诗学体系，尤其重视诗学的观人学阐释。当然这是另一个话题，观人诗学作为一种在中国传统基础上构建新的诗学话语，还需要进一步吸纳近现代诗学、国外诗学的营养成分，即所谓"古为今用，洋为中用"，才能建立起当代的观人诗学，其内涵、指涉、应用域限、理论体系、批评方法等仍需进一步明晰，学科体制化的进程仍然漫长，需要时贤同仁们进一步的共同探讨。

附录：参考文献

（按著作者姓氏音序排列）

A

阿英编：《晚明小品文库》，上海：大江书店1936年版。

［日］安居香山、中村璋八：《纬书集成》，石家庄：河北人民出版社1994年12月第1版。

B

（唐）白居易：《白氏长庆集》，影印文渊阁《四库全书》集部第1080册，台北：台湾"商务印书馆"1986年3月版。

白烨编：《2003中国年度文论选》，桂林：漓江出版社2004年2月第1版。

［古希腊］柏拉图著，朱光潜译：《柏拉图文艺对话集》，北京：商务印书馆2013年5月第1版。

（东汉）班固：《白虎通义》，影印文渊阁《四库全书》子部第850册。

（东汉）班固：《汉书》，北京：中华书局1962年6月第1版。

［日］遍照金刚：《文镜秘府论》，北京：人民文学出版社1975年5月第1版。

不著撰人：《月波洞中记》，影印文渊阁《四库全书》子部第810册。

C

（东汉）蔡邕：《蔡中郎集》，影印文渊阁《四库全书》集部第1063册。

蔡镇楚：《中国文学批评史》，北京：中华书局2005年8月第1版。

蔡钟翔、黄保真、成复旺：《中国文学理论史》，北京：北京出版社1987年6月第1版。

曹顺庆、王南：《雄浑与沉郁》，南昌：百花洲文艺出版社2001年12月第1版。

（三国魏）曹植：《曹子建集》，影印文渊阁《四库全书》集部第

1063 册。

（清）柴绍炳：《柴省轩先生文钞》，《四库全书存目丛书》集部第 210 册，济南：齐鲁书社 1997 年 7 月第 1 版。

陈伯海：《唐诗汇评》，杭州：浙江教育出版社 1995 年 5 月第 1 版。

陈伯海：《中国诗学之现代观》，上海：上海古籍出版社 2006 年 11 月第 1 版。

陈伯海、李定广：《唐诗总集纂要》，上海：上海古籍出版社 2016 年 11 月第 1 版。

（元）陈澔：《礼记集说》，天津：天津市古籍书店 1988 年 7 月第 1 版。

（南宋）陈鹄：《西塘集》，北京：中华书局 1985 年新 1 版。

陈良运：《中国诗学批评史》，南昌：江西人民出版社 1995 年 7 月第 1 版。

陈良运：《中国诗学体系论》，北京：中国社会科学出版社 1992 年 7 月第 1 版。

陈鸣树：《文艺学方法论》，上海：复旦大学出版社 2004 年 12 月第 2 版。

（清）陈乔枞《诗纬集证》，《续修四库全书》经部第 77 册，上海：上海古籍出版社 1996 年版。

（南宋）陈善：《扪虱新话》，北京：中华书局 1985 年新 1 版。

（北宋）陈师道：《后山居士文集》，上海：上海古籍出版社 1984 年 6 月第 1 版。

（西晋）陈寿撰，裴松之注：《三国志》，香港：中华书局 1971 年版。

（清）陈田：《明诗纪事辛签》，上海：商务印书馆 1936 年 9 月版。

（清）陈廷焯：《白雨斋词话》，北京：人民文学出版社 1959 年 10 月第 1 版，2001 年 10 月第 2 次印刷。

（北宋）陈抟：《神相全编》，北京：北京师范大学出版社 1993 年 5 月第 1 版。

陈伟：《郭店竹书别释》，武汉：湖北教育出版社 2003 年 1 月第 1 版。

（明）陈献章：《陈献章集》，北京：中华书局 1987 年 7 月第 1 版。

陈延杰：《诗品注》，北京：人民文学出版社 1961 年 10 月第 1 版。

陈衍：《石遗室诗话》，北京：人民文学出版社 2004 年 8 月第 1 版。

陈寅恪：《陈寅恪集》，北京：生活·读书·新知三联书店 2001 年 6

月第 1 版。

陈寅恪：《陈寅恪魏晋南北朝史讲演录》，贵阳：贵州人民出版社 1987 年 4 月第 1 版。

（北宋）陈应行：《吟窗杂录》，北京：中华书局 1997 年 11 月第 1 版。

（清）陈钊：《绘图校正相理衡真》，上海：春明书店 1948 年 10 月第 3 版。

（明）陈子龙：《陈子龙全集》，北京：人民文学出版社 2011 年 6 月第 1 版。

（明）陈子龙：《皇明诗选》，上海：华东师范大学出版社 1991 年 12 月第 1 版。

（北宋）程颢、程颐：《二程集》，北京：中华书局 1981 年 7 月第 1 版。

程毅中：《宋人诗话外编》，北京：国际文化出版公司 1996 年 3 月第 1 版。

D

（西汉）戴德撰，（北周）卢辩注：《大戴礼记》，影印文渊阁《四库全书》经部第 128 册。

（清）戴名世撰，王树民等编校：《戴名世遗文集》，北京：中华书局 2002 年 3 月第 1 版。

（北宋）道原：《景德传灯录》，台北：新文丰出版公司 1993 年 4 月版。

（清）邓绎：《藻川堂谭艺》，北京：北京图书馆出版社 2004 年 12 月第 1 版。

（明）邓云霄：《冷邸小言》，《四库全书存目丛书》集部第 417 册。

邓之诚：《骨董琐记全编》，北京：北京出版社 1996 年 6 月第 1 版。

邓之诚：《清诗纪事初编》，台北：明文书局 1985 年第 1 版。

丁福保：《历代诗话续编》，北京：中华书局 2006 年 8 月第 1 版。

丁福保：《清诗话》，上海：上海古籍出版社 1978 年 9 月第 1 版。

（明）董其昌：《画禅室随笔》，影印文渊阁《四库全书》子部第 867 册。

（西汉）董仲舒：《春秋繁露》，北京：中华书局 1991 年第 1 版。

（唐）杜甫撰，仇兆鳌注：《杜诗详注》，北京：中华书局 1979 年 10 月第 1 版。

（唐）杜牧：《樊川文集》，上海：上海古籍出版社2009年12月第1版。

杜松柏：《清诗话访佚初编》，台北：新文丰出版公司1987年6月第1版。

（清）杜濬：《变雅堂遗集》，清光绪二十年（1894）黄冈沈氏刻本。

（唐）杜佑：《通典》，影印文渊阁《四库全书》史部第603册。

（西晋）杜预注，（唐）孔颖达疏：《春秋左传注疏》，影印文渊阁《四库全书》经部第143~144册。

F

（北宋）范坰、林禹：《吴越备史》，北京：中华书局影印《学津讨源》本，1991年第1版。

（东晋）范宁集解，（唐）杨士勋疏：《春秋谷梁传注疏》，影印文渊阁《四库全书》经部第145册。

（南朝宋）范晔：《后汉书》，北京：中华书局1965年5月第1版。

（清）方苞：《方苞集》，上海：上海古籍出版社2008年3月第2版。

（清）方东树：《昭昧詹言》，北京：人民文学出版社1961年10月第1版。

（元）方回：《桐江续集》，影印文渊阁《四库全书》集部第1193册。

（元）方回撰，李庆甲汇评：《瀛奎律髓汇评》，上海：上海古籍出版社1986年4月第1版。

（北宋）方勺：《泊宅编》，北京：中华书局1983年7月第1版。

（明）方孝孺：《逊志斋集》，《四部备要》第83册，北京：中华书局1989年03月第1版。

（南宋）方岳：《秋崖集》，影印文渊阁《四库全书》集部第1182册。

（唐）房玄龄等：《晋书》，北京：中华书局1974年11月第1版。

（明）冯梦龙：《冯梦龙全集》，上海：上海古籍出版社1993年6月第1版。

冯友兰：《三松堂学术论集》，北京：北京大学出版社1984年3月第1版。

G

（明）高棅：《唐诗品汇》，影印文渊阁《四库全书》集部第1371册。

高步瀛：《唐宋诗举要》，上海：上海古籍出版社1959年4月第1版。

（唐）高仲武：《中兴闲气集》，《四部丛刊》影印秀水沈氏藏明翻宋刊本。

（东晋）葛洪撰，杨明照校笺：《抱朴子外篇校笺》，北京：中华书局1997年10月第1版。

（南宋）葛立方：《韵语阳秋》，北京：中华书局1985年新1版。

（南宋）葛胜仲：《丹阳集》，影印文渊阁《四库全书》集部第1127册。

（清）龚自珍：《龚自珍全集》，上海：上海人民出版社1975年2月新1版。

（清）顾炎武撰，张京华校释：《日知录校释》，长沙：岳麓书社2011年10月第1版。

（唐）贯休撰，陆永峰校注：《禅月集校注》，成都：巴蜀书社2006年8月第1版。

（清）归庄：《归庄集》，上海：上海古籍出版社1984年6月新1版。

（东晋）郭璞注，（北宋）邢昺疏：《尔雅注疏》，影印文渊阁《四库全书》经部第221册。

郭绍虞：《宋诗话辑铁》，北京：中华书局1980年9月第1版。

郭绍虞：《中国历代文论选》，上海：上海古籍出版社1997年8月第1版。

郭绍虞：《中国文学批评史》，上海：上海古籍出版社1979年12月第1版。

H

（清）韩菼：《有怀堂文稿》，清康熙四十二年（1703）有怀堂刻本。

（西汉）韩婴撰，许维遹校释：《韩诗外传集释》，北京：中华书局1980年6月第1版。

（唐）韩愈撰，马其昶、马茂元校注：《韩昌黎文集校注》，上海：上海古籍出版社1986年12月第1版。

（明）何乔新：《椒邱文集》，影印文渊阁《四库全书》集部第1249册。

（清）何日愈：《退庵诗话》，广州：广东高等教育出版社1996年9月第1版。

（清）何绍基：《何绍基诗文集》，长沙：岳麓书社1992年3月第1版。

（三国魏）何晏撰，（梁）皇侃疏：《论语集解义疏》，影印文渊阁《四库全书》经部第195册。

（清）何文焕：《历代诗话》，北京：中华书局 1981 年 4 月第 1 版。

（清）洪亮吉：《北江诗话》，北京：人民文学出版社 1983 年 7 月第 1 版。

（南宋）洪迈：《容斋随笔》，影印文渊阁《四库全书》子部第 851 册。

（南宋）胡次焱：《梅岩文集》，影印文渊阁《四库全书》集部第 1188 册。

（明）胡应麟：《少室山房笔丛》，影印文渊阁《四库全书》子部第 886 册。

（明）胡应麟：《少室山房集》，影印文渊阁《四库全书》集部第 1290 册。

（明）胡应麟：《诗薮》，上海：上海古籍出版社 1979 年 11 月新 1 版。

（南宋）胡仔：《苕溪渔隐丛话》前集，北京：人民文学出版社 1962 年 6 月第 1 版。

（南宋）胡仔：《苕溪渔隐丛话》后集，北京：人民文学出版社 1962 年 6 月第 1 版。

（明）胡震亨：《唐音癸签》，上海：上海古籍出版社 1981 年 5 月第 1 版。

（清）黄本骥：《黄本骥集》，长沙：岳麓书社 2009 年 7 月第 1 版。

（南宋）黄彻：《䂬溪诗话》，北京：人民文学出版社 1986 年 9 月第 1 版。

（元）黄溍撰，王颋校注：《黄溍全集》，天津：天津古籍出版社 2008 年 3 月第 1 版。

黄霖、吴建民、吴兆路等：《原人论》，上海：复旦大学出版社 2000 年 5 月第 1 版。

（清）黄生：《黄生全集》，合肥：安徽大学出版社 2009 年 8 月第 1 版。

（北宋）黄庭坚：《黄庭坚全集》，成都：四川大学出版社 2001 年 5 月第 1 版。

（清）黄宗羲：《明文授读》，清康熙三十八年（1699）张锡琨味芹堂刻本。

（北宋）惠洪：《冷斋夜话》，北京：中华书局 1988 年 7 月第 1 版。

J

（三国魏）嵇康：《嵇中散集》，影印文渊阁《四库全书》集部第 1063 册。

（南宋）计有功：《唐诗纪事》，北京：中华书局 1965 年 11 月第 1 版。

（清）纪晓岚：《纪晓岚文集》，石家庄：河北教育出版社 1991 年 2 月第 1 版。

（明）江盈科：《江盈科集》，长沙：岳麓书社 2008 年 12 月第 1 版。

（明）焦竑：《澹园集》，北京：中华书局 1999 年 5 月第 1 版。

（清）焦循：《焦循诗文集》，扬州：广陵书社 2009 年 9 月第 1 版。

（清）金圣叹：《金圣叹选批唐诗》，杭州：浙江古籍出版社 1985 年 1 月第 1 版。

金学智、沈海牧：《书法美学引论：新二十四书品探析》，长沙：湖南美术出版社 2009 年 8 月第 1 版。

荆门市博物馆：《郭店楚墓竹简》，北京：文物出版社 1998 年 5 月第 1 版。

K

［德］康德著，曹俊峰译：《美以及美的反思》，北京：金城出版社 2013 年 11 月第 1 版。

（西汉）孔安国注，（唐）孔颖达疏：《尚书注疏》，影印文渊阁《四库全书》经部第 54 册。

（东汉）孔融：《孔北海集》，影印文渊阁《四库全书》集部第 1063 册。

（清）况周颐：《蕙风词话》，北京：人民文学出版社 1960 年 4 月第 1 版。

L

（明）郎瑛：《七修类稿》，上海：上海书店 2001 年 8 月第 1 版。

（清）劳孝舆：《春秋诗话》，北京：中华书局 1985 年新 1 版。

［美］雷·韦勒克，奥·沃伦著，刘象愚等译：《文学理论》，北京：生活·读书·新知三联书店 1984 年 11 月第 1 版。

（南宋）黎靖德：《朱子语类》，影印文渊阁《四库全书》集部第 700~702 册。

黎翔凤：《管子校注》，北京：中华书局 2004 年 6 月第 1 版。

（清）李慈铭：《越缦堂读书记》，上海：上海书店出版社 2000 年 6 月第 1 版。

（清）李慈铭：《越缦堂诗文集》，上海：上海古籍出版社 2012 年 12 月第 1 版。

（北宋）李昉等：《太平广记》，影印文渊阁《四库全书》集部第

1046 册。

（南宋）李纲：《梁溪集》，影印文渊阁《四库全书》集部第 1125～1126 册。

（南宋）李衡：《乐庵语录》，影印文渊阁《四库全书》子部第 849 册。

（清）李怀民：《重订中晚唐诗主客图》，清嘉庆十年（1805）邱县刘氏退思轩刻本。

李建中、吴中胜、褚燕：《中国古代文论诗性特征研究》，武汉：武汉大学出版社 2007 年 9 月第 1 版。

李健章：《袁中郎行状笺证》，武汉：武汉大学出版社 2012 年 12 月第 1 版。

（明）李梦阳：《空同集》，影印文渊阁《四库全书》集部第 1262 册。

（明）李时勉：《古廉文集》，影印文渊阁《四库全书》集部第 1242 册。

（清）李调元撰，詹杭伦等校正：《雨村诗话校正》，成都：巴蜀书社 2006 年 12 月第 1 版。

（唐）李延寿：《北史》，北京：中华书局 1974 年 10 月第 1 版。

（唐）李延寿：《南史》，北京：中华书局 1975 年 6 月第 1 版。

（明）李沂：《唐诗援》，明崇祯五年（1632）刻本。

（清）李渔：《李渔全集》，杭州：浙江古籍出版社 1991 年 8 月第 1 版。

李泽厚、刘纲纪：《中国美学史》，北京：中国社会科学出版社 1987 年 7 月第 1 版。

李泽厚：《美学三书》，天津：天津社会科学院出版社 2003 年 10 月第 1 版。

（明）李贽：《焚书续焚书》，北京：中华书局 2009 年 8 月第 2 版。

廖仲安：《反刍集》，北京：北京师范学院出版社 1986 年 6 月第 1 版。

《列子》，上海：上海古籍出版社 2014 年 6 月第 1 版。

（清）林昌彝：《射鹰楼诗话》，上海：上海古籍出版社 1988 年 12 月第 1 版。

（西汉）刘安撰，（东汉）高诱注：《淮南鸿烈解》，影印文渊阁《四库全书》子部第 848 册。

（北宋）刘敞：《公是集》，影印文渊阁《四库全书》集部第 1095 册。

（清）刘大櫆：《论文偶记》，北京：人民文学出版社 1959 年 11 月第 1 版。

刘德重，张寅彭：《诗话概说》，合肥：安徽教育出版社 2009 年 1 月第 1 版。

（北宋）刘斧：《青琐高议》，上海：上海古籍出版社 1983 年 5 月第 1 版。

（明）兰陵笑笑生撰，刘辉、吴敢会评会校：《会评会校金瓶梅》，香港：天地图书有限公司 2010 年 5 月修订版。

（清）刘开：《刘孟涂集》，道光六年（1826）桐城姚氏檗山草堂刻本续修。

（南宋）刘克庄：《后村诗话》后集，北京：中华书局 1983 年 12 月第 1 版。

（南宋）刘克庄：《后村诗话》新集，北京：中华书局 1983 年 12 月第 1 版。

刘茂平、李珊：《美学导论》，武汉：湖北美术出版社 2014 年 6 月第 1 版。

（三国魏）刘邵撰，（五凉）刘昞注：《人物志》，影印文渊阁《四库全书》子部第 848 册。

（唐）刘肃：《大唐新语》，北京：中华书局 1984 年 6 月第 1 版。

（清）刘体仁：《七颂堂集》，合肥：黄山书社 2008 年 4 月第 1 版。

（清）刘熙载：《刘熙载文集》，南京：江苏古籍出版社 2001 年 10 月第 1 版。

（清）刘熙载：《艺概》，上海：上海古籍出版社 1978 年 12 月第 1 版。

（清）刘熙载撰，夏敬观诠说：《艺概笺注》，贵阳：贵州人民出版社 1980 年 6 月第 1 版。

（南朝梁）刘勰撰，（清）黄叔琳辑注：《文心雕龙辑注》，影印文渊阁《四库全书》集部第 1478 册。

刘衍文、刘永翔：《古典文学鉴赏论》，上海：上海教育出版社 1991 年 8 第 1 版。

（南朝宋）刘义庆撰，余嘉锡笺疏：《世说新语笺疏》，上海：上海古籍出版社 1993 年 12 月第 1 版。

（元）刘因：《静修先生文集》，北京：中华书局 1985 年新 1 版。

刘钊：《郭店楚简校释》，福州：福建人民出版社 2005 年 1 月第 1 版。

（明）镏绩：《霏雪录》，影印文渊阁《四库全书》子部第 866 册。

（唐）柳宗元：《柳河东全集》，上海：世界书局 1935 年 12 月初版。

龙子民：《中国鉴人秘诀》，北京：中国华侨出版社 2001 年 6 月第 1 版。

（唐）陆龟蒙：《笠泽丛书》，影印文渊阁《四库全书》集部第 1083 册。

（明）陆时雍：《古诗镜》《唐诗镜》，影印文渊阁《四库全书》集部第 1411 册。

（南宋）陆游：《老学庵笔记》，北京：中华书局 1979 年 11 月第 1 版。

（南宋）陆游：《陆游集》，北京：中华书局 1976 年 11 月第 1 版。

逯钦立：《先秦汉魏晋南北朝诗》，北京：中华书局 1983 年 9 月第 1 版。

（南宋）罗大经：《鹤林玉露》，影印文渊阁《四库全书》子部第 865 册。

（战国）吕不韦撰，（东汉）高诱注：《吕氏春秋》，影印文渊阁《四库全书》子部第 848 册。

（周）吕望：《六韬》，影印文渊阁《四库全书》子部第 1077 册。

（唐）吕温：《吕衡州文集》，影印文渊阁《四库全书》集部第 1077 册。

M

［美］M. H. 阿伯拉姆著，曾忠禄等译：《简明外国文学词典》，长沙：湖南人民出版社 1987 年 2 月第 1 版。

马承源：《上海博物馆藏战国楚竹书》，上海：上海古籍出版社 2002 年 11 月第 1 版。。

马非百：《秦集史》，北京：中华书局 1982 年 8 月第 1 版。

马如森：《殷墟甲骨文实用字典》，上海：上海大学出版社 2008 年 4 月第 1 版。

毛宣国：《中国美学诗学研究》，长沙：湖南师范大学出版社 2003 年 7 月第 1 版。

（清）梅曾亮：《柏枧山房文集》，北京：华文书局 1969 年 5 月第 1 版影印本。

敏泽：《中国美学思想史》，济南：齐鲁书社 1987 年 7 月第 1 版。

缪钺：《诗词散论》，上海：开明书店 1948 年版。

牟宗三：《才性与玄理》，桂林：广西师范大学出版社 2006 年 8 月第 1 版。

牟宗三：《中国哲学十九讲》，上海：上海古籍出版社 1997 年 12 月第 1 版。

N

倪士毅：《作义要诀》，北京：中华书局 1985 年排印《十万卷楼丛书》本。

O

（北宋）欧阳修：《文忠集》，影印文渊阁《四库全书》集部第 1102～1103 册。

（北宋）欧阳修、宋祁：《新唐书》，北京：中华书局 1975 年 2 月第 1 版。

P

（清）潘德舆：《养一斋诗话》，北京：中华书局 2010 年 8 月第 1 版。

（东晋）裴启：《裴启语林》，北京：文化艺术出版社 1988 年 12 月第 1 版。

（清）彭定求等：《御定全唐诗》，影印文渊阁《四库全书》集部第 1423～1431 册。

（清）皮锡瑞：《经学通论》，上海：中华书局 1954 年 10 月上海初版。

Q

钱伯城等：《全明文》，上海：上海古籍出版社 1992 年 12 月第 1 版。

钱穆：《现代中国学术论衡》，北京：生活·读书·新知三联书店 2001 年 6 月第 1 版。

（清）钱谦益：《列朝诗集小传》，上海：上海古籍出版社 1983 年 10 月新 1 版。

（清）钱谦益：《牧斋初学集》，上海：上海古籍出版社 1985 年 9 月第 1 版。

（清）钱谦益：《牧斋有学集》，上海：上海古籍出版社 1996 年 9 月第 1 版。

（北宋）钱易：《南部新书》，影印文渊阁《四库全书》子部第 1036 册。

（清）钱咏：《履园丛话》，北京：中华书局 1979 年 12 月第 1 版。

钱锺书：《管锥编》，北京：中华书局 1986 年版 6 月第 2 版。

钱锺书：《谈艺录》（补订本），北京：中华书局 1984 年 9 月第 1 版。

钱仲联：《清诗纪事》，南京：江苏古籍出版社 1989 年 6 月第 1 版。

（清）乾隆敕编：《唐宋诗醇》，北京：中国三峡出版社 1997 年 6 月第 1 版。

（战国）秦越人：《难经》，北京：科学技术文献出版社 1996 年 2 月第 1 版。

屈子规，屈子娟：《唐诗勾趣》，成都：四川教育出版社 2003 年 9 月第 1 版。

R

［美］R. 韦勒克著，丁泓、余徽译：《批评的诸种概念》，成都：四川文艺出版社 1988 年 1 月第 1 版。

（北宋）阮阅：《诗话总龟》（上下册），北京：人民文学出版社 1987 年 8 月第 1 版。

S

《四库禁毁书丛刊》编纂委员会：《四库禁毁书丛刊》，北京：北京出版社 1997 年 6 月第 1 版。

［美］塞缪尔. R. 韦尔斯著，王德伦译：《观人学：通过人的外部特征和内在气质解读人的性格》，北京：中国商业出版社 2005 年 2 月第 1 版。

（北宋）邵雍：《击壤集》，影印文渊阁《四库全书》集部第 1101 册。

邵祖平：《观人学》，北京：中国档案出版社 1998 年 1 月第 1 版。

（清）申涵光：《聪山集》，《丛书集成初编》本，上海：商务印书馆 1936 年 6 月初版。

（清）沈德潜：《古诗源》，北京：中华书局 1963 年新 1 版。

（清）沈德潜：《沈归愚诗文全集》，乾隆二十九年（1764）教忠堂刻本。

（清）沈德潜：《说诗晬语》，北京：人民文学出版社 1979 年 9 月第 1 版。

（清）沈德潜：《唐诗别裁集》，上海：上海古籍出版社 1979 年 1 月第 1 版。

（清）沈德潜，周准编：《明诗别裁集》，北京：中华书局 1975 年 10 月第 1 版。

（南朝梁）沈约：《宋书》，北京：中华书局 1974 年 10 月第 1 版。

（清）施闰章：《施愚山集》，合肥：黄山书社 1992 年 11 月第 1 版。

（清）施山撰，（清）施煌等注：《通雅堂诗钞笺注》，民国间石印本。

（唐）释道世：《法苑珠林》，影印文渊阁《四库全书》子部第 1049 册。

（唐）释皎然撰，李壮鹰校注：《诗式校注》，北京：人民文学出版社 2003 年 11 月第 1 版。

（西汉）司马迁：《史记》，北京：中华书局 1959 年 9 月第 1 版。

（明）宋濂：《宋濂全集》，杭州：浙江古籍出版社 1999 年 12 月第 1 版。

（清）宋荦：《漫堂说诗》，北京：中华书局 1985 年据学海类编本影印。

（南唐）宋齐丘：《玉管照神局》，影印文渊阁《四库全书》子部第 810 册。

［美］苏珊·朗格撰，滕守尧、朱疆源译：《艺术问题》，北京：中国社会科学出版社 1983 年 6 月第 1 版。

（北宋）苏轼：《东坡文集》，影印文渊阁《四库全书》集部第 1107~1108 册。

（北宋）苏轼：《东坡题跋》，杭州：浙江人民美术出版社 2016 年 1 月第 1 版。

（北宋）苏辙撰，曾枣庄等校点：《栾城集》，上海：上海古籍出版社 2009 年 10 月第 2 版。

（清）孙联奎，杨廷芝：《司空图〈诗品〉解说二种》，济南：山东人民出版社 1962 年 11 月第 1 版。

（清）孙星衍：《尚书今古文注疏》，北京：中华书局 1986 年 12 月第 1 版。

（明）孙绪：《沙溪集》，影印文渊阁《四库全书》集部第 1264 册。

（清）孙之騄：《尚书大传》，影印文渊阁《四库全书》经部第 68 册。

T

（明）谈迁：《枣林杂俎》，北京：中华书局 2006 年 4 月第 1 版。

（清）谭献：《复堂词话》，北京：人民文学出版社 1959 年 10 月第 1 版。

（明）谭元春：《谭元春集》，上海：上海古籍出版社 1998 年 12 月第 1 版。

（明）汤显祖：《汤显祖诗文集》，上海：上海古籍出版社 1982 年 6 月第 1 版。

汤用彤：《魏晋玄学论稿》，上海：上海古籍出版社 2005 年 4 月第 1 版。

唐圭璋：《词话丛编》，北京：中华书局 1986 年 1 月第 1 版。

（明）唐顺之：《荆川先生文集》，《四部丛刊初编》集部第 1581~1592 册。

（明）陶珽：《说郛续》，清顺治三年（1646）李际期宛委山堂刊本。

（明）陶宗仪：《说郛》，北京：中国书店 1986 年 7 月第 1 版。

田海林、宋会群：《相学秘籍全编》，贵阳：贵州人民出版社 1994 年 6 月第 1 版。

（明）田艺蘅：《留青日札》，上海：上海古籍出版社 1992 年 11 月第 1 版。

童庆炳：《文学理论教程》，北京：高等教育出版社 1998 年 4 月第 2 版。

（明）屠隆：《屠隆集》，杭州：浙江古籍出版社 2012 年 9 月第 1 版。

（明）屠勋：《太和堂集》，南京图书馆藏抄本。

W

万伟成：《观人诗学》，北京：作家出版社 2005 年 1 月第 1 版。

万伟成：《中华酒诗的文化阐释》，北京：中国文联出版社 2002 年 5 月第 1 版。

（南宋）王柏：《鲁斋集》，影印文渊阁《四库全书》集部第 1186 册。

（清）汪景龙、姚埙编：《宋诗略》，乾隆三十五年（1770）竹雨山房刻本。

汪辟疆撰，王培军笺证：《光宣诗坛点将录笺证》，北京：中华书局 2008 年 9 月第 1 版。

（三国魏）王弼：《老子道德经》，影印文渊阁《四库全书》子部第 1055 册。

（三国魏）王弼：《周易略例》，影印文渊阁《四库全书》经部第 7 册。

（三国魏）王弼注，（唐）孔颖达疏：《周易注疏》，影印文渊阁《四库全书》经部第 7 册。

（唐）王冰：《黄帝内经素问》，影印文渊阁《四库全书》子部第 733 册。

（唐）王冰：《灵枢经》，影印文渊阁《四库全书》子部第 733 册。

（三国魏）王粲：《王粲集》，北京：中华书局 1980 年 5 月第 1 版。

（明）王昌会《诗话类编》，蔡镇楚：《中国诗话珍本丛书》第 8 册，北京：北京图书馆出版社 2004 年 12 月第 1 版。

（东汉）王充撰，黄晖校释：《论衡校释》，北京：中华书局 1990 年

2月第1版。

（北宋）王得臣：《麈史》，北京：中华书局1985年新1版。

（清）王夫之：《船山全书》，长沙：岳麓书社1988年12月第1版。

（清）王夫之：《诗广传》，北京：中华书局1981年10月第1版。

（东汉）王符撰，汪继培笺：《潜夫论笺》，北京：中华书局1979年4月第1版。

王国维：《人间词话》，北京：人民文学出版社1960年4月第1版。

（清）王闿运：《王闿运手批唐诗选》，上海：上海古籍出版社1989年11月第1版。

（南宋）王楙：《野客丛书》，影印文渊阁《四库全书》子部第852册。

（北宋）王辟之：《渑水燕谈录》，北京：中华书局1981年3月第1版。

（后周）王朴：《太清神鉴》，影印文渊阁《四库全书》子部第810册。

王确：《西方文论选读》，长春：东北师范大学出版社2004年3月第1版。

（明）王绍辉：《东林点将录》，《四库全书存目丛书》史部第107册。

（清）王士禛：《池北偶谈》，影印文渊阁《四库全书》子部第870册。

（清）王士禛：《诗问四种》，济南：齐鲁书社1985年2月第1版。

（清）王士禛：《五代诗话》，北京：人民文学出版社1989年12月第1版。

（清）王士禛：《香祖笔记》，影印文渊阁《四库全书》子部第870册。

（清）王士禛：《渔洋诗话》，影印文渊阁《四库全书》集部第1483册。

（明）王世贞撰，罗仲鼎校注：《艺苑卮言校注》，济南：齐鲁书社1992年7月第1版。

王水照：《历代文话》，上海：复旦大学出版社2007年11月第1版。

（明）王廷相：《王廷相集》，北京：中华书局1989年9月第1版。

（隋）王通：《中说》，北京：中华书局1985年版。

（唐）王维撰，杨文生笺注：《王维诗集笺注》，成都：四川人民出版社2003年9月第1版。

（东汉）王逸：《楚辞章句》，影印文渊阁《四库全书》集部第1062册。

（清）王先谦：《荀子集解》，北京：中华书局1988年9月第1版。

（清）王先谦：《庄子集解》，北京：中华书局1954年12月初版。

（明）王阳明撰，陈荣捷评注：《传习录详注集评》，台北：台湾学生书局 1983 年 12 月初版。

王瑶：《王瑶全集》，石家庄：河北教育出版社 2000 年 1 月第 1 版。

王瑶：《中古文学史论》，北京：北京大学出版社 1986 年 1 月第 1 版。

王瑶：《中古文学思想》，上海：棠棣出版社 1951 年 8 月初版。

（南宋）王应麟：《玉海》，影印文渊阁《四库全书》子部第 944 册。

（南宋）王灼：《碧鸡漫志》，北京：中华书局 1991 年第 1 版。

［意］维柯著，朱光潜译：《新科学》，北京：人民文学出版社 1986 年 5 月第 1 版。

（北宋）委心子：《分门古今类事》，影印文渊阁《四库全书》子部第 1047 册。

（南宋）魏庆之：《诗人玉屑》，上海：上海古籍出版社 1978 年 3 月新 1 版。

（北齐）魏收：《魏书》，北京：中华书局 1974 年 6 月第 1 版。

（三国魏）韦昭注：《国语》，上海：商务印书馆 1935 年 12 月初版。

（唐）魏征等：《隋书》，北京：中华书局 1973 年 8 月第 1 版。

（明）温纯：《温恭毅集》，影印文渊阁《四库全书》子部第 1288 册。

闻一多：《神话与诗》，上海：华东师范大学出版社 1997 年 1 月第 1 版。

（清）翁方纲：《石洲诗话》，北京：人民文学出版社 1981 年 1 月第 1 版。

（南宋）吴曾：《能改斋漫录》，北京：中华书局 1960 年 11 月第 1 版。

吴承学：《中国古代文体学研究》，北京：人民出版社 2011 年 3 月第 1 版。

（北宋）吴处厚：《青箱杂记》，影印文渊阁《四库全书》子部第 1036 册。

（南宋）吴沆：《环溪诗话》，北京：中华书局 1988 年 7 月第 1 版。

吴企明：《李贺资料汇编》，北京：中华书局 1994 年 10 月第 1 版。

（清）吴骞：《拜经楼诗话》，北京：中华书局 1985 年新 1 版。

（清）吴乔：《围炉诗话》，北京：中华书局 1985 年借月山房汇钞排印本。

吴文治：《辽金元诗话全编》，南京：凤凰出版社 2006 年 12 月第 1 版。

吴文治：《明诗话全编》，南京：江苏古籍出版社 1997 年 12 月第 1 版。

吴兴明：《谋智、圣智、知智——谋略与中国观念文化形态》，上海：上海三联书店 1993 年 6 月第 1 版。

（清）吴之振：《宋诗钞初集》，1914 年上海涵芬楼影印康熙十年（1671）吴氏鉴古堂本。

（清）伍涵芬撰，杨军校注：《说诗乐趣校注》，济南：齐鲁书社 1992 年 7 月第 1 版。

X

[奥] 西格蒙德·弗洛伊德著，王银瓶译：《弗洛伊德自述》，天津：天津人民出版社 2010 年 3 月第 1 版。

（南朝梁）萧统编，唐李善注：《文选》，上海：上海古籍出版社 1986 年 8 月第 1 版。

（南朝梁）萧绎：《金楼子》，影印文渊阁《四库全书》子部第 848 册。

（南朝梁）萧子显：《南齐书》，北京：中华书局 1972 年 1 月第 1 版。

（南宋）谢枋得编，（明）王相注：《古注绘本五七言千家诗》，合肥：安徽人民出版社 2013 年 1 月第 1 版。

（南朝齐）谢赫：《古画品》，影印文渊阁《四库全书》子部第 812 册。

（清）谢章铤：《赌棋山庄词话》，南昌：光绪十年（1884）陈氏弢盫刊本。

（明）谢榛：《四溟诗话》，北京：人民文学出版社 1961 年 1 月第 1 版。

（南宋）辛弃疾撰，邓广铭笺注：《稼轩词编年笺注》，上海：中华书局上海编辑所 1962 年 10 月新 1 版。

（元）辛文房撰，傅璇琮校笺：《唐才子传校笺》，北京：中华书局 2002 年 8 月版。

（明）徐枋：《居易堂集》，上海：华东师范大学出版社 2009 年 4 月新 1 版。

徐复观：《中国艺术精神》，上海：华东师范大学出版社 2001 年 12 月第 1 版。

（清）徐珂：《清稗类钞》，北京：中华书局 1986 年 7 月第 1 版。

（明）徐渭：《徐文长全集》，上海：广益书局1936年4月版。

（清）徐增：《而菴说唐诗》，《四库全书存目丛书》集部第396册。

（明）徐祯卿：《谈艺录》，北京：中华书局1991年第1版。

徐中舒：《甲骨文字典》，成都：四川辞书出版社2006年9月第1版。

（东汉）许慎撰，（清）段玉裁注：《说文解字注》，郑州：中州古籍出版社2006年10月第1版。

（明）许学夷：《诗源辩体》，北京：人民文学出版社1987年10月第1版。

（清）许印芳：《唐人杂说》，《云南丛书》本1914年版。

（清）薛雪：《一瓢诗话》，北京：人民文学出版社1979年9月第1版。

（战国）荀况撰，（唐）杨倞注：《荀子》，影印文渊阁《四库全书》子部第695册。

Y

［古希腊］亚里士多德著，罗念生等译：《诗学》，北京：人民文学出版社2002年1月第1版。

（清）严可均：《全上古三代秦汉三国六朝文》，北京：商务印书馆1999年10月第1版。

（南宋）严羽撰，郭绍虞校释：《沧浪诗话校释》，北京：人民文学出版社1961年5月第1版。

（北齐）颜之推：《颜氏家训》，上海：上海古籍出版社1992年1月第1版。

（西汉）扬雄：《法言》，北京：中华书局1985年新1版。

（明）杨慎：《词品》，上海：上海古籍出版社2009年8月第1版。

（明）杨慎撰，万光治等主编：《杨升庵丛书》，成都：天地出版社2002年12月第1版。

（元）杨维桢：《东维子集》，影印文渊阁《四库全书》集部第1221册。

杨义：《重绘中国文学地图——杨义学术讲演集》，北京：中国社会科学出版社2003年5月第1版。

（清）姚鼐：《惜抱轩诗文集》，上海：上海古籍出版社1992年11月第1版。

（唐）姚思廉：《梁书》，北京：中华书局1973年5月第1版。

姚永朴：《文学研究法史学研究法》，长春：时代文艺出版社2009年

5 月第 1 版。

姚永朴：《姚永朴文史讲义》，南京：凤凰出版社 2008 年 11 月第 1 版。

叶朗：《中国美学史大纲》，上海：上海人民出版社 1985 年 11 月第 1 版。

（北宋）叶廷珪：《海录碎事》，北京：中华书局 2002 年 5 月第 1 版。

（清）叶炜：《煮药漫抄》，台北：文海出版社 1969 年 11 月初版。

（清）叶燮：《已畦集》，1917 年长沙叶氏梦篆楼刊本。

（清）叶燮：《原诗》，北京：人民文学出版社 1979 年 9 月第 1 版。

佚名：《水镜集相外别传》，清中期竹纸刻本。。

（唐）殷璠：《河岳英灵集》，影印文渊阁《四库全书》集部第 1332 册。

（清）永瑢、纪昀等：《四库全书总目提要》，上海：商务印书馆 1931 年 4 月初版。

（清）尤侗：《尤侗集》，上海：上海古籍出版社 2015 年 5 月第 1 版。

（清）右髻道人：《水镜神相》，北京：世界知识出版社 2010 年 9 月第 1 版。

（东汉）于吉撰，王明编校：《太平经合校》，北京：中华书局 1960 年 2 月第 1 版。

（明）于慎行：《谷山笔尘》，北京：中华书局 1984 年 6 月第 1 版。

余嘉锡：《目录学发微》，北京：商务印书馆 2011 年 9 月第 1 版。

余平波：《人体七大穴使用手册》，上海：上海科学技术文献出版社 2010 年 4 月第 1 版。

余英时：《余英时文集》，桂林：广西师范大学出版社 2004 年 4 月第 1 版。

（南宋）俞文豹：《吹剑录全编》，上海：古典文学出版社 1958 年 5 月第 1 版。

（金）元好问：《遗山集》，影印文渊阁《四库全书》集部第 1191 册。

（唐）元稹：《元稹集》，北京：中华书局 1982 年 8 月第 1 版。

（东晋）袁宏：《后汉纪》，北京：中华书局 2002 年 6 月第 1 版。

（明）袁宏道撰，钱伯城笺校：《袁宏道集笺校》，上海：上海古籍出版社 2008 年 4 月第 2 版。

（明）袁黄：《游艺塾文规正续编》，武汉：武汉大学出版社 2009 年 9 月第 1 版。

（清）袁枚：《随园诗话·随园诗话补遗》，北京：人民文学出版社 1982 年 9 月第 2 版。

（清）袁枚：《袁枚全集》，南京：江苏古籍出版社 1993 年 9 月第 1 版。

（明）袁中道：《珂雪斋集》，上海：上海古籍出版社 1989 年 1 月第 1 版。

Z

（清）曾国藩：《冰鉴》，北京：光明日报出版社 2002 年第 1 版。

（清）曾国藩：《曾国藩家训》，长沙：岳麓书社 1999 年 8 月第 1 版。

（清）曾国藩：《曾国藩全集》，长沙：岳麓书社 2011 年 9 月修订版。

曾枣庄、刘琳主编：《全宋文》，成都：巴蜀书社 1988 年 6 月第 1 版。

（南宋）曾慥：《类说》，影印文渊阁《四库全书》子部第 873 册。

（北宋）张邦基：《墨庄漫录》，北京：中华书局 2002 年 8 月第 1 版。

（北宋）张表臣：《珊瑚钩诗话》，北京：中华书局 1985 年新 1 版。

张伯伟：《禅与诗学》，杭州：浙江人民出版社 1992 年 9 月第 1 版。

（清）张潮：《幽梦影》，合肥：黄山书社 2011 年 1 月第 1 版。

张国庆：《〈二十四诗品〉诗歌美学》，北京：中央编译出版社 2008 年 2 月第 1 版。

张海明：《玄妙之境》，长春：东北师范大学出版社 1997 年 5 月第 1 版。

（东汉）张衡撰，张震泽注：《张衡诗文集校注》，上海：上海古籍出版社 1986 年 6 月第 1 版。

（西晋）张华：《博物志》，影印文渊阁《四库全书》子部第 1047 册。

张健：《珍本明诗话五种》，北京：北京大学出版社 2008 年 6 月第 1 版。

（南宋）张戒：《岁寒堂诗话》，影印文渊阁《四库全书》集部第 1479 册。

（北宋）张耒等：《苏门六君子文粹》，影印文渊阁《四库全书》集部第 1361 册。

张利群：《辨味批评论》，桂林：广西师范大学出版社 2000 年 12 月第 1 版。

（明）张燧撰，贺新天校点：《千百年眼》，石家庄：河北人民出版社 1987 年 8 月第 1 版。

（清）张廷玉等：《明史》，北京：中华书局1974年4月第1版。

（金）张行简：《人伦大统赋》，北京：中华书局1985年新1版。

（明）张以宁：《翠屏集》，影印文渊阁《四库全书》集部第1226册。

张寅彭：《民国诗话丛编》，上海：上海书店出版社2002年12月第1版。

张寅彭：《清诗话三编》，上海：上海古籍出版社2014年12月第1版。

（明）张宇初等：《正统道藏》，台北：艺文印书馆1977年3月初版。

张璋等：《历代词话续编》，郑州：大象出版社2005年11月第1版。

（明）张之象：《唐诗类苑》，北京大学图书馆藏明万历二十九年（1601）曹仁孙刻本。

（唐）张鷟：《朝野佥载》，北京：中华书局1979年10月第1版。

（清）章学诚：《文史通义》，北京：古籍出版社1956年12月第1版。

（南宋）赵次公撰，林继中辑校：《杜诗赵次公先后解辑校》，上海：上海古籍出版社2012年12月第1版。

（北宋）赵令畤：《侯鲭录》，上海：上海商务印书馆1939年12月第1版。

（元）赵孟頫：《松雪斋集》，影印文渊阁《四库全书》集部第1196册。

（清）赵执信：《谈龙录》，影印文渊阁《四库全书》集部第1483册。

（东汉）赵岐注，（北宋）孙奭疏：《孟子注疏》，影印文渊阁《四库全书》经部第195册。

（清）赵翼：《瓯北诗话》，北京：人民文学出版社1963年3月第1版。

（清）赵翼：《赵翼全集》，南京：凤凰出版社2009年12月第1版。

（南宋）赵与时：《宾退录》，上海：上海古籍出版社1983年8月第1版。

（清）郑方坤：《国朝名家诗钞小传》，福州：光绪十二年（1886）万山草堂刻本。

（清）郑方坤：《全闽诗话》，福州：福建人民出版社2006年11月第1版。

（东汉）郑玄注，（唐）孔颖达疏：《礼记注疏》，影印文渊阁《四库全书》经部第115～116册。

（东汉）郑玄注，（唐）贾公彦疏：《周礼注疏》，影印文渊阁《四库全书》经部第 90 册。

郑逸梅：《艺林散叶续编》，北京：中华书局 1995 年 1 月第 1 版。

郑振铎：《郑振铎中国文学史》，长春：吉林人民出版社 2013 年 3 月第 1 版。

中国《文心雕龙》学会编：《〈文心雕龙〉与 21 世纪文论研究国际学术研讨会论文集》，北京：学苑出版社 2009 年 11 月第 1 版。

中国《文心雕龙》学会编：《〈文心雕龙〉研究》第三辑，北京：北京大学出版社 1998 年 7 月第 1 版。

中山大学古文字研究所编：《康乐集》，广州：中山大学出版社 2006 年 1 月第 1 版。

（南朝梁）钟嵘：《诗品》，影印文渊阁《四库全书》集部第 1478 册。

（明）钟惺：《隐秀轩集》，《四库禁毁书丛刊》集部第 48 册。

（明）钟惺：《钟伯敬合集》，上海：贝叶山房 1936 年 4 月初版。

（清）周济：《介存斋论词杂著》，北京：人民文学出版社 1959 年 10 月第 1 版。

（清）周亮工：《赖古堂名贤尺牍新钞》，《四库禁毁书丛刊》集部第 36 册。

（明）周履靖：《骚坛秘语》，上海：商务印书馆 1936 年 6 月初版。

（清）周寿昌：《思益堂日札》，长沙：岳麓书社 1985 年 8 月第 1 版。

周维德：《全明诗话》，济南：齐鲁书社 2005 年 6 月第 1 版。

周裕锴：《宋代诗学通论》，上海：上海古籍出版社 2008 年 1 月第 1 版。

周振甫、冀勤：《钱锺书谈艺录读本》，上海：上海教育出版社 1992 版 8 月第 1 版。

周作人：《苦竹杂记》，长沙：岳麓书社 1987 年 7 月第 1 版。

朱光潜：《朱光潜全集》，合肥：安徽教育出版社 1993 年 2 月第 1 版。

朱荣智：《元代文学批评之研究》，台北：联经出版事业公司 1982 年 3 月初版。

（南宋）朱熹辨说：《诗序》，影印文渊阁《四库全书》经部第 69 册。

（南宋）朱熹：《晦庵集》，影印文渊阁《四库全书》集部第 1143～1146 册。

（南宋）朱熹：《诗经集传》，影印文渊阁《四库全书》经部第 72 册。

（南宋）朱熹：《四书章句集注》，影印文渊阁《四库全书》经部第

197 册。

（清）朱彝尊：《静志居诗话》，北京：人民文学出版社 1990 年 10 月第 1 版。

（清）朱彝尊：《曝书亭集》，影印文渊阁《四库全书》集部第 1317～1318 册。

朱易安等：《全宋笔记》，郑州：大象出版社 2003 年 10 月第 1 版。

朱志荣：《中国文学导论》，北京：文化艺术出版社 2009 年 5 月第 1 版。

朱自清：《朱自清古典文学论文集》，上海：上海古籍出版社 1981 年 7 月第 1 版。

宗白华：《美学散步》，上海：上海人民出版社 1981 年 6 月第 1 版。

宗白华：《美与人生》，北京：北京理工大学出版社 2012 年 9 月第 1 版。

后　　记

　　这是我的国家社科基金后期资助项目"观人学与中国传统诗学批评体系的构建"的最终成果。

　　往事并不如烟。早在1995年时，我就对古代诗学中大量存在的观人学元素有了浓厚的兴趣，到2005年形成一本近30万字的文言文论著《观人诗学》（作家出版社出版），真可谓"十年磨一剑，霜刃未曾试"了。此书甫一问世，就获得了许多朋友的鼓励，中华诗词学会副会长、全球汉诗总会副会长胡迎建先生称"独构体系，体大思精"，"见识深刻而敏锐，文笔渊雅而流畅。或明喻或博喻，或排比或对仗。有妙笔生花之趣，无滞涩为碍之嫌。举重若轻，见微知著"；李克和、陈恩维教授合撰《中国传统文论的现代重构——评万伟成〈观人诗学〉》（《中国韵文学刊》2007年第3期），高度评价该书的特色及其对中国诗歌理论的贡献时，说："《观人诗学》一书最为明显的特色，在于用纯正的文言重构了中国文论的话语。""另一特色，在于其富于中国传统特色的文论体系的构建。"

　　这些溢美之词，给我指明了方向，也给我极大的鞭策和鼓励。也许是文言文对当代读者构成最大的阅读障碍等原因吧，结果正如胡迎建会长所预料："此著虽为千古奇书，几人真赏？"所以，我的博士导师黄天骥先生希望能有一本白话本问世，但又不能将《观人诗学》直接译成白话，所以从2005年开始，我又开始了我的观人诗学研究的第二步：用现代学术话语研究观人诗学批评。当然中间因为服从学校领导安排，担任中文系主任、校长办公室副主任、文学院院长、学报编辑部主任兼主编等职，花去了大量的行政时间。现在呈现给读者面前的这本书，研究观人学与传统诗学批评体系建构之关系，从开始关注本课题到最后完成，完成时间过长，倾注了23年的心血，和了"二十三年弃置身"之诗意。作为一个认真负责的课题作者，自然也就太累，大大超过心力和精力的负荷，完成本书后应有的那一点轻松愉快之感，早已荡然无存了。

　　本书四十多万字，它广搜现存古籍有关诗学、观人学（含相学）的内容，并试图首次将观人学对诗学批评建构的影响进行全面而系统的研究，就拓宽中国诗学研究的范围而言，在一定程度上具有补白意义。由于课题范围与性质，本书重点论述观人学对传统诗学批评体系的构建作用，其中有些问题研究尚希日后的进一步深入。虽然完成本课题，但总觉得其中还有不少新的学术动态需要关注，不少新的领域需要开拓，不少新的问题有待探考，因此总有欲罢不能之感。比如，观人诗学批评在古代诗学中大量存在，不过呈现出原始状态，虽无现成的理论体系，但确实具有"潜体系"的特点，而要把它建设成为"显体系"，还必须在不损害原貌性原则前提下，进一步发展它的全面性、普适性与现代性，实现钱锺书先生所说的"我们的看法未始不可推广到西洋文艺"目标，这是中国传统诗学批评体系走向世界的必要之路，而要做到这一点，非一人一朝一夕之功，需要中外学界的共同努力。

　　本课题能得以最终完成，首先要感谢当初支持课题立项以及参加本成果鉴定的领导和专家们，也要感谢为这一工作付出辛勤劳动的课题组成员，没有专家们的不吝赐教，没有课题组成员们的忘情投入，就不可能有本成果新稿的完成。如崔向荣教授做了大量的校对工作，提出了一些中肯的建议或意见；本课题组成员还有李自国、谢敏玉、莫运平、丁玉玲等，都给予了许多支持，在此一并感谢。同时，还要感谢关注、鼓励这个项目研究的前辈专家，如中山大学黄天骥导师，吴国钦老师，陈永正老师，《文学遗产》前主编陶文鹏老师，《文学评论》前主编胡民老师；此外还有四川师范大学赵义山教授，我的师兄胡迎建会长，我的前任李克和教授，广东外语外贸大学陈恩维教授等，同时感谢对拙稿审读、编辑的出版社老师，感谢所有对本书内容、体系与观点有启发的前哲时贤。最后，在本书梓行之际，也要恳请国内外同行不吝赐教，对本书提出宝贵意见，我们将虚心听取，认真采纳，以便进一步修订完善。

万伟成谨识于岭南
时维戊戌仲夏